孙跃先 ◎ 著

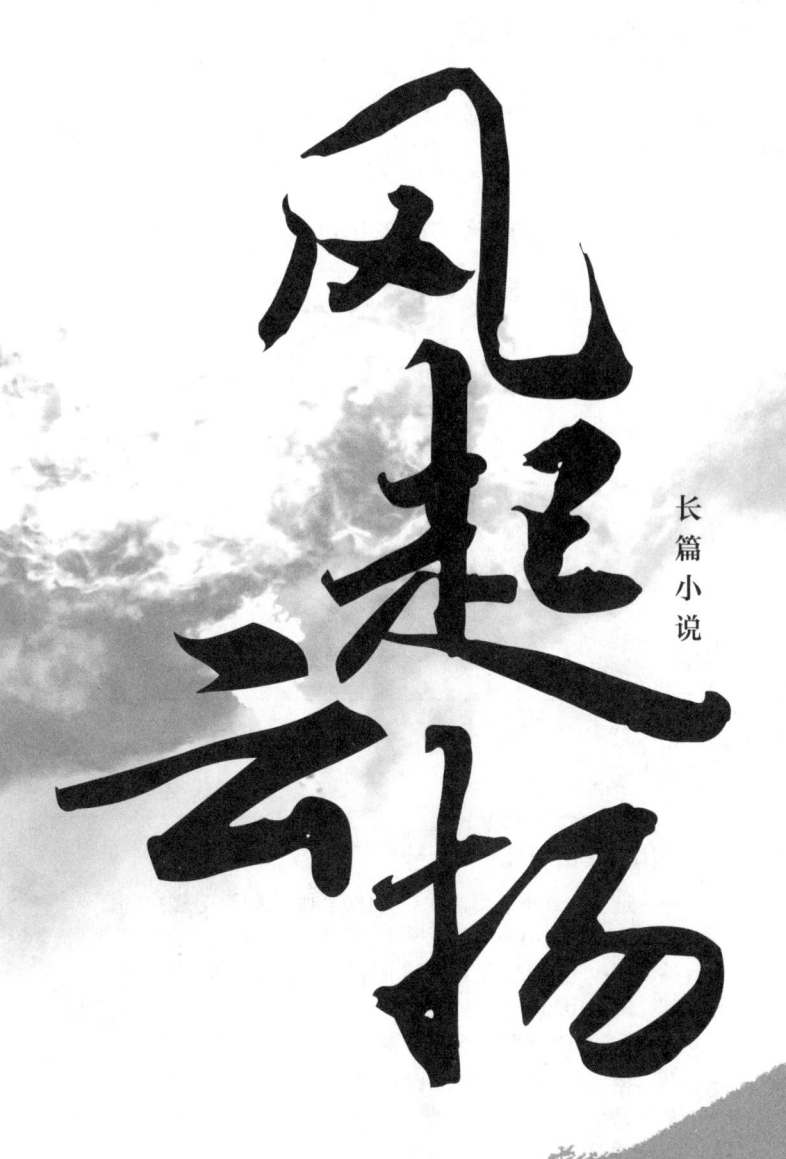

风起云扬

长篇小说

中国言实出版社

图书在版编目(CIP)数据

风起云扬 / 孙跃先著. -- 北京：中国言实出版社，
2024. 12. -- ISBN 978-7-5171-5024-4
Ⅰ. I247.5
中国国家版本馆CIP数据核字第2024EM6623号

风起云扬

责任编辑：张　朕
责任校对：史会美

出版发行：中国言实出版社
　　地　　址：北京市朝阳区北苑路180号加利大厦5号楼105室
　　邮　　编：100101
　　编辑部：北京市海淀区花园北路35号院9号楼302室
　　邮　　编：100083
　　电　　话：010-64924853（总编室）　010-64924716（发行部）
　　网　　址：www.zgyscbs.cn　　电子邮箱：zgyscbs@263.net

经　　销：	新华书店
印　　刷：	徐州绪权印刷有限公司
版　　次：	2025年1月第1版　2025年1月第1次印刷
规　　格：	710毫米×1000毫米　1/16　37.5印张
字　　数：	650千字

定　　价：98.00元
书　　号：ISBN 978-7-5171-5024-4

目 录
CONTENTS

楔　子 …………………………………………………………………… 1

第一章　张宗昌横征暴敛　新思潮涌动彭城……………………… 3

第二章　孙鲁筹建党组织　卫天设计运私盐……………………… 24

第三章　麻恶少欺凌名伶　户秉刚打抱不平……………………… 42

第四章　程金石痛说创业史　共产党成立特支委………………… 56

第五章　孙传芳入主淮海　"三·一八"全国抗争………………… 72

第六章　鲁军二占徐州　卫天袁桥就义…………………………… 79

第七章　蒋介石叛变清党　北伐军初占徐州……………………… 86

第八章　"徐州会议"谋反共　直鲁联军大反攻…………………… 94

第九章　民众奋起抗剥削　特委策划大暴动……………………… 100

第十章　徐海党委遭破坏　孙鲁被捕入监牢……………………… 118

第十一章　"九·一八"掀起抗日潮　特委会确立新路线………… 131

第十二章　彭城频现日谍影　伍衡拜师入青门…………………… 143

第十三章　程金石平籴粮价　王宇腾怒锄汉奸…………………… 153

第十四章　国共联合御日寇　学生参加青抗团…………………… 166

第十五章　猛士彭城大风歌　敌寇六路围徐州…………………… 181

1

第十六章	程金石被迫事敌寇　侵略军残酷大屠杀	190
第十七章	杨兆麟严词拒劝降　颜石峰受命入敌营	202
第十八章	颜石峰搭救落难女　大李庄盘道遇青帮	213
第十九章	指导官纵论反战　颜石峰潜入彭城	221
第二十章	颜石峰邂逅沈钰　八路军聚歼日伪	233
第二十一章	刘启滨登门谢恩人　宪兵队绝杀徐司令	255
第二十二章	杨益君传送绝密信　大马路英雄忿锄奸	264
第二十三章	救乡亲林祥晨投案　落虎口司百顺脱险	283
第二十四章	柳天华诡设伏击圈　五中队复仇诛汉奸	294
第二十五章	武工队夜袭飞机场　日伪军伏击运输队	306
第二十六章	湖西全面建政权　徐城智运透视机	321
第二十七章	行动队爆炸赛马会　郁柏青被捕入监牢	338
第二十八章	首长借道微山湖　八路突袭铜山岛	356
第二十九章	日寇湖西大扫荡　英烈热血洒疆场	367
第三十章	日特频繁施黑手　八路出击惩凶顽	380
第三十一章	郝鹏举脚踩两只船　八路军捉放伪旅长	394
第三十二章	日伪途穷生异心　伪军秘密受改编	408
第三十三章	美蒋军机炸晓市　国军蜂拥大接收	432
第三十四章	联秘处特务大整合　杨兆麟纵论止内战	449
第三十五章	联秘处特务肆虐　太子军痛打顾新	460
第三十六章	国军球赛逞豪横　新区土改斗恶霸	475
第三十七章	国民党全面进攻　解放区战略撤退	489
第三十八章	地下党全力滞敌军　九里山军火大爆炸	499

第三十九章　鬼魅遭至大破坏　国军愤然举义旗…………………514

第 四 十 章　盟友冒死购药品　国府通胀烧法币…………………539

第四十一章　地下党火急送军情　黄百韬碾庄被歼灭……………552

第四十二章　古城黎明迎解放　国军覆灭陈官庄……………………568

楔 子

  1924年的一个初冬清晨，一轮血红的太阳从东方边际线升起，凛冽的寒风从北方肆虐着吹过古城徐州。城东部一高一矮两根烟囱在鲜红的阳光映衬下显得格外突兀。弯弯曲曲的故黄河绕城而过，墨绿色的河面上覆盖着一层晶莹剔透的薄冰，街道上的青石板路面上结了一层白霜。冷风在光秃秃的树干打着呼哨，穿过大街小巷，沿街的店铺都上了门板，只有偶尔的轿夫前后吆喝着奔走过去，街头巷尾三五成群的灰衣士兵抱着枪游荡，整座城市死一般的寂静。

  位于城西门二府街上的道台衙门是明清两朝管辖徐海地区的最高行政机关，气势恢宏的大院坐北朝南，前面是一个宽阔整齐的广场，偏西矗立着一个旗杆，飘扬着一面镶边的长方形杏黄旗，两面绣着"效坤位苏鲁豫皖剿匪督办兼奉鲁军第一军军长张"的黑体大字，照壁上画着狮虎猛兽，两侧有左右辕门。正门门口一对硕大的石狮子威严地蹲踞左右，围墙四周三步一岗五步一哨，身穿灰色军服，戴四折皮帽子的军人荷枪实弹，戒备森严。

  八时整，大院里传出一阵"嘀嘀嗒嗒"的军号声，接着"咚咚咚"三声炮响，大门洞开，"咔咔咔"随着铿锵有力的步伐，走出一队碧眼金发的洋兵，肩扛莫辛纳甘步枪，犀利的四棱刺刀寒光闪闪。伴随着一阵杂乱的马蹄声，辕门里出来一个高大威猛的中年汉子，他虎背熊腰，一双眉毛短而浓密，目光冷峻，一张马脸上满是横肉，高鼻梁，嘴唇留着一撇八字胡，身着灰色戎装，披一件灰色皮大衣，敞着怀，金色的纽扣熠熠生辉，腰带左边挂着一把战刀，右边别着一把锃亮的手枪，座下一匹火红色的骏马。三十名马弁个个魁梧健壮，都骑着清一色的黑色高头大马，腰挎盒子枪、冲锋枪，肩背大刀片，机警地簇拥在左右。马队在青石板的路面上发出清脆的"嗒嗒"碎响。

  街边几个拖着清鼻涕的孩童伏在地上弹琉蛋儿，丢下手里的玻璃球，兴奋地拍手跳着，一齐唱："张宗昌，出了营，前边走的是白俄兵，高鼻子，蓝眼睛，叮叮咚咚真威风……"

张宗昌勒住马，饶有兴味地打量着孩童，小眼睛里闪过一丝得意的笑容，他操着一口浓重的山东腔："小熊孩儿们，俺们去城墙上看看防务。"

他扬起马鞭，一抖缰绳，策马沿着街道继续东行。

第一章　张宗昌横征暴敛　新思潮涌动彭城

一

冬日的艳阳明晃晃地挂在苍穹，头顶上方的天空皎洁蔚蓝。徐州东南隅城墙根一栋灰色的西式二层小楼，采用法国古典主义式样，坡顶红瓦，南北两面八根白色立柱，形成柱廊，拱券大门左侧悬挂着"徐州艺术专科学校"的牌匾。二楼的一间教室里烟雾缭绕，人声鼎沸。桌椅沿着四周摆放，围坐着一群头戴瓜皮帽、身着长袍马褂的老板，吵吵嚷嚷，情绪激昂。

徐州商会会长曾海春站在会议室中央，掏出怀表看了看时间，清一清嗓子，声音洪亮地说："好啦，十点整了，还差兴隆面粉厂的程老板，咱们不等了，现在开会！"

这是一位中年汉子，五短身材，大脑袋，大眼睛，气色红润，说话底气十足，洪亮的嗓门压倒了会场嘈杂的声音。会场上立刻安静下来，大家眼巴巴地望着他。

曾海春双手往下压了一下，"今天请各位商号掌柜的，各位协会的掌门人到此，实在是情形万分紧急，大家一起来商榷一下应对办法。"

此时房门被推开，急匆匆进来一位四十岁左右的汉子，身材魁伟，浓眉大眼，鼻直口方，衣着精致考究，头戴黄色狸皮帽子，身穿绸缎长袍马褂，外边披一件黑色呢子大氅，相貌堂堂，气度不凡。

"嚯，程金石大掌柜驾到，快快请坐！"曾海春不无讨好地招呼道。

"马夫生病了，所以迟来一步，各位多多包涵，"程金石一边忙不迭地赔不是，一边落座，转身给后排的一位戴眼镜的中年人抱拳施礼，"杨大人好！"

"程掌柜，可别这么抬举我，我是大人，谁是小人？杨兆麟就是一介教书匠也，家有三担粮，不当孩子王！"黑瘦的男子诙谐地回答。

"好啦，咱们人都到齐了，我接着说，"曾海春掏出烟斗，摁上一小撮烟丝，划着火柴，两股青烟从鼻孔里喷出，"昨天晚上，商界出资，徐海道尹于书全、铜山县县长杨世云出面在花园饭店宴请张效坤大将军，席间相谈甚欢。"

"曾会长，他不就是张宗昌，一介武夫嘛，何至于不敢直呼其名，还要尊称字号？"那位黑瘦戴眼镜的男子站起身，慢条斯理地说，"眼下徐州城外方圆几十里，奉系的鲁军驻扎十几万人马，军帐遍野。前天又有一旅人马从城外开进城里，他们任意霸占民宅，驻扎在南关的上街、下街，以及城内外大小学校。我的徐州中学也驻扎了一个排的丘八，馒头小菜伺候着还不行，还要酒要肉，稍不如意，就皮带抽，皮锤耳刮子打上来！会长却如何能够相谈甚欢，请明示。"

"杨校长，皮锤耳刮子还算客气的，驻俺们北关当兵的更凶，他们向四乡以征集粮草为名，勒索光洋，动不动就以窝藏土匪、私藏军火，抓人吊到梁头上鞭子抽。有的兵晚上乘着夜色四处劫掠，侮辱妇女。"一位老板随声附和道。

"是啊，曾会长，这帮丘八比土匪还恶！"众人七嘴八舌，义愤填膺。

"诸位，诸位，请息怒，"曾海春连连打断众人的非议，"眼下城外大军压境，张大将军当年可是威震山东的响马，咱们还是老老实实当顺民吧。这兵荒马乱的年月，什么教育救国、实业救国，都是扯淡。现在是秀才遇见兵，有理说不清呐！再者说，当兵吃粮，军队不向地方派捐派粮，难道让十几万人马喝西北风去。至于乱兵扰民，自古难免，张大将军的兵再坏，也坏不过张勋的辫子兵吧，洗劫全城，四处纵火，不就是眼前的事嘛！"

曾海春软硬兼施的话里隐含的潜台词，大家都心知肚明，这位张宗昌的匪气上来，还真拿他没辙，做坏事他比辫子兵做得还绝。

看到大家都默不作声，程金石从烟盒里摸出一只雪茄点燃，蹿出一股辛辣的烟草味儿，"我来说两句，乱世谋生，先要求得现世安稳，可眼下这道坎儿，徐州黎民百姓得过去，张宗昌派一个旅的兵马进城，明显是冲着给咱们派捐派款不如意，先给的一个下马威吗？花钱买平安，该咱们在座的出血出力的时候了，曾会长德高望重，您当大老支，就直截了当，给个痛快话吧！"

"程老板不愧是彭城富豪，我们实业家的榜样！"曾海春作揖。

"曾老板，人怕出名猪怕壮，建厂我是贷款欠了四万现大洋的债。去年兴隆面粉厂刚刚达产，这又遇上兵火加旱灾，我现在接到书信就手直打哆嗦，就怕接到土匪喊钱眼的，要钱要粮，狮子大开口！不给吧，又怕家人被绑票，唉，不说了，这兵荒马乱的世道！"程金石愤愤地扔掉手里的雪茄。

"谁人不知你程金石老板的'双钱'牌面粉质优价廉，畅销徐海地区，生意兴隆得很嘛。好，咱们别扯远了，再言归正传"，曾海春又往烟斗里摁了一小撮烟丝，深深吸一口，"我刚才说与张大将军相谈甚欢，兆麟兄还不以为然，咱们总是得要跟人家沟通融洽了才好说话，充好汉，说硬话，不是法子，毕竟枪杆子在人家手中握着呐。"

他吧嗒一下烟斗，吐一团烟雾，环视四周，"我跟这张大将军一叙呀，他是安清邦通字班的，我是大字班，他得称呼我师叔。邦人讲究的是'义气千秋'。我们几个跟他把酒喝足了，这话也说透了。我把价码压到最低，先前派款的两万大洋咱们还有一点尾款抓紧凑齐，之后，咱们再筹措三万大洋，用于兑付奉军的军票，张大帅一口吐沫一个钉，保证严饬军队纪律，管束兵丁绝不再扰民。"

"兵灾甚于水火，苛政猛于恶虎！"杨兆麟站起身，瘦长的身躯由于愤怒左右摇晃。

"杨兄说得一点都不假，就是这么个理儿，"曾海春赞同地点点头，"不过咱们总得面对现实吧，鲁军进入徐城，兵士在市面购买物品，腰里挂着手榴弹，手里攥着盒子枪，那架势极为彪悍，谁看了不打怵。商民因拒收奉军军票，屡屡发生冲突，导致十几人受伤。现在，全城的商铺关门闭市，已经有五六家关门的铺子被砸。所以，今天召集各位绅董紧急会议，筹款的大洋以军票十元面值，作价银钱十六千六百文；军票五元，作价银钱八千三百文；军票一元，作价银钱一千三百八十文。各商号收取的军票按照此比价，来徐州商会再兑换银圆。大家意下如何？"

"曾会长一向忠厚、公正，是咱们的主心骨，方方面面的大老支，俺们信得过你，"程金石说，"我认领两千，银票下午送到商会。"

曾海春拍拍手，"好，程老板一向被徐城民众赞誉为'富而好仁'的大善人，救民于水火的活菩萨，时间紧迫，咱们快刀斩乱麻，我这里准备了一份认领明细，大家拿回去照单捐款。今天下午就发出通告，让全市商号恢复营业，军票按此牌价通融使用。"

一位老板站起身，他五短身材，圆头圆脑圆眼，古铜色的皮肤，活脱脱一副弥勒佛长相。他笑眯眯地说："常言道'人到穷时知穷苦，身临难时方知难'，海春会长是咱们彭城商界的'大老支'，难为海春会长费心周旋，各位啥也别说，回去准备犒金吧！"

"郁四爷，你是土工行的头领，管好手底下千把人，那些'码里'的弟子都是火暴脾气的糙老爷们，一言不合就抄家伙，抡拳头的。千万别惹是生非，跟丘八较劲，吃亏的是咱们！"曾海春叮嘱道。

"曾会长，论家礼，郁柏青得尊称您为师叔，该忍就得忍，您老人家放心好啦！"矮个子的郁柏青抱拳施礼道。

这时候，一位肥头大耳的中年男子带着两个随从推门而入，室内的烟草呛得他掩鼻咳嗽了两声。

"呀，不知道杨县长大驾光临，有失远迎，万望包涵！"曾海春赶紧一溜小跑迎上前。

来人对曾海春的殷勤并不搭理，大刺刺地迈着方步，径直走到会议室中央，随从为他脱去皮大氅，摘下黑礼帽。他赤黑的脸膛，浓密的扫帚眉，蒜头鼻，紫黑色的厚嘴唇向外翻呲，露出满口黄黑的牙齿。穿着时新的黑西装，打领带，皮鞋锃亮，他拖着一口南方官腔，不紧不慢地说："正好城里的各位神仙都在，本县长把张军长给铜山县府发布的最新指示，在此给大家伙说道说道！"

会场一片沉默，众人目不转睛地望着这位官架子十足的杨世云县长。

杨世云掏出两张黄纸，用南方韵味的官腔读道："苏鲁豫皖四省剿匪督办，奉鲁军第一军上将军张宗昌令：本军为保境安民，绥靖地方，需扩充兵马，购置军备。然军饷支绌，难充军需，故从即日起，于徐州东火车站迎宾馆设立军事善后临时特别货捐局，委任铜山县县长杨世云为局长，抽收货捐，并订立章程如下：一、为临时筹饷起见，就铁路运输商货加捐一道，定名军事善后临时特别货捐。二、此特别货捐系临时性质，俟财政稍裕，即行取消。三、凡铁路往来运输货车，无论经过或落地，统统按照章程加捐一道，否则不予放行。四、捐票暂由第一军司令部核发，所收捐款每月终由第一军粮饷处核收。此致铜山县政府，并昭告实施。"

会场爆发出一阵喧哗，群情激昂。

杨兆麟拍案而起，"横征暴敛，真是无耻之尤！"

程金石"嚯"地站起身说："杨县长，我们兴隆面粉厂每天一千袋，如果麦子进货抽捐，面粉出货还要再抽一道捐，成本提高四成以上，工厂运转难以持续，就连军需供应也难以保障。请县长如实向张军长禀告。"

曾海春凑到杨世云跟前，谦恭地说："您看，徐州乃陇海与津浦铁路交会之处，货物往来集散之地。如果照此章程抽捐，徐州各路往来货物断绝，粮食、燃料、民用货物缺乏，导致百业凋敝，居民恐慌，于军队扩展也不利，杨县长，您看是吧？"

杨世云脸上带着一丝讪笑："刚才大家伙的意思，我当时也是如实禀告张大将军的。无奈，徐州周边直系吴佩孚虎视眈眈，随时犯我边境，扰我民众，张大将军整备军务，也是为了阻遏兵燹之祸延及徐州境内呀！这不，还有一份司令部致徐州道尹于书全的公文，抄告各县，我也一并给大家伙读一读。"

杨世云抖开第二张黄纸，"因军费浩大，财政支绌，自民国三年十二月一日起，徐属丰县、沛县、萧县、砀山、铜山、邳县、睢宁、宿迁八县施行盐斤加价，计食盐每斤加价八厘，得款按月解缴，以济粮饷。此令徐州道尹转饬本埠各盐局照章办理，另出告示，仰各周知。"

众人骂不绝口，一哄而散。

"哎哎，听我说完嘛，"杨世云摇晃着手里的纸张，尴尬地说，"军令如山，我一县之长，没得办法呀！"

杨兆麟紧绷着黑脸，一字一句，恨恨地说："官逼民反，民不得不反！"言毕，掸一下棉长袍，扬长而去。

"杨兆麟，你有能耐，找张宗昌说理去！"杨世云冲着他的背影吼道。

二

鼓楼街是一条纵贯南北的交通干路，往南接南关上街，连接剪子股，直达云龙山北大门。往北有一座城门楼式的巍峨建筑，始建于明朝洪武七年，底座为坚固的条石和大青砖砌成，城楼上建了一座宏伟的宫殿，亭台楼阁，起脊排角，金黄色的琉璃瓦，朱红色的外墙，南面匾额横书"中枢巨镇"，北面匾额横书"大观在上"，字体遒劲有力。川流不息的人群、车马从鼓楼拱形门穿行而过，直达徐州府衙衙门口。这里是西楚霸王项羽的西楚故宫，也是清代管辖徐州地区的知府衙门所在地。大门口左侧竖着一块牌子"江苏省立第三女子师范学校"。门前的府署街是一条东西走向的小道，仅有二百多米，街的西头尽连接统一街，东临孔庙，那里是铜山县立师范学校所在地。

徐州府衙是一座方方正正的大院落，前院有两排青砖灰瓦的清代平房建筑群，后院是一座二层的四方连接的串楼，中间是天井，这里是教学楼，楼西侧有一座三层的高楼，楼顶蔚蓝色的琉璃瓦格外醒目，三个拱形的门洞楼上方是一块石牌匾"霸王楼"，三个遒劲的隶书大字，楼顶正堂供奉着项羽和虞姬的牌位。

教学楼内飘出来琅琅读书声。

二楼一间教室，一位身穿绿色贡呢子夹袍的青年教师正在授课。"同学们，今天我们讲了白话文的写作，但是，仍然有一些老夫子抱残守缺，抱着之乎者也不放。新的社会，新的世界，新的思想，我们应该有新的气象，新的作为。"

这位老师二十多岁，中等偏瘦的身材，国字脸，长眉毛，一双亮晶晶的眼睛分外有神，高鼻梁，嘴角上扬，棱角分明头发微微卷曲，三七分头梳理得纹丝不乱，整洁、端庄、大方。

说到这里，他从衣襟下掏出一只挂着银链的怀表，"还有时间，我们检查一下上一节课布置的白话文诗歌，谁先朗诵？"

前排一位姑娘举手。

"请刘萍同学朗诵。"孙鲁点头示意。

"孙老师，我写的诗歌是'爱护灿烂的国旗'。"

刘萍站起身，这是一位漂亮的女孩，长着好看的瓜子脸，弯弯的柳叶眉，一对水灵灵的大眼睛，挺秀的鼻梁，两条乌黑发亮的发辫从两颊垂下来，拖到丰满的胸前，发梢系着两只红色的蝴蝶结。她放开银铃般的嗓子，大声朗诵道："爱护灿烂的国旗，要保全健康身体；爱护灿烂的国旗，要光大学校荣誉；爱护灿烂的国旗，要弘扬民族精神；爱护灿烂的国旗，要增进民众幸福！"

"写得好，这首诗可以在学校升旗时集体朗诵，请为刘萍同学鼓掌！"孙老师带头鼓掌。

"孙鲁老师，这是真的吗？"少女脸上飞上两朵红晕。

孙鲁老师赞许地点点头："我给杨兆麟校长建议一下，的确写得很好，有昂扬向上的精神，能鼓励同学们励志自强！下面，请郑玉敏同学朗诵。"

一位身着天蓝色大襟校服的女孩站起来，她圆脸，肤色微黑，留着齐耳短发，相貌端庄大方，神态里带着农村少女特有的健康、淳朴和稚气。

"放足歌"，她的声音洪亮圆润，"咱们女子真可怜，年方五六岁，就把小脚缠。白布紧紧裹，硬把骨折断。睡在床上阵阵疼，只能把泪偷偷弹。自己不同意，打骂在眼前。行走苦又艰，家贫谋生难。请看放足女，脚大多方便。行走能挑担，下地能种田。上街做买卖，一样能挣钱。"

全教室的同学报以热烈掌声。

"从两位同学的诗歌，我看到了国家未来的希望，"孙鲁老师眼中放射出激动的光芒，"同学们要肩负起历史给我们的使命，还要博览群书，参加学校的读书会，尤其要多读一些《新青年》《向导》《唯物史观》等刊物、书籍，开拓视野。我那里有一些，可以给大家借阅。我们学校隔壁的铜山师范同学会创办的《赤潮》旬刊，也很有特色，会长是郭一民同学，博采百家之长，大家可以参考一下。"

"孙老师，是不是旧体诗词就可以淘汰呢？"刘萍扑闪着大眼睛问。

"古典诗词，最早就是《诗经》，'关关雎鸠，在河之洲'，'坎坎伐檀兮，置之河之干兮'，充满了对生活、爱情和劳动的赞美。无数的名人，大家就像是璀璨的星河彪炳于中华文化的历史长空。很多词句朗朗上口，千百年以来深得人们的热爱和传颂。但是，旧体诗词中也有许多糟粕，有的追求生僻的字词和典故，还有的拘泥于工整对仗。我再给大家讲一个'闭门造诗'的故事，是与咱们徐州有关系的一桩笔墨官司。大家愿不愿意听？"

"好！"同学们齐声说。

孙鲁老师一边板书，一边说，"在北宋时候呀，咱们徐州有一位著名的诗人陈师道，又名陈正字，字无己，常常闭门读书，废寝忘食。苏轼在徐州做知州的时候，对他惺惺惜惺惺，以布衣身份推荐他为徐州州学，吃官饭的教师，相当于今天的孙鲁老师吧。"

讲台下的同学发出一阵笑声。

他指着黑板上几行娟秀的字体说，"黄庭坚与苏轼是以诗文闻名于世的好朋友，自然与陈师道也有交情。话说这黄庭坚有一日写下一首《病起荆江亭即事》，可能是惦记起远方的老友，诗中写下这一段'闭门觅句陈无己，对客挥毫秦少游。正字不知温饱未，西风吹泪古藤州'。这本来是对陈师道废寝忘食的挂念，对秦少游善于交友的回忆。未承想歪打正着，被宋金时代的元好问戏谑调侃成'池塘春草谢家春，万古千秋五字新。传语闭门陈正字，可怜无补费精神'。这首诗的前两句是对谢灵运《登池上楼》中'池塘生春草，园柳变鸣禽'的赞美，这后两句呀，就是对陈师道闭门造诗的嘲讽。后来，苏轼因为党争遭受贬谪，陈师道为感谢恩师的知遇之恩，托病请假，陪送苏轼一直到南京，因此也被党人检举，罢免了州学教授。这个故事也体现出徐州人自古以来就讲义气、重感情的淳朴厚道民风。"

"叮当，叮当"传来下课的打铃声，同学们被孙鲁老师渊博的知识，诙谐的讲述深深吸引，依然意犹未尽地端坐着。

"下一课咱们再继续探讨！"孙鲁习惯地拍拍手，"好啦，下课了！"

孙鲁步出教学楼。一位女教师喊住他，"孙老师，传达室有您的邮单，是北京大学寄来的。"

"谢谢您!"孙鲁一边回答,一边急匆匆地向大门走去。

三

清咸丰五年之前,徐州的水运以黄河为主干,北关牌楼一带河宽水稳,形成了繁荣的商业区。之后黄河在河南铜瓦厢决口北徙,徐州对外水运主要依赖城南的一条较小的奎河,南关沿河的上街、下街、马市街、坝子街的商业开始兴旺起来。1911年之后,随着津浦铁路和陇海铁路建成通车,坐落在城东子房山下的徐州火车站,成了交通枢纽,东关一带的商埠区迅速崛起,一条从火车东站经过大马路、月波街贯穿旧城东门至察院街,到二府街直达西门外的东西交通干线形成了。察院街这条以明清徐州八县学子赶考的考试院而命名的街道,位居商埠中心首位。

察院街是一条东西两里多长的马路,宽约五丈,青石板条石横向铺设,沿街两旁的商铺鳞次栉比,建筑风格土洋结合。既有明清的细瓦青砖、雕梁画栋、飞檐翘角,也有充满异域情调的西洋的水泥小楼、铁艺栏杆。这条徐州繁华的街道,集聚着来自津、沪、宁和广东的国货,以及英美日等海外舶来品的高档商品,代表着最时尚潮流的消费。自西向东,宝成银楼、裕德浴池、同昌茶庄、亨德利钟表眼镜店、五洲大药房、三珍斋菜馆、一品香饭庄、老天宝银楼、盛锡福帽行等名店,都是达官贵人经常光顾的场所。街东西分界处是一座高耸的方形五层钟楼,石头基座,清一色灰砖,中西合璧式样,五楼东西两面各有一面硕大的西洋钟表,楼顶有一尊报警铁钟。

晌午时分枢院街上最热闹,长袍马褂的老板、貂皮大衣的贵妇人坐在洋车上招摇过市,还有的大家闺秀坐在忽忽悠悠的小轿子上赶去东头的益智电影社观看午场的最新影片,载客的毛驴打扮得红红绿绿脖子下的铜铃"叮当"作响,头顶发巾、身着皂布大褂的小脚老太太挎着篮子东张西望,挑着担子贩夫走卒沿街兜揽生意,还有刚刚下学的孩童三五成群地打闹嬉戏,从熙熙攘攘的人缝中钻过来钻过去,构成了一幅繁荣的街市街景。

位于大街东段路南的天成百货公司人山人海,热闹非凡。门口的两只大气球下悬挂"1925新年元旦大酬宾",留声机里咿咿呀呀播放着女声嗲声嗲气的江南小调。这是一栋黄褐色的西式建筑,三层楼房在这条街上显得鹤立鸡群。玻璃大橱窗陈列着最时髦的商品,玻璃弹簧大门,商场内整洁、宽敞、明亮,西式的玻璃货架,按照商品专柜设立的呢绒、绸缎、布匹、针织、鞋帽、化妆、五金、钟表、服装、首饰、食品等，完全按照上海最时髦的模式经营的。

四个穿灰军装的兵走到大门口，好奇地往里边打量着，为首的一个军官牛高马大，一脸横肉，腰挎盒子枪，皮带上别着四排子弹匣。

一个干瘦的兵操着一口浓重的徐州西北话，献媚地对军官说："连长，听说这一家铺子每到晚上，这门口红红绿绿的，那灯还红的、绿的、蓝的一个劲地闪光呢，赶明儿咱们晚上也过来瞅瞅西洋景？"

"马三猴，你他娘的懂个毬，那叫霓虹灯，你个新兵蛋子！"连长骂骂咧咧地回应道，"走，俺们进去瞅瞅。"

那个马三猴个子不高，三角脸，圆眼睛，猴头猴脑的一副滑稽相。他点头哈腰地拉开弹簧门："官长，您老人家请进！"

一个蓬头垢面的乞丐穿着破破烂烂的百衲衣，敲打着两块竹板，和着韵律一边走，一边唱着数来宝："徐州府，真不瓤，察院街上人来往。华丰泰，裕泰祥，宝成银楼老凤祥，家家都是生意旺。哎哎，这老天成，真正强，赶上上海滩上先施、永安的百货场！"乞丐唱罢，向门童伸出手，门童丢两个铜板，"好啦，给过了，赶紧走吧！"

"老总，赏我俩铜子儿，就能当军长！"乞丐又向军官伸出脏兮兮的手。

"赏你个嘴巴子，滚！"马三猴恶狠狠地说。

"哎哎，叫俺滚来俺就滚，来年看看谁先滚！"乞丐转身就走。

"揍你个王八羔子！"马三猴撸袖子欲赶上去。

"算了，老三，跟一个要饭的置什么气。"一个兵拉住他。

琳琅满目的商品让几个大兵看得眼花缭乱，连长被一辆黑色的脚踏车吸引住了。

"哎，跑堂的，这车子什么价钱？"连长招呼道。

穿蓝色洋布服装的服务员赶紧迎上前，"老总，这是最时兴的德国老飞鹰脚踏车，七十五块大洋。"

马三猴凑过来，伸出五个手指头："十五块，咋样？"

"对不起，老总，我们店里是明码标价，货不二价。"服务员礼貌地回答。

"不着急，只有慢生意，哪有紧买卖，"马三猴显得很懂行地说，"这徐州城里的买卖规矩俺也摸得门儿清楚，'漫天要价，摸地还钱'，不然俺去别家买去了！"

服务员指着柜台上方的"明码标价，童叟无欺"的牌子说，"自打我们商店开张几年来，从来是明码标价，不还价的，如果各位老总不满意，悉听尊便！"

"你他妈了个巴子小看俺没钱咋的？"军官发火了，一把薅起服务员。

"我扇你个小舅子的！"马三猴冲上去"啪"地就是一记大嘴巴，这家伙手劲挺大，眼见一缕鲜血从年轻人的嘴角淌了下来。

另外两个兵也一齐发威，将一节柜台推翻。

"各位老总息怒，请息怒！"一个穿西服的中年男子忙不迭地跑过来，不住地作揖，"我是小店姚经理，得罪之处，请多多谅解！"

"你是掌柜的，你给评评理，俺们要买脚踏车，这小子门缝里看人！"军官气愤地说着，从口袋里掏出一沓票子，递给姚经理，"这是八十元，你再找五元。"

姚经理赔着笑脸："长官，这是军票，按照官方兑换比价，只能打六折。"

"放你娘的屁！俺们从来都是一兑一！"马三猴破口大骂，从怀里掏出一枚手榴弹，拧开盖，拉出弦，"嫌钱不够用，当一颗炸弹搁这里，这回够了吧？"

周围看热闹的人群见状四散而逃，只有两个青年人原地不动。两个人大的二十岁光景，小的十六七岁，都穿着撅腚小棉袄、大裆灯笼裤，腰间扎板带，一看就是精壮的练家子。

"哎，我说，你们好好的架不打，老是吵什么劲儿的？"年长一点的皮笑肉不笑地说。

"呃，你小子想出头咋的？"马三猴依旧攥紧手榴弹。

"这位哥哥，您先把弦塞进去，俺们可不是被吓大的，有种您就拉火，咱都纹丝不动立在这里，谁要是装孬跑了，谁就是王八蛋！"青年人不屑一顾。

"你是干什么的？"连长厉声问道。

"俺就是这街上的和事佬，张家长李家短，谁家有啥过隙，都找俺们兄弟说道说道。"年轻人抱拳施礼，"本人张金彪，江湖上人称瓢把子，帮里念四，觉字班的。今天这事，老总您说，是公了还是私了？"

"公了怎么讲，私了怎么说？"连长的气焰消了一半。

"这公了嘛，就是去道台衙门找张大将军公断，这军票、银圆的兑换价，官府是出了告示的。就凭你们今天闹的这一出，还不军法从事。再者说，这天成百货公司是徐州城首屈一指的大商号，谁人不给面子，不是随便就能拿捏的软柿子！"

张金彪一番软中带硬的话语，弄得连长彻底没了脾气。

马三猴拉着张金彪的袖子，"那就私了，走，咱们兄弟借一步说话。"

张金彪反手一记擒拿术将马三猴右臂拧住，马三猴则猿猴般的敏捷地顺势地转过身，左手闪电般地锁住了张金彪的咽喉。

"点到为止！"马三猴说。

"哈哈哈！"两人大笑，同时松开了手。

姚经理看得目瞪口呆，"好汉，有事好商量！"

马三猴冲着张金彪作揖："在下大号马三升，绰号三猴子，念三，悟字辈，丰县西关外梅花螳螂门的。人不亲义亲，咱们今后就是兄弟了！"

张金彪作揖还礼："四海之内皆兄弟，论起'香头'，您是师叔。俺们一帮兄弟是小北门外黄河滩练跤的，这是俺亲弟张金豹，摔得一手好快跤，结巴磕，绰号张二呱子，师叔有空去北门外的黄河沿去玩玩！"

张金彪又对姚经理说，"今天你们做得也不对，惹得老总发这么大的火，该咋做，你心里还不没个数吗？"

"好的，明白明白！"姚经理忙赶紧地摸出五枚银圆，交给马三猴，"到饭时啦，老总们喝点酒吧，算是小店赔不是啦！"

马三猴笑眯眯地接过来掂了掂，"连长，既然俺们刚刚结识的兄弟这么仗义，咱们就给掌柜的一个面子吧？"

"好吧，俺们走！"连长正好借坡下驴。

马三猴抱拳放在脸右颊拜三拜，"金彪、金豹兄弟，后会有期！"

"三升师叔，后会有期！"张金彪抱拳放在脸左颊拜三下回礼。

马三猴又从裤袋里又掏出那一枚手榴弹，递给张金彪，"留着做个念想。"

眼见当兵的走远，张金彪盯着姚经理，大拇指与食指在他面前搓几下，"姚老板，今天这个场，你不能白了俺们兄弟俩吧？"

"哪能白了兄弟呐，"姚老板又掏出五枚银圆交到张金彪手上，"多亏了两位出面解围，有情后补。"

张金彪在手掌心反复把玩，银圆在掌心里"哗哗"作响，"今天要不是俺们弟兄俩舍命相救，你家的铺子就要淌烟喽，你咋心里还没有数？！"

姚经理连忙又掏出五枚，"有数，有数，该知情兄弟的！"

张金彪这才心满意足地将一大把银圆"哗啦"装进口袋里，"姚老板，今后有啥事，用不着经官动府的，找俺们兄弟就能摆平，花钱少，事情还利落！"言毕，扬长而去。

四

皎洁的月亮升了起来，周圈围着一个大风圈，天穹仿佛也被严寒冻住了一般，几颗小星星在天际瑟瑟发抖。

铜山县立师范学校坐落在徐州孔庙。这是一个五六十亩的大院落，大成殿在孔庙内居正中，大殿门前一条小河，三座汉白玉石拱小桥横跨河上。三三两两穿短衣的苦力从桥上经过，两盏汽灯把大殿照得亮如白昼，正中供奉着一尊面目慈祥的孔子雕像，神龛上方悬挂横匾"万世师表"。长条凳上已经坐满了五十多人，抽着旱烟袋，相互拉家常。孙鲁悄悄走进屋里，找了个位子坐下。他环顾四周，发现来的都是些干苦力活的工人，其中还有几个妇女。

校长杨兆麟在黑板上写下"平民夜校"四个大字，然后拍拍手上的粉笔末，慢条斯理地说："工友们，市民们，今天我们的平民夜校开学了！"

教室里响起一阵掌声。

杨兆麟接着说："徐州府的孔庙上学不收钱，是自古就有的老规矩。早在明朝初洪武二年（1369），就在这里有义学，免费供出身寒门的学子读书。好啦，各位学生白日里忙于生计，晚上时间也不多，我不再多言，就请我们的孙鲁老师开始上课吧！"

孙鲁依旧穿着绿色贡呢子夹袍，向众人鞠躬致敬，"首先，我向在座的最伟大的劳工们致敬！"

他转身在黑板上写下"劳工万岁！"四个大字，"今天我们就讲这四个字。"

一位妇女坐在门槛上旁听，身边放着一只笸篮，一边"哧，哧"地纳鞋底。

"梁二嫂，我认得你，住在隔壁簧学巷的，我的邻居，请您到前边坐，这里有空个位！"

"不用了，坐在这里挺好，耽搁先生讲课了吧，我这就把针线停下来！"这是一位三十岁上下的妇女，相貌端庄，留着发髻，眼角已经出现了细细的皱纹，显示出劳动的辛苦和生活的艰辛。

"梁二嫂，你白天去蛋厂做工，晚上做针线，一天到晚劳作，也是劳工，你接着纳鞋底，不碍事的！"

孙鲁目光灼灼地环视一下工友："我想问一问，世界上谁最有钱？"

"东家最有钱！"一个年轻的小伙子说。

"当官的最有钱。"一个中年男子说。

"你们说的都对，地主老财、资本家还有官吏，他们不劳动，却最有钱。我们劳工辛辛苦苦地一年忙到头，还不够养家糊口的，这是为什么？好，下面我再提第二个问题，东家和当官的钱是从哪里来的？"

"人家的命好，上辈子修来的呗！"小伙子快言快语。

孙鲁问道："请问小伙子你贵姓，做什么工的？"

"俺姓鹿，梅花鹿的鹿，叫鹿继澄，在贾汪光腚挖煤的煤黑子。"

"你一天能刨多少煤？"孙鲁又问。

"少说也有三十车炭。"

"小鹿，咱们算一算，给你多少工钱呢？"

"三四毛钱，够买几斤杂和面儿的。"

孙鲁再问："那三十车炭能卖多少钱呢？"

"一车三四百斤，三十车少说也有万把斤吧，东家能卖百十块大洋吧。"小鹿回答。

"好，账这么一算，这就明白了，你拿着性命辛辛苦苦干一天，得到的只有三四毛钱，还不够东家的零头，劳工们创造的财富，变成白花花的银圆，就这样流进了资本家的腰包，日复一日，年复一年，喂肥了地主老财、资本家，这就是他们剥削的秘密。"

"孙先生，您这么一说俺们就明白了，敢情东家的洋楼、矿山都是俺们工友给他挣来的。"鹿继澄点头称道。

"是的，我们工友为东家挣来万贯家财，自己却过着牛马不如的生活，受尽欺压和侮辱！"

孙鲁说着转向坐在门口的梁二嫂，"像梁二嫂这样到蛋厂做工的妇女每天近千人。每天天不亮就上工，一干就是十几小时。街上的小孩唱儿歌道，'徐州府，大改观，闺女媳妇去打蛋，下工还要摸一遍，看看带蛋没带蛋'。我到蛋厂门口看过，门口搜身的把头嬉皮笑脸，光天化日公然侮辱调戏妇女。谁家没有母亲、姐妹，谁能容忍这种流氓行径！你们说这是一个什么世道，这个世道公平吗？"

工友们眼中放射出怒火。

"嘭——咣！"随着几声巨响，众人随声向外观望，只见五彩斑斓的烟花照亮夜空，紧接着又是七八声沉闷的炸响，天空中绽放出绚烂的七彩花瓣。

孙鲁指着门外说："这是烟花，今天是腊月十七，张宗昌母亲的六十大寿，提前给徐州八县的周边的官吏下了喜帖，今天晚上在道台衙门摆下了几十桌筵席，一连三天流水席。这么阔绰的大排场，真的是'富家一席酒，穷汉半年粮'！"

"听说张宗昌从京城请来京剧名角，连唱三天大戏。下午我拉车经过道台衙门，对面的影壁拉起了一大块白布，还有西洋电影呢。"那个中年男子说。

孙鲁问："师傅是拉洋车的吧？"

"我叫梁同义，排行老二，跟着郁四爷的义来春轿行拉洋车。"

"孙先生，他是俺家男人。"梁二嫂说。

"噢，原来你们是一家人，"孙鲁笑着说，"梁师傅，拉车的车捐也涨了吧？"

"可不，从每月五毛涨到九毛了。"梁同义愤愤地说。

"徐州府的盐税涨了二厘，老百姓吃盐每斤加价一百六十文。还有商铺捐、牙税这些乱七八糟的苛捐杂税，最终都要落到老百姓头上。这个张宗昌为了给母亲祝寿，花高价钱从北京请来著名的老生余叔岩，最当红的花旦程砚秋、荀慧生，花脸金少山、刘连荣，合作大戏接连三天。他的钱从哪里来？这天上飞的礼花、地上喷的焰火不都是花我们在座一样的老百姓的血汗钱吗？"

屋子里一片寂静。

孙鲁接着说，"像我们这些穷苦人，没有家财，吃了上顿没下顿，为什么会这样呢？"

梁二嫂念念不平地说，"还不是那些财主，资本家把我们的血汗榨干了！"

梁二嫂的话引起了一片骚动。这个骂地主、资本家心狠，那个骂社会黑暗、不公。一时间群情激愤。

孙鲁摆摆手让大家安静下来，然后说道："所以我们要团结起来，同那些东家、地主和资本家斗争，从他们手里夺取政权，建立我们工人农民自己的政权。建设一个没有剥削、没有压迫、人人平等、人人都能过上好日子的社会。我们就是要依靠劳工去斗争，去夺取，去赢得胜利。这就是我今天开始写的'劳工万岁'！"

人群先是一阵沉默，接着爆发出雷鸣般的掌声。

灰蒙蒙的清晨，天空飞舞着零零星星的雪粒，整个徐州城都笼罩在一片混沌、清冷的气象之中。

位于察院街东首的花园饭店是一个豪华气派的大宅院，坐北朝南，灰瓦白墙，中式的门楼雕龙画凤，大门口站立着四位荷枪实弹的士兵。

影壁墙上雕刻着松鹤延年的壁画，院子偏东坐落着一栋赭红色的德国公馆式建筑，三层的小洋楼，门厅东侧有一座假山矗立在池塘边，冰冻的水面保存着残留的荷叶和莲蓬，冰面下三三两两的彩色小鱼在游弋。

房门安装的是最时髦的旋转门。楼内的水晶吊灯璀璨闪耀，枣红色的地板、楼梯、西式挂钟、暖气壁挂炉和抽水马桶，配上中式的红木家具，点缀着古字画和瓷器装饰，都显示着房主的阔绰、时尚。

二楼东侧一个密不透风的房间里，张宗昌正在大发雷霆，对着电话机咆哮："他妈了个巴子，胆敢在俺老娘寿辰前来捣乱，待俺派兵铲了他狗日的兴隆面粉厂！"

摔下电话，张宗昌喊道："副官，副官！"

"噔噔噔"副官跑上楼，"大将军请吩咐！"

"你去叫那个张大个子，带上他的一连人马，去兴隆面粉厂，把他那个鸟厂子给我抹平喽，就说是……"张宗昌抚摸着锃亮的秃头沉吟着，"噢，就说是私藏直系吴佩孚的人，躲在厂子里往外打枪。交出敌人，还则罢了；交不出来，连人带厂，全都给我'突突'喽！"

朔风裹着雪花漫天飞舞。兴隆面粉厂车间西侧一栋二层小洋楼里，程金石紧锁眉头，呆呆地眺望着不远处白茫茫的故黄河，炉子上的壶水烧得吱吱作响，壶嘴喷吐着一股热气。半响，他转过身问坐在沙发上的一位中年人："卫天兄，这么说枪击事件可能是军方所为？"

卫天站起身，这是一位四十岁上下的壮年汉子，体态已经发福，脸色红润，穿着时尚的背带裤，鸡心领毛背心，衬衫的领口敞开着，腆着微微凸起的肚子，他走到程金石身边说："是的，我作为兴隆面粉厂的襄理，大半夜坐住铜山县公安局，他们的侦缉队也不敢怠慢，连夜勘查现场。这三个人是半夜从西边黄河上摸过来的，穿着军用胶鞋，五枪撂倒咱们两个兄弟，打灭三盏灯，凶手手段高强，打完就走，动机不明。因为涉及军方的背景，县公安局不敢深究，我一大早去找县长杨世云。他也推脱'尽力而为，爱莫能助'，打哈哈，不再过问了。"

"卫襄理，你没有给杨县长表示表示吗？"程金石拧起眉毛。

卫天愤愤地说："怎么没有表示啊，连同郭局长、侦缉队褚队长每人塞了两百大洋。这个杨世云还拐弯抹角地点示我们，文学巷有一栋二层小洋楼要出卖。那文学巷毗邻花园饭店，正街就是察院街，那里的小楼没有一千现大洋，连想都不用想,这不是趁火打劫吗?!"

"那是一条永远喂不饱的饿狗,孬种!"程金石接过卫天递过来的一支雪茄,点燃,深深吸了一口,从鼻腔里喷出两股辛辣的烟草味儿,"给他买,你去打听一下价格,不管多少钱,都要把那个小楼盘下来。记得吗,前几天他来厂里喝酒,杨世云还说,县税务局要往咱厂子里派驻厂员,让他给拦住了,这么看,他是事先埋好的话茬子。"

"好吧,我抓紧去办,不过,最近张宗昌的军事善后特别捐加上多次派捐派粮,咱们亏空不少啊!"

"等过了这一关再说以后的事吧!"程金石长叹一声,"咱们那两个兄弟要抚恤好,每家一百现大洋,再安排一个亲属进厂工作。死亡的兄弟以后每个月两袋面粉送到家里。"

"好的,这么抚恤兄弟们自然没有话说,不过前有车,后有辙,往后都是这么标准,是不是有点多了?"

"卫天兄,常言道'高薪买身,厚恩买心',越是这个时候越要慷慨大方,不要小里小气吝惜钱财。"程金石宽阔的额头上眉头紧锁,咬咬牙,"死亡的兄弟,咱们两人每人五十大洋的份子钱,让义来春轿行的郁老四给操办得体体面面的。"

"好吧!"卫天也点燃一支"三炮台",两人站在窗前喷云吐雾抽闷烟。

"哎哎,马队,"突然,卫天惊叫起来,"哎哎,还有汽车!"

透过飞舞的雪片,远远望见一队穿着灰色雨衣的骑兵顺着黄河堤岸由北面开过来,还有两辆汽车尾随其后。

"是福不是祸,是祸躲不过,该来的,这就来了!"程金石的脸上没有丝毫惊慌失措,依旧保持平静。

"金石兄弟,你先出去躲一躲,这边我来应付!"

"说啥话呢,这个时候让我总经理当缩头乌龟!要不然你先走,出去报信。"

"有福同享,有难同当,咱们兄弟生生死死在一起!"卫天坚定地回答。

"傻兄弟,没有人去报信,咱们都得死在这里,再不走就来不及了!"程金石吼道。

"已经来不及了,总经理你看!"卫天指着大门口说。

骑兵纷纷跳下马,架起机枪封锁住厂大门口,从汽车上跳下来的兵已经开始手脚麻利地攀爬围墙。

"这样吧,让你外甥小华子去给商会的曾海春会长报信,他三教九流都能摆平,眼下只有海春能救咱的这一场血光之灾!"

卫天大声喊道,"小华子,华伯诚!"

楼下一个小伙子应声赶到。这是一个眉清目秀相貌俊朗的青年,十七八岁左右,浑身上下透露出一股精明强干的机灵劲儿。

"你马上去找徐州商会的曾会长,"程金石一边说,一边俯在桌子上写下"速来救我"四个字,"把这个纸条交给曾爷!"

"好的,程老板,我这就去!"华伯诚回答。

"小华子,到处都是兵,你怎么出去?"卫天问。

"舅舅,我从楼后边的排水管子里钻出去!"说完,小华子跑下楼去了。

三五成群的员工被当兵的驱赶到楼前的晒麦场,又被一一摁在地上跪下。

"咣"的一声门被踢开,一位身材高大的军官带着两个兵趾高气扬地走进总经理办公室。

一个小个子精瘦的兵,"哗啦"一声拉开枪栓,指着二人,凶神恶煞般地嚎叫:"站住别动,报上名来!"

"我是总经理程金石,"程金石指着身旁的卫天介绍,"这是襄理卫天。不知道各位军爷到俺厂里有何贵干?"

浓眉大眼的高个子军官操着一口东北话:"我是奉系鲁军的张连长,奉命执行公务!"

"俺们犯了什么王法,请军爷明示?"卫天问道。

"哎,我说你这个鸟襄理,装什么憨!"小个子兵愤怒地上前用枪口杵一下卫天!

"马三猴,不可造次,俺们对老板要客气点!"张连长制止道。

程金石拿起桌子上的"三炮台",分别递给三个官兵,殷勤地为连长点燃,"长官,我们真的不知道到底是咋回事,就算是死,您能让俺们死个明白不?"

"好吧,那就给你把话挑明了,"连长深吸一口,吐出一团浓雾,"这个昨天晚上嘛,俺们张大将军的老母亲六十大寿啊,是吧,有人打枪捣乱。有人密报是吴佩孚派来的奸细趁机作乱,还说奸细从你们厂子里向河西的鲁军开枪袭击。所以啊,俺们奉张大将军之命,前来捉拿奸细。"

"哪有影的事儿呀,俺们也是受害者啊!"程金石叫苦不迭,"昨天晚上十一点钟,有三个人从西边黄河冰面上摸过来,打死俺两个门卫,胡把头要带着人去追，是我死活拦着不让他们出厂门。这月黑风高的晚上，打黑枪的手段又这么高强，再死伤几个兄弟咋办呢？"

"这是你的一面之词，俺们得到的情报是你厂里私藏直系吴佩孚的敌人，破坏捣乱，今儿个交出敌人，还可以给你网开一面；如果交不出来，就拿你们抵罪！"连长瞪着牛眼指着他们两人吼，"张大将军吩咐，把你们全厂的人都用机枪给'突突'喽，厂子给铲平喽，弟兄们把煤油都准备好啦，这可是玩真格的！"

楼下的晒麦场里两挺机枪的枪口对着黑压压跪地的一百多家属和职工，马队在四周逡巡，骑兵手里高擎着寒光闪闪的战刀。稍远处，有十几个兵士正在往车间滚动油桶。

"哎哟我的天爷来！"程金石叫起苦来，豆大的汗珠从额头滚下。

"长官，咱们有话好好说，慢慢商量！"卫天给程金石使一个眼色。

程金石会意，赶紧从抽屉里摸出一根金灿灿的金条塞进张连长的裤兜里。

张连长脸上堆满笑容："哎哎，程老板这是啥意思嘛？"

程金石又拿出两摞红纸包裹的银圆，一边塞给两个兵士，一边说："不成敬意，这也就是给老总们换件衣裳，买双鞋袜。恳求老总们高抬贵手，放过职工和家属们！要杀要剐就冲我来，我是一厂之主，要死也是我先死。"

连长笑眯眯地说："老板也是敞亮人儿，先给你宽限一下，咋解决，你给个时间，俺们不能大雪天的老是待在这疙瘩吧！"

"两个小时咋样，"程金石打开怀表看了一下，"中午十二点如何？"

"好，就宽限到十二点，到时候还不解决，休怪兄弟们翻脸无情！"

"不瞒老总，俺们的人这会也正在找张大将军通融，这件事一定能解决。"程金石拉着连长的袖子说，"咱们以后就是朋友兄弟啦，想喝酒啦，缺零花钱啦啥的，尽管给我说。"

马三猴也收起一脸的凶相，龇着一口黄牙说："就是嘛，留得青山在，不愁没柴烧。程大掌柜的家大业大，将来挣座金山银山的，别忘了俺们弟兄们今天的抗命相助呀！"

"这位兄弟说的，俺老程最讲究'义气'二字，不是那种过河拆桥的人。"

卫天看看情况渐渐缓和，赶紧接过话说："长官，您看这大雪天的，兄弟们还在外边受冻，能不能让弟兄们找个避风的地方歇一歇，俺们安排两个人出去买一扇猪，中午给弟兄们做个猪肉炖粉条。"

"好吧，恭敬不如从命！"连长解下身上的盒子枪，放在老板宽大的桌子上，又一屁股坐在太师椅上，跷起二郎腿，"蔡班长！"

"到！"一个兵上前立正。

"你去通知弟兄们，把好大门，等着老板十二点的信儿！"

"是，那些院子里的人呢？"班长小心地问。

"那些工人还得在那疙瘩跪着！"连长从烟盒里抽出一支烟，程金石赶紧给他点燃。

连长很惬意地吐一口烟圈，挥挥手，"去吧！"

"长官，您看，要不然让卫襄理套上我的马车，去买点下酒的菜。麻老歪的羊肉、樊哙狗肉、冯天兴烧鸡在徐州府很出名的，咱们边喝边等着？"

"好吧，那就听从程掌柜的安排吧！"连长指着马三猴，"三猴子，到门口站岗去！"

"是！"马三猴敬了一个礼，乐颠儿颠儿地跑到门口持枪站立。

卫天连忙围上细格子围巾，套上皮大氅，戴上黑色礼帽，竖起领子，一头扎进风雪之中。

他一上车就催促车夫："快一点，再快一点！"

"卫老爷，这路面打滑，马跑快了容易摔跤，"车夫嘴里嘟囔着，扬起马鞭"啪"的一声响，"驾，驾！"

马车驶出大马路西口，踏上迎春桥，铅灰色的城墙像一条白色脊背的巨蟒沿着故黄河蜿蜒向南伸向白茫茫的天际线。马车穿过东城门，右转弯就到了益智电影社门前，卫天焦急地撩开车帘子向西张望，远远看见一辆毛驴车"叮叮当当"地由西向东驶来。马车、毛驴车不约而同地在花园饭店门口停下。

卫天赶紧跳下马车，上前撩开车帘子，搀扶着曾海春下车："曾老兄，可算是把你这位大救星给盼来啦！"

"卫天贤弟，闲话少叙，救人要紧，小华子刚才跑到俺家都跟我说了！"

卫天作揖："那就拜托仁兄了！"

曾海春点头还礼，匆匆走到大门口，对卫兵说："请禀报张大将军，徐州商会会长曾海春专程拜访！"

卫兵打电话："喂，沈副官，徐州商会会长曾海春前来拜见张大将军！"。旋即一个全副武装、穿皮靴的俊朗军官跑步前来，立正敬礼："曾会长，张军长有请！"

军官引导曾海春上了二楼大厅，站在一个房间门口大声禀报："报告，徐州商会曾会长到！"

"快请进来！"

楼里的壁挂炉烧得温暖如春，明晃晃的电灯下，张宗昌只穿着一件睡袍，笑容满面地抱拳施礼："师叔冒雪前来，宗昌有失远迎啊！"

曾海春把礼盒放下，连连还礼："哪里，哪里，海春冒昧打扰，还望军长恕罪！这是一株长白山七百年的老人参，给您补补身子骨。"

"俺在东北待过七八年，知道那玩意儿是好东西，贼贵着哩，曾会长请坐吧。"

"大将军保境安民，造福徐城百姓，日理万机，身心疲惫，当心身子骨啊！"曾海春恭维道。

"身心疲惫谈不上，就是这十几个太太天天缠得俺累得不轻，正好炖棵老参壮壮阳。"张宗昌淫笑着说。

曾海春直挺着身子，屁股只一半坐在太师椅上："大将军军务繁忙，海春今日上门叨扰，也是受人之托，不知道大将军能否给个薄面？"

"无事不登三宝殿，曾大会长大雪天的过来，一定有事相求，但说无妨，凡是宗昌能做到的，咱不就是一句话的事儿么！"

"那好，张军长，我是为兴隆面粉厂的事情而来。"曾海春说完这句话，目不转睛地看着张宗昌的表情。

"这个事情嘛，"张宗昌搔着秃头，沉吟着说，"他们是自己作死，胆敢充当吴佩孚的奸细，饶他不得！"

"大将军，这里头有误会，这程金石呀一直是拥戴大将军您的，每一回捐款纳粮啊他都是第一个，踊跃得很咧，借给他十个胆儿，也不敢勾结直系吴佩孚，冒犯大将军您的虎威呀！"

"曾会长你近前来看看！"张宗昌指着墙上的地图。

曾海春连忙凑过去。

"你看看，这南边是吴佩孚，西边是孙传芳，都虎视眈眈地瞧着俺们徐州、山东哩，俺不整备军备，怎么能保境安民，救徐州百姓于兵火之中嘛？这招兵买马，置办军备，必定得用钱，白花花的银子跟流水一样，大把大把地花，不捐款纳税，钱从哪里来？"

曾海春心里琢磨，这症结找到了，还是要兴隆面粉厂捐钱捐粮，于是就说，"我再动员程金石捐款资助大军，也是救徐城百姓免遭战火，这是功德无量的事情呀！"

"就凭你曾会长的名头，安清帮'大'字辈的香头，全中国也只有二十几个，您发话了，谁人不给面子，这个人情就送给你做吧，也给你日后留个吃饭的财路！"张宗昌笑道。

"谢谢大将军的大恩大德！"曾海春忙不迭地打躬作揖。

"不过，俺听说这个程金石是个出了名的铁公鸡，家产万贯，就是抠门得很，吃盐豆子都俩粒仨粒地数着吃。"张宗昌笑道。

"大将军，这话不假，这程老板也是从小要饭，后来跟着洋人学技术，靠着煤炭钻探发达致富。不过人很厚道，有钱了不忘积善行德，从每一年的腊月初八起就开设粥厂，一连三个月赈济穷人，每天早上一瓢粥，不知道救了多少饥民的性命。他自己平日里省吃俭用，家人只吃三等面粉。"

"哎，你要是这么说，程掌柜的是讲义气、重情义的人，这个朋友可以交。俺老张也是穷苦人，想当年在老家给人家吹喇叭、敲铙钹讨生活，吃了上顿没下顿，还受地主老财的气，一怒之下，剁了老东家，拉起杆子起事，这不，闹到今天的大将军。"

"张大将军这么抬举他，是程金石的造化，赶明儿我安排一个场，邀请大将军赏光，去厂子里搓搓麻将，喝点老酒。"曾海春满面笑容地说，"这个程掌柜手底下有个人才，年纪不大，烹制一手沛县的鼋汁狗肉，香气扑鼻呀！当年大汉刘邦在沛县的时候，最喜欢樊哙烧的狗肉。"

"嗨，俺老张也就好这一口，天上的龙肉，这地上的就是狗肉啦！"张宗昌一拍大腿，"赶明儿去尝尝他的这个沛县狗肉！"

曾海春一脸媚笑："刘邦喜欢吃鼋汁狗肉，开创大汉四百年基业；现如今张大将军也吃这鼋汁狗肉，必定助大将军早成霸业！"

"哈哈哈哈！"张宗昌敞开睡衣，露出黑绒绒的胸毛开怀大笑。

第二章　孙鲁筹建党组织　卫天设计运私盐

一

　　雪后干冷干冷的，月牙儿升起来了。从徐州旧府衙的省立第三女子师范学校，由北至南是一条纵贯南北的中轴线，依次是鼓楼街、中道街、南门大街、上街和剪子股，其中过了南门吊桥至剪子股这一段聚集着几十家的布匹、面纱商号。一条青石路径穿过户部山的山脊，分作两股岔，形如剪子状，一条路通往云龙山北山门，一条小径沙后巷通至莲花泉，所以又称为剪子股。晚上七点多钟路上阒无一人，沿街的商铺也早早地上铺板，关门打烊了。

　　剪子股路口的一盏路灯发射出昏黄的光，一家"爿爿平民商店"坐东向西，两根红漆木柱支撑着古老的屋檐，瓦下垂着一排长长的冰溜子。

　　室内的一张八仙桌上放着一盏罩子灯，九个人围坐在一起，孙鲁先开场说："好啦，人到齐了。今天，我们共产主义小组开始学习，请省立十中的白子沣老师传达北京大学共产党联络员的指示精神！"

　　白子沣站起身，这是一位身材消瘦、精神矍铄的年轻人，二十七八岁的年纪，看上去要老相许多，将烟蒂掷进烟灰缸里，挥舞着拳头，用略带嘶哑、富有感染力的声音侃侃而谈。

　　讲到情绪激昂之处，他又抽出一支红皮的"翠鸟"香烟。

　　铜山师范学校的郭一民递给他一包烟，"哎，白老师，我这里有一包'大前门'，送给你改善改善一下生活！"

　　接过香烟，白子沣继续往下说，"还得表扬一下郭一民和他们创办的《赤潮》周刊，眼下徐属八县谁不知道'怪不得赤潮遍地，红光满天，原来是《赤潮》诞生了'。"

　　郭一民剃着平头，黑色浓密的头发像猪鬃一样坚硬，长着一副宽阔的下颚和狮子一般的鼻子,眼睛不大,闪烁着桀骜不驯的目光。

"下一次,我给老师带一盒'加力克',俺家老爷子在花园饭店当厨子,有时候达官贵人们高兴了,赏给一包两包的。"

说话的是一个文静腼腆的少年,白净的脸上镶嵌着一双亮晶晶的眼睛,鼻梁直挺挺的,嘴唇上已经窜出一抹毛蓬蓬的胡须,身穿臃肿的棉袍,外边罩着一件细布蓝色大褂,头上戴一顶火车头棉帽。

孙鲁笑着说:"好家伙,白老师讲共产主义,先从我们的郭一民、刘明德同学开始共产呀!不过郭一民同学的确值得表扬,他们在铜山师范学校党团的工作卓有成效,特别是《赤潮》周刊很有影响力,宣传反帝、反封建、反军阀,提倡科学民主,改革教学,真的是彭城为之纸贵呀,噢,当然还有刘明德同学也作出了突出贡献!"

说到这里,孙鲁看一眼坐在身边的刘明德,接着说:"不过还要提醒你们一句,不要低估反动势力的力量,斗争要讲求策略。"

"怕什么,革命,就是要用暴力推翻反动阶级,新社会、新中国就要靠我们的头颅作基石!"白子沣显然不赞同孙鲁的观点,他拆开"大前门"抽出一支点燃,深深地吸了一口,然后从鼻孔徐徐喷出两道青烟,"不过要是说过瘾,还要说是'翠鸟''品海',烟梗多,劲儿猛,就像是我们闹革命的一样,'前门''老刀',太柔,没有劲儿!"

"白老师能不能照顾一下女生呀!"浓烈的烟草呛得刘萍接连咳嗽。

白子沣瞟了一眼刘萍,笑着说:"好,照顾一下女同学,待我抽完这一袋烟,停歇十分钟。"

孙鲁提醒:"言归正传吧,时候不早了。"

"好,我接着说,"白子沣挥舞着干瘦的拳头,"中国共产党组织的根本目标就是站在无产阶级立场,从资产阶级手里夺取政权,彻底推翻这个毒蛇猛兽盘踞的世界,再造一个新世界,最终实现共产主义!"

他端起碗,"咕咚"喝了一口茶,清清嗓子,"北京的共产党联络员要求我们尽快发展共产党党员和社会主义青年团团员,尽快把徐州党支部建立起来,尤其要重点发展知识分子,还有就是不要吸纳封建、愚昧的农民加入。再有一个需要注意的,就是发展的区域,主要集中在城市和县城,不要延伸到乡村。"

"对这种不发展农民并且放弃农村的做法,我表示反对!"孙鲁表情凝重地说,"中山先生要求国民革命'必须唤起民众,共同奋斗'。今年一月在广州召开的国民党一大上，提出'联俄、联共、扶助农工'的三大政策，这些政策的提出，其一条基本的思路都是团结民众，实现三民主义，所以才有国民党与共产党的联合协作。现在，北京的联络员又提出这么一个论调，显然违背国共两党达成的共识和合作之精神的嘛！"

"孙鲁老师，我这是原原本本传达北京联络员的意见呀。中国的农民自私、狭隘，封建意识浓厚，与共产主义的先进思想格格不入，参加进来会影响先进阶级的纯洁性。"白子沣反驳道。

"请问白老师，"孙鲁火药味儿十足，"徐州八县识文断字的所谓知识分子有多少，徐州的工业只有一根半烟囱，再加上利国驿的铁矿、贾汪的煤矿，产业工人又有多少？百分之九十以上的人口在农村，是饱受剥削的农民，农民阶级所受的压迫与城市的工人阶级一样，怎么能把广大的农民排斥在共产主义运动之外呢？如果按照你的说法去执行，就是画地为牢，必将受到挫折！"

看到两位老师顶牛，机灵的刘萍赶紧岔开话题："孙鲁老师，我把您收到的《向导周报》《中国青年》还有以前的《共产党宣言》和国民党一大文件，在同学中组织传阅，已经有丁兰娟、吴亚芳等十一位同学，组成了学习马列主义小组，大家的积极性很高。"

郭一民也接着说："我们铜山师范的马列主义研究会也是每个星期天都在快哉亭公园组织学习，会员发展到了二十三名，我是会长，刘明德是副会长。另外，省立十中、昕昕中学等六所学校的学习小组约有七八十人，还有人力车行会，煤矿工人等组织的共产主义小组，算起来超过一百多人。"

见此情景，白子沣也挂起了免战牌："好，这么说，我们建立徐州党支部的条件已经成熟了，我们首先按照北京联络员的指示，先把党支部建立起来，至于是否在农村、农民中发展党员的话题，我提议，留待以后再探讨。"

孙鲁也站起身，双手支撑在桌子上，用他充满磁性的男中音说："我们这个国家目前是积贫积弱，就如同一个大病的病人，所以我们先要知道这个国家的毛病出在哪里，到底出在哪里呢？两个根源，第一是受帝国主义的侵略、压迫，不能独立；第二呢，就是军阀混战，国家分裂，不能统一。因此，要改变这种状况就要进行革命，然而单打独斗，必定势单力薄，所以就要组织起革命的政党，号召广大民众加入进来共同革命，这个组织就是中国共产党。今天在座的党员同志为徐州共产党支部筹备会议的组成人员，还要继续在各自的范围内继续发展党员，除了在学校的知识青年，我们在工人、农民之中的党员偏少，梁同义、鹿继澄、蒋宝琛你们多在人力车夫和煤矿工人、城郊农村等联系发展党员，争取在春暖花开的季节，建立起徐州的特别党支部。"

白子沣："我完全同意，看看同志们还有什么意见？"

"没有意见，坚决照办！"众人纷纷表态。

"好，'千里之行，始于足下'，同志们，我们走的这条路是革命的路，这条路上会充满艰辛、困苦甚至是牺牲，但是，为了解放劳苦大众，实现共产主义理想，我们所有的付出都是值得自豪的！"孙鲁用富有感染力的语言说道。

散会时已是夜半更深。孙鲁骑着脚踏车回校，刘萍坐在后座上。她把头倚靠在孙鲁的后背上，"孙老师，一会到了学校，我还想去您寝室讨教马克思关于价值规律的思想，不知道会不会打扰您就寝。"

"明天吧，"孙鲁气喘吁吁地奋力蹬车，"明天晚上读书会活动，咱们一起讨论讨论资本家剥削工人的秘密。"

刘萍鼓足勇气双手搂住了孙鲁的腰："马克思还说，'男女之间的关系，是人和人之间最自然的关系。'"

"瞎讲，我怎么没有看到马克思有这段话？"孙鲁笑了起来。

"您忘了，我从您那里借的一个油印小册子，《马克思巴黎手稿》里有这段话。"

"不错，19世纪40年代，青年马克思流亡巴黎期间，写下的一部手稿。这部手稿还是杨兆麟校长留学日本时，翻译带回的，反映了马克思青年时代他思想的雏形时期。"

"马克思就相当于咱们共产主义者的鼻祖吧，咱们新青年，应该追求自由的爱情。我打心眼里崇拜您，孙老师您就接受我的感情吧！"

"傻丫头，你才十六岁，懂什么感情呀？前边是上坡，咱们下车走一走吧！"

刘萍跳下车，孙鲁与她并肩前行，少女特有的芬芳飘入他的鼻腔，骚动着孙鲁的心，他努力保持着自己的理性："你喜欢孙鲁老师，如果说我看不出来，是违心的话。"

"孙老师，您喜欢我吗？"刘萍歪着头，直率大胆地问。

"喜欢，当然喜欢，我们刘萍同学又聪明、又美丽，不过呀，"孙鲁转过身望着她，"喜欢不意味着就可以产生爱情，那样就是乱爱。孙老师是有家室的人了。你嫂子与我青梅竹马，两家都是书香世家。这不要放寒假了嘛，她最近几天就要从南方老家来看我，到时候她下厨给你烧菜吃，她做得一手好淮扬菜！你人生的道路还长着呐，好小伙子、优秀的青年多得是，对吧？"

"反正我给你表白了，我等你！"刘萍认真地说。

"又说傻话了不是，"孙鲁笑着说，"学校快到了，你抓紧回宿舍休息吧。"

二

黄昏时分，兴隆面粉厂二楼的客厅灯火通明。这是一个宽敞明亮、西式装饰格调的新潮客厅，地板上铺设大红色的地毯，屋顶的一盏水晶吊灯放射着璀璨的光芒，四周是三组雪白的沙发，房间中央是一个椭圆的长条桌，围着十把扶手椅子，桌子上一只精致的水盆，碧绿葱翠的水仙花开放着白白的小花瓣，橘黄的花蕊散发出阵阵幽香。东西两侧各有一幅西洋油画，一幅画着一位妙龄少女手提水瓯沐浴，另一幅画的是充满欧洲风情的乡间小路和别墅。正中朝南摆放着一个中式的长条几，上面是四个装满点心、水果的碟子，一只香炉盛满灰烬，供奉着手持青龙偃月刀、手捋美髯的关老爷青铜塑像，左右一副对联"兴家立业财源主，降福保安吉庆神"，横批"生意兴隆"。门厅上方偏东的一只紫黑色的摆钟发出"嘀嗒嘀嗒"的清脆韵律。

程金石热情地拉着曾海春的手，一起步入客厅。

"海春老兄您请坐，"程金石礼让曾海春在上首坐定。

华伯诚迈着轻快的脚步，端来两杯香茗。

曾海春笑眯眯地望着他说："小华子机灵能干，那天上午他一路跑到我家报信，冻得脸上血紫烂青的，浑身上下都湿透了，冰碴子'嘎嘣嘎嘣'地往下掉，问他是咋逃出来的，嘿，人家是从下水道里钻出来的！"

"这次劫难，全靠仰仗海春兄的威望得以化解啊，大恩不言谢，您就是俺们厂重生的父母，再造的爹娘，请受兄弟一拜！"程金石站起身，恭恭敬敬地给曾春海深深鞠躬。

"哎哟，老弟，你这不是折杀我嘛！"曾春海赶紧跳起来，双手搀住程金石，"常言道'人在难时帮一把，胜似拜神烧炉香'，这水帮鱼，鱼帮水，谁没有求谁的时候呀，赶明儿为兄有难处，说不定还要仰仗老弟出面解围呢！"

程金石的双眼充盈了泪水，语言哽咽，"眼见得大祸临头，厂毁人亡，你不知道我当时真是想死的心都有啊！"

"好啦，'吉人自有天相'，老弟平日里积善行德，广结善缘，才有善果，好人有好报啊！"曾海春说着，环顾四周，把话岔开，"哎，怎么没见到卫天襄理，这家伙躲到哪儿去了？"

"给你老兄实话实说，他不愿意见张宗昌军长，说是生不了那个气。"

"唉，不见就不见吧，"曾海春抽了一口烟，长吁一口气，"这个卫老二呀，性子太耿，脾气太犟，这种犟筋头眼下可吃不开。现在的世道顺之者才能昌，逆之者必定得亡呀！"

"老兄所言极是，通过这件事，也让我明白一个道理，世道纷乱，像我们这样的厂商必须交结军政要人、地方官吏倚为靠山，只要是能用得着的，就得想方设法巴结上。今后在他们身上得舍得花钱，舍得花大钱。"程金石恨恨地说。

"老弟不愧是聪明人，一点就透，不然怎么能有'徐州两知县，不如金石一盘钻'的说法，你老弟能干到今天，就是凭着义气、大气还有运气、灵气，对吧？"曾春海称赞道。

程金石长叹一声说："我从钻探开始起家，挣了钱转行做工厂。我发现自己越来越离不开工业了，工厂就是我的命根子，厂兴我在，厂亡我死！民国十四年元月二号，农历腊八，是俺们厂子的重生日，每年这一天都要去云龙山兴化寺做功德，兴隆面粉厂世世代代不忘曾海春的大恩大德！"

"兄弟，这让我受之有愧呀！"曾海春连连摆手。

"金石最重'信义'二字！"程金石认真地说，然后向门口高声叫喊，"小华子！"

"到！"华伯诚赶紧跑过来。

"菜都顺好了吗？"

"好啦，凉菜有四个大件，冯天兴的烧鸡、麻老歪的熟牛肉、老王头的把子肉、东车站的狍子肉，再配上四道新鲜蔬菜，一共八个碟子。热菜主打的是樊哙狗肉，一条浑身没有杂毛的黑狗，煮了半天了。"

程金石问："南方朋友带来的鲥鱼知道怎么做嘛？"

"这道菜由'一品香'的胡大厨亲自做，他说这种长江的鲜鱼需要带着鱼鳞一起蒸。"华伯诚回答道，又问，"程老总，我拿手的油炸臭豆腐能不能上？"

程金石转脸问曾海春："这是小华子的独门绝技，就是用半臭的豆腐卤用热油炸了，泼上辣椒酱，就怕张大将军享用不了那味道。"

"我在你厂里吃过一回，的确风味独特，说不定歪打正着哩！"

程金石吩咐道："好，那就上，小华子，你去准备吧！"

"哎，我想起一件事，"曾海春拍拍脑袋，"这张宗昌虽然粗通文墨，却喜好吟诗作对，所以你得备好笔墨纸砚，待他喝到兴头上，请他题写几句歪诗，挂在客厅之中，保管今后没有谁再敢欺负你。"

"笔墨宣纸都有现成的，等张宗昌过来，我是这么安排的，先喝酒吃饭，然后打几圈麻将，我先赢后输，开始小来来，然后下大赌注，让大将军赢得刺激开心。"

曾海春一拍程金石的肩膀："要不怎么说你老弟是人中豪杰，商界奇才哩，你还准备的啥？"

"这张宗昌叫作'三不知'将军，'不知道有多少兵，不知道有多少钱，不知道有多少姨太太'，喝酒从来都是喝花酒，所以，俺今晚把花月楼的头牌花月红给请来了！"

"你太透亮啦！"曾海春惊叹道，"不过，花月红这个婊子最近跟铜山县县长杨世云打得火热，要是张宗昌看中了这个小娘子，咱们可就是打翻了那位县太爷的醋坛子啦！"

"不会的，杨世云带着搜刮的细软回南方省亲过节去了。再者说，这花月红就是吃的这碗饭，只要有钱，人尽可夫，他杨世云看着那花月红跟着张宗昌风流快活，也只能是干眼热！"程金石鄙夷地说。

"听说这花月红的大大花怀宝召集几个土匪绑架了西门大街做风箱的贺家小子，贺家缴赎金时，老花被铜山公安局侦缉队当场拿住，现在他的女儿正给杨世云施美人计呢，看看能不能放过她爹一马。"

程金石摇摇头说："这绑票是民国杀头的重罪，他杨世云一个小小的县令就敢执法犯法，私放死囚犯人？"

"老弟有所不知，"曾海春又点燃一支烟，优雅地吐了一个烟圈，"杨世云是个骨子里坏的坏种，一肚子的男盗女娼，只要是钱花到位，就没有任何底线，没有他不敢干的，一切皆有可能。我敢给你打赌，这个绑匪花怀宝肯定是大事化小，保管屁事也没有！"

程金石起身踱了几步，"这个杨世云原本就是一个破落秀才，贪财好色之徒，光是他那个军事善后特别捐的局长宝座，不知道捞了多少油水。这不前几天他暗示卫天，给他买文学巷里的一栋二层小洋楼，不然就往俺们厂子里派税务局的驻厂员。这栋小洋楼就在花月楼旁边，敢情是为了金屋藏娇啊！"

电话铃响，程金石快步上前，"什么，看见小汽车和马队了？好的，知道了，让厂里的职工列队，迎迓张大将军吧！"

两人匆匆披上外套，赶往厂门口，远远望见一辆黑色轿车缓缓驶过来，骑兵卫队挎着冲锋枪、盒子枪，背上插着大刀片，刀把上的红绸子随风飘扬，果然是威风凛凛。

福特轿车和马队径行进到办公楼前，沈副官手脚麻利地下车，拉开车门，张宗昌一身戎装钻出汽车。

"欢迎大将军！"程金石、曾海春上前鞠躬作揖。

曾海春指着程金石，给张宗昌引荐："大将军，这位就是兴隆面粉厂大掌柜程金石，程老板！"

"哦，这就是那个程大掌柜的啊，"张宗昌派头十足地说，"要不是俺同门师叔相邀，俺才不稀的来你这个鸟地方呢！"

"大将军这边请，请上二楼客厅！"程金石躬身示意。

客厅里暖意融融，沈副官为张宗昌脱去皮大衣，接过军帽。张宗昌望着一桌子的美味佳肴，喜笑颜开："哎，程老板，你整这个菜做得很对俺的口味嘛！"

"谢谢大将军的夸奖！"曾海春接过话说，"程老板这是精心准备的徐州老派地方菜，按照咱徐州古传招待贵客的'八盘五簋'，八个凉盘，五个烧大件，'隔锅的饭香'，您要是不嫌弃，就时常过来换换口味！"

"大将军请上坐！"看到张宗昌满意，程金石悬着的心放下了一半，待张宗昌在首座坐定，他吩咐道："小华子，斟酒！"

"吱儿"精致的酒碗里斟满微微泛黄的美酒，烫过的酒热腾腾的，散发着扑鼻的酒香，瞬间弥漫了整个房间。

曾海春指着酒碗说："早些年，程老板在安徽淮北钻探煤田，就喜好这安徽的'口子窖'，这是他珍藏的五十年份的老窖，特意拿出来招待大将军的。"

"好，俺就喜欢使碗喝酒，一杯一杯地抿，还不够吧嗒嘴的，忒麻烦！"

"张大将军，咱们走一个，算作为您接风洗尘！"程金石端起酒碗说。

"好！"张宗昌一饮而尽，咂咂嘴，"好酒，比起俺在东北喝的烧锅酒，这酒又香又柔！"

曾海春撕下一只鸡腿递给张宗昌："大将军，这几道小菜可都是咱徐州城最著名的小吃，这'冯天兴'的烧鸡说起来得有二百多年的历史喽！"

"唔，不孬，味道好！"张宗昌赞不绝口。

"尝尝这'麻老歪'猪头肉！"程金石热情地把转盘转到张宗昌跟前说。

"麻老歪，咋起怎么一个怪名称？"张宗昌夹起一块猪头肉塞进嘴里。

"这家的主人小时候害天花，脸上有几颗麻子，腿脚还不灵便，走路颠筋，城里人送绰号'麻老歪'。"曾海春说着端起酒碗，"大将军，好事成双，俺们再敬您第二碗！"

"这个规矩好，跟俺们山东一个样！"张宗昌一仰脖子，喝干一碗。

"狗肉来喽！"华伯诚端来一盆热气腾腾的狗肉。

曾春海把一条狗鞭和两只狗蛋夹给张宗昌："这一副家伙什儿徐州俗称'狗挑子'，好东西啊，中医里说的'吃啥补啥'！"

"呵呵呵！"张宗昌开怀大笑，"好，俺就品尝这刘邦喜欢的狗肉！"

曾海春眉开眼笑地说："当年汉刘邦就是喜欢吃狗肉，喝烈酒，作了著名的'大风歌'。大将军品品这狗肉咋样？"

"唔，这狗肉真是小朋友吃糖块，（嚼）绝了！"张宗昌咂咂嘴说，然后端起酒碗，"俺回敬你们二位两碗！"

连干了两碗酒，程金石看到张宗昌兴致勃勃，就试探地说："大将军今日如何不乘着酒兴再作一首'大风歌'呀？"

"唔，得容俺想一想，"张宗昌思忖一下，用筷子敲击着酒碗，操着浓重的山东话，"大炮开兮轰他娘，威加海内兮回家乡。数英雄兮张宗昌，安得巨鲸兮吞扶桑！"

"叭叭叭！"两人热烈鼓掌，连连称赞："好诗，好诗啊！"

"张大将军，请您挥毫泼墨，为俺留下一幅墨宝如何？"程金石试探着问。

"好嘀，拿斗笔、宣纸上来！"

华伯诚快速端来羊毫斗笔、宣纸，铺在长条几上。

张宗昌撸起袖子，饱蘸墨汁，一气呵成。

程金石和曾海春满脸堆笑，使劲鼓掌，连声赞叹："好字，好字！"

张宗昌又写下落款"山东掖县张"之后，吩咐沈副官："把俺的官印拿出来！"

沈副官赶紧从随身的皮包中找出大印，双手呈送给他。

张宗昌张大嘴对着大印哈口气，印在落款上。

程金石双手接过，"感谢大将军所赐墨宝！"

"油炸臭干儿来喽！"华伯诚迈着轻盈的碎步，端上来一盆金澄澄的豆腐干，上面铺着一层鲜红的辣椒酱，散发出微微的臭味儿。

"呃，这是啥玩意儿？"张宗昌狐疑地夹起一块放到鼻子下嗅了嗅。

见此情景，曾海春也夹起一块，放进嘴里津津有味地咀嚼，"这是程老板的独门绝技，您在别处可吃不到的！"

"唔，好吃，好吃！"张宗昌赞不绝口，一连吃了七八块才停下筷子，"程老板，这是妈了个巴子的啥玩意儿，怎怎么可口的呢？"

"大将军，这是刚才上菜的那个小伙子的绝活，油炸臭干儿，就是用半臭的臭豆腐，放入七成热的油锅里煎炸至金黄色，再泼上一勺鲜辣椒酱。"

"好，好，"张宗昌又一连吃了七八块，看到饭盆见底，他敲敲饭盆说，"再来一盆这玩意儿，有狗肉和这臭干，菜就够了！"

"哪能呀，这点小菜拿不出手，太刮脸皮了，还有南方的朋友给我捎来的长江鲥鱼，请您尝尝。"程金石赶紧说。

酒力激发得张宗昌面色酡红，额角的青筋暴起，浓密的短眉下，一双小眼睛被酒精烧得通红，"我可是听说你程大掌柜的是徐州府出了名的抠门儿，吃盐豆子都俩俩仨仨地数着吃！"

"这话倒是不假，我对工人很大方，对家人要求却很苛刻，有一回他们趁我不在家，买肉买鱼，改善伙食，正好我提前回来赶上了，就发火说'你们这么不过日子，平日里大马路东头邳县的盐豆子，我都舍不得常吃。'"

"下边的故事我替老程说，"曾春海接过话茬，"这话呀传扬出去，就演绎成程老板回到家里，气得大发雷霆，'你们不过日子，我也不过啦！我到街上买盐豆子，俩俩地吃，仨仨地吃'。"

"哈哈哈！"张宗昌仰天大笑。

华伯诚端上来一盘油汪汪、黄灿灿的鲥鱼，将鱼头正对着张宗昌。

程金石举起筷子："张大将军，按照徐州的风俗，年年有余，请您给鲥鱼剪彩！"

张宗昌一拍桌子，突然翻脸："小熊孩儿，欺负俺莫见过天日咋的，连鱼鳞都不刮，就敢端给张大将军吃吗？"

室内的空气骤然紧张起来，曾海春这位走南闯北见过世面的"闻人"一时也不知道如何应对，如果实话实说鲥鱼去鳞影响鲜度，显得张宗昌无知，如果不照直说，程金石又下不来台。

华伯诚笑眯眯地对张宗昌说："大将军息怒，这鲥鱼不刮鳞，是当年乾隆皇帝下江南时金口玉言定下来的烹制规矩，'一品香'的胡大厨子，就是遵照乾隆皇上钦定的做法，一点也不敢走样的，做给大将军您品尝的！"

听了这话，张宗昌转怒为喜，哈哈大笑，"哈，原来这鲥鱼不刮鳞是有道道的哦，受过皇上封赐，那咱们都一起叨起来。"

"一起叨起来！"程金石一边说，一边赶紧掏出手绢擦额头上的冷汗。

曾海春也长吁一口气，"大将军，咱们稍微放松一下，请出个小妞儿唱几首小曲，助助兴，消化消化食儿。"

"这个好，好！"张宗昌连连道好。

华伯诚端上来三杯香喷喷的茉莉花茶，又端上来四碟点心，分别是蜜三刀、羊角蜜、麻片、芝麻糖，还有两碟水果和两碟干果。

"哎，俺知道，这'蜜三刀'也是乾隆爷钦定的贡品，对吧？"张宗昌显得很在行地说，抓起一块放在口中吧唧吧唧咀嚼起来。

曾海春拍拍手，"下面花月红小姐请出场！"

华伯诚拉开房门，走进来一个身着红绸缎棉旗袍、风姿绰约的年轻女郎，高跟鞋在木地板上磕出"咯噔咯噔"地脆响。她约莫十七八岁的年纪，长着一副好看的瓜子脸，皮肤白嫩，腮边淡淡涂着两朵红晕，一条油汪汪的大辫子绕过胸前垂到腰际，辫梢系着一朵红玫瑰，个头不高不矮，贴身的旗袍勾勒出窈窕的身段和丰满的胸脯，手里拿着一把月琴。

"张大将军好，程大掌柜、曾大掌柜的好！"女子躬身行礼。

曾海春拉过来一把椅子，"花小姐请坐！"

"谢谢！"女子很优雅地欠身坐定，一双水汪汪的媚眼微微含笑地凝视着对面的张宗昌。

张宗昌丢了魂似的半张着嘴，那双带着兽性的眼睛上下打量了一番，过了好一会儿，才讷讷地赞叹道："俺地个娘哎，仙女下凡，真是仙女下凡啊！"

"大将军喜欢什么曲子，小女子给您弹唱助兴！"

"噢，捡你拿手的只管唱来！"

花月红清清嗓子，水葱一般细长雪白的手指拨拢了一下琴弦，轻声细语道："世事纷乱坎坷扰，将军奋起胆气豪。沙场点兵舞战刀，风吹鼙鼓震山河。电闪旌旗蔽日月，天上魁星降凡尘。"

"好！"张宗昌号叫一声。

"刚才是献给大将军的一个小令，再唱一曲逗笑的对子。"花月红嫣然一笑，转换曲调，接着唱道，"墙上一株草，风吹两边倒。在家做闺女，不如出嫁好。弯刀对着瓢切菜，瞎驴驮着破口袋。我不嫌你长得丑，你别嫌我长得癞！"

诙谐滑稽的唱腔逗得张宗昌开怀大笑，淫邪地阴笑着说，"待到深更半夜，你演花魁娘子，给俺单唱一出'卖油郎独占花魁'！"

"小女子荣幸伺候大将军！"花月红连忙站起身施礼。

华伯诚端着一只硕大的鱼盘一溜小跑："'羊方藏鱼'上来喽！"

曾海春笑着说："大将军，咱们先让花小姐歇一歇，攒点劲儿给您专场堂会'卖油郎独占花魁'好不好？"

"好的，好的，攒点劲儿，花小姐请坐，一起尝一尝！"张宗昌连忙示意，让花月红挨着他身边坐下。

"大将军，咱们徐州康熙年间出过一位状元李蟠，雍正皇帝做四王子的时候来李府做客，李蟠就做了这道菜招待千岁爷。"曾海春介绍说，"就是鲤鱼里塞上羊肉烧制，鱼和羊加一起不就正好是个'鲜'字儿么？"

张宗昌叨了一块品品味儿，称赞道："果然是鲜美无比，花魁娘子也尝尝皇上吃的什么羊藏鱼！"

"小奴家谢过大将军！"花月红起身作揖，乖巧地回答。

三

刺骨的寒风吹得楼前的一排槐树"呜呜"作响，卫天裹紧了身上的裘皮大衣，抬头望望二楼灯火通明的客厅，"哗啦哗啦"的麻将牌和打闹调笑声不绝于耳。远处一盏灯笼照着两个人抬着沉甸甸的箱子走过来。

卫天喊住问："小华子，上面咋样啦？"

"舅舅您还没有歇息，"华伯诚两人放下担子，"前边两圈是咱程掌柜赢钱，每一把几百元，从第三局下大注，张将军赢了一箱子，一千块现大洋。这是第四局，下注两箱子，俺俩这是从账房再给抬过去。"

"那个军阀的情绪咋样？"卫天接着问。

"他高兴着哩。这不，俺们抬的这两千元，一会儿第四局保准就得成他的！舅舅还有啥吩咐？"

卫天看一下手表，"下一点啦，你悄悄告诉程总，抓紧放一炮，客房拾掇好了，该收摊子了！"

"好的！"华伯诚答应道。

华伯诚走后，卫天趴在柜台上，"噼啪噼啪"地拨弄着算盘珠。到天快亮时才打了个盹。他刚醒一会儿，程金石匆匆赶来。

卫天开门见山："老兄昨晚情况如何？"

"昨天晚上闹腾到下两点，这酒喝得足，这钱赢得爽，这色嘛，"程金石掏出怀表,"估计上午十点之前这一对野鸳鸯是起不了床啦。我已经让小华子去南门吊桥的刘家辣汤锅盛辣汤,买煎包、八股油条了。"

"昨晚赔了不少吧?"卫天依旧把算盘珠拨弄得"噼啪"作响。

"赊了三千五百大洋,连同请那婊子的开销,四千出头吧,"程金石顿足道,"疼得我揪心打哆嗦!"

"是呀,咱们也不是赔面的厨子,光做赔本的买卖,得想办法挣回来!"卫天扬起算盘,"哗哗"地抖几下。

程金石抱拳施礼:"襄理有何高见,请明见!"

"你我兄弟别来这些客套,"卫天摆摆手,"昨晚我几乎整夜未眠。仔仔细细滤了一遍张宗昌其人,当年他投奔奉系张作霖,在郭松龄手下当差,郭松龄日祖宗操奶奶的骂他,人家一点也不恼火,跪下就给郭松龄磕头,'你操俺娘,就是俺爹!'这一次面粉厂出的一场幺蛾子,很显然放鬼的是他,捉鬼的也是他。"

"哎呀,老弟,有话直说吧!"程金石有点着急地催促道。

卫天凝视着程金石,坚定地说:"咱们柜上还有二十根赤金的条子,全部送给他!"

"我的天爷哩,这可是咱们压箱子的本钱啦,要是肉包子打狗咋治?"程金石吃惊地瞪大了圆眼。

"要是真的拿肉包子喂了狗,就算我的股份,赔偿你老兄的损失!"

程金石面带愠色:"你我兄弟合伙做生意,有福同享有难同当,说这话不是忒薄情,伤义气喽嘛!"

"老兄息怒,我是这样考虑的,眼下咱们照这么发展下去,支撑不了多久,破产是早早晚晚的结果。与其坐而待亡,不如放手一搏,或许还有反败为胜的机会。"

"老弟请讲!"程金石作揖。

"'天下之赋,盐利居半'。自打张宗昌盐价加成二厘,盐商囤积居奇,盐价飞涨。盐价高居不下,除了加税,还有一条主要原因,你来看,"卫天说着在柜台上铺开一张地图,"徐州八县包括安徽北部、山东南部的食盐主要产地是这儿——海州和东海,在徐州东边的陇海铁路起点上。眼下食盐的运输主要还是'推盐',全靠肩挑背扛、独轮车推、骡马车驮。一趟行程五六百里甚至七八百里地,这沿途关卡重重抽捐,加上土匪劫道的买路钱,所以,在盐场便宜得跟沙子一样的食盐,运到内地来,一斤能换五斤高粱米,只要解决了运输问题，食盐价格就会跌落下来，但是，利润空间依然不变！"

程金石脱口而出："你是说走铁路？"

"对，走铁路！"卫天点点头，指着地图，"走陇海铁路，东西方向从海州经过徐州往西，到达开封；南北方向，从徐州南到蚌埠，北至济南，这广阔的区域都是张宗昌的地盘，只要我们搞到车皮，食盐就能沿着铁路线畅通无阻直达销售地，那银子就跟流水一样'哗哗'流进咱们的腰包，家大业大了就不怕啥，就算是再坐吃空三四年，也吃空不了咱们的这座宝山。"

程金石恍然大悟地拍一下脑门："你是让我走张宗昌的门路，搞车皮运食盐！"

"对喽，我盘算好啦，咱们从美国进口的花旗麦子已经到连云港口了，咱就以军粮名义要专列，剩下的事情我去联络。"

"这倒是条好路子，"程金石掏出一支雪茄点燃，思量一下，"不过，卫老弟，这可是贩卖私盐，自古就是罪不可赦啊！"

"金石仁兄！"卫天抱拳施礼，"这桩买卖如果不干，明摆着厂子迟早散伙；如果干砸啦，大不了你还去干钻探老本行，我回老家去种地；如果干成了，咱们还能再挣一个兴隆面粉厂，咱们从此以后会称雄苏鲁豫皖面粉业！"

程金石腮帮子的肌肉在哆嗦，他显然是在咬牙，稍停顿几分钟，狠狠地说："干，'撑死胆大的，饿死胆小的'，什么官盐私盐的，还不是他张宗昌说了算，挣得的银子跟他对半分，这私盐一样当作官盐卖嘛，再者说，也可以平粜盐价，给老百姓省下一点油盐酱醋钱！"

"程总经理所言极是！"卫天再一次恭恭敬敬给程金石打躬施礼，"这桩买卖做完之后，兄弟就要告辞了！"

"咋啦，贤弟，哥哥哪里对不住你嘛，咋说出恁么绝情的话吧？"程金石双手扳住卫天的肩膀使劲地摇晃。

卫天握住程金石的双手，动情地说："'梁园虽好，却不是久恋之家'，我当初也是抱着实业救国的理想去东瀛留学，以图报效国家。在东京经过杨兆麟先生的引荐加入了同盟会。原本打算一心一意做实业，无奈现实情况是豺狼当道，军阀横行。尤其是经过此番灾祸，更让我认清中国要想真正实现共和之路，唯有'武人动刀动枪，文人动嘴动笔'，首先要打倒军阀，打倒帝国主义，才能真正建成民主共和的国家。如果我继续留在厂里，早晚会给哥哥带来麻烦，这工厂可是哥哥的命根子呀！"

程金石泪眼婆娑，用力握着卫天的手："既然贤弟去意已决，哥哥也不再挽留，但不知贤弟以后作何打算？"

卫天眼睛里闪耀着坚毅的目光："回沛县老家，组织乡团。徐州西北路上英雄豪杰众多，联络起来就是一股强大的势力，等待时机举行起事，推翻张宗昌之流的军阀！"

程金石动情地说："贤弟，哥哥别的忙帮不上，赠送二十万大洋作为革命经费，给你买枪买炮，招兵买马之用！"

"等到咱们的这桩买卖做成了再说吧，眼下咱们连两千现大洋也拿不出喽！"卫天边说边在算盘上拨拉珠子，"如果能搞到两列车，除去一千吨花旗小麦，剩余的车皮运盐巴，我测算能赚九十多万，给那个军阀二十万元连同预付的二十根金条就很丰厚了，剩下的你我赞助十万大洋搞革命，还有六十万元的富余，咱们厂现有120马力蒸汽机一部，钢磨五部，平筛、圆筛各一部，日产八百袋面粉。如果再扩建厂房，增加设备，只要再投入五十万元，再增添80马力蒸汽机一部，钢磨三部，圆筛四部，就能达到日产2000袋面粉。算来算去，刨去二十根金条，咱们怎么也能净赚六十万元，五十万元再建一个新厂，十万元作为革命经费，一举两得！"

程金石热泪盈眶地拥抱卫天："贤弟，你真是我的好兄弟！"

"世上没有不散的筵席，离别之际，咱们把公文切割得清清楚楚，以免给仁兄留下后患。还有，小华子是个好苗子，聪明伶俐，小子可造。"

"是啊，我说小华子是少年老成，做事周全。我准备栽培他担任庶务主任，月薪十八袋一等粉，外加五袋面粉权当车马费。"

"好啦，这就是你的事儿啦。那一位军阀该起床洗漱了。好事得快办，趁着那个狗杂种在兴头上，抓紧把车皮办下来。"

"好，我把保险柜里压箱子的条子都取出来，孝敬那个王八蛋！"程金石骂道。

四

程金石拎着一只精致的小木箱，走到一楼的卧室门口，笑容可掬地问沈副官："沈长官，大将军起床了吗？"

"程大掌柜的，我这去禀报一声。"沈副官转身进去，片刻回来敬礼道："大将军有请！"

程金石小心翼翼走进客厅，室内陈设很简单却很奢华，猩红色纯羊毛的地毯柔软蓬松，水晶灯、玻璃花瓶、石膏雕塑、巨幅油画以及精美别致的西洋摆钟把这间小会客室点缀得充满欧式风情。

花月红鬓乱钗横，穿一件红色绣着鸳鸯戏水的红肚兜，酥胸半露，探出半个身子，"哎，程大掌柜的来啦！"

"花娘子好！"程金石欠身致意。

"我说，你他娘的程大掌柜的可真会享福啊！"张宗昌粗声大气地说着，穿着睡衣从卧室走了出来，"这卧榻都是软绵绵的，水冲厕所，洗澡池子样样俱全啊，比花园饭店还舒坦！"

"大将军只要不嫌弃，就住在这儿，俺们也能早晚伺候着！"程金石赶紧站起身，躬身施礼。

张宗昌大嗓门嚷道："好啊，就让俺的花魁娘子在这儿住下，俺隔三岔五地过来小住几日！"

"哎呀，大将军肯赏光，求之不得呀！"程金石连连作揖，心里却在叫苦不迭，暗暗思忖这军阀独霸了花月红，那个县长杨世云那里该如何交差啊？

"程老板这一大早造访，有啥犯难事儿呗？"张宗昌乜眼看着程金石说。

程金石把沉甸甸的小木箱拎到张宗昌面前，"吧嗒"打开纽扣，呈现出一排金灿灿的金条。

"哈哈，程老板这是做什么嘛，无功不受禄么！"张宗昌咧开大嘴，喜上眉梢。

程金石点头哈腰地说："大将军不是让俺厂为大军加工军粮嘛，这是预付给您的红利。"

张宗昌见钱眼开，连连称赞："唔，好，程大掌柜的果然出手阔绰、大气，有股子狠劲儿，俺喜欢结交你这样的朋友！乱世方显英雄本色，这英雄与草鸡的区别在哪里你知道吗，就在于谁狠，这个'狠'字儿上！"

"一点心意，张大将军见笑！"程金石一脸真诚。

张宗昌兴奋地打开了话匣子，滔滔不绝地讲起来，"想当年俺到北京陆军部结算军饷，那二十万元的现大洋是弟兄们的散伙钱。咋办呢，俺一咬牙，一跺脚，通过把兄弟许琨引荐，去给直系陆军一级上将曹锟祝寿，二十万现大洋购买了八尊金光灿灿的寿星给他老人家送过去。曹大帅把俺推荐给他的儿女亲家张作霖大帅手下当旅长。你说说人的运气来喽，绊倒都能捡个狗头金，张老帅让俺驻扎在黑龙江绥化五站镇，正赶上白俄军队被苏联红军打败，溃退到俺的地盘。那可是一万多人马，还有机枪、大炮、铁甲车，老子一下子兵强马壮，成了奉系第一号主力军！俺们所有的兄弟都连升三四级，来不及换肩章章咋办，就用黄箔纸剪成五角星糊到肩章上头，三军将士一片欢呼！你瞅瞅，到了节骨眼上，不下狠心能成事吗？"

"大将军所言极是，金石今日听君一席话，胜读十年书！"程金石作揖致谢，"俺们眼下有一个难题，还望大将军出面解决，不知道当讲不当讲。"

"俺们是朋友啦，但说无妨！"张宗昌仰脸坐在沙发上。

程金石再一次躬身施礼，"俺厂从美国进口两千吨小麦，压在连云港港口运不过来，这花旗小麦出粉率高，品质好，做军粮最佳，只要解决了运输……"

不待程金石说完，张宗昌打断他的话："好啦，俺知道了，不就是找铁路局要车皮么，俺这就给钱局长写个条儿，看他狗日的敢违抗军令不成！"

"果然如此，那真是解决大问题啦！实在是感激不尽！"程金石往前凑了凑，小声说，"如果车皮有富余，还可以顺便捎点盐巴过来。现在市面上盐巴紧俏，都卖到一百七十文一斤了，进点盐过来平稳一下盐价，咱们赚的钱，大将军八成，我二成。"

张宗昌听了哈哈大笑："从北京到南京，买的没有卖的精，真是一点都不假，你们做买卖的沾上毛比猴儿都精，啥点子都能琢磨出来，沈副官，拿纸笔来。"

沈副官将便笺纸和派克金笔摆放在茶几上。张宗昌提笔"刷刷"写下"军需用车，不得抗命！张宗昌即日"，又对着官印哈口气，盖上大印，然后递给程金石，"咋样，这回行喽呗？"

"谢谢大将军！"程金石双手接过。

"沈副官，还有，你让那个张大个子带人到铜山县公安局要一个人叫花……"张宗昌拍拍脑袋，"对喽，叫花怀宝，什么绑架勒索，苦主少一根毫毛喽吗？"

"是！"沈副官立正，又小声问："大将军，要是他们不放人咋整？"

"咋整，张大个子手里的家伙什是他娘的烧火棍吗？"张宗昌发怒了。

"是，明白了！大将军，您是否准备吃早餐？"

"还真饿透喽，赶快上饭！"

程金石小心翼翼将便笺纸折叠好，放入贴身的口袋里，"大将军如此厚爱，金石当效犬马之劳，竭诚为大军服务，金石告辞！"说完，他急匆匆走上二楼，吩咐华伯诚："华主任，套车备马，准备好两份现大洋，每一份五百块，一会跟我去一趟铁路局，噢，还有徐州站。"

"程总，您是叫我的吗？"华伯诚一脸狐疑地问。

"对，华主任，从今天起，你就是兴隆面粉厂的庶务主任啦！"程金石边走边说，推开办公室，桌上的电话铃声大作，他拿起电话："喂，您是哪位？"

听筒里传来火药味十足的南方官腔："你他妈的程金石胆大包天，怎么把我的花月红给张宗昌包夜了？"

"哎呀，是杨县长啊，失敬，金石在这里给您拜个早年啦！"程金石给他打哈哈。

"少扯淡，我听说是你给拉的皮条，怎么回事啊，以为我是好欺负的哇？"

"哎呀，俺一介草民，哪里敢欺负您县太爷嘞！"程金石作出一脸无辜的表情，"是张大将军点名要这花月楼的头牌，谁人敢不依？张大将军到俺的小地方也就是喝酒、打牌，俺们不得敬神仙一样好生伺候着，跟伺候您一样啊！我还从旁边听说的，大将军点名要县公安局放了花月红的大大花怀宝，谁也不敢拦着呀！"

程金石的一番话，绵里藏针，电话那一头也没有了脾气："还有我说过的文学巷里的那一套小楼，你帮我参谋一下咯，是否合适啊？"

"合适，好着呢！"程金石连声说，"俺已经把那一栋小楼给您盘下来啦，不成敬意，万望笑纳！"

"哎哟，让您老兄破费，不好意思的啦。哦，县税务局要派驻厂员的事情，我探亲之前就搞定的啦，勿要担心啦，再会！"

"再会！"程金石放下电话，恶狠狠地啐一口，"他妈的，什么东西，一个眼儿里的连襟，醋死你个狗日的！"

他拿起电话拨打："喂，铁路局吗，哦钱局长啊，我是兴隆面粉厂的金石呀！呵呵，这不快到春节了嘛，兄弟备点薄礼前去拜访您。噢，还有张宗昌大将军的一份手谕要亲手交给您。一会儿见啊！"

放下电话，程金石坐在太师椅上长吁了一口气，自言自语道："唉，这'世路难行钱作马，愁城欲破酒为军'呐！"

第三章　麻恶少欺凌名伶　户秉刚打抱不平

一

徐州西北五十里有一座寨圩，叫作户寨集。清末民初盗匪四起，打家劫舍，劫掠集镇，百姓忌惮不敢赶集。

为防匪患袭扰，乡绅户克贤、麻杏仁两家出资寨圩内外深掘壕沟，掘土加固土圩墙，寨圩四角各建一座炮楼，东西南北四个寨门各有吊桥早放晚收，乡团壮丁持刀枪棍棒于四门和寨圩之上逡巡戒备值守，土匪蟊贼望而止步，不敢冒犯。由此以来，集市很快兴旺起来，成为方圆几十里闻名的大集镇。每逢集市，街上京广杂货、肉禽蔬菜、酒家饭铺、说书唱戏、麻衣相面，五行八业，一应俱全。

腊月二十三是"逢三"集市，年前的最后一个集市显得更加热闹非凡。一大早四邻八乡前来赶集的人，推着独轮车、赶着骡马大车，还有骑着毛驴、挑着担子的，扶老携幼赶来买卖产品，置办年货。玩杂耍的、练把式的、说书的、唱大鼓的卖艺人也早早摆好场地。卖油条、包子、辣汤、热粥、火烧、糖糕等各种零食小吃的摊贩，沿街搭起黑色的布篷，扯着嗓子招徕顾客，"叮叮当当"敲打着锅碗瓢盆，拖着韵味的长腔叫卖："酸辣鳝鱼汤咧，包子馅大油深喔——"还有扮做"吊死鬼"的乞丐，戴着一顶"一见大吉"白色高帽子，脖子上套着绳索，由一个涂着花脸的童子牵着沿街叫喊，"鬼来到，鬼来到，哪天不卖千把吊，小鬼拉，大鬼叫，一见大吉，大吉大利！"蹦蹦跳跳地逐摊逐户要钱物。

寨圩西北角的布匹市，一溜青砖小瓦的门市铺，妇女们来来往往比画盘算着扯一件新衣裳。对面的骡马市，栽着密密麻麻的木桩，买主卖主在袖子里捏手指头进行讨价还价。集头上是一个一人多高的土堆的戏台子，台子下面的广场密密匝匝围着几圈人围观斗羊、斗鸡。秤盘尾巴的大公绵羊角大好斗,顶得血头血脸,难解难分;一方丈许长的浅坑里,两只黑鹰一样凶悍的斗鸡伸长脖子,竖起颈子上的一圈羽毛,辗转腾挪,相互啄斗,鲜血淋漓。观众大呼小叫,喊声震天动地。

一个身着黑棉袄黑棉裤的十四五岁的少年挤出人群,摸一下后背,脸色霎时变得苍白,"有谁看见俺的画轴啦?"

人声鼎沸,没有人在意他。少年带着哭腔大声喊叫:"哪一位好心人捡到俺的画轴啦,一个蓝色的布袋子?"

微弱的喊声淹没在人声鼎沸的声浪之中。他坐在地上号啕大哭起来。

"虎子弟弟,咋的啦?"另一位稍长一点的黑衣小青年,背着一只长方形的红木木匣子走过来,低头问道。

"百顺兄弟,戏班子的神轴子不见啦!"

小青年跺足道:"我的天爷咧,八成是让哪个杀千刀的给偷了吧!"

一位头戴小花帽的小丑,帽子顶端一抹红缨,穿着补丁摞补丁的百衲衣,左手持一副竹板,右手持一节系着铜钱的竹棍——"莲花落","呱嗒呱嗒"的竹板声伴随着一连串铜钱的"哗哗"声,由南向北而来,小丑边走边唱:"街东站,街西串,嚯,眼前一座京货店。门头高又大,柜台架子真体面,有粗布,有细布,各色布匹样样全,还有绸子、哔叽、哈拉大呢湖洋缎。掌柜的,大手面,一赏就是一吊钱!"

接过掌柜的赏钱,小丑走过来对着涕泪涟涟的少年唱:"哎哎,叫小伙,别烦恼,祸端无常活该到,吉人自有天相助,烧香拜佛祸自消!"

少年给小丑叩首:"您老人家看见喽没,救救俺们杨家班!"

小丑不再搭理他,依旧打着"呱哒"板,摇着哗啦啦作响的"莲花落",唱着"数来宝"去了,远远传来"寄人屋檐下,岂敢妄自大,哄上俩钱儿花,衣食有着就行啦。只要掌柜的'海海地'掏赏钱,跪下喊他二老爷又怕啥。"

"叮当叮当"两辆牛拉的太平车由西门进入,车上载着大大小小十几只箱子,二十多人簇拥着一位干瘦的留着山羊胡子的老人越来越近,两个小青年连忙跑过去,双膝跪下。

老头见状,凶巴巴地厉声问道:"咋回事?"

少年五体投地,哭泣着说:"杨班主,俺不小心,把'神轴子'给弄丢啦!"

"啥,'神轴子'弄丢啦?"杨班主勃然大怒,"让你俩背着'神轴子''老郎神'先来看看场子，竟然把'神轴子'弄丢了，你们不知道这'五仙坛'还有老郎神是咱们戏班子的命根子吗？小虎子，你要是今个儿找不回来，非得活活打死你不可，大锣李！"

"班主！"一个胖大的汉子应声答道。

"把这两个畜生绑起来，准备白棣杆子，班规伺候！"杨班主大声喝道。

戏台子上挂起了蓝色的幔帐，一张八仙桌上供奉着老郎神木雕像，神像一尺来高，头戴皇冠，身披黄袍，白面无须，神龛两旁红色绸缎带上书写黑色的对联"金枝玉叶梨园主，龙生凤养帝王家"。相传唐明皇专设教坊掌管民间俗乐，于梨园上演百戏，故此梨园弟子恭奉唐明皇为戏剧业的祖师爷，伶人们尊称"老郎神"。演员上台下台都要给神像打躬作揖，戏剧界谚语："不拜老郎神，演戏演不像"。

土台子后边的两根柱子上分别绑着一个少年、一个青年，都赤裸着下体。

"打，大锣李，先打他两个'满堂彩'，全部戏班子再给他俩来一通'全锤'，每人十下，谁下手轻喽，谁替挨揍！"

"杨班主，求您别怎么打，要出人命的！"大锣李哀求道。

"是呀，班主，咱们再找一找，没准儿找到呢！"一位姑娘也过来求情。这位姑娘十八九岁的年纪，窈窕的身段，柳叶眉，一双水汪汪的大眼睛格外传神，特别是白里透红的皮肤冰清玉洁、艳若桃花。她就是享有"金嗓子"的美誉、红遍苏鲁豫皖的杨家班台柱子白二妮。

白二妮出面求情，杨班主只得借坡下驴，"既然二妮说话了，先记下戏班的这一顿'全锤'，不过这杖笞是免不得的！"

"班主，求您少打几下吧，打坏了两位师弟咋办呀？"白二妮用戏曲的漂亮动作给班主作揖。

"虎林、司百顺，你们俩犯下的班规是天大的罪儿，咱们匣子里现放着契约，'打戏，打戏，打死打伤概不负责'，大锣李，抄家伙，每人三十杆子！"

"好嘞！"大锣李抡起白棣杆子，照准虎林的屁股就是一杆子打下去，啪的一声脆响，虎林白生生的屁股蛋上立马鼓起一道紫红色的伤痕。

"班主且慢！"幔帐被撩开，走进一位年轻人，身穿蓝灰色长袍，棉坎肩，身材粗壮，方脸，剑眉，眼睛不大却很犀利，浑身上下透露出一股勃勃的英气。

"请问先生如何尊称？"杨班主见到来人气宇轩昂，赶紧抱拳施礼。

来人抱拳作揖还礼："我是户寨集的户秉刚，县立女子小学校长，恰逢寒假回乡帮助料理一些家务。杨班主，这两个半大孩子还没有长成人，身子骨毕竟单薄，怎么经受得了这么一番暴打？要我说咱们还是得想法子解决了困难才是上策。"

"请户先生赐教！"杨班主听了这番话，走到近前再一次打躬作揖。

"杨班主，逢集必有偷，自古以来，'盗亦有道'，俺们这个集市遵循古训，立下这么一个规矩，但凡小偷到来，贼首必须首先来拜访集主，就是家父户贞贤，双方讲明行规之后，须征得俺爹同意，方能'下街'行使窃术，但是盗得的财物必须给集主报告。倘若三天之内没有人来寻找，财物才能归小偷所有。不过，俺家必须负担小偷们逢集期间的吃饭、住宿，每天酒肉款待，临走还要送若干盘缠。"

杨班主闻讯一脸惊喜地说道："哎呀呀，那原来是户家大公子呀，俺置办好了茶叶、点心，原本打算放下行头，就要去登门拜访令尊大人户贞贤先生呐，采买礼物耽搁了一点时间，所以晚来了一步，没承想这两个畜生惹下大祸。"

"杨班主，你还是先去拜访一下户寨集的另一位地方实力派人物，麻仁杏老爷！我抓紧找集上的贼头还有丐帮的帮主，帮你察听画轴的下落。但不知一幅画轴何至于杨班主要下手怎么狠，要往死里打？"

"户公子有所不知，俺们这幅'神轴子'是一幅三尺长，二尺宽的绢帛画，戏行里尊称'五仙坛'，供奉的是柳爷——蛇，二爷——刺猬，三爷——狐狸，五爷——黄鼠狼，还有灰八爷——老鼠，有这五位大仙保佑、神助，才给全戏班带来平安，带来财富、吉祥。平日里俺们都是把'五仙坛'的神轴画挂在戏台后边每日烧香敬奉，只有戏班子换台口时，才将神轴画取下卷好，放入布套，由男童背负。嗨，想不到今天这不摊上了这么一档子腌臜事儿，万望户公子救救俺们杨家班，大恩大德，永世不忘！"

"这样吧，我这就去找贼头和丐帮帮主，两帮平日里井水不犯河水，贼不乞讨，丐不偷盗。看见了吗，刚才过去的那一个戴花帽、数来宝的，他就是这伙丐帮的花子头儿，徐州府丐帮二当家的。他腰间别着一副双节棍监管花子行，如果有违反帮规的，即可拿棍责打。"

"艺人闯荡江湖，在家靠父母，在外靠朋友，户公子仗义豪气，白二妮谢谢您！"白二妮迈着莲花碎步走过来，优雅地深蹲作揖。

户秉刚连忙还礼："哪里哪里，杨家班来到俺们地面上，遇到难处，理当挺身而出才是！"

"丐帮田唤春拜见户公子!"身着破衣裳的丐帮帮主一进堂屋,赶紧解下红系绳,摘下花帽子,给户秉刚鞠躬行礼。

"田帮主请坐,上茶,敬烟!"户秉刚示意他坐在长条几下首的太师椅上。

"户公子,这可万万使不得,俺岂敢跟您平起平坐呀!"田帮主双手接过佣人敬的烟卷夹在耳朵上,又双手接过盖碗茶,依旧毕恭毕敬地站着。

户秉刚也不再勉强,直截了当地说:"田帮主,有件事请你帮忙打听一下,刚才我也托了贼头去问他们的手下。"

"大公子请您吩咐,这要田某人做到的,万死不辞!"

"是这样的,"户秉刚点燃一支烟深吸一口,"杨家班的小厮背着一个蓝色的布袋子,里面有一幅画轴。小厮在西边集头看斗羊的时候,布袋子连同画轴一起丢了。刚才贼头说了,这手法不像是他们所为,他答应去盘问一下,保不准手下哪一个小偷手发贱给顺走了。你们丐帮的人多,眼尖,有没有看到过这个布袋子?"

田帮主狠狠地吸一口烟,"户公子,这行有行规,帮有帮规。丐帮的'五戒'帮规极严,第一是戒杀,这第二就是戒盗。所以,不太可能是手底下的'马子''崽子'偷窃。本来这件事俺可以一推六二五,装作看不见,但是多年来承蒙户老爷的照应,把俺们叫花子当人看,知恩图报,俺豁出去了,帮您一回!"

"谁干的?"户秉刚目光灼灼地问。

"俺亲眼看见是一个干吧瘦猴子夹着那个蓝布袋子从人缝中挤出来。俺特意打量了一下那个人,年纪不大,猴头猴脑,戴着六块瓦的毡帽,穿着浑身上下露白棉花的破棉袄、棉裤,腰里系着一根红芋藤,邋里邋遢的。俺开始以为是不在帮的'散混子',就让小崽子跟在他后头,眼见得这货头径直进了麻家大院。"

"知道了,这是马四儿干的!"户秉刚狠狠地说。

"借问户公子一句,那个马四儿是干啥的?"田帮主问道。

"他叫马三官,排行老四,有个哥哥马三升,绰号'三猴子',兄弟俩这一带出名的地痞无赖,净干偷鸡摸狗拔蒜苗的勾当。他弟兄俩都给麻府当家丁。几个月前,张宗昌招兵买马,这马三猴跑到徐州投军去了。"

"户公子如果没有其他吩咐,田某就告辞啦!"

"谢谢田帮主!"户秉刚掏出几枚银圆,塞到田帮主手里,"拿去,晚上给兄弟们打酒买菜犒劳一下！"

"谢过户公子！"田帮主打躬作揖道，"还有一件事，请公子为俺保密，俺们叫花子走天下，吃天下，是谁也得罪不起的呀！"

"放心吧，户某人自有分寸！"

户秉刚急匆匆赶往戏台子，幔帐后边，戏班子演员、家眷一片愁容，人人都哭丧着脸。

"咋啦，这大晌午的，还没有吃饭呀？"

"户先生，这'神画轴'没有着落，哪里吃得下饭呐？"杨班主愁眉苦脸地说。

户秉刚问："人是铁饭是钢，该吃的还是得吃，该喝的还是得喝。哎，麻老爷那里拜访过喽呗？"

"拜过麻老爷啦，他给了二十元赏钱，点名今晚要看白二妮演的《穆桂英挂帅》。"

"那就好，我刚刚打听清楚了，这个人是马四……"正说话间，幔帐被掀开，一高一矮两个年轻人晃着膀子走了进来，高个子的肩上斜挎着盒子枪。

"杨班主在没？"为首的是一个精瘦的小个子，呲着满口的黄牙，拖着长腔问道。

杨班主连忙迎上前："在下就是班主杨业昌，不知先生有何吩咐？"

户秉刚上前一步抓住来者的衣领："马四儿，你来得正好，有一桩官司正要找你说道说道！"

"呦呀，原来是户大少爷啊，小人马四儿给您老人家请安啦！"马四儿一连三个九十度的鞠躬。

户秉刚上上下下打量着马四："吆嗬，马四儿，这一眨眼的工夫你小子就抖起来啦，从哪里制的一身新棉袄？"

马四儿得意地掀开衣角："俺少东家赏的，您看看这三面新的洋布棉袄，新里儿，新面儿，新棉花呀！"

"可咋看都不合身，好像是偷来的吧？"户秉刚戏谑地问。

马四儿嬉皮笑脸地回答："麻昭祥大队长赏赐的，不信，您去问问看。"

户秉刚突然变脸，厉声问道："可那一幅画轴是不是你小子偷的，从实招来？"

"哎哟哟，那里是偷啊，是俺捡到的，这不，俺就是奉麻公子大队长之命，前来交涉这件事的嘛！"马四儿瞪着猴眼儿分辩道。

杨班主见状立即招呼："大锣李，赶紧的，搬椅子，上茶，敬烟！"

户秉刚大剌剌坐在椅子上，见马四儿也要坐下，呵斥道："你给我站着，把话讲清楚！"

"是，遵命！"马四儿立正站得笔直，"户公子，是这样的，俺早上赶集，在集上捡到一个蓝布袋子，里面有一幅画，带回去给俺家少东家一看，他说是戏班子的庇佑神。少东家就差俺俩过来，烦请白姑娘前去认领！"

杨班主笑容可掬地上前一步："好，老叟这就与白二妮前往拜访麻少爷，请二位先生带路！"

马四儿仰着脸说："不用麻烦杨班主啦，俺奉命只带白姑娘一人前往！"

司百顺急吼吼地喊道："师父，他这是黄鼠狼给鸡拜年，没安好心呐！"

"放屁，俺家少东家看得上你一个戏子，那是她的造化，难道还要八抬大轿请她不成？"高个子的家丁骂咧咧地说。

司百顺顶撞道："你他娘的才满嘴放屁，明摆着欺负人嘛！"

那个高个子也不答话，跨步上前，飞身就是一记凶狠的"穿心脚"，脚尖直奔司百顺的心窝。司百顺就势一个后滚翻躲过这致命的一击，随即旋转身体，飞起右脚还给他一记"旋风腿"，啪地一声重重踢在高个子的腮帮子上，高个子仰面八叉倒在地上。他号叫一声，一骨碌从地上爬起来，啐出几颗血淋淋的牙齿，掏出了驳壳枪。

"小心！"大锣李喊了一声，弯腰抄起白楝杆子。司百顺也顺手从兵器架子上抽出一把柳叶刀。其他男演员也都纷纷抄起刀枪剑戟，准备拼命。

"放肆！"户秉刚大喝一声，"马四儿，你想在这里撒野吗？"

"岂敢，岂敢，户大公子，俺捧人家的碗，得听人家的喝，您别跟俺们一般见识！"马四儿一看这架势，赶紧给高个子使眼色，"李狗爪子，把家伙收起来，'好拳不打赖戏子'，算了，人家杨家班是咱户老爷、麻老爷两位老人家请来的客人，咱们得好生待客，对吧？"

看到局面僵持，户秉刚心中思忖，给这两个狗腿子讲不清个子丑寅卯，解铃还是系铃人，于是说："好啦，我陪同杨班主和白姑娘一起去拜访麻昭祥，你们两个给我头前带路！"

马四儿点头哈腰地说，"有您户大少爷这句话就中，您跟俺少东家都是一样的分量！"

二

寨圩子的东南方，坐落着一所四进院的宅子。为了防止黄河、微山湖的洪水泛滥，先筑三尺高的土台子作为宅基地，砌了五级宽大的石台阶。大门前建过路照壁，雕龙画凤的正中是一个篆体的"麻"字。大院按照汉文化的习俗，讲究尊卑上下秩序，堂屋过邸都按子午线偏东南5度，按照徐州民俗"前窄后宽"以为聚财，二进院和三进院都在轴线中间留有三开间穿堂过邸，东西两侧为堂屋主房。每一进院子的堂屋主房最高，东屋次之，西屋最低。每一进院落都要比上一个院落高出两个台阶。房屋地基是青石砌成，墙体厚重，清一色的青砖小瓦，屋脊按照花板脊、大花脊构建，安放着闭嘴兽、张嘴兽、插花兽、插花云燕等吉祥物。院墙的西北角和东南角各有一座三层炮楼作为护产之需。

马四儿带着一干人一直引到三进院落的堂屋，一只大铜盆里吐着红红的火苗。

马四儿低声下气地说："少东家，户公子、杨班主和白姑娘给您请来啦！"

太师椅上站起一位高大精壮的青年，长脸，鹰钩鼻子，细长的眉毛下一双冷峻的小眼睛，显出一副骄横的神态，穿着咖啡色的呢子外套，白衬衣的领子翻在绿毛衣的外边，黑色的呢子裤子熨烫得笔挺，脚下的黑皮鞋擦得油光锃亮。

他上下打量一番白二妮，然后转过脸对户秉刚作揖："呦，哪一阵风把户校长吹来啦，稀客呀，马四儿，吩咐丫鬟上好茶，鲜果、干果的来两盘！"

"好咧！"马四儿颠颠地小跑出去。

"昭祥兄客气了！"户秉刚说着，在八仙桌右侧下首的太师椅坐定，"上一次来贵府还是竣工，俺们过来燎锅底，不知不觉快半年了。"

"是呀，户老弟无事不登三宝殿，今日到访，不知道有何见教？"

"仁兄，是这样的，杨家班的小厮不小心把'神轴子'弄丢了，让您府上的马四儿捡到了，您看能否还给杨班主，不胜感激之至！"

"哦，老弟，不是驳你的面子，不能给他们，老弟也不必费心周旋啦！"麻昭祥说着，从桌子上打开一听绿色的烟盒，抽出两支香烟，递给户秉刚一支。

"仁兄，这东西你留之无用，况且，这是戏班子的庇护神，对他们至关重要。你就当给我一个面子!"

"是呀,麻少爷,这些蛇、鼠、狐狸什么的画,您留着着实没有用处呀,恳求您还给俺们,大恩大德,永世不忘!"杨班主深鞠一躬。

"杨班主,"麻昭祥从长条几上的一个景泰蓝画筒里,抽出那一幅画轴,慢慢展开,"这幅捐帛画有二百多年了,看看这五个小生灵画得活灵活现,精湛的工笔画,相传源自正一道教的驱邪术,正宗的老物件啊,怎么说留着无用呐?况且,刚才下人跑来禀报,你的人还打伤我的家丁李狗爪子,这打狗还要看主人呐,到俺们的地面上,咋还怎么猖狂呢?"

"仁兄,我在场,是你手下的兄弟先出手,还掏盒子枪!"户秉刚打圆场。

"秉刚兄弟,这件事你甭管!"麻昭祥摆摆手,转脸冲着杨班主声色俱厉地训斥,"本来我平素仰慕白二妮的芳容,只求一见。结果你老杨头跟屁虫一样跟着瞎掺和,还把俺兄弟也搬来当说客,咋啦,俺堂堂的县保安大队长能吃了她不成?"

杨班主鞠躬道歉:"麻大队长,杨某人哪里敢冒犯您的虎威呀,小女没有见过世面,担心惊扰了大少爷!"

"麻老爷,您大人大量,多多包涵!"白二妮上前双手放在胯部深蹲作揖。

"嗨,久仰白姑娘有沉鱼落雁之容,闭月羞花之貌,今日相见果然名不虚传,看看这盘子、条子真是没得挑!"麻昭祥色眯眯地盯着白二妮,"这水葱一样水灵的小娘子整天价东跑西颠地刨食儿吃,真是投错胎了,老天爷没有长眼哇!这样吧,给白姑娘一个面子,你留下陪我拉拉呱,说一会话,然后把画轴子带走。户贤弟和杨班主就请回吧!"

"昭祥老兄,你这么做的确欺人太甚!"户秉刚拍案而起。

麻昭祥也怒冲冲地站起身:"户秉刚,我欺负谁啦,这一个愿打,一个愿挨,不愿意拉倒,我高兴把这幅鸟画投进火盆里烤火,活该!莫不是你看上人家小娘子喽吧,图谋不轨咋的?"

户秉刚怒不可遏:"麻昭祥,别血口喷人,你敢骂誓不,咱俩谁要是想对人家白姑娘动歪心眼子,谁掰掰的!"

"我才懒得搭理你!"麻昭祥撇撇嘴,"要是说咱麻、户两家世代通婚,亲戚连亲戚的,你咋胳膊肘往外拐,向着外人哩?"

户秉刚吼道:"咱向着的是道理,你这么做不是欺男霸女又是什么?"

"你该哪里玩儿哪里去,别怪我给你翻脸!"

"麻老爷,这'五仙坛'神画轴是俺祖师爷所传,三百多年了,是俺戏班子的护佑神。没有画轴，晚上武戏容易失手伤人的！"

"呸，俺才不管你武戏、文戏的，反正俺老爹的二十块银圆揣你兜里了，演不好，砸了你的场子！还有，你必须得把那个凶手绑缚问官，揍掉李狗爪子四颗牙，这事儿就能拉倒了吗？"麻昭祥怒气冲冲。

"麻昭祥，你别把事情做绝喽！"户秉刚怒斥。

"户秉刚，用不着你来教训我。"麻昭祥又指着杨班主，"老杨头，限你明天上午十点钟之前，把那个打人凶手交上来，否则，我让县保安大队前去捉拿，连你一起绑喽押送县府问罪！"

"麻昭祥，你咋越说越下道儿啦，咱们能不能有话好好说？"户秉刚想缓解一下气氛。

"马四儿，送客！"麻昭祥铁青着脸吼道。

"各位，请吧！"马四儿摆出一副请走人的架势。

步出麻府，三个人都沉默不语。半晌，白二妮发狠地说："表舅爷，我去会会这个麻昭祥，看他能吃了我咋的！"

"二妮子，你爹妈死得早，表舅爷一把屎一把尿地拉扯你，手把手教你唱戏，就跟亲闺女一样，不能眼看着你往火坑里跳哇！"杨班主转脸对户秉刚说，"户先生您是一位仁义君子，敢问是否已经婚配，如果看得起小女，我今天就作主，把二妮许配与你，这样也断了麻昭祥的歪念想。"

"杨班主，万万使不得，这不正好印证了麻昭祥诬蔑俺的话了嘛。依我看，杨班主还是准备好今晚的演戏吧，我给家父禀报一下，请他给麻老爷子通融通融，或许能有转机。不过，就凭麻昭祥的驴脾气，想让他痛痛快快地归还画轴，咱们还得另想想其他的办法。"

"他要是真的派兵过来，老夫也只能出最后一招了！"杨班主狠狠地说。

"有啥办法，班主请讲。"

"户先生，俺们戏班子走南闯北，与冷霸子发生摩擦，打架也是家常便饭。常言道'好汉不打当村人'，俺们在人家屋檐下倘若寡不敌众，摆不平地头蛇，就用祖上传下来的求救办法，到四里八乡的黑篷底、剃头挑子、饭馆里去丢手绢。他们看到戏班子求救手绢，二话不说，抄起刀枪棍棒就来救场子。"

户秉刚问："班主说的这个办法靠谱吗，万一不来咋办？"

"户先生你看，这集市上扯起黑篷布，摆上灶案、桌凳做小吃的又称黑篷底，这黑篷底本身就是一个大帮派，属三百六十行里的秦行，创始人是汉代秦忠。秦忠善烹饪，诨名好味。至于秦行的老祖与俺们的老祖到底是啥时候结成的这种亲密关系，还有与剃头匠又是啥关系，俺尚不清楚，想必都属于'下九流'吧，不管谁有难，大家都拔刀相助！"

"听杨班主一席话，学生真的长见识。明天这个麻昭祥要是真的搬来保安队，就依照你的计策行事。我今晚就给你备好两匹快马，快去送信！"

"谢谢户公子！"白二妮泪流满面，鞠躬致谢。

三

腊月二十三过小年，家家户户晚饭之前先摆上饴糖做的面瓜，焚香叩拜灶王爷，"上天言好事，下界保平安"。晚饭过后，天色刚刚擦黑，四邻八乡的老百姓扶老携幼赶往户集寨。天气非常好，夜风柔和，夜空中飘着几片浮云，几颗星星熠熠生辉。

戏台的广场上人山人海，快乐嬉戏的孩子们玩耍着各式各样的鞭炮，"大麻雷子"震耳欲聋地"咚咚"炸响，"地老鼠""哧哧"冒着火花在地上乱窜，"二踢脚""咚"的一声飞起在半空中"啪"地炸出一团火花。一群少年舞动装满木炭、锅铁灰的铁笼子，伴随着人们的欢声笑语，一长串火龙上下飞舞。

"咚锵咚锵"第一通锣鼓响，大戏要开场。第二遍锣鼓响过，锣鼓家什、弦子唢呐齐奏吹奏乐《得胜令》。第三通急促的锣鼓声后，踩着"嘚嘚嘚"清脆的小锣锣点，四名演员身穿红、紫、绿、黄四色蟒袍，戴着福、禄、寿、喜四顶高帽子，踏着碎步，粉墨登场，滑稽的扮相引得台下一阵笑声。锣声越来越急促，四名小武生从左右两边一溜跟头翻上台。"好！"台下一片喝彩。

一个少年高高跃起之后，立足未稳，突然从台子上一个趔趄栽了下来。观众一片惊叫声。

马四儿鼓噪几个地痞高喊："他妈的，演砸喽！"几块砖石飞上戏台。

户秉刚快步上前抱起少年，"虎子，摔伤了没有！"他心疼地问。

"户先生，我失手啦！"少年流下了眼泪。

杨班主跑到台前，打躬作揖："对不住各位乡亲，杨家班学艺不精，献丑啦，杨某向各位乡亲赔罪，万望包涵。下面请俺们的武生司百顺给大家加演一段《盗佛手》的爬杆戏，这'爬杆带滚篷'是俺杨家班的武功绝活，看家本领，平常不出大价钱是不演出的，今个拿出来练练，算是给大家赔罪啦！"

台下一片欢呼。

激扬的锣鼓响起，吹奏乐齐鸣，两盘"大雷子"在台下"噼里啪啦"响成一片，在鞭炮的烟尘中，司百顺一身夜行衣，头扎红绸巾，像猿猴一样敏捷地蹿上两丈高的杉木杆子顶端，双手攥住杆梢，身体斜上方伸直，唤作"斜插一杆旗"；然后用杆子顶住腹部，四肢做飞行状，左右摇摆，唤作"麻鸭凫水"；再将单脚钩住杆顶，身体垂直，唤作"倒挂金钩"。不料，竿梢"咔嚓"断裂，司百顺就势用双脚攀住杆子，一个"海底捞月"顺着杆子滑落，头部碰及地面之际，一记"倒卷珠帘"猛地一个"鹞子翻身"，稳稳落在台上。

全场发出"嗷"地一片惊叫，沉寂了片刻，然后报以雷鸣般的掌声。

一个披着黑棉大衣的人，悄悄来到后台，向杨班主作揖："杨师傅，别来无恙？"

杨班主惊奇地问："刘队副，大老远的，你咋跑来啦？"

"骑马四五十里路，一则看看老师傅，二则给您报个信。明天一大早，铜山县保安大队十几个人就来捉拿你和司百顺，您想好应对办法。我得赶紧走了，别让麻大队长看见，多保重！"来人抱拳施礼，匆匆离开。

"多谢！"杨班主眼见来人消失在夜幕中，转身顿足长叹，"唉，这丢失了'五仙坛'，祸端接连来！"

司百顺下到台后，惊魂未定地说："师父，今天是咋啦，杆梢子能断，差一点把我摔死！"

杨班主老泪纵横连连摆手："事到如今，师父也不抱怨你们啥了，准备后半夜破台禳灾，明天一大早去撂手帕求救兵吧！"

下半夜起风了，一弯下弦月挂在东南方的天际。一盏昏黄的马灯放在戏台子正中，杨班主带领二十多口子老老少少齐刷刷跪在台下。大锣李画着狰狞的脸谱，身穿大红蟒袍，右手持一口七星青龙剑，左手拎着一只大红公鸡，咽喉深处发出"哼哼"的声腔。他挥舞宝剑，分别刺向东西南北四个方向，然后用口衔住鸡脖子，活生生将鸡头咬下，拎着"扑棱棱"挣扎的无头公鸡，沿着戏台子将鸡血淋漓一周，再把鸡扔到台子中央，众人起身头也不回地离去。

一夜的北风带来了冰冷刺骨的寒气，太阳刚刚露出脸儿，远处的村落、河流沉浸在清澈的晨光之中，大锣李和司百顺骑着两匹马"哒哒"地跑出户集寨，绝尘而去。

晌午时分，十几个黑衣警察骑着高头大马进了户集寨，径直来到土戏台。

"你们谁是杨班主，杨业昌？"一个歪戴着大盖帽的小头目拖着长腔问道。

"各位官爷，小人正是杨业昌！"杨班主打躬作揖。

"杨业昌，你纵容凶徒司百顺出手伤人，俺们奉命捉拿你们师徒二人前去问官，有苦主李狗爪子的伤势做证，休要狡辩，"警官说着，环顾左右责令道，"先把他给我绑了！"

两名黑衣警察凶神恶煞一样冲上去摁住了杨班主。

忽然，仿佛从地下钻出来的一般，几百名汉子手里拿着大刀、棍棒、铁锨、抓钩，还有的提着斧头、菜刀，从四面八方蜂拥而至，"官家无故抓人啦！"愤怒的呼喊汇集成嘈杂的声浪。

"谁敢动杨家班一根毫毛，今个儿就当场劈了他！"一个满脸络腮胡子的中年人，挥舞着哗啦啦作响的九环大刀说。

警察见状也举起枪，哗啦哗啦拉枪栓对峙。

"谁有二两狗肚子就开枪试试，俺们不把你们几个鸟人拆啦、剁成肉酱！"络腮胡子刀指着为首的警察说。

麻昭祥带着七八个武装家丁赶过来，远远看到这个阵势，也不敢上前。

户秉刚把他拉到一旁，"老弟呀，咋收场呀，要是真的动了刀枪，你们麻府恐怕也难于幸免？"

麻昭祥声音发颤："秉刚兄弟，你看这咋办呀？"

"昭祥仁兄，俗话说'官不与民斗，富不与贫斗'，你倒好，为富不仁，官逼民反！"

"画轴还给他可以，就是俺麻家的颜面丢大了，脸往哪搁，得有个说法！"

"你是死要面子活受罪，这样吧，你让保安队撤兵，我让老百姓散场。过后我当和事佬，给你安排一个酒场让老杨赔礼，再安排一场堂会道歉，按照咱们赔大礼的规矩，到麻府去唱《青龙阵》。再演一出《全家福》之类的喜庆戏，这样，你麻家的面子就足喽呗！"

麻昭祥无奈地说："只好如此了。"

腊月二十八，杨家班年终最后一场"封箱戏"《刘备招赘》，按照惯例生旦净末丑角色大反串，每人抓阄挑选角色，小旦扮演黑头，花旦的扮演花脸，黑头的演小旦，花脸的演花旦。

在村民的欢声笑语之中，帷幕落下，杨班主带领一班演员走到台前谢幕，"承蒙乡亲们的厚爱，杨家班给父老乡亲添麻烦啦，大年初一再给乡亲们拜大年，加演一出开箱戏《天台山》，恭祝乡亲们六畜兴旺，丰足年年！"

曲终人散，杨家班在戏台子后边的帐篷里备好酒菜，按照戏班行规"插年火",给演员算清账目回家过年。演员此时可以跳槽,来年不搭班。班主也可以辞退演员。

杨班主先端起酒碗:"来,大家伙端起来,从六月十三《插麦火》,搭班子,转眼大半年了,一会就该插年火了,谁有啥话说的请先讲!"

司百顺起身,走到杨班主跟前,"咚咚咚"磕了三个响头。

杨班主诧异地问:"百顺,师父不怪你,你咋想走的?"

"师父待我恩重如山,从小手把手教我练把式、吊嗓子,俺跟着师父走南闯北七八年,受尽了冷霸子的欺负,俺三叔在晋军做团长,俺想去投奔他,凭着师父传教的一身好武艺,在行伍里闯荡闯荡!"

"人各有志,你自己去奔个前程吧,打戏打戏,严师出高徒,功夫全靠打出来的,以后别记恨师父!"

"师徒一别,天涯海角,师父保重!"泪水沿着司百顺的脸颊流下来。

"师父恕罪,徒儿跪拜不便!"虎林起身鞠躬。

"小虎子,你也是师父疼爱的弟子,现在身上有伤,不能走。按照戏行的规矩,就算是伤啦残啦,也得大家伙养着你!"

"师父,户校长要带我去徐州教会医院看腿,还愿意收留我学文化,小徒儿永远不忘师父的恩情!"

"唉,这世上就没有不散的筵席,乱世之中,戏行难有出头之日,这碗酒就算是饯行啦,干了之后,咱们就各奔东西吧!"杨班主的眼泪扑簌簌地掉下来。

第四章　程金石痛说创业史　共产党成立特支委

一

朝阳伴随着紫红色的霞光冉冉升起，宽阔的故黄河面泛着色彩斑斓的光芒。湿润的南风轻轻吹拂着岸边的垂柳，一群小燕子"啾啾"地鸣叫着，或轻盈地在空中逡巡穿梭，或潇洒飘逸地掠过水面，用剪刀似的尾翼点蘸一下波澜，溅起阵阵涟漪。河边的芦苇丛里不知名的水鸟"叽叽喳喳"地吵吵闹闹着，青蛙也不甘寂寞地发出"呱呱"的蛙鸣。

三女师青春焕发的姑娘们换上了春装，玉白色的大襟上衣，黑色的长裙，黑色的布鞋，一个个像沐浴着春风的小燕子，快活地游走在黄河堤岸上。

"同学们，今天我们春游的目的是进行实地教学，讲一讲我们徐州的母亲河——黄河；另外是参观一下兴隆面粉厂，感受一下近代大工业。"孙鲁一边走一边大声说，"刚才我们走过的牌楼始建于清代嘉庆年间，南北朝向，是牌坊风格的三个大门，牌楼上北侧书'大河前横'，南侧书'五省通衢'。"

刘萍脖子上系着一条红丝巾，显得非常俏丽。她眨着美丽的大眼睛问道："老师，徐州地处苏鲁豫皖四省交界，为什么提出五省通衢呀？"

"刘萍同学提出的问题很好，这是由于徐州的黄河水运与河北相联通，所以四省后边还要加一个冀字。"孙鲁兴致勃勃地接着说，"南宋赵构为了阻止金军南下，从开封'决黄河，自泗入淮'，自此黄河流经徐州七百多年，虽然带来了水患，更是带来了通航、灌溉的便利。到了明朝永乐朱棣，凿通了我国东部的京杭大运河，与黄河在徐州交汇，舟船西行到河南，北至山东、河北，东南可往淮扬、江南。我们所处的黄河两岸，当年是'桅樯林立，帆船往来如梭，岸边商贾千户'，一片繁荣景象。"

郑玉敏问："孙老师，那么黄河怎么改道了呢？"

"清咸丰五年，也就是 1855 年 7 月底，黄河在河南兰阳铜瓦厢堤坝溃决，夺大清河至利津入渤海，从此黄河北徙，留下了这一段故黄河。"

"那镇河铁牛是不是为了防止水患的呀？"又一个同学问。

"是的，古人相信五行相克，牛为土行，土能克水，故铸造铁牛以镇水。现在的铁牛铸造于嘉庆四年，坐南朝北，长 2 米，高 1 米，肥壮有神，昂首俯卧黄河河畔一百二十六年了！"

刘萍几个同学齐声朗诵："河清门外水悠悠，万里长堤卧古牛。青草绕前难下口，长鞭任打不回头。"

女师的队伍到了黄河东岸兴隆面粉厂大门口，刘萍清脆的口令整队："立正，向右看齐，向前看！"

程金石一溜小跑，"哎呀呀，欢迎孙老师和各位同学光临啊，请进，请进！"

"今天学校组织社会实践教学，打扰程老板了！"孙鲁抱拳说道，"学生们做事要讲纪律，进入厂区必须列队参观。"

程金石说："好啊，咱们就边走边说吧！"

"老师同学们，五层楼上正在加盖的六楼是俺们新上马的车间。下边的车间是民国十一年建设的，当时是我拿出钻探挣的全部家当，依照卫天襄理的计策，又从济南日本洋行贷款，购买了一套德国磨面设备，日产一千袋白面。新增添的设备锅炉、发动机、钢磨、洗麦机器等都是美国货。到今年六月份完工之后，开足马力日产面粉达到三千袋。"

孙鲁调侃道："程老板，徐州城里疯传你最近贩盐挣了大钱，新的投资八成是卖盐挣来的吧？"

"嗨，明人不说暗话，俺们帮助军需运盐，无利不起早，的确有些进项，不过盐价也从一百七十文掉回到以前的八十文了，这是好事，是吧？"

"程老板，这是我们现场教学我提的第一个问题，同学们有什么问题请教的？"孙鲁大声问。

郑玉敏问："程老板，您原来钻探，怎么转行面粉业的？"

"这淮海地区盛产小麦，徐州铁路、陆路和水路交通便捷，所以看好这个行当。还有最重要的一条，我从小要饭，后来做工，对工业产生了浓厚兴趣。挣来的钱不能光用来享受，看到穷苦人挨饿受冻，心中不安，所以呀，我有一份力就替大家谋一份福，我的志向是再办几个面粉厂呐！"

程金石转脸问："孙先生，您的学窝子深，我也想给您提个问题，我以前的襄理卫天喝过洋墨水，成天给我讲大胡子马克思，还有苏俄的社会主义啥的，俺半懂不懂，囫囵吞枣的，大意就是资本家利字当头，天天琢磨着榨取价值啥的，工人急眼啦就得斗争。俺们厂子里每天工作十二小时，下班之后，工人不忙着回家，都是在厂里自己找零活干，修路、挖沟、砌墙全凭自觉，论觉悟赶得上苏维埃的工人阶级了，您知道为啥吗？"

孙鲁一脸疑惑地望着他。

程金石不无得意："看看俺这厨房，汉族人和回族人分开的，早上四碟咸菜，中午两荤两素一汤，晚上六菜一汤，初一、十五打牙祭，再加两道荤菜。逢年过节，山珍海味管够！"

程金石又引着一行人来到车间后边的一排平房，"这是厂里的洗澡堂子，旁边的是理发室，还有德国的洗衣机，这些都是免费的。工厂周边的民房都让我买下了，免费给职工住。职工有个病有个殃的，到北门的宝林医院看病不花钱。要是说起职工的薪水，俺们比照明太祖朱元璋的办法，不发钱，发面粉。一般的工人每个月八九袋一等粉，年底工人也分红。下一步俺们准备成立兴隆篮球队。"

孙鲁问："程老板思想有苏维埃的元素，这些理念都是怎么产生的？"

"全是俺的卫天襄理给谋划的，让工人替我算计，比我自己算计好，厂子是大家的，大家一条船过河。等到厂子发展大了，大家伙儿都是开山鼻祖，就等着抒着胡子喝香油吧！咱们孔老夫子讲的是'仁'字，孟老夫子讲的是'义'字，'仁义'两字就是俺厂里的思想！"

"眼下世风败坏，习风沦丧，刁猾的商人对付顾主有一套'软、硬、刁、憨、钩、搂、奉、承、敬'的口诀，坑蒙拐骗，让顾客不知不觉入于彀中。程老板名如其人，精诚所至，金石为开，果然是'富而好仁'，实在是难能可贵。"孙鲁赞叹道。

"其实，我排行老三，原来叫狗剩，现在这个洋气的名字是俺恩人，美国工程师波特先生赐名给我的，这里边还有一段故事哩！"

"请程老板讲一讲吧！"几个女学生纷纷说。

"我是光绪十二年生，俺爹四十九岁，俺娘四十八岁，'四十八生个渣'，生下来就体弱多病。俺爹不久去世，上边两个哥哥不管俺们，俺娘只得带着我要饭。九岁时候，俺娘生痨病也死了，我就一个人四处乞讨。十四岁那年大年的初一，我病倒在村外的奶奶庙里，眼看快要死了，就爬到俺娘的坟头，吞下捡到的一块鸦片膏，准备去阴间找俺娘去了。濒死的时候，俺娘托梦给我说：'狗剩呀，你如果活不下去，就去天津找你表哥。我俯在坟头，头冲下，毒液顺口流出，苏醒过来想起娘临终也讲过这句话，顿悟到天不灭我，大难不死必有后福。我就一路讨饭到了天津，找到教堂做杂役的表哥。谁知这个白眼狼翻脸不认人，呵斥我滚蛋！我放声恸哭，用头撞墙。伙夫衣崇高，是我的第一个恩人，他心生怜悯，把我领到伙房，换上一身干净衣裤鞋袜，帮他烧火、择菜，干杂活。后来，美国的工程师波特先生看我聪明伶俐，收我做身边佣人，跟着他到河南焦作探矿。有一次，波特收工时候把金刚石钻头落在工地。第二天一大早，他一路狂奔到工地，见到我抱着钻头，浑身上下结满了霜花。波特大为感动，说我忠厚诚实，人品比金子还珍贵，赐我名字金石，那一年我十五岁。"

"噢，您的大名是波特先生赐予的，后来呢？"刘萍眨着大眼睛问道。

"波特先生对我格外器重，教我英语、钻探、车工、钳工活儿，我一天到晚就是琢磨手艺，二十五岁时候练就了一手绝活，用牙齿咬着钢尺，就能判断岩层，数百眼钻眼无一失误。波特先生回国之后，我就到山东枣庄承揽工程，洋人每尺六美元，我只收三块大洋，硬是挤走了洋鬼子！"

学生热烈鼓掌。

"再后来，我就到徐州、皖北一带钻矿十一年，我可以告诉同学们，根据我的判断，淮北、萧县、沛县一带有大煤田，将来世道太平了，会是国家的巨大财富！"

同学们再一次热烈鼓掌。

孙鲁对同学们说："程老板也是一位慈善家，知道穷苦人从寒冬腊月到麦子成熟这一段日子最难熬，所以从腊月开设粥厂到收麦，要饭的、贫苦人早上每人一瓢粥、一块豆饼。有的青年才俊经济拮据，他慷慨解囊，资助完成学业，有的出国留学，已经成为著名的地质专家。"

一行人走到办公楼后边，三间青砖瓦平房里传来噼里啪啦打算盘的声音，"同学们，请参观俺们厂的账房。主管是英国留洋的，他用先进的复试记账，掌管着厂里的印鉴，当俺们的大半个家。"

同学们鱼贯而入，柜台里五六个出纳有的在拨算盘，有的在清点银圆。清点银圆的高高抬起右手，将银圆"哗啦哗啦"像流水一样倒在左手，偶尔用中指弹出一枚，"当啷"滚到柜台外边。

程金石随手捡起一枚，"同学们，这一枚是假银圆，看看俺们的会计水平咋样，凭着声音就能鉴定银圆的真伪，啥叫行家里手，手头上得有真功夫！"

华伯诚急匆匆走过来，耳语几句。

"请带她过来吧！"程金石说，"徐州地邪，念叨谁就谁到。"

"程老板，何事不愉快啊？"孙鲁问。

"嗨，这不刚刚说到俺两个哥哥不问俺的事儿，这不俺大嫂子带着侄子找来了，'穷站街边无人问，富居深山有远亲'啊！"程金石慨叹。

一位衣衫褴褛的农妇背着一个小包袱，领着一个十六七岁的小伙子来到程金石面前，纳头便跪。

"'长兄如父，长嫂当母'，万万使不得！"程金石连忙将大嫂搀扶起来。

"三弟，你哥哥嫂子对不住你呀！"妇女满脸的皱纹，顶着一方黑色头巾，额头白发苍苍，嘴唇上皲裂出一道道血口。

程金石对妇人说，"嫂子，我小时候忌恨过你们，现在一点都不怪你们，命中注定的劫数，你们就是上天派来渡我的，不然就没有我的今天。"

小伙子直勾勾地望着柜台里"哗哗"作响的银圆，弯腰捡起一枚假币。

程金石走过去从小伙子手里抠出假币，"侄子啊，这钱是假的，不能拿出去害人！知道吗，一枚银圆能买一斗小麦，一家人要是少了十六斤粮食，这个月就得挨饿。"

"家乡生瘟疫，老程家只剩下俺们娘俩，听说三弟在徐州发达了，过来投奔你，万万收留俺们！"妇人泣然泪下。

"华主任，你带领老师、同学们继续参观，我去把嫂子先安顿下来。"

"遵命！"华伯诚应声答道，"老师、同学们，请参观厂里的仓库、车间。"

"嫂子，咱们先去家里见见你三弟媳妇，民国元年俺娶了徐州城南陈家大小姐，生了一男一女。"程金石边走边说，"哎，咱侄子叫啥名来？"

"程茂财，"小伙子怯生生地回答，"俺三叔，您咋安顿俺们哩？"

"厂子东边镇河街还有两间房子，你们娘俩住下。从明天开始，你娘到厂里食堂烧火做饭，你到胡把头手下推土车。厂子里不养闲人，就算你婶子也得做工干活。"

"叔咧，俺以为跟着您往后就吃香的、喝辣的，咋还得出大力啊，您让俺当个把头也中呐！"

"茂财侄儿，就凭你这话，胡把头那里的土车你也不能推了，老老实实签下'生死契约'，当三年学徒，挑水、扫地、倒尿罐子，磨掉你身上的愣劲儿，让你明白为人处世、和气生财的道理，方能做大事。"

妇人赶紧拉拉他的袖子，"快点谢过三叔！"

"谢谢三叔！"程茂财深鞠一躬。

二

徐州城南沿着奎河往南，是一条曲曲弯弯的下街，狭窄的道路两旁都是小吃铺、杂货店，最南头有一处大宅子段家花园，南面和西面都是荒芜的池塘，生长着绿油油的芦苇丛。中午时分，湛蓝的天空没有一丝云彩，热气在大地上蒸腾。几只长腿尖喙的白色水鸟掠过水面，"咚，咚"岸边的垂柳上传来啄木鸟的敲击声，池塘里偶尔传出几声水鸟的"啾啾"鸣叫和"呱呱"的蛙鸣，更增加了这里的静谧。

段家花园的客厅十分宽敞，正中位置悬挂着孙中山的遗像，左右两侧的对联是"革命尚未成功，同志仍需努力"。东边靠墙一溜玻璃书橱，满满当当的都是书籍。西边靠墙的柜子里，陈设着古瓷瓶、玉器等玩物。一个长条几摆放在中央，茶杯热气腾腾，二十二人围坐在一起。

孙鲁身穿一件浅褐色的长衫，英姿勃勃，他首先站起身说："同志们，中共徐州特别支部今天成立了，今天会议主要是选举特别支部委员，学习今年一月召开的中国共产党第四次全国代表大会文件，研究党的宣传、组织工作。下边请白子沣宣读委员建议名单。"

白子沣在鞋底下捻灭烟头，清清嗓子，"建议中共徐州特别支部书记孙鲁，组织委员白子沣，宣传委员郭一民，妇女委员刘萍，学运委员刘明德，工运委员鹿继澄，农运委员蒋宝琛。"

"请大家举手表决！"

二十二人齐刷刷地举手通过。

"好，一致通过，"白子沣向孙鲁点点头，"请孙书记讲话吧！"

"我先讲一下目前的形势，"孙鲁下意识理了一下头发，"去年六月，国民党内的右派张继、谢持等人提出《弹劾共产党案》，公开叫嚣'绝对不能党中有党'，反对中山先生'联俄联共扶助农工'的新三民主义。今年3月12日中山先生在北京逝世后，徐州的国共两党联手组织盛大的祭奠活动，宣传了三民主义、五权宪法、民主共和的理念。但是，从南京传来的消息，在公祭大会上，'西山会议派'的人公然喊出'打倒共产党'，引发现场的打斗。虽然我们与徐州杨兆麟为首的国民党保持着密切的关系，但是，'不谋全局者，不足谋一域'，种种迹象表明，国民党内部混入了帝国主义、买办、大地主和军阀的代理人，成分不纯洁的问题凸显，应当引起警惕。"

"我来补充一下，"白子沣喝了一口茶，"冯玉祥在北京兵谏曹锟之后，革命的果实又被段祺瑞窃取。孙中山先生抱病前往北京，旨在召开国民大会，实现国家共和。段氏拒不施行国民会议，却抛出'善后会议条例'，对外则提出'外崇国信'，对列强实行'门户开放，机会均等，利益均沾'，公开顶忤孙中山先生所言的'废除不平等条约'，可谓是胆大包天，人神共愤。至于那个东北王张作霖更是叫嚷'反共不辞流血'，反动嘴脸昭然若揭。"

郭一民站起来，狮子一般的鼻孔由于激愤而偾张着："我认为应该更加广泛地发动工人、店员、农民，唤起民众，共同奋斗！以往我们在学生中的'邮传阅读会'，看看书，看看报；搞'飞行集会'撒传单，呼口号，这些小打小闹已经远远不能符合眼下的斗争要求。我们要把根扎到底下去，开办'工人夜校''妇女识字班''儿童识字班''农民夜校'，广泛传播党的主张，进而组织工会、农民协会，甚至拉起武装亦未尝不可。卫天在沛县组织农民自卫军，既能防匪防盗，也能打倒军阀，值得效法。"

"都说'秀才造反，三年不成'，看看我们的郭一民同志，说干就干，立马就能抄家伙起事，这才是彻底的革命者！"白子沣笑眯眯地点燃一支烟，然后站起来挥舞着干瘦的拳头情绪激扬地发表演讲，"我赞同郭一民的意见，要想建立一个新世界，就要火烧山林，再造大自然，彻底破坏这毒蛇猛兽盘踞的世界，用暴力，只有用暴力才能争得无产阶级的解放！同志们，我们就是目前食人世界的破坏者，未来的新世界必定是用我们的头颅砌成！"

三

1925年5月30日，上海学生抗议日本纱厂资本家打死工人顾正红，号召收回租界，英国巡捕开枪射击示威的学生和群众，当场打死十三人，重伤数十人，"五卅"惨案震惊中外。

噩耗传到徐州，国民党铜山县党部书记杨兆麟与共产党徐州特别支部书记孙鲁携手，成立了"徐州国民外交上海善后援助会"。郭一民组织学生联合会率先举行罢课、游行，反帝斗争热潮迅速在徐州大地上掀起。

6月13日上午9时，徐州国民外交后援大会在东门外球场召开。早晨的阳光开始炙烤着大地，人们从四面八方涌到黄河滩上，有身穿短衣的学生、工人、车夫和店员，有穿着长衫、洋服的先生，也身穿有时尚旗袍的小姐，他们有的手持小旗子，有的臂缠黑纱，悲愤的人群会聚成了三万多人的人海。

会场的正门用松柏扎制牌楼，横额以白纸黑字大书"徐州国民大会"，主席台前方高高竖起一旗杆，五色国旗迎风猎猎飘扬。

杨兆麟站在麦克风前，用低沉、抑扬顿挫的声音说："请脱帽，全体哀忱三分钟，追悼我罹难的同胞！"

三万余人低头默哀，悲壮的气氛笼罩着会场。

杨兆麟发表演讲："各位同胞，各位朋友，各位父老乡亲：1925年5月30日下午，上海的英租界南京路老闸巡捕房，悍然向我手无寸铁的学生、市民开枪，当场毙亡十三人，重伤者数十人，这是自诩为文明世界的帝国主义对中国人民欠下的又一笔血债，凡我中华儿女，世世代代都要铭记这个屈辱的日子！"

望着黑压压的人群，他悲痛地说："惨案是怎么发生的呢，缘由还要从今年二月说起。上海日本内外面纱厂第八厂推纱车间发现一名童工的尸体，其胸部、背部、臀部受重伤几十处，系日籍工头用铁棍殴打致死。日本人的暴行理所当然地引起全厂员工的极大义愤，然而，日本的资本家却冒天下之大不韪，无理开除罢工的工人。5月14日，顾正红等八名工人代表与日方资本家交涉，日方竟然拔枪射击，当场击毙顾正红、击伤另外七名工人。"

台下响起一阵阵"打倒日本帝国主义！""讨还血债！"激愤的口号声。

泪水充盈了杨兆麟的眼帘，"5月30日上午，上海两千余学生在租界举行抗议日本资本家暴行的活动，居然遭到英国巡捕的镇压，逮捕学生一百余人。英、日帝国主义狼狈为奸，更加激起上海各界人士的愤慨，当日下午，巡捕房捕头爱伏生悍然下令开枪弹压游行民众，南京路上血肉横飞，死伤枕藉……"

杨兆麟哽咽得说不下去了。会场下各界振臂高呼："誓死打倒帝国主义！""收回租界！""取消不平等条约！"口号声此起彼伏，响彻云霄。

孙鲁一身白长衫，左臂缠黑纱，走到麦克风前，用极具感染力的声调演讲："同胞们，公元1840年，就是这个英帝国主义最先用坚船利炮轰开了中国的大门，至五卅惨案，在列强所有的丧权辱国的行径中，这个英帝国主义都是急先锋，犯下的累累罪行罄竹难书！至于日本，这个清廷一直藐视的'蕞尔小国'，在甲午之战中大获全胜，一纸《马关条约》，割去了宝岛台湾及其附属岛屿，光赔款就是三亿三千万两白花花的银子，不义之财养肥、养壮了日本，所以他们才有底气敢在中国的土地上横行霸道，行凶杀人。日本不会就此罢休，早晚有一天，它会乘我国力衰竭之机，再度发难，以图亡我中华！"

郭一民带领学生高呼："打倒日本帝国主义！"

"同胞们，'五卅'惨案发生后，徐州各界各业推举成立了'徐州国民外交上海善后援助会'，旨在抚恤救助上海罹难同胞，联合商、学各界，为沪案之坚强后盾。6月11日下午，徐州国民外交后援会与徐州商会、铜山县教育会、徐州学生联合会、铜山县商农会、徐州国货维持会六团体成立联席会，商讨'对英、日经济绝交暨救济罢工工人办法'，在此通告徐州民众。其一，声援上海罢工工人，致电外交当局及全国各公团；各业印发传单，投寄各县，一致共同加入声援；各校组织演讲团、演剧团，分赴城乡宣传；组织募捐团，各业捐款接济上海罢工霸市同胞。其二，提倡国货，抵制仇货，今日会议后立即施行。公推赵雪辰、郭一民、王继述等为六团体代表，调查英、日在徐州商业贸易。其三，凡经营英、日货物之商店及其烟草公司，即日起停止进货，除将登记的存货售卖之外，此后不得再进英、日货物，街面上英、日商品广告牌子一律拆除净尽。其四，六团体联席会设立调查处，对于暗中买卖英、日仇货的商号派员确查核实，并于火车站、汽车站检查快件，一经查获即扣留，变卖款项援助上海。其五，征求热心同胞加入。"

全场响起经久不息的掌声。

杨兆麟高声宣布："现在举行盛大游行示威，请各业各团体按照国民党、各中等学校、各高级小学、初级小学、警察厅保安队、女子小学、各界团体的顺序出发，铜山县警备队负责殿后。"

游行由国民党员导引，打着青天白日旗帜走在最前列。学生臂戴黑纱，手持白旗，上书"收回租界""抵制仇货"等标语，延绵数里，由球场入东门，沿途散发传单，高呼口号，向西走察院街，折往南门大街，出南门往东车站折回会场解散。

文亭街东起南门大街，与城隍庙街各街相望，西接道衙门的东辕门，是西出徐州的主要干道。街首东头有一座小凉亭子，一丈见方，清瓦翘脊，朱红色的四个立柱，横额上书正楷"一文亭"。清朝末年，铜山县知事陶斋明为官清廉，亲政爱民，离任时返乡的盘缠拮据。老百姓闻知，在街头放置几个大笸篮，路人每人捐钱一文筹措路费。陶知事坚决推辞不受。老百姓感其品格高洁，将积攒的零钱在街边建亭以志纪念。街道中段路南有一所四合院，高高的青砖围墙，门口一对石狮子，朱门紧闭。时间已近黄昏，郭一民、刘明德、刘萍十几个同学蹲守在附近一条僻静的小巷口。

"一天了，连一个人影子都没有，是消息有误吧？"刘明德焦躁地问。

郭一民紧紧盯着那个院子，坚定地说："不会错的，这是孙鲁老师通过工人夜校的一个车夫得来的情报，车行的都在帮，安清邦眼线多。据说这卖英烟的永泰公司用瞒天过海的障眼法，改换包装，晚上从东车站提货，用马车偷偷运到这个秘密仓库存放，再与小商贩联络，低价售卖'炮台''茄力克'高级烟。"

"哎哎，来了，看看那两个人嗨！"刘萍小声说。

两个精壮的年轻人推着一辆独轮车停在门口，两人穿着白色粗布汗衫，灰色粗布灯笼裤，先机警地四下打量一番，年纪稍长的轻轻叩响朱门的铜门鼻。"吱呀"大门闪开一条缝，两人迅速钻了进去。须臾，两人各扛着一个大包出门，分别放到独轮车左右两边，用麻绳开始捆绑。

"上！"十几个同学一声喊，一齐涌上前去。

"同胞，请问你们车子上装的什么货？"刘萍问道。

年少的翻一下白眼，摆出一副无赖的样子："管俺装啥货，咸吃萝卜淡操心！"

郭一民解释说："我们是徐州六团体联席会调查处的，检查英国、日本的货物，请你配合！"

"什么鸟日的六团体，我不甩你们那一套，咋啦？"年纪稍长的上前推搡了一下，骂骂咧咧地说，"给我滚熊，否则甭怪我不客气！"

刘萍耐心地劝说："同胞，我们抵制英、日仇货，是为了声援上海死伤的工人，咱们中国人不能甘愿做亡国奴！"

"我就是甘愿做亡国奴，咋啦！"年少的脱去汗衫，露出一身腱子肉，拉架式要动手打架。

刘明德用折叠刀划开包装，惊呼："看看，都是洋烟嘿！"

"我攮死你！"年少的抽出一支小攮子，对着刘明德右肩膀猛刺过去。

"哎呀！"刘明德惨叫一声，鲜血顺着胳膊淙淙流下来。郭一民几个学生一拥齐上，将凶手摁倒在地。

眼见触犯众怒，被学生、市民里三层外三层围得水泄不通，年纪稍长的"嗖"地从腰间拔出一枚手榴弹，咬开盖，拉出弹弦儿，吼道："都给我闪开，不然老子与你们同归于尽！"

"瓢把子，把炸弹放下！"一个穿黑衣警服的警察挤进来大喝一声。

青年偷眼一瞅，咧着嘴说："师叔，着实不是俺们招惹他们，俺们来进货，这帮学生要断俺们的生路！"

另两位黑衣警察也挤进来，用警棍指着他呵斥道："听见没，先放下炸弹再说话！"

"我是县警备队副队长伍兆勇，各位民众、同学往后退退，"警察伍兆勇一边说，一边指着瓢把子，"张金彪你们弟儿俩长本事啦，一个攮人，一个掏炸弹，作死啊！还不束手就擒，等我动手吗？"

张金彪撒下手榴弹，蹲下倒剪双手："师叔，任凭你发落！"

伍兆勇弯腰捡起手榴弹，示意两个警察："把他俩绑啦，送县署审问，伤员抓紧送基督医院！"

梁同义不知道什么时候也赶到了，搀扶着刘明德坐上黄包车。

"各位借光，让让道儿！"梁同义操起车杆向着西大街的基督医院一路狂奔。

"啪啪啪！"朱红色的大门被学生拍得山响。

"你踩着我的肩膀爬过去吧！"一个男同学蹲下，另一位男同学的双腿踩在肩膀上，两人缓缓站立身。上位的同学扳住墙头，翻身攀上墙头，纵身跳了下去。

"同学，你们是哪一个学校的？"郭一民问。

"省立十中的颜石峰。"那个学生拍着肩膀上的灰尘，呲着一对虎牙说。

"好兄弟！"郭一民给他竖大拇指。

大门洞开，学生、市民涌了进去。

城隍庙街是一条东西走向的石板路，与察院街平行，西与南门大街相连接，东至徐州东城墙根扒开"开明门"。城隍庙就坐落在这条街的中段，坐北朝南，两进院落，马路对面隔路照壁中间镶嵌砖镌"敬神如在"四字阳纹。门外左右蹲踞着两只石狮子，狮子后边各有一根高约五丈的旗杆。山门五间，门上朱红油漆、排订铜扣梅花钉，山门廊下东西两边山墙各有高约丈余的哼哈二将手持剑、锤怒目而立。进门甬道两侧是跨院，左边是仪仗库，右边的土地祠是丧事人家"送盘缠"之地。甬道北首从一个拱圈门洞的"二门"进入主院，门洞上方是一座木质戏楼，高大宏伟的城隍庙正殿建在一座月台之上，与戏楼南北相对，中间是宽敞的大院子。

夜幕降临，大院戏楼上悬挂着两盏明晃晃的汽灯，惨白的灯光照射下，更显得整个院落阴气森森。戏台下摆放着几排长条凳，六团体联席会四十多位成员，摇着芭蕉扇、纸扇，交头接耳，一片"嗡嗡"的嘈杂声。

"大家静一静，现在开会啦！"杨兆麟站到前边，做出双手下压的手势，"我们查禁英、日仇货已经一月有余，请调查处郭一民报告一下查禁的情况。"

郭一民穿着一件白衬衣，下摆束在皮带里，浑身上下透露着干练的气质。他站起身说："自6月13日以来，调查处发动学生联合会二百余人，分赴四关各处，拆除英、日广告牌三百余个，另有百余人，每日轮流至东车站、北站值守，计查得英烟五十四箱，其中五十箱是7月19日查获的，洋烟改换了包装、名称，收货人是英烟总代理永泰公司，但是公司经理赵家斋拒不承认与该批货物有任何关系。然而时隔三天，我们今天傍晚在文亭街的永泰公司秘密仓库，查获英烟六百箱，一位同学在现场被歹徒刺伤。报告以上情况，请各位商讨处理办法。"

"我来说几句吧，"曾海春笑眯眯地站起身，他穿着一件洋绸缎大褂，宽松的大裆裤，非常休闲的装扮，"虽然说徐州国民大会上成立了六团体联席会，可是真正干活的，还是这一帮小青年，忠诚爱国，精神可嘉呀！"说到这里，他话锋一转，"不过呀，这永泰公司也是咱们徐州的老字号啦，今个儿傍晚的事儿刚刚发生，赵家斋经理就跑到县署击鼓鸣冤，说这是'五卅'之前的存货，请求杨世云县长作主。这不，杨县长找我，说县署保护商民合法利益，永泰号之前存货，当然不能任其损失，决定照准销售。"

郭一民愤愤地说："曾会长，这不是向英日妥协、投降了吗？"

"一民小兄弟，话不能这么说，"曾海春手里不紧不慢地摇着蒲扇，"你们扣留的五十四箱洋烟按照联席会的决议规则，不再交还津浦站，以俟惨案解决之后再行发还。至于永泰号'五卅'之前的存烟，赵家斋经理表示愿意只收回血本，所盈利润1200元悉数充公。海春以为，可以将1000元援助上海同胞，200元资助调查处经费，此乃两全其美之策呀！"

"海春兄只观其表，未见其里，"杨兆麟以慢条斯理的语气说，"英国商人此举不是发善心，其险恶用心在于冲击中国烟草市场，破坏抵制仇货运动。以今天傍晚发生的事件来看，永泰号本身就是在利用地痞无赖、趋利小市民低价倾销洋货，'赔钱赚吆喝'为的是干扰破坏我们的查禁活动。"

曾海春依旧不气不恼，笑容可掬："杨校长言之有理，但是别忘了我们俩都是从日本留学归来的，见证过西洋、东瀛的近代文明，就拿眼下的抵制洋货运动来说吧，咱们抵制了一时，难道还能抵制了一世？我窃以为见好就收，差不多就鸣锣收兵得了!"

"'五卅'死难同胞尸骨未寒,曾会长竟然说出这么没有骨气的话,真令人汗颜!"愤怒涨红了郭一民的脸。

"诸位,有话好好说,别伤了和气!"杠行头郁柏青出来打圆场,"不然这样吧,对于这批存烟售卖需要公告各界,讲明理由,避免民众误会。所存的洋烟,由我们六团体各派两名代表,前往仓库确查实数,发给封条作为凭据。这样既照顾了铜山县署的面子,俺们联席会这边的面子局儿也说得过去。"

"郁四爷,这查禁仇货眼下到了节骨眼儿上,就好比大坝锁住滔滔洪水一样,即便是稍微松动,溃决一小口,也必将分崩离析,彻底垮塌!"

"我认为应该重新复议六团体决议案,原来的条款过于苛刻,难于施行!"一个老板站起来说。

另一人起来反对:"不可草率推翻原定的六团体决议案,此乃徐州国民大会上昭告的章程,岂能朝令夕改,自乱阵脚乎?"

会场大乱,众人七嘴八舌,吵成一团。

杨兆麟面色凝重,缓步走到戏楼正中央,全场霎时寂静下来。

"朋友们,同胞们,我也看出来,徐州外交后援会、六团体联席会等都难以旷日持久地进行抗争,英烟充斥市场之日,即宣告抵制仇货斗争的失败之时。况且国家羸弱,列强霸凌,'五卅'惨案终难以解决。北洋政府以及地方官吏只知争权,不愿意争气,乃至不惜与外敌勾结,握手乞和,令人痛心疾首!因此,徐州外交后援会、六团体联席会等势必难以持久。我作为公推会长,宣布辞去会长职务,解散徐州外交后援会、六团体联席会。会后联合发出通告,即日起停止一切后援事务,清理账目,以便公诸社会各界。期望爱国诸君子,对于仇货,勿买勿卖,为国家争最后胜利,为地方保全人格。兆麟仅以区区之愚,不惮涕泪以告徐州民众!"言毕,杨兆麟热泪长流。

会场长时间静默。

四

城隍庙东侧有一处四合院,这里是杨兆麟的宅子。清一色的青砖小瓦,东、南、西、北屋围成一所院落,赭红色的大门,精巧的门楼是富庶人家常用的"铁壳门楼"。门楼之上四个犄角,麒麟砖雕居中偏西,面东而卧。门口设置一对石鼓，门楣上伸出尺许长的一副户对。主房有五间，按照徐州人习惯的"明三暗五"，当中三间敞开明厅，东西两间用隔扇隔开。主房门口东侧栽种着一株石榴树，寓意"多子多福"；西南角是一棵枝繁叶茂的槐树，取"家中抱槐，升官发财"之意。这是一个家境殷实的小康之家。

仲夏白日里的暑热渐渐褪去，地上依然热气蒸腾。月伢儿升起来了，天空挤满了星斗，一只蝉儿躲在槐树丛里发出一阵阵嘶鸣。

杨家主房正厅北墙上正中挂着关公神像，神像前的供桌上放置香炉、烛台和香筒，供桌前是一张水线边的红檀木八仙桌。今天晚上宾客盈门，热闹非凡，桌子上摆上了八个凉碟，杨兆麟热情地招呼着七位同学入座。

七位学生都来自徐州所属的县城、农村，看到学生们好奇地打量房间的陈设，杨兆麟笑着说："徐州府的富庶大户，家居布置大致相同，主房如此。内室也就是卧室的对门靠山墙排放两个大柜子，前墙窗下置梳妆台，衣架置于房门后；客厅、书房陈设必定有古董架、书橱，放置古玩、瓷器、书籍、笔墨纸砚等。如此布置，沿袭久远，如果别出心裁，推陈出新，亲友见了，必称之为杂乱无章，'物乱而心不静'！"

"到底是城里的大户人家，讲究多，俺们农村的土坯草房，有张木床就非常舒坦了，光腚睡凉席的比比皆是。"一个骨架宽大、魁梧奇伟的青年赞叹道。

杨兆麟招呼那个大个子，"王玖铭你最年长，你坐在我右首；王家举，你坐在我左首；王宇腾你最小，坐在下首；其他四位同学，你们就按照年齿入席吧！"

"谢谢恩师！"七位同学站起来一齐鞠躬致敬。

"从今往后你们就要担负起国家栋梁职责啦，老师备家宴为诸位同学饯行，'人生百年如寄，且开怀，一饮尽千钟'！"

同学们端起酒杯一饮而尽。

王宇腾个子不高，身体略显单薄，长相秀气、文静，好看的双眼皮，亮晶晶的黑眼珠透露着一股灵气。他接着老师的诗词说："'回首荒城斜日，倚栏目送飞鸿'，元代萨都剌的《彭城怀古》，正好抒发了此时此刻的氛围。"

"王宇腾是我最为钟爱的学生，也是你们的小师弟，以后的枪林弹雨之中，多多关照着他。"

王家举说道："杨老师您放心，俺们七位兄弟已经义结金兰，歃血为盟，今生今世的异姓兄弟！"

杨兆麟举起筷子，"'鸡打头，鱼扫尾，吉庆有余'，咱们先品尝品尝你们师母做的'白斩鸡'，这也是徐州人祝福的寓意，祝愿同学们大展宏图，吉祥如意！"

"谢谢恩师！"

一位端庄、贤淑的妇女端上来一只大黑碗，她热情地招呼大家："头菜'烧杂拌'同学们请尝尝这'全家福'。"

"师母好！"七位同学起立鞠躬。

"大家请坐下，这道菜呀，是徐州宴席的第一道热菜，也叫'头菜'，按照家乡'吃大席'的风俗习惯，热菜'八大碗'，都用清一色的窑黑大碗，一碗一碗端上桌。无论走到天涯海角，记住家乡的味道。"

"师母烹制的'烧杂拌'，汤味醇厚，辣味、酸味恰到好处，加上丸子、皮肚、鸽子蛋，真是满口留香，齿间留芳。"

"王宇腾嘴儿最甜，真会说话！"师母笑着说。

"你们师母，与俺家是世交，两家都是中医世家，书香门第，从小就定下的娃娃亲，青梅竹马，感情深厚着哩！"

"瞧你，给学生也不说点正经的。"杨夫人嗔怪地瞪他一眼。

"你们不是小孩子了，即将走向为国征战的战场了！"杨兆麟动情地说，"你们当中有人会牺牲，有人会伤残，有人会成为达官贵人。不管怎样，你们都投身黄埔义无反顾，'升官发财请往他处，贪生畏死勿入此门'！"

"'男儿不展风云志，空负天生八尺躯'！"王玖铭充满豪气地说。

王家举饮干一杯酒："杀尽敌人方罢手，完成革命始回头！"

王宇腾赋诗一首："我亦人中杰，少年事铁血。扬鞭策骏马，冲破北风烈！"

"都是好诗，有品位，有格调，有情怀！"杨兆麟带头鼓掌，然后起身，从供桌下边的抽屉里拿出一封牛皮纸信封，递给王玖铭，"你们到了'陆军军官学校'，将此信件交给汪兆铭党代表，信中我对你们各位都有评价，他会好好安排你们入学的。"

"杨老师，这汪党代表是啥官？"一个学生好奇地问。

"汪兆铭，字精卫，浙江绍兴人，在黄埔军校是一言九鼎的人物，长相英俊，文笔出众，口若悬河，貌似潘安，才若宋玉。1910年春天刺杀摄政王载沣的就是他！"

"汪兆铭大堂之上慷慨赋诗，"王宇腾站起身，字正腔圆地朗诵，"慷慨歌燕市，从容作楚囚。引刀图一快，不负少年头。"

"是呀，有这样的铁血男儿，精英人才，才能锻造出黄埔军人这样的东方红军！"杨兆麟动情地说，"通过此番'五卅'后援上海工人，我彻底看透了帝国主义、封建军阀的本质，非得经历一番血雨腥风的武力革命，才能真正建立共和国体，这也正是老师推荐你们投笔从戎，投身黄埔的原因！"

"不负老师厚望，为家乡父老争光！"王玖铭端起酒杯，"我们七位仁兄弟，一起敬恩师两杯！"

杨兆麟眼中噙着泪花说："祝愿你们实现鸿鹄抱负，平安归来！"

第五章　孙传芳入主淮海　"三·一八"全国抗争

一

1925年10月15日，北洋直系军阀孙传芳以出兵讨伐奉系鲁军张宗昌，自封苏、浙、皖、赣、闽五省联军总司令，对徐州呈包围之势，从南向北三面进击。

11月7日天刚刚破晓，空中传来一阵"嗡嗡"的声响，徐州的人们好奇地抬头仰望，从东方天际那衬着橙红、橘黄色的云层裂缝里，钻出一溜双翼飞机，在东关骆驼山飞机场、东火车站上空盘旋、俯冲，接着就是一阵阵"咯咯咯"机枪扫射声音，"轰隆、轰隆"几声巨响，升腾起冲突的黑烟柱。

城西道台衙门内一片狼藉，正殿张宗昌的指挥所，沈副官跑步前来报告："张大将军，南面敌军第一军陈仪所部已经占领城南三堡，距离徐州城不足三十里路了！"

张宗昌暴跳如雷："鲍罗夫的敢死队呢？"

"大将军，城南三堡的白俄兵顶不住已经溃下来，往北逃跑了。只剩下城东一个警卫团踞守子房山掩护大将军撤离了！"

张宗昌惊愕地说："他娘的，三十六计走为上，要是让逮到了还不得活剐了俺们！"

沈副官焦急地说，"马匹备好了，咱们赶紧走吧！"

"走，君子报仇十年不晚，他奶奶的！"

一队骑兵簇拥着张宗昌冲出道台衙门，旋风一般向北疾驰而去。

联军军长陈仪骑着高头大马，行进在察院街上，扬扬得意地盼咐手下："发电报告捷，'五省联军孙总司令传芳兄鉴：第一军本晨十时占领徐州。敌军溃不成军，狼奔豕突，形极狼狈，我军俘获官兵一千余名，缴获枪械两千余杆，山炮三十余门，机枪五十余挺，粮食杂项无数。特慰。弟陈仪叩虞印。'"

11月9日一大早，人们被一阵紧似一阵的锣声唤醒，敲锣之人沿街市大呼小叫："徐州官厅晓喻，各家各户呀，洒扫街巷，悬旗结彩，欢迎孙传芳总司令莅临徐州！"

下午三时许，徐州镇守使、第一军军长陈仪，道尹于书全，铜山县县长杨世云等，以及军警长官联军步卒一千余人，齐聚东车站，鹄立迎候。徐州商会代表曾海春特别在站台出入口，扎制了大红绸彩门楼，匾额书写大字"热烈欢迎馨远孙总司令！徐州商会全体恭迎。"

下午五时许，孙传芳乘坐的花车一列计七节，卫队专列计十节，缓缓进站。霎时间，站台上军乐大作，高奏激扬的普鲁士《长号在前进进行曲》，军警列队持枪敬礼，民众挥舞彩旗呼喊欢迎口号。孙传芳身着镶嵌金穗花边的灰色呢子军礼服，满面笑容走下花车。

陈仪迎上前敬礼："五省联军第一军军长、徐州镇守使陈仪，携徐州军民欢迎总司令莅临！"

"好的，好的！"孙传芳显然对欢迎的排场颇为满意，频频挥手向人群致意，用略带山东口音的官腔说，"陈军长喔，打跑了张宗昌，拿下了徐州，为我直系报仇雪恨，自此东南的半壁江山，苏浙皖赣闽五省悉数纳入咱们的麾下，俺这才是实至名归的五省联军总司令咧，陈军长劳苦功高啊！"

"陈仪为总司令效犬马之劳，虽肝脑涂地，在所不惜！"

"陈大将军不愧为我联军的急先锋，忠勇精神可嘉、可赞啊！"孙传芳颔首称赞道。

"给总司令引荐一下徐州的地方官员、社会贤达，"陈仪指着一溜身着光鲜长袍马褂的人说，"这位是徐州道尹于书全先生！"

"欢迎总司令莅临！"于书全连忙打躬作揖。

"这位是铜山县县长杨世云先生！"

杨世云一脸媚笑，深深鞠一躬："世云翘首期待总司令大驾光临，今日得以目睹总司令风采，实乃三生有幸啊！"

"这位是徐州商会会长曾海春先生！"

曾海春满面春风，用纯正的日语说："欢迎馨远孙总司令！"

"呀，你会日语？"孙传芳饶有兴味地问。

"在帝国大学读过经济科，欣喜孙总司令光临，徐州商界诸位同仁特意在您下榻的花园饭店行辕备置薄酒小菜，为总司令接风洗尘！"

孙传芳笑呵呵地说:"好呀,当初俺也在日本陆军士官学校读书,正儿八经的留学生哩,恭敬不如从命啦!"

孙传芳偕同陈仪换乘小汽车,前导三轮汽车上坐军乐队吹吹打打地开道,贴身卫队手持驳壳枪、冲锋枪,骑着东洋高头大马簇拥两侧护卫,由东车站沿大马路向东门的察院街,至花园饭店。沿途三步一岗,五步一哨,街巷禁止行人通行。

傍晚,花园饭店灯火辉煌,一楼大厅的一盏水晶吊灯点缀着无数个小晶球熠熠生辉,西式装饰的棱柱壁灯光彩夺目,一张宽大的红木餐桌上摆满了中式菜肴、西式糕点,玉盘珍馐。二十多位高级将领和地方名流正襟危坐。

孙传芳穿着深灰色长袍,从二楼缓步走下楼梯。众人起立鼓掌。

"各位兄弟朋友,请坐请坐!"孙传芳摆摆手示意大家落座,他是个爱出风头的人,喜欢卖弄口才,站到主座发表演讲:"本大军进驻徐州为的是保境安民,为老百姓做事,不是为了争夺地盘。鄙人此次来徐州,纯希慰劳徐境人民,视察官吏究竟办事如何。外间传闻,本总司令下一步有什么军事行动,皆为无稽之谈。作为地方官员,施政一方,最为首要的是办好教育,在座的有教育界的人士吗?"

杨兆麟起身抱拳:"铜山县师范学校校长、私立徐州中学校长杨兆麟!"

"啊,久仰杨先生兆麟兄大名!"孙传芳抱拳还礼,"鄙人有空闲时,当与杨校长讨教西式教育问题。"

杨兆麟抱拳道:"'奇文共欣赏,疑义相与析',孙总司令过谦啦!"

"鄙人留洋日本,对西式教育略知一二,"孙传芳接着说,"西洋教育以往只是注重物质文明,失之偏颇,以致人民道德日下。现在已经觉悟,提倡人格教育。其实,我中华先贤早有发明,正如孔子所言'己欲立,而立人;己欲达,而达人。'即是人格教育,请诸位特别注意!"

众人热烈鼓掌。

孙传芳越发得意,情绪激昂地挥舞着拳头:"中国现在纷乱,人民转徙流离,痛苦万分。眼下扰乱祸害国家的,一为过激党,二为土匪流寇。传芳决意要将过激党以及土匪一同剿灭。今日到徐州,见到军队与人民连成一气,绝无隔阂,现在又与各位同堂共饮,传芳甚为愉快。但愿从此以后,我们军民勠力同心,将中国内乱敉平,再邀请诸位至北京前门正阳楼上痛饮,不亦快哉!"

座上宾客掌声经久不息,孙传芳频频挥手致意。

孙传芳端起青花瓷的小酒碗："诸位，传芳先敬大家三大杯！"

杨世云起身谄笑："唯愿孙总司令早日一统中国，实乃我中华民众之万幸！"

"先干为敬！"孙传芳兴致勃勃地说，仰脖一饮而尽。

座上觥筹交错，一片喧闹声中，大家起身干杯。

二

月牙儿挂在淡蓝色的天上，仲春时节的冷风伴随着月亮的寒光扑面而来，段家花园附近一丛丛的树木都笼罩上一层朦朦胧胧的黛青色。

"孙老师，人到齐了，您进屋吧！"刘萍轻盈地走过来，小声说。

"好吧！"孙鲁长吁一口气，客厅里其他六位特委都已经坐定，白子沣嘴里叼着一只硕大的烟斗，口中吐出呛人的旱烟味儿。

孙鲁给他打趣道："白先生咋的改抽烟袋锅啦？"

白子沣从荷包里捏出一撮烟丝，捻进烟斗里，"啪嗒啪嗒"嘬了几口，"最近本人经济拮据，只能暂时告别烟卷儿，凑合着过啦。"

郭一民笑着说："白老师看您的袍子上烧出的烟洞，细若蟹眼儿，不可胜数，衣服上的烟油味儿入木三分。您要是扔掉香烟，会是什么感觉？"

白子沣苦笑着回答："一民同学，白先生宁可十日无肉，不可半日无烟呐！闲茶、闷酒、没局的烟，'饭后一袋烟，快活似神仙'，反正给你也说不明白！"

"我们现在开会。"孙鲁敲一敲桌子，"今天我们特别支委会研究一下北洋政府'3·18'惨案之后的斗争情况，还有最近国民党铜山县党部要求申报共产党员加入国民党名单的问题。"

"我先讲一讲，"白子沣抽一口旱烟，从鼻腔里蹿出两股烟雾，"吴佩孚联合张作霖直系奉系两大军阀，与冯玉祥大战于京津地区，山东的奉系张宗昌也率部北上增援。冯玉祥为了防止日本军舰帮助张宗昌运兵，遂封锁了大沽口，导致英美法意日等八国向冯军提出最后通牒。3月18日，北大学生及北京市民集会游行，反对'八国通牒'，反对帝国主义干涉。段祺瑞公然下令向游行队伍开枪射击，当场打死47人，伤150人以上。其中我徐州籍女学生彭爱珍送医院后不治身亡。杨兆麟代表铜山县国民党党部立即通电谴责。"

白子沣说着，掏出一张纸，"这是原文，'北京爱国之民众因力争大沽案，惨遭段贼祺瑞枪杀，其残暴专制，亦所罕见。段氏即成民贼，人人得而诛杀之。务希我全体同胞一致奋起，驱逐此獠！'"

"我来汇报一下追悼大会的准备情况。"郭一民掏出一个小本子，"经过与国民党方面的杨兆麟、卫天同志商定，拟于4月5日清明节，在女三师召开徐州各界追悼'3·18'死难同胞大会，人数约一万人。学校前边的鼓楼正门上方扎横匾，白纸黑字大书'追悼三·一八死难同胞大会'。学校影壁前由义来春轿行郁柏青老板义务扎制松柏牌楼一座，横额大书'铭恨勿忘'，并有铭旌亭一座，张贴《辛丑条约》全文。照壁两旁扎制松柏辕门，场子正中悬挂国旗，后方为灵台，设置诸位烈士灵位，悬挂各界挽联。追悼会由杨兆麟主持，先向烈士默哀致敬，由主祭杨兆麟献花，读祭文；然后由死难烈士亲属控诉，再由孙鲁、卫天、郭一民等上台演讲。"

白子沣问："会场准备的口号有哪些？"

郭一民逐字逐句地念："'打倒卖国贼段祺瑞！''废除辛丑条约！''拥护国民政府''打倒日本帝国主义走狗吴佩孚、张作霖！'大家看怎么样？"

刘明德小心翼翼地说："我觉得在孙传芳统治之下，呼喊'拥护国民政府'值得商榷，不是我们怕谁，而是不要节外生枝，换种提法'组织统一的国民政府'，各方都能接受，这样是否更妥帖，各位同志请酌定。"

孙鲁赞许道："刘明德同学讲得有道理，我们的年轻人在斗争中成长起来了。"

听到表扬，刘明德看了刘萍一眼，脸上泛出了红晕，他接着说："我与刘萍同志负责联络培心、徐州中学、第七师范、省立十中、铜山师范五所中等男校，三女师及其附小、正心女校、县立女子小学，还有县立一至六小学、七师附小，以上皆已经串联完毕，到时候参加大会。"

孙鲁示意："请农运委员蒋宝琛同志说一说。"

蒋宝琛回答："铜山农会、省立农事试验场都联系妥当，没有问题。"

工运委员鹿继澄接着说："徐州各报馆、中华印刷厂、救火会、徐州商会、铜山县教育会、县议会都联络起来了，同胞们参加的热情很高。"

孙鲁喝了一口茶："子沣同志，你把县党部要求申报加入国民党的中共党员的事情说一说，大家讨论一下。"

白子沣清清嗓子，"国民党方面的卫天找我，他们按照省党部的要求，让我们申报加入国民党的中共党员，我个人认为，两党肝胆相照，共同对付帝国主义和反动军阀，并肩战斗的同志加战友，没有什么好猜忌的，准备全部抄告他们。不过，孙鲁同志要求有所保留，此乃思虑过度，搞不好影响团结。"

"我认为孙鲁同志的考虑未必是杞人忧天，"郭一民站起来，由于愤怒，狮子般的鼻翼偾张着，"君不见，北京'3·18'惨案的第三天，国民党军队的实力派人物蒋介石就在广东逮捕了共产党员、中山舰舰长李之龙，缴了省港罢工委员会工人的枪械。对国民党右派不能不防。"

"郭一民同志分析得很深刻、精辟，"孙鲁平复一下情绪，"自从中山先生逝世之后，国民党右派分子甚嚣尘上，矛头直指'联俄联共扶助农工'的三大政策。蒋介石其人，从中山舰事件来看，心狠手辣，做事决绝。如果此人掌握了国民党的权柄，国共合作到底还能走多远，所谓'道不同，不相与谋'。因此我们有必要未雨绸缪，有所防范。我建议，我们委员之中只抄报我和白子沣，其他的党员，只要没有公开身份的，都要隐匿下来。"

"孙鲁同志这是小题大做，只会授人以柄，给人以诋毁我们的口实！"白子沣显得颇不以为然。

"只要处心积虑就不难找到口实。我们与徐州国民党人杨兆麟、卫天等亲密友谊，毕竟只是局部一隅，不能替代两党未来的关系。"说到这里，孙鲁诚恳地望着大家，"这样吧，我们表决一下，同意保留部分党员名单的请举手！"

"好，五位委员同意。"孙鲁放下手臂，"反对的请举手！"

"白子沣、蒋宝琛同志反对，五比二，决议通过。申报的名单由我和白子沣同志商定后，抄告国民党方面。"

"还有一事，"白子沣抽着烟说，"卫天告诉我，近期广东国民革命军将誓师北伐，以二十五万大军对阵直系、皖系和奉系百万大军，敌众我寡，亟待各地民众武装起来打击军阀势力，支持北伐。"

孙鲁点点头："是啊，今年二月，中共中央特别会议要求在北伐路线必经的湖南、湖北、河南、直隶等省预备民众奋起接应。中央认为中国的革命潮流已经由宣传、组织群众而接近于准备武装群众时期。"

郭一民撸起袖子说："孙鲁同志，我准备联络一些进步青年、学生，参加到卫天组织的西乡别动队，对军阀作战，您看是否可行？"

白子沣点头赞许道："孙鲁同志，我觉得此计策可行。徐州镇守使陈仪最近晓谕徐州八县及其各乡组建'富家丁'，乡绅出钱，乡民出力，清乡肃匪，绥靖地方。国民党卫天等正好假此机会，名正言顺地联络爱国志士，建立武装。光说不练假把式，咱们就先干起来再说。"

"好吧，我同意选派一些青年团员参加对军阀的武装斗争，郭一民、刘明德带队，只有一个要求，保护好自己，减少牺牲！"

"是！"郭一民、刘明德站起来齐声回答道。

第六章　鲁军二占徐州　卫天袁桥就义

一

1926年7月9日，蒋介石在广州东校场就任国民革命军总司令，并誓师北伐，"为民请命，为国锄奸，成败利钝，在所不顾，任何牺牲，在所不惜！"

北伐军兵分三路，首战直指吴佩孚盘踞的湖南、湖北地区，在中国共产党及其人民群众的大力支持下，1926年10月10日占领武昌。旋即挥师东进，向孙传芳盘踞的赣南、赣北两面发起攻击，11月6日占领九江，8日占领南昌。11月14日，孙传芳化装潜行至天津，向奉系军阀头目张作霖摇尾乞降。为共同抗拒革命的洪流，两大军阀化敌为友，12月1日，张作霖自任安国军总司令，任命孙传芳、张宗昌为副总司令，发兵南下驰援徐州。

一团团铅灰色的乌云在天空中沉重地缓缓移动，冷风卷着枯叶掠过闪亮的钢轨，徐州车站对面的子房山的山峦也披上了一层灰蒙蒙的冬装。

下午2点20分，随着"呜——"一声汽笛的长鸣，两列压道的铁甲车"黄河"号、"泰山"号驶进站台，厚重的装甲和炮塔上黑洞洞的炮口显示其战力的凶悍。随即，张宗昌的专列喷着白雾徐徐进站。张宗昌笑容满面走下车。高亢的俄罗斯军乐响起，一溜身穿戎装和长袍马褂的徐州军政绅商界领袖列队迎接。

张宗昌频频向人群挥手致意。他脱去灰色皮大氅，露出左臂上缠绕的白袖标，指着黑色的两个大字"讨赤"，对欢迎的人群大声说道："本安国军副总司令，此番亲率五万虎狼之师南下徐州，为的是援孙助吴，征讨赤匪，扫平赤患！还望徐州诸位军民，有钱的出钱，有力的出力，共同讨赤，阻遏赤色潮流的蔓延，维护地方安宁！"

商会会长曾海春，掏出一张皱巴巴的红纸，"大将军再临徐州，徐州民众莫不欣喜之至，在此，我代表徐州商民……"

张宗昌挥挥手，不耐烦地打断他的话，"嗨，老夫子，你那一套拍马屁的欢迎词就省一省，整点实在的，晚上与俺一起去程掌柜那疙瘩，喝老酒，吃狗肉吧！"

"谢谢大将军厚爱！"曾海春打躬作揖。

"军情紧急，宗昌不便久留，给诸位告辞啦！"张宗昌冲着人群抱拳，钻进轿车，在卫队的簇拥下向花园饭店驶去。

二

夜晚一片漆黑，微山湖辽阔的湖面尽头，天与水交际线闪耀着几颗灿烂的星辰。港汊里悄然驶出一叶扁舟，船老大娴熟地轻轻划桨，郭一民坐在船底的芦苇席上，头顶着船篷，两手抓着左右的船舷。小船拐入京杭大运河主航道，河面变得宽阔起来，冷飕飕的西北风从旷野吹来，掀起的波涛一个接着一个，"哗哗"地击打着船帮。小船顺风顺流而下，不多久，一座黑魆魆的大桥出现在前方，像一条巨蟒似的横卧在运河南北两岸。桥上哨兵提着马灯来回逡巡，口令声清晰可闻。

"老大，靠近最中间的那个桥墩。"郭一民悄声说。

"好的！"船老大娴熟地操控着船桨，扁舟灵巧地贴上了桥墩。

"呜——"一列火车喘着沉重的粗气，由北岸爬上了铁桥，贼亮的灯柱照得附近亮如白昼，巨大的身躯轧得钢梁"嘎嘎"响。

火车驶过，四周终于渐渐吞噬在夜暗之中。

船老大用一支带钩的长篙勾住钢梁，郭一民腰间系住一根粗麻绳，双手攀住长篙，双脚蹬着桥墩"蹭蹭"爬上去。船老大将麻绳的另一头系在一大包炸药上，由郭一民小心翼翼地提上去。

"口令！"桥上传来一声断喝。郭一民趴在桥墩上，心提到了嗓子眼上。

"讨赤！咋呼啥，是我。"一个破锣嗓音从桥北侧传来。

桥上的哨兵说："喔，是丁排长呀！"

破锣嗓子说："大家伙儿都得给我瞪大了眼喽，大桥不能出一点闪失，不然，张军长非得劈开了弟兄们的脑袋'晾一晾'！"

"排长，你就没心烦啦，回屋睡觉去吧！"

桥下的河水在黑暗中咆哮着，拍打着桥墩，激起"哗哗"的声响。桥上的敌兵渐渐远去。郭一民手脚麻利地将炸药包捆扎在桥梁支柱上，点燃引焾，然后迅速攀住长篙滑回小舟，一叶扁舟悄无声息地消遁在茫茫夜色之中。

一道亮光撕破夜幕，蹿起一团赤红的火焰，随即传来一阵沉闷的"轰隆"爆炸轰鸣。

"炸啦，炸啦，卫队长，您看！"刘明德拉着卫天的袖子，兴奋地跳起来。

"郭一民那里得手了，下面该看咱们的了！"卫天喊了一嗓子，"上！"

铁路一侧的路沟里，几百人扛着镐头、铁锨、抓钩的人们一齐涌上津浦铁路，"叮叮当当"开始拆铁轨，扒路基。

三

太阳刚刚露出微山湖面，血红色的朝霞掩映着地平线的曙光，湖水清澈碧绿，波涛轻轻拍打着岸边，翻腾着白色的泡沫。大地和出土的麦苗都覆盖了一层白霜。湖边的小村庄宁静、安详，偶尔传出几声雄鸡的长鸣和狗的吠叫。

忽然，从东南方向飞起一片烟尘，几百名灰色军服的骑兵风驰电掣扑向村庄。大个子张营长右手挥舞着锃亮的马刀："一连从左，三连从右，二连随我从正面进攻，休要跑了一个！"

马三猴摘下身后的水连珠，龇着黄牙对张营长媚笑着说："长官，今儿个该俺的家伙什儿开荤喽！"

"好好打，过后提拔你当班长！"

马三猴举着长枪，做射击状："张营长，俺一枪一个，包圆啦！"

张营长手中指挥刀指着远处的小村庄："目标，前方柴芦村，全体进攻！"

几百骑兵，高举寒光闪闪的长刀，摆开战斗队形，马蹄践踏着田垄里的麦苗，发出沉闷的声响。

"砰！"村口传来报警的枪声。

郭一民火急火燎地跑进卫天的草屋，"不好了，张宗昌的骑兵过来啦！"

卫天抄起盒子枪，"我们刚刚到村子里修整两天，敌人就赶到了，肯定是出了奸细。这样，我们西乡团几十号人掩护你们学生，从湖上撤退，赶快！"

郭一民坚定地说："不，我们要一起战斗，要死也死在一起！"

枪声越来越密集，卫天用喷射着怒火的眼神瞪着郭一民，从牙缝里挤出恶狠狠的声音："带上你的人，赶快滚蛋！"

三条小船向湖心划去，郭一民、刘明德和十几个学生听着越来越稀疏的枪声，向着村庄的方向一齐悲愤地放声大哭。

身边的战士一个接一个中弹倒地，卫天喘着粗气将驳壳枪对准了太阳穴。突然，"咕"的一声枪响，子弹洞穿了他的右手腕，他扑倒在地。马三猴策马冲到卫天跟前，兴高采烈地吼道："张营长，俺逮到一个拿盒子枪当官的！"

铜山县立师范学校门前一口大水塘，一条水沟向东拐弯，沿着东城墙根儿一直通到城墙东南隅的快哉亭公园的汪塘，然后注入奎河，因为发轫于校内的孔庙，所以这一条溪水就有了"文曲沟"的雅称。一条石板路自文庙沿着文曲沟迤逦南行，弯弯曲曲通向东城门，因为"圣人出而黄河清"，这条路也就被彭城的文人雅士冠名为河清路。

河清路南头临近东城门有一个大宅院，高大的门楼，黑漆大铁门，五磴石台阶，厚重的城墙砖砌成高高的围墙，围墙上布满铁丝网，门梁左侧钉着一小块白底色的木牌，喷印黑色的"河清路8号"，这里就是徐州警察厅看守所。

白皑皑的积雪，映着月亮的清冷的寒光，夜里的朔风夹杂着稀碎的雪粒呼呼地迎面吹来。一辆马车"叮叮当当"响着铜铃，停在了大门口。车上下来一高一矮两位身穿裘皮大衣的人，高个子轻轻叩铁门的门鼻儿。

大门右侧拉开一方小窗口："谁呀？"

"我是程掌柜，这位是郁老板，郭厅长特意安排的。"程金石说。

"好吧，进来吧"，看守咣当一声拉开门闩。

程金石摸出五枚大洋，递给看守，"兄弟辛苦！"

"好咧，"看守将银圆"哗啦"揣进衣兜，"你们到东边提押室候着。"

提押室是一间狭小的耳房，一张脏兮兮、油腻腻的方木桌，两条长凳，四只马杌，房梁上吊着一盏昏黄的灯泡。门外传来"哗啦、哗啦"的脚镣声，卫天右手缠着绷带，脚上戴着铁镣，步履蹒跚地走进来。

程金石与郁柏青迎上前，双双搀扶卫天："好兄弟，受苦啦！"程金石言毕，呜咽不能语。

"只有半小时啊，抓紧点！"狱头不耐烦地说。

"谢谢韩所长，你就多多包涵一点！"郁柏青又塞给狱头五枚银圆，"我们兄弟这就诀别了，行个方便！"

"好吧，看在郁四爷的面子上，不超过一个小时吧！"

卫天艰难地坐下，惨然一笑："谢谢两位兄弟深夜赶来送我上路！"

程金石强忍泪水，从提盒里拿出四只黑碗，用荷叶包着的四包牛肉、烧鸡、狗肉和猪头肉分别装入黑碗里；又摆好三个酒瓯子，三双筷子，用牙咬开酒瓶塞，"咕咚咕咚"倒满酒。

"还是'口子窖'，好香啊！"卫天用左手端起酒瓯子一饮而尽。

"干！"程金石和郁柏青也一口喝干。

"吃菜，叨起来！"卫天大吃大嚼，"你们也吃菜呀，干喝酒上头快！"

两个人心情沉重，拿起了筷子，夹了一口菜，难以下咽。

卫天撕下一只鸡腿，狼吞虎咽，"今晚吃饱了，死了也是一个撑死鬼！"

程金石问："在号里，他们没有为难你吧？"

"没有，有你们兄弟照应着呐，再说，狱卒们也都敬仰我是条汉子，轮流给我带酒捎菜。只可惜，我担心连累柴芦庄的乡亲，没有战死在沙场上，末了落得个磔刑，开膛剖腹，枭首，斫断四肢的下场。"

郁柏青说："卫天仁兄放心，我已经找行刑的刽子手醉鬼王三儿安排妥当了。这个刽子手是个老手，号称王一刀，会用最快的手段完成行刑的。"

程金石接着说："我在萧县给他买了三十亩好地，再盖三间大瓦屋。郁四爷送给他一头牛犊子，买点农具，让他隐居山野，永不踏进徐州一步。"

"来支烟抽，"郁柏青抽出三颗"红锡包"，三个人开始喷云吐雾。

郁柏青接着说，"棺椁是楠木的，由商会曾海春会长负责募集。我亲手将仁兄的断肢体用细麻绳缝好，用三匹白马送灵柩回沛县老家，按照老规矩，引魂桥、门头扎、追远匾、花楼之类的，都是最高规格，您就安心走吧！"

"与君世世为兄弟，更结来生未了因，咱们下辈子再做兄弟！"卫天向两位抱拳施礼道。

程金石倒出一碗辣汤，捧给他，"喝碗辣汤吧，这是小华子早上去南门吊桥盛的，刘三听说是为你送行的，特意留了两碗锅底汤。"

"刘元臣，大个子，以后再也喝不到他烧的辣汤啦！"泪水扑簌簌地落到窑黑大碗里。

"咚——咚——"一声声低沉的钟声悠悠地传来，卫天长叹一声说道："西关和尚园太平寺的'幽冥钟'响了，二更天啦，每晚此时都要按照佛礼撞钟一百单八下，催命的无常鬼该来请我了，两位请回吧！"

郁柏青哽咽地说："再吃点八股油条、羊肉煎包吧！"

"明天我袁桥引刀之时，就会有一个死鬼托生，也算是死得其所。"卫天惨笑着说，"我给你们讲讲袁桥的来历吧！"

程金石默默为他点燃一支烟。

卫天吐出一团浓烟,"横跨奎河东西的石拱桥叫'袁桥'。明朝末年这一带水面宽阔,荒无人烟,有位袁姓渔翁濒水而居,每日傍晚下网,带点酒菜自斟自饮。一个风清月朗的夜晚,一位王姓书生飘然而至,袁翁以酒菜招待。此后,王生每晚必至,与袁翁且饮且谈,夜半方散。一日,王生实言相告:'三年前醉酒回家至此处独木桥,不慎失足跌落河中,成为溺死鬼,为排遣渊底寂寞,乃夜夜与老伯为伴。明日水牢期限将满,中午会有一妇人到此投河自尽。届时老伯万万不要相救,否则我无法托生'。第二天中午,果然有一妇人怀抱婴儿啼哭而来,把婴儿置于河岸,快步走上独木桥,纵身跳入水中。入水之后那妇人却并不下沉,挣扎一番又回到岸边。妇人爬上上岸,抱起婴儿离去。那天晚上,袁翁问王生缘故。王生回答:'初闻妇人哭,又问婴儿啼,我于心不忍,就用头顶住妇人,将她托至岸边'。袁翁慨叹:'鬼尚能如此仁义,我辈阳间之人应该效法。'于是袁翁募化钱财,拆掉独木桥,修造了石拱桥,人们感其恩德,以袁翁之姓命之'袁桥'。"

程金石感叹道:"身为徐州人,还不知道袁桥有这么动人的故事!"

"蒲松龄《聊斋志异》里'王六郎'的故事,就是源于此。"

"两位老板,时辰不早了,二位请回吧!"狱头进来说。

"金石兄、柏青兄,兄弟一场,自此生离死别,阴阳两界,兄弟我先走一步啦!"卫天"哗啦"一声抱拳施礼,起身头也不回地拖着脚镣离去。

程金石、郁柏青哽咽无语,泪如雨下。

第二天,卫天即被押上了刑场。

道路上的积雪与沙石灰混杂在一起,被践踏成结实的冰块,马路两旁堆积着黑兮兮的污雪。蔚蓝色的苍穹,没有一丝云朵,只有一轮金黄的太阳。徐州城南的袁桥是运河进入奎河运粮的集散地,水路与陆路交汇之处,这里形成了天然的集贸市场,奎河里船帆如林,岸边商贾云集。

"哐、哐!"骇人的锣声开道,一队凶神恶煞一般的黑衣警察押着一辆马拉囚车,另一队灰色的奉鲁军荷枪实弹沿街警戒。囚笼里站着五花大绑、面无血色的卫天,脖子上斜插一支利剑形状的亡命旗,黑体大字,名字上打着血红色的大叉。

袁桥东南隅有一座火神庙,坐南朝北,大门临街,拱圈门上悬挂蓝底金字的横额"火神庙"。山门前是一处空旷场地,西侧有一个戏台。

兵丁们七手八脚把卫天牢牢绑缚在火神庙门前戏台的旗杆上。一个肥硕的警察,拿着一张黄纸布告,高声宣读:"徐州警察厅为宣布罪状事:查有徐州著名劣绅卫天，为人索报贪鄙，为害一方，徐城商民莫不恨之入骨。此番我奉鲁大军南下讨赤，志在救国救民，造福徐州百姓。卫犯竟敢勾结赤党，实施破坏，炸毁铁路，损坏路轨，阻断交通。顷复派兵缉拿，卫犯竟纠集团丁武力拒捕，致使兵士伤亡数人，当场缴获枪支弹药一批，搜获伪官防、旗帜等。其暴乱地方，图谋不轨，证据确凿，罪无可逭，实属罪大恶极，当处以极刑。依照陆军刑律现将案犯卫天一名，押赴刑场，施以磔刑，立即执行，以儆凶顽。仰徐州商民等，一体周知。"

一个膀大腰圆、赤膊上身的刽子手手持利刃走上戏台，他面色通红，刷子一样的粗黑的眉毛下，长着一双充满血丝的豹眼。刽子手仰脖"咕咚咕咚"喝了几口酒，又"噗"地往明晃晃的柳叶刀上喷了一口。

卫天神情木然地仰望蓝天，一群鸽子从西边山麓飞来，在头顶上方盘旋飞翔，"唰唰"的羽翼拍击声在耳畔回响，扇动的气流似乎柔柔地吹拂在脸上。

锋利的刀尖利索地剔开卫天的棉袍，刀锋"噗"直接捅进卫天的心房，刽子手咬牙切齿，双手握住刀柄往下切割，五脏六腑瞬间流淌了一地……

天色暗了下来，傍晚时分，纷纷扬扬飘下来雪花。

郁柏青钉完最后一颗钉子，亲手将红青色的棺罩罩在棺椁上，棺罩四面是刺绣帡金的八仙过海、鹿鹤同春、丹凤朝阳和双狮戏球。

郁柏青高喊一声："起灵啦！"

杠夫一齐发声喊，将棺椁安放在柩车上。

"卫天兄弟，回家啦，一路走好！"郁柏青悲怆地说。

三匹白色的骏马拉着柩车，"嗒嗒嗒"一路小跑离去。

第七章　蒋介石叛变清党　北伐军初占徐州

一

1927年3月22日，中国共产党领导上海工人举行第三次武装起义胜利，北伐军占领上海。孙传芳放弃南京，退守徐州，3月24日，北伐军占领南京。4月12日，蒋介石在上海发动"4·12"反革命政变，大肆屠杀共产党人，并于4月18日在南京另立国民政府，与汪精卫为首的武汉国民政府分裂。

这一消息迅速传遍了大江南北。杨兆麟那天刚刚起床，就听见大街上报童声嘶力竭的呐喊："卖报啦卖报，当天新闻，临时消息；卖报啦卖报，《醒徐日报》《民国日报》，蒋介石暴力清党，血洗上海滩啦！"他大惊失色，连忙吐出口中的牙膏泡沫，急匆匆跑到大门口，"哎，报童，来两份报纸！"

杨兆麟浏览一下标题，马上叫上一辆黄包车，"快，去三女师！"

他赶到三师，直奔孙鲁的寝室。

孙鲁的寝室是一间西屋，蓝花布的被子、粗布的褥子铺摆整齐。床头一只藤编篾满满当当装满书籍。书桌上放置一个笔筒和文房四宝，四只方凳，门后一个两扇门的旧立柜，上面放一只柳条箱。

杨兆麟一头闯进屋："不好了，蒋总司令在上海清党啦，这是真的吗？"

"我也看到了，正要去找你，"孙鲁指着桌上的报纸，"去年广州中山舰事件的翻版，没有料到的是蒋介石如此下流，事变之前几天还去上海总工会送匾额，上书'共同奋斗'，一转脸就枪口对准了刚刚帮助他夺取上海的工人阶级，无耻之尤！"

杨兆麟脸色铁青："我怎么也想不通，三民主义洗礼的北伐军，如何竟能残杀昔日的战友、袍泽？"

孙鲁拿出一张《中央日报》，递给杨兆麟："杨先生请看，事变之前，郭沫若前几天发表的《请看今日之蒋介石》，文章一开头就一针见血地指出：'蒋介石已经不是我们国民革命军的总司令，蒋介石是流氓地痞、土豪劣绅、贪官污吏、卖国军阀、所有一切反动派——反革命势力的中心力量了。'"

"兄弟同室操戈，手足相残，真是悲哀至极！"杨兆麟摇首叹息。

"杨先生你再看报纸上，蒋介石为报狗血喷头之仇，通缉郭沫若，'趋附共党，甘心背叛，开去党籍，并通电严稽归案惩办'。"孙鲁找出一盒烟，哆嗦着点燃。

杨兆麟不解地问："政治见解不同，吵吵闹闹罢，也不至于刀兵相见呀？"

孙鲁掏出手帕，揩拭眼角的眼泪，接着说，"大革命的蓬勃发展，使得帝国主义、地主、买办势力明白，从革命内部扶持代理人，破坏革命最有效。于是，反动势力培植的野心家蒋介石为代表的右派分子，背叛孙中山先生，打着革命的旗号干着反革命的勾当。"

杨兆麟紧皱眉头："蒋总司令在日本读士官学校时，我与他有过一面之交，感觉此人是中山先生的忠实信徒，国共两党看起来还是有疙瘩没有解开吧。"

"就在六天前，奉系军阀张作霖派兵从苏联使馆抓捕了我们党的创始人李大钊，与蒋介石的上海'清党'一南一北，新军阀旧军阀遥相呼应，今后我们党的处境会更加艰难。"

"中国的政治，为什么非得需要血雨腥风才能解决？"杨兆麟伸出手，"请给我一支烟抽！"

杨兆麟哆嗦着点燃，神情悲痛地说："现在大敌当前，徐州麇集二十多万奉鲁大军。张宗昌的执法队身背大刀，双挎辕带着盒子炮，满城搜查《黄埔潮》《孙文主义演讲集》以及先总理遗嘱、遗像等，凡是私藏者，一律拉到黄河滩砍头，已经有七八位国民党员牺牲。痛失卫天已经是我们的巨大损失，实在经受不起更大的牺牲了。'兄弟阋于墙，外御其侮'，我们共同应对奉系、直系军阀！"

"是呀，现在又加上一个新军阀——蒋介石！"孙鲁狠狠地说。

"原来以为推翻了清廷，就能实现共和国体了，现在看来，中国的民主共和将会是一个漫长的过程。"

"杨先生所言极是，中国的封建势力、帝国主义和军阀强大而且顽固，必须经过我们这一辈人甚至是下一辈人的流血牺牲，方能走向民主、共和！"

杨兆麟长吁一口气，"民国二年元月，国民党人醉心于国会竞选。宋教仁号召全党专注于选举运动，天真地认为'世界上的民主国家，政治的权威是集中于国会的。我们要在国会里头获得半数以上的议席，进而在朝，就可以组成一党的责任内阁；退而在野，也可以严密地监视政府，使它有所惮而不敢妄为'。在国民党获得半数以上议员席位，取得选举胜利，即将组织政党内阁之时，中山先生也极为兴奋，却不料即将出任内阁总理的宋教仁，在上海火车站被刺杀，元凶就是袁世凯！我在报上发表文章，呼吁武力讨伐袁世凯，'百万言的锦绣文章，终不如一支毛瑟枪。国会一旦落入袁氏武力恫吓之中，所有议员皆成为木偶尔'！但是，党内讨伐与忍耐两种意见争吵不休，最终不了了之！"

孙鲁说："杨先生，无论今后风云如何变幻，我们之间是永远不会背叛的！"

杨兆麟握住孙鲁的双手："或许，我是书生之见，天真烂漫地以为国民党是为民请命的。如果有一天我退出国民党，隐居山野，那就是失望至极矣，等看看政治走势再定酌吧！"

二

突兀的泰山山峰好似一面屏障，锁住徐州城南的门户，满山遍野青石嶙峋，山石缝隙之间长满了枝丫弯弯曲曲的野生灌木丛，绿油油的嫩草钻出了土壤，不知名的野花竞相开放着五彩缤纷的花朵。

一队骑兵簇拥着张宗昌沿着云龙山东侧的羊肠小道，策马扬鞭直奔泰山南麓而来。泰山南麓一字排开十二尊巨型山炮，张宗昌在白俄司令鲍罗夫的陪同下，走向炮兵阵地。

一位年轻的军官跑步到张宗昌面前立正，敬礼："报告张军长，炮五旅第二团正在进行斯科达75毫米山炮试射，请您指示，团长姜明元！"

"老子花大价钱从外国买进的洋家伙什儿，你可使好喽！"言毕，张宗昌举起望远镜，"轰几炮给俺瞅瞅！"

"是！"团长转身跑到炮位，手中小红旗指着三公里之外的泉山，"目标南方泉山黄色帐篷，测距，瞄准！"

"瞄准完毕！"

团长挥舞小旗号令："三发连射，放！"

"轰轰轰"峰峦起伏的山坳之间，腾起三个黑色的巨大烟柱。

"三发三中，目标被摧毁！"团长大声报告。

"这的确是好玩意！"张宗昌赞不绝口。

"赶明儿还有一批野战炮，从济南运来，你支起来，给我好好轰他娘的什么鸟南蛮子、北伐军。"

"是，保证让敌人碎尸万段！"姜团长大声说。

白俄司令鲍罗夫立正报告："冲锋敢死队集合完毕，请大将军检阅！"

沈副官接着报告说："张军长，咱们新近从济南德国洋行购买了一种长柄的手榴弹，据称爆炸威力有十方丈，一弹可杀伤百十人，全部配给了冲锋敢死队。敢死队二十人为一组，共有一百组，都是由白俄勇士组成。"

山脚下一队白俄士兵列队，向张宗昌敬礼。

"呦，怎么还有娘们儿？"张宗昌盯着一个高个子白俄女兵问。

鲍罗夫说："张大将军，白俄兵团随大将军连年征战，伤亡过半，只有挑选健壮女子编入部队作战。我们是被赤色布尔什维克驱赶出来的人，只有一死报答大将军的恩典！"

张宗昌大为感动："白俄勇士是俺的心腹，你们的薪水再加两成。赤色党是我们共同的敌人，我们必须斩草除根，才能安心！"

"请大将军看看白俄女兵的战斗力！"鲍罗夫说着，指着高个子的女兵，"你出列，投掷一枚手榴弹！"

女兵拔出一枚手榴弹，助跑，扬起手臂，手榴弹"嗖"地飞出五十多米，一声巨响，炸弹爆炸的黑色烟火席卷着硝烟的气浪扑面而来。

"好家伙，够厉害！"张宗昌打量一下这位女兵，粉红色的皮肤，蓝色的杏眼儿，鼻梁挺直，胸脯饱满。张宗昌色眯眯地盯着她说，"哎哟，这么好的小娘子血里火里去搏命，造孽哟！"

鲍罗夫明白张宗昌的心思，对女兵说："今天晚上你去陪同张军长喝酒，陪好了有奖赏！"

张宗昌好像想起了什么，回过头来吩咐沈副官说："徐州城里的礼堂是咱心头之患！立即传令下去，务必全力清除！见一杀一，不必报！"沈副官听令后，立即传达了下去。不到半天工夫，徐州城一场腥风血雨又降临了。

城东北隅孔庙前一片水塘，北依旧府衙的霸王楼，西临鼓楼，东望黄楼，正南方是户部山的戏马台，是一块风水宝地。1915年3月，长江巡阅使、辫子军头目张勋盘踞徐州，兴师动众，在池塘中央修建一座生祠，为其自己歌功颂德。

祠堂仿照宫廷建筑，红墙、琉璃瓦、雕梁画栋。正门上横额书"奉新张公生祠",左右蹲踞大石狮子一对。东辕门横额书"江南保障",西辕门横额书"淮邦砥柱"。进门是一个大庭院,一座朱红色的小桥通往大殿。小桥下潺潺流水,与四周水系相互通联。大殿明三暗二共五间,门窗全部漆成朱红色,镶嵌彩色玻璃。张勋复辟失败之后,徐州红十字会就设在这里。

中午时分,艳阳高照,大队骑兵蜂拥而至,团团包围了祠堂。

张营长策马行至正门,大声命令:"马三猴,你带一个班先冲进去,捉拿乱党,胆敢反抗者,杀无赦!"

"是!"马三猴跳下马,神气活现地挥挥手,"九班的弟兄们跟我来!"

走到大门口,马三猴战战兢兢地俯在门框边的一只石鼓后边,扯着破锣嗓子喊话道:"乱党探子张慈祥,你潜入城里跟你弟弟张慈瑞接头,密谋发动起事,张大将军都掌握啦,赶快出来投降吧!"

"妈了巴子,快进去捉人!"张营长火气上升,一脚把马三猴踹进门。

马三猴爬起来,"哗啦"一声拉枪栓,快步冲到小桥栏杆下,卧姿举枪,大吼:"快出来!"

过了几分钟,正殿里传出:"别开枪,我们投降,事情都由我们兄弟两人承担,与其他人无关,请放过他们!"

马三猴咋呼道:"行,先放下武器,出来受降!"

大殿里扔出两支手枪,七男两女高举双手走了出来。

一位穿着短衣的高个子青年说:"我是张慈祥!"

一个穿长衫的细高挑说:"我是张慈瑞,与其他人无关,请放了他们!"

张营长挥舞这马鞭走进院子,"妈了巴子,你们这疙瘩是赤党的贼窝,大将军有令,一律就地正法。"

"站成一排,跪下!"马三猴吼道。

九个人面面相觑,默默无声地跪下,引颈受戮。

"九班,拔刀!"

锃亮的战刀拔出了鞘。

"杀!"马三猴"嗖"地一刀斜劈下去,一股股殷红的血泉喷涌而出⋯⋯

三

1927年5月中旬,北伐军兵分三路北上。中路军司令李宗仁率第十军、第四十军由南京渡江,沿津浦铁路攻击前进;左路军司令方振武率第二十七、第三十三军由芜湖渡江向合肥挺近；右路军司令刘峙率第一军、第三军由镇江渡江，向扬州攻击。三路大军剑指徐州。5月31日拂晓，北伐军王天培第十军猛攻徐州城南凤凰山、奎山、泰山及云龙山；叶开鑫第四十四军攻占徐州东关子房山，架设重炮轰击北关直鲁军集结地；杨杰第六军、李宗仁第七军占领徐州西关一带。

孙传芳带着几个马弁策马冲进花园饭店，他跳下马，大吼大叫："效坤兄，效坤兄呐？"

"传芳贤弟，张宗昌在此，咋的啦，天塌喽吗？"张宗昌剃了一个锃亮的秃头，从二楼下来。

孙传芳抱住张宗昌："效坤兄啊，我这个五省联军总司令，只剩下徐州一隅啦，如若丢了徐州，一切都完啦！"

言毕，孙传芳放声大哭。

"啧啧啧，"张宗昌鄙夷地连声咂嘴，"咋哭得像个老娘们儿？咱们兄弟们从光棍一条闯荡天下，现在手下二十万人马，不都是抢来的吗？"

孙传芳眼泪汪汪地望着张宗昌，"依效坤兄之见，俺们还能扭转颓局？"

"贤弟呀，这留得青山在，不怕没柴烧，想当初老弟打得俺只带着几十匹人马连滚带爬地从北关突围出去，连姨太太都差一点让你小子捉了俘虏。"

听了张宗昌的一席话，孙传芳破涕为笑，"请效坤兄指教！"

"老弟跟我来看，"张宗昌指着墙上一幅地图，"蛮子兵从三面压过来，这个架势跟老弟打我的时候阵势一模一样。徐州现在是守不住了，我已经让鲍罗夫的老毛子兵夺回子房山，占据东关，保住火车站，掩护我大军撤退至运河以北，在利国驿、韩庄、台儿庄一带集结，再伺机打回来。"

电话铃响，沈副官放下电话，过来报告："张大将军，炮五旅二团阵地遭到敌军炮火覆盖，团长姜明远中炮阵亡，尸首只捡到半口袋碎骨头、烂肉渣！"

张宗昌闻讯脸色一沉，这位杀人魔王居然滴下几滴鳄鱼般的眼泪，"姜团长是北洋陆军学堂炮科毕业生，随我东征西杀，南征北战，战功卓著，今日粉身碎骨，战死沙场，损我一员大将矣！"

孙传芳劝解道："你我兄弟戎马生涯，生死有命，不必伤心过度！"

"沈副官，笔墨伺候！"

张宗昌在宣纸上挥毫写下一副挽联："撇下寡妇孤儿由我负担责任，此后枪林弹雨共谁驰骋疆场。"

张宗昌把挽联递给沈副官:"把姜团长的遗骨用上等的棺椁装殓好,让大个子张营长护送灵柩回姜团长老家青岛,再带两千大洋抚恤金。"

"是!"沈副官转身出去。

一个参谋从二楼跑下来,报告:"张大将军,鲍罗夫的奋勇队已经夺回子房山,并且占领了东车站附近的山头、制高点!"

张宗昌赞叹道:"老毛子兵,就是野,有种!"

"效坤兄,我这就回道台衙门收拾收拾,俺们一道撤退!"

"哎哟,你还收拾个嘛,趁着老毛子在东车站给俺们殿后,还是赶紧地撒丫子蹽吧。"

"报告张大将军、孙大将军,"沈副官进来报告,"泰山号铁甲车已经停靠站台,请两位长官抓紧启程!"

"赶紧走人吧,俺的兄弟!"张宗昌拉起孙传芳就走。

沈副官高喊:"警卫营,备马!"

四

1927年6月2日一大早,孙鲁、杨兆麟、曾海春等徐州各界名流齐聚南城门迎接北伐军。徐州全城张灯结彩,人们脸上洋溢着兴奋的表情。

上午十时,北伐军李宗仁部先遣部队抵达。部队身穿灰军装,头戴大檐帽,打着绑腿,军容整齐,高唱雄壮的歌曲,"工农兵,团结起来向前进,万众一心……",从云龙山北大门沿着上街浩浩荡荡开过来。

"欢迎北伐军!""庆祝徐州光复!""打倒军阀张宗昌、孙传芳!""打倒帝国主义!"沿街学生、民众挥舞彩旗,口号声此起彼伏。

行进在队伍最前列的北伐军陈师长跳下战马,向欢迎人群敬礼。

孙鲁迎上前去,与陈师长热烈握手,热情洋溢地说:"北伐军光复徐州,是徐州人民的大喜事。但是,国内还有不少军阀残余势力,国外还有帝国主义,需要各方继续团结战斗,才能取得北伐革命的彻底胜利!"

陈师长用睥睨的眼神看着孙鲁:"北伐大军横扫大半个中国,得益于蒋总司令运筹帷幄,革命军人的拼死相搏的精神。北伐革命不怕外力,而最怕内力。在我们节节胜利的时候,有人竟然趁机作乱,这是绝对不能容忍的!"

陈师长不再搭理孙鲁,转身向欢迎人群频频挥手、抱拳示意:"谢谢徐州民众,陈某人万分感激!"

曾海春笑眯眯地走过来,"俺们徐州商会各位同仁,热切期盼北伐军的到来,今晚在花园饭店备下一席薄酒,为将军接风洗尘,万望赏光!"

"好的,"陈师长连连叫好,"届时我们营长以上的官佐一定出席,弟兄们鞍马劳顿,是该放松一下喽,还望徐州各界做好劳军,我军将士不胜感激!"

曾海春点头哈腰地应承道:"好说,好说!"

1927年6月17日,晌午时分的太阳毒辣辣的,像一团火炙烤着人们,站台上的水泥平台热气蒸人。徐州东站内外人头攒动,冠盖云集,中路军总指挥李宗仁率领各师、旅长在站台列队肃立,杨兆麟率徐州各界名流在天桥西北角的广场上列队,高举"天下为公""欢迎革命军""继承总理遗志实行三民主义"等横幅。铜山县党部已经通知徐城各界休业一天,前往东车站迎迓蒋介石总司令莅临徐州。高音喇叭里播放着西洋雄壮的进行曲,与成千上万的人群里的喧哗声交织在一起,构成了一个热气沸腾的海洋。

忽然,从南方扫来一阵狂风,隐隐传来沉重的闷雷声,天际像展开一幅巨大的黑色布幔,乌云升腾、翻滚,接着一道强烈的闪电划过,雷声轰鸣,像天崩地裂一般,霎时大滴的雨点"沙沙"地劈头盖脸砸了下来。

"呜——"汽笛长鸣,由南至北的专列徐徐进站,停靠在站台上。风雨越来越急促,骤雨倾泻着暴虐的兽性,无情地鞭打着风雨中无处可逃的人们,黑暗吞噬了阳光,四周只剩下震耳欲聋的雷声和大雨滂沱的嘈杂声。

不一会儿暴雨渐渐小了下来,天空飘起纤细的雨丝。

专列车门打开,蒋介石一身草绿色军装,精神矍铄地走下火车。李宗仁率领官员整肃衣冠,迎上前去。

车队一溜鱼贯进入东城门,直奔花园饭店。沿街岗哨林立,戒备森严。

程金石的福特轿车排在队尾上。程金石望望车窗外晴朗的天空,诧异地问杨兆麟:"杨先生,奇怪了呀,东车站大雨如注,电闪雷鸣的,这城内滴水未下,大晴的天。您学窝子深,看看这天象是啥兆头?"

"啥兆头,山雨欲来风满楼吧,"杨兆麟摇摇头,苦笑着说,"狂风暴雨不足惧,祈祷不是血雨腥风的血光之兆啊!"

第八章 "徐州会议"谋反共 直鲁联军大反攻

一

1927年6月20日,花园饭店内外军警密布,戒备森严。从上午9时开始,在二楼会议室,召开了史称"徐州会议"。南京方面参加会议的是蒋介石、蔡元培、吴稚辉、胡汉民、李宗仁、白崇禧等。西北军方面参加会议的是冯玉祥、李鸣钟、何其巩、黄少谷等人。

历时两天的"徐州会议",冯玉祥接受了蒋介石提出的在其所辖地区进行"清党"的要求。冯玉祥、李宗仁等人反对蒋介石武力征讨武汉,主张和解。蒋介石采纳了冯玉祥、李宗仁的意见,遂致电武汉汪精卫、孙科等,要求驱逐苏联顾问鲍罗廷,抑制共产党的群众运动,实现宁、汉合流,共同完成北伐大业云云。

"徐州会议"不久,武汉的汪精卫集团也叛变革命,公然反共,导致国共决裂,第一次国内革命战争失败。

1927年7月1日,这一天格外燥热,傍晚时分,火球般的太阳终于落山了,炙烤过的大地依然散发着酷热。徐州城里的人们吃过晚饭,纷纷在户外的门口摆下竹椅子、铺好凉席,泡上一壶茶,左邻右舍的邻居们三五好友凑在一起,摇着芭蕉扇聊天、下棋、纳凉。

省立第三女子师范学校已经放暑假了,校园里一片寂静,只有梧桐树上的知了忽高忽低地奏鸣着。

"咚咚咚"孙鲁的寝室响起了急促的敲门声。

"谁?"孙鲁警觉地问。

"是我,杨兆麟!"

孙鲁拉开门闩:"杨先生,您怎么来啦?"

"快，进屋再说！"杨兆麟急匆匆跨进屋内，从口袋里掏出几张纸，急切地说，"快，今天凌晨一点，警备司令部开始清党，司令部警卫营与铜山县保安大队联手行动，由县保安大队麻昭祥带队抓捕。这是铜山县党部抄送的人犯名单，你和白子沣排在第一、第二位，你们赶快想想办法躲一躲吧！"

"谢谢杨先生冒死相救，"孙鲁紧紧握着杨兆麟的手说，"新军阀的屠刀挥舞到我们头上了，'宁可错杀三千，绝不放过一个'，这就是蒋介石真实的嘴脸！"

"时间紧迫，告辞了！"杨兆麟抱拳，转身消失在茫茫夜色之中。

孙鲁拧开钢笔，迅速抄写三份名单，拎起门后的柳条箱，锁好门，出大门左转弯，疾步走到簧学巷一间低矮的草屋前，机警地四下观望。草屋门口停放着一辆黄包车，屋里传出刺鼻的艾草味儿。

"嘭嘭！"孙鲁轻叩房门。

"谁呀，"梁同义赤膊走了出来，见到孙鲁大吃一惊，"孙先生，是您！"

"梁师傅，有急事相求！"黑暗中，孙鲁的声音非常急切。

"您说吧，上刀山下火海，我梁老二不带眨眼的！"

"我想请你送我去一趟省立十中，然后再送我出北城门！"

"好的，俺们这就走，再晚了就出不了城门了。"梁同义披上汗衫说。

"还有一件事，请二嫂给大马路最东头车站旅社的刘萍送一封信，现在。"

"好！"梁同义接过纸条，转身进屋，"孩儿他娘，帮孙先生送一封信。"

"我都听见了，俺马上就去！"传出梁二嫂的声音。

孙鲁拿出两枚银圆递给梁同义，"请你收下！"

梁同义推开孙鲁的手，"孙先生，您要是给俺提钱，俺就恼啦！您干的事儿是为了咱们穷人，俺们心里头都明白，麻利地上车吧！"

梁同义摘下车铃铛，抄起车把，一溜小跑起来。

夜幕下的北护城河一片漆黑，伸手不见五指。河北涯的一条小径向东联通牌楼市场，向西连接教军场，省立十中坐落在这条小路的中段，护城河从学校门前流过，沿着北城墙根拐到西城墙根，再南下向东注入奎河。白子沣的寝室就在大门口东侧的一间狭小的民房里。孙鲁一进屋，白子沣见他满头大汗，递了条毛巾给他。孙鲁一遍擦汗，一边把冯、阎、李与蒋介石合谋之事向白子沣讲述了一遍。

"什么，冯、阎、李这三个大头头都跟蒋介石穿一条裤子啦？"昏暗的灯光下，白子沣消瘦的脸庞由于愤怒变得格外狰狞。

孙鲁点点头："是的，他们都反共、反革命了，凌晨就开始清党！"

"这些反革命，这些新军阀！"白子沣牙齿咬得咯咯响，他看看手中的纸条，抬起头说，"老孙，还是你有远见之名，这些名单都是我们抄送铜山县党部的，多亏咱们去年报国民党的时候留了一手，许多同志都提前作了疏散。"

"事不宜迟，咱们就按照预定的方案抓紧撤离，还有几个人我让刘萍负责通知他们先在城里躲一躲，咱俩是重点人物，马上就得出城。我去城东的贺村一带隐蔽，你去城北的利国驿隐蔽，联络暗号'徐丁山'。"

"好，都准备好了，拔腿就走！"白子沣点燃一支烟，狠狠地抽了一口，环顾一下简陋的房间，掩上门，与孙鲁同乘一辆黄包车，拐出了街巷口，黑魆魆的北门就在眼前。

"哒哒哒"从南边传来马队的声音，依稀可见一长溜凌乱的灯笼、火把。

"快点跑过去！"孙鲁急促地说。

梁同义跑至城门口，两个手持步枪站岗的警察，其中一位大声问："梁二哥，怎么晚还有活呀？"

"有病人，急着去北站看先生！"梁同义跑得上气不接下气，脚下的步伐跑得更快了，"赶明儿到家里喝两盅。"

黑暗中传来警察的声音："好咧，二哥快去快回，一会儿关城门啦！"

不一会儿，麻昭祥带着荷枪实弹的骑兵急驰到城门口，他勒住马，用马鞭子指着两个警察，"你们两个，立马关城门！"

一个警察仰着脸说："麻大队长，还得有一会儿呐。"

就在孙鲁一行离开不久，麻昭祥带着人赶到了白子沣住处。

麻昭祥手持盒子枪，"咣"的一声踢开房门，在火把、灯笼的照射下，房间里空无一人。

"屋里还有抽烟的味儿，白子沣肯定跑不远，"麻昭祥给一个灰军装的头目说，"咱们就在附近搜！"

军官用手枪戳一下帽檐，"这还是按照麻队长的意思提前动手的，怎么能逃了呐？"

"八成是听见动静就跑了吧，赶紧搜！"麻昭祥气咻咻地说，然后指着副大队长伍兆勇，"老伍，你带人去三女师捉拿要犯孙鲁，别让他再跑喽！"

"麻大队长，这个责任俺可担待不起，还是你亲自去拿人吧！"

看到伍兆勇顶撞自己，麻昭祥火冒三丈，"养兵千日用兵一时，咋越是到节骨眼儿上，你还属那老驴的，上了套，不是屙，就是尿？！"

"不是俺不听你的喝,咱们先把丑话说到头里,要是再扑空喽,咋办?"伍兆勇仍然拒绝执行命令。

"你真是个犟筋头!"麻昭祥愤愤地说,"好吧,我带人去,你地形熟,配合大兵,在这里仔仔细细地搜,草窠、犄角旮旯都要搜查!"

"是!"伍兆勇立正回答。

"你们几个跟我走!"麻昭祥带上几个骑兵,气势汹汹地向鼓楼街扑去。

二

1927年7月4日,张宗昌乘北伐军主力第七军开往安庆、芜湖,应对武汉汪精卫等东征军,徐州兵力空虚之机,联合孙传芳,开始反攻徐州。7月25日攻入徐州东郊骆驼山飞机场。张宗昌携带三十万元大洋,亲临前线犒赏军队。上午十点,张宗昌检阅部队。

骆驼山飞机场鲁军第十三师及其白俄兵团敢死队集结完毕,队伍前方陈列着机枪、山炮等重武器,马步兵皆全副武装。校场上旌旗猎猎,鼓号齐鸣,师长打节拍,全场齐唱:"常山赵子龙,沙场逞英雄;大战长坂坡,七进又七出;吾辈奉鲁军,冲锋陷敌阵;刀锋所指向,敌人化肉糜……"

张宗昌腆着肚子走上检阅台,抓起一把银圆,"哗啦、哗啦"在手里抖了两下,开始训话:"小熊孩儿们,每人五块大洋,咋样?"

全场齐声嚎叫:"好!"

"小熊孩儿们,打下徐州城,有把握吗?"

全场齐声嚎叫"有!"

张宗昌得意地摇晃着秃头大声说:"好,小熊孩儿们,都别装孬种,打出咱张家军的威风!"

一个干瘦的士兵跨前一步,高声问:"大将军,攻进徐州城,几天不集合?"

张宗昌打量着这位胆大的士兵,问道:"瞧你那副身板,一把攥住喽两头都不露,有啥本事敢吹牛皮,说大话?"

"大将军,这牛皮不是吹的,泰山不是垒的,俺三猴子自幼习练梅花螳螂拳,两三个壮汉不在话下;还有一手百步穿杨的枪法,指哪儿打哪儿。"

"哟,口气不小咧,露一手给俺瞅瞅!"

"大将军,看俺的!"士兵摘下肩上的水连珠,二百米处的杨树梢上刚刚落下一只喜鹊,士兵举枪略作瞄准,"咕"的一声,水连珠发出清脆的冰裂声,远处的鸟儿迸出一团血雾,纷纷扬扬落下一撮羽毛。

"好!"全场齐声喝彩。

张宗昌笑眯眯地问:"你叫啥名字?"

"报告,俺是特务营三连九班班长马三升,江湖人称'三猴子'!"

"好嘛,马三升,本军长就成全你,现在就赏你个连长干干,咋样!"

"誓死效忠大将军!"马三猴昂首挺胸大声回答。

"小熊孩儿们,都给俺竖直耳朵听好喽,攻下徐州城,三天不集合,"张宗昌伸出三个指头,"三天!"

"喔!"全场一片欢腾。

"跟着俺张宗昌,兄弟们吃香的、喝辣的,升官发财,有的是!"张宗昌说到这里,使劲挥手,"现在开始发赏,中午红烧肉、大米饭可劲儿地造,都给我铆足了劲,下午打冲锋,杀他个南蛮子片甲不留!"

全场官兵举枪连声高呼:"杀进徐州府,活捉蒋中正!"

7月29日凌晨4时,直鲁联军攻入徐州,北伐军第十军王天培部败退。

8月1日,蒋介石下令北伐军增援部队向占据徐州城的直鲁联军发起反攻,双方十数万人在徐州城郊的西关校场及南关云龙山、泰山、奎山、黄茅岗、石狗湖地区血战。蒋介石亲率其独立第十一师加入攻击,并亲临泰山山顶督战。

白俄兵团敢死队冲上云龙山第三节最高峰,"哒哒哒哒哒!"马克沁重机枪在山顶疯狂地扫射着败退的士兵,白俄铁甲车发射的炮弹不断在人群中爆炸,升腾起黑色的烟柱,灰色的人流四散而逃,许多人在地上翻滚着、扭曲着。醉醺醺的白俄士兵,二十人一组,高举着长刀、端着水连珠步枪顺着云龙山山坡冲下来,直奔泰山山峰。

泰山主峰,营长王玖铭拔出战刀,高喊:"一营,跟我冲锋!"几百名战士从堑壕里跃起,呐喊着冲下山峰。

"二营,跟我杀下去!"王宇腾跳出战壕,高擎战刀,发出骇人的呼喊,"杀呀!"几百名战士也冲了出去。

冲锋的队伍消失在硝烟之中,透过滚滚浓烟的缝隙,两条灰色长龙勇猛地冲向敌人,龙首就是手持驳壳枪、高举战刀的两个营长。

短兵相接的战斗开始了,山脚下的谷底里展开了激烈的混战。

"嗖"的一声,一枚手榴弹从头顶飞过,王宇腾匍匐卧倒,剧烈的爆炸在耳畔炸响,呛人的青烟裹挟着泥沙扑面而来,透过烟雾,一个高个子的白俄女兵端着寒光闪闪的水连珠步枪，哇哇怪叫着向他刺来。王宇腾起身迎敌，却一个趔趄栽倒在地上，回头一看，左腿的裤管淙淙流血。他咬牙举枪，"啪啪"两枪，女兵一对丰满的胸脯霎时绽开两枝鲜红的花朵，女兵一头仆倒在他面前，一双美丽的豹眼儿死死盯着他……

1927 年 8 月 5 日，经历五昼夜的血战，北伐军纷纷败退，蒋介石逃回南京，枪毙第十军军长王天培以泄私愤，旋即通电下野。

三

枪炮声平息下来，徐州城里家家户户房门紧闭，街头空无一人。河清路八号徐州警察厅看守所门前开来了一队荷枪实弹的士兵，为首的一个小个子军官腆着胸脯，背着双手径直走到提押房，颐指气使地发号施令："我说，那个狱头，你立马把张金彪、张金豹给我提出来！"

韩所长见来者不善，连忙立正敬礼："报告长官，这两个人私藏炸弹，还持刀伤人，是重犯。您要是提他俩出号，请出示提票！"

小个子军官勃然大怒，"啪啪"扇了他两个嘴巴子，"提票，这就是提票，老子是鲁军连长马三升，瓢把子、二呱子是我兄弟，炸弹我给的，咋啦？"

韩所长双手搓着火辣辣的两颊，战战兢兢地说："军爷，人您提走也行，给俺们写个收条吧，当差的不容易，有粮交粮，没有粮交口袋。"

"交你娘的头！"马三猴掏出驳壳枪拉开机头，对准看守所长的脑袋，"再不放人，老子的枪要是走火喽，别怨我没有给你支应一声！"

韩所长叹口气，拎起一串钥匙："各位军爷稍候，俺们这就去提人！"

张金彪、张金豹进门就下跪叩首："谢师叔相救之恩！"

"贤侄请起，俺打进城里马不停蹄地过来搭救你们兄弟，贤侄受苦喽！"

张金彪、张金豹连磕了仨响头，张金彪抱拳说道："今生今世，愿跟随师叔牵马坠镫，上刀山，下火海，在所不惜！"

"贤侄言重喽，保不准哪一天师叔背运不济走麦城的时候，还得仰仗贤侄相助哩！"马三猴子搀扶两人起身，"快点把馊衣服换喽，咱们先去沧浪池洗一个澡，中午去一品香饭庄，给我贤侄去去晦气！"

望着一群人兴高采烈地离去的背影，韩所长长吁一口气："光天化日敢劫狱，这世道要变喽！"

第九章 民众奋起抗剥削 特委策划大暴动

一

1927年12月2日,冯玉祥大军挥师东进,攻占萧县黄口镇,前锋直指徐州城西卧牛山、城北九里山。南京国民军第一军、第九军、新编第十军、第三十三军及第四十军沿着津浦铁路两侧发动总攻,14日晨攻占徐州城南三堡,对徐州张宗昌形成合围之势。16日拂晓,张宗昌电呈张作霖:"精锐丧尽,万难再战",从东关骆驼山机场乘飞机仓皇逃往临城。19日上午,国民军第一军刘峙部、第九军顾祝同部占领徐州。

1928年1月28日,蒋介石通电复职。4月7日通电宣誓北伐:"党国之存亡,主义之成败,人民之幸福,同志之荣辱,皆在此一战。"

1928年4月10日,第二次北伐战争在鲁南苏北全线发动,直奉联军节节败退,战至5月30日,张作霖下令总退却,退守关外。6月4日,张作霖退至皇姑屯被日军炸毙身亡。6月15日,蒋介石宣布北伐统一告成。

徐州城西一条东西走向的街巷,铜山县衙门就坐落在这条街的中段,坐北朝南的一个大院落,因而这条街就叫作县署街。大门内侧一个影壁墙,砖雕的"百鸟朝凤图"。沿着中轴线是大堂和二堂两进院子。大堂是一座宫殿式建筑,厚重的赭红色墙壁,琉璃瓦的屋檐。门口各有两棵枝繁叶茂的百年老槐树。槐花开了,满树白花花的,院子里充满了甜甜的花香,无数蜜蜂在树上嗡嗡飞舞,微风吹过,枝头上的槐花便一颗颗地飘落下来。

大堂正中高悬着"清正廉明"横匾,两旁立柱上悬挂桃木镌刻的楹联"欺人如欺天毋自欺也,负民即负国何忍负之"。上午九时,徐州警备司令部副司令兼徐州警察厅厅长王宇腾召集联席会,铜山县议事会28名议员、参事会5名参事以及6个市及12个乡的总董事悉数出席。

王宇腾、县长杨世云及县党部书记杨兆麟在主席台就座。台下摆放了十几排长条凳，会场里烟雾弥漫，充斥着浓烈的旱烟叶的呛人味道。

"现在开会啦！"杨世云笑呵呵地开场，"首先，我们热烈欢迎黄埔高才生、北伐英雄王宇腾副司令荣归故里履职，实乃我们徐州民众的骄傲啊！"

会场响起一阵稀里哗啦的掌声。

"今天会议主要是议决整顿地方保卫团，检验枪支，探报匪情，强化治安，还有疏通河道，改换街巷名称。"杨世云环视一周，问道，"谁先发言？"

杨兆麟拿起一张稿纸说："我先说说吧。北伐军解放徐州，原有街巷名称或者繁杂拗口，或者陈腐守旧，县党部征求民众意见，拟作如下修改。察院街更名为大同街，取'世界大同'之意；门前的县署街更名为少华街，以纪念抵抗张勋暴政而舍生取义的县代理民政长王少华；由西门瓮城西出到西关大悲庵这一段无名路，取名博爱街，将大慈大悲的佛教思想弘扬为中山先生的博爱精神；铜山县警察局迁至城隍庙，故将门前的城隍庙街更名为公安街；从北城门向南至城文亭街的北门大街，更名为统一街，寓意南北统一之意；省立十中门前的无名小路，东起牌楼西至教军场，命名为统一北街；徐州中轴线由北至南的鼓楼街、中道街、上街和剪子股四条街道更名为中山街；西向的兴隆街、二府街、福寿街和石牌坊街统一更名为中枢街，以铭记铜山县第一高等小学校长、教育家梁中枢先生；南向的下街更名为三民街，取'三民主义'之意。"

会场响起热烈掌声。

一位中年汉子磕磕烟袋锅，站起来说："北伐军进城之后，拆除城墙，绑架案件迭起，日前连发几起绑架案。城内文庙王世昌的幼孙被土匪绑架去。坝子街南头粮行马至源十岁的侄子被六名土匪闯进家中绑架走，马老板用毛驴驮了一口袋银圆赎回来的。无钱赎回的，皆被土匪撕票了。"

王宇腾问："怎么撕票的？"

"大卸八块，扔到城河里，抛尸郊外，惨不忍睹呀！"汉子接着说，"保安大队、警备队一到晚上就没有了人影，听说土匪来了，撒丫子逃得比兔子都快，平日里欺负老百姓怪有种！"

王宇腾转过脸质问杨世云："杨县长，你门口的县署街，哦，刚刚更名少华街，晚上有警察值守吗？"

杨世云尴尬地讪笑着说："眼下盗匪肆虐，县署重地，当然加强防范，县署四周、大门、二门皆有警备队打更值夜！"

"县长大人，警备队保卫县署，给您一家老小站岗放哨，可是平头百姓的安危谁来负责,他们就该碎尸荒野吗?"王宇腾揶揄的话语里带着愠怒。

街上传来一阵阵的喧闹声浪,一个黑衣警察持枪慌慌张张跑进大堂,"报告,来了上千口子人,吵吵闹闹说给县长送钱来了!"

"胡闹,光天化日,朗朗乾坤,送什么钱啊?"杨世云拍案而起。

警察紧张得脸色通红,"是来送纸钱的,拦不住啊!"

黑压压的人群涌进了院子,有车夫、店员、农民、学生,每个人都一手拎黄箔纸元宝一串,另一手持白蜡烛一根,他们愤怒地高声呼喊:"杨世云,快出来,坐坐蜡烛!"

大堂之外的呼声一浪高过一浪,杨世云的胖脸红一阵,白一阵,他拉住王宇腾的衣袖:"王司令,外边肯定是共产党煽动群众闹事,赶快派兵弹压吧!"

王宇腾霍地站起来:"杨世云,看看大堂之上为官做人的座右铭,你的贪腐传言我早就如雷贯耳,如今老百姓咆哮在大堂之外,你还好意思往共产党脸上贴金?"

一个县参议员也站起身指着杨世云质问:"县长大人,远的咱且不说,就拿刚刚拆除的城墙,你往腰包里装了多少银子?"

"我,我是清白的。"杨世云争辩。

"你清白,那你说说拆了多少砖,卖了多少钱?"又一个会议代表质问道。

杨世云张口结舌:"这个嘛,有据可循,账目清楚的呀!"

"你那个账也是糊涂账,不把水弄浑喽,咋好摸鱼呀!"王宇腾扳着手指头说,"我来告诉你,由南城门至新东门一段计205丈,每丈包工三块四毛,共拆大砖17550方,小砖83400方,大石27方,大半砖19堆,小半砖27堆。警备司令部责成县署招标拍卖,以抵工钱。结果你私私溜溜地变卖了,交上来一本糊涂账,应付官差!"

会议代表纷纷怒斥杨世云的不端行为。

"就凭你胸前也配别上青天白日徽章,党国早早晚晚得毁在你们手里!"王宇腾鄙夷地说,"老百姓请你去坐坐蜡,咱们一起去看看风景呗!"

王宇腾拖着受伤的左腿,一瘸一拐地带领众人来到大堂门口,激愤的人群把大门口挤得水泄不通。

一个中等身材,方脸、浓眉、狮子鼻子的年轻人跳上大堂台阶,指着杨世云的鼻子怒斥道:"杨世云大人,自打你做了铜山县县长,天高了三尺,地陷了三尺,咋回事,是你刮地皮造的孽呗!"

老百姓群情激昂，嘴里直呼乱喊："让他坐坐蜡烛！"

"敢问先生尊姓大名？"王宇腾问。

"行不更名坐不改姓，一介草民郭一民，县女子小学教员！"

杨兆麟耳语道："铜山师范我的学生，论起来应该是你的师兄。"

"车夫捐从五毛涨到九毛，现在又蹦到一块五；店铺捐、牙税、田亩附征五花八门！军阀混战，土匪横行，民不聊生，可是你县大人在交通银行存的银圆达到了两万多！"

人群中爆发出一片咒骂声。

郭一民慷慨陈词："不仅如此，杨大老爷到任三四年，最喜欢贪赃枉法，放纵贼人。城西一户农家被劫，乡团当场擒获强盗花怀宝一名，赃物多件，押送县衙问罪。岂料这强盗有一个如花似玉的丫头，花月楼的头牌婊子花月红。那花月红跟土匪头子张宗昌有了一腿，又给杨大老爷以身相许，做了杨大老爷的三房姨太太，杨大老爷钱色双收，所以大老爷断案的脸儿就翻过来了，不仅私放了老泰山花怀宝，反而把事主羁押起来，真格儿是'衙门朝南开，有理无钱莫进来'！"

"狗官杨世云，滚出铜山去！"人群中有人领呼口号。

"雍正十一年徐州升州为府，设立铜山县，一百九十多年，俺们铜山县有一文不取的清官陶斋明，有为民请命的好官王少华，唯独没有见到过像杨大老爷这样只要钱不要脸皮儿的贪官！杨世云，你不是喜爱元宝吗？俺们百姓多得很，一串串地给你送来啦；你不是喜爱金条吗？俺们百姓却没有啦，有的是蜡烛，请您大老爷上来坐坐吧！"

杨世云吓得面如土色，两腿筛糠。

王宇腾对杨兆麟说："恩师，我这位师兄仗义执言，才华横溢，骂人骂得狗血喷头，酣畅淋漓，党国就需要这样的栋梁之材！"

"是啊，'隔靴搔痒赞何益，入木三分骂亦精'，有此等忠勇之士担当重任，国家甚幸，民族甚幸！"杨兆麟点头称赞。

"各位父老乡亲大家好！"王宇腾上前深鞠一躬，"我是喝徐州的水长大的，因目睹贪官污吏、军阀、地痞横行霸道，社会凋敝，人民苦难，才愤然投身黄埔，出征北伐。从广东一直打到咱们家乡，身负重伤。残了一条腿，就留在家乡，为家乡父老做事。我敢摸着心口窝对天发誓说，'王宇腾是中山先生三民主义的忠实信徒，绝不辜负家乡父老乡亲'。"

看到人群的情绪渐渐平息，他接着说，"'得一官不荣，失一官不辱，勿说一官无用,地方全靠一官;吃百姓之饭,穿百姓之衣,莫道百姓可欺,自己也是百姓'!鉴于杨世云贪赃枉法,民愤极大,现在我宣布,革去杨世云县长职位,由杨兆麟先生临时代理!下一步,我们还要开始训政,澄清吏治,剿灭匪患,减轻苛捐杂税,为民众谋求幸福,实现先总理的遗愿。各位父老乡亲,请相信我的为人,大家请回吧,各自忙各自的营生去吧!"

一位副官急匆匆赶过来,立正报告:"王副司令,刘司令打电话到县长办公室,有急事相告!"

"什么,贾汪煤矿公司经理俞驰甲被围困,矿警开枪了,打伤了矿工六人!"王宇腾坐在太师椅上,紧锁眉头,"一个童工死亡引发,哦,还有久欠工人工资,工人大愤,矿方报案是共产党操控。刘司令,我不同意对工人武力弹压,我们不是口口声声讲'民权民生'吗,先把人解救出来,再与工人谈判,尽量不要动枪,好的,不辛苦,及时给你报告,再见!"

放下电话,王宇腾大声命令:"通知警卫营骑兵连,马上随我去贾汪!"

二

黑魆魆的矸石山、黑黝黝的煤场还有井架上高耸的铁架一座连着一座,构成了百里煤田特有的风景。贾汪煤矿公司大院里的小二层楼被愤怒的矿工围得水泄不通,他们光着脊梁,浑身上下被漆黑的泥泞和黑水浸透,头上戴着柳条帽,手中挥舞着镐头、铁锨,怒吼着"俞驰甲滚出来!""为死伤工友讨还血债!"等悲壮的口号,平日里压抑在胸中的怒火此刻宣泄成为狂怒的火焰。

王宇腾带领骑兵飞驰赶到现场。他示意骑兵在院外待命,在矿工们的注视下,独自一人策马来到小楼门前。肮脏的地上铺着一块麻袋片,一具赤身裸体、血肉模糊的童工尸体蜷曲着躺在上面。一个少年跪在旁边,呼天抢地发出撕心裂肺的哭喊:"弟弟呀,俺对不起你,是俺害你命归黄泉,是俺撵你到阴曹地府的呀!弟弟呀,早上你没有吃一口馍,就跟我下井啦,俺亏心呐……"

王宇腾跳下马,摘下军帽,向童工致哀。然后掏出五枚银圆递给少年:"给他买一副棺材,入殓吧!"

一个方脸、红面的汉子质问道:"长官,你看到了吧,这孩子是肚子里没有食儿,抬大筐,一头栽进七八丈深的小井里,摔死的呀!"

一个工友递过半帽子红高粱:"长官你看,这里边掺了一小半沙子,这些窑主、把头的心比煤都黑!"

王宇腾捏起一小撮，查看了一下，又投入柳条帽里，"你们两个愿意跟我一起进去找老板谈判吗？"

"俺们怕啥，阎王爷的鼻子天天摸！"红脸的汉子说。

"你叫啥名字？"王宇腾问。

"鹿继澄，家在夏桥工区住！"

王宇腾用狐疑的眼神盯着他，皮笑肉不笑地说："我咋看你像是共产党！"

鹿继澄直视着他的眼睛，回答："俺就是个煤黑子，一家三代都在井底下刨食儿吃，谁让俺们吃饱饭，俺们就拥护谁，才不管这党啊那派啊的！"

"要是的，赶紧的自首，到扬州反省院学仨月的'三民主义'，就能过上安宁的日子了，我是友情提醒！"

"那敢情好，管仨月的饭，还不用干活，谁让人家共产党看不上俺的呢？"

"你别跟我要贫嘴，快随我进来吧！"王宇腾走到门口，喝令躲在沙包后边的矿警，"把枪放下，搬开沙包！"

一个穿长衫师爷的人，引着王宇腾和两名矿工来到二楼经理室，倒茶、敬烟。

"别瞎忙乎了，快点请老板出来吧！"王宇腾不耐烦地说。

一位衣衫凌乱，头发蓬松的中年人神色慌张地走进屋，纳头便跪："感谢王司令出手相救！"

"俞驰甲，看看你的那一副尿样，"王宇腾鄙夷地望着他，"光腚惹马蜂，能惹不能撑的货！"

俞驰甲虚胖的脸上两只圆眼闪烁着惊魂未定的神态，他指着两名矿工声嘶力竭地说："就是他俩煽动暴动，他们是共产党，快点抓起来！"

"你跟我过来一下，"王宇腾揪着俞驰甲的衣领来到窗户前，指着墙外的说，"就凭你那熊样的，还敢开枪打工人，你以为你是'五卅'惨案日本纱厂的老板？现在，好好跟工人进行谈判，先解决问题再说。"

俞驰甲有气无力地说："好的，我谈判。"

王宇腾示意大家坐到沙发上："鹿继澄，工友都有哪些诉求，先说说嘛！"

"我的天，这是啥椅子，一屁股坐下陷进去半个腚，俺还是站起来说吧，站着说话不腰疼。"鹿继澄从沙发上跳起来说，"俺们工友的要求，第一，给死难童工三百斤小麦作为丧葬费，棺木由矿方负责；第二，被枪击受伤的工友医药费、误工费由矿方承担；第三，提高矿工工钱二成，按时发放，不再拖欠；第四，禁止把头打骂工友。"

"这矿上磕磕碰碰的事儿经常有，要是以后都这么闹腾，我吃得消吗，明显的讹人嘛！"俞胖子振振有词地拒绝。

"俞驰甲，你再说这样的混账话，我撤兵走人！"王宇腾忿然作色道。

"王司令，我同意还不行吗？"俞驰甲又作揖又打躬。

"你让这位师爷誊写三份刚才的条款，你们劳资双方签字画押，我做个中证人。"王宇腾说。

"好的，好的！"俞驰甲连连点头称是。

看着双方签字画押完毕，王宇腾也分别签了字，将其中一份递给红脸的鹿继澄，"工人代表，怎么样，明天可以复工喽吧？"

鹿继澄小心将契约折叠好，"保准复工。"

看着两位矿工离开，王宇腾吩咐手下："把俞驰甲给我绑了，押送徐州！"

"王司令，你咋还绑我呐？"

"不把你绑喽，你能囫囵着走出去吗？"王宇腾说完，扬长而去。

三

沿街一溜五间开间的门面，正中的门框上悬挂"贺村客栈"，后院是五间堂屋、三间西屋，东边是马厩。一条平整的海郑公路从门前经过，路上的行人成群结队挑着担子、推着小车来来往往。七八株老柳树为行人提供了纳凉的绿荫，几张石桌摆放着白铁大茶壶，大黑窑碗，三三两两的路人在此歇脚、小憩。

西屋里烟雾腾腾，十一个人围坐在一起。孙鲁身穿灰色长衫，神情凝重地说："同志们，现在开会。这次会议主要是讨论贯彻落实省委第二次代表大会，以及'红五月暴动计划'。首先，请白子沣同志传达上级指示。"

白子沣情绪激昂地说："目前全国革命的高潮已经到来，中国革命可以有一个省或几个省割据的前途，必须坚决运用进攻的路线，推动群众斗争更快地发展到武装暴动，进攻和夺取中心城市。我们徐海地区革命高潮日益成熟。自从宁汉合流之后，蒋、汪、冯、阎、李都背叛了孙中山三大政策，都反共反人民了。因此，我们徐海区党委要高举反蒋、汪、冯、阎、李的大旗，举行武装起义，占领一至两个县城，相机占领徐州，以地方暴动促进全国直接革命形势更快地到来！"

"上级已经决定了，举行红五月总示威和武装暴动，作为共产党员，上级的决定我坚决服从，但是提点意见。"孙鲁用沉稳、坚毅的语气说，"我们目前只提出'打倒蒋介石'这一个口号，不宜再提出新的口号，我们力量弱小，对立面不要大，只能在军阀斗争的夹缝中求生存。"

"孙鲁同志，我们的力量是强大的，你这是右倾思想在作祟，"白子沣激动得站起来，"三月份以来，阎锡山联合冯玉祥、李宗仁结成反蒋大同盟，推举阎锡山为司令，冯玉祥、李宗仁为副司令，以李宗仁的桂系为第一方面军，进攻武汉；以冯玉祥所部为第二方面军，向徐州、武汉进攻；以阎锡山所部为第三方面军，向山东的津浦、胶济进攻。军阀中原大战的架势已经拉开，狗咬狗的混战最有利于举行武装暴动，这是现实的需要！"

孙鲁反驳道："白子沣同志，上级之所以把徐州地区作为全省武装暴动的主要地区，有利条件除了你刚才讲到的，还有一点就是徐州地区的人民受剥削压迫最深，革命要求最高。但是，反动派的力量是足够强大的，军阀们在反共的立场上是一致的，他们掌握着强大的军事力量；而我们的暴动力量没有军事训练，缺乏枪支弹药，即便是对阵民团、保安队，都没有胜算的把握，所以暴动无异于以卵击石，毫无成功的可能！"

"失败了又怎样，头可断，血可流，怕死不要干革命！"白子沣情绪更加激扬，他挥动着手臂，用极富感情的语气说，"自由代价，血泪汗；破坏利器，刀枪弹；革命精神，干干干！一枚手榴弹，胜过万卷书；一腔烈士血，胜过百杆枪；一声血钟鸣，胜过万人呼！辛亥革命不也是从黄花岗七十二烈士的鲜血唤起的吗！"

看到两位领导争执起来，郭一民赶紧把话岔开："这样吧，我汇报一下红五月总示威和武装暴动的初步方案。地点准备选择邳县，具体是在古邳、八岔路、占城一带。我是邳县人，深知那里人民的疾苦。庄、马、窦、戴四姓地主占据了大量土地，农民承担的苛捐杂税达到三十多种，佃农被地主、官府剥削，过着近乎原始人的生活，很多人不得不拖儿带女外出乞讨，这也正是'叫花子县'的由来，所以，这里的人民革命热情更高涨。"

孙鲁补充说："暴动之后，利用夺取的枪支弹药组建一支红色游击队，依托岠山为中心进行游击战争。我们也可以向南发展，转移到通海地区。"

孙鲁示意一位中年人："邳县县委黄玉树书记，请你说一下起义准备情况！"

这是一位憨厚的汉子，三十岁出头的年纪，穿粗布短衫、黑色灯笼裤。他用沙哑的嗓音说："目前全县加入秘密农会、短工会的群众有三千多人，可以筹集到的枪支一千多杆,快枪只有二百多杆,其他的都是土枪。徐州国民党警备司令部已经有所觉察,在铜山县大许毗邻邳县的地界,驻扎了一个营的正规军,又在东陇海线的曹八集站驻扎了铜山县保安大队二百多号人马,都换上了快枪。"

白子沣焦急地问:"不对呀,我们事先估计的暴动民众至少一万人,枪支一千五百支吗,怎么只有区区几千人?"

"白部长,俺实话实说,参加暴动的队员不会超过五百人。"黄玉树不紧不慢地说,"俺建议三点,第一,暴动地点选在古邳,就在岠山边上,距离县城、铁路最远,敌人不方便增援;第二,古邳已经发生多起学生运动、农民运动,民众的觉悟高,区公所里有我们的内应;第三,时间建议放在七月初麦收之后,也能夺取更多的粮食分给贫苦农民。"

"这一次是徐州、海州、蚌埠三地同时举行武装暴动,我们依然按照五月的时间准备,"孙鲁说到这里,询问刘萍,"你们的宣传工作准备得如何?"

刘萍身穿一件桃红色绣花对襟衣裳,黑色的长裙,她站起身,用清脆悦耳的声音汇报:"我与刘明德组织党员、团员到窑湾、古邳等集市上举行了几次'飞行集会',打出镰刀斧头党旗,现场演讲、散发传单。"

刘明德补充说:"为了在舆论上争取民众支持,三月份以来连续印发三次传单,《为反对改组派告全邳青年书》《为麦收问题告短工书》,揭露蒋介石、反动派祸国殃民的罪行,号召农民团结起来对地主讲价。"

"听说你们是在津浦铁路路局里印刷的,那里安全吗?"白子沣问道。

"白部长,说起这件事还真的是巧合啦,"刘明德一改往日的腼腆,显得很兴奋地说,"俺舅舅以前是保定军官学堂教官,民国六年,蒋介石和张群是他的学生,他俩赴日本留学之前,俺舅舅为他俩置办酒菜饯行。此后蒋介石一路发迹,还惦记着当年的'一饭之谊',这不,刚刚任命俺舅舅为津浦铁路局局长。俺舅舅举贤不避亲,一上任就任命他外甥担任文牍。那办公室里油印机、纸张都是现成的,我与刘萍在那里忙活到半夜,没有人注意的。"

"嚄,我们刘明德同志成为土豪啦,该共你的产啦,讲一讲月俸是多少?"白子沣打趣道。

刘明德得意地说:"月俸七十块,以后年年上调呐。"

"乖乖,一个月就挣七亩好地!"农运部长蒋宝琛咂舌叹道。

工运委员鹿继澄笑着接上话茬:"是啊,俺们矿工撅着腚,一个月刨不了五六块钱,能不造反吗?"

白子沣接着问:"刘萍同志穿的新褂子也是共产的产物吧?"

"是又怎么样,"刘萍脸色绯红,"专门到天成百货公司挑的,现在上海最时髦的款式,活该他兜里揣着七十块白花花的袁大头!"

"好啦,咱们继续讨论吧,"孙鲁打断大家的题外话,"白子沣同志说的对,如果纸张、油墨消耗太大,别人会心生疑窦,以后还是想办法自己搞机器印制。下面,请邳县黄玉树同志介绍一下暴动的详细计划。"

白子沣拆开一包"老刀",给每一位烟民甩了一根。黄玉树接过来,点燃,很享受地深吸一口,"暴动队员分成三个大队,第一大队担任主攻,由邳城、窑湾、八岔路等地队员组成,从东门进去,首先攻占镇公所院子里东边的炮楼,控制住制高点,攻打镇公所;第二大队负责助攻,由土山、岠山等地队员组成,从北边乘船进入古邳,攻打警察分局;第三大队由占城、石桥等地队员组成,从北门进入古邳,协助一大队攻占镇公所,阻击增援之敌。"

郭一民补充道:"战斗打响之后,除了要对付除了县保安大队、铜山县保安大队,最凶狠的敌人就是附近几个乡的地主乡团,这些地主豢养的团丁平日里催租逼债,欺压百姓,很反动,很顽固,战斗一定会很残酷。所以我建议再准备一支接应的力量,占领岠山山峰,随时增援。"

白子沣撸起袖子:"我来打主攻,都别跟我争!"

孙鲁点点头:"好吧,白子沣同志打主攻,黄玉树同志带领二大队攻打警察分局,郭一民同志带领三大队协助白子沣同志的一大队攻占镇公所。我和蒋宝琛同志带领一支力量占领岠山顶峰,随时准备接应、增援。其他同志就不要参加此次暴动了,保存革命实力。"

鹿继澄急切地说:"孙书记,你总不能让我袖手旁观吧,俺们矿工可以组成一个大队参加战斗!"

孙鲁摆摆手,"不,你们刚刚取得罢工斗争的胜利,敌人正在暗中密切注视着你们,千万不要轻举妄动。"

"孙鲁同志,我们应该毕其功于一役,把全部力量押上去,才能取得决定性的胜利!"白子沣提出反对意见。

"如果我们都牺牲了,敌人会疯狂地报复,斗争将更加残酷。剩下的委员组成新的徐海党委,你们就是革命的火种,隐蔽力量,揳下钉子,长期打算,等待时机。"说到这里,孙鲁的眼里噙着晶莹的泪花。

刘萍劝解说:"孙老师不要悲观,革命一定会成功的!"

"刘萍不用宽慰我,干革命就会有牺牲!"

听闻此言，刘萍的泪水夺眶而出。

四

天色麻麻亮，空中飘动着几块灰不溜秋的云朵，夜里的露水把地面滋润得湿漉漉的。早起赶集的人们已经三三两两推着车，赶着牲口，挑着担子赶到古邳街里，暴动队员随着赶集的人们混入集镇。队员们把长枪藏在柴草担子里，短枪掖在腰间，坐在街头长条凳上，喝着大碗茶，吃着煎饼卷豆腐，等待攻击的命令。

远方一道闪电蛇行一样划破天际，隐隐传来轰隆隆的雷声。

"要下雨了！"赶集的人们穿上蓑衣，戴好斗笠，急匆匆散去。镇公所门口一百多名暴动队员此时显得那么刺眼。

哨兵拉开枪栓走了过来，刺刀指着白子沣呵斥道："你，干啥的！"

"赶集的！"白子沣慢腾腾站起身。

"腰里鼓鼓囊囊的是啥家伙，把衣服脱喽？"哨兵吼道。

一把小攮子"嚯"地从背后插进了哨兵的软肋。

另一位哨兵见状，扭头就跑，"土匪来喽，土匪来喽！"

白子沣掏出驳壳枪"啪啪"两枪将他打倒，高喊一声："冲进去！"

一百多名暴动队员旋风一样冲进镇公所。

炮楼里传出几声沉闷的枪声，内应的队员击毙了镇保安队队长。

北门附近待命的郭一民听到枪声，他拔出手枪，大声喊道："行动提前了，我们赶紧增援一大队，向镇公所进攻！"

几十名暴动队员纷纷将红布条扎在左臂，拿起武器，冲进街里。

七只渔船停靠在护城河岸边，黄玉树率领二大队从北门攻入街里，向警察分局挺近。警察分局的武装人员从房顶居高临下向他们射击，机枪"嘎嘎"地叫着，有两名队员中枪倒地，躺在地上抽搐不已。

"黄书记，敌人已经做好战斗准备，硬攻不行啊！"一个队员大声说。

黄玉树当机立断："放弃进攻警察分局，带上伤员，撤往区公所！"

孙鲁站在岠山顶峰，周围是连绵起伏的峰峦，西南方向的枪声、爆炸声响成一片。他举起望远镜，四面八方敌人的援兵，有穿着灰军装的保安队，有杂七杂八服装的乡团团丁，沿着弯弯曲曲的田间小路，正在源源不断地向着古邳开进。他回头向北眺望，山下一条官道，一队骑兵正气势汹汹地猛扑过来。忧心忡忡地对蒋宝琛说："铜山县保安大队的骑警来了，再有半小时他们就能第一个赶到古邳街里。"

"敌人少说也有两千人马，咱们拢共只有四百人啊！"蒋宝琛急得直跳脚。

一个暴动队员建议说："老孙，街里的同志一定是被围在镇公所大院里啦。我们伪装成乡团，冲进去，把黄玉树书记他们接应出来！"

孙鲁望望头顶上翻腾的乌云，跺跺脚，"只好如此了！"

"俺就是这岠山山前村人，"队员指着一条狭沟说，"从这条小路冲下去，土圩子西北角有个豁口，俺们就从那里进去，炸开区公所的北墙，救出同志。"

蒋宝琛愁眉紧锁："我觉得突围出来之后，如果撤退到这座光秃秃的石头山上，无水断粮，再被敌人团团围住了，更是难以突围，这里是一个死地！"

孙鲁拔出手枪："老蒋，咱们兵分两路。你带领二十个队员，把咱们的红旗绑在这棵大树上边，然后鸣枪，再燃一堆篝火，吸引敌人注意力。这位队员带着我们去接应古邳街里的同志。你稍后沿着我们前进的线路到山下树林里埋伏，伏击追击我们的敌人！"

"好，保证完成任务！"蒋宝琛斩钉截铁地回答。

古邳镇公所东炮楼里白子沣带着的三十多名队员，以及七八个伤员，团丁呐喊着冲进了院子。

"打！"白子沣扣动驳壳枪的扳机，枪声大作，敌人倒下七八个。

白子沣大声喊道："团丁兄弟们，咱们都是穷苦人，不要再给土豪劣绅卖命啦，掉转枪口对准剥削我们的地主老财！"

一个小头目骂道："日你大大的，共匪麻溜地出来投降，饶尔等不死！"

一阵杂乱的马蹄声传来，麻昭祥带领的二十多名骑警赶到了。

麻昭祥跳下马，问道："咋还在外边待着，就这几个蟊贼摆治不了？"

"长官，共匪很顽强，俺们攻了三次，都被他们打退啦！"小头目回答。

麻昭祥掏出"茄力克"，叼在嘴上，"你们都听我指挥，你带人去街里，把所有卖洋油的铺子里的存货，一滴不落地都给我提溜过来，再把老百姓烧火做饭的秋秸抱过来，有多少抱多少。"

"是，俺明白啦，咱们是用火攻，俺这就去办！"

团丁搬来了十几个煤油桶，沿着院墙摆放，柴草也堆积起来了。

黄玉树拖着伤腿，透过射击孔观察墙外敌人的行动，转脸对白子沣说：

"老白，你快带领同志们突围，我走不了啦，带领伤员掩护！"

白子沣坚定地说："我们不能丢下你们，咱们一起撤！"

"敌人要用火攻，洋油、柴火都搬到墙根底下了，再不走就来不及啦！"

"共匪听着，出来受降，不然烧死你龟龟的！"墙外传来小头目的吼叫。

回答他的是一阵枪声。

敌人将蘸满煤油的秫秸整捆整捆地投进院子，十几个火把也投了进来，霎时浓烟滚滚，烈焰冲天。

"同志们，最后的时刻到来了，"白子沣右手挥舞着驳壳枪，"冲出去，与敌人拼了！"

"白部长，孙书记接应我们的同志到后墙了！"一个队员忽然惊喜地喊道。

透过射击孔，看到几十个武装人员占领了北墙外边。

"是咱们的人！"白子沣欣喜地说，"大家带上伤员，准备从北面突围。"

"白部长，你们撤退吧，我留下来跟敌人同归于尽，让他们逮到了，死得更惨！"

"不行，绝对不能扔下同志！"白子沣摇头。

黄玉树惨然一笑："现在不是磨牙的时候，给我留下几颗手榴弹，还有烟吗？给我点一支！"

白子沣满含热泪，为他点燃一支"老刀"。

"革命胜利了，别忘了我！"黄玉树吐出一团青烟，用嘶哑的声音说。

白子沣悲痛欲绝，与黄玉树握手诀别。

"轰"的一声巨响，北墙炸开一个豁口。白子沣喊道："快冲出去！"

三十多个队员趁着烟雾的掩护，从炸开的豁口飞快突围出去。

小头目也举枪高喊："弟兄们，活捉一个共匪，赏大洋二十块！"

团丁嗷嗷嗥叫着冲进了炮楼，旋即炮楼里响起几声爆炸，升腾起黑红的火焰，刺鼻的硝烟扑面而来。

"他妈的，这些共匪真有种！"望着燃烧的炮楼麻昭祥感叹道。

"有股共匪从北面逃跑啦！"一个团丁跑过来报告。

"坏了，中计啦！"麻昭祥跳上马，"骑警队，跟我追击！"

二十多匹战马旋风一样向北追去。

"孙鲁同志，敌人骑兵追上来了！"白子沣跑得上气不接下气。

孙鲁大口大口地喘着粗气，"再坚持一下，前边有伏兵接应！"

"杀！"麻昭祥高举雪亮的马刀，带领马队追杀过来。

"噼噼啪啪"一阵排子枪从树林里迎面打来，几只战马嘶吼着栽倒在地。

看到前面有埋伏，麻昭祥大吃一惊，勒住马大吼："撤，快撤！"

七十多人的队伍在林子里汇合了。孙鲁大声宣布："同志们，立即分散撤离，做好隐蔽。万一被捕，不要变节，解散！"

看着暴动队员三三两两分头撤离，白子沣恨恨地说："东方不亮西方亮，老子还要去萧县搞暴动！"

"老白，萧县黄口镇距离徐州更近，又在陇海铁路上，敌人增援更快。咱们连个镇公所都拿不下，守不住，还要去攻打徐州，非得拼完党的本钱才罢休吗？"

几个人一边跑，白子沣一边气喘吁吁地说："孙鲁同志，上级的'红五月工作的指示'，咱们必须坚决执行，新社会必须用我们的头颅砌成！"

孙鲁上气不接下气地说："这个蛮干的路子行不通啊！"

五

"卖报啦卖报，共产党邳县暴动，匪首以下二十多人被击杀！"

华伯诚拿着几份报纸，急匆匆走进程金石办公室，"程总，共产党前天在邳县古邳暴动，已经被弹压！"

程金石打开报纸，一行标题赫然入目"通缉暴动匪首孙鲁、白子沣，悬赏一千大洋捉拿"，程金石弹弹报纸，对华伯诚说："你瞅瞅，孙先生，多文雅的人呀，咋的成了匪首了呢？"

"官逼民反，所以才有秀才造反！"华伯诚愤愤地说，"是蒋介石在上海搞'4·12'政变，先打的第一枪；接着汪精卫在武汉又搞'7·15'政变，打了第二枪。共产党的南昌起义是不得已而为之的自卫行动！"

程金石用异样的眼神看着他说："此话就此打住，如果有耳朵长的听到了，到官府告密，你是吃不了兜着走！"

"程总，说到告密一事，我探听了，密告我们通军阀张宗昌的是街上的混混张金彪，外号'瓢把子'的，领了十块大洋的赏钱！"

程金石"嚯"地站起身，像一头激怒的猛兽在屋里团团转，"限令我们十日内停产，接受县政府调查，明摆着讹人、敲竹杠嘛！"

华伯诚说："是警备司令部秘书处下的查封令，处长营丛茂是咱们本地人，按照您的指令，昨天我给他送去一根金条，晚上又在醉香楼请了他一顿，就是他出卖的告密人'瓢把子'。"

程金石愤恨地说:"这个瓢把子得摆治摆治他,你找人砸断他的狗腿!"

"这个张氏弟兄俩是彭城恶霸,与咱们厂脚行的胡把头是同门师兄弟,在城里耳目众多。要是想算计他,除非找西北路上的好汉帮忙,不过,那样又有通匪的嫌疑,您权衡一下。"

程金石长吁一口气:"算啦,宁惹君子,不惹小人,若是被土匪讹诈上,更是跳到黄河也说不清了。"

"我打听清楚了,下午王宇腾副司令长官在办公室,您要不然去拜访一下他,"华伯诚小心翼翼地问,"准备两根大条子?"

"四根吧,"程金石竖起四个指头,"世上哪里有不贪腥的猫儿!"

坐落在文亭街中段的徐州道台衙门,是始建于明代初年的东察院,为巡按御史莅事之所。清代初年,这里又是淮徐海道台衙门之所。

王宇腾的办公室就在东院的文昌殿,坐北朝南。道台衙门办公房采用罗汉墙,上半部分是木雕花棂,下半部分用青砖砌成,采光通风良好。

晌午过后,天气热了起来。电话铃响,王宇腾拿起桌上电话:"喂,郑老师啊,县女子小学那边有没有异常情况?好的,我准备把你派到省立十中去,做训育主任,哦,最近共产党暴动频发,多发展拥护三民主义的学生,派他们打入读书会、学生会等激进组织,咱们电话联系,或者到快哉亭公园碰面。"

说到这里,王宇腾忽然想起一件事:"哎,户秉刚校长最近怎么样?"

耳机里传来一个悦耳的女声:"他呀,最近迎娶了名噪徐州府的杨家班台柱子白二妮,画中人似的仙女。听说麻昭祥大队长醋意大发呢!"

王宇腾大笑,"户校长抱得美人归,不会就'从此君王不早朝'了吧?"

"敬业如故,天天早来晚归的!"

"好好,这样我就放心了!"王宇腾放下电话。

张副官在门厅大喊:"报告,兴隆面粉厂经理程金石求见!"

"请他进来吧!"王宇腾一边说,一边穿戴整齐,戴上军帽,出门迎候。

"王司令长官,久仰啊!"程金石老远就打躬作揖。

"程总经理,徐州实业届的翘楚,晚生理应恭迎!"王宇腾立正敬礼。

"王司令长官客气喽,"程金石进屋将一个雕花木盒放在桌子上,"正好,我也给王司令长官带了一盒茶叶,今年新茶,您留着自己喝!"

"'茶者,南方之嘉木也',我不吸烟,不喝酒,就好品茗这一口。"

程金石撩起长衫坐定。

"程总经理，今天来访是为了查封兴隆面粉厂的事儿吧，我也觉得查封你们厂有些过分，无奈有人告密，说你们厂有军阀张宗昌的股份，兴隆面粉厂是他的粮台，贩卖私盐牟取暴利。"

程金石气愤地站起身，"当初就是因为有人告密，说俺们私通你们革命党，张宗昌派了一营的兵，要用机枪突突了俺们。咋的又反手密报俺跟张宗昌穿一条裤子啦，这还有天理吗？"

"我还是很支持实业救国的，大清王朝一连串的战败、赔款、割地，主要原因就是国家积贫积弱，没有工业化。咱们徐州八县地面不少，都是农耕为主，工业只有'一根半烟囱'，'一根烟囱'也只有你们一家，你放心，我再与刘司令长官沟通一下，他是黄埔我的学兄，也是开明之人。您回去等信儿吧！"

程金石起身告辞，又叮嘱一句，"王司令，这盒茶叶您一定留着自己喝！"

程金石话里有话，王宇腾打开茶叶盒，四个黄灿灿的金条，他顺手夹起一只，仔细端详："长这么大，还没有见过这么大个头的金子呢。"

程金石殷勤地说："王司令长官，您见笑啦，您为国征战负伤，在徐州安家，总得置办点东西啥的吧，对吧！"

王宇腾小心翼翼地把金条放回茶叶盒，"您还是拿回去吧，说句心里话，看到这黄澄澄的金条，谁都动心！入黄埔军校时候，先总理的教诲'升官发财请往他处，贪生畏死勿入此门'，犹在耳畔响起，我是中山先生的忠实信徒，所以坚决不能收！"

"宇腾啊，给谁发火呐？"杨兆麟说着走了进来，看到程金石，就抱拳施礼，"程掌柜的你好！"

程金石脸臊得绯红，"杨县长好，不打扰两位官长议事，金石告辞啦！"

"程总，把茶叶带走，"王宇腾起身相送，"您放心，事情一定办好！"

"谢谢！"程金石怀抱茶叶盒，突然下跪磕了一个响头。

王宇腾诚惶诚恐地说："程老板，万万不可磕头，折煞晚辈！"

"我不是给王长官磕的，是给老天磕的！"程金石眼里噙着泪花，起身而去。

"啥事儿你把人家大老板熊成那一副模样？"杨兆麟问道。

王宇腾笑着说："他来查封面粉厂的事，装到茶叶盒里四根金条。"

"希望你永远保持革命的初心和正义！"杨兆麟赞许地说。

"'火到猪头烂，钱到公事办'，这是封建官府的残渣余孽，我们国民政府必须清正廉洁，给民众做出好样子，方能取信于民。"

门外响起洪亮的嗓音："报告！"麻昭祥一身黑警服，穿高帮皮靴，步履铿锵地走进来，立正敬礼。

王宇腾赞赏道："新任的徐州警察厅骑警大队长，果然是八面威风！"

"谢谢王副司令长官栽培！"麻昭祥再一次立正。

"麻大队长请坐吧，杨老师也是老同盟会会员，你有啥话但说不妨。"

"是！"麻昭祥笔直地坐下，"刚才接到萧县电话报告，共产党在黄口镇进行暴动，正在攻打区公所、火车站，区小队已经被缴械，火车站的一个连驻军据守票房抵抗。附近丰县、沛县的警备队、保安队正在前往增援。"

"邳县暴动刚刚过去，西边的黄口又闹起来了，"王宇腾站起身来回踱步，"匪首是谁？"

"挑头的还是孙鲁、白子沣，加上地方的刘佩武等！"

王宇腾紧锁眉头，"你再带队过去围剿，顽抗者就地歼灭！"

"是！"麻昭祥起身，"抓获的共匪如何处置？"

王宇腾牙关紧咬，目露凶光："凡是拒不交代同伙，怙恶不悛者，就地正法！"

"是，明白啦！"麻昭祥迈着大步离去。

"宇腾呀，收服人心靠的是仁政，笃定信仰靠的是教化，收服人心不是靠刀剑的砍杀。国共两党眼下都大开杀戒，冤冤相报何时了哇！"杨兆麟痛心疾首地说。

"恩师请指教！"王宇腾给老师敬上一杯茶。

"自古以来对于带'匪'字的，降伏的手段，一是抚，二才是剿。恕我直言，国共两党交恶，率先挑起事端的是蒋中正、汪兆铭。政党之争为什么非要通过暴力而不采取和平手段呢？看到你刚才杀气腾腾下达屠杀令，真让我不寒而栗啊！"

"恩师所言极是，一语中的，学生幡然顿悟，我考虑成立一个'三民主义救国会'，由国民党员与共产党员共同组成。马上发一个公告，勒令徐海地区的中共党员到国民党县党部登记自首，领取救国会证书、徽章，实现国共新合作。凡主动登记自首者，一概既往不咎！"

"只要不杀人就好，"杨兆麟喝一口茶，"孙鲁、白子沣打算如何处置啊？"

王宇腾面色阴沉一字一句地回答："共匪首目，'组织暴动''劫械杀人'，罪不可赦！"

杨兆麟语重心长地说:"宇腾啊,你不要一口一个'匪'字的,凡能求成仁取义者,就是君子人格,大丈夫风范。昔日中山先生领导革命、推翻清廷时,仁人志士慷慨取义,清廷不也是骂我们为'匪'吗?"

"遵照老师教诲,施仁政,少杀人。"王宇腾尴尬地笑着说,"还有一件事征求老师意见,县教育局局长职位空缺,给您推荐一个人,怎么样?"

杨兆麟问:"是户秉刚吧?"

"老师慧眼识才!"

杨兆麟直视着他问,"你怎么想起来起用户秉刚的?"

"老师,党国的事业靠的是人才,千军易得一将难求,最近共产党到处滋事,户秉刚没有搅和到共产党里去,证明此人堪当重任。"

"共产党的群众运动做得极其出色,我们不妨学习一下,在徐州所属八县举办农村党员暑期学习班,向各乡派驻党务指导员,在城区组织工会,把根扎到民众之中去。"

王宇腾立正敬礼:"'吾尝终日而思矣,不如须臾之所学焉',老师一席话,学生如醍醐灌顶,茅塞顿开!"

"哎,也只能是照猫画虎,"杨兆麟苦笑道,"有一点国民党是学不来的,就是打土豪分田地。中山先生提出'平均地权',只是口号而已。"

"咱们要是如此这般,不也成为共产党了吗?"王宇腾戏谑道。

杨兆麟沉重地说:"蒋中正正在用鲜血和恐怖为新生的中华民国进行洗礼!'民不畏死,奈何以死畏之',血雨腥风的时代到来了!"

王宇腾惊愕地瞪大了眼睛。

第十章　徐海党委遭破坏　孙鲁被捕入监牢

一

夏日的大晴天，阳光格外刺眼，聒噪的蝉鸣此起彼伏，更增添了闷热的气氛。

几个戴着席夹子的车夫，坐在西关博爱街小学门口树下纳凉。

"喤喤喤"响起了敲钟声，孩童们背着书包蹦蹦跳跳出了校园。

几十匹战马呼啸而至，门口的车夫扔掉草帽，拔出手枪冲进学校。

"一中队把学校给我团团包围，不要跑掉一个！"麻昭祥大喊。

"砰砰！"两声枪响，一个便衣侦探应声倒地，其余的吓得匍匐在地上。

蒋宝琛躲在墙角向门口射击，然后敏捷地翻上屋脊，纵身一跃过狭窄的一人巷，蹿上吉祥庵墙头，翻下墙头不见了踪影。

"都给我爬起来，冲进去！"麻昭祥大声呵斥着手下，自己带头冲进院子，一群黑衣警察咋咋呼呼跟在后边冲进校园。

一个美丽的姑娘伏在厨房门后，举起手中的左轮枪。

麻昭祥眼疾手快一把扭住她的手腕子，下了她的枪，手臂紧紧勒住姑娘的颈部，厉声问道："你是刘萍吗？再问一遍，你是校长刘萍吗？"

姑娘点点头，大口大口地喘气。

刘萍被摁在地上，五花大绑。麻昭祥阴鸷的眼睛扫视着惊恐万状的十几个老师，"谁是乔子胥？"

一个瘦弱的男老师嗫嚅着说："我是！"

麻昭祥看出他是一个胆小怕事的人，决定趁热打铁，现场突审，恶狠狠地用枪顶着太阳穴问："指出你的同伙，免你一死！"

乔子胥浑身筛糠，小心翼翼地说："索白杨、张樵夫、徐旭升，咱们自首吧！"

"点到名字的站出来！"麻昭祥凶狠地吼道。

"叛徒，无耻！"刘萍满嘴是泥，怒斥着变节者。

三名老师也被结结实实捆绑起来。

"刚才跑的是谁？"麻昭祥点燃一支"三炮台"。

叛徒回答："是徐海地区党委农运委员蒋宝琛！"

"附近还有共产党吗？"麻昭祥吐了一个烟圈。

"隔壁吉祥庵门牌一号院有一个邳县共产党首领庄文静。"

麻昭祥连忙扔掉香烟，"赶紧带着我们去追捕！"

"遵命！"乔子胥深深鞠躬。

"是！"张金彪大声回答道。

下午，火辣辣的阳光把河清路便道上的沙土蒸得焦干、滚烫，散发出浓浓的土腥味儿，偶尔一辆车马经过，扬起一溜烟尘。

徐州警察厅看守所刑讯室里，充斥着令人作呕的尸腐臭味儿。墙上挂满了皮鞭、镣铐等各式各样刑具，一条长条凳上结的血痂足有铜钱厚，绿头苍蝇嗡嗡地飞来飞去。

麻昭祥鹰隼一样的眼神逼视着刘萍，干笑几声："刘部长，先请阁下欣赏一下我们是如何对付共产党死硬分子的，'磨刀不误砍柴工'，咱们再接下来谈话会顺畅得多！"

刘萍面无血色，瑟瑟发抖，"我是不会告诉你们的，死了这条心吧！"

麻昭祥拍拍手，又皮笑肉不笑地说，"看看你同志的下场吧，把江敬毅带上来！"

一个遍体鳞伤的粗壮的汉子被押解进来，刑讯的刽子手扒去他的衣裤，手脚麻利地将他捆绑在长条凳上。

麻昭祥在刘萍面前来回地踱步，"你们暴动失败，邳县县委书记黄玉树英勇牺牲。徐海蚌特委又派遣江敬毅同志恢复邳县县委工作，江敬毅在邳县西北小苍山村开会时，五人当场被捕，江敬毅同志经历三次审讯，这是第四次审讯。"

两个膘肥体壮的汉子赤裸着上身，将皮鞭浸入水桶中。

麻昭祥踱到他面前，笑眯眯地说："江书记，想好喽呗，咱们谈一谈！"

"呸！"一口带血的浓痰啐到麻昭祥脸上。气急败坏地吼道，"给我打！"

两名刽子手拎着皮鞭，左一鞭，右一鞭，轮番抽打。鲜血迸溅出来，一条条血痕在受刑者的躯干上流淌。

受刑者绷紧了身躯，脸上每一根神经都在痛苦地抽搐，他把头向左右扭转，坚持着不发出一声叫喊。渐渐地他不再动弹，头垂到了一旁。

"哗"一桶凉水浇到他头上。

麻昭祥揪住他的头发，嘶吼："说不说？"

受刑者血红的眼睛怒视着他："头可断，血可流！"

麻昭祥恼羞成怒地说，"把他拖下去，砸上死镣！"

看到刘萍紧闭双眼，麻昭祥阴阳怪气地说，"睁开眼，看着你的同志，明天就要去鄪都城了，为了你们的什么主义，值得吗？"

见刘萍仍然一声不吭，麻昭祥走过去扳住她的脸，捏住她的下颌，"啧啧啧！多么俊俏的小娘子，细皮嫩肉的，哪里经得起皮鞭、老虎凳、辣椒水！就这么撒手人寰了，可真是暴殄天物啊！问你一个私生活的问题，还是处子之身呗？"

刘萍点点头。

"黄花大闺女啊，难得难得！这个看守所一共二十六个监号，四五百口子人犯，关着土匪、强盗、小偷、杀人犯，给你换一个号，咋样？"

"求求您，饶了我吧！"刘萍惊悚地跪下，扯着麻昭祥的衣襟说。

麻昭祥阴阴地问："告诉我，孙鲁、白子沣在哪里？"

刘萍嘤嘤地啜泣着说："孙鲁的女儿寄养在萧县皇藏峪瑞云寺的一家农户里。白子沣躲在铜山县北部柳泉、利国驿附近。"

"你还有哪些同党，知道的都讲出来！"

"贺村的蒋宝琛，中午跑了的那个；还有贾汪煤矿的鹿继澄，是徐海党委的工运部长；黉学巷的梁二嫂，姓耿，给我送过信。还有，我的脑子太乱，一时想不起来。"

麻昭祥拉起刘萍，换成和颜悦色的神态："刚才我就是给你开个玩笑，哪里能真把你往虎狼窝里扔呢，慢慢想，写下来，只写名字和地址。"

一个警察递给她纸和笔，刘萍趴在审讯桌子上一笔一画地书写。

麻昭祥兴冲冲地走进所长办公室，"老韩，你出去一下！"

所长知趣地离开。

然后操起桌上电话："报告王副司令，破获重大案件！"

"好啊，麻大队长上任伊始，就立下殊功啊！"王宇腾的声音。

"中午吃饭的时候，我们按照邮件检查发现的线索，从西关博爱街小学抓获共产党女运部长刘萍，另有三名同伙，还有两名在逃。遵照您提出的短促突击的审讯战术，迅速突破刘萍的心理防线，她供出匪首孙鲁的藏匿地点，徐州西南方向萧县的皇藏峪。我建议现在押解刘萍立即出发赶往皇藏峪捉拿孙鲁，其他成员由警察厅、铜山县警察局统一行动，进行抓捕。"

"好，你负责把孙鲁缉拿归案，就是立下头功一件，其余的由我来组织抓捕，预祝马到成功！"

二

位于徐州西南五十里路的皇藏峪，相传是楚汉相争时刘邦藏身之处，山高林密，古木参天，东、南、西三面环山，仅有北边一个峪口，形成一个巨大的山坳，古刹瑞云寺就坐落在半山腰。

一轮圆圆的月亮，从东边山梁上爬出来，夏夜的山林散发的清香弥漫在空气中，给山谷里笼罩上一层朦胧、空灵的色彩，使人有一种如梦如幻的感觉。

"咚咚咚"庙里开始敲钟，余音袅袅，在远山丛林之中回落。

一哨人马在山口驻足。

"全体下马！"麻昭祥命令道，"步行上去，先包围瑞云寺！"

一条碎石小径弯弯曲曲穿进树林子里，向着山峦逶迤而去。借着若隐若暗的林间月光，一队黑衣警察悄无声息地前行。

麻昭祥低声问："刘姑娘，孙鲁平日里住在农户家中吗？"

刘萍回答："农户住在寺庙大门口旁边的小偏房里，孙鲁白天不回来，晚上住在瑞云寺后山峭壁上的一个岩洞里，当地人叫皇藏洞。"

麻昭祥接着问："你咋知道的？"

刘萍啜嚅着说："我也在那里住过。"

"你们孤男寡女的睡在一个洞穴里，还说你是姑娘身子，谁信？"

刘萍回答："我只能说孙老师是谦谦君子，信不信由你。"

"大队长，前边就是瑞云寺了。"尖兵过来报告。

麻昭祥小声吩咐："这样，兵分两路，我带一个班先摸到山崖中间，堵住皇藏洞。给你们揿三下手电光，然后你们直接冲进寺庙里，把那个户主抓了，开始行动。"

山石的裂罅中间有一条石梯小径，两边都是滑溜溜的巨大石壁，小路顶端一方天空形成一个天然隘口,黑暗中一眼泉水"汩汩"地流淌。

"什么人?"隘口上方有人厉声问道。

"孙鲁先生,你已经被包围了,赶快投降吧!"麻昭祥扯着嗓子喊道。

"砰"的一声枪响,子弹擦着头皮飞过。

麻昭祥伏在地上,依旧高喊:"孙鲁先生,您的孩子还在我们手上,别再做无谓的抵抗啦,放下武器,归顺党国!"

"咔"的一声枪械撞击,麻昭祥拎着张金彪的衣领,"瓢把子,他子弹卡壳了,快冲上去抓活的!"

张金彪像一头敏捷的山猫,弓腰蹿了上去,一掌打掉孙鲁的手枪,将他扑倒在地上。

麻昭祥揿开手电,捡起手枪,嘲讽地说:"你这是想自戕呀,枪都不会玩儿,还哭着喊着闹暴动!"

山坳里火把通明,人声嘈杂,传来"咚咚咚"擂山门的声音。

孙鲁被押解到山下,刘萍哭着跑上去,双膝跪下:"孙老师,我对不起您!"

孙鲁淡然地说:"刘萍,我不怪你,斗争太残酷,你一个纤弱的姑娘家承受不了。老师只求你一件事,帮忙照管一下我的孩子孙梅!"

刘萍泣不成声。

"收队,回徐州!"麻昭祥跃上战马,得意扬扬地说。

河清路八号一个小监号,仅仅容纳一块铺板、一只尿罐子,犹如鸽子笼一般。黄昏来临了,晚霞像火焰一般燃烧,红透了半个天空。

一大群持刀带枪的士兵、警察在院子里捆绑着十七位黄口暴动的队员,他们站成一排,背后被插上白纸裱糊的亡命旗。孙鲁把头探出铁门上方的小窗口,与同志们最后一次对望,他强忍住几乎就要夺眶而出的泪水,目送着同志们被押上囚车。他们频频回首,点头,与孙鲁作最后的诀别。突然,他声嘶力竭的大声吼叫:"同志们,你们先行一步等着我吧,革命一定成功,未来的世界是工农的!"

凄厉的警笛尖叫起来,有人唱起了《国际歌》:"起来,受人污辱咒骂的!起来,天下饥寒的奴隶!"

许多人加入了歌唱:"满腔热血沸腾,拼死一战决矣……"

悲怆的歌声回荡在如火的苍穹。孙鲁的心碎了,他在狭窄、阴暗的牢房内跟跟跄跄走了几步，慢慢靠在墙角，蜷曲着身子，失去了知觉。

夜幕降临了，王宇腾突然来到提押室里，"给孙鲁上刑了吗？"

麻昭祥回答："辣椒水灌了一大盆，老虎凳垫了四块砖，手摇电话机的电刑也用上了。按照您的指示，没有用皮鞭、棍棒。"

"还要押着他去各校示众，破头烂脸的，品相不好看。"王宇腾皱着眉头说，"还是杨老师说得对，收服人心靠的是仁政，笃定信仰靠的是教化，你要好好体会，暴力不能解决一切问题。"

麻昭祥诡笑着说："但是，没有暴力，一切问题都不能解决，是吧？"

"美女共产党刘萍你解决的就不错嘛，听说你在花园饭店开了一个房间，两个女警察天天跟孝敬姑奶奶一样伺候着，不会想做压寨夫人吧？"王宇腾调侃道。

"长官，我还真有此意，这小娘子模样俊俏，又有文化，甚合吾意。"麻昭祥露出一丝淫笑，"说实话，我还挺佩服孙鲁的，当代的柳下惠，坐怀不乱的真君子！"

"查验过啦？"王宇腾撇撇嘴，"你这个色鬼，心急吃不了热豆腐啊！"

"这豆腐就得趁热吃，白二妮这碗热豆腐不就进了户秉刚的狗肚子了！"

两名狱警架着孙鲁来到提押室。王宇腾站起身，给他搬了一个马机子，"孙老师，来迟一步，让您受皮肉之苦了，学生王宇腾给您赔不是！"

"你王司令不用赔不是，要错也是你们国民党、蒋介石的错！你要是来当说客的，我看就不用费口舌了，孙鲁只求速死！"孙鲁斩钉截铁地说。

"实不相瞒，你是共产党的要犯，南京方面给你留了思想转化的时间，机会难得呀！"王宇腾示意狱警，"把孙老师的同志带上来！"

白白净净的刘明德诚惶诚恐地走进来，给王宇腾、麻昭祥分别深深鞠躬。

"刘明德，好好规劝一下你的老师。"麻昭祥点燃一支烟。

"孙老师，"刘明德凑到跟前说，递过去一张黄纸，"服软吧，鸡蛋是碰不过石头的！只要您在这张表上签个字，马上就能获得自由。"

孙鲁怒斥道："我生就的一副钢筋铁骨，绝不会像你那样做可耻的叛徒！"

"咱们的党员死的死，降的降，逃的逃，大难临头各自飞。刘萍被捕之后，有人给我发撤退的信号。我没有跑，也没有地方跑啊。俺舅舅跟王司令长官打电话，带我投案自首了。听学生一句劝，共产主义没有希望啦，您只要说出给我报信的人是谁，就能父女团聚、享受人生了！"刘明德喋喋不休地说。

"啪"一记耳光重重地扇到他的脸颊，"我绝不会从狗洞里爬出去的！"

"不听好人言,吃亏在眼前!"刘明德捂着脸,灰溜溜地走了。

王宇腾说:"孙先生如此顽冥不化,我也成全你,尽快让你早赴黄泉!"

"那就谢谢王司令啦!"孙鲁不屑地说。

王宇腾往前探出身子,"我敬佩孙先生的人品,今后不准他们再给您用刑,生活上嘛,也给予优待。人生苦短,应该好好珍惜,期待您回心转意的那一天!那好,孙先生有何要求,尽管给我说,一定尽力而为!"

"我的女儿在哪里了,能不能让我见一见?"

"这是触碰到孙先生最柔弱的心了,何苦呐,放弃父女团聚,如果说丧母是你女儿的天灾,丧父就是你们共产党的不人道!"

孙鲁怒斥:"从'4·12'反革命政变以来,你们屠杀了多少共产党人,他们的孩子失去父亲、母亲,这就是你们的人道吗?"

王宇腾理屈词穷,搓搓脸,"孙先生的千金你们咋处理的?"

麻昭祥:"送到教会的育婴堂啦。"

"好啦,咱们今天就谈到这里吧,"王宇腾站起身,"苦海无边回头是岸啊!"

"这话应该说给你们听,"孙鲁怒视着王宇腾,"你们会遭到报应的!"

"痴人说梦,痴人说梦!"王宇腾和麻昭祥尴尬地笑起来。

三

墨绿的微山湖面上泛着银白色的波浪,远远漂浮着几只舢板和几叶白帆,热乎乎的薰风徐徐吹过来,带着沁人心脾的荷叶、荷花芳香。湖畔有一个依山傍水的小渔村,沿着山坡散布着十几间低矮的石头房屋,形成一个小村落。

湖边大柳树下泊着一只扁舟,一个黝黑、赤膊的汉子蹲在船头,鱼鹰一样的眼睛扫视着四周。远远望见一辆胶皮马车沿着湖堤驶来,汉子低头告诉船舱:"来啦!"

"做好准备!"船篷里传出子弹上膛的声音,汉子也将手伸进鱼篓。

马车上跳下一位风度翩翩的年轻人,头戴一顶巴拿马软草帽,鼻梁上架着一副宽边墨镜,白色油绸缎对襟大褂,藏蓝色细纱布裤子,脚穿松紧口青色布鞋。他大咧咧地问渔人:"掌柜的,有火头鱼吗?"

"火头没有,有季花鱼,俺们按个儿卖,老板要几条?"

年轻人回答:"四条季花鱼,六条草鱼。"

"请进来谈价吧！"渔人把年轻人让进船篷底，背起鱼篓，警觉地上岸。

年轻人躬腰钻进船舱："白子沣同志！"

两双大手紧紧地握住，触景伤情，两个钢铁一样的汉子禁不住热泪盈眶。

"户秉刚同志，快给我讲一讲徐州的情况！"白子沣迫不及待地说。

"唉，一言难尽！看看我给你带的解馋的"，户秉刚打开蒲包，掏出四个荷叶包裹的熟菜，"麻老歪的猪头肉、猪蹄子、冯天兴的烧鸡、樊家的狗肉。"

白子沣忍不住撕下一块鸡腿大嚼起来："馋死我了，噢，给警卫员小周留一半！"

"还有白老师的最爱，"户秉刚又掏出一条"老刀"香烟，一瓶烧酒。

"知我者，户秉刚同志也！"白子沣兴奋地两眼放光，"今天老白就是牺牲了，也做一个快活鬼！"

白子沣用牙拔掉瓶塞，两只黑窑瓷碗斟满了浓烈的老酒，两人端起酒碗。

"为我们牺牲的战友干一口！"户秉刚神情肃穆地说。

泪水顺着脸颊滴落到酒碗里，白子沣哽咽了："我们的损失太大了。孙鲁同志当初的意见是正确的，我和上级犯了严重错误，对不起牺牲的同志们！"

户秉刚安慰道："干革命就会有牺牲，您说的对，'一声血钟响，胜过万人呼'，我们的血必将唤起民众，迎接下一个革命高潮的到来！"

白子沣吸一口烟，陷入深深的自责中，"当初孙鲁同志提出对国民党有所保留，武装暴动不能'毕其功于一役'，不然的话，连你一齐也报销啦！"

"孙鲁同志被捕后遭受麻昭祥的酷刑，敌人的目的就是将徐海地区的党组织一网打尽。"

白子沣问："孙鲁要是叛变了，哦，我是假设，你不是很危险吗？"

"党的力量残存的不到百分之五，都装在孙鲁同志的心里。"户秉刚没有正面回答他，呷了一口酒："刘萍叛变之后，很快供出了孙鲁的藏身地点，还有你的活动地区，敌人张贴悬赏告示，画影图形捉拿你。我来的路上还有团丁盘查。我亮一下蓝色白徽章的派司，县党部常委、教育局长，吓得几个团丁连忙敬礼。"

白子沣恨恨地说："这个刘萍真是王八吃秤砣——铁了心了，等有机会安排锄奸队锄了她！"

"我得知刘萍叛变的消息后，距离敌人大逮捕只剩五六个小时的时间，就启动紧急联络办法，通知代号'百灵'的同志，给相关同志发出撤退警报。簧学巷的梁二嫂，因为给刘萍送过信，也被捕了。"

"百灵这个同志你见到过吗?"白子沣问。

"白老师,孙鲁同志安排我单线与他联系的。"户秉刚委婉地拒绝回答,"敌人知道你在这个地区,便衣侦探四处搜捕你。我建议您先去杨虎城的部队去隐蔽下来,杨的部队不清党,驻扎在安徽太和县,我有一个表叔在那里任职。"

"只好如此了,老子这一次败走麦城,早晚还是要回来的!"白子沣咬牙切齿地说。

户秉刚拧开自来水笔,唰唰写下几行字递给他,"您赶紧上路吧!"

"再见,好同志!"白子沣与他紧紧地拥别。

"再见,等到革命胜利的那一天!"户秉刚也激动地说。

四

一阵一阵的凉风吹起来了,一片橘黄色的梧桐树叶飞进了牢房。孙鲁披着那件绿色贡呢夹袄,扶着铁窗棂子,静静地看着高墙之外一株梧桐树梢在晨风中摇曳。一个国字脸的警察出现在他眼帘。

"孙先生,您好!"警察友善地说,"我是新来的狱警伍兆勇,一个姓户的先生委托我多多关照您!"

"哪一个户先生,我不认得!"孙鲁警觉地说。

"是户秉刚先生,俺父亲做过他家的佃户。"

"噢,是这样,你新入这个行当的吗?"孙鲁仍然继续盘诘。

伍兆勇平静地说:"也算是老警察了,铜山县保安队副大队长,因为'五卅'学潮,跟张金彪兄弟两结下的梁子。他现在是麻昭祥的大红人,就寻了一个茬子,把我贬到这里当狱警了。"

孙鲁问:"你好像一点也不气恼?"

"天天抓人、杀人的勾当不干也好,挣个糊口饭就行。"

"你家住在哪里,几口人啊?"孙鲁依然刨根问底。

"云龙山第三节山的半山腰上,两间趴趴屋,老婆子缝缝补补揽点针线活,秋冬季石狗湖的柳条下来了,就编粪箕子、筐头子。一个儿子,八岁了。"

孙鲁试探着问:"我有一件事想托付你,不知道你能否答应?"

"孙先生尽管吩咐,"伍兆勇爽快地说,"说实话,我也是很佩服你们共产党人的!"

孙鲁期盼的眼神望着他："我有一个小女儿，一岁一个月，被他们送到教会的育婴堂了，麻烦你帮忙找一下。我在九泉之下也会安心的！"

"孙先生放心，我交班之后就去找孩子，找到之后抱回家。"伍兆勇爽快地答应下来。

两个狱警架着一个年青人走过来，"伍兆勇，别的号关满了，连插脚的空都没有，所长吩咐这个人押到小号里头。"

"哐当"伍兆勇打开铁门，"小号里也没有一个抹腚的空呀！"

狱警把年青人扔进监号里，头也不回地走了。

"这是昨天抓的一个学生，'瓢把子'负责审讯的！"伍兆勇小声说。

年轻人趴在铺板上，龇着一对虎牙直咧嘴："他妈的，把我的屁股打烂啦！"

"我去找一点金疮药，回头给他敷上。"伍兆勇锁上铁门离去。

这是一个十六七岁的小青年，眉清目秀，身材略显单薄，一双剑眉又细又长，嘴唇上长着一层黑绒毛，白净的脸蛋由于痛苦变得扭曲狰狞。

"你怎么样，喝口水吧？"孙鲁递过去一只破茶缸。

学生接过茶缸"咕咚咕咚"喝了几口，转脸一看，"啊，是孙先生，我认识您。我是省立十中的，叫颜石峰。"

"他们凭什么抓你？"孙鲁问。

"我们读书会最近进来两个新同学，我们传抄的《共产党宣言》什么的，讲的什么话，'五皮分子'都知道，一定是奸细！"颜石峰愤愤地说。

"什么是'五皮分子'？"孙鲁不解地问。

"就是国民党的官员呗，皮靴、皮带、皮鞭、皮包还有皮手套，屁股后头别着盒子炮！"颜石峰龇着一口白牙说。

黑色的囚车凄厉地尖叫，一队军警押着五个戴着脚镣手铐的犯人下车，还有一个小姑娘五花大绑被一同押解过来。"

一个身材魁梧、方面红脸的汉子被扔进小号里。他满不在乎地抱拳施礼："两位难友幸会！二位犯的啥案子？"

"我是共产党，"孙鲁努努嘴，"他是一个学生，无辜抓进来的，你呢？"

汉子惨笑着说，"兄弟绑了户寨集麻杏仁老爷的千金小姐，本来是收了钱也准备撕票的，俺们一个兄弟心善，把保姆还有那个小丫头放回去了，认住了他的面相，在酒馆里被拿住，又熬不过酷刑，把俺们几个都咬出来了。"

孙鲁问："你们收了赎金，怎么还要撕票呢？"

"嗨，本来不是绑票，就是要给我仁兄弟出口气，"汉子长叹一声，"他妹妹就是那个小围女，才十一岁，在麻杏仁家做丫鬟，被那个老畜生给糟蹋了。这口恶气咋出，就绑了他两岁的女孩。俺们这是从沛县提押到徐州，明天与其他的强盗一起枪毙！"

孙鲁说："就这一张铺，咱们轮流休息吧，将就着点！"

一大早，两只乌鸦在囚室房顶"呱呱"地悲鸣。一溜犯人被提押出监号，红脸汉子拖着沉重的脚镣走到门口，转过身抱拳施礼："两位，少陪！"

"一路走好！"孙鲁热泪盈眶，抱拳施礼。

"呀"的一声，乌鸦飞走了。

麻昭祥踱着方步，透过铁窗，皮笑肉不笑地说："孙先生，明天你就要依照特别法《惩治盗匪条例》，以'危害民国罪'执行死刑。咋样，还能回心转意吗？"

孙鲁怒视着他："你觉得共产党员会对敌对阶级求饶吗？"

"根据上峰的指示，一会儿带着你到几所学校里走一遭，凡是你的同党，只要你点个头，这是最后一次机会了！"说完，麻昭祥悻悻而去。

伍兆勇走过来，四处巡视一番，小声说："孙先生，您的孩子抱回俺家了。明天上午海郑路云龙山西下坡往南拐弯的地方，有个妇女拎着一个男孩，抱着一个小孩，那个小孩就是您闺女，您最后再望一眼吧！"

"谢谢您，您和嫂子就当闺女养吧，长大了做儿媳妇也行！"孙鲁热泪长流。

"您放心，有俺们一口饭，就有孩子的一口。"伍兆勇真诚地说。

"等孩子长大了，告诉她，父亲是为贫苦人民挣天下，为阶级利益而死的！"

伍兆勇握着他的手："我会把您尸骸入殓好的！"

"不用了，给我一领净席，捡个山坡马马虎虎埋葬了。"

"孙先生，我的同参兄弟郁柏青，外号'仁义光棍'，凡是死刑的无主尸骸，都是义来春轿行提供薄棺椁一副埋葬，徐城人都知道。"

"多谢了！"孙鲁抱拳。

天气晴朗的早晨，瓦蓝的天空明净无云，一队大雁在蓝天的映衬下，"吱儿吱儿"彼此呼唤着向南飞去。

牢房门被打开，一声狼嚎似的吼叫："孙鲁，出监！"

"诀别的时候到了!"孙鲁镇定地脱下绿色贡呢夹袄递给颜石峰,"这是我妻子卖掉她心爱的手镯,为我做的结婚礼服,留给你做个纪念吧!"

颜石峰双手接过带着孙鲁体温的夹袄,泪如雨下,泣不成声。

孙鲁紧紧握着他的手:"同学努力啊,未来的世界终归是劳苦大众的!他们拿不到你的把柄,自然会取保释放的,永别了!"

孙鲁立在院子里,任凭如狼似虎的军警对他实施捆绑,衣领上插上亡命旗。他仰望天空,想起了李清照的《孤雁儿》,"吹箫人去玉楼空,肠断与谁同倚。"触景生情,他发出一声长叹。

凄厉的警报响起来了,汽车沿着大同街,穿过南门桥,往南经过中山大街、剪子股,孙鲁挺立在车厢前头,看到那家吖吖平民商店门上打叉贴上了封条,心头不由得一紧,他心疼地想:"又一家党的联络站被敌人摧毁了!"

汽车开上云龙山坡,路边的野草乱蓬蓬地生长,不知名的野花夹杂其中。

孙鲁贪婪地眺望着巨龙一样逶迤起伏的山峦,"今生今世只剩下最后一刻了,就要与牺牲的同志一起埋葬做孤魂野鬼,共赏云龙山坡的凄凉月夜了!"想到这里鼻子不禁一酸,他马上又提醒自己,"你是为贫苦人民斗争的战士,在敌人的枪弹没有穿透你的心脏之前,你绝不能放下斗争的责任,不能有自暴自弃的行为,不能让这些军阀的走狗小瞧喽!"

汽车鸣着凄厉的警笛,颠簸着摇摇晃晃地顺着云龙山西坡开下去,突然,孙鲁看见路边站着一个中年妇女,身边立着一个小男孩。那个妇女怀中抱着一个娃娃,围着一件鲜红的兜兜。一丝微笑浮上孙鲁的脸上,"这是妻子为宝宝缝制的兜兜呀,右下方还有两只戏水的小鸭子呐!"

女儿明亮的眸子在眼前一闪而过,热泪"刷"地顺着脸颊流下来,流到嘴里,咸咸的。

汽车在石狗湖边停下,一条笔直的大堰往西通往远处的杏山,大堰下长着一簇簇又高又密的芦苇。

麻昭祥穿着大皮靴,踩着碎草走过来,"咋样,还有刀下留人的机会!"

宽阔平静的湖面水光闪烁,清澈得像水晶一样。孙鲁望着山峦、湖泊,转过身回答说:"山清水秀,此地甚好!"

"准备行刑!"麻昭祥举起了右手。

刽子手端起了步枪,喝令道:"跪下!"

"老子不跪,老子就是要看着反动派的子弹打穿我的脑袋!"孙鲁怒吼着。

秋风吹乱了孙鲁的头发，他高呼："打倒国民党反动派！共产党万岁！"

麻昭祥掏出驳壳枪，"啪啪啪"三声清脆的枪响，孙鲁仰天倒下，双眼望着湛蓝的天空，鲜血染红了青青的草地。

第十一章 "九·一八"掀起抗日潮　特委会确立新路线

一

1931年9月18日,日本侵略军攻陷沈阳,向东三省大举进犯,三十万东北军一枪未发,撤离东北。国难当头,蒋介石依然叫嚷"攘外必先安内"。徐州各地的抗日救国会纷纷建立。人们奔走呼号,宣传抗日救国,抵制日货。

10月16日,徐州各界反日救国会举行抗日誓师大会。一场夜雨过后,天气阴郁而潮湿,人们踏着泥泞的道路,从四面八方汇集到云龙山体育场。

会场上空旌旗猎猎,人们臂缚"共赴国难"黑纱,"打倒日本帝国主义!""还我东三省!"等口号此起彼伏,气氛极其悲壮。

主席台用三辆太平车铺上木板搭建而成,芦席围成背景墙。正中悬挂孙中山画像,两侧分别悬挂蓝红底色的青天白日中华民国国旗和蓝底色的青天白日国民党党旗。横幅上白纸黑字大书"为国家争生存,为民族争志气"。主席台摆放着三张课桌,徐州警备副司令王宇腾、铜山县县长暨县党部书记杨兆麟、铜山县教育局局长户秉刚、徐州商会会长曾海春及徐州学联主席虎林在主席台就座。

"同胞们,徐州各界反日救国会抗日誓师大会现在开始,"会场的大喇叭里回荡着曾海春底气浑厚的声音,"请全体齐唱《中华民国国歌》!"

虎林走向前台,挥舞双臂打节拍:"三民主义,预备唱!"

"三民主义,吾党所宗,以建民国,以进大同……"

"倭寇侵我山河,辱我姐妹,羞我祖先,神人共愤!"曾海春激扬地说,"请杨兆麟先生发表演讲!"

杨兆麟望着黑压压的人群,心潮澎湃,禁不住热泪盈眶:"同胞们,我先给大家读一段1927年7月25日,日本首相田中义一给天皇的秘密奏章,题目是《日本田中内阁侵略满蒙之积极政策》。"

杨兆麟掏出几页白纸,对着麦克风朗读道:"'唯欲征服支那,必先征服满蒙。如欲征服世界,必先征服支那。倘支那完全可被我国征服,其他如小中亚细亚及印度南洋等,异服之民族必畏我敬我而降于我,是世界知东亚为我国之东亚,永不敢向我侵犯。此乃明治大帝之遗策。按明治大帝之遗策,第一期征服台湾,第二期征服朝鲜等,皆既实现。唯第三期之灭满蒙以便征服支那全土,使异服之南洋及亚细亚洲全带,无不畏我服我而仰我鼻息云云之大业,尚未能实现,此真臣等之罪也。'由此看出,日本军国主义者征服中国、亚洲和世界的野心和计划,早已经成为他们的基本国策。"

激愤的人群高呼口号,拳头林立。

"同胞们,我在日本留学的时候,从日本象棋中就看出大和民族的凶残、狡黠之处,"杨兆麟用喑哑的声音接着说,"日本象棋源自中国,但是,日本人进行了脱胎换骨的改造,使这种智力游戏更加符合大和民族的气质。其一,中国象棋被吃掉的棋子要被移到棋盘之外淘汰出局,而日本则不然,被吃掉的棋子就相当于'被俘归降的士兵',可以作为己方棋子重新投入战场;其二,与中国象棋开局'当头炮,把马跳'不同,日本象棋开局先走'步',相当于我们的'卒子',双方各有九个,由拱卒开始,双方摩擦和冲突升级,最终导致战争爆发!倭寇也在用象棋道的手段蚕食我疆土,《马关条约》割去了宝岛台湾及其琉球、澎湖列岛,现在关东军的'步'已经强占我东北三省。然而,我国民政府却一再退让,其结果是刺激日本的野心更加膨胀,侵略军必定会从北向南,由南向北,再由东至西,步步为营,直至挑起爆发全面战争、占领我全境为目的。鉴于倭寇亡我中华的狼子野心,铜山县党部已经电呈南京国府,陈请蒋主席克期发兵北上,驱逐倭贼,收复疆土!"

说到这里,杨兆麟抑制不住满腔的怒火,带头高呼:"打倒日本狗强盗!""出兵收复东三省!"

杨兆麟悲愤之极,声泪俱下地说:"爱国同胞们,亡国灭种的惨祸已经到了眼前。大家起来自救吧,我们平民百姓手无刀枪,不能上阵杀贼,但只要自誓不买、不卖、不用仇货,坚持到底,与敌人经济绝缘,日寇国土狭小,资源匮乏,其扩张野心必定受到遏制。望我爱国同胞勉之,勉之!"

杨兆麟泪雨滂沱,哽咽着不能自已,向民众深深鞠躬致敬!

民众一遍一遍高呼"誓死抗日,共赴国难!"等抗日口号。

虎林在课桌上铺开一块白绫,咬破中指,写下血书"在生一日,誓与日寇血战到底!"他高举着这面血书,对着麦克风大声疾呼:"爱国同胞们,日本朝野上下,协力同心共谋亡我国家,灭我民族,我们能束手待毙吗?不能啊!三十万东北军装备精良,兵强马壮,不要说放枪了,就连屁都不敢放一个,把白山黑水的大好河山拱手相让给了敌寇,这是我中华民族的奇耻大辱啊!世界上有哪一个国家,国土被敌人侵占了三个省还不宣战的?眼见得倭寇在东北杀人放火的枪炮炸弹就要加到我们头上啦,我们只有誓死抵抗,别无退路。徐州学生抗日救国会致电国府行政院,强烈要求:一,蒋中正主席严令华北将领严守疆土,勿再退让,并请中央速令全国动员,一致抗日。二,责成张学良副司令戴罪立功,迅率三军出关杀敌,收复失地。三,否认国联设立区及国际共管,不得再签订丧权辱国条约。"

台下掌声雷动。

虎林接着说,"学生抗日救国会组织1300余各校同学,组成请愿团,即日起赴南京,要求面见蒋主席,面呈学生抗日诉求。决定各校加强军事训练,准备上阵杀敌!"

王宇腾站起身,向群众敬礼,他说:"我徐州警备区数万将士,枕戈待旦,加强训练,永为劲旅,尽忠杀敌,誓以赤血洗雪国耻!"

"下面举行学生军、童子军阅兵式!"曾海春声如洪钟。

省立十中颜石峰等四名同学抬着棺材走在队伍的最前列。徐州女中、正心女中、私立徐中、培心中学、铜山师范等师生五千余人,臂缠黑纱,高举旗帜,通过检阅台,沿着海郑路、中山街、大同街、大马路前行至火车东站。沿途散发传单,高呼"打倒日本帝国主义!""抵制日货!""打倒奸商!"等口号。民众纷纷响应,加入游行队伍。

二

夕阳西下,兴隆面粉厂篮球场人声鼎沸,甲乙两个球队打得难分难解。程金石乐哈哈地坐在太师椅上观战。

华伯诚跑来,耳语道:"有个年轻人被俩便衣侦探捆着,到咱厂门口了。"

程金石站起身,警觉地问:"哦,咋回事?"

"年青人说是您表外甥,来徐州投奔您的,"华伯诚贴着他的耳朵说,"我看不像,八成是遇到难处了,求您相助的!"

"救人一命胜造七级浮屠,水浒里的小旋风柴进都还相助来往的配军呐,你把他们带到我办公室去。"

"好的。"华伯诚急匆匆离开。

两名特务押着一个方脸、浓眉、狮子鼻的年青人走进二楼总经理室。

"这是俺们程总经理!"华伯诚给特务引见说。

程金石大咧咧端坐太师椅上,"两位长官辛苦,上茶,敬烟!"

两名特务都身穿油绸灰大褂,黑色灯笼裤扎着裤腿,挎着驳壳枪,摘下鸭舌帽,向程金石行鞠躬礼。

"表舅,俺是您二表姐袁张氏家的小五子,俺娘让俺来投奔您,在火车上就被这两个长官给绑了,非说俺是共产党。"年青人气咻咻地说。

"不假,你娘是民国三年秋天嫁到袁院子村的,你咋跑到这里来啦?"程金石顺着假话往下编。

"俺爹麦前里死了,俺娘让俺来徐州投奔表舅。"年青人煞有介事地说。

两个特务看着俩人一问一答,毫无破绽,不由得面面相觑。

程金石训斥说:"你不学好,干啥违法的事儿啦,两个长官咋抓的你啊?"

为首的特务掏出一张悬赏通告,摊到程金石面前,"程老板,俺们在火车上盘查、缉拿共产党嫌犯,见到您这个亲戚,正像通缉的共产党要犯郭一民,您看看画像,这鼻子、眉毛、脸型是不是一模一样的?"

程金石不屑一顾地说:"像个屁,俺看差着十万八千里哩!"

另一个特务见状出来打圆场:"程老板息怒,既然是您的表外甥,俺们兄弟当差听喝的,带他做个笔录,您老人家给做个保人,立马放人!"

看到特务不依不饶地纠缠,程金石一时也没有了主意。

"表舅,俺要上茅房,快要屙裤子啦!"年青人急吼吼地说。

华伯诚打开卫生间,示意年轻人说:"房间里就有水冲厕所,你进去吧!"

年青人提着裤子跑进了厕所,华伯诚赶紧给特务递上两杯茉莉花茶。

"哎,别说,咱们一个下午没捞着喝口水,还真渴毁了。"为首的特务吹吹茶叶,呷一口,赞叹,"好茶,有钱人的日子就是过得滋润!"

另一个特务踱到卫生间门口,拉开厕所门,惊呼:"人跳窗户跑喽!"

为首特务跳起来,手枪指着程金石吼叫:"你,通共匪!"

"哎哎,放下你手里的烧鸡,吓唬谁呢?"华伯诚带着讥笑的神态说,"你往楼下瞅瞅,俺们这里百十号安清帮的铁汉子,个个都不是吃素的!"

特务向楼下瞥一眼,吓得目瞪口呆。

一群雄赳赳的汉子,清一色紫堂堂的皮肤,赤裸上身,露出肌肉暴起的躯体，手持扁担站在楼下。为首的一个毛胡脸，肩上扛着一支汉阳造。"

华伯诚接着说："那个扛枪的胡把头，大洪拳、三晃膀，一手轮大刀，一手舞钢鞭，有万夫不当之勇，揍你们这样十个八个就跟捏小鸡子一样！"

"这可咋办哩！"特务叫起苦来。

华伯诚戏谑道："俺掌柜的亲戚让你们吓跑了，还要找你俩要人来？"

程金石将悬赏通告揉搓成一团，扔进纸篓里，笑眯眯地走到特务跟前，将两根金条放到茶几上，"二位兄弟当差养家糊口也不容易，就算是你们拿到了什么共产党的要犯，也挣不到几个赏钱，你们拿去贴补家用。你们俩要是还追着屁股要人，我就打电话给王宇腾副司令，说你们乱抓人，办事不力！"

"反正人跑了，死无对证，就这样吧！"两个特务相互嘀咕了几句，揣起两根金条，"那就谢谢程大掌柜的啦！"

华伯诚叮嘱道："二位，出了这扇门，就当啥事儿都没有发生过！"

"明白，明白！"两个特务点头如捣蒜。

特务悻悻离去，程金石问："这个郭一民是个啥人物，俺瞅着好面熟呢？"

"他是铜山师范的，共产党邳县古邳暴动、萧县黄口暴动挑头的之一！"

程金石吓得一吐舌头，"老天，果然是宋江、武松那路的英雄，打家劫舍，替天行道的好汉！搭救他，值得！"

华伯诚说："那两个回去不会给麻昭祥说吧，麻大队长抓共产党挺卖力气的。"

"量他俩也没有那份狗胆子，再者说，两根条子他俩多少年的薪水也挣不到啊！"程金石忽然想起了什么，狐疑的眼神瞅着华伯诚，"我咋觉得这件事从头至尾，好像是谁做好的局，这位郭大侠不会是跟你暗通款曲，奔你来的吧？"

"郭一民是'五卅'学潮的时候，咱们厂给学生天天蒸馒头，送咸菜嘛，就是那时候认识的。这一次是押解到东车站，可能是他想起了您和我，编了一个瞎话，抱着有枣没枣打一竿子，试试运气的！"

程金石沉吟了片刻，"今后不管是谁，只要是求到咱门上，都要帮人帮到底，送佛上西天。不过，绝对不要介入党派争斗，咱们谁都得罪不起，乱世求生，先求现世安稳！"

"华诚谨记！"

三

1933年6月3日,蒋介石主持召开南昌会议,指挥围剿红军。驻徐国军第七师奉命南下剿共。

8月10日,山东省东明黄河段决口,黄水汹涌奔腾而下,宽阔的水线一路咆哮着经丰县、沛县直扑徐州,高约丈余的水头冲垮了故黄河七处堤坝,沟满壕平,一片汪洋。

严冬封锁了大地,灰蒙蒙的天空飘着零零星星的雪花,村庄的残垣断壁和田地都沉浸在耀眼的冰层和混沌沌的气象中。一段河堤上密密麻麻搭建了几十个低矮的茅草庵棚,几户人家的棚顶升起了浓灰的炊烟,烟雾袅袅升起,隐隐地遁入了灰色的天空。

"嗒嗒嗒"一辆三驾马车停下,铜山县县长杨兆麟带着两个随从,来到一个草棚前,撩开破门帘,弯腰钻进去,浓烟呛得他连声咳嗽。

一个妇女衣不遮体,正在烧锅做饭,两个幼子蜷伏在草窠里,探出头。

"老乡,我是县长杨兆麟,你们家几口人,家况如何?"

妇女放声大哭,说:"发大水时,家家户户携男抱女逃命,被水撵上的,就被卷入水底,老人、孩子不知道淹死多少,房倒屋塌,家什、粮食都被冲走,现在任啥也没有啦!"

"政府赈济的粮草呐,够吃的吗?"杨兆麟问。

"大老爷,看看俺们锅里煮的啥,你就知道啦!"

杨兆麟掀开锅盖,用勺子搅拌几下,捞起一块黑乎乎的东西,"这是啥?"

"这是秋天的红芋,都被水泡烂了,掺和了一些榆树皮、水草,煮了一锅,孩子饿得嗷嚎嗷嚎的,不吃饿得慌,吃了就窜稀。"

"你家男人呢?"

"用箩筐挑着俩孩子出去卖了,哎,找个好人家别饿死就中,您行行好,挑一个走呗?"妇女神情木然地说。

杨兆麟泪如泉涌,他掏出身上所有的零钱,递到妇女脏兮兮的手上,冲出了草棚,对两个随从说:"不看了,惨不忍睹,咱们去警备司令部。"

杨兆麟脸色铁青,走进王宇腾的办公室。

"杨老师,谁惹您生气啦,咋怎么大的火气?"王宇腾赔着笑脸迎上前。

杨兆麟手指颤抖,怒不可遏地说:"自从八月份黄水为害之后,铜山、沛县、丰县、邳县一带难民愈八十万之众,数百里之间至今仍是一片汪洋,灾民以树皮草根、腐臭红芋充饥,更有幼子弱女以箩筐挑着求售于他乡,惨绝人寰啊!蒋主席还忙活着去剿匪,汪院长急着去养病,这是什么'三民主义'?是挂羊头卖狗肉的吗,啊?"

"杨先生息怒,"王宇腾赶紧端过来一杯热气腾腾的香茗,"国府不是拨付了赈济款子了吗?"

杨兆麟勃然大怒:"区区三十万元赈济款,八十多万同胞每个人划不到三毛钱!眼见得春荒将至,你们就不怕民众揭竿而起?他妈的国民党政府有钱剿共,无钱赈灾?古今中外,一个连赈灾都推三阻四的政权,这样的政府就是王八蛋!"

一向温文尔雅的杨老师当面爆粗口,令王宇腾深感震惊,"恩师,待我请示一下刘司令长官,调拨一批饷糈,赈济灾民。"

"我作为县长,已经穷尽所能了,"杨兆麟愤懑地说,"铜山未受灾的民众勒紧腰带募捐,也勒到极限了。我决定引咎辞职,以谢罪全县民众!"

"恩师,咱们再想一想别的办法嘛!"王宇腾委婉地说道。

"杨兆麟去意已决,从今以后,做一介布衣,不问政,不置产,不买田,悬壶济世,卖画为生,了此残生!"

王宇腾鞠躬:"民众危难,学生无能相救,深感愧疚!"

杨兆麟站起身,老泪纵横,仰天长啸,"五十年来,惟欠一死!"

四

初冬的一个早晨,晦暗的天空纷纷扬扬飘下如鹅毛般的雪花,远处的山岗和近处的山洼还有山坡上零零星星的树木都披上了一层白皑皑的冬装。不牢河在这里拐了一个弯,一只小船拴在岸边的一株老柳树上。没有一丝声响,没有一丝风鸣,周围的一切仿佛都在沉睡之中,只有山洼里偶尔传出几声犬吠,这时才发觉雪花笼罩下的一个几十家农户的小村庄。村南头有一个土坯茅草屋,黑漆的木门朝南开,靠东墙垒了一个大炕,上面铺着芦席,门口西侧盘了一座灶台,旁边一口大缸,罗列着锅碗瓢盆生活用具,西边靠墙摆放着一些筐子、粪箕子、扁担、铁锹、镢头等农具,炕桌上点着一盏棉焾子豆油灯,几个人盘腿而坐。

郭一民卷了一只粗大喇叭口,塞满旱烟叶,凑到油灯上点燃,"同志们,现在召开徐州特别党支部会议。在经历了大革命的失败之后，我们党的力量在苏鲁豫皖地区又得到了恢复和发展，中央红军粉碎了蒋介石的围追堵截，已经胜利到达陕北。最近北平学生'一二·九'抗日救国示威游行，掀起了全国抗日救亡运动的新高潮！"

户秉刚接着说，"徐州学联已经致电北平学生会慰问，近日即将举行游行，声援北平学生运动。"

郭一民长吁一口气："这些年天天神经绷得紧紧的，到处都是白色恐怖，最困难的时候，我在坟地里捡一个大坟茔，挖了一个洞，晚上作为栖身之所。"

"老烟枪白子沣也不知道撤到哪里去了，"蒋宝琛掏出烟袋锅，压满烟叶，凑到油灯上点燃，"还挺想他的！"

鹿继澄接着说："刘萍叛变之后，有个同志飞马来到夏桥矿上找我，通知立即撤退。我前脚跑，后脚敌人就到了。"

郭一民心情沉重地说："那个同志代号'百灵'，这都是孙鲁同志提前布下的局，特别是户秉刚同志及时把叛徒刘萍的信息报送出来，挽救了多少同志。古邳、黄口暴动失败之后，上级依然要求徐州、海州、蚌埠地区各县立即组织游击战争和军事斗争，先后在铜山县吴窑和薛湖以及在睢宁县的曲头、马浅举行三次农民暴动，很快招致敌人的疯狂围剿。大批好同志牺牲在敌人的屠刀之下，即便如此，上级仍然要求我们再去建立四个游击战争中心区。那些想当然的冒险、蛮干，把家底儿都荡光了，拿什么去干革命？"

户秉刚说："郭一民同志说得对，我们对上级错误的、不切实际的指示就要抵制。我们今天四位委员就是统一思想，下一步我们的工作重点放在'埋头苦干，长期打算，揳下钉子，积蓄力量，等待时机，迎接高潮'！"

蒋宝琛吧嗒几下烟袋，"我带着邳县的庄文静同志从徐州博爱街小学突围之后，辗转来到睢宁县。民国二十一年，她带领曲头暴动，攻破了恶霸地主的土圩子，后被乡团围追，庄文静同志英勇牺牲，多好的同志啊，牺牲了尸体还被敌人侮辱……"

蒋宝琛磕磕烟袋锅，接着说："俺们不怕死，干革命么，但是，这样死得太窝囊，我同意大家的意见，积蓄革命力量，等待时机再起事。"

户秉刚眼睛里闪烁着机警的眼神，"徐州警备区副司令王宇腾是个很狡猾、难对付的敌人，此人意志坚强，对待下属宽厚，脑袋瓜子特别灵活。他最近设立了徐州警备司令部侦缉处，任命凶残狡诈的麻昭祥为处长，王宇腾在城里城外密布暗探，修鞋的鞋匠，卖水的水挑子，挑担子摇拨浪鼓的货郎，保不准就是特务伪装的，派遣灰色青年打入学生的进步团体。今后，我们要特别注意。"

"是啊，敌人并不愚蠢，甚至可以说很聪明，敌人成功地从邮件发现端倪，破获刘萍案件，导致孙鲁等一批同志被捕，诱降一大批意志薄弱的人自首，军事镇压与政治诱降双管齐下，给我们带来毁灭性的打击。我在火车上也被暗探拿获，好不容易才脱身，现在想起来还后怕！"郭一民心有余悸地说。

鹿继澄问："孙鲁同志的遗孤怎么样了，我们应该关心一下！"

户秉刚回答："她被一户好心人收养了，家境比较贫困。这几年我也接济过他们，但是很小心谨慎，担心王宇腾那一双贼眼呐！"

"是我们的同志吗？"蒋宝琛问道。

"是同情、支持革命的群众，"户秉刚眉头紧皱，"我不想再给这一家带来麻烦，抚养好烈士的遗孤就行了。"

郭一民狠狠地抽了一口烟，"我们没有隐蔽斗争的经验，只能是边摸索边总结。小心驶得万年船，这应该是我们地下工作的一个基本点。"

郭一民掏出怀表，笑着说，"呀，过晌午了，肚子开始闹革命了。户秉刚同志从徐州府给俺们带来什么打牙祭的美味佳肴啦？"

"有啊，"户秉刚提过来一只帆布包，从包里变戏法一样，掏出两个荷叶包，摆在炕桌上，"樊家狗肉，冯天兴烧鸡！"

郭一民兴奋得直搓手，"好久没有闻到肉香啦，吃肉的滋味都忘了！"

户秉刚又掏出两只荷叶包，"还有烙馍、馓子，一瓶烧酒！"

鹿继澄忙不迭地说："我去找碗斟酒，这天寒地冻的，喝口酒暖和暖和！"

户秉刚调侃道："国民党一个月给我发三十六块大洋的薪水，就算是蒋介石、汪精卫请客啦，要感谢他们二位才是！"

"我得先卷一个烙馍，垫补垫补，"郭一民一边往烙馍里卷馓子，一边说，"当年楚汉相争，这烙馍原本是军粮，韩信让军士把面粉擀成薄饼，放在铁鏊子上用火烙熟，方便携带、食用。至于这馓子，宋代大文豪苏轼做徐州知州的时候，就专门写过咏馓子的诗词，'纤手搓成玉数寻，碧油煎出嫩黄深。'"

鹿继澄"咕嘟咕咚"地倒酒，"郭先生到底是文化人，吃张烙馍卷馓子，都怎么有文化，俺们就是知道憨吃！"

郭一民咬下一大口烙馍，津津有味地咀嚼着："老户就是俺们的弥勒佛，布袋和尚！弥勒佛手里提着包罗万象的乾坤袋，日月星辰、风雨雷电，前因后果，他背起来就走。俺们的户秉刚同志，手里拎着的乾坤袋，烧鸡、狗肉、老酒、烙馍、馓子，尽入囊中，比起寺庙门口笑眯眯的弥勒神仙，更实惠！"

几个人都大笑。

户秉刚看到他们狼吞虎咽的吃相，不免一阵心酸，他端起黑碗，"来吧，咱们劫后余生的同志们，为革命的成功，干！"

"干！"几只黑碗碰在一起，每个人眼里都充盈着泪水。

五

云龙山南北俯卧在徐州城西南方向，一溜延绵九节山峰，恰如一条翻腾的巨龙逶迤前行。第三节山峰是最高峰，山坡西侧有一条羊肠小道弯弯曲曲伸向半山腰，几株松树生长在褐色的石罅之中，傲然挺立。

正午的阳光红艳艳的，一群寒鸦"喳喳"鸣叫着从头顶上方飞过。户秉刚与白二妮推着脚踏车气喘吁吁沿着羊肠曲径攀登。

"歇歇脚吧！"白二妮穿着厚厚的灰色棉袍，围着红色的羊毛围巾，只露出一双秀美的大眼睛。

户秉刚回过身，指着锃亮洁净如明镜一样的石狗湖，"知道为啥叫石狗湖吗？"

白二妮解下围巾，笑着说："户大学问说来给俺听一听！"

"你看，湖三面环山，北面临城。东边是云龙山，南边是泉山，西边一溜南北走向的是韩山，地形地貌形如簸箕状。每逢夏季，山水下泄，交注于此，积水成洼，所以最早叫簸箕洼。洼久成湖，水患频发，明朝万历年间官府做一只石狗镇之，老百姓都改口叫石狗湖了。"

"就你肚子里的学问多！"白二妮瞟他一眼。

"哎，《千家诗》你都学完了吗？"户秉刚问。

"户老师的要求忒高！"白二妮嗔怪地说，"哎，我可能有喜啦，要求能不能降低点儿？"

户秉刚喜出望外，咧开大嘴："哎呀，你更得替俺儿子好好学学啊！"

半山腰的坪地，有一个用碎石堆砌的低矮院落，两间农舍和一个草棚，伴随着"呼嗒呼嗒"有节奏的拉风箱声音，炊烟慢慢从草棚顶上烟囱里轻袅袅地飘起。一只黄狗隔着柴门狂吠。

户秉刚轻叩柴门："老伍在家吗？"

一个面容清癯、英武的少年拉开柴门，身后还躲着一个五六岁的小女孩。

看到穿皮袄、戴皮帽的富人，少年很机警地问："先生，您找俺爹的吗？"

户秉刚礼貌地回答："我是县教育局的户秉刚,找伍兆勇先生!"

"是户先生,听俺爹说过您,"少年向屋里喊,"爹,户先生来啦!"

伍兆勇穿着一件破棉袄,忙不迭地跑出来,"哎哟,早上就有几只喜鹊叽喳叫唤,果然贵客登门,妮她娘,户先生来了!"

风箱停了,一位高个子的妇人钻出草棚,三十多岁,一双杏仁眼,衬着两条细长的眉毛,梳得很整齐的头发向后绾成一个发髻,穿一件大褂和黑色宽腿裤子。

伍兆勇介绍说:"这是俺内人,伍宁氏!"

"伍哥嫂子好!"户秉刚躬身施礼,转身介绍,"这是俺媳妇白二妮!"

"哎哟,妹妹长得可真俊,跟画里的人儿似的,"伍嫂热情地拉着白二妮的手,"快请兄弟、弟妹屋里坐,我去把红烧鲶鱼做好,中午咱们一块吃!"

户秉刚环顾一下院子,摆放着石锁、石头杠铃,西北角两棵枣树的树杈中间还横着一根枣木单杠。"老伍,你还坚持练跤吗?"

"练啊,这兵荒马乱的,练武防身,"伍兆勇推开了房门。

户秉刚接过一只马杌子坐下,"我听说过西关霸王山的郭大师,跟光绪、慈禧做过带刀侍卫的!"

"从郭大师到第三茬,徐州城练跤出名的角色,就是瓢把子张金彪的弟弟张二呱子,还有俺儿伍衡,一说城南的石猴子都知道。"

"西北路上习练大洪拳、小洪拳的多,我自小跟着练拳,刀枪棍棒也略知一二。"户秉刚坐定,从包里掏出两块细布料,"快过年啦,给嫂子、孩子扯块布,做身新衣裳!"

"户先生,让您破费,"伍兆勇也不推辞,吩咐儿子,"石猴子,带妹妹去灶房烧火去,让你娘过来!"

伍嫂扎着围裙进来,"鱼快烧好了,饼子也贴好啦,先生、妹妹不要嫌弃,将就着尝尝俺家老伍烧鱼的手艺!"

户秉刚站起身,深深鞠躬:"感谢伍哥、伍嫂照料孙梅!您两口子生活这么艰难,还把孩子照顾得气色红润,万分感激!"

伍嫂抹着眼泪说:"刚刚抱过来那会,孩子身上虱子成蛋,虮子成包,俺都用篦子往下刷,小孩连哭的劲儿都没有了。老伍天天跑十几里路,挤山羊奶喂孩子,才算救过来了。"

伍兆勇掏出烟袋抽了几口,"孙先生多好的人啊,我给孩子她娘说,宁愿咱们饿着,也不能亏了孩子。开始两年还过得去,后来,瓢把子跟麻昭祥告状,说我有通共嫌疑,就把我辞了。失业了得养家糊口啊,就在石狗湖里打鱼,到城里去卖。挣点小钱糊口。冬天鱼少了,就编柳条筐卖,这满山野湖的柳条子多得是。"

户秉刚问:"这几年有人来找过你吗?"

"来过一个挺俊俏的姑娘,放下三十块银圆,我说啥也不要,她就走了。"

"她怎么问你的?"户秉刚警觉地问。

"她问我是不是抱养了孙先生的孩子,她是先生的学生,看望一下孩子。我觉得此人来历不明,就说这是抱养的大闺女的私孩子。"

"来,尝尝红烧鲶鱼,"伍嫂端上来热气腾腾、香气扑鼻的一盆鱼,"户先生您两口子真有口福,这大冬天的,逮到这样大的鱼,还真是不容易!"

伍兆勇摸出一个酒瓶子,斟满两碗:"还得感谢户先生这么多年的关照!"

他看到户秉刚要解释,连忙制止道:"您别说,俺都明白,您和孙先生都是世界上难得的大好人,'看透不说透,才是好朋友'。这些年回回来订馍馍筐、书箱子、筐头子的,都是您安排下的。"

"哎,老伍,你这黄鲶鱼烧绝了,我从来没有吃过如此美味的红烧鱼!"户秉刚放下筷子,啧啧称赞道,"可以是彭城一绝呀!"

"俺老家靠近微山湖,祖传的烹饪方法,用土瓦罐烹制,原汁原味,汁浓肉嫩,瓦罐四边贴上锅饼,鱼炖好,饼也熟了,人称'老鳖蹲河沿'!"

"老伍,我在大同街的大巷口南头有两间房子,后边有个小院,借给你开个鱼馆好不好?咱们徐州黄河石狗湖里,黄鲶鱼、鲤鱼、黑鱼多得是!"

"那敢情好,不过俺不能借,只能租!"伍兆勇端起黑窑瓷碗。

户秉刚与伍兆勇碰一下酒碗,"那咱们就说好,亏钱算我的,赚钱咱俩对半分,我再出一百块大洋做本钱。"

伍兆勇兴奋地说:"咱们马上就干,春节过后,正月十六开张!"

"预祝生意兴隆!"户秉刚"咕咚"喝下一口。

"好,喝一大口,开张大吉!"

第十二章　彭城频现日谍影　伍衡拜师入青门

一

　　鹅毛大雪纷纷扬扬不歇气地落了几天，天连地，地连天，白茫茫一片，上午刚刚停止，天空中传来一阵"嗡嗡"的聒噪，云层中钻出了一架灰色的飞机，飞得低低的，机翼下方白底血红的太阳旗分外刺眼，围着城区一圈又一圈地低空盘旋。

　　王宇腾叉腰站在道台衙门大院，目不转睛地怒视着嚣张跋扈的日本军机。

　　"王副司令长官，您披一件大衣吧，别冻着喽！"麻昭祥急匆匆走过来。

　　"他妈的日本鬼子，这是来示威的，"王宇腾怒不可遏地说，"记住这一天，徐州的天空第一次被日本人践踏！"

　　麻昭祥立正敬礼："长官，我就是来汇报近期日谍的一些活动迹象的。"

　　王宇腾："进屋说吧！"

　　麻昭祥对面坐下，"根据王副司令的训示，侦缉处对近来日本人在徐州一带的活动进行了侦查。发现了五名日本人行踪诡秘。密探跟踪监视，发现这些日本人穿大街走小巷非常熟稔，原来咱们街头巷尾随处可见的'仁丹'广告就是为日谍指引的路标，标明了入城的方向和位置。"

　　王宇腾问："他们主要跟谁联系？"

　　"主要是这么几家粮行、贸易货栈，"麻昭祥呈上一张纸，"曾海春的'茂源粮行'，还有一家'三江贸易货栈'，老板天津人，叫柳天华，在徐州经商五六年了，主要是卖广货，近来开始做粮食生意，还开了一家赌场，密探在跟踪过程中，被日本人发觉，准备乘火车逃跑，在东车站被铜山县警察局扣留了。从他们身上搜出了手枪，您看咋处理？"

　　王宇腾眯着眼，思考了片刻说，"押送南京，交日本领事馆处理！"

"还有一个情况，"麻昭祥往前凑一凑身子，"据各县侦缉队密报，这个柳天华联络粮商高价收购粮食，在各个乡镇设立了代购点，小麦、高粱、玉米、稻谷，有啥收啥。"

王宇腾皱着眉头来回踱步："日军这是在储备军粮，快要开战了！粮食外运必定经过徐州中转，向东走陇海线，输送到连云港出口；向北由津浦线经青岛出口。我们目前还没有与日本宣战，不能严禁货物贸易。只有一个办法，卡住铁路运输，大宗的粮食就出不去，小打小闹的运输解决不了日本人的需求。现在的铁路局局长是谁？"

麻昭祥龇牙笑着说："刘明德啊，就是那个自首的共党，他舅舅不是蒋主席保定军校的教官嘛，现在又回军界了，官拜中将，临行之前还惦记着举荐外甥接任局长一职，现在这小子春风得意，抖得很！"

"举贤不避亲啊，也好，有小辫子在咱们手里攥着，不怕他不听招呼。"王宇腾揶揄道。

麻昭祥拿起话筒："那就请副司令亲自给他打电话，要求他赶紧停止粮食外运车皮计划！"

王宇腾思忖片刻，把话筒放回座机上，"你去一趟，就说我安排的。"

麻昭祥面露难色："他怎么大的官儿，又有一个好舅舅罩着，俺区区一个少校，官阶不对等啊，碰一鼻子灰咋治？！"

王宇腾"咯咯"地笑起来，"你大路架地去命令他，碰一鼻子灰的是他，别以为他当个鸟局长，又有什么人当靠山，在咱们眼里他刘明德永远都是咱们的手下败将、阶下囚！"

"好，职下这就去办！"麻昭祥起身敬礼。

"徐州是战略要地，五省通衢，津浦、陇海铁路交会之处，大运河黄金水道，还有四通八达的公路，日本人早就觊觎这块地方了。你下一步就紧紧盯着日谍的行踪，特别是那个柳天华。记住喽，战争开始之前，最先开打的是情报战！"

"是，职下明白啦！"

王宇腾拍拍他的肩膀，"哦，我对你的工作还是非常满意的，好好干，官儿有你当的！"

麻昭祥"啪"地一个立正："谢谢副司令栽培，职下一定不负长官厚恩！"

二

一阵紧似一阵的西北风刮了一天。月牙儿升起来了,清冷的月光穿过窗户上的冰花,透射进屋里来。

"笃笃笃"的敲门声,杨兆麟走到大门口:"谁呀?"

"请问这是杨府吗?路人有难相求!"一个稚嫩的男声,怯生生地说。

"吱呀"大门开了,一个高个子青年站在门前,手里拄着一根木棍。

"您是杨先生吧,俺是萧县刘圩的,叫刘启滨,腿上有伤,实在走不动了,街边的一个大娘指点俺找您相助!"青年说话文绉绉的。

杨兆麟热情相邀:"那就请进来吧!"

"谢谢您!"青年一瘸一拐来到堂屋。

灯光下,这是一位十七八岁的青年,脸膛红里透黑,带着一种农村人淳厚而倔强的神情,眉毛粗而短,一双圆眼睛,穿着一身黑棉袄黑棉裤,棉裤右裤腿角开花,露出白生生的棉花和斑斑血迹。

"说起来,咱们还是老乡呐,"杨兆麟招呼他坐下,"还没有吃饭吧?"

"不瞒您说,饿了一天啦!"青年满脸羞愧地说。

杨兆麟问:"你这腿伤是怎么回事?"

青年愤愤地说:"俺沿着徐丰公路往徐州来,下雪天,路难行,就在路边一个草庵子里躲避风雪,天寒地冻,实在是难捱,就进庄抱了几捆麦秸烤火取暖。天亮之后,被户家大财主发现,几个家丁痛打一顿不说,一个叫李狗爪子的还放狼狗,把我的腿咬成这样。"

杨夫人端来一个馍筐,一碗热水,一碟咸菜,"你先吃点,饿坏了吧!"

"谢谢恩人!"青年鞠躬致谢,也不推辞,狼吞虎咽地吃起来。

杨兆麟卷起他的裤腿,"哎呀,发炎,化脓啦!"

杨夫人凑过去看着血肉模糊的伤口,惊呼道:"哎哟,咬得稀烂!"

"得赶紧处理,这孩子现在肯定发烧,一会儿给他量体温,"杨兆麟说着,高声喊,"杨益君,快出来!"

"哎!"一个眉清目秀的少年,乖巧地应声从西屋出来,脖子上挂着一架德国"纳格尔"相机,手风琴一样黑色折叠的镜头。

"别捯饬你那宝贝了,赶紧给你这哥哥找手术箱去!"

"好嘞!"杨益君跑出去,一会儿抱来一只小木匣。

杨兆麟仰起头说,"你的伤口必须马上清洗,剜去腐烂肌肉,敷上消炎药。"

眼泪从刘启滨脸颊"扑簌簌"地落下来。

"我给你搭下手,先去打盆水。"杨夫人起身离开。

杨兆麟问:"孩子,你来徐州是奔亲戚的吗?"

"不是,我是去二十九路军从军去的。宋哲元将军正在山东招兵买马,俺族叔跟他当警卫连长,我准备去投他的。"

"当兵打仗要死人的,你不怕危险吗?"杨兆麟问。

刘启滨坚定地回答:"誓死不当亡国奴!"

"好样的,有种!"杨兆麟问,"你读过几年书?"

"五年高小,俺家以前亦农亦商,家道殷实,后来黄水泛滥,俺爹去世,家业衰败了,也就辍学了。"

说话间,手术的器械都准备停当。

杨兆麟关切地说:"孩子,没有麻药,你忍着点!"

杨兆麟翻开血淋淋的裤脚,开始清洗、消毒,挤出脓血,然后手术刀、手术剪操作一番,剜去腐肉,敷上药膏,裹上绷带。

"得静养半个月,你就在我家西屋的一间客房养病吧,好啦再走!"

"俺明天就得走,赶到德州去,宋将军现在老家乐陵,晚了就赶不上啦!"

杨兆麟被这个小青年的爱国热忱所感动,"明天一早,送你到东车站!"

第二天,刘启滨早早起床,洗漱完毕。

杨夫人将热气腾腾的一大碗白面面条端上桌,道:"快趁热吃吧!"

"谢谢恩人!"刘启滨抄起一筷子面条,油汪汪的香油、翠绿的小香葱,下面还卧了两只鸡蛋,"大恩不言谢,俺一辈子做一个好人,报答恩人!"

"'迎客的饺子,送客的面',吃完了上路,一路顺风!"杨兆麟说。

刘启滨风卷残云一般地飞快吃完面条,杨夫人递给他一个包袱,"这是给你准备的馒头,换药的绷带,药膏,记住了,三天换一次!"

杨兆麟忽然想起什么,吩咐杨夫人:"把我那一幅《乞丐图》拿来吧!"

杨夫人很快从里间拿来一个画轴,轻轻展开,上面画的是一个衣衫褴褛的乞丐,手里拄着讨饭棍,一条恶犬紧紧咬住乞丐不松口,题款:"我讨我的饭,与你甚相干?可恨势利犬,单咬破衣衫!"

"秀才情面半张纸,送给你吧,路上盘缠拮据时,就凭这两枚钤印,还有这幅画的名气,字画店里也能沾几文钱。"

杨夫人摸出一枚银圆递到他手心里："路上买点吃的吧！"

杨益君拿着相机，"今天光线不错，试一试俺的照相机的效果如何？"

"好吧，今天光线不错，就在这里照吧！"

咔嚓一声，照相机将三人定格在堂屋门口。

三

徐州城南云龙山与户部山两山连贯的低岗之间，有一条崎岖、悠长的碎石铺成的小径将两山相连，两旁怪石、险壁陡立，两旁住户为防止滑坡，以石头垒坡加固宅基，这条巷道又叫石垒巷。

山岗东坡有一泓清溪汇成的汪塘，夏天开满粉红色的荷花，人们称之为莲花池。莲花池北沿濒水有一井台，井水甘甜清洌，享有"彭城第一泉"的美誉。这眼水井又叫莲花井。

"卖水嘞，莲花井的甜水嘞！"伍衡吃力地推着一辆独轮车，两边绑着两只木桶，车轮碾得石板上的车辙"咯噔咯噔"响。

石垒巷口北段里三层外三层挤满了看热闹的人。几个孩童拍着手跳着脚唱儿歌："胖子胖，打麻将，欠人家钱，不还账；让人家撵到家门上，你一拳，他一棒，打得胖子不敢犟！"

一个白胖的中年男子磕头作揖，苦苦哀求："柳掌柜，这天寒地冻的三九天，把俺们一家老小撵出去，不是活活要俺们的命吗？"

围观的人群议论，"一个晚上输了一所大宅子，这个败家子也真够作孽的！"

一个矮壮的黄脸汉子，长着一双浓眉，招风耳朵，眯着一双小眼，手里抖着一纸契约，操着一口地道的天津腔："老万，你这是干嘛呐，心甘情愿拿这宅子抵押，白纸黑字，明明白白，认赌服输，欠债还钱，天经地义嘛。"

白胖子争辩道："老少爷们，他们使诈，是几个人做好了套儿诓俺的。"

"谁个儿诓你啦，你赢钱那会咋不说人家使诈，"张金豹一身黑棉袄、咖啡色宽腰大棉裤，腰扎板带，指挥几个小青年，"别理他，给我往外扔！"

桌子、板凳被一股脑儿从院子里扔到街上。

一位身穿黑色长棉袍、灰色棉坎肩，戴狸皮帽子的老者站出来说："我说那个天津老客，依我看，你们之间还得经官动府，这套院子不下千把块大洋，你说认赌服输，老万说你使诈，到大堂之上由官府分出是非曲直。"

围观者纷纷附和，"是嘛，到少华街的铜山县府里去评评理嘛！"

"干嘛，干嘛，俺只认老万按着鲜红指纹的契约，认赌服输，自古的规矩。老头儿，你少狗拿耗子多管闲事！"

"你，你这后生怎么出口伤人！"老者气得浑身发抖。

"咋啦，欺负俺徐州没有人是吗？"一个青年走过去，前左掌后右手握拳，摆出一个进攻架势。

"呛，想打架吗，俺柳天华自幼师从八卦掌董海川的高足张占魁师傅习练八卦掌，想给俺交手，你嘛不够格！"黄脸汉子不屑一顾地说。

一个小青年抢上一步扭住青年的手臂，一记利索的"背口袋"，"啪"地将他重重摔在石板地上，动弹不得。

"别忙走，咱俩试吧试吧！"伍衡挤进人群，甩掉棉袄，摆出摔跤架式。

张金豹见状赶紧说："石猴子，没你的事，别充能屙苔！"

伍衡双目紧盯着对手："瓢把子，这孩子是你的徒儿吧，出手太黑，俺教教他怎么做人。"

观众中有人称赞："好小子，宽肩膀，细腰身，一看就是练家子！"

"肩宽腰瘦，不耽误挨揍！俺也正想试吧试吧你是石猴子，还是泥猴子！"小青年说完，一个饿虎扑食蹿了上来。伍衡叨住他的手腕子，一记顺手牵羊将他扔了出去。

柳天华抄起一根白棣杆子，一记横扫，"呜"的一声向伍衡拦腰袭来。

"当"一条长凳隔挡住了凶狠的偷袭，白棣杆子断成两截。一个身材魁梧，宽额方颌，目光炯炯有神的老人，从容地放下长凳，捋着花白的长髯，鄙夷地说，"下暗器伤人，实在是欠缺武德。"

柳天华双臂震得发麻，目瞪口呆地望着这位老人，行家一出手，就知有没有。

"这位后生，我钱某人跟随张占魁师傅习练二十年，怎么从来没有听说过你啊？"老人引手相向，"愿调教一二！"

柳天华运足力气，用靠山背之势凶狠进招。老人不慌不忙用八卦掌单双掌迎敌，旋转疾如风，穿行如流水，旋转掌法把柳天华扰得头晕眼花，破绽百出。老人趁机以"迎风穿袖"招式近前，用"行步撩衣掌"法将柳天华一掌击出一丈开外。

"好！"众人齐声喝彩。

柳天华爬起来，满脸羞愧地抱拳施礼："老前辈，晚辈改日登门讨教！"

老人对一干人说:"后生,练武本身就是强身健体,除暴安良,你们这么恃强凌弱,就是欺师灭祖,行为不端!"

"惭愧,惭愧!"柳天华带着一干人灰溜溜地走了。

白胖子搀起地上的青年,叩首道:"感谢三位好汉出手相助,感谢各位乡邻仗义架势!"

白胡子老者指着他骂道:"为你这不成器的东西,今天几乎闹出人命!"

伍衡深深鞠躬:"小辈伍衡今日幸会钱大师,今日得以目睹大师的身手,方知山外有山,人外有人,企望大师点拨!"

钱师傅手捋胡须点头称赞道:"路见不平拔刀相助,练武之人必须有血性。"

"家父伍兆勇一向也是这样教导的!"伍衡一边推车,一边与老人攀谈。

"你随你爹,有一副好身架,是块练武的好材料,"钱师傅与他并肩向南行走,"你师爷郭师傅,光绪帝、慈禧老佛爷的带刀侍卫,'搵、别、扛、拉、挑、绷、打、锁、扣、踢'八大要领,二十四个式子,二十四种摔法,可以说炉火纯青,出神入化。八卦掌拳经曰:'八卦掌法要学真,不怕猛汉力千斤。'任何武术都是好功夫,关键要练精,还要博采众家之长。你若想习练八卦掌,晚上七点之后到快哉亭找我,从身法、掌法、腿法、桩法基本功开始,每日练习,必成大器!"

"谢谢恩师!"伍衡放下车子,纳头便跪,"改日徒儿再行拜师礼!"

钱师傅笑呵呵地说:"长江后浪推前浪,老叟终于寻到一个传承人啊!"

四

太阳落山了,西边的天际还飘游着一团绚丽的晚霞,黄河西岸的徐州城笼罩在淡淡的暮色之中。

隆兴面粉厂北门口,四个人盘腿坐在砖头上,每人面前放着一只大黑窑瓷碗,中间一只酒葫芦,一盆煮花生,兴高采烈地猜拳行令,喝得正酣。

程金石袖着手从厂里走出来:"吆嗬,哥儿几个喝得挺恣儿啊?"

胡把头昂起脸招呼道:"程掌柜,今个儿收工早,俺请几个兄弟拉拉呱,您不嫌弃,坐下喝几口,暖暖身子!"

程金石搬了两块砖头挨着胡把头坐下,然后吩咐华伯诚,"你去小厨房,拿几瓶'口子窖'来,再看看有啥下酒的菜!"

胡把头端起葫芦,"咕咚咕咚"往大黑碗里斟酒:"地瓜干子酒太冲,三爷不知道喝得惯吗?"

"咋个喝不惯嘞,要饭那会能有酒糟吃就满足啦!"程金石端起酒碗。

一个小把头点头哈腰地说:"三爷最体谅俺们穷人,跟俺脚行最知心!"

华伯诚拎来四瓶酒,一个提盒里装着四碟菜,还有一盏马灯。

"咱们尝尝三爷的好酒!"胡把头张嘴就要咬瓶塞。

"看看俺这庶务主任,办事情多透实,"程金石称赞道,"来,哥儿几个咱们走一个!"

胡把头是个机灵人,端起酒碗问:"掌柜的,您有啥事呗?"

程金石跟他碰一下碗沿,抿一口酒,"我看好了一个小青年,前几日你嫂子的外甥被天津老客下套坑了一家伙,多亏这小青年还有街坊邻居相救,俺想就把军需的麸皮饲料这一块营生交给他打理,你看咋样?"

"您说的是石猴子,他爹跟俺是一拜的师兄弟,"胡把头"咕咚"喝下一大口酒,"让一个黄口小儿带十几个糙老爷们儿,能不能服众?再者说,他还是冰凉头皮,'空子'不能入脚行,这是行规!"

程金石连忙解释:"伍衡已经'入门槛',给郁柏青递交了门生帖子!"

"那也是一脚门里,一脚门外!"胡把头显然不乐意。

程金石有些愠怒:"老胡,这厂子里每天二十几万斤的小麦、面粉、麸皮,搬运、装垛,俺从来没有给你说过二话,老哥哥就说这一件事儿,你还推三阻四的?"

看到掌柜的生气,胡把头赶紧赔着笑脸说:"三爷,您都把话说到这个份儿了,俺从今往后就拿石猴子当亲侄子!"

程金石用筷子指着他们说:"讲一句不中听的话,你们都是出大力的莽汉,这辈子就这个儿了。自古英雄出少年,这个小石猴子,将来能成大器!"

胡把头端起酒碗:"俺们一起敬三爷,感谢掌柜的给咱们衣食饭碗!"

程金石一仰脖将碗中酒一饮而尽,"哥儿几个慢慢喝着,俺先告辞啦!"

四个工头一起站起来,"三爷,您没心烦啦,俺们一定会善待石猴子的!"

"好,天冷,早点回家,别喝醉了!"程金石叮嘱道,又对华伯诚说,"一会儿给他们端一盆大包子过来,趁热吃!"

五

徐州民谚:"穷西关,富南关,有钱的都住户部山。"曾海春的大宅子就倚山而建，三进院落，豪华气派。大门口五级石阶，赭红色的木门揳满拳头大的铜丁，左右两只石鼓，门框下二尺高的闸板，门楣上伸出两只圆柱体的木雕户对。进门是一字形影壁墙，两支栩栩如生的喜鹊栖息在一枝盛开的梅花枝头。每个院落都由五间主房和东西三间配房，前后院之间有走廊相连。院子最后是五间客厅，东配房为书房，西屋则是储藏室，还有一个小花园。

旭日初升，天气晴朗。客厅里高朋满座，长条几上首供奉牌位为罗祖教始祖罗梦泓，下首八仙桌安放牌位三尊，为安清帮三位祖师翁清正、钱清慧、潘清林。左右悬挂杏黄色黑体字对联"安清不分远和近，一脉相承到如今"，横额是"正大光明"。

曾海春尊为二十一世香头，坐定堂屋中间，赶香堂的道友分立左右。曾海春亮开嗓子悠长地高喊一声："安清道教开山门仪式，现在开始！"

收徒师父郁柏青点燃蜡烛，以左手压右手，头伏在手上，右腿前屈、左腿后伸，先向罗祖三叩拜，上香；再向三祖师三叩拜，上香；再向师父曾海春一叩拜，恭恭敬敬端起景泰蓝盖茶碗："师父，请用茶！"

曾海春啜一口茶，颔首微笑："老四呀，今日收高徒，安清道友的头头脑脑都来捧场架势，这个面子局够足的呀！"

"托师父您老人家神威，摆下恁么大场面的香堂！"郁柏青在曾海春左首侧坐定。

传道师一身灰色长袍外罩团花缎马褂，戴黑色礼帽，高喊："入帮人受礼！"

引进师引领伍衡迈左脚入门。伍衡一身蓝细布棉袍，外罩素缎子坎肩，显得英俊潇洒。他也以左手压右手，头伏在手上，右腿前屈，左腿后伸，依次向罗祖、祖师三叩拜，再向师爷曾海泰、师父郁柏青、引进师、传道师三叩拜，跪读入帮的"小帖子"："敬拜柏青师父名下，心甘情愿，信守一切帮规，诚请教诲，终身不忘。悟字辈信徒伍衡叩首谨具。引进师文召元、崔成海。"

引进师将小帖子双手呈交给郁柏青。

郁柏青双手呈送至香案，点燃大香，高声宣布："师父郁柏青收伍衡为徒，赐名悟进。"

传道师手持檀香木木板，"悟进听着，十大帮规必须恪守，违者家法严惩。一、不准欺师灭祖；二、不准藐视前人；三、不准扰乱帮规；四、不准江湖乱道；五、不准爬灰、倒笼；六、不准引水带线；七、不准奸盗邪淫；八、须有福同享；九、须有难同当；十、不准欺软凌弱。"

伍衡叩首："悟进谨记！"

传道师说："悟进听师父垂训勉励！"

郁柏青笑眯眯地说："悟进徒儿，'入门拜香堂，在礼认师父；师父如父子，同参如手足'。俺们安清帮自打明朝正德年间罗祖密云县开教洪门，至清乾隆年间，翁、钱、潘三祖师立教安清道教，'只有铁树开花，没有青洪分家'，走遍天下，青帮洪帮都是一家人。俺们这一支是'潘安堂'，根在浙江，又称'嘉白帮'。道友平日里不烧香礼佛，不打坐念经，只要谨记'义气千秋'，讲究'仁义礼智信'信条，凡是道友有难，须鼎力相助。触犯帮规者，轻则鞭挞，重则处死！"

"谢谢师父教诲，徒儿终身恪守！"伍衡再叩首。

"徒儿请起吧，有马杌子，师父这边坐下，看龙纤绳舞！"

柳琴戏班子七八个人进场，长条凳坐定，操起柳琴、二胡、三弦、笛子、唢呐、笙，两个演员穿短衣、戴毡帽、赤脚，打扮成纤夫，扯开几尺长的红纤绳，前边的做使劲儿拉纤状，后边的拽住绳头，用粗狂、爽朗、嘹亮的唱腔唱道："纤绳好似一条龙，拉运皇粮有大功，圣上一见龙心喜，卸了皇粮定太平。红绒纤绳三尺三，留下三尺把钱穿。十八罗汉两边站，后站刘海戏金蟾。金钱扯到坛场内，荣华富贵万万年。三老四少都请到，我把纤绳盘一盘。"

后边拽绳头的开始慢慢用两手盘纤绳，前边的用小嗓子翻高八度接着唱："一盘南极共北斗，二盘和、合二神仙，三盘金龙和玉柱，四盘魁星点状元，五盘五炉共六烛，六盘供果和香烟，七盘七禽来朝拜，八盘走兽船上边，九盘九代前人位，十盘帮规要记全。"

众人齐声喝彩。

演出结束，众人喝彩鼓掌。

曾海春站起身抱拳施礼："承蒙各位安清道友今日捧场，中午海春备薄酒答谢，席设大巷口新开张的三春元鱼馆。这'山不在高，有仙则名'，老伍家祖传的瓦罐烹鱼绝技，诚请各位品尝。"

"谢谢曾爷、郁爷！"众人拱手施礼道。

第十三章　程金石平籴粮价　王宇腾怒锄汉奸

一

1936年12月12日，东北军张学良、西北军杨虎城发动西安事变，连日大雨滂沱，陇海铁路线兵车络绎不绝，士兵全副武装，乘坐敞篷车皮，用芦席避雨，冒雨西行。徐州各报纸、徐州电台连续报道、播出警备司令部安民告示，"中央对西安事变已定具体办法，人民应力持镇静，严禁造谣生事，自相惊扰。即日起禁止一切集会、游行、结社、请愿等活动。"

12月25日，在中共中央的努力下，蒋介石接受"停止内战、联共抗日"等六项主张。西安事变和平解决。

五月底六月初，徐海大地的小麦熟了。农民早早准备好杈子、扫帚、扬场木锨、镰刀、扁担、耙子等农具，还有咸鸭蛋、干鱼、烙馍、煎饼等耐贮存的食物，喜气洋洋地开镰收割。

清代咸丰五年，黄河又在河南开封铜瓦厢溃堤决口，黄河北徙改道流入渤海，奎河就成为徐州唯一的航运水道。奎河向南流经宿县、灵璧、泗县140多公里，入洪泽湖，一路全是盛产粮食的地区。沿线农民顺河而下，用船载运着粮食来徐州出售，再换回生活用品。船到袁桥，停泊在袁桥一带，是徐州水上交通的重要枢纽。

1930年，国民政府为了军事运输，修筑海郑公路，东起海州，西至郑州，这里也就成为进出徐州的陆路交通枢纽。

袁桥往北的奎河东岸，从清朝中叶就形成了一个粮食专业街，人们称为丰储街，寓意粮食丰收，仓满囤满。

艳阳天，没有一丝儿云彩，热浪随着如火的太阳越升越高。徐州附近拉麦子的牛车、马车、毛驴驮子都装得满满当当，从四面八方向这里汇集，铃声叮叮，马蹄嗒嗒，红缨鞭子甩得噼啪响。河道之中，大船小舟络绎不绝。岸边人声鼎沸，脚夫扛着麻包，喊着号子搬运粮食。

四十多家粮行、货栈早早开门营业，过斗的捐客每量一斗，必抑扬顿挫地拖着悠长的音调报数一声，小麦一斗一斗"哗哗"地倒进麦囤子里。

程金石带着胡把头，东家瞅瞅，西家看看。一位壮年汉子蹲在马车旁边抽旱烟袋，程金石递给他一支"大前门"，"老哥，起哪里来的，今年收成不错啊！"

汉子接过来夹在耳朵上，打量了一下程金石身穿橘黄色泰西缎大褂，藏蓝色细纱大腰裤子，脚蹬青色圆孔布鞋，一副老板的行头，汉子不敢怠慢，站起身来说："掌柜的，俺是沛县张庄的。今年收成真不孬，往年每亩只能受到五六斗，今年七八斗是常事儿。"

程金石就掰着手指头给他算："一斗十六斤，八斗就是一百二十八斤，大约么就是亩产一百二十斤，对吧？"

"可不是嘛，以往每亩收到一百斤麦子就不错了。"汉子附和道。

程金石又问："地里的麦子都割完喽吗？"

"咳，掌柜的有所不知，只有大户人家才用镰刀割麦，俺们庄户人家那舍得用镰刀割麦啊，都叫薅麦，把麦子连根薅起，留下麦子根儿还能烧火做饭。"

程金石继续给汉子交谈，"丰县、沛县是麦囤子，自古就有'丰沛收，养九州'之说，今年是个好年景，收入也不错呗？"

"好着哩，价钱噌噌地往上涨。往年一斗小麦一块大洋，现在都涨到两块一啦，不知道中啥邪门啦，俺待在这儿再瞅瞅，还能等个好价钱啵！"

程金石打开口袋，抄起一把热乎乎、圆滚滚的麦粒，"你这麦子我全要啦，一斗两块二，喊着你的同伴，送到兴隆面粉厂门口的门市部去，中午管饭，红烧肉、大馒头、酸辣汤！"

"那敢情好，谢谢老板！"汉子兴高采烈的鞠躬致谢。

再往前走，看见华伯诚带着两个采购员与粮农交谈。

程金石走向前，问："咋样？"

"忙了大半天了，一无所获！"华伯诚恼怒地说，"收购价直往上蹿，售粮食的待价而沽，粮行的抬价囤积！"

程金石说："赶紧抬价，优等麦子一斗两块二，凡是送粮食的管饭，每人一碗红烧肉、俩大馒头。"

"好的，俺们马上照办！"华伯诚点头称是。

"看看你们仨孩子晒得跟红头蛐蛐一样，中午早点回厂，喝点绿豆汤，吃几口西瓜解解暑！"

程金石信步走到"茂源粮行"，门口排着长队的骡马、小推车正在陆陆续续离开，他嘴上浮现出一丝得意的笑容，问店小二："你家曾爷在吗？"

店小二殷勤地点头哈腰："哎哟，是程三爷啊，俺曾掌柜的在里屋账房里呐，您老人家请进，俺引您过去！"

"不用了，你忙着吧！"程金石撩起长衫，跨过门槛，径直走进后院。

"程老弟呀，你大驾光临，哥哥有失远迎啊，失礼，失礼！"曾海春忙不迭地从账房里跑出来迎接。

"哥哥好，小弟顺道过来拜访，有小事相扰！"程金石抱拳施礼。

"贤弟请进屋，俺这里正好有你喜欢的黄山毛峰，清热败火，"曾海春又吆喝一嗓子，"哎，二狗子，请胡把头到柜台喝茶！"

账房里黑漆漆的，黑色的大漆八仙桌子上摆放着算盘、砚台，旁边是两支狼毫小楷毛笔和几本黄色封面的账簿。

"请坐吧，贤弟！"曾海春拿起暖水瓶，给程金石沏了一碗茶。

程金石啜一口茶说，"听说老兄在跟日本人做买卖？"

"哦，话可不能这么说，"曾海春表情略显尴尬，"我与'三江贸易货栈'联手收购新麦，柳天华负责联系车皮运到连云港，往北到天津。这件事哥哥事先应该给老弟打个招呼，哥哥考虑不周，给小弟赔不是！"

程金石目光灼灼地盯着他发问："小弟还听说麦子到了连云港上船，走海路运往秦皇岛、东北，柳天华敢哄抬粮价，银行的朋友说，资金都是从河北打过来的，是吧？"

"这个嘛，"曾海春沉吟一会儿说，"说实话，俺只负责敞开收购，柳老板负责销售，利润嘛，每斗给我提成二毛钱。"

"日本人抢购小麦，这是在囤积军粮，可能要开战了，老哥哥，咱们玩一把这个姓柳的咋样？"

"这熊孩子背后有日本人撑腰，财大气粗，南京国府里还有人罩着，咱们能玩得过他吗？"曾海春疑惑地问。

"咱们弟兄俩是一个奶头打提溜的亲兄弟，我啥事都跟你实话实说，"程金石长长地喷出一股青烟，"刚才，我脑子里盘算出来一条计策，你只要及时把柳天华的动向告诉我就行了。兴隆面粉厂的收购价格始终比他高出一毛钱，咱们先大量收购，敞开吃进。然后，我找警备司令部从铁路卡住他的销路，再让银行的兄弟拖住他的资金,只要扣住他一个礼拜,让他收不进,运不出,大量粮食积压在货场。那时候咱们再压价收购,只要是卖价回落,粮食就会大量销到俺们厂里,他收购的高价粮食也得折本卖给咱们,你看咋样?"

曾海春点头称是:"这条计策的确是个狠招儿,不过,收购大战一旦开打,这么庞大的资金,你咋筹集?"

程金石不以为然地说:"抵押贷款呀,咱厂里麦子垛成山,面粉装满库,一垛五千包还是三千包,塞给银行的伙计几个钱,不都是咱们说了算吗?"

"好,干他一把!"曾海春咬牙切齿地说。

"哥哥,这一把赢了柳天华,咱们俩对半分利;折的钱,全算我的。一码归一码,亲兄弟明算账,兄弟告辞!"

曾海春起身还礼:"贤弟慢走,及时电话联系,或者让小厮送信!"

"隔墙有耳,路上说话,草窠里可能躲着人听,咱们机密事情还是及时送信吧,这样稳妥!金石告辞!"

"老弟言之有理,书信联系!"曾海春抱拳施礼。

二

太阳落山了,一抹晚霞烧红了西方的天际。"呜——"一声汽笛长鸣,熙熙攘攘的旅客涌向了出站口。一个高个子的麻脸汉子,穿着蓝色的油绸褂子,咖啡色灯笼裤,青色圆口布鞋,拎着一只柳条箱,手里摇着一顶细篾草帽,顺着出站的人流悠闲地踱出东车站。他走到大马路东头路口,站在一幅"仁丹"广告壁画前面端详一番,又拎着箱子顺着大街西行。

附近一个穿着粗布汗衫的鞋匠,放下手里的活计,悄悄尾随其后。麻脸汉子逛至迎春桥,又在一幅"仁丹"广告画前停下,饶有兴味地端详起来。

"卖瓜子嘞,五香瓜子!"一个挎筐子的少年从旁边经过,鞋匠使个眼神,少年会意地点点头。

麻脸汉子又拎起箱子往大同街方向走去。少年不远不近地跟随在后边。

鞋匠钻进路旁的"大马路邮政所",拨打电话,神情诡异地说:"喂,是我,有个客人看了两幅画了,唔,对,小六子正在盯着,好,我也去!"

鞋匠走出邮政所,左右探视一番,也跟踪过去。

傍晚时分,中枢街的路灯齐刷刷地亮了。

程金石一身绫罗绸缎,提着两个纸包,笑呵呵地走进道台衙门王宇腾的办公室,"王副司令长官,金石前来叨扰!"

"啊,程掌柜的,快快请坐,"王宇腾热情地招呼道,"副官,赶紧沏茶!"

"司令公务繁忙,金石说几句话就走。"

王宇腾亲手递过一杯热茶:"程老板请讲!"

程金石欠身说道:"新麦上市,近日粮价飞涨,司令可否知晓?"

王宇腾往前探一探身子:"有所耳闻,什么原因?"

"司令,抬价抢购挑头的是'三江贸易货栈'的柳天华,柳天华的资金大量来自华北新民学会,是受日本人委托收购的。下午,俺去火车北站货场、东车站南货场查看,他们收购的小麦堆积如山,一个专列又一个专列地发往河北、连云港。徐州的大车店、汽车站也全部租去运粮食了!"

"哎,不对呀,我安排过了的,必须持有警备司令部的公函,否则铁路局不准往外发粮食的。"王宇腾正要摸电话,电话铃响了。

"王副司令,按照您的指示,俺们侦缉处盯死了几处重要的'仁丹'广告,刚才有重大发现,"电话里传来麻昭祥兴奋的声音,"一个家伙从东车站出来,一连看了三处广告,现在大同街的洪顺旅馆住下了,俺们的探员也在他隔壁要了房间,旅馆门口也布置了人。"

"好的,盯住了,看看他都与谁接触,不要放过任何蛛丝马迹!"

"好的,您放心吧,能钓到大鱼!"

王宇腾神情严峻地说:"如果有逃跑迹象,立即逮捕,不要请示!"

王宇腾又拿起电话:"给我接铁路局局长室。"

"喂,哪一位呀?"对方拖着长腔问。

"刘明德吗,我是警备司令部王宇腾!"

"吆,是王副司令,刘明德失敬,失敬!"

"刘明德,你少给我油腔滑调,我问你,不是不准铁路运输粮食了吗,你怎么敢违抗军令,活腻歪喽吗?"

"王副司令呀,俺可真是比窦娥还冤,"刘明德叫屈道,"南京国府里的要员直接把电话打给俺,咱有几个脑袋敢不听使唤?"

刘明德大倒苦水,让王宇腾感觉到事态的严重性,他严厉地说:"刘明德,我不管什么鸟日的要员,老子能管住的就是你。从现在起,你胆敢再发一车皮粮食,老子先砸了你的办公室,再以汉奸罪惩治你!"

"行行,"对方的口气软了许多,"您给俺一纸文书,也好应付南京的官差嘛!"

"马上发布警备司令部通告,徐州境内禁止粮食出境,所有车站、交通要道都有军警查验,无警备司令部批条的,一律没收,以通敌罪抓人!"

"司令您这么做,俺也好交差呀,谁愿意去资敌,弄个汉奸的骂名呀!"

王宇腾口气严厉,"我马上派军警接管火车北站、东站,现在的局势很紧张,日寇可能要全面开战了!"

"好,一切惟王副司令的马首是瞻!"

看到王宇腾放下电话,程金石小心翼翼地说:"王副司令,这天晚了,您还没有用餐,咱们到俺厂的小食堂炒几个菜,有啥吃啥,咋样?"

"好啊,恭敬不如从命,我约上几个下属,一起去。"王宇腾喊道,"副官!喊上营处长他们几个,咱们去程老板食堂打牙祭去!"

"报告长官,营处长刚刚出去,其他人都在。"

王宇腾盼咐道:"好,咱们一起坐车去吧!"

夜幕降临,大同街上熙熙攘攘,闪烁的霓虹灯广告,各式各样的招牌、酒幌令人眼花缭乱,汇集成这座城市最繁华的街景。钟鼓楼前密密匝匝围着几圈人,一队男童高举彩旗齐声呼喊:"饭后一支'大鸡'烟,幸福快活赛神仙!"

钟鼓楼往南一条宽阔的巷口叫作大巷口,与北面的文学巷直通。这一条贯通南北的两条巷子,最南头靠近公安街的新近开张的"三春元"鱼馆,价廉物美在徐州独领风骚。

钟鼓楼清脆悦耳的钟声"当当"敲响了二十下,鱼馆依然顾客盈门。一个两间的筒子屋,设座四桌,零客小桌凳七八座。后院建灶台,靠北墙砌了一个七八人的小包间,一个麻脸汉子踱步进鱼馆的小包间,要了四个凉菜,四个热菜,细嚼慢咽,自斟自饮。

一个身穿绿军裤、白衬衣军人模样的小个子,机警地左顾右盼一番后,走进鱼馆。

伍兆勇热情地迎上去,"长官,您要点儿啥?"

小个子也不搭理他,径直走进后院,推开小包间的房门。

麻脸的汉子起身打招呼:"您是婶子家的老二吧?"

小个子大剌剌地坐下:"你记错了,俺是你妗子家的老三!"

"对对,我得称您三表哥!"麻脸汉子操着一口天津腔,拿出一包"三驮"牌香烟,"这个牌子不知道对不对三表哥的口味?"

"我只抽'金枪'，"小个子掏出一包烟，"还剩五支，你尝尝这根烟的味道如何？"

"俺平日里喜欢抽'朝鲜五福'，"麻脸汉子满脸堆笑，"俺还剩七支，都是日本烟卷儿，咱们换着尝尝？"

小个子接过"朝鲜五福"烟盒，捏出一张交通银行的支票，搓开瞅一眼，然后推过去"金枪"烟盒，"物有所值，表弟不虚此行！"

麻脸斟满两瓯酒："代滨上先生、杨世云会长向火狐狸问好，干杯！"

"干杯！"小个子一饮而尽。

小个子夹起一块鱼咀嚼："表弟此番行程在徐还需多久？"

"这个嘛，"麻脸汉子沉吟一下说，"还要盘桓几日，表哥还有啥安排的？"

"其他任务，一律停止，"小个子神情凝重地说，"我在警备司令部侦缉处的内码，傍晚给我打电话，他们有重要任务，肯定是侦缉处发现重大线索了。这个王宇腾，还有那个麻昭祥，都是狠角儿，不可小觑！"

麻子神秘兮兮地说："我这次还要联系野菊花，听从他的指示！"

"赶紧走！"小个子神色紧张地说，"一则，你手头的货极其重要，不能有闪失；二则，最近几日徐州军警要举行全城大搜捕，主要是针对日特情报人员。"

小个子掏出怀表看一下，"九点半的火车还能赶得上，现在出面要辆黄包车，兜一个圈子再去东车站！"

"后会有期！"麻脸汉子起身施礼。

小个子步出小包间，靠墙角一张小茶几，两只马杌子，坐着两个精壮的汉子正在对饮，一个戴着白色礼帽的人，漫不经心地摘下帽子，摇着纸扇，隼一样的眼神与他对视一下。

"'瓢把子'张金彪！"小个子心里一惊，他若无其事地走出饭店，拐到公安街，附近一个公共厕所，小个子步履蹒跚地拐了进去。

两个人尾随着走到厕所门口，一个人小声问："张队长，咱们进去吗？"

张金彪不以为然地回答："一墙之隔就是铜山县局，他还能飞上天？"

小个子掏出一把撸子，"咔嗒"顶上火，掖进皮带，纵身一跃，双手攀住高墙，狸猫一样敏捷地一个鹞子翻身越过墙头，消失在夜幕之中。

三

徐州中枢街向西出老西城门，过西关吊桥，路分两岔，一路向南，叫作驴市；另一路向西北方向，几百米的大青石板路面，一直通到大悲庵门口，两旁商铺、酒肆林立，这条街就是博爱街。

博爱街中段坐南向北有一个"窑湾酱园店"，为清朝晚期赴徐州应试的书生、来徐州公干的官吏下榻馆舍。五级石台阶，虎座门楼子，双扇黑漆大门，两进的院落，馆舍依然保持着原来每个房间的设置：一桌、一炕、一书架，两长条凳，俩马杌。院子里十几个大缸小瓮盖着草席顶子，散发出浓重的酱菜味道。这里是徐州警备司令部侦缉处的一个秘密据点。三间瓦屋灯火通明，房梁上拇指粗的麻绳吊着麻脸的汉子。七八个气汹汹的便衣手持皮鞭、棍棒站立左右。

王宇腾捏着微型胶卷，饶有兴味地细细观察，"想死，想活，你自个儿挑？"

"说了也是一个死，你们枪毙我吧！"麻脸汉子眯着眼说。

王宇腾阴阴地说："不说肯定死，说了未必死，这些都由不了你！"

"您是王宇腾长官，"麻脸汉子乞求的眼神望着王宇腾，"恳求王司令长官饶命！"

王宇腾用不紧不慢的语气说，"你叫什么，隶属谁，来找谁，如何联系？"

"我叫金兴福，隶属于北京的日本北支那方面派遣军滨上大佐的特务机关部，杨世云的新民会是特务机关部下属机构，日军指导官是犬养少佐。从淞沪一直到京畿沿线，都有杨世云的情报网。我这一次主要是联络各地的情报人员，搜集上报他们手头的情报，沿线军事的、地方产业的，还有政府、军队财产等。我从天津一路南下刺探军情，第一站到济南，第二站到的徐州。"

"你先讲讲到徐州的任务，怎么联系的？"王宇腾心里明白，必须抢在敌特知晓之前，先行下手。

"都是新民会发电报，用暗语联络，徐州这边主要是联系'野菊花''火狐狸'，'野菊花'受滨上大佐直接领导，我只晓得他带领一个谍报小组在徐州四五年了。"

王宇腾逼问："'火狐狸'是谁？"

"应该是你们军界的，个子不高，他让我赶紧离开，说你们马上要大搜捕!"

王宇腾从皮包里掏出一沓电报稿纸:"这是最近一个月徐州电报局收发的电报,只要你找出来你们的人,饶你性命,以我人格担保!"

"好的,我都说,只求饶命!"

张金彪把他解下来,点燃一支烟递给他。

"谢谢,求您给我碗水喝!"日谍金兴福说。

王宇腾步出房子,麻昭祥也跟随着一起站到院子里。

一股清凉的晨风从院子里的白杨树上响起来,吹拂到王宇腾的脸上。东方的天际已经泛起一抹鱼肚白,蝈蝈、蛐蛐还有不知名的小虫躲在草棵里、墙隙中,不知疲倦地鸣叫。

王宇腾看了一下手表,绿莹莹的指针已经指向四点钟,他对麻昭祥说:"从现在起,任何人都不准离开这所院子,吃喝拉撒睡都不准离开半步!"

"是!"麻昭祥点燃一支烟,很舒适地深吸一口。

王宇腾问:"谁跟丢的菅从茂?"

"'瓢把子'张金彪、小六子。"

王宇腾又问:"你觉得他俩谁可疑?"

"小六子要是放水早就跟丢了,他想跟到厕所里的,瓢把子不让去,结果让那熊孩子蹿了。"

王宇腾问:"瓢把子是怎么进来的?"

"哦,是我在铜山保安大队时候,徐州商会曾海春推荐的。瓢把子摔得一手好跤,就让他当班长,后来随着我到了侦缉处,任侦缉队小队长。"

"哦,是这样,"王宇腾沉吟了一下说,"把他绑了!"

麻昭祥问:"用刑吗?"

王宇腾狠狠地说:"你们熟人熟脸的磨不开面儿,我让警卫营的兵来办!"

四

天还未破晓,兴隆面粉厂南大门的铁栅栏门外,卖粮食的就排起了长龙。

沛县张庄的庄稼汉子,手里拉着骡子的缰绳,与同乡急切地交谈:"每斗两块一的时候,您都不卖,现在跌到一块三啦,还得急吼吼地托人出手,待一会儿看看能见到程掌柜的啵,俺再求求他。"

程金石穿着绸缎大褂,笑眯眯地从厂子里走出来,"华子,赶紧的,把营业部的人,还有脚夫都喊起来,不能让老乡们等到日头毒辣的时候再收粮吧?"

华伯诚连忙说:"好的,不过,咱一时半会还做不了红烧肉,大馒头。"

"憨孩子,不能打条子吗,凡是辣汤铺包子店,只要见到有咱印戳的条子,每人半斤肉包子,两根八股油条,两碗辣汤,回头拿票来厂结账!"

"叮叮当当"一阵铃铛响,三位绫罗绸缎、衣着光鲜的老板从马车上下来,老远就抱拳施礼:"程掌柜的好,俺们可找到您啦!"

"呦呵,天刚麻麻亮,哥儿仨扎堆来找程某人,有何贵干呀?"

一位干瘦老头拉着程金石的手说:"程大兄弟,救救俺们,大恩大德,永世不忘啊!"

程金石笑嘻嘻地作揖还礼:"几位掌柜的,咋的啦,火上房啦?"

一位胖胖的中年人火急火燎地说:"比火上房还着急,俺们都赔吐血啦!"

程金石皱起眉头,"您几个做买卖盈啊亏啦的,与俺有何相干?"

干瘦的老头摇着程金石的手说:"哎呀,程大掌柜的,您就别再跟俺们打哈哈喽,那个狗日的柳天华说好的让俺们大量吃进新麦子,给俺们每斗两毛钱的佣金,俺们寻思这是稳赚不赔的买卖,就应了他喽。谁成想丘八拿枪守着车站码头不让粮食外运,这么多麦子砸在手上,如果再遇上个阴天下雨啥的,麦子发芽,俺们只有跳黄河寻死一条路啦!"

三位老板一齐顿足捶胸:"这可咋办呀!"

程金石见状,张开手臂揽住他们,亲切地说:"三位老板有话直说!"

一个年轻的老板抱拳:"俺们是请您整批地趸货,俺们赔钱趸给您!"

"趸货?俺上哪里去压恁么多的资金呀,厂子里库房也存不下呀!"

"程掌柜的,您大人大量,俺们几个给您下跪啦!"三人齐刷刷地跪下。

"哎呀,哥儿几个,快快请起,"程金石拉起三个人,"不是俺说你们,咱们都是徐州老户,鱼帮水,水帮鱼,大家相互架势,都来弄碗饭吃,道理都知道啊!可是为啥麦子刚见面,你们一帮子兄弟不吱啦声的就跟'三江贸易货栈'勾搭上啦,一块哄抬粮价。咋啦,他柳天华财大气粗,比俺有钱,给您几颗糖豆,就跟他一道耍俺,这事儿你们办得都不地道!"

年轻人羞愧地说:"三爷,千不是,万不是,都是俺们的错!"

"话说到这个份儿上啦,我给你们这个价,"程金石伸出一根手指,"每斗一块钱,公道价,我心知肚明,你们只垫资了一半,保本还是够的,赔的都是姓柳的!"

三个人相视点头，一起抱拳："谢谢程大掌柜的！"

黑色的铁甲皮警车呼啸着从大门口驶过，前面开路的汽车车顶上架着机枪，两边车帮站着荷枪实弹的士兵。

程金石疑惑地问："这咋又抓共产党啦？"

"程三爷有所不知，这是抓日本人的探子哩，"年轻人说道，"四点半俺家邻居傅老板就被侦缉队掏了被窝，敢情这个开羊肉馆的是倭寇的暗探，饭馆开在文亭街道台衙门附近，平日里给当兵的小恩小惠的，打探军事秘密方便啊！"

瘦老头抱拳道，"程掌柜的是大忙人，俺们告辞，咱们晚上见！"

一个庄稼汉从斜刺里冲过来，大嗓门喊道："老板，您还认识俺啵？"

程金石笑着说："呦，薅麦子的朋友，你咋又来啦？"

"俺庄上拉来八辆牛车、马车，都是颗粒饱满的好麦子。上一回俺回去吆喝，说您如何仁义，老亲舍邻的就推举俺来找您，看看能关照点不？"

程金石递给他一支烟，神秘兮兮地说："别吱声，你们这八车粮食包圆了，每斗加两毛钱，咋样，面子足喽呗？"

"足啦，足很啦，谢谢掌柜的！"汉子兴高采烈地跑开。

程金石走进厂里，一队脚夫肩上扛着沉甸甸的麻袋，踩着木板打麦垛，领头的胡把头喊着号子："大伙加油干呐，老婆孩子吃白面呀！"其余人一起喊："嗨呦，嗨呦！"

众人看见程金石，胡把头喊道："三爷真仁义喔，大米干饭就猪肉喽！"大家一起高喊："香喽，香喽！"

程金石笑着说："兄弟们，中午大米干饭红烧肉，晚上每人半斤老白干，外加一块大洋西瓜费！"

一溜小推车"吱吱扭扭"地从车间推出面粉，齐声喊："三爷早！"

"兄弟们早！"程金石一边给脚夫打招呼，一边望着高高的麦垛，"华子，你让厂里的机修工、电工什么的全部二十四小时在岗，机器开足马力，抓紧消化库存麦子，再租一些汽车、骡马车运送面粉，主要供应军队。"

"是，"华伯诚答道，"刚才曾会长打电话找您，我接的，说柳天华愿意出价六毛，请咱趸货。"

"我一会儿去找曾兄，姓柳的就是每斗五毛钱这个价儿，不愿意拉倒！"

"三爷，柳家的货在车站上堆积如山，咱们一下子趸进来这么多，往哪里搁？"华伯诚小声提醒道。

"俺还嫌他替咱收少了，"程金石露出得意的笑容，"目前中日随时都能开战，得多储备军粮。王宇腾是有这个头脑的大官，让他发话，咱们把车站的麦子发运到开封、郑州，那里的粮库大多闲着哩！"

"曾会长说，他们那些小粮行的掌柜的，准备给您送一块檀香木的大匾——'商战雄才'！"

"嘛雄才，分明是架在火上烤我吗，记住喽，闷声发大财，莫要人前满自夸！"

五

道台衙门的小花园，几株月季含苞怒放，重重叠叠的白色、黄色花瓣中透出淡淡的幽香，引得无数野蜂嗡嗡地围着花朵上下飞舞。水池中央矗立着一块修长而玲珑的太湖石，水面上漂浮着一层绿萍，碧绿碧绿的。通往池边的一条小径长满了荒草。

麻昭祥兴高采烈地走进王宇腾的办公室，"报告王副司令，一共十九个人犯，全部抓获，无一漏网！"

"麻处长辛苦，请坐下！"王宇腾显得很平静，"那个'瓢把子'招供了吗？"

"招了，他说与菅从茂是青帮'悟'字班的同参兄弟，才故意没让小六子跟进厕所，他不承认是日本人的探子！"

"承认了就得掉脑袋，他不傻！徐州黑道上有个赞扬某人有种的话，'肉是你们的，骨头他自己的'，对吧？"王宇腾冷笑道。

麻昭祥拐弯抹角地说："王副司令，您派过去的兵都是年青的后生，下手狠，揍得张金彪皮开肉绽，浑身上下没有一块好地方！"

王宇腾沉思片刻问，"有没有涉及'三江贸易货栈'的线索，老板柳天华很可疑，我有一种预感，'野菊花'可能就是他！"

麻昭祥抽出一支烟叼在嘴上，"根据您的指示，俺们对这个人进行了侦查，目前没有线索搭上他。不过，三年前的徐州国货博览会，大同街东头的商铺烧了八九家，如果不是兴隆面粉厂的消防队及时扑灭，一街筒子商铺都得烧个精光。根据铜山县警察局的笔录，燃烧点就是'三江贸易货栈'提供的汽灯。"

王宇腾瞪起一双猫眼："噢，这倒是一个重要线索！"

麻昭祥抽一口烟，"失火的业户说是汽灯爆炸，引发火灾；柳天华说是对方使用不当,火焰烧断了吊绳,汽灯坠地,引发的爆炸,双方各执一词。"

王宇腾鼻腔里哼哼几声,"劣质汽灯爆炸,堪比现场纵火更有效,以此破坏国货展览,这损招不赖,也只有日本人能做出如此下作的勾当!"

麻昭祥问:"抓的汉奸,您看咋处置?"

"统统拉出去枪毙!"王宇腾狠狠地说。

麻昭祥问:"您不是许诺饶金兴福一命的吗?"

王宇腾冷笑道:"'兵行诡道,兵不厌诈',给汉奸讲什么真心诚意,没有必要拷问诺言、良心,这些狗杂碎,留之何用,宰了算啦!"

麻昭祥小心地问:"张金彪要是论罪,杀了他也行,不杀也中,能不能刀下留人,还有曾海春老头子的情面咧?"

"那就留下他项上的狗头吧,这个人迟早会成为我们的心腹大患,弄不好,咱们当了一回东郭先生。"王宇腾阴阴地说。

第十四章 国共联合御日寇 学生参加青抗团

一

1937年7月7日，日军在北京卢沟桥挑起事端，然后大举进攻平津，7月30日先后攻占北平、天津，华北危急！8月13日，日军如法炮制，再一次制造事端，纠集30万大军向淞沪进犯，淞沪危急！11月9日，上海沦陷！

7月31日，蒋中正发表《告抗战全军将士书》，宣称："这几年的忍耐，骂了不还口，打了不还手，现在既然和平绝望，只有抗战到底！"

9月22日，国民党中央通讯社发表《中共中央为公布国共合作宣言》，次日，蒋介石发表承认中国共产党合法地位的庐山谈话，标志着国共两党第二次合作和抗日民族统一战线的形成。

国民政府为了阻敌沿津浦铁路南下，保卫南京及武汉，10月10日成立了以徐州为中心的第五战区，李宗仁任司令长官。11月初，李宗仁率长官部一行抵达徐州。王宇腾提任第三军团政治部主任，兼任军统徐州区调查室主任。此时，北线日军已经饮马黄河北岸，南线日军已经兵临南京城下，徐州陷入南北受敌的态势。

徐州地区党的组织经过郭一民、鹿继澄、蒋宝琛等领导骨干几年来艰苦卓绝的工作，苏鲁豫皖特委所属中共党员已经达到三百多人。11月初，郭一民率领特委一行九人，从鲁南高桥镇迁入徐州统一街的牙税局。

一堆堆深灰色的流云，低低地压抑着徐州城，深秋时节的细雨秋风扫尽了树上的叶子，老槐树枝丫变得光秃秃的，满身皱纹地伫立在道路两旁。

郭一民头戴黑呢子礼帽，身穿灰色长袍，留着小胡子，一副商人打扮。一行人挑着行李，都是小袄、宽腰裤、扎裤腿，扮作脚夫模样。

大同街上挂满了宣传的抗日标语，道路两旁张贴的漫画和标语五颜六色。

矗立的钟鼓楼前，街中间聚集了一大群人，男女老少密密层层地围成一个圈子，当中是两辆四只轱辘的太平牛车搭起的一个简易舞台。

郭一民问一位年轻人："借问二哥，这是演啥戏？"

"上海抗敌剧社跟咱徐州的绿光剧社同台演出哩，好看着呐！"

郭一民看了一下手表，对蒋宝琛说："离约定的时间还有一个半小时，咱们也看看戏，几年没有看过演出了！"

一个山东口音的小青年问："郭书记，你咋称呼人家二哥，不喊大哥呀？"

"宗时荣同志，徐州一带问年轻人都是这样尊称的。二哥是谁，武二郎！大哥呐，武大郎，忒窝囊。"

一个瘦小文弱的青年跳上舞台，高声说："我是徐州培正中学的马可，日寇正在践踏我们的国土，屠杀我们的同胞，我们不能再唱'好花不常开，好景不常在'这些麻痹斗志的亡国之音了，咱们齐唱《大刀进行曲》，好不好？"

"好！"观众齐声呼喊。

马可挥舞着双臂，绿光剧社几十把口琴伴奏，几百人齐唱："大刀向鬼子们的头上砍去……"

一位身材高大的年轻人，跳到台上，他留着精致的小分头，身着双排扣的列宁装，"我是冼星海，下边要演出的是街头话剧，《放下你的鞭子》，讲得是一对流亡关内的父女乞讨、卖唱的悲惨生活，请同胞们观看！"

在凄凉的小调中，演到香姐饿昏在地上、老汉举起鞭子要抽打女儿时，一位青年工人冲上前，大喝一声："放下你的鞭子！"老汉泪水长流，香姐泣诉家乡沦陷之后遭遇的苦难，台上台下哭声一片。这时，钟鼓楼上的大喇叭与观众一起高呼："打倒日本帝国主义！""誓死抗战到底！"

郭一民用手帕揩拭了一下眼泪，对蒋宝琛说："老蒋同志，你带他们几个去牙税局拾掇一下房屋，我和鹿继澄去道台衙门，拜会李宗仁司令。"

"好吧！"蒋宝琛几位挑着行李往北，向统一街走去。

二

西北风从微山湖面上吹过来，羽毛般的雪花，越来越大，一朵朵一簇簇地漫天飞舞，不一会儿张谷山就披上了一层银装。

张谷山坐落于铜山县西北部，蔺家坝西首，京杭大运河从山前流过。

张家大院坐落在山南，依山而建，前边是大运河，后边是张谷山，"前有照，后有靠"，风水极佳。大院石墙黛瓦，三进院落。正门有九级石台阶，两侧是一对高大的石鼓，镌刻"麒麟送子图"。大过邸下是两扇高大的红漆木门，成排的铜铆钉加固，门上一对铜狮首门环。一进院子是专门停放马匹、车辆的。二进院子入口处是一个门楼，上面的屋脊中间是四只两头兽，两侧是插花云燕，抹角高挑，橼子双重出檐。院子中间步行道分成东西两个小院，中间是一座腰楼。腰楼底层一间是过道，两间住房，楼上是三间书房。穿过过道进入第三进院，院子也是对称分布，东西各五间屋，中间七间堂屋。

一辆骡车"叮叮当当"顶风冒雪赶来，到张家大院门口，车把手"吁——"的一声停下。

白子沣与郭一民钻出车篷，郭一民瞅着气派的大院子，感叹道："好家伙，老白你从哪里找到这样一处豪宅大院？"

"当初在铜山北部闹革命的时候，实在躲不过去了，就藏在张老爷子家，他是开明士绅，他家最安全！"几年的艰苦奔波，白子沣苍老了许多。

梁二嫂坐在小板凳上，一边用芦苇的毛樱子编毛翁子，一边机警地注意四周，见到二人，点头示意。

郭一民看见二进院门楼上的造型，感喟道："嚯，'五脊六兽，插花云燕'，这家祖上是有功名的！"

白子沣接着说："是呀，这家祖上押运皇粮有功，道光赏赐五品插花兰翎。满清时代，没有功名的不准使用'五脊六兽，插花云燕'，违者犯法治罪。有钱财而无功名的，房屋屋脊上光秃秃的，又称为'五脊老和尚'。"

二人沿着腰楼窄窄的木梯走上二楼，鹿继澄、蒋宝琛、户秉刚等十几位同志上前与白子沣握手、拥抱，这些劫后余生的同志们都流下了激动的眼泪。

户秉刚捶了一下白子沣问："老白，这些年你都是怎么挺过来的？"

"一言难尽，九死一生啊，"白子沣长吁一口气，"咱俩从微山湖边分手之后，我就拿着你的信到了安徽太和县杨虎城的部队，待了不久，有人告发。部队也只得'礼送'我出境。辗转来到武汉寻找党组织。"

郭一民介绍说："哦，白子沣同志现在是中共长江局特派员，对外的掩护身份是江汉日报记者。"

"是的，我们的身份尽可能地不要暴露，这也是大革命时血的教训！"白子沣心情沉重地说。

郭一民掏出旱烟袋，点燃，"我们现在召开特委扩大会议，传达中央洛川会议精神，研究如何发展党的组织，建立人民抗日武装。"

白子沣清一清沙哑的嗓子，说："1937年8月22日至25日，中央在陕北洛川召开政治局扩大会议，确立党的中心任务是动员一切力量，争取抗战的最后胜利，关键在于实行党的全面抗战路线，反对国民党的片面抗战路线；必须坚持统一战线中无产阶级的领导权；在敌人后方放手发动独立自主的山地游击战争，建立敌后抗日根据地；在国统区放手发动抗日的群众运动；以减租减息作为抗战时期解决农民土地问题的基本政策。"

郭一民接着说："洛川会议通过了《关于目前形势与党的任务的决定》《抗日救国十大纲领》和《为动员一切力量争取抗战胜利而斗争》三个重要文件，白子沣同志传达的是最核心的、提纲挈领的内容。在座的都是特委委员、各县的县委书记，徐州抗战的中坚、精英，我们不能因为国共握手言和而放松警惕，国民党中的右派分子没有放弃敌视我们的态度，我们不得不防。"

户秉刚赞同地说："是呀，我们目前还没有武装，没有根据地，要是在座的被敌人一锅端了，将是毁灭性的打击。因此，我建议开短会，半天就足够。"

"国民党同情我们的朋友也很担心这一点，"郭一民又剜了一锅烟叶，"徐州专员、第五战区游击总指挥李明扬给我们派了一个班保护我们。我们公开的办公地点是统一街牙税局，秘密的工作地点在大坝头的民众会馆。"

鹿继澄说："当前最为迫切的是尽快把各县被敌人破坏的党组织恢复起来，有了党组织，就可以以第五战区总动委的名义，合法地举办抗日军事训练班，筹集枪支弹药，开始组建我们自己的武装。"

"鹿继澄同志的意见非常好，"郭一民说，"按照与李宗仁会谈确定的方针，我多次找游击总指挥李明扬司令，要求一个番号。这样领到一个'第五战区抗日义勇队'的番号，这是我们自己建立抗日武装的开始。"

户秉刚接着说："李明扬将军是咱们萧县人，老同盟会的。为人忠厚，是个重感情、讲义气的君子，不会拍马溜须，在国民党内部属于姥姥不疼、舅舅不爱的。抗战烽火起，老蒋给他安了这个游击总指挥的头衔，实际上手头仅有一个团的地方保安部队。我们可以依托这个游击总指挥的招牌，扩大人民的抗日武装。我的身份没有暴露，说服老父亲卖掉大部分田产，买枪买弹，组织户集寨的青壮年成立了自卫队。"

白子沣问："枪支弹药好筹集吗？"

"徐州民间许多武器来自张勋的辫子兵，"户秉刚端起茶碗喝了一口，"张勋在北京复辟失败，徐州的十几营的辫子兵哗变，大肆劫掠，然后携枪械溃散，枪支大量流落民间。目前一支汉阳造，一斗半麦子；一支驳壳枪，需要

300块现大洋。我组织了六十多人的队伍，只有四十支枪。李明扬与家父有故交，我找他要番号，他给我说，难有作为。蒋介石最怕提'民众武装'这个词儿，因此，给了我一个'徐西抗日自卫队'上尉大队长的头衔。我又讹他枪支弹药，说光有番号，两只手拍拍，咋打鬼子？他又批我二十支七九步枪，加两万发子弹！"

郭一民咂舌道："乖乖，我们的户局长手头有六十人枪，两万多发子弹，比起揭竿而起的陈胜、吴广，阔气多了！"

"咱清一色的快枪，还有一挺机枪呐，"户秉刚撩起长袍，露出斜插的驳壳枪，"透新的二十响别在腰间，横行天下，咱怕谁？"

白子沣看着眼馋："哎，好兄弟，想办法给我也置一个！"

"看看这是啥？"户秉刚变戏法似的从公文包里摸出两支皮枪套，乌黑锃亮的手枪把下系着红绸子，"马牌撸子，白特派员、郭书记每人一支！"

"好东西呀！"白子沣抽出小巧锃亮的手枪，嗅着枪械上机油的芳香，爱不释手。

户秉刚哂笑着说，"俺老爹一贯是视田舍如命，心疼得直哆嗦。没有办法呀，等鬼子打上门来，俺们啥都没有啦，他老人家还是深明大义的！"

"这就是发动全民抗战的重要作用，"郭一民说，"有钱的出钱，有力的出力，全国人民拧成一股绳！"

"动员民众，特别是发动农民，尤为重要。中央提出以减租减息作为抗战时期解决农民土地问题的基本政策，"蒋宝琛撕了一片纸，娴熟地卷了支喇叭口，塞满烟丝，深吸一口，"农民的负担特别深重，眼下农村普遍实行的佃户与地主租种土地关系叫作'榜二八'，粮食二八分成，佃户分二成，地主得八成。农民起早贪黑干活，到了麦收秋收颗粒归仓时，用统一缝制的布口袋，写上姓名，一口袋可以装一亩地的收成，地主家的账房作记录，过秤，然后分成。农民一颗汗珠子摔八瓣，一亩地只能得到二十多斤。如果三七分成，甚至五五对半分成，农民吃饱了饭，才能有劲儿去打鬼子！"

"是呀，要动员地主减租减息，要经过细致的工作，"户秉刚接着说，"俺们的老邻居麻仁杏，麻昭祥他爹，连柴草都要榜二八，典型的土财主，缩抠子，让他减租，还不如割他的肉呐！"

"我做一下分工，"郭一民站起来说，"我以总动员委员会的合法身份，主要负责开展上层的统一战线工作。户秉刚同志依然保持秘密党员的身份，负责党内的情报工作，尤其是日特的情报。最近第五战区青年抗敌军团开始招收学生,户秉刚同志负责选派七十名进步青年秘密加入进去,揳下钉子,做长期打算。特委以津浦、陇海两条铁路交叉为界线,分成四个片区,各位委员分头参加各个片区的统战、武装、宣传和减租减息工作。我再强调一点,减租减息至关重要,没有农民的支持,就没有强大的抗日武装。只要是农民和地主都认识到国难当头,必须全力打鬼子,保家乡,困难就迎刃而解了。大家还有什么意见吗?"

"同意!"众人异口同声地说。

"大家吃完饭,就各自奔向抗日的战场吧!"郭一民深情地说。

白子沣眯着小眼睛笑着说:"张老先生,安排宰了一只羊,白菜炖羊肉,白面大花卷,犒劳我们呐!我还欠户秉刚同志一顿酒菜,这回算是还上了吧?"

众人都笑起来。

三

1937年12月13日,日军侵占南京。日本大本营为了打通津浦铁路(天津—浦口),使南北战场连成一片,调集24万余人,分别由华中派遣军司令畑俊六和华北方面军司令寺内寿一指挥,实施南北夹击,战略意图是首先攻取战略要地徐州,然后沿陇海铁路(兰州—连云港)西取郑州,再沿平汉铁路(北平—汉口)南进攻取武汉。

中国军队由第五战区司令长官李宗仁指挥,先后调集64个师另3个旅约60万人,实行北攻南守、守点打援的战略,以主力集中于徐州以北山区,伺机歼灭北线日军;以部分兵力部署于津浦铁路南段,抗击南线日军北进。

太阳刚刚升起一竿高,碧空如洗。大同街,钟鼓楼上防空监视哨的电话急促地响起,哨长虎林快步拿起电话:"喂,敌机已经到三堡了!"

他扔下电话,大声喊道:"紧急警报,紧急警报!"

"呜——呜"短促、凄厉的警报从钟楼上响起,兴隆面粉厂也随之响起。

不一会儿,由蚌埠飞来日军陆军航空几十架飞机,排成一字队形,飞临徐州上空盘旋,刺耳的马达的轰鸣噪声撼人心魄。

"砰砰砰"四周山头高射炮开始怒吼,炮弹拖着长长的火焰在空中炸开朵朵黑色的烟云。一架轰炸机像一支燃烧的蜡烛,拖着黑烟摇摇晃晃向南方逃去。

剩余敌机旋即分成几个小队，凶恶地扑向各自的目标。灰白色的炸弹、燃烈焰弹雨点似的倾泻而下，是炼狱之火，将城区、东车站、北站笼罩在浓烟之中。

四架敌机由东向西一溜排开，向着道台衙门俯冲，投下四颗炸弹、四颗燃烧弹，伴随剧烈的爆炸，黑色的烟雾冲天而起。虎林举着望远镜，透过滚滚硝烟，看到道台衙门南北两侧有刺眼的镜面反光，他操起电话："给我接警备司令部！"

道台衙门地下指挥部就像是暴风雨中摇曳的小船，悬挂的马灯左右摇摆，充斥着刺鼻的硝烟味儿。电话铃响，王宇腾拿起电话大声问："什么，有敌特在附近用镜面反光为敌机指引目标，在南北两边的制高点，好的，我马上派人去搜捕！"

王宇腾拉起伏在地上的麻昭祥，厉声说："快点出去抓汉奸！"

麻昭祥脸色苍白："敌机还在轰炸，这会儿出去不是送死！"

王宇腾拔出手枪，揪住他的领子狂叫："共产党不怕死，咱们也不能充孬种，带上你的人，重点搜索南北两侧的制高点！"

"是！"麻昭祥踉踉跄跄跑了出去。

大马路西首一个二层小楼的顶层密室里，传来嘀嘀嗒嗒的拍发电报声："大日本北支那方面派遣军特务机关部滨上大佐、犬养少佐，杨世云会长阁下：1938年1月15日上午8时45分，帝国战机临空轰炸，至中午12时，共计进行四轮攻击。我战机狂飙一样遮挡住了徐州的天空，投下密集的巨型炸弹，彻底摧毁了徐州北站及其停靠的火车23辆。火车东站100多节车厢、物资和路轨被悉数摧毁。敌指挥部道台衙门中弹5枚，烈焰冲天，敌酋生死未卜。繁华的街道大同街上电杆横七竖八倒在路上，沿街房倒屋塌，道路两旁陈尸累累。电报电话局、邮局坍塌，信件洒落一地。借今日大风，火势蔓延全城，至晚上9时仍在熊熊燃烧。估计烧毁房屋800余间，敌方人员伤亡千余人以上，敌人员、物资损失巨大，士气低沉，可谓战果辉煌。野菊花呈报。"

四

月亮升起来了，皎洁明亮。王宇腾带着一个卫兵，默默行走在东车站的残垣断壁之中，空气中弥漫着浓厚的血腥气和刺鼻的硝烟味儿、焦煳味儿。车站附近已经成为一片瓦砾，景象异常凄凉。老百姓就睡在已经成为废墟的家里。坍塌半边的站台顶棚上挂着一盏汽灯,发出惨白的光芒。王宇腾在灯下驻足观望,满眼是炸翻的车厢,炸断的铁轨横七竖八,炸毁的物资还在冒着袅袅青烟。

津浦铁路沿线上灯火璨如繁星,铁路工人们用铁锹、铁锤"叮叮当当"紧张地工作,填平路基上的弹坑,把弯弯曲曲的铁轨匡正。从前线撤回来的伤兵在站台上一排排席地而睡,不时有医护人员提着马灯穿梭其间。

看到这些悲惨的景象,王宇腾的鼻头不禁一阵酸痛,他掏出手帕擦擦眼泪,又抬起手腕,两点了,路还没有修好,伤兵西行肯定无望了,他琢磨着必须调集牛车、马车先行撤离车站,天一亮,敌机又该来轰炸了。

"嗒嗒嗒"马蹄声由远迫近,"嘚儿"战马打喷嚏的声音在寂静的夜里传播得很远。

两匹战马来到王宇腾面前,麻昭祥跳下战马,立正敬礼:"报告王副司令,我们按重点搜索了长官部南北两侧的制高点,重点是这两侧保存完好的几栋二层小楼、院落。最可疑的是南边的一家照相馆,老板是上海人祁沪生,北边的是花月楼的老鸨李彬。那个老鸨还没有上刑就吓尿了裤子,交代她受花月红的指使,每个月30大洋的酬金,为日本人打探军事情报,大轰炸时在二楼东侧小窗户为敌机指示道台衙门的位置。"

王宇腾问:"她与祁沪生有勾连吗?"

"她供述两人同时受雇于杨世云的华北新民会,按照与日特的约定,日机飞临徐州上空时,两人从南北两个方向用镜面反射光指示目标。"

王宇腾冷笑,"敌机由东向西鱼贯攻击,无怪乎投弹这么有准头!"

麻昭祥接着说:"根据老鸨交代,祁沪生负责与天津方面联络,平常是信件,紧急时通过电报局发电报,都是用暗语。他们还受到一个代号为'野菊花'的日谍指挥。"

"很好,你立了一大功!"

麻昭祥咧着嘴说:"那个祁沪生牙口怪硬,死活不招!"

王宇腾眯起眼睛,"这个人应该是个老牌的汉奸,与杨世云是上海老乡。那个老鸨李彬,是杨世云的姨太太花月红做婊子时候的老板,只要给钱,啥事都能干!"

"长官还有什么训示?"

"麻处长的话也提醒了我,徐州城被炸得一塌糊涂,毛发无损的几个地方,不是很可疑吗?有可能是敌特为飞机标定的,所谓'百密一疏',反而漏出了马脚。大马路西头靠近迎春桥的一带，你安排侦缉队搜查一下。"

"好，我这就带人去！"

王宇腾咬牙切齿地说，"对于那些铁杆汉奸，扒皮、抽筋、点天灯，食其肉，寝其皮，怎么审讯都不为过，一句话，审讯没有底线！"

麻昭祥飞身上马，"长官，俺这就去办！"

黎明时分，黄河东岸传出几声雄鸡的报晓。大批的军警蜂拥而至，包围了大马路西首的街巷。

一栋二层小楼里，柳天华腰扎板带，头上戴着狗头毡帽，脚穿胶底鞋，手里提着王八盒子。他拉开门栓，闪开一道门缝向外窥视。

"俺们被包围了！"他回过头对身边的两个年青人说。

一个体魄健壮的青年操着一口京腔小声说："您先撤，我俩掩护！"

另一个高个子青年"咔"地拉开驳壳枪的机头。

柳天华小心地关上门，插上门栓，小声说："你们俩掩护，瞅机会突围出去！"

"唔！"两人点点头。

柳天华勒紧了板带，手枪插在腰间，然后蹿上二楼，轻轻掀开屋顶的气窗，沿着屋脊悄无声息地猫腰前行。

"楼上有人！"麻昭祥大吼一声，抬手"啪啪"两枪。

楼内突然喷出两条火舌，"啪啪""砰砰"，军警应声倒下三人。军警还击，枪声大作，子弹横飞。

柳天华像一只受惊的狸猫，躬身跃起，蹿到对面的屋脊上，一个翻滚，躲到屋脊的阳面，紧跑几步，跳到院墙上，翻下墙头，不见了踪影。

五

省立十中门前的护城河结上了厚厚的冰层。校门两侧墙上张贴着绿纸黑字的标语，"巩固国防，抵御外侮"，"参军入伍，全国皆兵"。

一大早，学校操场上就排起了长龙，看台上方张贴着"第五战区抗敌青年军团招录处"，台子上摆放着一排溜的课桌，后边端坐着郭一民、王宇腾、户秉刚等七八个监考官。看台正中悬挂着孙中山画像，两侧是一副红纸对联"满腔热血去报国，一身是胆为杀敌"。

一位齐耳短发、圆脸、大眼睛的姑娘走到郭一民面前，她个头不高，体格健壮，身穿蓝色阴丹士林棉袍，围着一条火红的围巾，脚上穿着一双旧皮鞋，说一口地道的徐州话："考官您好，我叫拾玉瑾，徐州立达女中的学生，前来应征！"

郭一民打量一下这个姑娘，问道："今天口试的题目是《国家兴亡匹夫有责论》，请你阐述一下为什么要从军？"

拾玉瑾用清脆响亮的声音回答："金瓯已缺总须补，为国牺牲敢惜身！"

郭一民再问："你一个女孩儿家，参军打仗，流血牺牲，不害怕吗？"

拾玉瑾回答道："'休言女子非英雄，夜夜龙泉壁上鸣'，我与几个同学一起参加了战区护理训练班，抢救、护理大轰炸受伤的民众，血里火里历练过，不怕！我们还天天参加军事训练，就是为了杀敌报国！"

王宇腾插问："你引用的都是秋瑾女侠的诗句，自己有没有抒发投笔从戎的诗词？"

拾玉瑾坚毅地说："今日请得长缨去，哪管他日几人还！"

郭一民夸奖道："真是一个好兵，我们收定了！"

"谢谢考官！"拾玉瑾深鞠一个躬。

郭一民铺开花名册，"你的姓名，年龄，籍贯，学历？"

"拾东西的拾，金玉良缘的玉，秋瑾的瑾，"拾玉瑾快人快语，"我今年17岁，铜山县人，初中生。"

"哦，你的姓氏很少见啊，怎么不是石头的石呢？"郭一民笑眯眯地问。

拾玉瑾咯咯笑着回答，"俺家祖上姓石头的石，曾经跟随朱元璋征战，后来奉旨到徐州九里山以北屯田。一次漕运朝纲抵达北京误了时间，明太祖朱元璋念他立下的战功，就没有降罪，推说石姓漕运不妥，不利驶船，御赐'拾'姓。"

王宇腾诙谐地说："敢情这个姓氏当中蕴含着怎么多的学问啊！"

郭一民从花名册上裁下一半，纸条递给拾玉瑾，"拿着录取单，去领军装、被服吧。后天开拔，到河南潢川集训。"

一个面皮微黑，单眼皮，脸颊上长着麻皮雀的学生站到郭一民面前。

郭一民问："哪个学校的？"

"昕昕中学高中生。"

郭一民再问："叫啥名字，有何特长？"

"曹文甫，擅长无线电。"学生的回答干脆利落，不多说一个字眼。

郭一民对这个其貌不扬的学生刮目相看,"为啥加入抗敌青年军团?"

曹文甫眼神里透露出一股杀气:"男儿立志出乡关,日寇不逐誓不还。埋骨何须桑梓地,人生无处不青山!"

"好,曹文甫同学,你被录取了!"

曹文甫从郭一民手中接过录取单,一言不发地走了。

"这是个钻研型的学者,我们需要这样的人才!"王宇腾望着他的背影说。

拾玉瑾与三个女同学换上了草绿色的棉军装,胸前配白底黑字布质符号,右臂配有一方白底黑字的三角形布质臂章,内有一个"青"字。姑娘们戴上棉军帽,打好绑腿,个个显得英姿飒爽。

"哎,杨益君,这边来!"拾玉瑾招手喊道。

杨益君身穿蓝色铁路棉服,脖子上挂着一架德国纳格尔照相机。

他打量着女兵,羡慕地说:"呀,好漂亮,姑娘们个个都像穆桂英!"

拾玉瑾言辞尖刻地问:"哎,你咋不从军,还恋着你爸安排的铁路调度肥差吧?"

"你才刚刚穿上军装,说话咋就像吃了枪药一样冲,"杨益君反唇相讥道,"俺也想报名参军,可是刘明德局长说铁路调度一大摊子事儿,眼下军运又这么重,天上鬼子飞机来下蛋,先炸的就是铁路线。"

"好啦,好啦,别吵啦,"一个高个子女兵劝解说,"后天就分别了,下一次相见不知道猴年马月,你给我们照张相留个纪念吧!"

杨益君打开黑色皮匣子,"今个儿光线很好,就在教室门口照吧。"

拾玉瑾说:"那就让你破费胶片啦!"

"为从军的女同学效劳,万分荣幸,"杨益君笑着说,"俺做了一间暗室,冲洗一条龙都会,明天一早送给你们!"

中西合璧的教学楼前,留下了女兵们的倩影。

拾玉瑾把带着体温的红色围巾,围在杨益君的脖子上,笑吟吟地说:"留着做一个纪念吧,抗战胜利了再相逢!"

一股酸楚的感情涌上心头,杨益君的眼睛湿润了,"胜利之后再相见!"

六

南门吊桥横跨奎河,桥的北岸是徐州南城门。北伐胜利之后,铜山县政府在这里修葺一座马鞍形石拱桥,徐州人依然沿用"南门吊桥"的称谓。过了桥往东拐就是马市街，刘家辣汤锅就坐落在马市街的西首。

天色麻麻亮，刘家辣汤锅已经开张，沿街三间门面，七八张桌子，三五个食客捧着大窑瓷黑碗，"剌啦剌啦"地喝着辣汤。炉灶砌在西边的门口，两个灶眼儿上支着两口一人高的大铁锅，"咕嘟咕咚"地冒着香气。

郭一民穿着灰色长袍，戴咖啡色呢子礼帽，一副商人打扮。白子沣身着黑呢子中山装，戴着火车头皮帽子，披着一件蓝色棉大衣，一副国民政府官员的行头。两人携手进入饭铺。

高个子的老板站在炉灶前边的凳子上，高喊一声："客官，里边坐！"

郭一民挑了一张临街的桌子坐下。

跑堂的是一位矮胖的中年人，赶紧过来问："两位来点什么？"

郭一民说："半斤肉煎包，半斤素煎包，一根八股油条，两碗辣汤。"

"好嘞，半斤肉煎包，半斤素煎包，一根八股油条，两碗辣汤喽！"跑堂的拖着长腔重复道，迈着轻快的碎步走了。

"你今咋的充阔气，请俺到这里打牙祭？"白子沣眨着小眼睛问。

郭一民小声回答："一则尽地主之谊，就算是给你接风了；二则现场侦查，柳天华可能躲藏在附近！"

白子沣一下子来了精神，"说说，咋个发现的？"

郭一民压低了嗓音："前日大马路西头枪战，日谍被击毙两人，柳天华只身逃脱，当天早上青帮的朋友在这附近看见他化装成一个老头，拐进附近一个巷子就没影了。"

白子沣接着问："不会看走眼吧？"

郭一民说："这个青帮的小兄弟跟他交过手，虽然他伪装成一个老叟，但是走路的劲道一看就是练家子。"

"辣汤、包子、油条来咧！"跑堂的端来一个托盘，放下两盘黄澄澄、油汪汪的煎包，一盘焦黄脆酥的八股油条，两碗热气腾腾的辣汤。

"您是刘老板？"郭一民仰脸问坐在灶台前的大个子。

"刘元臣，徐州人都称呼我刘三！"老板一边用大号铜勺子搅拌这锅里的辣汤，一边说，"听你口音的东边邳县的。"

郭一民说："是呀，俺以前在徐州读书时，穷学生一个，一个铜板掰四瓣数着花，光听说南门吊桥刘三的辣汤醇香味儿浓，就是舍不得来尝一尝。"

刘老板很健谈，"辣汤烧得好，要凭盛得巧。每一碗都要盛得厚薄均匀，关键在拨工，用弯把的铜勺子横着拨动，面筋片儿、鸡蛋花、鳝鱼丝在滚汤里边上下翻飞，恰似云片一样，所以称卖辣汤的为'拨云'。还有卖热粥的用长勺子伸进大缸里舀，又叫'掏井'。卖包子的叫'摆棋子'，卖烧饼的叫'摘月'，各行都有各自的门道。"

白子沣啜着热腾腾的辣汤兴致勃勃地问："古籍上说这辣汤是当年尧帝积劳成疾，彭祖打来野雉，就是野鸡，配以稷米，熬制成'雉羹'，治好了尧帝的痼疾。尧帝大悦，把徐州一带封给彭祖作领地，彭祖也就成为大彭国的酋长。雉羹是典籍中记载最早的馔肴，誉为'天下第一羹'！"

"哦，你说的是'饣它汤'，读音啥，康熙字典里有这个字，左食字偏旁，右一个'它'字，"刘老板纠正道，"正宗的'饣它汤'是用母鸡加猪元骨，配以二十多种中药材熬制的，这就舀两碗送给二位品尝品尝。"

刘老板又舀了两碗"饣它汤"，"送二位客官请尝尝！"

郭一民啜一口，"好喝，这汤的后味儿比辣汤醇厚，辣汤后味儿比'饣它汤'更鲜！"

"碰上美食家了，"刘老板笑着说，"辣汤是从'饣它汤'发展演变过来的。明朝天启四年，黄河在徐州东南鸡嘴坝决口，三年潴水退后，城内淤泥几尺，黄鳝满地乱爬。徐州人别出心裁用鳝鱼做汤，汤鲜味美，就成为现在的辣汤。"

"梆梆梆"一个青年人挑着担子，前头挂香油桶，后头拴着一个筬子，左手拿着一个枣木凿空的梆子，油黑发亮，右手拿着一个木槌，一边敲，一边粗声大气地吆喝，"打香油来，纯芝麻的香油呢！"

白子沣咂咂嘴："你的兵，宗时荣！"

"磨剪子来抢菜刀——"，一个壮实的磨刀师傅，肩上扛着一只长条凳，一头凳子上用铁丝固定住一块青色的磨刀石，板凳腿上拴一只盛水的小桶，另一头搭着一个帆布工具包。

刘老板喊道："磨刀师傅，给俺磨一把剪子！"

"好嘞！"磨刀匠放下板凳，跨骑在长条凳上，接过剪刀，用毛巾在水桶里蘸一下，水珠滴到磨刀石上，拉开架势"哧啦哧啦"地磨起来。

"蒋宝琛还会这门手艺，"白子沣揶揄道，"装猫像猫，装狗像狗！"

蒋宝琛用大拇指在剪刀刃上轻轻试一下，对老板说："剪刀磨好啦，您这把剪子中间的铆钉松了，不好用！"

蒋宝琛从后边帆布包里拿出一把小铁锤，一个铁砧，对准剪子铆钉"砰砰砰"敲三锤，然后递给刘老板，"'剪子好磨，三锤难学'，这三锤是俺的绝活，砸重了剪子的口紧不能用，砸轻了又不好用，您试试好用呗？"

"嗒嗒嗒"马蹄叩击青石板路面，第五战区司令长官李宗仁一身戎装，外罩黄呢子军大衣，骑着一批枣红色高头大马沿着马市街，由西向东，警卫骑白色骏马，身穿灰色棉军服，手持冲锋枪，机警地扫视四周。

白子沣撇撇嘴，不以为然地说："此公故作悠闲，以安定人心矣！"

郭一民突然打一个激灵："日特是想打伏击，就像在北平偷袭英雄旅长赵登禹一样，狠毒啊！"

"焗锅来——钯鏊子，有烂锅破盆的送来钯喔——"，一个小炉匠挑着担子，从门前走过。郭一民盯住他，这人个子不高，穿着一件长过膝盖的破棉袄，腰里系着一条蓝布腰带，头上的毡帽帽檐压得很低，脚上蹬一双高筒旧皮靴。

"今个儿也不知是咋的啦，街上净是生面孔！"刘老板自言自语道。

郭一民问："此话怎讲？"

刘老板回答："你看这磨刀的师傅吧，活儿不错，这条街上头一次来吧。刚刚卖香油的山东小伙儿，一看他的架把式，就知道新媳妇上轿头一回的人。那个小炉匠撇着一口徐州话，俺是徐州老户，一听就是装出来的！"

郭一民与蒋宝琛眼神对视一下，蒋宝琛收拾工具，跟了过去。

小炉匠左顾右盼，一路吆喝着走到街东头。突然一个白白胖胖的中年男子从路旁的饭铺里冲出来，当胸一把揪住小炉匠，另一只手打掉他的破毡帽，"好呀柳天华，你个王八羔子也有今天，狗日的就是化成灰，老子也认得你！"

小炉匠不答话，从高筒皮靴里抽出一柄利刃，"唰"地攮进白胖子的心窝。

"杀人啦！"有路人嚎叫一声。

柳天华甩掉大棉袄，抽出腰间的手枪，沿着三民街向南一路狂奔。

蒋宝琛和宗时荣也拔出手枪追了上去。宗时荣腿长脚快，距离柳天华越来越近。突然，路旁一个馄饨挑子旁边，两个食客突然跳起来举枪齐射。宗时荣一个趔趄栽倒在地。三个人迅速逃之夭夭。

郭一民、白子沣赶过来，搀扶起宗时荣，血水顺着左肩"汩汩"地流出。

"又让这小子跑啦！"蒋宝琛跺足，恨恨地说。

郭一民撕下一个布条，为宗时荣包扎伤口："日特的阴谋暴露，咱们同志的血没有白流！"

"叮叮当当"的铃铛响，梁同义拉着黄包车跑了过来，他气喘吁吁地说："听到枪响俺就往这里跑，快上车，抄近路去基督医院！"

徐州城北陇海铁路线上，两千多名学生兵排队登上火车，一排排，肩并肩，满满地坐在敞篷车箱上。拾玉瑾怀里抱着一支七九式步枪，腰间挎着四排子弹带，英式钢盔背在身后。

黑大个的火车头"呜"的一声长鸣，红色的大铁轮随着摇臂的上下转动徐徐滚动，"呼哧呼哧"喷着粗气，沿着陇海铁路向西行进。铁路两旁到处是轰炸的痕迹，被烧掉的村庄，烧焦的树林。

"哐当哐当"火车开始加速，喷出一大团一大团的水雾，细雨一样湿淋淋的洒在身上。车头飘出的浓烟夹杂着焦炭碴子，一阵一阵地打在脸上，麻沙沙的生疼。夕阳落下了地平线，天地之间笼上一片灰蒙蒙的暮色。拾玉瑾回首眺望，平原那头淡黛色的九里山还有玉带一样的故黄河，渐渐消失在遥远的视野里。

"故乡，再见了！"几颗大滴的泪珠顺着拾玉瑾的脸颊滚落。

第十五章　猛士彭城大风歌　敌寇六路围徐州

一

徐州东郊的黄山垅村北依黄山而建，与附近鸡山、长山、骆驼山、子房山一带山峦构成徐州东部屏障。1938年初，国民革命军第59军张自忠部驻扎于此。2月底，李宗仁命令第59军紧急驰援淮河防线。

早春时节，春寒料峭。夕阳映照山峦，西边天际烧起一片云霞。

附近十里八乡的老百姓，从四面八方赶来，欢送将士出征。村南头的沙滩上，部队全副武装，集合待命。战区民众总动员委员会组织的担架队、救护队、牛马运输队也列队完毕，随队出征。

总动委后勤部部长虎林，跳上一张八仙桌，大声说："59军的弟兄们即将出征，乡亲们，我们齐唱《大刀进行曲》，为将士们壮行，好不好！"

"好！"近万人齐声应和。

军部警卫连的一百多名官兵，整齐列队，腰插驳壳枪，手持寒光闪闪的大刀片，齐声高呼口号："大刀，大刀，雪舞风飘，杀敌头颅，壮我英豪！"

虎林有力地挥舞双臂："大刀向鬼子们的头上砍去，预备——唱！"

万人雄壮合唱，气吞山河，士兵挥舞大刀劈砍跳跃，红绸带上下飞舞，杀声震天！气氛悲壮，撼人心魄，许多人流下激动的眼泪。

长头发，瘦高个，身穿长衫的年轻诗人祖湧，脖子上围着一条咖啡色围巾，登上八仙桌，激扬地朗诵诗歌《颂徐州》："七月七日，在这个震动世界的悲惨日子，侵略者的铁蹄践踏神圣的国土，恶魔的手爪，撕食了千万人的血肉！这一笔历史的血债，必须在我们这一代结清，我们只能用炮火斥退敌人的进攻，用密集的枪炮发射复仇的火焰，用敌人的头颅填满遍地的弹坑，用敌人的血肉肥沃我们广袤的田野！兄弟，亲爱的兄弟，到前线去吧，到前线去，我们将与敌寇死拼到底！一个勇士只能死一次，然而，祖国有明天，明天，会有鸡鸣，有黎明号角，有太阳，有自由，有胜利！"

张自忠赞叹道："自古悲愤出诗人，听了热血偾张，好诗！"

张自忠穿着普通的步军装，布鞋，头上戴着四折皮军帽，面容清癯，身材高大，体格健壮，浓眉大眼，鼻直口方。他跳上桌子，带着浓重山东口音，慷慨激昂地发表演说："乡亲们，我们军队驻扎在这里两个多月，老乡们自己搬进小屋里，把大房子腾出来给部队住；春荒时节，老乡们自己吃不饱，一半粮食掺和一半野菜，省下鸡、肉、粮食，犒劳部队。我张自忠备受感动，在此，我代表59军全体官兵说一声'谢谢乡亲们了！'国家养兵千日，用兵一时。自甲午以来数十年，日本人欺我民族太甚。如今倭寇深入我国土，民族危在旦夕，身为军人，义当奋勇作战，尽忠报国，流尽最后一滴血！"

说到这里，他振臂高呼："杀敌立功！报效国家！报答人民！"

全体将士举枪高呼口号，山呼海啸，气势磅礴。

地方乡贤向张自忠敬献锦旗，软缎刺绣四个遒劲的大字"还我河山"。

张自忠激动地接过锦旗，向父老乡亲敬礼，下令："全体都有，出发！"

锣鼓鞭炮齐鸣，唢呐、笛子吹奏《得胜令》，欢送大军开拔。

一个军官突然从背后抱住虎林，"小虎子！"

虎林转身一看，激动得喊道："百顺哥，想死我啦！"

两人相拥，喜极而泣。

"虎子，你现在干啥呢？"

"从戏班子出来之后，在徐州读书，后来闹学潮，国民党抓我，就逃到北京。1935年底'一二·九运动'，又回到徐州。你这些年咋过的？"

"咳，一言难尽，我现在是军部侦察营的连长。马上该俺部队出发了，以后联系，"司百顺急匆匆地说，"哎，你缺钱花呗？"

听到司百顺说丰、沛县常讲的客套话，虎林也不作假，"刚才腰里几块钱，都给山东过来的难民了，一个子儿也没有剩下！"

"我就知道你帮人从来不留后路，"司百顺从裤兜里掏出七八块银圆，"哗啦"一声塞到虎林手里，"拿着压腰吧，回来咱们兄弟俩好好喝几杯！"

"百顺哥多保重！"虎林泪水婆娑地说。

在苍茫山野的尽头，浩浩荡荡的队伍一溜长龙一般消失在暮霭之中。

1938年3月上旬开始，日军号称"王牌军"的坂垣第五师团、矶谷第十师团，以南边合击的钳形攻势，气势汹汹直扑鲁南重镇台儿庄。骄横的敌人遭受到台儿庄守军的顽强抵抗和外围机动作战军队的沉重打击。至4月6日，日寇伤亡累累，狼狈逃窜。台儿庄战役毙伤日军两万人以上，取得了空前的大捷，极大地鼓舞了全国军民的斗志。

日军在台儿庄遭受重创之后，深知徐州不可轻取，正在调集重兵集团，从北平、天津、河北、绥远、江苏、安徽一带增调13个师团，共计30余万人，分6路向徐州进行反扑。敌军这次抽调的均为最精锐的部队，配备有各种重武器，计划构成若干个包围圈，逐次向徐州压缩，企图将我数十万野战军在徐州周围一网打尽。

二

天色蒙蒙亮，郭一民身穿灰色军装，全副武装，带着一个警卫员，骑着两匹白色骏马，小心翼翼穿行在残垣断壁之中。战争的乌云笼罩在古城上空，民众大多已经逃往农村避难。徐州南关的每一条街巷都冷冷清清，阒无人声，从前商贾云集、车水马龙的街道两旁，只剩下遍地的碎砖瓦砾和焦糊的梁柱。

郭一民二人沿着中山街行至剪子股，蜿蜒起伏的云龙山在晨雾缭绕之中，山峰上的庙宇影影绰绰，若隐若现。东北方向传来阵阵隆隆的炮声，一群敌机黑压压从头顶呼啸掠过，飞往东北方向邳县的战场。

"郭委员，早上好！"游击司令部参谋长郭儒桂远远地快步走过来。

郭一民勒住马，疑问的眼光盯着来人："郭参谋长，找我有事？"

"哦，部队马上转移，我到山下的关公庙给你们送行军的盘缠。"郭儒桂扬了一下手里沉甸甸的帆布包，"三百块现大洋，傍晚出发，前往泰州集结。命令一会儿由传令兵送达。大部队已经开始从西南方向撤退了，徐州最迟后天就要失守，敌军先锋已经抵达睢宁。"

郭一民说："我们马上研究撤退方案，郭参谋长还有什么吩咐？"

"吩咐没有，不过嘛，"郭儒桂似乎言者无心地顺口说，"眼下大敌当前，火烧眉毛了，还要闹内讧。昨天大半夜，军统站站长王宇腾给李总指挥打电话，责问'你们放任共产党拉武装，游击指挥部想要被共产党全部赤化吗？'"

郭一民故意用激将法问："他王宇腾有何权力对国军中将指手画脚？"

郭儒桂长叹一声，"这个军统可是不能小觑，类似于锦衣卫、东厂、西厂。最近，老头子给各战区密电，如果发现中共私拉抗日武装，立即抓人缴枪，不得姑息。我们副总指挥制定了一个你们义勇队改编方案，报送给军统站了，总得应付一下吧！"

郭儒桂的话让郭一民大吃一惊，"我们精诚团结，共同抗日，没有私心啊！"

"好啦，这些话就当是我没有说，"郭儒桂挥挥手说，"咱们泰州再见！"

郭一民敬礼："谢谢郭参谋长送来的军饷，咱们泰州见！"

郭一民抽马屁股一鞭子，一声吆喝"驾"，战马撒开蹄子狂奔。

云龙山东侧山脚下斜坡处，有一个红墙院落，大门朝东，拱圈门框上方镌刻着"关帝庙"的三个大字是竖匾，大门右侧挂一块木牌"游击指挥部抗日义勇队大队"。院子里主要建筑就是一座大殿，面东五间，青砖小瓦。殿内神台上塑着关帝坐像，高大威严，丹凤眼，卧蚕眉，长髯尺许，正襟危坐，左手捧《春秋》。台下其子关平捧印、黑脸周仓持青龙偃月刀分立左右，两将皆着绿色战袍，雄伟威严。

大殿的供桌摆放在正中，旁边几张长条凳，几个特委委员围坐在一起。

白子沨叼着香烟喷云吐雾，凝望着关公塑像问："一个多月滴水未下，田地里干旱得冒烟，农谚说'大旱不过五月十三'，谁知道有啥依据？"

"当然有啊！"蒋宝琛认真地说，"关老爷是伏魔大帝，众神之神，能降伏百魔。每逢农历五月十三关老爷磨刀，磨刀需要蘸水。龙王爷听到青龙偃月刀'嚓嚓'磨刀的催雨声，赶紧降下甘露，正好帮助人间夏种。"

户秉刚端着一大碗红乎乎的高粱稀饭，一边"呼哧呼哧"地喝，一边说，"关公要是显灵，帮着我们降伏日寇这个恶魔就好喽！"

外边响起急促的马蹄声，"郭书记到了！"宗时荣左胳膊吊着绷带，出门迎接。

郭一民急匆匆走进大殿，把帆布包扔在供桌上。

蒋宝琛端来一碗高粱稀饭，一只"花老虎"大卷子，一小碟咸菜，"先吃饭吧！"

郭一民大口咀嚼着白面红芋面各一半的花卷，问："人都到齐了吗？"

白子沨回答："虎林带着五百副担架、一千辆牛车、马车，在邳县禹王山支前；鹿继澄带领贾汪矿工义勇队爆破铁路、桥梁。"

"情况紧急，国民党要调遣我们去泰州，准备半路上缴械，改编我们。"长期对敌斗争养成的保密习惯，郭一民有意隐瞒了信息的来源渠道。

外面又传来一阵马蹄声，一个传令兵从皮挎包里掏出一份牛皮纸信封，递给郭一民："游击指挥部总指挥命令！"传令兵敬礼，转身飞马而去。

郭一民抽出一张发黄的信笺："撤退命令来了，'命令你部立即移防黄山垰村待命，今晚21时之前集结完毕，不得有误'。如何应对，大家议一议。"

"我先说一下，"白子沣捻灭烟头，清清嗓子，"我们新架设的电台刚刚接收到长江局转发中央的一份电报，时间紧迫，通报一下要点。'关于徐州失守后华中工作的指示'，要求我党领导的抗日武装，巩固华北，发展华中，在津浦路以东，陇海路以南，长江以北广大地区发展游击战争。根据这份电报指示，八路军、新四军的主力部队很快就要挺近徐州地区，与当地党政军民一起抗击日寇，创建抗日根据地。"

"这份电文真是及时雨，恰逢其时啊，党中央高瞻远瞩，为我们开展敌后抗日指明了方向！"郭一民接过电报，快速浏览一遍，"以津浦、陇海铁路的交叉点徐州为中心，创建五个根据地。徐州以南创建豫皖苏根据地，以东创建邳睢铜根据地，以西创建湖西、淮海根据地，以北创建鲁南根据地，并且在徐州东南方向的苏北地区，创建盐阜抗日根据地。"

户秉刚思忖一下说："党中央给了我们尚方宝剑，意图很明确，就是针对蒋介石遏制人民抗日武装的企图，让我们放手发展独立自主的敌后抗日武装。按照这个原则，我们可以脱离国民党的节制，不让这支人民武装被国民党顽固派吃掉。"

蒋宝琛磕磕烟袋锅说："蒋介石的'4·12'反革命政变，汪精卫的'7·15'清党，我们党吃了多大的亏，还不是因为我们没有掌握枪杆子！"

白子沣吐出一团浓烟，眨着小眼睛说："拒绝调遣，就是违抗军令；脱离节制，就是分道扬镳，视同为叛军！事关重大，是否要请示一下长江局？"

"时间来不及了，也没有必要，徐州特委目前受山东省委的领导，与长江局跨了两个层级。"郭一民否决了白子沣的意见，接着说，"我们现在手头上有两个中队，另外一个中队在邳县禹王山，一个中队在贾汪，必须通知这两个中队迅速脱离国民党的军队，大家看，我们转移到哪里呢？"

户秉刚铺开地图，指着一片区域说："我们就撤到丰县、沛县、鱼台交界的湖西地区，那里是华中与华北联系的咽喉，东接昭阳湖，京杭大运河贯穿南北，北临鲁南抗日根据地，群众基础好，我们党已经在那里建立了丰县二区、三区抗日民主政府。那里民风剽悍，自古以来就不畏强暴，'牙齿能榜地，手爪能耕田'，具有革命精神。"

"好，我分配一下任务，"郭一民指着地图说，"宗时荣同志骑马通知贾汪的鹿继澄的一中队，从徐州以北的韩庄，横渡微山湖至湖西地区的大王庄；蒋宝琛同志骑马赶到禹王山，通知虎林率领二中队从徐州以南的吕梁山地区，绕道萧县，再前去大王庄集结。户秉刚同志你带领三中队为前锋，我和白子洋同志带领四中队殿后，晚上八点急行军，从东南方向的汉王，再往北折返走户寨集，与户秉刚同志领导的徐西抗日义勇队会师，一同前往集结地湖西大王庄。游击指挥部抗日义勇大队脱离原有序列，从现在起更名为徐州人民抗日义勇总队，同志们还有什么意见？"

众口一词："没有啦！"

郭一民站起身："好，密令各中队紧急行动，按照计划撤离，行动吧！"

三

夜幕降临了，队伍在云龙山东坡一个树林里集结完毕。郭一民跳上一块大石头，作简短的战前动员："同志们，目前的形势各中队都给大家讲清楚了，日寇要吃掉我们，国民党顽固派要缴枪改编吞并我们。我们要保存好这支党领导的抗日武装，按照党中央的指示，独立自主开辟敌后根据地。我命令，全体上刺刀，如果遇到袭击，坚决开火还击，出发！"

队伍在暗夜中出发了，像黑暗中的小溪一样悄无声息地在山坳里弯弯曲曲地行进。为了防止掉队，每个人的脖子上都勒了一条白毛巾，模糊的夜色中，队伍如同一串掩埋在天边暗云里浮动的星星。

云龙山北山门前聚集了大约一个团的士兵，黑压压的一大片。一个军官打着手电筒正在用短促、有力的声调宣布撤退军令："吸烟，杀头！吵嚷，杀头！骚扰百姓，杀头！……"

一重重恐怖的乌云涌上来，遮蔽了皎洁的月光，突然之间狂飙大作，阴风飕飕地猛烈扫过，咆哮着把小路两旁的树枝折断，又旋到空中，一圈一圈地打转，扬起满天尘土。

石狗湖边停着一辆黑色的轿车，两个黑影影影绰绰跪在公路旁，低着头，掩着脸，男的嘴里不住念念有词："各路冤家不要找俺索命，俺行刑也是奉上司命令，官身不由己，等到世道太平，一定置办道场超度亡灵……"

一个女声战战兢兢地祷告："孙鲁老师，您别怨恨我，我实在是没有办法，以后供您牌位，逢年过节烧香祭奠您！"

户秉刚来到近前仔细端详，拉起地上的人，哈哈大笑："麻昭祥大队长，啥事把你两口子吓成这副熊样，你也有害怕的时候啊？"

麻昭祥魂不守舍地说："啊，是秉刚老兄，你看怪不怪，俺两口子车到这云龙山体育场边，就碰到龙卷风阻路，各路凶神恶煞都冲着我。"

户秉刚望着不远处的刑场，心情沉重地说："姓麻的，你在这里杀害了三百多共产党人，现在英魂显灵，亡灵索命，你也胆战心惊了吧？"

麻昭祥在狂风呼啸中大声说："秉刚兄弟，咱俩老亲舍邻，亲表兄弟，老亲新亲，打断胳膊连着筋，你得帮我念叨念叨！"

"好吧，看在人老几辈子的情面上，我替你念叨念叨，"户秉刚双手合十，"革命先烈英灵在上，咱们的军队要借道行军，请给自己的队伍行个方便吧！"

仿佛真有灵性一样，充满野性的哮吼渐渐平息下来，满天的黑云也一团团消散开来，风消云散，天边露出一弯月牙儿、几颗星辰，空气中只剩下着尘土、沙砾的气味儿。

麻昭祥爬起来，"你们这是往哪里开拔呀？"

户秉刚没有回答他，反问道："你们两口子不跟着大部队，带着一车子金银细软，也不怕被人劫了去？"

"拾掇东西晚了一步，这不是正在追赶大部队嘛，撤往安徽阜阳地区，"麻昭祥依然惊魂未定地说，"哎，你们行军的线路不对呀，应该往东关集合啊？"

"你们路上当心点，日寇的特种部队昨天偷袭萧县的黄口大桥。你们开小车，目标大，别让他们捉了去！"

队伍由海郑路转弯，沿着云龙山西侧向南行进。

"哎哎，你们干吗，要到哪里去？"远远传来麻昭祥的喊叫。

四

下半夜月牙儿褪去，四周陷入一片漆黑。远处传来隆隆的爆炸声和机枪密集的射击声，那是张自忠的第59军正在徐州西郊的卧牛山、霸王山等高地阻击日军第13师团的先头部队，掩护大军从西南通道的撤离。

铜山至萧县公路因为车马践踏，路面早已稀烂，浮土积淀半尺多厚，车马、人流一窝蜂似的汇集成一条奔涌的潮水。

麻昭祥关闭车灯，蜗牛似的跟随着西撤的人流，磕磕撞撞地向前爬行，轿车上下颠簸,仿佛激流之中的一叶扁舟。

偶尔队伍露出一点灯光,立即招致无情的责骂:"奶奶的,当汉奸的吧!"

天放亮了,一望无际的大队人马犹如巨蟒一样在原野上伸张,马队在队伍两侧逡巡护卫。麦田中敌军坦克履带碾轧的痕迹清晰可见,烧毁的村庄余烬还在冒着袅袅青烟。

五架敌机从正南方向呼啸而来,秃鹫一样在头顶盘旋,人群四散逃命。麻昭祥从驾驶座位拉起刘萍,背上包袱向河边的芦苇丛狂奔。敌机临空俯冲,机枪泼洒着弹雨,炸弹"咻——"拖着长哨音从天而降。

不知道过了多久,敌机已经远去,四周一片哭嚎声。麻昭祥拉着湿淋淋的刘萍回到路上,到处是横七竖八地倒毙着人尸马尸。

一群群的难民从西边急匆匆迎面走来。

麻昭祥急切地问:"老乡,你们是从哪里来?"

一个中年汉子回答:"从萧县来,县城失陷了,日本鬼子正在城里大屠杀!"

西边的萧县被堵上,麻昭祥连忙问:"北边的黄口、郝寨呐?"

"都被鬼子的坦克车、马队占领啦!"一个难民回答。

麻昭祥心里一惊,对刘萍说:"东边、西边、北边都过不去了,只有一条路,往南走,到宿县再往西走,这条路上山多,肯定能遇到大部队。"

刘萍蓬头垢面,少气无力地说:"咱们歇歇脚,洗把脸,再走吧!"

"哎哟我的姑奶奶,啥时候了,还惦记着洗脸打扮!"麻昭祥顿足说道。

麻昭祥搀着刘萍走过一座木板搭成的便桥,一弯碧清的河水从桥下哗哗地流过,突然,河堰下站起来一个穿黄色中央军军服的人,满脸络腮胡子,个子不高,体格精壮,手握七九式中正步枪。

毛胡脸看到两人都穿着军装,就操着一口京腔问:"兄弟,哪一部分的?"

麻昭祥警觉地拔出腰间的驳壳枪,回答:"我是五战区侦缉处的,你呢?"

"22集团军直属队的,我们奉命掩护大部队撤退,现在往萧县方向撤退。"

麻昭祥收起驳壳枪说:"鬼子已经占领萧县,北边的黄口陇海铁路也被敌人切断了,眼下唯一的退路是从这里往南,走宿县向西,跳出敌人的包围圈。"

毛胡脸追问:"长官,您说的这条线路就能安全吗?"

"这是李宗仁的撤退路线,司令长官先从徐州城南乘火车到宿县,然后再换乘汽车、骡马,往阜阳地区。你们有多少人,咱们结伴走吧?"

"好呀,"毛胡脸回答,"我们有三十号人呐,长官请跟我过来吧。"

三人走到大堰上,一条南边走向的大沟,下边埋伏着身穿国军黄军装的士兵,清一色的高头大马,按照中央军的标配,装备捷克式机枪、掷弹筒、七九步枪、驳壳枪,头戴英式钢盔。个个都很健壮,用兽性的眼神凶狠地盯着两人。

"嘀嘀嗒嗒",一个电报员盘腿坐在背包上,娴熟地揿动电键。

麻昭祥认出这是日式野战电台,立即明白正是这股敌人招来敌机的精准轰炸,于是拔出手枪顶住毛胡脸,厉声问道:"你们是什么人?"

"收起你的家伙吧,"毛胡脸哂笑着说,"你一开口我就知道遇见了麻处长,这位美丽的娘子就是您夫人刘萍女士吧,中共的叛徒,对吧!"

"你们要怎么样?"麻昭祥握枪的手无力地垂了下来。

毛胡脸一把夺过驳壳枪,吹一下枪口,讥笑着说:"按照麻处长说的行军路线,去找李司令长官呀!"

"我要是不从呢?"麻昭祥有气无力地说。

"我听说过当初您准备对付女共党的办法,"毛胡脸换上一副淫笑,"用男囚犯搞暴力轮奸,我们大日本帝国军人给尊夫人带来的将是蜜月般的享受!"

"好吧,我配合。"麻昭祥低下头喃喃地说。

"我们保证对尊夫人秋毫无犯!"毛胡脸对电报员用日语说,"马上发报!"

一则电报飞往敌特务机关:"特务机关部滨上大佐:我部俘获敌第五战区侦缉处处长麻昭祥及其妻子刘萍,根据审问,敌首脑机关战区长官司令部从徐州乘火车向南逃往宿县,再从宿县机械化行军,前往安徽腹地阜阳地区。特遣小队现在带领俘虏前往上述地区侦察,随时联系。犬养少佐,即日七时。"

第十六章　程金石被迫事敌寇　侵略军残酷大屠杀

一

1938年5月19日6时，日军第十三师团向徐州城发起总攻，徐州城四面的子房山、马山头、云龙山、卧牛山等高地硝烟滚滚，炮声隆隆。日军发出野兽一般的呐喊，潮水一样一波又一波，攻占了一个又一个高地。上午8时许，攻占徐州城南戏马台。

这是户部山的最高处，几名日军军官站在台头寺的庙门前，手举望远镜，俯视徐州城区，狼烟四起的街道、房屋尽收眼底。

杨世云身穿一身日军军服，长筒战靴，斜跨王八盒子，满脸堆笑，对日军特务机关长滨上说："我们现在所处的地方就是当年西楚霸王项羽，灭了秦国之后，定都彭城，在城南的南山上，也就是这座户部山上，因山为台，以观戏马、演武，故名戏马台。"

滨上是一个消瘦的小老头，脸颊像刀削的一般，络腮胡子刮得锃青，小眼睛里透出凶狠、狡黠的目光。他操着一口地道的中国话，"就是那一位力拔山兮气盖世的败将啊，与兵败逃窜的李司令长官恰好命运相同！"

"轰——哐！"身后台头寺命中一颗炸弹，弹片、砖石、瓦块横飞，硝烟中高桥虎仆倒在地上，后背上血流如注。

卫生兵飞快地跑过来包扎。

滨上立在那里岿然不动，他弹弹身上的灰烬，关切地问："伤到哪里啦？"

卫生兵一边手脚麻利地包扎，一边回答："弹片穿进后背，可能伤及肺部，需要马上送野战医院！"

国军战机向西南飞去。遥相对应的南城门楼上，曾海春带领张金彪以及徐州商会的七八个人，升起了太阳旗。

城外数百日军举枪狂呼："万岁！"

高桥虎挣扎着站起来，杨世云走向前搀扶着他，用一口流利的日语谄媚地说："高桥君，您下去休养吧！"

"不，"高桥虎拄着指挥刀说，"我高桥虎大队从凌晨一时开始从卧牛山西北斜面攻击，渡边少尉率先杀入敌阵，全身炸满手榴弹弹片五六十处，二十三位勇士战死！我要率领着勇士们攻入徐州城，告慰勇士的亡灵！"

一个胳膊上吊着绷带的士兵高声朗诵："中原万里晴空，惠风盈盈，闪耀着皇威的太阳旗，猎猎的军旗迎风飘扬！支那人在城头悬挂了大日本的国旗，他们匍匐在强大帝国的脚下。战士们面向东方，行举枪礼，'万岁'三唱，激动的泪水挂在英雄们的脸上！啊，在这样的天地，在这样的山上，即使暴尸疆场，英魂永建武勋，神州永垂男儿名！"

"好诗！"高桥虎赞扬道，"樱井军曹，还能战斗吗？"

"报告部队长，左臂被敌军手榴弹炸断了，上了夹板，坚决不下火线！"这是一个日军中少见的高个子青年，肩章一杠两星，戴着一副圆眼镜，显得孱弱文静。

高桥虎挥舞指挥刀吼叫："昭和十三年五月十九日上午八点三十分，田代部队第一个攻进徐州，武士的荣耀，前进！"

日军呈战斗队形，呐喊着涌向南城门。高桥虎望着冲锋的部队，带着兽性的笑容，口吐鲜血，一头栽倒在地上。

城门上，曾海春举着一面太阳旗，望着蜂拥而至的日本兵，泪如雨下。

入城的日军举着火把，沿着南门大街四处纵火。烈焰就像是张着血盆大口的狰狞野兽，裹挟着浓烟与灼热，夹杂着烈焰肆虐的呼啸声，还有让人窒息的空气疾速膨胀，到处是房倒屋塌的嘎巴声。

昔日繁华的"小上海"大同街到处是残垣断壁，一队日军骑兵耀武扬威地骑着高头大马，铁蹄践踏着青石板路面上，显示着占领者的狂妄姿态，成为侵略者占领徐州的标志性镜头，刊载在日军侵华的画报和世界各大报纸头条。

夕阳如血，天空布满铅灰色的阴霾。杨兆麟打开房门，门框上不知什么时候被贴上一面日本国旗，举目望去，平民横七竖八暴尸街头，他悲恸欲绝，"街巷无人昼掩门，尸骸纵横日黄昏。无端浩劫畴能挽，入耳鸣禽似诉冤。"

余晖斜照着教堂顶端高耸的十字架，塔顶悬挂的一面红、白、绿相间的意大利国旗分外招眼。公安街3号，这里是徐州耶稣圣心大教堂。"十字"形的布局，拱形结构，坚固的砖石墙体，代表着经典的罗马式建筑风格。大教堂前部是三层，二层是唱诗楼，顶层为大三角架，最顶端是黑色花岗岩的十字架。后部是礼拜堂，50根青石支柱平行排列两行，高大、宽敞、气派。

教堂笼罩在昏暗中，燃在银烛台上的十几支蜡烛发出朦朦胧胧的幽暗光芒。水泥地上，难民们或坐或卧，神情木然，呆呆地一言不发。

华伯诚附在程金石耳边小声说："曾海春会长在大门口等你了！"

程金石起身，匆匆赶到大门口。曾海春站在铁栅栏外，右臂上缠着白色的袖标，上面印有血红的太阳旗和日军部队的印章。

程金石上下打量一番，问："仁兄这算是正式投靠日本人啦？"

曾海春急切地说："贤弟，鹫津中将的司令部就设在兴隆面粉厂，厂子已经被军管，由日本东亚制粉株式会社代管，皇军急需军粮，需要召回你们原厂的职工恢复生产。"

程金石拧着脖子说："我要是不答应呐？"

"贤弟，好汉不吃眼前亏，现在掌管徐州人生死簿的就是这仨人儿，宪兵队犬养少佐、新民会杨世云会长，还有特高科科长柳天华。我已经与犬养讲妥了，只要你参加治安维持会，配合恢复军粮生产，他同意保护天主教堂、基督教堂还有徐州红十字会的难民所。刀架在咱们的脖子上，不干也得干呀！"

"好，我豁出去了，干！"程金石咬牙切齿地说。

程金石隔着铁栅栏为他缠上袖标，"识时务者为俊杰。犬养今晚请客，咱们一起去见犬养少佐、杨世云会长、柳天华科长，好啦，可以出来啦，眼下只有毛驴车坐了。"

二

夜幕降临，兴隆面粉厂南大门上方的路灯发出惨白的灯光，映射着门前斜插着的一面膏药旗。门口站立着四个日本哨兵，端着刺刀，凶神恶煞一般。三辆坦克轧轧地轰鸣着，沿着镇平街向东站方向驶去。

曾海春向鬼子哨兵鞠躬，用日语说："我们是犬养少佐请来的客人。"

哨兵仔细地察看了两个人的通行袖标，挥挥手："开路！"

毛驴车"嗒嗒"地进入厂区，程金石泪水婆娑地望着黑暗中的工厂，他熟悉厂里的一草一木，熟悉机器上的每一颗螺丝钉，这是他毕生的命根子！

一群赤身裸体、下体用布条兜着的日本兵，喝得醉醺醺的，咿咿呀呀地唱着"武运长久"的歌曲从身旁走过。

厂部的客厅里，灯火依然辉煌。转圈的沙发前面按照日本人的习俗安放了茶几，上首端坐着黑壮的犬养，身着黑色的和服；下首右侧坐着黑胖子的杨世云，留着仁丹胡，身着条纹布料的和服；柳天华梳着大分头，穿着日军黄军裤，上衣是中式蓝褂便装。

曾海春拉着程金石的手，走进客厅，向犬养九十度鞠躬："犬养太君，程金石给您请来啦！"言毕，分别向杨世云、柳天华鞠躬。

犬养打量一下程金石，操着一口京腔说："程老板果然是一表人才啊！"

程金石比照着曾海春的样子，依样画葫芦，深鞠一躬。

犬养脸上浮现出一丝得意的笑容，"海春君、金石君，请坐吧！"

杨世云连忙起身，鞠躬致谢："犬养太君厚爱，我等感激不尽啊！"

三位浓妆艳抹的女人，身穿粉红色和服，梳着发髻，斜插着银簪子，脚上趿着木屐，踩着碎步，平端着餐盘，给每个人面前摆放上一份凉拌芝麻菠菜、日式炸鸡咖喱饭、松茸日本豆腐、烤青鱼，还有一壶清酒，一只白瓷酒杯。

程金石蓬头垢面，一身油绸大褂灯笼裤已经发馊，他感到浑身上下都不自在，小声问邻座的曾海春："这里咋还有日本娘们儿？"

曾海春压低嗓子说："这是艺伎，也就是婊子，也可能是朝鲜人或者"台湾"人，日本人称为半岛人或者籍民的，咱们分辨不出来。"

犬养举起酒杯："来，斟满酒，为日华亲善干杯！"

杨世云双手捧起酒杯，满脸谄笑："为建设大东亚共荣圈干杯！"

犬养放下酒杯，凶狠地盯着程金石问："金石君，清酒的味道如何呀？"

程金石实话实说："像是二锅头兑了水！"

"呵呵，金石君很诚实的回答呀，"犬养意味深长地说，"喝习惯了就好啦，你们中国人一句话'习惯成自然'嘛！"

曾海春笑着说："俺觉得这清酒绵软可口，不愧为东瀛的玉液琼浆。"

犬养敞开领口，露出黑茸茸的胸毛，咧着大嘴说："我们言归正传，受大日本陆军特务机关部滨上大佐委托，今天请各位过来，主要是为了恢复徐州的治安维持。新民会的会长杨世云先生，你担任徐州维持会会长。曾海春先生，你是青帮的'大'字辈，由你担任维持会副会长。维持会暂时下设两个科，警务科长是你们的老熟人营从茂，税务科长根据举荐由华伯诚担任。金石君，你是徐州首屈一指的实业家，应当出来担任商会会长为皇军服务，你的当务之急就是尽快召集员工恢复生产。"

程金石面带愁容地说:"我的职工大多数躲在难民所或者逃到乡下,召集起来有困难!"

犬养露出狰狞的面目:"那是你的事,发给你一百个通行袖标,三天之内恢复生产,否则,军法从事!"

犬养独自斟了一杯酒"咕咚"喝下去,瞪着血红的牛眼说:"按照军部与特务机关部的命令,战争期间所有中国之工矿业等,均属日本军管理;日本军占领之地,分为敌产与民有产。若已经查明为敌产,则完全没收;如果证明为民有产,须日华合办。兴隆面粉厂在战前就已经认定为敌产,应当予以没收!"

"凭啥呀,俺们厂里没有一丁点国民政府的股份啊?"程金石叫苦连天。

一直沉默寡言的柳天华这时候操着一口天津话说:"程掌柜的,谁不知道兴隆面粉厂是国军的粮台啊,说你资敌通敌不冤枉吧?去年收购麦子时候你阴了我一把,给皇军收购的麦子运不出去,赔血本戋给你,折了几万块大洋,你是挣的皇军的钞票呐!根节儿就出在这里,你还敢说不是在为国军做事?"

程金石一时哑口无言,面色涨得通红。

"依我看不如这样办吧,"杨世云笑呵呵地出来打圆场,"大日本皇军正在乘胜追击,即将一鼓作气拿下郑州,武汉也如探囊取物。眼下皇军最需要战斗机呀!程老板作为徐州商会会长应该带头募捐两架战斗机,你个人认购一架,我看就请皇军命名为'金石'号吧,以彰显徐州民众拥戴日华亲善。"

柳天华与杨世云两个人一唱一和地演双簧,程金石如芒刺在背,心中暗自叫苦,他明白这是日本人与他们设计好的局,除了逼迫他吐出麦收时候赚的利润,更为险恶的用心是迫使他就范,充当汉奸。

看到程金石窘迫,犬养哈哈大笑,"'两国交兵,各为其主',当初程老板资敌通敌,现在只要效忠皇军,官有得做,钱有得赚。程老板就出任苏北民众献机委员会主任吧,工厂嘛,可以合作经营,就叫'东亚制粉徐州兴隆株式会社'吧!"

"啪啪啪"另外三个人鼓掌。

曾海春提点道:"金石贤弟,还不赶快感谢犬养太君!"

程金石端起酒壶,问道:"犬养少佐,您是徐州生杀予夺的判官,求您三件事,一是管束好军队。"

话说了一半儿就打住了,下半句的潜台词大家都心知肚明,程金石偷眼观察犬养的神态,没有愠怒的表情,于是就壮着胆子接着说,"二是天主教堂、基督教会还有红十字会的难民收容所，食物燃料奇缺，请您恩准我个人出资，向难民提供面粉、食品。中兴煤炭公司的戴老板也愿意资助燃料。三是恪守诺言，实现日华企业合作。"

犬养沉吟片刻，瞪着牛眼说："凡我大日本帝国治下的良民，皆享受大东亚共荣圈的保护；至于敌占领域，则不在此列。徐州宪兵本部同意你们向三处难民所提供食物、燃料。只要程先生竭诚为皇军做事，双方合作必定愉快。"

程金石双手捧起酒壶一饮而尽，泪流满面，声音哽咽："我不顾一切，毅然决然担任会长，为的是共筑大东亚之堡垒，实现中日满亲善！"

留声机里响起异国情调的曲调，三个艺伎赤着脚翩翩起舞。犬养、杨世云和曾海春也离席，纷纷随之起舞。

柳天华凑到程金石跟前，皮笑肉不笑地说："程老板，往后咱们在一口锅里摸勺子了，以往那些磕磕绊绊的事儿，您就甭往心里去啦！"

"岂敢岂敢！"程金石起身作揖道，"往后还要仰仗柳科长照应！"

"华伯诚是理财的好手，我向皇军举荐的，税务科长，肥差呀！"柳天华的一双老鼠眼盯着程金石，"我还想问你要一个人，不知道给不给面儿？"

"谁呀？"程金石佯装醉意地问。

"您手下的一个小把头，伍衡！"

程金石不知道这家伙葫芦里卖的啥药，就推说："不知道这小子躲哪儿了！"

"眼下正是皇军用人之际，这小子与俺交过手，实话说，他的功夫上乘，我准备在特高科的行动队给他安排一个小队长的差事干干！"

程金石思忖，反正一窝人都掉到坑里了，于是抱拳施礼："谢谢柳科长抬举！"

一曲终了，犬养站在客厅中央拍拍手说："向各位宣布另一个好消息，根据大日本帝国华北派遣军特务机关部的指令，徐州治安维持期间结束之后，将成立苏北公署、徐州市公署和铜山县公署，委任曾海春先生为苏北公署副专员，杨世云先生为徐州市长，杨兆麟先生为铜山县长！你们必须马上把维持会、商会成立起来，动员外逃的市民返回家乡。国民党的散兵正在由徐州东南至西南方向溃逃，皇军将对上述地区开展扫荡！"

"让我们为皇军的神勇，干杯！"杨世云谄笑着举起酒杯。

东南方向的夜空升起了一轮下弦月，像是被鲜血浸透了一样，血红血红的，星星躲在一片一片臃肿的浮云中时隐时现。夜风中吹来一阵呛人的焦糊味儿，掺杂着令人作呕的血腥味儿。

程金石回到教堂，一言不发，仰望着教堂塔尖上游动的云朵，像是一群老妪，弓着腰，驼着背，吃力地从月牙旁边飘过去。

半晌，他对华伯诚说："汉奸的帽子只有顶在头上啦，没有别的法子！"

华伯诚长叹道："辱没祖宗呀！"

程金石俯在华伯诚耳边耳语："我拿你当亲儿子才给你说，其实我是国军苏北挺进军游击纵队司令、军统站少将站长王宇腾安插的探子，委任状书写在白绫上，徐州协事处上校主任，盖有苏北挺进军总指挥部的关防。你就算是我发展的下线，将来国军光复，咱们都是有功之臣，怎么能算作汉奸呐？"

"行，我听您的，不过，您刚才说的日军要扫荡徐州东南、西南，老百姓大多往那里的山区跑，这可咋办呀？"

程金石顿足道："听天由命吧！"

三

徐州东南方向的燕窝是一个依山傍水的小村落，村后有一条几十米高，数百米长的山梁，村前一条南边走向的大堰，一条直路通往吕梁山区。路东是一片大水汪，密密麻麻长满了碧绿的莲藕，周边长满了茂密的芦苇荡，许许多多鸟儿躲在里边叽叽喳喳鸣叫。汪塘旁有一口井，时间接近小晌午，几个年轻的女子在井边洗菜、淘米。

十几辆牛车一字排开，驮着男男女女逃难的人们，慢腾腾地由北向南而来。

杨益君手搭凉棚向南张望，"姐姐、姐夫，还有七八里地，过了那个山梁就到燕窝村了，在那里歇歇脚，下午就能赶到吕梁山的姥娘家。"

一个身穿长袍的青年说："弟弟，咱们抓紧赶路吧，跑得越远越安全。"

一个孕妇接着说："益君，你姐夫说得对，咱们还是尽快赶到姥娘家，那里山高林密，比较安全！"

突然，有人惊呼："鬼子来啦！"

远远望去，北边的大路上扬起漫天烟尘，十几辆草绿色的装甲车咆哮着冲了过来，打头的是三辆挎斗摩托车，上边插着日本旗。

难民们炸成一锅粥，女人们哭哭啼啼，慌乱之中用尘土抹在脸上。

"益君，快跑！"姐姐推了他一把。

"你和姐夫咋办？"杨益君急得直跺脚。

姐姐嘶吼着说："快跑，不然来不及啦！"

杨益君跳下牛车，含泪向南边狂奔。

铁甲车喷着黑烟停下来，车上钻出来一百多个头戴战斗帽，身穿黄军服的鬼子，手持三八大盖，明晃晃的刺刀逼住了几十名难民。

犬养走到难民面前，一把揪出一个身穿长袍的青年，"你，胡子的？"

"他不是胡子，他是教员！"孕妇扑过来抱住年轻人说。

井樱二话不说，端起刺刀就是一个突刺，利刃深深地攮进年轻人的心窝。青年一声不吭地软绵绵地倒下了。井樱麻利地抽出刺刀，在长袍上蹭蹭血迹，然后掏出手帕，擦拭眼镜片上的血珠。

"啊！"孕妇惨叫一声，昏厥在地上。

犬养抽出军刀，冲着士兵吼叫道："你们记住，支那人不是人，是笨猪，不管是男人、女人，只要是有反日思想，统统格杀勿论！"

一个高个子、深眼窝、栗色头发、满脸络腮胡子的中年人走到犬养面前，他身穿西式白色翻领衬衫，戴洋草帽，脖子上挂着十字架。

"我是慕尔神甫，"他操着生硬的中国话说，"这些老百姓都是我教区虔诚的基督信徒，这里边没有士兵，你们不能滥杀无辜，要杀就先杀我！"

犬养脸色铁青，一言不发，从枪套里抽出了手枪。

神甫见状，跪在地上向天主祈祷，引颈受戮。

犬养对准神甫的脑袋连开两枪，神甫的天灵盖迸出白生生的脑浆。

井樱蹲在地上用沾血的手帕揩拭孕妇的脸庞，露出一丝淫笑。

犬养举起军刀，"勇士们，二十分钟时间够了吧？突击！"

兽兵们发出一阵嗥叫。扑向手无寸铁的妇女……

"鬼子来啦，鬼子来啦！"杨益君一边跑，一边声嘶力竭地大声呼喊。

平静的村庄顷刻间骚动起来。背着包袱的难民，还有赶着牲畜的村民一窝蜂地涌到村头，春夏之交，附近是一望无际的麦田，没有青纱帐可以躲藏，北边响起了阵阵枪声，情急之下，人们纷纷钻进了芦苇荡。

三颗绿色的信号弹飞向空中，鬼子的装甲车骑兵将燕窝村团团包围。

杨世云身穿日军马裤，上身白衬衣，"张家兄弟，咋一个人毛也没有见？"

翻译官瓢把子张金彪、二呱子张金豹带过来问话。

犬养挂着带血的军刀问："喂，你们报告的支那军人躲到哪里去啦？"

张金彪哆哆嗦嗦地说："太君，他们八成是跟老百姓一坨躲进这苇子棵里啦，您看这芦苇荡一眼望不到边，不如向里边吆喝，就说皇军给大家办'良民证'，大家可以回家啦。军人只要投降，保证生命安全！"

犬养点点头，"唔，好的，你们两个开始喊话吧！"

两个汉奸敲着锣，围着大汪塘高声喊叫："乡亲们，出来吧，皇军是给咱们办良民证来啦，做皇军的好良民，该收麦子的收麦子，过太平日子喽！"

"国军士兵们，出来投降吧，皇军保证你们的生命安全！"

喊了半天，芦苇荡里钻出来一个中年人，浑身上下湿漉漉的。

井樱当胸一把揪住："你，什么的干活？"

汉子战战兢兢地回答："俺是这村子里的甲长燕广喜。"

张金彪走过来说："哎，你是当地人，出面吆唤，准管用！"

燕广喜接过大锣说："俺试一试！"

"哐，哐！"燕广喜扯着大嗓门喊道："乡亲们，快出来喽，办'良民证'喽呵！国军士兵们，出来吧，皇军大大地优待咯！"

陆陆续续有人走出芦苇棵。

鬼子逐一检查青壮年的肩膀有没有扛枪压的痕迹，大拇指和食指中间的虎口有没有拉枪栓的茧子。

600多青壮年被刺刀逼迫着，驱赶进一所大宅院。这是一个四合院，四周垒起的石头墙一人多高，厚实的土坯房，房顶是半草半瓦的"西瓜顶"。

鬼子关上大门，锁死，门口堵上机枪，开始在院墙四周泼汽油。

"跟鬼子拼啦！"有人惨叫着，开始往外冲。门口的机枪"咯咯"地吼叫起来，十几个青年人迎着横飞的弹雨和鬼子的刺刀，冲出大门，瞬间倒在血泊中，最后一个青年死死抱住一个手持火把的鬼子，将他拖进院子……

四

望着远处的滚滚浓烟，杨益君一下子瘫坐在地上，大哭："俺姐姐、姐夫！"

顺着麦田的垄沟疾速赶来一支小队伍，十几个人，穿国军的灰军装，虎林擎着驳壳枪跑在最前面，他扶起杨益君，大吃一惊问道："啊，你不是杨兆麟老师家的杨益君吗，咋的啦？"

杨益君面色苍白，指着狼烟四起的村庄："看到没，淌烟的燕窝村，鬼子正在杀人，放火，俺姐姐、姐夫……"

虎林怒目圆睁："卢云班长，你的机枪能不能够到村边的鬼子？"

班长卢云是一个矮小精干的云南青年。他眯一只眼用大拇指目测了一下距离，"虎队长，我们距离村口警戒的敌人大约七百多米，DP27转盘机枪刚好最大的射程。"

这是国军一个标配的步兵班，12个士兵，一个机枪组5个人使用苏式DP27转盘机枪，一个步枪组7个人，使用79中正式步枪。

虎林环视了一下这支小队伍，又观察了四周的地形地貌，对卢班长说："接应我们的队伍就在正南方五公里左右的吕梁山圣人窝，我们打一下鬼子，然后往南撤，与二中队会合，再一齐向西撤退。你们如果愿意跟我们到湖西去，八路军欢迎；如果想去阜阳找国军，我们负责护送！"

卢班长咬牙切齿地说："我们一个连的兄弟都被鬼子屠杀了，尖兵班要不是虎队长带领，也都一起殉国啦。为乡亲们报仇，为死难的兄弟们报仇！"

虎林问："还有多少弹药？"

弹药手回答："两盘子弹，满满的，每一盘47发！"

虎林拍拍卢云的肩膀，"打完一梭子子弹，咱们往南冲五百米左右，就上了吕梁山的山梁，鬼子的骑兵就算是撵上来，我们也能跟他们干一仗！"

"好噶！"卢班长把机枪稳稳地架在沟沿上，屏住呼吸，对准村边一溜黄乎乎的人影，"突突突"机枪发出怒吼。

机枪声戛然而止，虎林拉起杨益君说："兄弟，跟着我们一起撤退吧！"

杨益君回答："等我处理完家里的事情，再去找你们吧！"

"鬼子的骑兵马上就要过来啦！"虎林带着这支小队伍向南方跑步前进。

望远镜里一小队灰色的身影跃上了远处的山岗，犬养不解地对杨世云说："这一小股敌军竟然敢袭击皇军，敢于以卵击石，勇气可嘉！"

杨世云也举起望远镜，"兵败如山倒，这个时候还敢袭击皇军的，只有共产党做得出来。"

"白樱花行动进行了吗？"犬养仍然举着望远镜观察着远处的山峦。

杨世云点头哈腰地回答："按照您的吩咐，白樱花已经在这一带活动了，专门调拨了两支盒子炮、一支汉阳造！"

犬养显然不放心："共产党、国民党的一些习惯都研究透了吗？"

"白樱花本来就是中共的叛徒，熟悉马克思、共产主义，另外两个组员也都是他在天津时就开始培训的。"

"唔，好的，一定要注意细节，"犬养满意地点点头，转过身对井樱说，"井樱小队长，率领你的骑兵小队追上去，消灭这股敌人！"

"哈依！"井樱跳上战马，带领二十多名骑兵，挥舞着战刀冲了过去。

"虎队长，鬼子骑兵追上来了？"卢班长气喘吁吁地说。

虎林回头观察了一下，沉着地说："不要慌，我们边打边撤！"

草丛里窸窸窣窣一阵响，钻出来三个人，都是清一色的打扮，黑色粗布裤子、栗色褂子，戴着席夹子草帽，身后背着小包袱，腰扎皮带，斜插木柄手榴弹。两个人手握驳壳枪，另一个人提着汉阳造。

"哪一部分？"虎林用枪指着来者厉声问道。

"同志，别误会，我们是鲁南青年抗敌大队的，被鬼子打散了，我是大队长汪绪仁，"为首的一个约莫三十多岁的年纪，个子不高，浓眉大眼，长相英俊，操着一口徐州话反问，"你们是哪一部分的呀？"

"我们是抗日义勇大队的，我是中队长虎林。"虎林回答。

"鬼子马上就要攻上来了，咱们一道撤退吧！"汪绪仁说。

虎林上前与他握握手，"好啊，咱们一起往南撤，前面部队接应咱们！"

汪绪仁挥挥手里的驳壳枪，对两个随从招呼道："你们两个负责殿后！"

子弹飞蝗一样从身旁"日——"带着凄厉的哨音飞过去，一颗流弹击中队员后胸，他"啊"地惨叫一声，仆倒在地。

虎林、汪绪仁赶紧低姿跑过去，扶起这位年轻的队员，他的脸色煞白，哆嗦着掏出两张票子交给汪绪仁，断断续续地说："汪队长，我最后一次党费！"言毕，就咽了气。

"他奶奶的，跟鬼子拼了！"汪绪仁抄起牺牲队员的汉阳造，恶狠狠地说。

"快撤！"虎林拉起汪绪仁沿着山脊背面躲避鬼子的子弹，一溜狂奔。眼看着距离小山包越来越近了，突然，"砰！"前边树林响起了震耳欲聋的排子枪声，射击的间隙，虎林听到蒋宝琛熟悉的声音，"大家听好，预备——放！"

"砰！"几十支步枪一齐喷射出复仇的子弹。

鬼子连人带马摔倒三四个。

"撤退！"井樱看到前边有埋伏，不敢恋战，匆匆撤兵。

蒋宝琛提着驳克枪迎了上来。

"老蒋同志！"虎林与蒋宝琛紧紧拥抱。

蒋宝琛锤着虎林的肩膀说："听到北面枪密集地响，又冒起黑烟，我担心你们遇到麻烦，就带领两个小队过来迎你。"

"咳，正遇到鬼子杀人放火，就干了他们一家伙！"虎林接过水壶，咕咚咕咚灌了一起，抹一把嘴，"介绍一下，这位是鲁南青年抗敌大队汪绪仁大队长，这位是六十军上士班长卢云。这位是特委委员蒋宝琛同志！"

"蒋委员同志，你好！"汪绪仁热情地与蒋宝琛握手，"我们大队被鬼子包围，就突围出来我们三个人，一路上找组织，见到你们，就算是到家啦！"

蒋宝琛打量着汪绪仁说，"老汪，你这浑身上下拾掇得挺利落的呀？"

汪绪仁指着那个虎背熊腰的队员说，"我们三个人突围出来，衣服破烂不堪，就找老乡家买了三身衣服，这位是王云鹏，还有一位小同志刚刚牺牲了！"

汪绪仁的一番话，蒋宝琛接着问："老汪你是徐州人吗？"

"不是，我是台儿庄的，徐州话跟台儿庄说话差不多。"汪绪仁回答。

"噢，老汪同志读过书？"蒋宝琛又问道。

"读过几年私塾。"汪绪仁很圆滑地回答。

蒋宝琛不再发问，回头喊道："快到集合地点了，大家跑步前进！"

公安街7号大院里摆放着两口白茬棺材，大厅正中悬挂着一张照片，挂着黑纱，两个青春正茂的年青人幸福地偎依在一起。大门上方张贴了一张谏文，"杨兆麟夫妇以血泪磨墨书写：黎民何罪，家家惨遭洗劫？青年何罪，双双仆卧血泊？白发送黑发，欲哭无泪！父母送爱女，悲恸欲绝！问苍天，此何世道，此何社会？！"

第十七章　杨兆麟严词拒劝降　颜石峰受命入敌营

一

日军攻陷徐州之后，沿陇海铁路继续向西进犯，6月6日占领开封，进逼郑州，剑指武汉。为了迟滞敌军西进，6月9日，蒋介石下令在郑州东北花园口炸开黄河大堤。滔滔黄河水淹没了河南、皖北、苏北40余县的大片土地，89万余人溺亡。突入豫东地区的日军4个师团被迫向黄泛区以东地区撤退，徐州会战至此结束。

一大早，大同街钟鼓楼顶上大喇叭响起了一阵刺耳的聒噪声，杨兆麟站在庭院，侧耳听着男声用粗野的日语吼唱："您与我是同期的樱花，同在兵学校的庭院开放，若觉悟之花盛开而凋谢，美丽的凋谢是为了国家……花之都在靖国神社，与君相见于春之梢！"

一曲终了，一个嗲声嗲气的女声："大日本皇军陆军宣抚班徐州广播电台播报华北派遣军《关于动员华人回城暨收缴枪支弹药的告示》……"

"咚咚咚"响起了敲门声，杨兆麟拔掉门闩，曾海春陪同一位穿和服的黑壮汉子站在门口。

曾海春抱拳施礼道："兆麟兄，宪兵大队犬养大队长前来拜访您！"

"不速之客，客厅里坐吧！"杨兆麟瞟一眼，冷冷地说。

犬养趿着木屐"呱嗒，呱嗒"径直走进堂屋，面对挂着黑纱的遗像，鞠躬默哀，然后抬起头说："杨先生，对于战争对您和家人造成的痛苦，我深表遗憾！和平乃日中国民共同的渴望，亦为战争必然之结局，所以尽快结束这些不愉快的局面，建设大东亚新秩序，才是我们共同的使命！"

"犬养先生，你这算是道歉吗？我们国民千家万户遭受的灾难，谁来致歉？"杨兆麟压抑着满腔怒火，"你说到和平，你们皇军所到之处，'上无飞鸟，下无走兽，遍及望目，唯死人枯骨为标识耳'！这就是你们的新秩序，共荣圈！"

曾海春赶紧打圆场："皇军是为了建设大东亚共荣圈，咱们中日同文、同种又同心，实现中日亲善，中日提携，共存共荣。"

犬养摆摆手打断他，开宗明义地说："我毕业于日本陆军士官学校，之后被派往东京外国语学校学习汉语。杨先生早年在东京加入同盟会，我们把你当朋友，在皇军入城之前，城里的谍报小组就为您的府邸贴上了保护符。只要国家存在，冲突就永远不息。战争是政治的继续，一方势力的崛起，必定要对原有的形势和格局提出挑战；战争也是人类进步发展的动力，只有战争才可以保障国家肌体的健康，民众的牺牲则是历史车轮前进时难免碾碎的花草，是必要付出的代价。"

杨兆麟哂笑道："中国的一句老话'盗亦有道'，你们的王道乐土的基石就是建立在天下黎民百姓的累累白骨之上的吗？假如碾碎的花草是日本民众，你将有何感想？"

犬养瞪起了凶恶的眼睛："杨先生这些言论有反日思想倾向，是很危险的！"

"犬养先生，我可以给你打个赌，灾难的制造者，最终会成为灾难者本身，报应的那一天迟早会来到。"

"杨先生，你不要敬酒不吃吃罚酒！"犬养说罢，怒气冲冲拂袖而去。

曾海春急得直跺脚："老哥哥，咱们的小胳膊能拧得过日本人的大腿么？咋净做憨事哩！"

杨兆麟坚定地说："宁可日食糠菜，不尝敌人粮肉！"

曾海春说："好汉不吃眼前亏呐！"

杨兆麟情绪激扬地说："觍颜事敌，辱没祖宗！你从小不成驴，到老还是一头驴驹子！"

"骂得好，算你有骨气，"曾海春摆手挂起免战牌，"我不跟你争辩是非，我明白，你对我南城门挂膏药旗，为日本人做事，一直耿耿于怀。你以为俺就想戴一顶汉奸的帽子？俺曾海春毁誉弗计，挺身而出，为的是宣示徐州城为不设防，减少日军对城区和百姓的摧残！"

杨兆麟不屑一顾地说，"你减少日本人的烧杀掠夺了吗？"

曾海春两手一摊："维持会出面帮助日本人采办粮食、肉食、蔬菜、炭薪，总比他们去抢要好多喽吧？日军现在飞机整天在天上转悠，撒传单、贴告示、动员民众回家，为的也是让老百姓安居乐业呀！"

杨兆麟捋一下银髯说："我送你一首新作，'一事求全万虑生，由来社会不公平。是非颠倒终成恨，说到人情剑欲鸣'。1644年满清入关，明朝灭亡，读书人顾炎武大声疾呼'国家兴亡，匹夫有责'。你也是一个读书人，咋讲出这么多没羞没臊的话，跟秦桧一样？"

曾海春思忖一下说，"老哥哥，1644年清人入关，大明完蛋。苏松总督祁彪佳坚决抗清，清兵攻陷杭州，他沉池殉明，留下千古赞誉。而明朝的太子少保、户部尚书、文渊阁大学士王铎，与礼部尚书钱谦益，则在满人兵临南京城下时，双双携手打开城门，恭迎清军入城，也没有留下千载骂名呀！为啥，他们都没有错！本来么，王朝更迭，江山易代，就像是一出没完没了的戏剧，你方唱罢我登场，衣冠粉黛脱掉宋、元戏服，转眼就戴上了明朝的乌纱帽，再往后就拖着清朝的大辫子。不管是谁当世，咱们老百姓不还得照样过日子不是？"

"海春，'谁有奶，就是娘'对吧，"杨兆麟唬着个黑脸说，"你的汉奸言论很有煽动性，请你不要在日本人的宣抚班的报纸、电台去讲演！"

曾海春自鸣得意，哈哈大笑，"本来么，中国绝对不是日本的对手，与其战至最后一个人，流尽最后一滴血，倒不如早一点及时止损，让民众停止遭罪。"

"曾海春，我看你是王八吃秤砣，是铁了心要当汉奸啦，"杨兆麟愤愤地说，"讲吧，今天来寒舍，到底是啥意图？"

曾海春从皮包里摸出一枚铜印章，"日本人请您出山，担任铜山县知事，就是县长，老哥哥要是不答应，明天我还来。"

杨兆麟拍案而起，吼道："明天再来，陈尸相见！"

曾海春依然觍着脸乞求道："老哥哥，我知道您不会答应的，当初您当铜山县县长，不满国民党，愤而辞职。如今日本人刺刀威逼，更难就范。不如这样吧，求您一幅墨宝，写'建设东亚新秩序纪念碑'几个字，咱们都能交差。"

杨兆麟强压怒火，铺开宣纸，饱蘸墨汁，奋笔疾书十六个大字，"狗摇尾，乞怜惯俯首；狡兔死，看你怎奔走！"

曾海春羞愧满面，"哥哥，兄弟佩服您，海春告辞了！"

"不送，"杨兆麟端坐在太师椅上，"曾海春，请你记住，忠勇节义与欺瞒盗奸势不两立。我也给你打一个赌，如果鬼子不砍掉我的头颅，有看到你绑赴曹市执行枪决的那一天！"

曾海春不再言语，撩起长袍，一溜小跑地走了。

二

户寨集西南六七里，有一座两孔的石桥横跨东西，徐州至丰县公路从桥上穿过。桥下清澈的河水潺潺流淌，一直向北通往微山湖。石桥再往西边几里路，就是徐州至沛县公路。石桥东南五六里就是陇海铁路大动脉。鬼子占领徐州之后，迅速在石桥附近的户寨集、张庄和敬安设立据点，驻扎了日军和汉奸队，日夜巡防。

临近中午，天气异常闷热，在一片不起眼的荷塘里，埋伏着抗日义勇大队两个中队二百余名勇士。

"今个儿不会不来了吧？"蒋宝琛附在户秉刚耳边问。

户秉刚小声回答说："鬼子最近天天上午十点多钟从徐州过来，每一次都是两三辆汽车，三四十号人。咱们打鬼子一个冷不防，给咱们的根据地一个见面礼！"

突然，东边的大路上扬起一溜烟尘，虎林兴奋地说："看，鬼子来啦！"

"大家不要慌，听我的命令，"户秉刚简短而用力地动员说，"等汽车近了，以机枪开火为号，听我命令，每人投一颗手榴弹，打一个排子枪，冲上去跟鬼子拼刺刀！"

三辆军车上下颠簸着开进了伏击圈，只有二十多米了，鬼子丝毫没有觉察就在他们的眼皮子底下埋伏着一支复仇的队伍。

"瞄准鬼子司机，打！"户秉刚命令道。

卢云端起转盘机枪，一连打出三个点射，鬼子司机全部毙命。

手榴弹黑压压地从天而降，伴随着一阵惊天动地的爆炸声，公路上弹片横飞，火光四溅，升腾起满天的黑烟。

紧接着，二百多支枪口子弹齐发，震耳欲聋。

虎林拔出大刀，跃上河堰，"同志们，跟我冲！"率先杀入敌阵。

一个身穿白衬衣的小队长，高擎着雪亮的战刀，"呀呀"怪叫着迎面冲了上来。

"呜——"鬼子挥刀当头劈砍下来，虎林侧身躲闪，顺势一个海底捞月，大刀片自下而上削掉了小队长的头颅，一腔鲜血喷涌而出。

杀声震天。顷刻之间，鬼子都倒在血泊中。

一个鬼子伤兵飞出一柄刺刀，刺中了汪绪仁右肩。

户秉刚抬手一枪结果了鬼子的性命，他大声喊道："小心鬼子伤兵！"

队员们用刺刀、红缨枪刺杀半死不活的日军伤兵，汪绪仁疼得龇牙咧嘴，直抽冷气："他奶奶的，真晦气！"

战斗很快结束了，虎林跑过来报告："户大队长，战场打扫完毕，共击毙鬼子23人，缴获轻机枪一挺，步枪十五支，王八盒子和信号枪各一把，战刀一把，子弹、手榴弹等一批。我方牺牲两人，伤五人。"

户秉刚掏出怀表看一眼："仅仅十一分钟，干脆利落的歼灭战！抬上烈士、伤员，向北转移！"

三

圩子也叫作圩寨、圩砦。捻军起义发轫于皖北涡阳、蒙城一带，为拒捻军侵扰，清政府命令徐州各地修圩筑寨，每一个圩设圩董一名作为地方官员，管辖数个村庄。

大王庄是微山湖西南一个圩子，东西宽一里许，南北长一里半。圩子周围挖有三丈宽、一丈五尺深的壕沟，里面蓄满了水。圩子高约三丈，用麦穰掺黏土培成，四角筑有炮楼，南北两个寨门通行，寨河上架敷设吊桥。寨门用硬木料打造，镶嵌厚重的铁皮，用拳头大的铁钉一排排地铆得结结实实。

宽阔的复新河从南向北流经圩子东侧，向北几里路与东支河与西支河交叉形成十字河流域。十字河地区是湖西与鲁南、华中联系的咽喉要道，也是湖西抗日根据地的核心，湖西地委、专署设在这里大王庄的圩子里。

大王庄往北有一座古刹——泰山奶奶庙，掩映在一片高粱地之中。庙门口有一口龟驮的功德碑。大殿飞檐叠脊，四角高挑，上系铜铃，檐下六个红漆抱柱支撑，青砖黛瓦，楠木梁椽，前檐出厦三尺许。民间信奉中，泰山奶奶主司妇女多子，又称"送子娘娘"，亦可保佑五谷丰登、居家平安。殿内供奉着一尊泰山奶奶塑像，高约六尺，面如傅粉，慈眉善目，双手合十。两名侍女分立左右。院子里一棵一搂粗的歪脖子老槐树。院子居中摆放着一口一丈高的大铁钟，上半部盘绕着四条青龙，下半部一圈镌刻着108个栩栩如生的童子。两侧的厢房放置了许多孝子为老人准备的喜棺。

夏末秋初的晌午天空晴朗澄澈，火辣辣的太阳炙烤着原野，庙前的几株白杨树宽大的叶片随风"哗哗"作响，泛出一片片白色的粼光。

一匹黑色的骏马，伸成一条直线，肚皮几乎要贴着地面全力地奔跑，身后扬起一溜灰尘。一位年轻的八路军军官，腰扎皮带，挎着盒子枪，打着一个背包，风驰电掣地赶到庙门口，迅速跳下马，把马拴在杨树上。

那马跑得两肋汗津津的，嘴里"哝哝儿"地喷出雪白的泡沫。

"哈哈，听到骏马嘶鸣，就知道颜石峰同志到了！"户秉刚站在台阶上，笑呵呵地伸出双手。

颜石峰立正敬礼，与户秉刚热烈握手："户专员，接到省委指示，我马不停蹄地赶过来，一路上把黑子累得够呛。"

"快进去吧，地委书记郭一民同志也在等着你！"

"啊，郭书记也在，这么重要的任务，书记和专员两位首长亲自部署？"

户秉刚把颜石峰引进东厢房，只有一张破桌子，还有几只马扎子，还有几口黑漆漆的棺材。

"郭书记，颜石峰前来报到！"颜石峰立正敬礼，响亮地报告。

郭一民兴奋地跑过来，劫后余生的战友紧紧拥抱，"想死我了！"

"颜石峰同志黑了，也壮实了，不是以前那个小白脸的书生了！"户秉刚笑着说。

"在革命斗争的烈火淬炼成钢啊！"郭一民感慨地说，"先吃饭吧！"

"还是先布置任务吧！"颜石峰急切地说，从口袋了掏出一个绿色的烟盒，印有一对猫头，"尝尝战利品，日军专供的'双猫'牌香烟！"

户秉刚摆摆手，"我戒烟了，省点钱打鬼子！"

郭一民接过香烟点燃，"我也想戒来着，就是没有老户的那个毅力！"

颜石峰打量着两位领导，"首长穿草鞋，旧衣裳，就知道湖西根据地刚刚创建，经济困顿。我也要戒烟啦！"

"不，你不用戒烟，还得抽，这是工作需要，"郭一民神情凝重地说，"湖西地委专门向山东省委请示，调你过来，就是有一项极其重要的任务，派你打入徐州去，负责对敌的情报工作。"

颜石峰紧锁眉头，"首长，我对地下斗争、情报工作那是老和尚吹擀面杖，一窍不通！还是一刀一枪地跟鬼子面对面地干，更有成就感！"

户秉刚把缸子递给颜石峰，"对敌斗争要做到敌动我知，敌未动我先知。这就是《孙子兵法》里讲的'知己知彼，百战不殆'，你说情报工作重不重要？"

"是的，"郭一民接过话说，"我们面对的是丰县的鬼子和汉奸2000多人枪。现在很棘手的是丰县北部的地主武装王歪鼻子率领一千多人马投靠日伪，日军给他封了一个和平救国军第一军中将军长。王歪鼻子得了封号，立马掉转枪口，伙同丰城的日伪军，夹击丰县国军保安旅黄司令的队伍。我们湖西的八路军，算上刚刚改编的地方武装，还不到两千人枪，无法抵挡敌人的围攻。目前对徐州敌军的情报还是空白，必须迅速建立起情报网。"

"我明白了，"颜石峰站起身，坚定地说，"坚决完成任务！"

"派你去龙潭虎穴，主要考虑你是老同志，斗争经验丰富。"户秉刚喝一口水，接着说，"还有，你熟悉徐州的情况，灵活机智。再有就是你与湖西这边不搭界，没有人知道你的底细。你过去之后，只与政治交通员梁同义接触。"

"是，我明白啦！"颜石峰回答。

郭一民接着说："你的代号是92号，上线是伪政权里的一个少将参议，他会给你办理'良民证'，安排职业掩护。下线是打入铁路调度室的杨益君。由于徐州的特殊战略位置，淮北区、鲁南区、盐阜区根据地都会在徐州设城工部，建立情报网，你们之间不要发生横向联系。总负责这个方面的是代号'百灵'的老地下党员。他也是你的领导，除非十分危急，一般不要联系。国民党在徐州也设立了汉魂铁血团情报系统，根系很深，方方面面都安插有眼线，总负责人就是军统少将、苏北挺进军游击纵队司令王宇腾。"

说到这里，郭一民踱了几步，点燃一支烟说，"国民党败退到阜阳地区，形成了以阜阳为中心，包括太和、蒙城、颖上、涡阳、六安及大别山的根据地。这个地区以淮河为主，有汝河、颖河、红河等多条河流汇集的正阳关，即所谓的'七十二道归正阳'，形成一个天然屏障。日军占领陇海铁路之后，无力进攻这个地区。王宇腾的游击纵队大本营也设在这里。根据内线情报，王宇腾派遣了一个苏北行动队，200余人，携带美国最新式的电台、武器、爆破器材潜入沦陷区，主要在徐州以及丰县、沛县、萧县、砀山一带开展特种游击作战，队长叫司百顺。"

户秉刚接过话茬说："我们也准备成立一支特工队第五中队，队员个个精通武术，都是小伙子，主要任务就是保障地下交通线安全，袭击日寇，反奸除霸，惩治叛徒。队长由虎林担任，副队长宗时荣，由城工科长蒋宝琛直接领导。"

颜石峰问："我需要给蒋宝琛同志汇报工作吗？"

户秉刚严肃地说："由于你的任务极其艰巨、复杂，你不要再与湖西任何人发生横向关系！你的交通员梁同义同志在政治上绝对可靠，他是你城外的二线交通员，一般只负责在城郊按照事先约定的地点接头或者传递情报。你进入城区，首先利用职业掩护站住脚，再物色一个专职的城内交通员作为第一线的联络人。接下来的几天，你还要学习密码、密写、跟踪与反跟踪等基本知识，时间紧迫，只能临时抱佛脚了。"

看到颜石峰有些发蒙，户秉刚笑着说："你也大可不必觉得多么深奥，运用之妙存乎一心，比如你进入敌人营垒，打麻将、推牌九、喝酒、划拳行令，我做过县教育局长，这些玩意儿现在就能手把手地传授予你。"

郭一民深深地吸了一口烟，"你将面对三个最凶险的敌人，头号就是日本宪兵队下属的特高课科长柳天华，这个人是日本内务省警察讲习所肄业，伪满洲国新京中央警察学校毕业，沦陷之前就在徐州潜伏了几年，阴险狡诈，手段毒辣。第二号人物，就是我们的老熟人麻昭祥。日军特遣队俘获了麻昭祥两口子之后，柳天华让他当特高课剿共股股长。还有一个人物要注意的，就是原来五战区侦缉处的张金彪，绰号'瓢把子'的。此人是五战区日谍营从茂发展的特务，当初故意放走营从茂，深得营从茂的赏识。营从茂当上徐州警察局上校局长，就把他安插到特高课行动队任大队长。"

颜石峰掏出钢笔、笔记本，"内容太多，我记下来。"

"不要写在本子上，记在脑子里，"户秉刚合上颜石峰的笔记本说，"今后，你书写的机关名称、干部姓名、个人身份一律用代号，要养成习惯！"

郭一民接着说："如何安全进入城区，好好策划一下。鬼子占领徐州之后，继续推行国民党的保甲制度，沿着徐州城挖掘'阻绝壕'，环城一周三十多里，壕沟的宽和深均为七米，未开挖的地方架设了电网，一共设了九个卡子，鬼子叫作检问所，由日军、伪军和警察日夜执勤，白天通过必须出验'良民证'，接受盘查，我们派去进行战略侦察的同志，转了几圈，都没有办法入城。"

户秉刚说："你可以到云龙山山腰，找伍兆勇，他是我们的基本群众，孙鲁的女儿就寄养在他家。大革命的时候当警察，帮助过我们，后来我帮他开了一家鱼馆。"

颜石峰微微蹙着眉头说："伍兆勇的监号关过我和孙鲁同志，他认得我。"

郭一民一听连连摇头："风险太大，这样颜石峰同志不就暴露了吗？"

户秉刚坚持道："伍兆勇两口子与我相交多年，是可以信赖的群众！不会出卖我们的，这一点我可以保证！"

"这样吧，我先去观察一下，反正他不知道我的身份，视情况临机处理。"颜石峰提出一个折中的方案，"干革命嘛，有时候就要承担一些风险！"

户秉刚掏出一本泛黄的书递给颜石峰，"这是青帮的帮规、礼仪以及三帮九代的秘籍《通漕汇海》，被帮人奉为经典，你要好好研读。徐州一带青帮徒众分布各行各业，你要善于利用这支力量。"

颜石峰问："伍兆勇是帮里的吧？"

"黑话称作码里，徐州城里'大'字辈的香头念一，只有曾海春一个，已经投敌作了维持会会长。伍兆勇和徐州城里的闻人郁柏青都是曾海春的徒弟，'通'字辈的同参兄弟，日伪人员中'悟''觉'字的比较多，你就假冒'悟'字辈，如果遇到盘道对切口的，你就说是徐州西一带著名的鲁豫明的大徒弟张茂森的弟子。鲁豫明与家父户贞贤同参兄弟之谊，在苏鲁豫皖声威很高。"

"要是穿帮了咋办？"颜石峰问。

户秉刚笑着说："青帮讲究'许充不许赖，只要能说出三帮并九代'，凡是帮人落魄、遇难，只要是盘道问明之后，都会得到仗义匡助！"

郭一民赞叹道："哎呀，户秉刚同志，想不到你对青帮这么熟悉啊！"

户秉刚回答："从小跟随家父耳濡目染，特别是眼下抗日，争取青帮的力量，也是我们统一战线的一项重要工作嘛！"

"好，我同意你们的意见，依靠群众开展对敌斗争！"郭一民掏出怀表，"呀，下两点啦，赶紧搞点吃的。"

"警卫员！"户秉刚喊道。

"到！"一个英俊的小伙子进门立正。

户秉刚吩咐道："小刘，搞点窝窝头，辣椒酱，下酒菜。"

小刘回答："俺们警卫班摸了几十个知了猴儿，干煸一下，捏点盐。"

"很好呀，小刘，"郭一民说，"你去把我挎包里大半瓶地瓜烧拿过来。"

"窝窝头，蘸辣椒，越吃越添膘！"郭一民笑着说。

"这已经很好了，"颜石峰感慨地说，"鲁南的国军开汽车烧木炭，在驾驶室外边挂一个大油桶做的炉子，'呼哧呼哧'跟老牛拉破车的一样爬！"

三个人哈哈大笑。

四

黄昏降临了，晚霞映红了半边天空，家家户户的风箱开始"呼嗒呼嗒"地有节奏地响起来，袅袅炊烟盘旋在村庄上空，散发出麦草的清香气息。

大王庄一处泥巴墙宅院，三间堂屋，东西各两间厢房，院子门口站着一个荷枪实弹的哨兵。

汪绪仁右手吊着绷带，左手提着一个小包袱，对哨兵说："给白子沣部长汇报工作。"

哨兵立正，打一个进去的手势。

"报告！"汪绪仁站在东屋门口大声喊道。

"老汪呀，快请进来吧，"白子沣热情地出门相迎，"伤势好些了吗？"

汪绪仁笑容可掬地说："谢谢首长，好多了，不碍事！"

白子沣客套地问："吃罢了吗？"

"吃罢啦，秫秫面的饼子，红芋面的粥。"汪绪仁坐定，笑眯眯地解开包袱皮，"一直想来看望首长，首长您太辛苦，给您捎了一点战利品。"

"老汪呀，这是弄的啥啊？"白子沣凑过来看。

"咳，不起眼的东西，日军牛肉罐头、饼干，这是伤户专员慰问的。两条'兵鉴'烟，是在鲁南缴获鬼子的，还有一瓶老白干，是负伤的抚恤金买的。"

白子沣眉开眼笑："老汪，你怎么客气，我不好意思啦！"

"首长们天天日理万机的，整天跟士兵一个灶里摸勺子，少油寡盐的，身体怎么能吃得消！"汪绪仁的笑靥一直挂在脸上，"郭书记、户专员又出去忙革命工作去了，这饭也迭不得吃，真是太操劳啦！"

白子沣淡淡地说："哦，他俩有一项秘密任务，今晚不回来了。"

"啥子任务怎么神秘，有劳两个大把亲自出马？"汪绪仁，随手拆开一包烟。

白子沣深吸一口，很享受地吐出一团烟雾，"是往敌占区派遣地下工作干部，我嘛，暂时不好过问。"白子沣的言语之中透出一股酸溜溜的意味。

"哎哟嗬，啥事还要瞒着您地委组织部部长呀！"汪绪仁显得有些鸣不平。

白子沣摆摆手："这你就不懂了，单线联系，地下工作的一个原则。"

"噢，组织纪律，我明白了，"汪绪仁打量着黑魆魆的土墙草屋，"首长们住得太艰苦，连床蚊帐都没有，咋不安排到王家财主大院里去呀？"

白子沣显得不以为然地说："原来老郭还要住篱笆子屋呐！"

"篱笆子屋首长哪里能住呀，老百姓说'一年不倒两年歪，年年都要换秫秸'，还是土墙结实，冬暖夏凉的，"汪绪仁很善于言谈，顺着话题滔滔不绝。

白子沣想起了一件事，问道："老汪，你伤痊愈了，对工作有何想法？"

汪绪仁笑眯眯地说，"我希望到城工科工作，对敌斗争更有挑战性。"

"城工科由户专员直接抓，我插不上话，"白子沣摇摇头说，"你先前就是鲁南青年抗敌大队大队长，就是平级安排，也得是个科长。任命你为湖西地委组织部组织科科长，怎么样？"

汪绪仁站起身大声说："谢谢首长，职下尽心尽力，为首长牵马坠镫！"

"你这个同志呀真会说，"白子沣拆开饼干，"来，咱们一起吃！"

汪绪仁试着问："我给首长挑开一盒罐头吧？"

"好好，自打徐州突围，两个多月没有见到荤腥，馋死我了，"白子沣咀嚼着饼干说，"再把酒打开，咱们喝两口！"

汪绪仁拔出刺刀，挑开罐头，牙咬瓶塞，把酒倒入两个搪瓷缸子里。

白子沣端起来与汪绪仁碰一下茶缸，感叹："在这艰苦的岁月，难得老汪一番心意，好同志啊，谢谢啦！"

汪绪仁满面笑容地说："今后缴获的烟酒罐头，俺想着给首长弄一些。"

"来，干一气！"白子沣说。

两个人再碰一下茶缸，一仰脖子喝下一大口。

"首长，您尝尝这日本的罐头味道儿咋样？"汪绪仁夹起一块酱牛肉。

白子沣吧唧吧唧地咀嚼着，赞叹道："好香啊，快忘记了肉的香味儿啦！"

"首长，再给您斟上！"汪绪仁殷勤地倒酒，夹菜。

高浓度的红芋干烧酒，让白子沣有些飘飘然，他抽着烟，与汪绪仁喝酒吃肉，越聊越投机。

第十八章　颜石峰搭救落难女　大李庄盘道遇青帮

一

辽阔的原野一望无际，秋风刮起来了，送来一阵阵的凉爽，吹得路两旁的高粱、玉米叶儿发出沙沙的响声。一群群的鸦雀儿不时地从地里腾空飞起，像一片乌云一样在空中盘旋，又纷纷落到另一块田地里。

汽车引擎轰鸣，一辆军用卡车载着十几个穿黄皮军服的伪军，沿着崎岖的道路上颠簸着前行，车头架着一挺歪把子机枪，机枪手枪托抵肩，如临大敌一样戒备。

"沈工程师，前边有一条十几里的大漫坡，公路两旁净是野草、杂树窠，是土匪经常出没的地方，有时候大白天的也短路。"开车的是一个小头目，转过脸对一位中年人说。

中年人白白胖胖的圆脸上，架着一副金丝眼镜，穿着花格子衬衫，外罩着灰色的夹克衫。身旁还坐着一位贵妇人打扮的妇女和一个少女。妇人三十多岁，烫着时髦的大波浪头发，细腰身，胸脯饱满，穿着一件西式的蓝色短装，华丽的百褶裙子。少女长着一副好看的瓜子脸，柳眉细眼，穿着粉红色的旗袍，裹着一条白色的薄羊毛披肩。

"怎么样，有危险吗？"中年人担心地问。

"都是一些小蟊贼，不足为虑！"小头目回答。

汽车开到坡底，开始吃力地爬坡，道路两旁的野树窠、荆棘丛越来越茂密。突然，前方路上横亘了一棵白杨树。

小头目停车，拔出手枪，命令道："你们下来五个人去秫秫窠里搜索一下！"

这时，土坡后边草窠里传来一个破锣嗓子的断喝："客官站住，按照老规矩办，留下二百现大洋买路财，你走你的阳关道，咱们井水不犯河水！"

车顶上的机枪"咯咯"地回敬了一梭子。

"嘡"一颗枪弹擦着车门"日"地飞过,破锣嗓子接着吼,"俺们只取财,不图命,留下买路财滚熊,否则,别怪老子手黑啦!"

"'马蹄泥',打火药、生铁蛋子的,"小头目不以为然地掏出手枪,对着车顶喊道:"对准坡上的目标,给我打!"

一阵爆豆似的枪声过后,四周一片寂静。

"咕"的一声枪响,车顶的机枪手脑浆掺和着血水,从车窗上方缓缓流下。

"是水连珠,"小头目惊呼道,"碰到狙击手啦!"

"怎么办,给他们钱吧!"中年人着急地说。

枪声不紧不慢,有节奏地射击,士兵个个被爆头。

小头目逃出汽车,高举双手:"好汉爷,俺们投降,钱财都给你!"

破锣嗓子吼叫:"晚喽,你们钱财还有女人,都是老子的!"

言毕,"咕"的一声枪响,小头目脑浆溅了一地。

坡顶上破锣般的嗓子吼起瘆人的梆子腔:"太阳出来照坡头,手拿钢鞭倒骑牛。喝令江河水不淌,手指红门血断流!"

草丛里钻出来俩矮一高三个土匪,都蒙着面。大个子手持一把锃亮的雪花镔铁柳叶刀,高声嚎叫道:"迎财神,接观音喽!"

中年人吓得魂不附体,跪在地上求饶:"冒犯各位好汉的虎威,钱财我们都奉送给你们,只求饶俺一家性命!"

为首的一个小个子右肩扛着一支水连珠,左手捂着血淋淋的左耳朵,操着破锣嗓子说:"本来俺们是想饶尔等性命来着,无奈你们先开火,打豁了爷爷的耳朵,所以就饶你不得喽!"

中年人退下手腕上的金表,又递上一个小木匣,"这是我们路上的盘缠,三百大洋,恳求好汉高抬贵手,有情后补!好汉,我是华北矿业公司总工程师,奉日本人之命去皖北探矿,你们要是杀了我,日本人那边也不会放过你们!"

"吓唬俺是不?"小个子平端着水连珠,"老子在西北路上干的就是掉脑袋的营生,'要抢抢皇粮,要嫖嫖娘娘'。看着你这如花似玉的老婆、闺女,就留条她俩小命,俺们兄弟都还打光棍呢,正好做压寨夫人。"

高个子手起刀落,中年人的头颅滚出一丈开外。

小个子吩咐他俩道:"麻溜地拾掇一下,捡机枪子弹,值钱的,抓紧拿走,这个儿祸惹得不轻,咱们得赶紧开溜!"

"好嘞！"两名土匪答应着，飞身上了汽车。

小个子钻进驾驶室，淫笑着扑向少女，"小娘子，让大爷疼疼你！"

"不要！"妇人像一头母狼，扑在女儿身上，拼死保护。

"三哥，抓紧点，警备队的快该到了！"高个子拍着车顶喊道。

"好，先拿这个老娘们泄泄火气！"小个子瞪着血红的眼睛，气咻咻地掀开了妇人的百褶裙……

太阳西斜，坡顶上过来两个汉子，一个一身短打，戴着席夹子草帽，个头不高，体格精壮，眼神里透露着机警，牵着一头银褐色的叫驴，背上驮着一个二十七八岁模样的青年。青年人眉清目秀，一双剑眉又细又长，身穿灰色细布长袍，咖啡色灯笼裤，头戴灰色礼帽，脚上穿灰色洋布袜子，黑色方口布鞋，一副教书先生打扮。

"颜石峰同志，前边有情况，"汉子拔出腰间的驳壳枪，"我先去看看！"

俩人小心翼翼搜索到汽车附近。地上、路边横七竖八倒毙着十几具尸体。

虎林指着现场说："一枪毙命，干净利落，高手干的！"

颜石峰拉开车门，一个妇人赤身裸体附在一个少女身上，旁边扔的是撕烂的衣衫。他用手试一下鼻孔，"哎，还有气息，赶紧喂点水！"

虎林抱过来一只葫芦，先给妇人喂了几口水，又给少女喂了几口水。

妇女缓缓睁开眼，那少女"哇"地哭了出声。

"大嫂，你们这是遇到劫道的了吗？"颜石峰关切地问。

妇人不语，放声大哭，泪如雨下。

虎林警惕地观察四周，提醒颜石峰说："学东，此地不宜久留。"

颜石峰会意地点点头："大嫂，俺们也是赶路的，送你娘儿俩到前边村子先安顿下来，你们再去报官，行吗？"

妇人抽泣着点点头。

颜石峰解开包袱，挑出一身布衣，"换上衣服吧，俺们俩背过身去！"

妇人换上灰色的对襟大褂，左腿却抬不起来，疼痛得叫苦连连。

"不要动，"颜石峰察看了一下大腿，"你可能骨折了，给你固定一下。"

虎林折来两根木棍，颜石峰用撕破的布条为她包扎固定伤腿。两人小心地把她扶上毛驴。

少女扑通双膝下跪，磕头，"感谢恩人搭救！"

颜石峰扶起少女："姑娘，别磨蹭了，赶紧离开这里！"

二

太阳快要落山了，辽阔的田野被笼罩在淡淡的暮色之中。

颜石峰牵着毛驴，驮着受伤的妇人，后边跌跌撞撞跟着那位少女，虎林机警地走在最后，一行四人穿行在长满荒草的羊肠小道上。路边一条小河弯弯曲曲伸向东南方向，河边生长着一丛丛茂密的芦苇荡，白色的芦花穗随着微风轻盈灵动，缥缈若飞。远远地现出一座黛青色的山头，三面环山的山谷中有一个小村庄，顺风传来一阵家畜的吠鸣声。

颜石峰手搭凉棚，说："大嫂，前边这个庄子是大李庄，那座山是大黑山。咱们把你们娘儿俩安顿好，俺们明天还要赶路。"

"谢谢大兄弟相救，大恩大德永生不忘，"妇人说着又抽泣起来。

"哗啦、哗啦"从芦苇棵里钻出来两个人，一个青年端着老掉牙的汉阳造，一个半大孩子提着一杆红缨枪。

青年穿着粗布白汗衫、黑裤衩，厉声问道："哎，干啥的？"

颜石峰上前双手抱拳在左脸颊拜三拜："过往客人，路遇强梁劫道，窝翅子了，特来贵庄求助！"

对方双手抱拳回拜四下："请问老大贵姓，起哪里来，到哪儿去？"

颜石峰伸出右手掌翻三翻："在家姓颜，出外姓潘。从家庙来，到徐州去。"

青年接着问："请问老大贵堂号、帮号，您吃的是啥，烧的是啥？"

颜石峰作揖："潘安堂，嘉白帮，吃的是艄后翻花水，烧的是五湖四海柴！"

青年人继续盘道："敢问老大念几，您的贵前人是谁？"

颜石峰对答如流："头顶二十二，脚踩二十四，怀抱二十三炉香入青帮。师父张，上茂下森，家住徐州西北路，鲁豫明老头子的开山大徒弟！"

青年人听了，抱拳施礼："呀，是张茂森老前辈的高徒，失敬，失敬！在下李吉昌，念四，刚才多有得罪！"

颜石峰赶紧还礼："贤侄言重喽，俺们叨扰贵庄，实属无奈之举啊！"

"师叔说话见外咯，您栽膀子啦不投靠道友，还能指望谁啊？"青年人说着，吹一个呼哨，又钻出来四五个手持刀枪棍棒的男子。

"你们几个严加防守。俺带这几位道友去见户贤爷！"青年人吩咐道。

"你们庄上的乡亲们都很心齐啊！"颜石峰话中有话，意在探摸底细。

青年人一边走一边说，"国府败退，地方上无人管辖，十里仨司令、五里俩团长，有抗日的，也有地痞烧杀劫掠的。俺们庄上五百多口人，遵循'既不通匪，更不下水'的古训，正好户贤爷回老丈人家避难，他召集全村二百多青壮年，拿出十几支快枪，把庄上的土枪土炮都收拢起来，火药、破铜碎铁装填好，架在炮楼上，青壮年日夜值守，大马子轻易不敢来惹事。"

颜石峰赞叹道："户贤爷一呼百应啊，乡亲们都服他！"

"师叔有所不知，方圆百十里这句歇后语：'户贤爷交朋友，从根到梢的交情'。"

从青年人的絮叨中，颜石峰明白这是到了户秉刚的老父亲户贞贤的地面。

顺着一条碎石路，一行人来到一所大院子门口，一个中等身材，方面大耳的老者手里提着一只葛条编织的笼子里，一只鹌鹑快活地蹦跳。老者身穿灰色大褂，黑色的宽松长裤，戴青色帽垫子，目光犀利，八字形的法令纹显示出老者的威严。

青年人毕恭毕敬地上前禀报："户贤爷，这几位是道友，路上遇到大马子劫道，想在庄上投宿、歇息！"

颜石峰上前打躬作揖："老人家您好，俺是丰县北关的教员，与伙计俩人去铜山县谋差事，路遇这对落难的母女，搭救她俩一起投奔贵庄。"

户老爷子打量一番，发话道："李吉昌，把东厢房打扫两间，安顿他们住下。去堂屋安排点酒菜，我陪客人吃饭。去把王郎中请来，就说有伤员。"

颜石峰深鞠一躬："多谢老人家款待！"

老者长叹一声："这兵荒马乱的世道，出门在外难免碰到个灾啊祸啦的！"

天色完全黑了下来，堂屋里掌了一盏罩子灯，八仙桌上摆了四个菜，馍馍筐子里放了十几个龟打饼。

户老爷子招呼道："先入座吧！"

虎林担心饮酒误事，起身鞠躬推辞："户老爷，俺不胜酒力！"

"放开喝点吧，年青人，一看你就是练家子。"老人家的目光盯着虎林的腰际，"在我庄上，你腰里的家伙什用不上！"

李吉昌大吃一惊，过去摸摸虎林的腰际，"好家伙，二十响的大肚盒子！"

颜石峰连忙解释："家父担心道上不太平，所以让家丁带了一只盒子枪！惊扰了老大人，乞求见谅！"

户老爷子笑而不答，吩咐青年人："李吉昌，斟酒！"

青年人"吱儿"把黑窑酒碗斟满。

户老爷子劝解道:"大妹子,也喝一瓯子酒压压惊吧。"

妇人的泪水扑簌簌地掉下来。

户老爷子:"刚才郎中瞧了,你只是踒了腿筋了,休息几天就好。"

妇人双手扶案,起身致谢,操着一口河北话说:"我叫王翠花,这是小女沈钰,随俺丈夫从石家庄去安徽探矿,华北矿业公司派了一个班的矿警护送。在坡道上被土匪打劫,那土匪一连打死了十三个矿警,又砍杀了我丈夫,还把我……"

"同是天涯沦落人,明天一大早我安排庄人去现场把尸首掩埋了,你男人的尸骸找个棺椁下葬,不然都让野狗啃光了。"户老爷子端起酒碗,"来,不愉快的事儿咱们不提了,四海之内皆兄弟,人生无处不相逢,咱们干一碗!"

几个人一饮而尽,户老爷子笑呵呵地说,"今天的荤菜太少,李吉昌,去问问你婶子,笸篮里还有鸡蛋吗?"

"老大人,这就很丰盛啦,还有炸鱼吃!"颜石峰夹起一条小鱼咀嚼着说。

户老爷子笑着说,"今个儿庄上李有财给我送来一碗小鱼小虾,说是孝敬我的。俺心里明白,他是揭不开锅了,抹不开面子开口要,就说'难得小爷们还想着我,到库房里扒二斗小米回家吧'!"

颜石峰赞叹道:"四里八乡都知道老人家乐善好施,有难就相求。"

户老爷子端起酒碗,"你们出门在外,喝酒别醉了误事。馍馍筐头里有下午才熥的龟打饼子,你们照饱的吃!"

"谢谢老人家盛情款待,俺们两个明儿一大早动身,再敬您老一碗酒,就算是提前辞行啦!"颜石峰捧起酒碗,一仰脖子喝了下去。

户老爷子端起酒碗:"好,这碗酒就算作给二位钱行了!"

三

一声雄鸡报晓,山坳之中的小村庄苏醒过来。太阳从东坡上露出小小的一角,黎明的光彩辉映着大地,一望无际的庄稼像是翠绿的海洋,伴随着带有凉意的山谷风儿,荡起一层层绿色的波浪。

颜石峰、虎林早早地洗漱完毕,颜石峰站在厢房屋外给王翠花母女道别:"大嫂,我们要赶路了,您多多保重!"

王翠花拄着拐杖挪出房间:"大兄弟,这辈子要是不能报答您,下辈子当牛做马报答您！敢问大兄弟，是否婚配了？"

颜石峰回答："世事动荡，四海为家，未曾婚配！"

王翠花恳切地说："大兄弟，你是一个志诚的君子，要是不嫌弃，小女您就带走吧，乱世也好有个依靠。"

颜石峰心头一热，双手抱拳："感恩大嫂的厚爱，古人云'相忘于江湖'，如果有缘，今生再相会！"

王翠花泪水婆娑，"好人呐，老天爷保佑你们！"

两人悄悄离开院子，沿着来时的碎石路向南前行。

虎林说："没有给户老爷子道别，是不是有些失礼了？"

颜石峰留恋地回望一眼山坳里的小村庄，"昨天晚上已告别过了，我感觉老爷子似乎识破咱们的身份了！"

"哎，那不是老爷子吗？"虎林指着村头说。

在晨辉的映照下，户贞贤老先生坐在大榆树下的石凳上，一身短衣，裤腰带上掖着一条长长的鹌鹑袋子，手里把玩着一只乖巧的鸟儿。

颜石峰赶紧上前打招呼："老人家，俺们担心打扰您休息，没有给您道别！"

户老爷子犀利的目光望着他俩，"十几个后生去事发现场了，这一夜尸体还不知道被野狗、豺、獾糟蹋成啥样！"

颜石峰打躬作揖道："您老还有何叮嘱？"

户贞贤扔过来一个沉甸甸的素缎荷包，"带着，路上花！"

颜石峰双手接住："老人家，俺们受用不起呀！"

"跟我别作假，从你们的言谈、动静，俺就知道你们是这个，"户贞贤右手比了一个八字，"我老啦，帮不上人场，就帮个钱场呗！以后常来大李庄找俺老头子！"

听到老人家这番话，两个人不约而同地立正，敬礼。

"快点走吧！"户贞贤挥挥手说。

走出很远，老人家还站在大树下眺望。

中午时分，两人赶到了户寨集石桥附近，隐蔽在一片小树林里。

颜石峰说："咱们俩也该分别了，再往前就该通过敌占区户寨集了。"

"侦察员前几天过来打探，鬼子正在户寨集南边的石桥修建炮楼，那一片铁丝网围起来的就是。"虎林凝望着远方说，"这里驻扎鬼子一个小队，汉奸警备队一个中队，中队长叫程茂财，是兴隆面粉厂程金石的侄子。你从寨子北边绕过去，往下游三里地，有个草庵子，找胡老汉，他用大木盆把你摆渡过河。"

颜石峰说："好，实在不行，我就等天黑了凫水过去！"

虎林问："这一分别，还不知道啥时候见面，有啥心里话要说呗？"

颜石峰长叹一声，无限惆怅地说："那个叫沈钰的姑娘真的很好，你哥还真的动了凡心了，茫茫人海中，从此只有一番美好的回忆了！"

"心诚则灵，但愿你们再相逢！"虎林敬礼，"再见！"

颜石峰回敬礼："路上注意安全，再见！"

第十九章　指导官纵论反战　颜石峰潜入彭城

一

东方升起一片深红色的朝霞，天空显出澄澈的湛蓝底色，一团一团白絮一样的云朵漂浮在子房山上空，在蓝天的映衬下显得分外皎洁。

铁路调度室电话铃声不断，杨益君手握电话机不停地发出指令。东侧就是十几条闪闪发光的铁轨，这里是陇海铁路与津浦铁路交汇处，南来北往与东去西行的火车轰隆隆地行进着，火车吼叫声此起彼伏，一片繁忙的景象。

一列闷罐车"呜——"一声长鸣，拖着黑色的烟柱，由南向北缓缓进站。杨益君知道，这趟列车是运兵员、军火去临城前线攻打八路军的。

突然，警报凄厉地鸣叫起来，大喇叭里日语、汉语反复播报："敌机来袭！"

车站上人群乱糟糟地拥挤着跑向防空洞。调度室里众人一哄而散，只有杨益君平静地坐在指挥台前。

一个身材瘦小的人，拄着一根手杖，一步一跛地走了过来。他三十岁上下，浓眉毛、细眼睛，刀削一样的下颌，留着仁丹胡子，身穿黄色军服，没有肩章，皮带上别着一把王八盒子。

杨益君连忙站起身，毕恭毕敬地鞠躬，用日语打招呼："阿部指导官！"

"杨君，您怎么不去躲空袭呀？"阿部操着一口流利的东北话问。

"调度室需要留下人员值守，再说，炸弹怎么这么巧就能炸到我们头上！"

"嗵嗵嗵"子房山上日军的高射炮火开始对空射击，两人赶紧走到窗前向天空观望，从云彩缝隙中钻出来四架国军战斗机，自东向西鱼贯俯冲下来。这时，停靠在站台的闷罐车的车头喷出了滚滚浓烟，旋即一个黑大个带着两名司炉工跳下驾驶室，拼命逃离现场。

浓烟滚滚的列车成为国军飞机的靶子，两架飞机凌空投掷了四枚炸弹，站台上腾起黑色的烟柱，爆炸声震耳欲聋，接着又有两架飞机俯冲下来"咯咯咯"一通扫射，闷罐车冒起了大火，站台上的日军一片鬼哭狼嚎。战机升空，向西飞去。

阿部脸色阴沉，指着支离破碎的列车说："这三个司炉良心大大的坏啦！"

"我咋没有看出来？"杨益君作出茫然无知的表情问。

"他们是故意往锅炉里多投煤炭，为敌机指示轰炸目标的！"

杨益君认出黑大个是司机莫振飞，练得一身好拳脚，经常抱打不平，在铁路工人中威信很高。他心里明白，阿部是日军从关外满洲铁路调来的技术人员，也是日军特务机关部派遣监视铁路员工的特务，今天阿部识破了莫振飞故意暴露机车位置，诱导飞机来轰炸，鬼子绝不会善罢甘休的。

于是，杨益君用模棱两可的话回答："八成是巧合吧！"

阿部却换了一个话题："杨君，你的日语很好呀！"

"哦，是家父从小教授的，他在日本留学四年。"杨益君回答很谨慎。

"杨老先生1905年东渡日本，是国民党的元老，与孙中山、黄兴、汪精卫关系密切，后来厌倦了国民党的堕落，辞官挂印，归隐平民。"阿部的汉语功底深厚，他对杨益君显然知根知底，"徐州铁路局有400多员工带着15台机车，撤往中国腹地了，你怎么没有一道去呀？"

杨益君平静地回答："家父身体欠安，父母在，不远游！"

阿部露出狡黠的笑容："令尊大人对于皇军任命的官职也是力辞不受的吧？"

杨益君目视着阿部说："他年老体弱，不能胜任！"

"哦，你姐姐、姐夫在皇军扫荡中不幸殒亡了，对此我深表同情。"

杨益君眼泪噙着泪花。

"我是反对日本军国主义的，"阿部认真地说，"日本全面发动侵华战争，踏上了侵略战争的不归路。天皇与天皇家族保存两千年之久，被日本人视为神，'天皇乃现人神'，1889年颁布的《大日本帝国宪法》确立天皇的至尊地位，'万世一系统治日本'，为发动战争做好了立法基础。1926年裕仁天皇即位，加速战争准备。而中国的内乱、军阀混战，更加刺激了日本的野心。现在的日本国民和舆论都在狂热地支持军国主义，爱国主义被利用，大街上到处都是行进的队伍，喧嚣的进行曲响彻大街小巷，新兵们喜气洋洋，脸上带着自豪的表情，那是一种极其可怕的，让人忘乎所以的狂热。心甘情愿与军部法西斯、资产阶级财阀同流合污的表情。日本社会已经被军国主义所挟持，这种被挟持的宿命，就是日本军国主义的彻底失败。"

杨益君作出一副天真的表情，"你讲得太深奥，有点绕。"

"从你刚才临危不乱的从容，目光坚定的眼神，我能看出你是一位卓尔不凡的青年。"阿部拍拍他的肩膀，"我会器重你的，加藤支队、皇协军第二旅将要西进扫荡萧县、沛县、丰县的支那军队，由你编制配车计划。"

杨益君立正回答："是！"

阿部对杨益君笑笑说："刚才的事，我什么都没有看见！"

杨益君无以应答，只是傻呵呵地赔着笑脸。

走到门口，阿部转过身："欢迎杨君有时间去我家做客！"

杨益君鞠躬致谢："感谢指导官厚爱！"

二

傍晚时分，云龙山的山峦和石狗湖都笼罩在金色的夕阳。颜石峰沿着一条羊肠小道向山上走，穿过一片小树林，转过一个弯，看见一座石头墙院子，两间房舍青石到顶，上苫麦草。一只黄狗在柴门，汪汪吠叫。

一个七八岁的小姑娘，倚着门框喊："大黄，回来！"

颜石峰思忖，这小丫头应该是孙鲁老师的女儿孙梅吧。

"爹，来人啦！"小姑娘大声喊。

一个汉子走过来，颜石峰抱拳施礼："大哥，我是三堡乡的，天还没有黑就不让进城了，想找个地方住一下，能否给个方便？"

汉子回答道："出门在外，谁都有遇到难处的时候，你歇一晚，赶明儿一早再进城。"

颜石峰不敢贸然与伍兆勇相认，决定再摸一摸他的底细："谢谢大哥！"

"妮她娘，掌灯，做饭，来客啦！"汉子对院子里喊了一嗓子。

"哎！"一个身材高挑的妇女提着一盏马灯，从屋里迎出来，小院里顿时显得亮堂堂。

汉子邀请颜石峰进屋，在小饭桌边坐下，"先生请稍坐，俺也是刚刚进门，先喝点茶，歇一歇，俺家里没有外人，待一会内人就做好饭，凑合着吃点！"

颜石峰解下包袱，试探着问："大哥，还出去做生意呀？"

"狗屁生意！"汉子愤愤地说，"每天一大早全城的青壮年都得去给鬼子扒阻绝壕。上工第一件事，所有的苦力都一排溜跪在沟沿边，把腚帮子撅起来，鬼子提着大棒子，每人腚上三棍子，谁要是吭一声，接着揍，还唆使狼狗撕咬。唉，这亡国奴的滋味难受啊！"

妇女提着一把大茶壶，歉意地说："先生，茶叶孬，你别见怪！"

"哎哟，谢谢嫂子，已经添麻烦了！"颜石峰起身致谢。

汉子仔细端详着颜石峰："哎，我咋瞅你恁么面熟呢？"

"伍狱头！"颜石峰显得异常兴奋地说。

伍兆勇恍然大悟地说："你是颜石峰，被瓢把子抓进去的那个学生！"

颜石峰上前握着伍兆勇的手说："是呀，腚帮子都被他们揍烂了，多亏您给我找来金枪药膏。"

"咱们有缘分，这是前世定下的！"伍兆勇笑着说，"我这里还有几坛子红芋干子酒，开鱼馆时候剩下的，咱们兄弟俩今天一醉方休！"

小姑娘端上来一钵红烧鱼，"叔叔，请您尝尝俺娘做的烧杂鱼！"

颜石峰看一眼小丫头，瓜子脸，杏核眼，细长眉毛，依稀看出孙鲁的风采，于是说：谢谢你，叫什么名字啊？"

"我叫伍梅，"小姑娘很大方地回答。

伍兆勇非常疼爱地抚摸一下她的额头，"丫头，帮你娘烧火去！"

看着小姑娘出门，颜石峰问："是孙鲁老师的孩子吧？"

"多好的孩子啊，爹妈都不在人世啦，"伍兆勇长叹一声，"她是俺夫妻俩的掌上明珠，砸锅卖铁也得供她读书识字。"

颜石峰揭开包袱皮，从中拿出一件绿色贡呢子夹袍，递给伍兆勇说："这是孙鲁老师临刑前脱给我的夹袄，给孩子留下一个念想！"

伍兆勇接过来展开，又叠好，抹一把眼泪。

伍嫂端上来一碗炒菜，问眼泪汪汪的丈夫："她爹，你咋哭上啦？"

伍兆勇又抹一把眼泪，"颜先生当年跟孙鲁先生关在一个号里，他还留着孙先生临死前送给他的夹袄，看到了这物件就忍不住地淌眼泪。"

伍嫂也涕泪说道，"这些年每逢节气，俺们都带着孩子去坟上祭扫，等孩子长大了，再告诉她那里埋的是她亲爹。"

伍兆勇把黑窑瓷酒碗倒满酒，"来，不说这些事啦，咱们喝酒！"

两人碰一下酒碗，抿了一口酒。伍兆勇问："颜先生想进城，没有良民证很困难，非去不可吗？"

颜石峰回答："哦，是家父托亲戚，在建国中学谋了一份差事。"

伍兆勇皱着眉头说："建国中学就设在原来铜山师范，孔庙那里。听说校长叫刘萍，特高科麻昭祥股长夫人。你干啥不好，非去蹚那一汪浑水？"

"国家都成这样啦，咱们小老百姓还能有啥办法，总还要过生活不是？"颜石峰掏出一盒"翠鸟"，递给伍兆勇一支。

伍兆勇端起酒碗，呷一口，"先生所言极是，俺儿子原本在兴隆面粉厂当一个小把头，谁承想日本人威逼着程金石当汉奸。特高科科长柳天华，外号活阎王的，以前跟俺家小子交过手，看中俺孩儿的一身功夫，非得让他当特高科行动队的侦缉，捏着鼻子也得去呀！"

"是呀，我们只要心里有国家，别忘了是中国人就行啦！"

伍兆勇一仰脖子饮尽碗中酒，"我也不管你是干啥的，就冲您这番话，还有孙鲁先生的遗物，进城这个忙我帮定啦！"

颜石峰也一饮而尽，"谢谢大哥仗义相助！"

伍兆勇压低嗓子说："城里八月二十三要举行盂兰盆会，这几天云龙山兴化寺的效文和尚雇用了挑夫运东西，明天一大早，你跟着效文和尚扮做挑夫，鬼子信佛，和尚进出岗卡不盘查，趁着上工挖沟的苦力多，一道混进城去。"

颜石峰面色酡红，故意作出担心害怕的样子问："效文和尚牢靠吗？"

"效文是我的铁弟们儿，他小时候生病无钱医治，家里就送进庙里，治好了病就留在庙里当和尚。有一句谚语说'好好的孩子还能往庙里舍'，就是这个意思！"

颜石峰双手作揖："一切听从大哥安排！"

伍兆勇打量一下颜石峰的穿戴，摇摇头说："你这身行头不管，鬼子对长袍马褂、中山装的格外注意，你换上我一套旧衣裳，戴一顶席夹子。"

伍嫂端来一盆白面条，热气腾腾的，散发着扑鼻的香油味儿，招呼道："颜先生，给您擀了一点面条，就是这个条件啦，您多包涵着点儿！"

伍兆勇深吸一口气，嗅一嗅香油的香味儿，"谢谢大哥、嫂子盛情款待！"

三

天色大亮，云龙山西侧黄茅岗的检问所的木马栅栏前面排起了长龙，人们扛着铁锹、镐头，拎着饭盒，等待卡口放行。

三个凶神恶煞一样的日本兵，端着刺刀，上边绑着膏药旗，凡是过卡口的中国人首先要脱帽向鬼子九十度大鞠躬，然后出示良民证，再挨个被搜身。

一个僧人穿一袭灰色粗布袈裟，步履轻盈地走过来，身后跟随着一个挑夫，担着沉甸甸的担子。僧人三十多岁，长着一副棱角分明的脸型，高挺的鼻梁，眼睛清澈明亮，他径直走到卡口，举单手掌向鬼子兵施礼："阿弥陀佛！"

鬼子兵挥挥手："开路开路的！"

两人入城，挑夫颜石峰与和尚道别："谢谢效文法师！"

和尚举双手合十："施主不必客气，今后用得着效文的地方，尽管吩咐！"

颜石峰挑着担子一路北行，看见云龙山体育场伪军黄乎乎站了一大片，台上是一溜穿黄呢子军服的伪军高官。

他放下担子，问一位看热闹的老者："大爷，请问这是咋回事？"

老汉呶呶嘴说："昨天晚上郝司令的两个大兵洗劫了大同街的一家绸缎庄，被石猴子当场拿住，押到保安司令部。苏北专员、保安司令郝鹏举，正要杀一儆百呐！"

颜石峰问："大爷，石猴子是谁？"

"听口音你也是徐州人，咋还不知道石猴子呀，"老汉不以为然地说，"彭城少年跤王伍衡啊，甭说那俩小蟊贼，就是十个八个的也不在石猴子话下！"

一个趾高气扬的少将军官对着麦克风大声吼道："把人犯押上来！"

四个大兵老鹰捉小鸡一样把两个五花大绑的士兵架到台上。

"这是郝司令的大红人，有过命交情的，文参谋长！"老汉小声说。

文参谋长是一个瘦长身材、漫长脸、鼻梁上架着一副金丝眼镜的中年人。"陆荣发、钱秀福，你俩结伙抢劫，触犯军规，皇协军军纪严明，秋毫无犯，岂能容忍尔等害群之马！为整肃军纪，将你们就地正法，你们还有什么话要说的？"

矮胖子大声说："哥们自打西安就追随郝司令，忠心耿耿，今生今世再没有机会报答郝司令，二十年后再来报效郝司令！"

瘦子也扯着嗓门喊道："论罪当死，没有怨言，来生再报答司令！"

台上一个身材魁梧的中将赞叹道，"死到临头面无惧色，大丈夫！"

文参谋长大吼："拖下去，枪决！"

士兵簇拥着拖拽两名士兵，矮胖子高喊："等俺给郝司令磕头谢罪，再死不迟！"

文参谋长看到郝鹏举的脸上露出了笑意，看出他的心思，过去耳语，"司令，此等忠勇之士虽然犯案，也属小节，不如留下他俩的人头，戴罪立功！"

郝鹏举点点头，"可以啊，打二十军棍吧！"

文参谋长转身回到麦克风前，"郝司令爱兵如子，念二人忠于司令，决定从轻发落，权且寄下两人的项上人头，戴罪立功，责打二十军棍！"

"陆荣发谢过郝司令啦，"矮胖子声嘶力竭地吼叫，"士为知己者死！"

行刑的士兵褪去俩人的军裤，摁在地上，操起军棍，"噼噼啪啪"暴打。

"逮住这俩熊孩子的那个石猴子是什么人？"郝鹏举问。

文参谋长回答："石猴子叫伍衡，约莫十七八岁，现在特高科行动队，人很精干。师从徐州两位武学大师，跟西关霸王山的郭文标练习摔跤，还跟八卦掌名家钱树乔习练八卦掌、形意拳。"

郝鹏举沉吟道，"参谋长，你给柳天华约个酒场，顺便问他要这个石猴子！"

文参谋长问："司令准备怎么用他？"

"警卫营内卫排长，"郝鹏举又望着台下屁股皮开肉绽的矮胖子，"这个兵提拔排长，另一个当班长！"

"是！"文参谋长回答，然后对着麦克风发号施令，"现在宣布命令：提任陆荣发为少尉排长，钱秀福为上士班长！各部带队回营房，解散！"

台下的伪军一片嚎叫。

颜石峰撇撇嘴，"皇协军整肃军纪，死罪变军棍，还提拔升官！"

老汉说："后生，这还揍了二十下子，比纵兵放火杀人的，强多喽！"

颜石峰挑子上肩，"明白，大爷，再会！"

四

晌午时分，颜石峰来到中枢街的一条南边走向的小巷口，在路东的一所院落前驻足。这院子虎座门头，两扇黑漆大门，门上贴着两个手持剑、锤的门神，门框两侧的对联，"青山不墨千秋画，流水无弦万古琴"。他轻轻叩五下门鼻，再叩三下。

门闩拉开，伸出一个中年汉子的脸庞，"你找谁？"

颜石峰小心翼翼地问："请问，这是高瀚先生府上吗？"

中年汉子眼神机警，问："是呀，请问你从哪里来？"

颜石峰回答："俺从城西棉布村来，高先生家外姥爷的高客郭先生，推荐俺来投亲靠友，想到建国中学谋个差事。"

中年人问："你带烙馍、馓子喽吗？"

颜石峰回答："带了七张烙馍、六个花老虎大卷子，礼轻情意重！"

中年人机警地扫视一下四周："请进来吧！"

这是一个四合院，三间堂屋，伸出三尺屋檐，四根红漆立柱支撑，还有两间西屋，三间东屋，清一色的青砖到顶，上苫小瓦。院子里甬道铺设褐色大条石，搭设葡萄架，紫红色的葡萄晶莹圆润，仿佛一串串玉石雕琢的珠子。一株石榴树上的果实裂开了嘴，露出红艳艳的籽粒儿。

中年人把颜石峰引进堂屋，小声说："高先生，郭先生推荐的客人到了！"

从里屋走出来一位器宇轩昂的年轻人，身材不高，身穿黄呢子军服，佩戴少将军衔，方面大耳，一双剑眉凝聚着英武气概，眼睛不大却炯炯有神，厚实的嘴唇，笔挺的鼻梁。他目光灼灼地望着颜石峰，伸出右手，用略带嘶哑的嗓音说："欢迎你！"

颜石峰凝视着他，用力握手："郭东家、户管家问你好！"

高瀚对中年人说："老卞，去摘些水果来招待贵客！"

"是！"中年人端着一个铜盆出去了。

高瀚提起茶壶，倒了一碗茶递给颜石峰："同志，一路辛苦了，先喝点茶，一会让老卞出去叫几个菜，犒劳犒劳你。"

颜石峰"咕咚咕咚"一连喝了两大碗，长吁一口气，"自我介绍一下，颜色的颜，石头的石，山峰的峰。"

"原名吗？"高瀚问。

颜石峰点点头，"是原名，大革命时期在徐州读书，很多人认识我。"

高瀚的口音略带东北话："日军占领徐州，从'满洲'、华北搜罗一批驯化的汉奸，我就随着一起调过来了，职务是保安司令部少将参议，负责杨世云麾下的新民会情报处。我得到的指示是服从你的领导，我的小组现在有五个人，老卞是交通员，还有三位安插在警察局、军队和伪军医院里。"

"你是老地下党，得向你学习，"颜石峰谦逊地说。

高瀚接着说，"今后我们非到紧急时刻，尽量不要直接来往，密写信件都要用代号。"

老卞端来一盆葡萄、石榴，对颜石峰说："请尝尝吧！"

高瀚吩咐老卞说："你到东头的羊肉馆搞几个硬菜来。"

"好嘞！"老卞答应道，提着饭匣子出门了。

高瀚望着老卞的背影说："他是老抗联，河南人，绝对忠诚可靠，做我的交通员。当前最迫切的是建立起交通线，把情报网络建立起来。"

高瀚的一席话，把颜石峰说蒙了，他问道："啥叫网络？"

看到颜石峰面带难色，高瀚微笑着说："搞情报要布局，就是建立情报网络，简单地讲，就是建立专门情报关系与社会情报关系相结合的情报体制，或者说是情报网络。"

颜石峰苦笑道："我还是一头雾水！"

听了这话，高瀚接着说："专门情报关系就是在根据地、敌占区和敌人营垒内部，建立和发展情报关系，向我们定期的和即时地提供情报。我们在敌人虎穴里战斗，只负责敌占区的情报，根据地方面的情报由城工部负责。"

"高瀚同志，这么说，我好像有点开窍了！"

高瀚接着说："社会情报关系要求我们广泛交结地方有影响力的士绅、官员、三教九流的关系，眼观六路耳听八方，搜集对我们有用的情报。还要选择基本群众为我们服务，比方说走街串巷的货郎挑子、贩夫走卒、茶馆、饭店的老板，都能为我所用。"

颜石峰点头称是："好，我慢慢揣摩，细细体会！"

"我把敌伪的情况简要给你报告一下，"高瀚抽出颗香烟点燃，"日军第21师团司令部设在省立十中，师团长鹫津中将；日本陆军特务机关部设在大同街原国民政府交通银行，机关长滨上大佐；日本宪兵本部设在大同街东首原天成百货公司，大队长犬养少佐；宪兵队直接指挥的汉奸特务组织叫特高科，设在公安街城隍庙西侧的丁字巷。科长柳天华，是一个心狠手辣、狡诈机智的对手！"

颜石峰插话说："早就有所耳闻，是日本人忠实的鹰犬！"

高瀚接着说："还有麻昭祥，特高科剿共股股长，专门对我们进行特务渗透、抓捕我们地下情报人员。特高科下边还有特高股，负责对国民党的情报工作；检阅股对出版、报纸、邮电进行审查。另外一个是绰号'瓢把子'的张振彪，特高科侦缉队队长。他网罗了徐州一批地痞流氓，熟悉地方情况，到处安插坐地密探，一门心思想着破案、立功、发财！"

颜石峰眉峰紧锁："鬼子设立的汉奸特务组织就是特高科和新民会情报处，最受鬼子信赖的还是特高科！"

高瀚点点头："是的，日军特务机关向这两个特务机构都派遣了指导官。日本陆军特务机关部的联络部还向所有的伪政权、伪军队、机关都派遣了指导官。"

颜石峰问:"我在体育场看到一个牛高马大的郝司令,他是什么来头?"

高瀚长叹一声:"此人叫郝鹏举,是个墙头草。他少年加入冯玉祥的西北军,被保送到苏联基辅炮兵学校留学,归国担任西北军团长。'九·一八'之后,他担任胡宗南第17军团少将参谋长。此人好色如命,勾搭上胡宗南嫡系团长之妻刘氏,胡宗南将其禁闭,意欲置于死地。上尉文书文昌剑原本就是日本特务,携一连的官兵劫狱,把他救出,逃出蒋管区,投奔了河北的日军。"

颜石峰问:"是不是戴眼镜、瘦高个的文参谋长?"

高瀚说:"正是此人,铁杆的汉奸!郝鹏举到徐州之后,担任保安司令兼任苏北公署专员,贩卖鸦片,挖掘财力,为的是扩充军队,用枪杆子作为自己立足之本。"

颜石峰问:"我们可不可以利用他这一点呢?"

"石峰同志说得对,我也正在考虑利用郝鹏举扩充军队的机会,派人打入敌人阵营里去。目前保安旅正在西关博爱街的'窑湾酱园'筹备干部教导团,郝自任团长,下设军官和学生两个大队。军官队从在职军官中选调,学生队从士兵中报送以及从社会上招募。我推荐你去做教员,实在不行,进学生队也行。"

颜石峰点头称赞:"这是一个好办法,要尽快潜伏下来。"

高瀚接着说:"日伪撤销了维持会,在徐州成立了三个傀儡组织,苏北行政专员公署,郝鹏举任专员;徐州市公署,杨世云任市长;铜山县公署,县长曾海春。下一步,敌军将会对我根据地实施疯狂的进攻。我们铁路的同志,掌握了徐州敌人最近向徐西地区扫荡的兵力、火器情况,急于通过交通线传送出去。"

颜石峰听了很焦急:"是呀,我得抓紧与他接头啊!"

高瀚又点燃一支烟:"今天晚上云龙山兴化寺在黄河迎春桥附近举行盂兰盆会,做法会,拜忏徐州会战的死亡人员。本来应该是中元节的,改在八月二十三。你晚上九点去黄河岸边的镇河铁牛,与他接头。记住是东京时间,要提早一个小时。晚饭前我把良民证通过内线给你办好。"

颜石峰点燃一支烟,"高瀚同志,我物色了一对夫妻,战前在大巷口开鱼馆的,一直是我们的基本群众,想发展他们做城内的交通员,你看怎么样?"

"站长,请你自己把握,"高瀚吐出一口烟雾,"开鱼馆是个很好的职业掩护,可以作为我们的联络点。最近日本人急于恢复市容,以彰显大东亚共荣,你跟他们谈谈重新开张的事情,资金由我提供。"

"好，我明天出城，找他们考察一下。"

"石峰同志，你要置办几身行头，鬼子来了之后，长袍马褂又开始时兴起来。不过，你还是要做几套西服，到大同街西头亚东洋服店，选好料子。再到盛锡福礼帽店挑两顶时髦的呢帽。把这些置办妥了，我安排一个酒场，你跟郝鹏举见见面。"

颜石峰一脸愧色："高瀚同志，我囊中羞涩呀，身上只有十元大洋，还是路上一位乡贤送的，衣衫就是半新不旧的长袍。"

高瀚摘下胸前的一枚印有五色旗图案的徽章，"吃完饭，让老卞带你就近洗澡、理发，衣柜里你先挑两件我的衣服穿上，伪政府人员中流行佩戴这徽章，骑我的自行车，这样不会引起怀疑。"

颜石峰感动地说："谢谢你呀，高瀚同志！"

高瀚从裤兜里掏出皮夹，抽出一沓红红绿绿的钞票递给他，用揶揄的口吻调侃说："两千联银票，置办这些足够了，看看皇军给我的高官厚禄，正好资助咱们八路军！"

两人相视大笑。

五

夜色昏沉阴暗，阴风刮起来，吹得河岸边的几株老杨树哗哗作响。

迎春桥西侧搭台设坛，经幡随风飞舞。黄河两岸站满了看热闹的人群。东京时间九时正，兴化寺大和尚登坛诵经宣佛，众僧人向黄河内投放河灯，在荷花形状的纸船上点燃了蜡烛，几百盏河灯水流而下，河面映照得一片通明。

法会会场北侧，颜石峰身穿长袍坎肩，倚靠在铁牛的牛首，大口地吸烟。

"二哥，借个火！"一个年轻人走过来。

"不客气！"颜石峰打量他一眼，把烟递给他。

年轻人问："先生，我这里有一幅古画，您要吗？"

夜色中，颜石峰往前一步说："'青山不墨千秋画'，要它何用？"

年轻人回答："'流水无弦万古琴'，咱俩算是知音。"

颜石峰拍拍牛头："问青牛何人骑去？"

年轻人对答："有黄鹤自天飞来！借问先生何处来？"

"徐州西南棉布村，您呢？"颜石峰反问。

"徐州东南东贺村！"年轻人伸出手，"同志，我是杨益君。"

"我是颜石峰,咱们一起并肩战斗!"两人紧紧握手。

"我这里有一份日军扫荡的部队番号、武器配置、开拔时间,需要马上送出去。"杨益君说着,递给颜石峰一个烟盒,"来不及誊抄,翻拍的照片!"

颜石峰小心地揣进贴身衣兜里,"你还会照相啊?"

杨益君回答:"拍照、洗印都会,我家里还有暗房呐。"

颜石峰问:"益君同志,还有什么困难吗?"

"我存的胶片用完了,敌人控制得很严,能不能搞一点,实在不行,弄点医院的爱克斯光片,裁剪开了也能用。"

颜石峰想起来高瀚有一个同志安插在敌人医院,"好,我想办法。以后在秘密地点交换情报,尽量减少直接见面。"

"还有一件事,"杨益君凑到颜石峰跟前,"铁路局的指导官阿部,对我身份有怀疑。"

颜石峰问:"有什么破绽让他抓到了吗?"

"他的理由第一,我没有随同铁路员工一起撤退,他对我的观察应该是爱国的;第二,我的父亲是老同盟会会员,拒绝日本人的官职;第三,他知道我姐姐、姐夫死于日本人之手,有国仇家恨。"

颜石峰说:"指导官是日本陆军特务机关部向伪政权派遣的特务,他识破了你,会很麻烦的,你看是否需要撤退?"

"我再观察一下吧,铁路调度员是一个要害的岗位,"杨益君接着说,"阿部是中国通,他讲了一番反战的思想,我不加置否,没有表态。"

颜石峰问:"他是在试探你的吧?"

"不像,理由有两点,"杨益君回答简明扼要,"其一,他让我编制日伪军扫荡的配车计划,如果这次反扫荡证实是真实的;其二,我故意在国军空军经常轰炸的时间,放进一列军车,司机莫老黑故意压火冒烟,引导飞机轰炸、扫射。阿部就站在我身边,看得清清楚楚,没有告发。"

"哦,是这样,"颜石峰沉吟片刻,"你可以跟他进一步接触,但是,身份不要挑明,通过他搞到一些更机密的情报。"

杨益君说:"阿部邀请我到家里去做客,我想去拜访他,探探他的底细。"

"不入虎穴焉得虎子,地下斗争异常残酷,容不得丝毫大意!"

"我明白了,再见!"杨益君挥挥手,消失在暗夜之中。

第二十章　颜石峰邂逅沈钰　八路军聚歼日伪

一

一大早，大同街上钟鼓楼上的大喇叭响起一通充满动感旋律的《军舰进行曲》，"大日本皇军宣抚班今天第一次播音现在开始，皇军神勇的第十八、第一零四师团的勇士们，在海军航空队战机以及第五舰队海空兵力的支援下，昨日下午占领华南重镇广州。"

街面上稀稀落落几个行人，街东首路南的天成百货公司三层楼顶上用麻袋堆砌了工事，架着两挺机枪，枪口黑洞洞地对着街道。大门口悬挂白漆黑子的木牌"大日本宪兵队本部"。隔壁的原中央银行的二层楼房，被日本陆军特务机关部霸占。在两个阴气森森的吃人魔窟的笼罩下，整个街上充斥着血腥恐怖的气息。

颜石峰身穿灰色华达呢长袍，胸前佩戴着五色旗徽章，戴着灰色礼帽，黑色洋布裤子，藏蓝色洋袜子，黑色圆口布鞋，骑着脚踏车，悠闲地骑到街西头，在路南亚东洋服店门口，飞身下车，机警的眼神扫视一下四周，推门而入一位穿着围裙、戴着套袖瘦高个的裁缝迎上来，操着一口上海官腔热情地招呼："先生您好，您这是要做洋服吗？"

颜石峰大剌剌地说："噢，我来看看你们都有什么货。"

裁缝小心谨慎地说："都是战前的存货，先生喜欢什么式样的，我们尽量满足。"

颜石峰对西服一窍不通，硬着头皮说："你说说看！"

裁缝赔着小心说："眼下时兴的洋服有日常服、正式礼服和半正式礼服。小店定做最多的是平时各种场合都能穿的日常服。"

颜石峰听得发蒙，就说："我想做两套，挑料子好一些的。"

裁缝指着样品架子上的毛料介绍说："全毛花呢是制作西服的最佳面料，有素花呢、条子花呢和格子呢，先生您摸摸这两款呢子，质地多好！"

颜石峰搓着柔滑的呢子布料，心里直犯嘀咕，问："多少钱一尺？"

"先生，小店按套取费，每套700元，重新开张之后，先生第一个惠顾，给您优惠，每套600元，再奉送两条领带！"

颜石峰摸摸口袋里的钞票，"好吧，师傅你给推荐做哪两套？"

裁缝善解人意地说："中厚花呢织品稍厚，光彩柔和，适合眼下这个季节穿着；厚花呢厚实挺括，适合深秋和冬季穿着。给您各选一套，春秋季和冬季都能穿得着，色彩搭配协调，做出来一定气质高雅。"

颜石峰咬咬牙："就选这两款，请师傅量体裁衣吧。"

裁缝从围裙了掏出皮尺，一边量，一边："先生的体型非常标准，膀宽蜂腰，天生的衣服架子，不过您是长脸，泼头要短一点，领子要宽一点。"

颜石峰忍不住问："泼头是啥？"

"喔，上海话，就是领口啊！"裁缝收起皮尺。

颜石峰笨拙地数着钞票，递给他："一千二百元，请你点点。"

"好啦，先生您慢走，"裁缝鞠躬道，"我会尽快完工，包先生您满意的！"

颜石峰步出亚东洋服店，自西向东传来一阵摩托车的轰鸣声，一辆挎斗摩托车载着全副武装的卫兵开道，中间是一辆黑色的日产70型高级轿车，车头右侧金属旗杆上飘着伪政权的红黄蓝白黑五色旗，旗帜上方飞扬着一只三角形的杏黄旗，上书"反共和平救国"六个字。

一个丰县口音的人操着公鸭嗓子说："赶明儿，俺马三升抖起来喽，也得跟他一样威风！"

颜石峰循声望去，一个高个子、两个矮个子，携着包袱，讲话的小个子一只耳朵上缠着纱布。三个人穿过马路，从中山街往东拐进丁字巷。

一个身穿草绿色上衣，下着天蓝色长裙的姑娘急匆匆地跟在后边。

"沈钰！"颜石峰惊愕得差一点叫出声，他赶上前，一把抓住她的手腕子，"你要干什么？"

沈钰秀美的瓜子脸涨得绯红，上气不接下气地说："土匪，就是他们！"

"在这儿待着！"颜石峰口吻严厉地说，然后，分身上车追了上去。

徐州市警察局西侧围墙外有一条南北走向的小巷子，北段向西伸出来一段通往中山街，这条拐弯的巷子形如钉子，就叫作丁字巷。警察局的原址是徐州的城隍庙，民间传说西墙外每到夜晚鬼哭狼嚎，是个不吉之地，白日里也鲜有人至。

颜石峰沿着幽深的小巷，一路狂奔。巷子中段西侧有个院子，大铁门紧闭，门口站着一高两矮三个人，那个公鸭嗓正在给哨兵絮叨："你去禀报一声，俺是张金彪大队长的仁兄弟！"

颜石峰瞟了一眼，大门上斜插着一面伪政权的五色旗，右侧挂着"徐州市警察局特高科"褐色木牌，黑漆的大字，木牌上方印着青天白日图徽。院子里传出一阵受刑人凄厉的惨叫。

巷口南头临街路旁一间小吃店，招牌上书写"五凤园丸子锅"，门口停了几辆黄包车。

颜石峰支好脚踏车，捡路边的马杌子坐下，"掌柜的，来一碗丸子汤！"

"好嘞，客官稍候！"须臾店主端来一大黑窑碗丸子汤，飘着红艳艳的辣椒油、绿油油的芫荽，五只绿豆丸子，滚烫的羊骨头汤里泡着两张烙馍。

颜石峰端起丸子汤，边吃边向北观望，过了一会儿，晃着膀子走出来一个汉子，戴着墨镜，穿灰色对襟大褂、黑色灯笼裤，扎裤腿，斜挎盒子枪，与小个子亲热地搂搂抱抱，几个人相拥着进入了戒备森严的院子。

颜石峰把零钱放在小桌上，"老板，结账！"

店主说："先生，您稍等，给您找零钱！"

"不用找了，"颜石峰飞身上车，往亚东洋服店狂奔。

"沈钰，上车！"颜石峰刹闸，单脚踩在路牙石上。

沈钰跑过来，跳上车后座。

"咱们去哪儿？"颜石峰心里怦怦跳。

"恩人，随便您！"沈钰呼吸急促地说。

突如其来的邂逅，让颜石峰迅速作出思考，在日伪控制之下的徐州城，必须寻找一个闹中有静的地方，与沈钰谈一谈，弄清楚她到此的来龙去脉。

"我们去快哉亭公园吧，"姑娘身上的芬芳飘进颜石峰的鼻翼，他有些心慌意乱，"沈钰，以后别管我叫恩人好不好，叫哥吧，或者颜石峰都行！"

"行，恩人，哦，哥！"

颜石峰载着沈钰沿着中山街，向东拐到公安街，再往南拐到三民街，路东就是快哉亭公园。

朱红漆的虎头大门南侧，有一个"快活林茶馆"，临街向西三间房舍，摆放八张方桌、长条凳、方凳作为茶座，北侧置放一个二尺高、五尺长、三尺宽的木台子。如今生意凋敝，偌大的场子空无一人，门前半人多高的茶炉子上坐着七把白铁皮的水炊,"哧哧"地冒着白色水蒸气,一个半大小子正在"呼嗒呼嗒"地拉风箱鼓风。

颜石峰给坐在门槛上的老板打招呼:"掌柜的好!"

老板站起身,磕磕烟袋锅,"客官要点啥?"

颜石峰挑一张临湖的桌子坐下,"请来两碗茶,两样茶点!"

"客官,茶点不做了,也没有人买,茶叶也只有茶叶末儿,将就点吧!"

颜石峰推开窗户,窗外就是荷花池,九曲桥、凉亭、水榭尽收眼底。深秋的时节,荷塘里一片衰败的景象,微风拂面,水面上吹起一层层涟漪。

颜石峰转脸看沈钰,脸色绯红显得更加鲜艳,那双浓密的睫毛上沾着晶莹的泪珠。

"哥,你怎么到这里呀,老天有眼,今生今世还能遇见你!"

颜石峰端起茶杯啜一口,"投亲靠友,到徐州府混饭吃。你和你娘哪?"

"我妈思量河北是回不去了,就来徐州投奔我爸的好朋友程金石,早年与我父亲一起探矿的。"

颜石峰说:"程金石是徐州富甲一方的大老板。"

"程伯伯对我们非常友善,他说'人在人情在,人不在,更要讲情面,'把我们母女安顿下来,送我到建国中学读书。今天上学在河清路,我一眼就认出三个劫匪,特别是那个包耳朵的小个子,就是烧成灰,我也能认出来!"

颜石峰皱着眉头说,"要是劫匪认出你来,会在僻静处杀人灭口的。他们是去投奔特高科的。君子报仇十年不晚,沈钰,以后做事不要这么莽撞!"

沈钰怒目圆睁:"哥,我要杀了他们!"

"哎,你怎么又来了,"颜石峰嗔怪地说,"十几个士兵都不是他们的对手,你一个手无缚鸡之力的小姑娘家怎么再去冒险,听哥的话啊!"

沈钰的脸涨得通红,气咻咻地一言不发。

颜石峰抬起手腕看一眼手表,"你先回学校上课,抽空我去看你们。"

"我们住在镇平街7号大杂院,哥,您住在哪儿?"

颜石峰回答说:"我还居无定所,等安定下来,就去看你们!"

"你不会又杳无音信了吧?"沈钰泪汪汪地说。

"君子一言,一定去找你!"

一个车夫黄包车叮叮当当跑来。

颜石峰走到跟前,"师傅,送这位姑娘去建国中学!"

沈钰在车上转过身,频频挥手,"哥,别忘了约定啊!"

颜石峰望着远去的少女，心中涌起一阵强烈的冲动，胸口怦怦剧烈跳动，他觉得浑身发热，一种从未有过的幸福感觉让他有些眩晕。

"这是怎么啦？"颜石峰暗自提醒自己，"人家还是一个小姑娘，你不要动邪念！更不能利用人家报恩的想法，图谋不轨！更重要的是你身上肩负的地下斗争的使命，都决定你必须克制住这些小情调！"

傍晚时分，颜石峰推着脚踏车沿着羊肠小道登上云龙山三节山半山腰。放眼望去，周围是连绵起伏的山峦，尽收眼底，石狗湖的湖面水平如镜，倒映着天边绚烂无比的晚霞，山峰与苍天混沌一片，沉浸在橘黄色的暮霭之中。

大黄狗摇着尾巴，欢天喜地的迎上来。伍梅奶声奶气地喊："爹，娘，俺颜叔叔来啦！"

伍兆勇迎出门，热情地招呼道："颜先生来了，快请屋里坐！"

颜石峰支好脚踏车，从车兜里掏出两个荷叶包，一瓶酒，"带了俩卤菜，烧鸡、猪头肉，咱们哥儿俩晚上喝一点！"

伍兆勇也不推辞，对草棚里喊一声："妮她娘，颜先生来啦，多贴点饼子！"

伍嫂答应一声，"颜先生，俺这就给您做炖杂鱼，贴锅饼。"

"麻烦嫂子啦！"颜石峰大声说。

两人进入石屋，在小饭桌前坐定，伍兆勇打量着颜石峰说："早就知道先生不是一个凡人，进城才几天，就混得有模有样啦！"

"老兄寒碜小弟，"颜石峰抱拳施礼，"为混口饭吃，朋友举荐，在军界谋了一个闲差，保安司令部干部教导团少校教官。"

伍梅端来一盘烧鸡，一盘卤猪头肉。伍兆勇捏起一只鸡腿递给她。伍梅摆摆小手，"俺娘说，先尽客人吃！"

颜石峰心疼地对她说："妮子给你娘说，客人讲先尽妮子吃！"

伍梅有礼貌地说："谢谢爹爹、叔叔！"

望着伍梅的背影，伍兆勇辛酸地说："妮子刚来那会，穿着一件红色的兜兜，绣着两只小鸭子。那会儿，你嫂子一唱儿歌'小妞妞，穿兜兜，西南风，朝北走！'就掉眼泪，说这是共产党的骨血，咱们得对得起人家！"

颜石峰的眼睛湿润了，他咬开瓶塞，咕咕把酒倒入碗中，端起酒碗说："我敬你们善良的夫妻俩！"

伍兆勇一饮而尽，"颜先生，俺知道您是共产党的探子，从您第一回来俺家，还带着孙鲁先生的衣物。"

颜石峰咽下一口烈酒，"是户先生推荐我来找你们两口子的。"

伍兆勇夹起一块肉，一边咀嚼，一边问："户先生可好？"

"他是湖西根据地领导人，对您夫妻俩抚养烈士遗孤非常的感激！"

伍兆勇端起酒碗，说："其实早在河清路八号看守所，我就看出你是共产党！"

颜石峰呷一口酒说："你咋看出来的？"

"您的那一种神态、那一种硬气，不是装出来的，"伍兆勇竖起大拇指。

伍嫂端上来一个铁锅，香气扑鼻，"没有啥菜，尝尝杂鱼锅贴！"

颜石峰拉过来一只矮凳子，"嫂子一块吃吧！"

"不啦，俺再去拾掇一个菜，不能单数啊！"

"老婆子，坐下吧，有几句话说，"伍兆勇示意道，"咱俩在家猜的事儿，今个挑明点了，户先生和颜先生一样都是共产党。今后用得着俺们的地方，尽管说！"

伍嫂拢一下头发，说："入伙共产党，俺们不够格，但是俺知道共产党是为了咱们穷人争利益的，孙先生、户先生都是多好的人啊，你们不怕死，俺们也不怕！"

颜石峰动情地说："共产党是为劳苦大众谋幸福的，现在的首要任务就是把日本鬼子赶出中国去，我们依靠的就是你们这样的群众。"

伍兆勇长叹一声："你嫂子也是一个苦命的人啊！"

颜石峰说："嫂子，穷人命苦不是生就的，总有那么一天，大家都有地种，都有饭吃，就没有穷人了。"

"那敢情好，得等到哪年哪月啊？"伍嫂长叹一声。

颜石峰认真地说："等打走日本鬼子，咱们就能分田分地过上好日子了！"

伍嫂抹一把眼泪说："俺娘家姓宁，俺娘怀着我逃荒来到徐州，后来添了一个弟弟、一个妹妹，一共四口人，全靠俺爹挑水卖水为生。一天到晚十几挑子水，沿街叫卖挣的钱，买不到一升米，天天吃豆饼，二斤豆饼全家吃一天。到十三岁那一年大年三十，俺爹去世。俺娘仁儿跪地哀求地保，施舍了一领席，草草把俺爹入了土。生活没有了着落，妹妹被送到育婴堂。俺娘白天要饭，给人家做针线活，晚上打着灯笼拾粪卖钱。我去给人家放猪，一件夹袄补丁摞补丁好几斤重。十五岁那一年七月，俺娘得了病，花光了俺家仅有的二十几个铜板，请来小北门的先生看了一回，不见好。俺娘躺了二十多天，家里面缸空空的，啥吃的都没有啦。熬到七月三十那天，俺娘开口要吃西瓜。俺弟弟赶忙出去捡了两块西瓜皮，洗洗拿给俺娘。这时候，娘的舌头就硬了，她偎在我怀里，我给她喂着瓜汁子，就咽了气。"

颜石峰听得鼻子发酸，掏出手绢擦眼泪。

伍兆勇接着说："多亏了义来春轿行的郁四爷，他体恤穷苦人，施舍了一口薄棺材，操办了后事。"

伍嫂撩起衣襟擦拭眼泪，"四爷经常说'穷人出殡，富家拿钱'。他可怜俺们姐弟俩，就收留下来做杂活，认识了轿行里的伙计伍兆勇。"

颜石峰问："弟弟现在干啥了？"

伍嫂回答："让鬼子的飞机给炸死了，尸骨都炸碎了，挂得到处都是。"

"嫂子，你在徐州无亲无故的，咱们认个干亲吧？"

"跟颜先生认干亲，那俺真是上辈子修来的福分！"伍嫂露出一丝笑容。

伍兆勇也笑着说："往后你得改口，管我叫姐夫了！"

"咱们不写拜帖，也不点烛插香磕头了，"颜石峰撩起长袍，单膝跪地，双手捧起酒碗，举过头顶，"颜石峰结拜伍宁氏为姐，今生今世，不负此约！"

伍嫂接过酒碗，一仰脖子喝了下去，"姐姐有幸结识颜石峰弟弟，这一辈子亲弟弟一样待你！用到姐姐的地方，上刀山下火海，姐姐不兴眨眼的！"

颜石峰亲切说："还真有一件急事，麻烦姐姐跑一下。"

伍嫂理一理衣服说："颜先生你说，没有什么麻烦的。"

颜石峰掏出两张烟盒纸，递给她，"你明天一早出门，到西关段庄黄河大堰底下的土地庙，把这个放在土地老爷神像下，在庙上方放一块坷垃头做记号。明天中午过后有人接。十万火急，事关成百上千人的性命！"

伍兆勇翻看着两张烟盒，纳闷地问："这上头咋一个字也没有哇？"

颜石峰回答："烟盒的背面用的是密写，经过特殊处理，字迹才能显现出来。这样万一遇到敌人盘查，或者情报丢失，不过是废纸，不会引起怀疑。"

伍嫂接过烟盒，"弟弟放心，我把它缝在鞋帮里，明天一大早就出门。"

这时一个身穿土黄色战斗服的青年军人，推门而入。

伍嫂站起身："石猴子回来了，还没有吃饭吧？"

伍衡机警地盯着颜石峰，"这位是……"

伍嫂连忙说："他是颜先生，跟你说过的，你喊表舅吧！"

伍衡扎着武装带，一杠一豆少尉军衔，礼貌地点头问候："表舅好！"

伍兆勇生气地问："你这是从哪里弄来的一身黄皮？"

伍衡没有好气地回答："爹，你以为俺愿意穿这一身。不知咋的，又被和平建国军的大官看上了,提拔俺当他的警卫排长,明天先去博爱街'窑湾酱园'培训两个礼拜。"

颜石峰笑着说:"正好,我是你们的教官,教授'大东亚共荣'课程。"

"'大东亚共荣',什么狗屁玩意儿!"伍衡愤愤地说。

颜石峰笑眯眯地说,"大东亚共荣嘛,是友邦日本的一贯政策,过去在朝鲜搞,又在'满洲国'搞,又跑到我们华北搞,搞来搞去,现在搞到咱们的头上。所以呀,咱们不能辜负友邦的好意,应该从你所见所闻中去认真体会日本人对中国人的深情厚谊,咱们也要仿效他们,将来加倍报偿,对吧?"

伍衡似懂非懂地点点头。

"对了,差一点儿忘了,"颜石峰掏出一卷红红绿绿的钞票放在桌子上,"下午我去大巷口看了一下'三春元'鱼馆,修葺一下,置办点桌椅板凳还有锅碗瓢盆,抓紧开张。日本人搞共荣,市面得繁荣。"

伍兆勇数一下钞票,"好的,尽快开业。"

颜石峰双手作揖,"姐姐、姐夫,告辞!"

二

太阳一竿子多高时,伍嫂一身村妇打扮,穿着青色大襟褂子,黑色宽腰裤子,扎着裤脚,头上顶着一方黑色头巾,胳膊上挎着篮子,穿过博爱街的青石板路,来到大悲庵门外。再往西都是乡间土路,是去萧县的海郑公路。公路被一条阻绝壕挖断。那沟十几米宽、五六米深,东西两边的交通,都要通过检问所,从一座木质的吊桥上通过。三个穿黄皮的伪军,正在盘查过往路人。

伍嫂拢一下头发,定定神,抑制住怦怦跳动的心脏,镇定地走了过去。

"上哪儿去,有良民证吗?"一个伪军就端着刺刀大声吆喝。

伍嫂掏出良民证递给他,说:"俺上段庄走娘家,换点粮食吃!"

"篮子里头有啥?"另一个伪军咋咋呼呼地过来,双手在篮子里一阵翻腾。

伍嫂回答说:"没有啥,都是胰子、针头线脑的,走亲戚不能空着手呀!"

伪军摸出一包香烟,揣进兜里,"滚吧!"

小头目挎着王八盒子,大声呵斥:"不能过,得细细搜身!"

伪军龇牙笑着说:"一个老娘们头子的,有啥摸头,要不,排长你来摸?"

小头目发火道:"混账,一大早走哪门子娘家,分明是个探子!"

伍嫂一屁股坐在地上,一把鼻涕一把泪,呼天抢地,边哭边数落,"俺娘家就在段庄大堰底下，俺揭不开锅去捯饬点粮食，咋又成了探子哩！"

递给排长一支烟，"排长，这段庄里的人可野啦，'能过九江口，不敢段庄走'。徐州城里怪万恶的孩子都不敢欺负段庄、高头这一带的人，咱跟她置什么气，小心哪天挨黑砖！"

小头目没有再吭声。伪军不耐烦地挥挥手，"快走，快走！"

伍嫂拎起筻子，快步迈过了吊桥。

兵荒马乱，路人稀少，昔日车马川流不息的公路上长满了荒草。伍嫂往西走了七八里，就来到了段庄。庄子就坐落在黄河大堤底下，村子西北角的田野地头，有一座土地庙。这座土地庙不大，仅有三尺多高，青砖小瓦，庙门只有一尺多高，庙内供奉着两尊石雕像，一位是土地老爷，一位是土地奶奶。庙门两侧对联是"庙前无僧风扫地，庙内无火月当灯"，横批是"祭神如在"。

伍嫂机警地四下观察一番，收割过的高粱地一望无际，四周只有风儿吹拂野草发出沙沙声。她脱下鞋，抠出烟盒纸，压在土地老爷石雕下，然后虔诚地磕了三个头，捡起一块碎石头，放在庙顶，掸一掸身上的泥土，转身离开。

三

太阳刚刚露脸，郭一民叉腰站在院子门口，一动不动地凝望着村南头的寨门。街道上潮乎乎的露水气味夹杂着浓厚的土腥气味儿传入鼻翼，隔壁邻居家传出拉风箱的响亮声响，炊烟袅袅升起，饭菜的香味儿开始在空中飘荡。

户秉刚走过来，为他披上一件夹衣，"早晨凉，穿厚实点儿！"

郭一民长吁一口气，"到了第一次约定的时间，不知道颜石峰同志是否安全抵达，与城里的关系联络上了吗？"

户秉刚宽慰道："掐指一算，颜石峰同志去敌后才十六天，郭书记，心急吃不了热豆腐。"

"哎，来啦，来啦！"郭一民激动地说。

在淡淡的晨雾中，一个瘦高个、一身黑衣的汉子一溜儿小跑而来。两人赶紧迎上前去，郭一民紧紧握住梁同义的双手："老梁同志，你辛苦了！"

梁同义面色苍白，浑身上下湿漉漉的，他立正报告："首长，梁同义完成任务归队，情报取回！"

"赶快进屋，先喝点水，"郭一民走进土院墙，吩咐警卫员，"小刘，快去搞一盆稀饭来！"

三人走进堂屋，梁同义将情报从腰带里小心翼翼地抽出来，递给郭一民，把驳壳枪还给了户秉刚，"消耗子弹两发！"。

户秉刚望着梁同义血淋淋的双脚，"老梁，你的鞋呢？"

"三双草鞋都跑烂了，"梁同义憨厚地笑笑说，"草鞋便宜，俩铜板一双。"

户秉刚心疼地说："交通员是党的'红色信使'，我们就是砸锅卖铁，也要给交通班配备松紧口的牛筋鞋，再给你们调拨三支手枪，五只七九步枪，两百发红屁股门的子弹。"

郭一民仔细看完情报，把烟盒纸递给户秉刚，对梁同义说："92号的情报非常重要，老梁，谢谢你呀！"

小刘端来一盆青菜煮豆腐，一簸篮窝窝头。

郭一民吩咐道："小刘，去把蒋宝琛部长、鹿继澄部长还有虎林队长一块喊来吃！"

户秉刚看完情报激动地说："老梁，你开辟了湖西根据地第一条交通线，该给你记一大功。你是怎么这么快就完成任务的？"

梁同义平静地说："我提前到达预定地点，埋伏在附近。小晌午的时候，来了一个女的，拜神之后，在土地庙上放了一块小石头。等她走了，我取到情报，按照原路我一路小跑，从户寨集过陇海铁路时候遇到一点麻烦，敌人在铁路两边各挖了一道封锁沟。过沟时，坡上有蒺藜，腿上、背上都扎了刺。到沟底后，往上甩锚钩拉着绳子往上爬，刚爬上沟沿，正好被两个敲梆子值更的家伙看见，扔下梆子就跑，我抬手就是两枪，拔腿就狂奔，鬼子的轧道车也开过来了，探照灯乱照，打了一通机枪。"

蒋宝琛、鹿继澄、虎林三人进屋。

蒋宝琛笑呵呵地说："今天打牙祭啊，吃豆腐！"

户秉刚回答说："今天犒劳我们的红色信使，神行太保，梁同义同志！"

六个人围着一盆青菜豆腐，窝窝头蘸着辣椒酱，津津有味地吃起来。

"今天把你们三位找来，是有重要任务，"郭一民放下手中的窝窝头说，"根据徐州92号同志传递的情报，敌人正在调动徐州附近的日军加藤支队、皇协军第二旅，配合当地的日伪军，扫荡萧县、沛县、丰县、砀山的国民党和共产党的抗日武装，今晚十点左右，两个专列到达萧县黄口火车站。"

几个人都放下手里的食物，全神贯注地听郭一民讲话。

郭一民神情凝重地说："八路军总部派出115师343旅的主力部队一个团从孝义出发，前哨已经抵达丰县单县边界，大部队预计今晚到达。我们的想法是趁敌人不备，对盘踞丰县北部的伪军第一师王歪鼻子部发动突然袭击，歼灭这股敌人，成为我们在湖西地区站稳脚跟的奠基礼。这一大股敌人的突然到来，将打乱我们的计划，战略上陷入被动。如何应对，大家发表一下意见！"

虎林走到地图前，指着户寨集南边黑色的铁路线，"从石桥南边上跨陇海铁路的这座桥叫八里桥，有几十米宽，我们今晚赶在敌人前头炸掉它！"

户秉刚说："只要阻住敌人十几个小时，我们就取得了战略主动权。我带领虎林率领一支骑兵小分队，立即奔袭，时间还来得及。"

梁同义说："敌人的石桥据点已经建起来了，炮楼有三层，四周都是开阔地，据点外有土圩、鹿砦，水壕三道障碍。晚上日伪军不敢出来，沿线守护的是各村的小防队。鬼子的轧道车在铁路上往返巡逻。铁路两侧的封锁沟有十几米宽，三人高。"

蒋宝琛说："石桥驻扎伪军程茂财部一个中队、鬼子一个小队，防守铁路、公路的交叉点，如果有敌人重大运输行动，敌人一定会加强防范的。"

鹿继澄咬一口窝窝头，说："我从十几岁当矿工，就搞炸药，爆破我是绝对的专家，把从贾汪带来的炸药都用上，炸了敌人的铁路桥！"

"我来分配一下任务，"郭一民站起身，"鹿继澄、虎林同志带领骑兵一个班，由梁同义同志带路，插进敌人石桥附近地区，炸毁铁路桥。蒋宝琛同志密切注视伪军王歪鼻子部队的动向，同时对驻地附近的村庄进行封锁，任何人不准进出。"

"还有一件事，"鹿继澄说，"白子沣同志找我，想把统战部联络处的交通站转隶到组织部组织科，说这样有利于在对敌斗争中进行干部培养。"

"白部长想法倒是很有新意呀，"郭一民沉吟道，"秉刚同志什么意见？"

户秉刚摇摇头："统战联络工作是在敌人营垒里交朋友，而情报交通则是与敌人拼刺刀的，混在一起不好，也不利于保密。"

郭一民拿起一个窝窝头，"同意老户的意见，以后的交通站、情报站都由蒋宝琛部长一手抓起来，大家抓紧吃饭，开始工作！"

虎林抓起两个窝窝头，中间填满辣椒酱，扣在一起，"我们现在就出发！"

鹿继澄仰脖子喝完粥，抹一下嘴："吃饱了，开拔！"

"驾、驾！"，虎林率领一队精悍的骑兵，冲出南寨门，绝尘而去。

汪绪仁狐疑地望着骑兵消失在茫茫原野之中，他下意识地走到寨门口，被威严的哨兵拦住："请不要跨出寨门！"

汪绪仁亮明身份："我是地委组织部汪科长啊！"

"首长，戒严了，没有郭书记、户专员签发的通行证，任何人不准出去！"

"今个儿是咋的啦？"汪绪仁自言自语道，望见白子沣带领后勤部的三个干部套着骡拉马车过来，就迎上前去，"白部长，您一大早就忙工作呀？"

"号房子，准备粮秣，"白子沣跳下车，兴奋地附在他耳朵上说，"大部队马上就要到啦！"

"大部队，哪里来的大部队？"汪绪仁脱口而出。

白子沣小声说，"八路军115师343旅685团已经抵达单县边界了。"

"主力部队来了，咱们就有主心骨了，"汪绪仁显得很高兴地说，"刚才鹿继澄、虎林他们骑马从南门出去了，是迎接大部队的吧？"

"他们应该往北走呀，八成另有任务，"白子沣神神秘秘地说，"咱们打入敌人内部的同志，传回来情报啦！"

"首长，我跟您一起去帮忙吧，多一个人，多一份力呀！"

"好啊，上车吧！"白子沣说。

胶皮轱辘大车摇摇晃晃出了寨门，一路南行。

"部长，咱们这是往哪里去呀？"汪绪仁问。

白子沣回答："前边小王庄，周边几个村子都得驻扎，两千多人马呢！"

临近小王庄，路边一个火烧摊子，打着一个杏黄色的幌子"景家祖传火烧"。两口子热情地招揽生意："刚出炉的热火烧嘞，又香又脆，同志，尝尝啵？"

汪绪仁高喊："停一下！"蹦下马车，走到火烧摊前，"掌柜的，给我来五个。"

瘦高个的黄脸汉子用荷叶包好，递给他。

汪绪仁掏钱时，用余光扫视一下马车上的人，都在有说有笑，就压低声音对男子说："你马上赶到县城，电话告诉徐州犬养太君，第一，八路军115师343旅685团两千余人，今晚到达；第二，半月前，湖西派往徐州的特工已经发回情报了。戒严，你走野地！"

男子小声回答："记住了，115师343旅685团两千余人今晚到达，半月前潜入徐州的特工已经发回情报啦。"

汪绪仁跳上马车，每人递上一个热乎乎的肉火烧。

白子沣咀嚼着香喷喷的火烧，"谢谢汪科长，今天就算过年喽！"

汪绪仁的大眼睛里闪烁着忠厚的目光："嗨，我就这么点余粮了，还是从枣庄带来的，有福同享，把钱花光啦，大家一起当贫农！"

四

月亮露出了半张脸,在黝黑的天空上,勾勒出明亮的轮廓线。在朦胧夜色掩护下,一小队黑影悄无声息地沿着河岸摸索前进。

"呜——"汽笛长鸣,贼亮的光束照亮了原野,长长的列车喘着粗气,从前方二百米处隆隆驶过。

虎林小声说:"卧倒,注意观察!"

又一辆轧道装甲车轰隆隆开到了桥头,探照灯的光束四下扫视,车顶的鬼子与桥头的哨兵叽哩呱啦一通对话,轧道车关闭车门,向西驶去。

远方一阵清脆的梆子响,两盏灯笼若隐若现地闪烁。

鹿继澄爬过来,对虎林说:"你看,桥的东边是一个哨所,有鬼子兵、伪军把守,附近还有小防队,咱们咋办?"

"我和宗时荣、小云南卢班长各带一个捕伏手,悄悄接近敌人,俩人干一个,用匕首结果了他们,用电筒给你发信号,你带领爆破组扑到桥墩下,放炸药,咱们小树林里汇合!"

"好的!"鹿继澄点点头。

六个黑影像敏捷的狸猫,无声无息地接近桥头。

哨所里吊着一盏马灯,透出昏黄的灯光,一个鬼子挎着枪,唱着咿咿呀呀的日本曲儿,一个鬼子持枪站在桥头。一个伪军跑到河边,解开裤带,对着黑暗中的河岸哗哗地小解。

突然他的双脚被猛地拖下河岸,一柄锋利的匕首插进了他的胸膛。

桥头的鬼子端着枪跑过来,用日语喊:"喂,怎么回事?"

黑暗中一把雪亮的砍刀从背后斜劈下来,鬼子惨叫一声仆倒在地。

哨所里的鬼子"哗啦"一声拉开了枪栓,"哇哇"怪叫着往外冲。虎林嘴里衔着一把匕首,右手飞过去一柄斧头,"噗"地砍在鬼子的额头上,跨步向前,匕首攮进了鬼子的心口窝。

虎林打开手电筒向桥下划了三个圈,急促地命令:"立即撤退!"

几名战士迅速捡起鬼子的两支三八大盖,解下子弹盒,然后跳下路基。

看到信号,鹿继澄带领两名爆破手携着两包炸药,蹚水摸到桥墩下,搭人梯把两包炸药安放在桥墩的大梁下,拉燃了导火索,"哧哧"的火苗发出恐怖的声响,三人迅速撤离。

一干人马迅速撤离。

不一会儿,"轰隆"一声巨响,桥墩连同钢轨随着烈焰飞上了天。

十几匹战马向着北方一路狂奔……

五

月明星稀,时间已经到了下半夜。一支身穿灰军装的部队在夜色的掩护下,浩浩荡荡向大王庄开进。

几个器宇轩昂的军官走在队伍最前列。

郭一民、户秉刚迎上前去,与他们热烈握手,"欢迎同志们啊,介绍一下,我是湖西地委书记、抗日义勇队政委郭一民,这位是湖西专员、抗日义勇队司令户秉刚同志,这位是湖西地委组织部部长白子沣同志!"

一个身材高大的军官敬礼说:"我是苏鲁支队彭司令,这位是梁副司令,政治部洪主任!"

户秉刚回敬军礼,"请同志们稍事休息,等一会儿咱们研究一下军情。"

梁副司令接着说:"马不卸鞍,人不解征衣,我们对脾气!"

白子沣说:"附近村庄的老百姓都动员起来了,家家户户烧面疙瘩汤,蒸山芋面窝窝头,让战士们热汤热饭先吃饱肚子!"

部队进村很快分散开来,战士们铺开麦草,倒头和衣就睡。村子里家家户户都响起了拉风箱的有节奏的声响,炊烟飘荡在村子的上空。

土墙院子的堂屋里,两张八仙桌拼在一起,两盏罩子灯照得屋里明晃晃的。六个指挥员围坐在一起,大家神色凝重,几个人抽着纸烟喷云吐雾。

郭一民站起身,指着桌子上的地图说:"军情紧急,我先介绍一下敌我态势。丰县共有日军村木少佐的一个大队 300 多人,其中吉野小队驻扎东南方向华山,加藤小队驻扎北关刘堤湾。日军每个小队 30 多人枪,配备轻机枪 3 挺,手炮 2 门。伪军保安总队下辖 3 个大队,533 人,长短枪 384 支。我们眼皮子底下是王歪鼻子的和平救国军第一军第一师,此人是个旧军阀,以抗日的名义拉起一支千余人的队伍,投靠了日寇,给他封了一个中将的军衔,与鬼子汉奸联手攻打丰县国民党保安旅黄司令的队伍。下一步肯定把枪口对准我们八路军。"

户秉刚接着说:"王歪鼻子号称四个团,其实就是一千五百人,长短枪不到一千支,没有重火力,根据我们的侦察,敌人兵力分散在七个村子里,人数从几十人、百把人到几百人不等，大都是乌合之众，凭借几个土圩子来进行守备。因此我们建议，先打王歪鼻子，而且要快打，打他一个猝不及防。主力部队从太行山下来一路长途跋涉，劳师袭远，但是，我们地方部队熟悉当地情况，只要出其不意，突然进攻，全歼这股汉奸绝对有胜算。"

郭一民锤一下桌子，"趁着敌人不知道主力部队到达，我们集中优势兵力，发起攻击，消灭这股伪军，壮大人民武装力量！"

彭司令站起身，声音洪亮地说："根据毛主席、朱总司令的命令，八路军、新四军的主力部队相继开往徐州东西南北四个片区开辟根据地，配合当地党的武装开展游击战争。我们从晋西的孝义出发，越过日军数道封锁线，秘密抵达湖西地区，就是为了首战告捷，给敌人一个重创！"

梁副司令接着说："地方的同志，请把具体部署一起讨论一下。"

郭一民点燃烟袋抽了几口，说："伪军第一师距离崔庄我们驻地只有15公里，我们上午已经派出两个大队1000人马，监视敌人的活动，并且控制道路、桥梁隘口。我们建议，以主力部队三个大队加上我们地方部队共计3000人马，今天凌晨发动突袭，歼灭这股伪军。以主力部队一个大队加上地方部队两个大队1500人马，在常店设伏，伏击从丰县增援的日伪军。另外，根据情报，日军一个联队4000人和伪军一个旅6000人，预计今晚十点抵达萧县黄口车站，准备扫荡丰沛萧砀抗日武装。我们早上派出一支精干的骑兵去陇海铁路八里桥，计划晚上八点之前炸掉它，阻敌西进。"

户秉刚指着地图说："就是这里！"

一位梳着分头，黑瘦精干的年轻军官带着质疑的眼神问道："要是炸不掉呢，敌军的主力部队一万人马就会挥师北上，打我们一个立足未稳！"

户秉刚转过脸问："同志，请问你是……"

军官点头致意："我是政治部主任洪明璨！"

户秉刚从郭一民手中抓过烟袋，吧嗒了几口，脸色铁青地说："洪主任，请你相信我们的战士，就是身上捆上炸药包，也得坚决完成任务！"

"咴——"战马的嘶鸣，在寂静的深夜穿得很远。

白子沣兴奋地说："听，一定是鹿继澄他们完成任务回来啦！"

洪明璨笑一笑说："那就好，那就好！"

梁副司令说："你们筹划得很周全，我建议从主力部队和地方部队各抽一个大队，作为预备队，应对突发情况。"

彭司令看一眼手表说："好，时间已经下一点。综合大家的意见，我分配一下战斗任务。我带第一大队和户秉刚同志带领的一个大队从崔庄以北发动主攻，梁副司令率领第二大队和地方一个大队从东西助攻，以主力第三大队和地方一个大队在崔庄以南设伏，伏击出逃敌军。洪主任带领四大队和直属队与地方部队一个大队在常店设伏，阻击北上增援的日伪军！部队四点半之前赶到攻击位置，五点钟准时发起攻击！"

白子沣着急地说："这会儿才刚刚烧好面疙瘩汤，让同志们吃饱饭吧！"

梁副司令微笑着拍拍他的肩膀说："我们大多数指战员参加过二万五千里长征，都是身经百战的老战士，这点苦不算什么！"

洪明璨梳理一下分头，说："郭书记你放心，我们部队参加过平型关战役，在广阳、平遥多次战胜日军，也打伏击，消灭过日军的运输队，这里的日军满打满算就是区区三百人，就是单挑，我们也不惧他们！"

彭司令说："好吧，开始行动吧！"

"集合啦，集合！"四下响起短促有利的命令声。战士们迅速从草铺上爬起身，捆好麦草，打好背包，背上枪支弹药，集合完毕，遁入茫茫夜色中，扑向各自的战斗目标。

东方泛起一抹鱼肚白，深蓝色的天幕上，启明星闪烁着清冷的光辉。宽阔的复新河面轮廓渐渐清晰，河滩上密密麻麻长满了野树柳和芦苇。露水很重，打湿了草地和低矮的树丛。草窠里、树丛里埋伏着八百多游击健儿，像一群虎视眈眈的猛虎，在瑟瑟秋风中，等待着猎物的出现。

虎林透过密密的野柳条，目不转睛地盯着不远处那一座黑漆漆的木桥，手中紧紧攥着一根拇指粗的麻绳。一条青色的藤蔓开出几朵蓝紫色的小花，悬垂在他头顶上方，淡淡的芳香飘入他的鼻翼。

"轰隆隆！"北方传来剧烈的爆炸声，密集的枪声爆豆似的响了起来。

"崔庄打起来了！"几个战士兴奋地交头接耳。

虎林小声制止："不要说话，敌人的援兵就要到了，不要暴露目标！"

时间一分一秒地熬过去，太阳升起两竿高的时候，从南边县城方向隐隐约约传来了嗡嗡的汽车马达声音。

"鬼子来了，注意隐蔽，以我的枪声为号再开火！"白子沣伏在河堤的芦苇丛里喊道。

五辆汽车一溜长蛇阵出现在灰蒙蒙的晨光中，摇摇晃晃来到河的对岸，车队停了下来，五个尖兵骑着高头大马，挥舞着寒光闪闪的战刀，铁蹄践踏着木桥，冲过了河。汽车一辆接一辆地开上了桥面。

洪明璨小声对白子沣说："等敌人全部过河，再开火！"

第三辆汽车开上了木桥，"轰"的一声爆响，桥下窜起一股黑烟和火焰，木桥被炸上了天，鬼子一车几十人翻进湍急的河流中。

"谁让拉的火，虎队长无组织无纪律，游击习气严重！"洪明璨怒气冲冲。

白子沣大喝一声："打！"举起驳壳枪一个点射。

霎时间，路沟边、河堤下射出飞蝗一般的子弹，黑压压的手榴弹向老鸹一样从四面八方飞向鬼子汽车。伴随着一阵剧烈的爆炸，公路上升腾起滚滚浓烟。隔岸的日伪军见势不妙，慌忙掉转车头，冒着密集的弹雨，一溜烟地逃之夭夭。

洪明璨大喊："司号员，吹冲锋号！"

激扬的号角响起，冲杀声震天动地，虎林端着明晃晃的刺刀，大喊一声"杀！"跃出野柳丛⋯⋯

六

正午时分，太阳火辣辣的，秋老虎还在散发着余威。徐州大同街上，东首原中央银行的二层小洋楼，会议室里门窗紧闭，椭圆形的会议桌旁围坐着日伪特务几个头目，正上方悬挂裕仁天皇的戎装彩照和一面太阳旗。

走廊上传来一阵皮鞋响，日本陆军特务机关长滨上大佐和宪兵队长犬养，脸色铁青，走进会议室。滨上怒气冲冲地把战斗帽摔在桌子上，吼道："八路军的主力从我们眼皮底下钻出来，你们毫无察觉，这是情报工作的失职！皇协军一个师一千多人被消灭，皇军一个小队玉碎，你们应该自戕以向天皇谢罪！"

众人都呆若木鸡，不敢言语。

宪兵队长犬养目露凶光，恶狠狠地说："八路军115师343旅685团两千余人长途奔袭一千多公里，悄无声息。抵达湖西后，立即发动攻击。派出增援的一个皇军小队和皇协军两个连，再一次遭强敌伏击，损失惨重！"

柳天华摘下咖啡色的礼帽，"白樱花是我推荐给犬养队长的最优秀的特工，才干出众，至于这一次受挫，或许是个巧合。"

滨上的络腮胡子愤怒地发颤，质问道："柳科长，你作为一名大日本帝国的杰出特工，相信巧合吗？津浦铁路八里大桥被炸，扫荡的部队被阻，这与敌军的攻击行动没有必然联系吗？"

柳天华诚惶诚恐地立正鞠躬："卑职愚钝，长官息怒！"

警察局长菅从茂拧着眉头说："铁路是要害部门，我建议对军列编组计划的参与人员进行甄别，从中找出可疑人员。"

滨上赞许地点点头："你的意见很好，你配合阿部再来一次甄别，铁路内部人员一个不漏进行筛查。发现可疑的，立即拘捕！"

"是！"菅从茂站起身，"我再安插几个特情进去，借机发现有反日思想的人！"

"报告！"门外响起杨世云的声音。

"杨君，请进来吧！"滨上说。

肥胖的杨世云身穿条形和服，活脱脱一副日本人的打扮，进门点头哈腰，双手扶在膝盖上，给滨上和犬养分别鞠躬，"卑职来迟，请太君恕罪！"

"请坐下吧，杨市长，"滨上用调侃的语调说，"听说市长先生最近结识了一位扬州的美女，号称扬州八艳之首的桃红，是不是从此君王不早朝呀？"

杨世云谄媚地说："哪里哪里，世云承蒙天皇恩泽，整日废寝忘食，为建设大东亚新秩序奔走，忙着勘查道路，修建桥梁嘛，不敢有丝毫懈怠！"

滨上紧绷的脸上露出一丝笑容："你们都是皇军最忠诚的朋友，我会重重奖赏诸君的！帝国圣战历经一年半，攻克徐州也已半年，徐州的复兴已经焕然一新。今后，随着派遣军的不断壮大，日华提携的基础日益牢固，我们与诸君携手共同奋斗，为建立东亚新秩序作出贡献！"

三个汉奸热烈鼓掌。

杨世云谄笑着踮着碎步，跑到滨上跟前，把徐州市区地图铺在他和犬养面前，指着地图说："遵照皇军的旨意，徐州市政府规划了两条主干线。一条是从黄河北岸的王家店，向南跨越黄河，穿过旧城，抵达云龙山西坡，贯通南北，与海郑路相连接，形成对徐州城区的半个包围圈。另一条从火车东站利用原本的二马路，向西跨越黄河走大同街，与新开辟的道路相交，形成市区T字形的主干道。今后皇军向北从火车北站走陇海路，向东从火车东站走津浦路，向南走海郑公路，调运部队、物资，都将大大便利！"

滨上满意地点点头："杨君，你准备为这两条路起什么名字呐？"

"大佐这是考我呢，天皇乃天照大神的后裔，太阳旗犹如日出东方，光彩照耀我中华。"杨世云点头哈腰媚笑着说，"卑职赋诗一首，'日出东方，启我明光。桥通路成，普济众生'，东西走向的道路叫'启明路'，上跨黄河的三孔石桥就叫'济众桥'，如何？"

"吆西！"滨上带头鼓掌。

杨世云越发得意扬扬，"南北走向的道路，取'旭日犹须朝霞伴，路既成而彩云生'之意，就叫作'庆云路'，横跨黄河的叫作'庆云桥'！"

滨上竖起大拇指，"也取杨市长的一个云字，表彰你为东亚共荣作出的贡献！"

杨世云乘着日本人的兴头上，提问："启明路若是从大同街穿过，拆掉一半，就是老花园饭店，太君们下榻会有影响，不知大佐太君有何考虑？"

"这栋德式别墅洋楼，设计新颖，做工精细，拆了的确可惜！"滨上沉吟片刻，"把整条启明路向北平移30米，绕开花园饭店。"

"好嘞，"杨世云兴奋地说，"我计划在两条路交叉点的T字路口，兴建'大东亚圣战纪念塔'，凡从此经过的良民，定会念念不忘天皇的浩荡皇恩！"

菅从茂问："这样改道要多拆掉不少民房呢，给老百姓咋个说法？"

"狗屁说法咯！"杨世云操着一口洋泾腔的官话发怒道，"皇军为建设王道乐土，不惜以身玉碎！老百姓付出点小小的财物，还看价钱？活够了的！"

犬养赞同地说："杨市长，凡是拖延拆除的，一律以反日思想罪抓捕！"

柳天华见到时机成熟，咂一下薄薄的嘴唇说："建设新城，彰显大东亚共荣，支持大东亚圣战，眼下最缺啥，白花花的银子啊！仅靠收点田赋、牙税，那是'烟袋锅里榨芝麻，油水不大'！"

菅从茂搭上腔："柳科长有何高见？"

"开征'花捐税'，'福寿膏'税！"柳天华瞟一眼滨上，滔滔不绝地说，"东亚共荣，天下初定，市场繁荣，商贾云集。马市街的户北巷还有中枢街的美人巷，书寓生意火爆，已经容纳不下，且书寓开在市内，有伤风化，也不便管理。不如统统搬到城区东南的小吴庄，那里是一片荒地，将来必定为繁荣富庶之地！至于'福寿膏'，中国人一直有消费习惯，兼有止疼、消肿功效，可以作为土药组合进行销售。货品由官方供给，实行专卖！"

看到两人一唱一和地演双簧，老谋深算的杨世云立马顿悟他俩想独吞这两块肥肉，暗自叫苦："不行，必须分一杯羹！"

想到这里，杨世云给滨上深鞠一躬，"大佐阁下，1934年国民党江苏省政府颁布的《取缔娼妓规则》，取缔的是不纳税的暗门子。其中第四条规定：'开设妓馆，应具备申请书，载明左列事项，向该管公安机关请求发给许可证'；第十条规定：'请求为娼妓者，经该管公安机关审查，并检查身体，认可者，发给营业执照。'前有车，后有辙，我建议由徐州财政局颁布《征收歌伎捐暂行规定》，对从业人员课税，支持大东亚圣战。"

滨上颔首赞许，"可以的。"

杨世云啧啧称赞道："大佐阁下，您刚才说的那一位从扬州来的桃红，长得那个标致呀，亭亭玉立的，白白的瓜子脸，柳叶眉、丹凤眼，穿一件黑丝绒旗袍，白袜子黑皮鞋，胸前别着一串白兰花，幽香袭人，真个叫作倾国之色呀！"

犬养露出淫笑："杨君，什么时候让我们开开眼界啊？"

"太君恩宠，那是她的造化，保证随叫随到！"杨世云献媚地说，他弯下腰，贴近滨上的脸，"请大佐阁下为这块风水宝地起个名吧！"

"我在东京帝国大学读华语科时，有个故事印象很深，《水经·榖水注》记载，'金谷水出太白原，东南流历金谷，谓之金谷水'。金水之源在河南孟津，西晋首富石崇为爱妾绿珠筑园于此，谓之'金谷园'。赵王司马伦杀贾后，自称相国。司马伦的嬖臣孙秀向石崇索求绿珠，不许，乃向司马伦进谗言杀掉石崇。甲士逮捕石崇到了金谷园门前，石崇对绿珠说：'吾今为尔得罪'。绿珠哭泣着说：'当效死于官前！'坠楼自尽。"

"烈女子，很感人！"菅从茂慨叹道。

滨上点点头，接着说："唐朝大诗人杜牧凭吊金谷园遗址，抚今追昔，睹物思人，作诗《金谷园》：'繁华事散逐香尘，流水无情草自春。日暮东风怨啼鸟，落花犹似坠楼人'！"

几个人鼓掌。

犬养笑着说："绿珠姑娘有武士风范！"

柳天华若有所思地说："大佐阁下，是不是命名'金谷园'呀？"

滨上笑而不答，回首看着杨世云。

杨世云见状，赶紧恍然大悟地说："我看就叫金谷里吧，既有日本风味，洋气，兼有中国人喜欢的金字，寓意日进斗金哦！"

"好！"几个人齐声叫好。

滨上深谙对付中国人必须分而治之的权术，对于这些趋利之徒，他必须在利益分肥上作出平衡，于是说，"这样吧，金谷里娱乐场的建设、税收由杨市长负责，治安管理归警察局；'福寿膏'由郝专员的苏北公署负责收购、销售，成立'苏北土药组合药品公司'，负责专营，零销店铺管理归警察局，但是日本人禁止入内！"

说到这里，滨上扫视一下他们三个人，问道："大家满意吗？"

"谢谢大佐先生！"三人起立，鞠躬致敬。

"不过，我要提醒你们的是，"犬养脸上的横肉在不停地抽搐，"国民党、共产党的情报人员已经渗透到徐州，或许已经混进要害部门，你们必须尽快破案，摧毁地下组织！"

"是！"三人齐声回答。

七

血红的残阳挂在西方的天际线，复新河流水"哗哗"地呜咽，一阵紧似一阵的西北风刮起来了，河畔密密匝匝的芦苇随风摇曳，鹅毛一般的苇絮飘飘悠悠地飞了起来，像漫天飞舞的雪花。

"咣——咣——"沉闷悠长的钟声响彻原野，大王庄附近的乡亲们从四面八方赶往泰山奶奶庙。庙门口摆放着一只花圈。诗人祖湧正在张贴墨迹未干的挽联："以鲜血浇灌自由民主的根据地，以尸骨砌成胜利反攻的奠基石"，横幅"英烈千古"。老槐树下铺着厚厚的高粱秸，几十名烈士的遗体静静地躺在上面。

担架上一个小战士睡着了一样，血仍在从胸膛炸开的窟窿里往下滴，头上还放着一把带血迹的大刀，大刀柄上拴着一条红绸带，磨得锃亮、锋利。

一位老人为小战士精心擦拭被硝烟熏黑的脸蛋，露出稚气、英俊的面庞；从小战士挎包里掏出一只草绿色搪瓷碗，一面小圆镜子，半块黑乎乎的窝窝头，禁不住老泪纵横："八路军真有种，死了布袋里还揣着窝窝头！俺活了大半辈子，恁么好的兵，俺这把老骨头不中用啦，把俺儿子给俺准备的喜棺给这个小战士装殓吧！"

"是啊，咱们这把老骨头咋埋不是一样入地，喜棺都捐出来给八路军吧！"几个老人随声附和道。

厢房两侧的棺材被老百姓一口一口地抬了出来。

"乡亲们，使不得啊！"户秉刚张开双臂阻拦道，"八路军有纪律，不拿群众一针一线，咱们的烈士统一入殓，每人一丈白布、一领芦席！"

"不中，不中，"老人放下手里蘸满血迹的毛巾，站起身，"俺们老百姓过意不去，这是天上掉下来的八路军，帮助俺们打鬼子，杀汉奸，说啥不能让烈士用草席子卷吧卷吧就下地！"

一位老太太牵着一匹马，推开众人，把缰绳交给户秉刚，"大侄子，俺俩儿在地里干活，被鬼子当活靶子打死了，你记住他俩的名字，王岐州、王岐运，八路军得替他们报仇啊！俺家就这一匹马了，就叫它当俺的儿子，参加八路军，打鬼子去吧！"

这是一匹枣红色的高头大马，一身火红色的鬃毛闪闪发亮，水汪汪的大眼睛特别有灵气。

泪水涌上户秉刚的眼帘，他接过缰绳，动情地说："王大娘，我们八路军都是您老人家的儿子，我们为您老人家、为您儿子、为死难的乡亲们报仇！"

第二十一章　刘启滨登门谢恩人　宪兵队绝杀徐司令

一

雾蒙蒙的天，大同街笼罩在一片阴霾之中，枯叶随着晨风，翻卷着落在地上。钟鼓楼上的大喇叭播放着李兰香的《白兰之歌》，在轻快的西洋乐器伴奏下，异族风味的歌声委婉动人。

"呸！"杨兆麟愤愤地说："商女不知亡国恨，隔江犹唱后庭花！"

一辆黄包车载着一个白白胖胖的中年男人下车，轻轻叩门。

杨兆麟拉开门栓，"请问先生有何贵干？"

胖子文绉绉地回答："请问这是杨兆麟先生府上吗，俺是求医的！"

杨兆麟招呼道："请在堂屋候诊！"

杨兆麟微微眯着眼为他把脉，"先生贵姓？"

"免贵，姓周。"

"周先生是否有迎风流泪，腰膝酸软，夜半盗汗，心烦意乱之症？"

"杨先生所言极是，请先生开具药方，不必担心名贵药材昂贵。"

杨兆麟笑着说，"周老板纳了几房妾？"

"新近纳了第四房，年方一十六岁，所谓'二八佳人体似酥'，很是得趣儿！"

杨兆麟又问："先生是否找郎中开了一些人参、鹿茸大补之物？"

周掌柜点头称是："不错，名贵中草药天天早晚服用一大碗！"

杨兆麟长叹："医生是执掌生死簿的判官，所谓'庸医杀人不用刀'，临病如临敌，用药如用兵，胡乱用药，草菅人命，是医者大忌！"

周掌柜拱手作揖："请杨先生明示！"

"彭祖说'服药千裹，不如独卧'。周老板正是因为'美色奴顾，娇妾盈房，以致虚损之祸'，你只需清淡寡欲，症状自然消退。如果辅助治疗，所谓'枸杞为天精'，只要枸杞子泡茶，日日饮用即可。"

一位高个子、西装革履、戴软呢子礼帽，鼻梁上架着宽边墨镜的年轻人，悄无声息地走进来，坐在一旁的板凳上。

周掌柜起身，放在桌子上几枚银圆，打躬作揖："谢谢先生指点迷津，恭请先生抽空到小号饮茶，不成敬意！"

杨兆麟将银圆揣进周掌柜的口袋里，"举手之劳，改日空当拜访！"

周掌柜鞠躬致谢，转身离去。

杨兆麟问年轻人："先生哪里不舒服？"

年轻人摘掉墨镜，双膝跪下："恩人，我是您救助的刘启滨呀！"

杨兆麟连忙拉起来，问："刘启滨，你不是投军去了吗？"

刘启滨满面愧色："先生，启滨交游不慎，走错了路，愧对先生！"

杨兆麟见状，说道："咱们书房里说话！"

清雅的书房散发着淡淡的墨香味儿，房间四周书架上摆满了一排排的线装书，正中是一张宽大的红木书桌，案头一对儿玉狮子镇纸，笔架、砚台，一只钵里放着几个黄澄澄的苹果。书桌右侧一只老树墩上放着一只高脚水盂，栽植几枝郁郁葱葱的翠竹。

刘启滨啧啧称赞道："先生案头一隅摆放的清供，点染方寸之间，供的是雅致趣味儿，只有您这般高雅、仁义的高人，才能慢慢提炼出这样的品位。"

杨兆麟捋一下花白胡子说："启滨，你说的都是沦陷之前的往事了，老朽风烛残年，门前皆是求医问药患者，再也没有闲情雅致喽！"

"先生您蓄须啦？"刘启滨望着白发苍苍的杨兆麟，不禁悲从中来，"两年不见，您苍老了许多！"

"敌寇不退，永不剃须！我记得你当初投军是为了抗敌，做戚继光、岳飞那样的英雄，咋的觍颜事敌了？"杨兆麟平静地说。

"离别恩人之后，我赶到德州，参加了宋哲元军长的部队，在何基沣的179师当兵。民国二十六年中秋节，河北大名府一役，俺们一个班十个兄弟，六死三伤，我胸前被弹片击伤，多亏了恩人的银圆救了我一条性命。最可恨的是蒋介石下令封锁黄河渡口，不许我们渡河，想借日本人之手，把29军斩尽杀绝啊！"

杨夫人端来两杯杯热腾腾的茉莉花茶，放在案头，"刘启滨，请喝茶！"

"谢谢姊子！"刘启滨沿用农村的习俗称呼道。

杨兆麟面带怒色,"党同伐异,这是委员长惯用的伎俩,只是大敌当前,还念念不忘借刀杀人,亲者所痛,仇者所快,真是龌龊之极!"

"后来我们搭上老长官冯玉祥的专列,到了兖州,住进陆军第三医院。中央军的伤号住干净的病房,吃大米白面,用好药;我们杂牌军的伤号睡地铺,吃粗粮,用消毒水、盐水清洗伤口。后来,我们西北军、东北军的伤兵起来造反,砸了医院,排长带着我们几个跑了出来,路上遇见了郝鹏举的部队,加入了华北治安军,现任保安旅的连长。"

杨兆麟端起茶杯啜一口,"只要你'身在曹营心在汉',不做坏事就好。"

"启滨谨记,绝不辜负恩人厚望!"刘启滨摸出一枚银圆,指着上面的凹坑说,"我们军营门口有许多妇女挎着篮子做针线活、卖烟卷,有个'孟姜女'天天啼哭,原来是一个兵用假银圆换走了她的零钱。我知道了,就把恩人送的大洋给她了,假的就揣在上衣口袋里。突围的时候,鬼子的弹片击中了我胸口,恰巧被这枚银圆挡住,排长说这是行好事的报偿。"

杨兆麟捏着这枚假银圆,讷讷地说,"九死一生啊,你这孩子受苦了!"

刘启滨接着说:"俺们突围之后,鬼子的飞机撵着屁股打,飞得那个低呀,都能看见飞行员的皮帽子。排长一梭子扫过去,敌机拖着黑烟,轰的一头栽了下来!"

杨兆麟问:"你的排长叫什么?"

"牟亦奇,现在是我的团长!"刘启滨回答。

杨兆麟颔首称赞:"是条汉子,有空约家中一叙如何?"

"牟团长与我是生死兄弟,插过香磕过头的,我给他讲过恩人救助的事情,他由衷钦佩您,一直想来拜访您!"

杨兆麟长叹:"许久没有这么敞开心扉讲话了,我感到思维迟钝了许多!"

刘启滨说:"昨晚我步出营房,行至省立十中西侧的'倒马井',抚今追昔,触景生情,吟诗一首,班门弄斧,请先生斧正!"

杨兆麟示意道:"桌上有宣纸、狼毫,请抒发心意!"

刘启滨铺开宣纸,四列草书,一挥而就:"夜来飘然莅故乡,隐忍吞声游井旁。不知多少饮恨事,羞于邻人话短长。"

"我给你画幅竹子吧!"杨兆麟铺开宣纸,挥毫泼墨,几枝翠竹跃然纸上。

刘启滨慨叹道:"先生画竹,是心中有竹,故能寥寥数笔,勾勒出竹子的气节,真是神来之笔,先生是否题跋?"

杨兆麟双手提起画作,"只字不提,权作留白,由你自个儿感悟。"

刘启滨不解地问："启滨愚钝，请先生指点迷津！"

杨兆麟说道："中国画的留白，看似一无所有，纯白素净，却是画中不可或缺的部分，甚至寄托更加深层的寓意。我也不加钤印了，眼下是国丧，不能用红！"

"先生是取之文天祥'人生自古谁无死，留取丹心照汗青'之意吧？"刘启滨轻轻拿起画作。

杨益君穿着一身绿呢子军装，提着饭盒进屋，"爸，我要去当班了！"

"益君兄弟！"刘启滨站起身招呼道。

"刘启滨，我还留着你的相片呐！"杨益君兴奋地与他拥抱。

"好啦，你赶紧当班去吧，你们哥儿俩有的是时间聊。回家捎点熟菜，请刘启滨吃顿团圆饭！"杨兆麟叮嘱道。

杨益君出门，推着脚踏车，转过身，"晚上咱们弟兄俩好好喝几盅！"

大喇叭里传来一位女声嗲声嗲气的播报，"汪精卫先生致重庆国民党中央党部、蒋介石的电报声明中，提出善邻友好，共同防共，经济提携的三项原则，认为中日两国壤地相接，善邻友好，有其自然与必要……"

杨兆麟顿足道："想当年汪兆铭投身革命，'引刀成一快，不负少年头'，其革命精神何其刚烈！时光荏苒，而今却被日本人吓破胆，数典忘祖去当汉奸，与秦桧一样遗臭万年！不过，这样一来，降官如潮，降将如蚁，重庆政府将会更加艰难！"

二

四股乌黑锃亮的铁轨南北方向并排躺着，过街天桥长廊正中三个正楷大字"徐州站"。南来北往的人们沿着天桥上上下下，提着包袱、行李，急匆匆地赶路。铁道西侧一栋二层西式洋楼，灰砖红瓦，正中镶嵌着一面西洋时钟，这里是车站候车室和铁路调度室。

汽笛长鸣，轰隆隆的碾轧声使脚下的大地有节奏地微微颤抖。候车室北侧是一溜花格子的铁栅栏，出站口的烟摊儿摆放着琳琅满目的香烟，一个高大的青年袖手坐在小马扎上，嘴里不停地吆喝："卖烟卷唻，金枪、老刀、三炮台，应有尽有喽！"

麻昭祥身穿黑色皮大氅，戴鸭舌帽，骑着一辆黑色的老飞鹰脚踏车，停在烟摊前，"喂，狗爪子，来包'三炮台'！"

"哎哟，少东家！"李狗爪子忙不迭地递上一包香烟。

麻昭祥抽出一支烟，点燃，"你们在这里蹲坑，也能守到什么鸟儿吗？"

"咋不能的嘞，"李狗爪子眼睛不住地四下观望，"俺们前天还识破一个新四军的探子，三猴子送到车站南头的宪兵队检问室，破获了新四军的一个盐号联络点呐，就在统一街权瑾牌坊隔壁，连夜抓了三个！"

"三猴子立功了，没有你啥事？"麻昭祥故意拿话激他。

李狗爪子气不打一处来，"他奶奶的，马家兄弟俩忒不仗义！最早是俺发现这个人虎口有腿子，明摆着是玩枪的嘛！三猴子弟兄俩让俺守着摊，他慌得跟谢吊的一样，跑到南头井樱那里报功。"

麻昭祥又抽出一根烟，"马三猴跟井樱呼得怪近乎吗？"

"就差跪下喊他亲爹啦！"李狗爪子划一根火柴为他点燃，"三猴子把井樱天天好酒好菜供着，还花大价钱请了金谷里的头牌婊子桃红伺候他。"

麻昭祥继续拿话激他："那个桃红身价不低，没有二百现大洋，连个面儿都见不着！"

"三猴子说啦，'借着太君的威风，我弄十个钱儿，给太君花九个。太君喜欢女人，咱能替他去找；太君喜欢喝酒，咱三天一小宴、五天一大宴。只要抱住太君的大腿，吃香的喝辣的，谁又能奈我何？'"

麻昭祥沉吟片刻，问道，"狗爪子，给我讲实话，马三猴哪里弄来怎么多钱？你们恁慌慌张张地跑来投奔'瓢把子'，是不是有啥事瞒着我？"

"没，没有啥事，就是在乡下待腻歪啦，想进城看看西洋景！"李狗爪子低下头，慌里慌张地回答。

"俩月前，城西劫道，打死了十几个皇协军，杀了河北矿业株式会社的工程师，是你们几个熊孩子做得呗？"麻昭祥隼一样犀利的目光直勾勾地盯着他，"那母女俩就在徐州，程金石家里的座上客，那个程老板是商会会长，相片上了日本国的画报，是日中亲善的大红人。华北方面的日本人对这桩案子盯着不放，不会拉倒的！"

李狗爪子顿足道："我早就说斩草除根、不留活口的，三猴子跟那个老娘们弄得怪怂，下不去手，才留下后患！"

麻昭祥接着问，"马三猴干啥去啦？"

"又跑去南头跟井樱表功去了！上午，在这里遇见他在张宗昌部队的班长，他卖给三猴子一个情报，说一户人家里有狼狗叫，牛犊子一样的大狼狗，庄户人家谁养得起。人家伸手就要四两大烟土。"

"就这狗屁情报能怎么金贵？"麻昭祥继续他的套话。

"三猴子多精啦，立马跑到大马路东头的土药组合商铺，买了半斤烟土，俺听得真真切切，"李狗爪子附在麻昭祥耳朵边，压低嗓子说，"那是贺村国军游击第七纵队少将徐司令的闺女家，她刚刚生个胖大小子。班长是老兵油子，四周侦察一番，发现有两个陌生人背着粪箕子转悠，一看身手架势就是老行伍，在门口放哨的。明摆着是徐司令走亲戚的。班长就套了一辆驴车进城，说原本是去大同街宪兵队领赏的，看在老袍泽的情分上，忍痛割爱，便宜卖给三猴子了！"

麻昭祥倒吸一口凉气，问："他还摸到啥情报？"

李狗爪子挠挠头皮，忽然想起什么，说："啊哦，马四还查听到户老爷一家躲在大李庄，他老岳父家里！"

麻昭祥听了，表面上不动声色，"狗爪子，你回户寨集去，保护好俺老爹，他给日本人当保长，抽丁、派款、征税、纳粮，得罪的人多！给你三十亩地，一头黄牛，再给你说个媳妇！"

"老爷、少爷的恩情，狗爪子上刀山下火海，在所不辞！"

"你赶紧走人，"麻昭祥说着，从衣袋里掏出一个小本子，拧开自来水笔，第一页唰唰写了几个字"贺村徐司令速速离开！"第二页"表舅、妗子全家速速离开！外甥麻"撕下来，折好，交给李狗爪子。

"第一个条子，到统一街北头'德士古洋油经销铺'，交给吴世昌老板；第二个条子，你雇一辆马车，要快马，火速送往大李庄，交给户老爷。事关重大，此事万万不可与人知道！"

李狗爪子点头称是："少爷放心，我回去拾掇一下包袱行李就走。"

"那些破破烂烂都不要了，一会脱身就走，越快越好！"麻昭祥掏出十枚银圆递给他，"路上的盘缠，记住雇快马！"

李狗爪子指着南边方向，"少爷，马四儿回来啦！"

"给他说我是来检查耳目、特情的。"麻昭祥骑着脚踏车，扬长而去。

"麻股长来干啥的？"马四过来，龇着黄板牙问。

"检查耳目、特情的，"李狗爪子反问道，"三猴子花大价钱买的情报，太君满意不？"

马四一脸讪笑，"井樱电话报告犬养大队长，皇军准备突袭贺村，抓捕徐司令；还要扫荡大李庄，抓捕户家做人质，规劝户秉刚投降哩！"

"三哥这一回脸露大喽，别忘了拉兄弟们一把！"李狗爪子酸溜溜地说。

马四扬扬得意地说，"井樱太君说啦，首先保举俺哥上校团长，升官发财大大的呀！咱们至少也得弄个连长、排长的干干吧。"

"老四，俺有点事，你在这儿守一会儿。"

马四一脸喜气地说："行，狗爪子，麻溜地，快去快回！"

三

统一街北头一家两间门脸的商铺，柜台上放着一桶白铁皮的煤油桶，一个穿黑色细布棉袍，戴着狗头毡帽的中年人站在柜台后边。

一位老者拎着一个油瓶子跨进店里，"吴掌柜的发财呀！"

"发个屁财，眼看着铺子就要被日本人征用了，马上日本人、高丽棒子就要把这条街占领了，警察局说，都要按照日本的式样进行改造。"

"打二两煤油，"老者把瓶子递给他，接着说，"日本人也分三六九等啊，正宗的日本人叫本岛人，朝鲜人叫半岛人，台湾人称为籍人！"

"是呀，咱们也算是天皇的臣民了吧，不是叫作支那人么！"

一辆黄包车停在门口，李狗爪子快步迈上台阶，"吴世昌的在吗？"

"在下正是，先生有何贵干？"老板狐疑地盯着来人。

"麻昭祥股长有封书信交给你。"李狗爪子将条子递给他，"告辞啦！"

吴老板瞄一眼纸条，火急火燎地喊伙计，"小五子，套马备车！"

伙计小心地问："老掌柜的，这都下午了还要进货吗？"

吴老板训斥道："甭废话，上门板，打烊，抓紧走人！"

天色接近傍晚，落日烧起火红的晚霞，远处的贺村披上一层红彤彤的色彩。一辆胶皮马车在乡间小路上颠簸着前行。吴老板不停地催促伙计："小五子，快一点，再快一点！"

马车拐进一片树林，小五子惊呼："掌柜的，路上有汽车辘轳的印儿！"

"快停下！"

吴老板下车细察看车辙痕迹，"坏了，鬼子已经抢先一步到了，咱们进村就是送死！"

"掌柜的，车上还有一桶油，咱们把这片林子点着喽，给他们报信！"

"好办法，小五子，赶紧划拉些枯叶子，咱们放火！"

六个庄稼汉装扮的人，载着两辆独轮车，一路吱吱扭扭地来到村中一所青砖小院的门前停下,一个人小声说:"就是这里!"

两个背着粪箕子的人一溜挑担子的跟在后边走过去。,问道:"老乡,你们干啥哩?"

一个小个子说:"看看,西边淌烟啦!"

两人下意识地顺着小个子指的方向观望。井樱和马三猴乘机跨步上前,利刃刺进了两个人的胸膛,其余四个人纷纷掏出手枪。

院子里响起狼狗低沉、凶猛的吠叫。

井樱一脚踹开了大门,一条狼狗死死咬住了他的手腕子。

马三猴驳壳枪抵住狗头,"砰"地扣动扳机。

后边的农民扔掉挑子,抽出枪支,一窝蜂地涌上来,将院子团团围住,敏捷地爬上墙头。

院子里的三名警卫开枪还击,击倒几个敌人,但是很快被四面八方的子弹交叉射中。

"徐司令,投降吧,皇军保证你和家人的生命安全!"马三猴叫喊。

身材伟岸的徐司令抄起冲锋枪,对几个警卫员说:"跑不了啦,跟我冲锋,拼死也不能当俘虏!"

房门洞开,一个身材高大的汉子,大喝一声,冲锋枪枪口喷射着火焰。

几十只枪口齐射,汉子浑身上下腾起一片血雾,一头栽倒在地上……

四

东方泛起一抹鱼肚白,大李庄响起雄鸡的报晓声。一层晶莹洁白的霜花犹如玉屑一般洒在田野上,天地之间白茫茫的,小河上也结上了薄冰。

远处传来一阵急促的马蹄声。小路边的草庵子里钻出三个人,手持中正式、汉阳造步枪,拦住来者。

"哎,干啥的?"一个中年人厉声问道。

来人的眉毛、胡须、额头和毡帽上结满了厚厚的白霜,身上背着一支土扛五步枪,一个大包袱,他气喘吁吁地说:"快带俺前去拜见户大人,有紧急军情!"

中年人上上下下打量他一番,说道:"下马,把武器交出来!"

李狗爪子跳下马,解下长枪,又从腰带上拔出一支土造的掰把子手枪。

一个青年上前搜身,拍拍打打,惊呼:"哎,你袖口里还藏着暗器哩!"

中年人"哗啦"子弹上膛，端起了步枪。

李狗爪子微微一笑，扬手"嗖"地一只拴着红缨的飞镖"梆"的一声，深深地插在老槐树上，"十五步之内，说打鼻子不打眼！"

中年人倒吸一口凉气，"好身手，不过进俺庄得讲俺们的规矩！"

李狗爪子又从袖口、腰带、绑腿拔出五只飞镖，"枪送你们，镖可不能少一只！"

青年又惊叫："呀，你这镖上咋还有血呀？"

"路上碰到仨劫道的，俺插了俩！"李狗爪子轻描淡写地说。

三个人吓得面面相觑。中年人说："好汉，请跟我来吧！"

户贞贤身穿白大褂、灯笼裤，一柄长剑在手，剑如霜雪，杀气逼人；身手矫捷，闪转腾挪，剑锋游走，气贯长虹；长髯飘飘，衣袂蹁跹，宛如仙风道骨。

待到他做完收势，中年人上前禀告："户老爷，有人来报告紧急军情！"

李狗爪子打躬作揖道："老大人好，小的是麻府家丁，送少爷一封书信。"

户贞贤接过纸条，皱起眉头问："日本人咋的知晓我在这里的？"

李狗爪子毕恭毕敬地回答："回禀老大人，是马三官的查听到的！日本人很快就要来偷袭大李庄，逮住您一家老少，逼迫户大公子投降！"

户贞贤沉吟片刻，"麻昭祥与户秉刚素来不睦，今天差你飞马报信，也是仗义之举。俺户家欠他麻家一个大人情。你先在庄上小住几日，待俺有些事情处理了，再走不迟！"

"听老大人的吩咐！"李狗爪子深鞠一躬。

户贞贤问："你是咋来的，以后到哪儿去？"

李狗爪子："少爷吩咐俺去雇快马，人家不愿意跑夜路。有个赶脚的急等用钱，俺用少爷给的十块大洋，买下这匹青鬃马，大漫坡遇到劫道的被俺插了！少爷令俺以后待在家，保护麻老爷。"

"李狗爪子，你家少爷没有看走眼，"户贞贤赞许地说，"等你回去时候，替我捎些礼物给我表妹、妹夫，另有五十块现大洋酬谢你！"

李狗爪子鞠躬九十度："谢谢老大人！"

户贞贤吩咐中年人道："三憨子，你带客人去你家休息，每天好酒好菜，好好招待！一会儿备骡车，咱们一起去后山，找虎林队长商议军情。"

263

第二十二章　杨益君传送绝密信　大马路英雄忿锄奸

一

傍晚时分，天上布满铅灰色的云朵，蒙蒙细雨夹杂着米粒一样的冰霰，飘然而下。杨益君披着米黄色的油布雨衣，在滑溜溜的石板路上吃力地骑行。

一辆黑色的小轿车不停地鸣着喇叭，径直开到原中央银行的二层小楼门前停下，从车上下来一个身穿裘皮大氅、戴着高顶狐皮帽子、脚蹬皮靴的时髦少妇，颐指气使地走进陆军特务机关部的大门，门口两个卫兵持枪敬礼。

杨益君在门前故意放慢车速，瞟一眼妇人高挑的背影，暗自思忖，"伪政府人员传闻，杨世云的小老婆花月红与特务机关长滨上打得火热，杨世云睁一只眼闭一只眼，装聋作哑当乌龟，看今日这娘们儿气势，果然名不虚传！"

拐一道弯，道路东侧一个清砖小瓦的院子。杨益君下车，轻叩小门。

院子里传来"呱嗒呱嗒"的木屐声，开门的是一位日本妇人，穿和服，用日语问："先生，您找谁？"

杨益君深鞠躬，用日语说："我是阿部指导官的下属杨益君。"

"啊，是杨先生，请进来吧！"妇人热情相邀。

阿部迎出门，他头戴瓜皮帽，身穿中式长袍马褂，外边罩一件黑色呢子大衣，活脱脱一副中国绅士的模样，"杨益君，请屋里坐吧！"

杨益君脱去皮鞋，放在门厅外。房屋按照日本的风格进行了改造，推拉格子木门，苹果绿的窗纱半合半闭，榻榻米上放着四个蒲团，茶几上摆放几只精致的茶具。临窗的一张红木长条几上摆放着插花，一只留声机播放着轻快的圆舞曲。房间布置得简约，有格调。

"请坐吧！"阿部为杨益君倒茶。

杨益君把四盒点心放在茶几上，"请指导官品尝一下徐州的风味小吃！"

"喔,"阿部饶有兴致地打开,捏起一块黑芝麻酥糖,"唔,味道顶好的!"

"这是1931年获得巴拿马博览会奖章的黑芝麻酥糖,这是蜜三刀,乾隆皇上钦定的贡品;这是蜂糕,相传是唐朝歌姬关盼盼所创,养颜滋润,止咳化痰。还有这块云片糕,每条一斤,整整一百刀,厚薄均匀,不脱不连,真正的刀工绝活!"

阿部举起茶杯,"今天请杨先生来做客,是想让杨先生品尝一下正宗的手握寿司,夫人做得非常地道!"

"谢谢阿部先生!"杨益君颔首致谢。

"还有,告诉你一件事,"阿部压低嗓子说,"最近调度室新来的两个人,是警察局派来的暗探。陆军特务机关长滨上布置对铁路员工进行甄别,他怀疑扫荡的军列被阻,是有人泄密!我没有告发是你编制的车组计划!"

杨益君作出若无其事的神态,"谢谢指导官的信任!"

阿部神秘地说:"告诉你,我是日本共产党员,是反战同盟会的,希望今后能为中国人民反法西斯战争作出一点贡献。"

杨益君按照事先与颜石峰的商定,以一位知心朋友与他相处,于是就用探讨的口吻说:"阿部先生,最近皇军占领了武汉、广州,国军节节败退,共产党的军队只能搞点游击战。刚刚国民党二号人物汪精卫又发表了求和'艳电'声明,皇军全胜,应该是指日可待!"

阿部摇摇头说:"你这么看,是因为你不了解日本的军国主义。1894年甲午海战,日本人称为'日清战争',日本一举击败了一千多年来的老师,一跃上升成为丛林中的强者。随着《马关条约》的履行,日本得到了觊觎已久的疆土、赔款,战争带来的暴利更加刺激了军阀、财阀侵略的野心,他们要称霸亚洲,称霸世界,建立'大东亚共荣圈',将西方势力逐出亚太,实现自己的地区霸权!"

"如此说,日本与英、美必有一战?"杨益君不解地问。

"是的,必有一战,而且必定失败!"阿部呷一口茶,真诚地望着杨益君说:"杨君,因为我是个日本鬼子,你可以不相信我。从不久前徐州西北炸毁八里铁路桥,阻断日军扫荡部队,我判断,扫荡的情报是你送出的,你是共产党,我们是同志。自从'九·一八'我在东北讨伐抗联的战斗中被击伤右腿,复员到满洲铁路。我的真实身份是陆军特务机关部的特工,由于我有战伤,滨上对我深信不疑,今后需要什么,你尽管直言不讳!"

阿部把话说到这个份儿上,杨益君决定借此机会进一步考验阿部。

杨益君啜一口茶，作出漫不经心的样子说："哎，今天上午从津浦南线、陇海西线开来许多野战部队，是否南边战事接近尾声了？"

阿部露出一丝会心的微笑，点点头说："这是从南线、西线抽调的精锐部队坂原师团、长崎师团，在徐州集结，两天后开拔，扫荡华北的共产党、八路军。陆军特务机关部对军队的调动有极其严格的要求，禁止中国人涉足。明天上午八点十分，你到我办公室去，给你五分钟，只有五分钟！"

唾手可得的绝密情报，让杨益君心里直打鼓，万一是个圈套怎么办？他暗自思忖，豁出去了，大不了就是个死呗！

杨益君于是说："明天早上我给您送徐州的特色风味早餐，请您品尝！"

阿部笑着说："好的，我好好享受一下徐州的美味早餐！"

阿部夫人躬身端来一盘寿司，放在茶几上，"请您品尝！"

杨益君躬身致谢："夫人，您辛苦啦！"

阿部夹起一块寿司，说："来，请先品尝一下我们日本的风味小吃吧！"

杨益君举起茶杯，意味深长地说："以茶代酒，谢谢指导官的盛情款待！"

二

火车汽笛此起彼伏，喷吐出一团团黑烟飘飘扬扬飞上天空。一群麻雀在风中飞舞，忽然一齐落在车站门前的电线上，叽叽喳喳望着南来北往的人们。

杨益君披着黑棉布大氅，停下车，把脚踏车支好，取下车把上的木质提盒，急匆匆走进调度室，七八个人围着几部电话，铃声此起彼伏。

新来的小程问道："呀，杨师傅，您还没有吃早饭啊？"

杨益君得知他是密探，于是用含糊的语气回答："哦，稍等一会儿！"

杨益君抬起手腕，时针指向八点五分。他定一定神，拎着提盒出门。

"呦呀，杨师傅舍不得吃，这是孝敬指导官的吧？"一位同事讥笑地问。

杨益君也不搭腔，回头笑一笑。

身后传来冷嘲热讽的话语，"真会献勤子！""舔腚官！"

杨益君苦笑一下，转过一个弯，来到"指导官"木牌下，轻轻敲门。

日语："请进！"

杨益君微笑着，把提盒放在办公桌上，"指导官，请您趁热吃吧！"

"谢谢杨君，"阿部点头致意，"我去洗手，你等我一下！"

说完阿部掩上门，咔咔的皮靴声越来越远。

绿色的台灯发出柔和的灯光，照射着桌子上一沓文件，杨益君迅速翻阅，日军坂原师团、长崎师团详细的兵员、装备、编制和发送地点赫然在目。杨益君抑制住怦怦跳动的心脏，铺开第一张大图，挪近台灯，从怀中取出纳格尔相机，"啪"打开折叠的镜头，对准焦距，"咔"地拍摄一张……

拍摄完第五张，杨益君长舒一口气。走廊里传来阿部沉重的皮靴声。杨益君快速将文件恢复原样，快步坐到临窗沙发上。

阿部推门进来，望着额头汗津津的杨益君，笑着说："现在可以享受杨君带来的美味了，你一块吃点？"

杨益君起身说："不，我告辞了！"

阿部说："哦，您带的点心，夫人和孩子都喜爱吃，麻烦你再买一点！"

杨益君心里明白，这是阿部留给他传递情报的时间，也极有可能是放长线钓大鱼的，他镇定地说："好，我马上去！"

阿部盯着杨益君大衣里鼓囊囊的胸部，滑稽地模仿徐州话说道："徐州有句谚语，看透不说透，才是好朋友！"

杨益君哑然失笑，鞠躬离开。

三

晌午时分，杨益君转遍了大同街上的大大小小的商铺，确认没有人尾随，向南踅进大巷口，走到三春元鱼馆门口，门厅右侧依旧悬挂着四个招牌菜的幌子。杨益君瞥一眼，其中一道"四孔糖醋鲤鱼"，他明白这是接头暗号，于是径直走进饭店，饭店里稀稀落落坐着三五个人。

"客官里边请，"伍兆勇热情地招呼道，"您要点什么？"

杨益君回答："一碗皮肚汤，一碟回锅肉，三两老白干！"

"主食要啥，馒头、米饭、水饺？"伍兆勇机警地观察一下周围，接着问。

杨益君说："有烙馍呗，来半斤！"

"好嘞，客官请这边坐！"伍兆勇将杨益君引到西北角的一张桌子，颜石峰穿着绿呢子大衣坐在那里，面前两碟菜，正在自斟自饮。

"吆，二哥，借你的光！"杨益君说着，在对面坐下。

"不客气，自便！"颜石峰冷冷地说。

伍兆勇旋即端来一壶酒，一盘花生米，把杯子、筷子摆放好，"客官，您先慢慢喝着，回锅肉马上就到！"

"谢谢！"杨益君说着，斟满一瓯酒，一饮而尽。

"少喝点，别误事！"颜石峰小声说。

"压压惊！"杨益君眼皮也不抬，又饮一大杯。

颜石峰问："我一大早看见你在快哉亭公园留下的紧急联络信号，十一点半准时在这里等你，你咋迟到二十五分钟？"

杨益君小声说："在大同街多转了几圈，担心后边有尾巴！有紧急情报。如果是圈套，咱们一起就义！"

颜石峰闷头喝酒吃菜，小声说："伪政府人员经常在这条街上吃吃喝喝，我到此没有人怀疑，快说吧！"

"日军两个师团正在徐州集结，准备扫荡华北根据地，这是部队番号、兵员、装备和到达地点！"杨益君掏出一个"金枪"牌烟盒放在桌子上。

颜石峰把面前的"金枪"牌香烟快速与杨益君对换了一下，"这个情报太重要了，必须马上送到湖西，迅速用电台报告军委总部！"

杨益君说："照片还没有来得及烘干，这还多亏你搞的X胶片。"

"我申请上级给你记功。这两天不是交换情报的日子，我另外安排人直接送到湖西去！"颜石峰想起了高瀚的交通员老卞。

"回锅肉、皮肚汤来喽！"伍兆勇端来热腾腾的菜肴。

"掌柜的，结账！"颜石峰把两张红红绿绿的票子放在桌子上，起身离去。

杨益君端起酒壶，一口气喝干，"掌柜的，上饭！"

四

进了寒冬腊月，富足之家的"好户"就开始套牲口淘粮磨面。过了腊月二十，家家户户就炸丸子、炸麻叶子、蒸年糕、糖盘、白馍馍。即便是小户人家，也得割上几斤肉，蒸几锅黄的、黑的窝窝头，准备点年货。腊月二十二，丰县北部崔庄最后一场"赶年集"，四邻八乡的人们成群结队涌到古街，庄里庄外，人声鼎沸，热闹非凡。

一队精干的骑兵都穿着灰色大氅，戴着狗皮帽子，斜挎着冲锋枪、盒子枪，穿行在熙熙攘攘的集市里，王宇腾与司百顺并辔走在最前边。

王宇腾用马鞭指着街道两旁旅店、饭铺、肉摊说道："打垮了王歪鼻子，丰北的老百姓总算是享受太平盛世了！"

司百顺点头称是，说道："长官，共产党、八路军还是讲信义的，夺回崔庄之后，就交还给了保安旅黄司令，还赠送了五十支步枪、一挺歪把子呐！"

王宇腾阴阴地说："我咋听说共产党还派了几十个政工干部到保安旅呀，这可不中，日子久了国军就被赤化啦！"

司百顺说："俺不懂政治，觉得共产党跟老百姓很亲密的，眼下根据地减租减息，老百姓都拥护。俺的仁兄弟虎林是八路军五中队的队长，大年二十六结婚，下帖子请我喝喜酒哩！"

王宇腾撇撇嘴："穷八路，光腚睡凉席，还能娶得起媳妇？"

司百顺回答："俺的弟媳妇俊着哩，长得跟画里人儿一样！"

王宇腾翻身下马，"咱们走走，也算是赶集，凑个热闹！"

沿着青石板铺就的老街上行走，两旁各种小吃有应有尽有，煎包、热豆腐、丸子汤、烧饼油条摊子一个挨着一个。一个黑脸大汉面前放着一只大簸篮，一整条热气腾腾的煮狗肉散发着诱人的香气，他扯着嗓门吆喝："热狗肉喽，才出锅的热狗肉喽，吃一口香掉牙喽！"

司百顺走上前说道："掌柜的，称一条狗腿。"

汉子扯下一大块狗腿，用荷叶包裹好，上秤，递给司百顺，"三斤三两高高的，三吊钱一斤，正好一块钱！"

司百顺掏出一枚银圆付给他，转身对王宇腾说："一会儿再买些烧饼，中午请长官好好吃一顿。前边不远就是家庙了，咱们的大队部设在那里！"

一干人马穿过集市，走到一个不大的院落前，三间堂屋，东西各三间厢房，都是青砖到顶，上苫小瓦。院子里长着两株合抱粗的老槐树，喜鹊窝上站着两只花喜鹊，"喳，喳"地叫个不停。

"贵客到，喜鹊叫，这生灵还是有灵性的！"司百顺笑着说。

王宇腾打量着院子问："这是'三番子'摆香堂，施家法的地方吧？"

"正是，"司百顺回答道，"咱们苏北行动队离不开青帮兄弟的暗中相助，我们对外的称呼是'汉魂铁血团'！"

堂屋周圈摆放着七八个长条凳，迎面是一张八仙桌，墙上居中悬挂祖师爷罗梦鸿画像，以下是钱、翁、潘三祖师爷画像，前边摆放四碟果品、点心，香炉里满满的灰烬。

卫兵端来一杯热茶，王宇腾捧在手里问道："帮人经常在这里活动吗？"

司百顺回答说："这是青帮的一个大本营。徐州西北路上民风淳朴，性情剽悍，青帮讲求'义气千秋'的道义，在这一带发展得如鱼得水，几乎到了不在帮就没有办法混的地步。"

王宇腾站起身，审视着墙上的绢帛画，感慨地说："青帮弟子强大的社会活动能力，如果不为我们所用，必将为日伪、共产党所用。"

司百顺说："王主任，青帮的老大们绝对多数是抗日的，像王歪鼻子当铁杆汉奸的是少数。崔庄之战，王歪鼻子身中三枪，几个贴身卫士拼死救出，逃到城里，做了伪县长！"

王宇腾忧心忡忡地说："崔庄之役，八路军一个团，三个小时全歼皇协军一千五百多人马；击溃丰县、砀山增援的日伪军几百人，足见八路军战斗力之强悍！他们携胜利之威，招兵买马，短短几个月，部队就扩充了三千多，号称'半万子弟兵'。共产党这么野蛮生长下去，早晚是党国的心腹大患，必定为中央政府所不容！"

司百顺不解地问："王主任，大敌当前，难道还要同室操戈？"

"你是不了解蒋委员长，当初徐州撤退，要不是郭一民、户秉刚违抗军令逃到湖西，在去泰州的半道上就被解决掉了，何至于养虎遗患。"王宇腾摇摇头说。

司百顺紧蹙眉头问道："长官的意思是照此下去，如果将来国共再翻脸，国民党不是共产党的对手？"

"一叶知秋，我在阜阳大后方看到的依旧是歌舞升平、文恬武嬉、醉生梦死，颇有点南宋小朝廷偏安一隅的味道，'残山剩水年年在，舞榭歌楼处处非'！"

"长官，咱们眼下管不了怎么多，我先汇报一下苏北行动队的几次战斗。"

王宇腾点点头："好的，电报里只有战果，没有经过，我也很想听一听。"

"我们第一仗魏庄战斗，通过青帮安插在日军据点里的厨子，五名队员怀揣驳壳枪混入碉堡送菜。鬼子正好都在井台光腚洗澡，队员举枪齐射，二十二个鬼子只跑掉一个，剩下的十几个伪军举手投降。这是鬼子的合影照片，请长官过目！"

王宇腾仔细审视日军合影，一所庙门前堆积着半人高的麻袋掩体，左侧挂的牌子上楷书"大日本军魏庙警备队"，一群年轻的日本军人或站或蹲，脸上都露出开心的笑容。最前排的一个穿白衬衣戴战斗帽的年青人，一脸稚气，怀中还抱着一只小花狗。

司百顺接着说："去年年底，在铜山县利国、柳泉一带的民众自卫武装马三麻子的队伍，他们安插在徐州车站的内线送出情报，有三列军车北上。二当家的马团副是咱们军统的人，有电台与我们保持联系。咱们的爆破队携带美国 TNT 炸药，晚上十一点在北郊丁楼附近埋设多处炸药，等鬼子的军列经过，几个炸点同时起爆。鬼子的火车炸成几截，昂首翘尾腾空而起，车厢里的鬼子兵哭爹叫娘，非死即伤！"

王宇腾面带喜色："这次战斗打得好，重庆方面发电表扬我们了！"

"八路哪有咱们的装备，"司百顺扬扬得意地说，"他们只能发动老百姓，几百口子伏在道沟里，把铁轨接头处的尾板卸开，掏空枕木，让火车脱轨。"

"营救郑玉敏的工作进行得咋样了。"王宇腾问。

"城里的谍报人员探明，郑玉敏是去铜山县慰问阵亡将士亲属时，被特高科马三升侦知行踪，抓捕的，关押在大同街宪兵队。大前天晚上，咱们行动队在青帮内线的配合下，潜入徐州城北二坝窝的鬼子宿舍，一举俘获三个日本女人，其中一个是日军中将司令的老婆，另一个是她姐姐。日军司令急眼了，差青帮老头子曾海春出城谈判。商定翌日下午在万寨走马换将，日方赔偿我方人员医药费五千现大洋。昨天下午双方各出二十人上阵，都践行约定，没有动武，和和气气交换人质，日方赔付五千大洋。"

王宇腾饶有兴味地说："这个马三麻子是个难得的治军的将才，做做工作，能否收编，我上报战区长官，给他安排一个游击纵队少将司令的头衔！"

司百顺摇摇头说："老马说他的队伍不接受任何党派的节制、管辖，凡是抗日的友军，均可与之共同作战，不介入党派纷争！"

"嗯，你们要密切注意，不要让共产党拉过去！"

司百顺回答："长官放心，咱们的人注意着三麻子的一举一动呢！"

王宇腾接着说："最近汪精卫公开投敌叛国，一大批汉奸投靠到日本人的卵翼下，策反了大量军队，投降了日军。依据目前的形势，下一步惩治汉奸就是苏北行动队的一项重要任务。你们有什么打算？"

司百顺恨恨地说："长官，'枪打出头鸟'，眼下蹦得最高的就数马三升，这个马三猴子欠下的血债最多，咱们徐司令一行七人都死在他手上，新四军的情报站被他摧毁，这一次又抓捕了咱们郑玉敏大队长，干掉他，能起到杀一儆百的效果！"

王宇腾连连摇头："虎穴锄奸，太过冒险！"

司百顺急切地说："长官，不入虎穴焉得虎子，我准备单枪匹马闯虎穴，不杀掉马三猴，誓不归还！"

王宇腾皱着眉头问："你是如何计划的？"

"咱们的密探林祥晨任伪苏北行政公署少校科长。他提供的情报，马三猴在大马路买了一栋宅子，新纳了一个小老婆，马三猴子平日里住在那里。另外，马三猴在金谷里跟头牌婊子桃红打得火热，经常去喝花酒，咱们在金谷里的内线也掌握马逆的行踪。在这两处动手，都有机会！"

王宇腾沉吟良久，"此行九死一生，即使杀掉马逆，徐州城里军警林立，你也难于脱身，太冒险！"

司百顺激动得站起来说："长官，您就让我试一次，没有机会下手我就回来，就算是我化妆入城侦察敌情了！"

王宇腾也站起身，握着司百顺的手说："我批准你的计划，注意不要蛮干！"

司百顺立正敬礼，大声说："谢谢王长官！"

五

"嗵嗵嗵"三声土铳响，唢呐班子吹奏起欢快的"百鸟朝凤"，虎林身穿丝光蓝大褂子，戴黑色呢子礼帽，与新娘子喜鹊一起并辔走进大王庄。喜鹊长得端庄俏丽，皮肤黑里透红，两撇弯弯的眉毛又细又长，一对亮亮的黑眼珠透露着秀气，鼻梁高高的，留齐耳短发，身穿大红袄，灰色军裤，腰间扎皮带，腿上缠绑腿，宽胸细腰，英姿飒爽！

两人都骑着枣红色高头大马，马头上披红挂彩，身后是一队威风凛凛的骑兵，灰色的新军装，清一色的驳壳枪，背插大刀片，红绸带随风飘扬。

庄里的人们扶老携幼来看八路军的文明娶亲，顽童跑前跑后"喝闹子"，"新娘子，给块糖，不给糖，就尿床！"

娶亲队伍吹吹打打来到庄西头的村小学，大红的双喜字贴在土墙门框上方，红纸金字的对联"干革命一对幸福侣，过生活两朵爱情花"。

组织科长汪绪仁眉开眼笑，抱拳施礼道："恭喜呀，虎队长、喜主任！"

虎林、喜鹊双双下马，给汪绪仁回礼："谢谢汪科长！"

"地委在谷亭开会，郭书记、户专员等同志派我来代表大家道喜！"汪绪仁笑眯眯地说，"大家凑点份子，钱不多，只够一坛子酒钱！"

"谢谢同志们！"虎林拉着汪绪仁的手说，"咱们进屋，中午请你吃大餐！"

汪绪仁哂笑道："拉倒吧，俺去你伙房里，除了窝窝头，连个白面馍馍都没有，还吃大餐哩？俺路上买了俩烧鸡，中午拆了下酒吧！"

"俺说有，就肯定有，啥时候诓过你！"虎林认真地说。

门口哨兵大声报告："苏北行动队司大队长到！"

"徐州地邪，刚说谁，谁就到，"虎林笑着说，"汪科长，请客的人到了！"

"虎子兄弟，想死我啦！"司百顺大嗓门嚷嚷着，闯进屋，一把抱起虎林，"兄弟大喜，哥哥特来道喜！"

"还是百顺哥哥最疼我！"虎林拍打着他的肩膀说。

喜鹊跑过来，立正敬礼："百顺哥哥好！"

"呀，弟妹今儿个真俊啊，哥哥给你们随一份喜礼，拉来半扇猪，两坛子高粱烧，"司百顺说着，从口袋里掏出一个红布包，"二十块大洋，给弟妹扯块洋布，做一身新衣裳！"

虎林哈哈大笑说："刚才汪科长还说俺们结婚没有置啥，连块白面馍馍都没有，这一转脸，咱就成了富人啦！"

汪绪仁上前敬礼："我是组织科长汪绪仁奉命代表地委前来贺喜！"

司百顺立正回礼，笑着说："那天虎子拍马赶到崔庄给我送喜帖，俺还笑话他，就凭你个穷八路，啥时候能攒够娶媳妇的钱。"

"百顺哥哥，您太破费啦！"喜鹊歉意地说。

"弟妹有所不知，俺兄弟俩是过命的交往，"司百顺显得很激动，"咱是光棍一条，一个人吃饱了全家都不饿，留钱干啥，说不定哪天这百十斤就交代了！"

喜鹊笑着说："赶明儿给哥哥张罗一个嫂子，俺们妇救会里俊妮子多的是，小生二十五，衣服破了无人补！"

司百顺抱拳施礼道："那就仰仗弟妹帮忙，给俺说一个好媳妇啦！"

虎林笑吟吟吩咐，"宗时荣，把半扇猪肉给炖了，烧鸡拆了，请来宾喝酒吃肉！"

"是！"宗时荣笑呵呵地张罗去了。

汪绪仁知趣地说："司大队长稍坐，我去伙房帮厨！"

司百顺点头回答："汪科长请便，中午咱们好好喝几杯。"

"百顺哥哥，咱们里屋坐！"虎林邀请道。

司百顺调侃道："咋，闹你的洞房吗，新婚三日无大小！"

"想闹你就闹，"虎林扳着他的肩膀说，"咱们兄弟俩就是想好好拉拉呱！"

新房正中贴着大红双喜字，窗棂上贴着两个红双喜字，土炕上铺着粗布红床单，一对绣着鸳鸯的枕头，两床灰色军被叠放得整整齐齐。

司百顺看到寒酸的陈设,感叹道:"适逢时局维艰,虽然不能置办'四箱四柜''八大件',起码也得'一箱一柜',桌子、大小马机'小八件'吧!"

"等打跑了鬼子,天下太平喽,再置办吧,这就很知足了。"虎林回答说。

司百顺问:"咋没见到弟妹娘家人?"

虎林脸色一沉,说:"还记得六年前轰动苏北的麻府绑票案吗,受害人小喜子的哥哥为了替妹妹报仇,勾来湖里的绿林好汉,绑了麻仁杏的小闺女,索要高额赎金。后来铜山县警察局破案,一共杀了七位好汉!"

司百顺赶紧起身抱拳:"哥哥给你赔礼,不该问及短处!"

"不知者不为过,况且,你弟妹遭受地主恶霸的欺凌,也是受害者!"

司百顺把话题岔开,问道:"那个汪科长以前没见过,人咋样,我咋看着很圆滑、世故的样子?"

"哥哥说的跟我的看法一致,"虎林点点头说,"徐州撤退时候,他们三个人在吕梁山与我们汇合。他很会来事,经常弄些好烟、好酒,罐头送给白部长,讨得白子沣的喜欢。在同志之间也拉拉扯扯的,称兄道弟,抽烟喝酒,很能笼络一帮人。"

司百顺不解地问:"像他这种人,在国军那边吃得开,共产党这边咋也有人吃这一套?"

虎林摇摇头,长叹一声,"人家还官运亨通呐,算了,不提他了,来的都是客。哎,仁兄,你到我们这边来干吧?"

"拉倒吧,就凭你们八路军,穷得拿瓦片子盖腚沟子,吃饭清汤寡水的照人影儿,俺可吃不消!"司百顺撇撇嘴说道,"打鬼子,俺敬佩你们八路军有种;要说待遇,还是国军的好。"

虎林摆摆手说:"但愿我们兄弟不要哪一天在战场上相见!"

"枪口绝对不对准中国人,你哥对天发誓!"司百顺举起拳头说。

"言重喽,俺的亲哥哥,"虎林摇着司百顺的手臂说,"咱俩不谈政治,今天就是喝酒吃肉,一醉方休!"

司百顺说道:"喝罢这场酒,你哥要到徐州府走一遭。"

虎林吃惊地问:"干啥去?"

司百顺粲然一笑,"俺去取了皇协军上校团长马三猴子的项上人头!"

虎林问:"徐州是日军重兵把守的要地,你们去几人?"

司百顺凶狠地说:"人多无益,司某人单枪匹马独闯虎穴。"

虎林见苦劝不住,只得说:"哥哥何时出征,待我给上级汇报,请徐州城里地下党暗中帮助你。"

"夜长梦多,越快越好!"司百顺眼睛里闪烁着骇人的寒光,"如果你哥回不来,你的儿子就是我的义子,今后逢年过节想着给干爹烧把纸!"

虎林的泪水夺眶而出,抱住司百顺:"哥哥一定要平安归来!"

汪绪仁探头进来,狐疑地问:"好好的,这是咋的啦?"

"没有啥,兄弟相见激动的,"虎林抹一把眼泪说,"饭菜都备齐喽呗?"

汪绪仁回答:"都妥啦,请二位入座,咱们就开席吧!"

虎林拉着司百顺,"走,咱们兄弟喝酒去!"

六

新开拓的启明路铺设灰色的石渣,西风卷起阵阵扬尘,道路两旁都是拆除的残墙断壁,一片萧条景象。零零星星的鞭炮声显示着年关的临近。

启明路与统一街交叉路口的沧浪池新修的门楼上打出红色的横幅"沧浪池重新开业半价优惠大酬宾"。原来大门在统一街路东,日伪当局开辟启明路,沧浪池的部分建筑被强行拆除。老板忍气吞声只得在新开辟的道路启明路上重新修整门楼,改建的大门仿欧式建筑,绿墙红瓦,楼上楼下大大小小二十八个房间,楼上雅座每间四榻,楼下二等客座设二十榻,三等客座为大通间。

早上九点整,沧浪池大门口升起一盏长方体的玻璃挂灯,灯高二尺,宽一尺,厚半尺,内壁涂红色油漆,黄色的"沧浪池"字号。肖老板身穿裘皮大氅,率领账房、招待员、茶房等二十几人列队恭迎客人。

两辆黄包车"叮叮当当"一路小跑,停在大门口,头一辆车下来一个人,个头不高,穿黑色皮猎装,戴咖啡色礼帽,帽檐压得很低,一副宽边墨镜,黄呢子军裤,日军大马靴,斜挎王八盒子,大刺刺地径直跨入大门。

老板赶紧跟过去,打躬作揖:"长官,您怎么尊称?"

随后的马弁戴黄色狗皮帽子,身穿灰色对襟棉袄,腰系板带,黑色宽腰大棉裤,扎裤腿,青色步棉鞋,屁股后边吊着一支盒子枪,上前叉开五指推了一把,咆哮道:"瞎眼了,特高科柳科长驾到!"

老板满脸堆笑,忙不迭地鞠躬作揖:"哎哟哟肖某人有眼不识泰山,不识刘科长尊容,冒犯科长虎威。俺给您赔不是啦!"

柳天华哼哼唧唧地说:"嗯,给俺喳摸一个僻静的地儿!"

肖老板在头前带路,谄笑着说:"二楼最南头,有间雅座,西洋式样的大盆池，新的毛巾肥皂。你老人家要是喜欢，今后呀就是您的包厢。"

三人走到最南头，柳天华四下打量一番，窗户外边是一座花园，再往南是日军兵营，日本兵练刺杀的"咳！咳！"号子声清晰可闻。

柳天华对这个包间地点很满意，摘下墨镜，操着一口天津话说："好的，就是这个地儿啦！待会儿有个朋友来，麻烦肖老板给引上来！"

老板深鞠一躬，"柳科长您先泡一会儿，马上给您送茶点，青萝卜，泡壶四窨的茉莉花茶，待一会儿让搓背、捏脚的过来伺候您！"

柳天华很惬意地躺在床榻上，挥挥手，"老板，忙你的去吧！"

"科长，中午俺给您订几个可口的菜，让堂倌用食盒送过来！"

老板的殷勤让柳天华颇为满意，他露出一丝笑意："有劳掌柜的费心啦！"

老板再鞠一躬："应该的，柳科长需要啥，吩咐一声！"

门厅陆陆续续开始进客人了，大通间内无隔间、无床榻，四排溜皆为"脱座"，座下一长方形木柜，客人只能坐，不能躺卧。早上一开张顾客大多是底层的市民，不大一会儿，大通间里已经人头攒动了。茶房拖着长腔吆唤："天干尘土多，穿脱别抖擞；呛着自己不打紧，别呛着人家！""前客让后客，穿脱要连利！"

一位中年汉子挎着一只大筵子，头上裹着白毛巾，嘴里不停地叫卖兜售小零食："五香花生、蚕豆、豆腐干还有热乎乎的茶叶蛋喽！"

"喂，来点煮花生！"一位老者喊道。

"好嘞！"汉子快步走到老人跟前，放下筵子，从大瓦罐里舀出一勺花生，包在干荷叶里，随手递上一根竹签。

凭签沐浴，按签结账，是洗浴行业古时候沿袭下来的制度，竹签长半尺，宽一指，铜板厚度，上端刻成半圆形，涂上红黄绿不同的颜色，签子上两边对应刻有几个豁口，代表着不同等次的消费价格。顾客临走时候，账房按签记载的价格结算。浴池小工、杂役当天打烊以后分账，谓之"插锨见水"，日账日清，概不拖欠。

司百顺戴着花呢子鸭舌帽，架一副宽边墨镜，外罩黑色呢子大氅，围着粗格子围巾，深蓝色毛哔叽裤子，锃亮的皮鞋，一副小特务的时尚打扮。旁边跟着一位身穿黄呢子军服，领花两杠一星的皇协军少校。这是一位敦实的年轻人，方面大耳，红脸膛，大眼、大鼻子、大嘴巴。两人携手进入门厅。

茶房六蛋儿赶紧迎上前，"二位客官，里边请！"

军官操着一口浓重的丰县口音问："还有雅座呗？"

"有，先生楼上请！"茶房躬身施礼。

肖老板眼瞅着两个人踏着木梯"噔噔"地上楼，耳畔一个声音把他吓一跳："老板，请问柳科长在呗？"

他扭头一看，一位瘦高个、黄巴脸、麻雀眼儿，显得病恹恹的汉子，穿着一身土蓝色的棉布长袍，头上一顶旧毡帽，一副土里土气的乡下人模样。

肖老板问："你找哪个柳科长？"

来者口气很硬："徐州府还有第二个柳科长吗，狗眼看人低咋的？"

肖老板见来者不善，自己软了半截，堆起笑容："先生，对不起，不知道您就是柳科长等的客人，请跟我上楼！"

马弁见到来者，打开房门，"请进吧！"

"老景，自己倒水，点心随便吃！"柳天华斜躺在床榻上，嘴里叼着一支烟，身上披着一块浴巾。

黄脸汉子拿起一只青萝卜，"吭哧吭哧"地啃起来，"科长您得好好犒劳犒劳我，在八路的根据地把我委屈死啦，您还让一个老母猪跟我当搭档！"

柳天华"咯咯咯"地笑起来，"常言道，当兵吃粮满三年，见了母猪当貂蝉，好歹也能给你败败火气呀！"

"败啥火呀，回回都是眯着眼，恶心得不能行，老母猪倒是挺享受，败她的火还差不多！"老景气咻咻地说。

柳天华开心地大笑，拍拍黄脸汉子的手背说："你洗个澡，好好歇着，养足了精神头，晚上你哥请你去金谷里，让头牌桃红好生伺候你，咋样啊？"

"谢谢科长厚爱，兄弟为你上刀山下火海，万死不辞！"

柳天华甩给老景一根"三炮台"，"要说委屈，白樱花比你更不容易！"

"他在那边混得不孬，湖西地委书记郭一民马上要调到山东省委，白子沣当地委书记。白子沣准备保举他当地委组织部部长哩！"

柳天华一骨碌站起来，"好呀，爬到共产党首脑啦！"

"白樱花制订了一个肃托计划，"老景深吸一口气烟，压低嗓门说，"最近共产党社会部部长康生发表了文章，'铲除日寇侦探民族公敌的托洛茨基匪帮'，可以围绕'肃托'斗争，做一点名堂，到时候需要柳长官的配合！"

"搞窝里斗，这是一个搞垮他们的好办法，上上策也，有什么具体一点的意见吗？"柳天华的浓眉拧成一团，眼睛瞪得滴溜溜圆。

"具体的倒是没有，只有走一步看一步！"老景眨巴着阴郁的眼睛说，"白子沣做事冲动，以共产党的'左派'自居。最关键的是苏鲁支队，眼下部队在湖西分成四块，东南西北打游击。北边谷亭一带的是四大队，支队政治部主任洪明璨还兼着四大队大队长，他坐镇鱼台、谷亭、丰县、沛县交界，说是大队，其实是一个加强团，小两千人枪。没有他的支持，事情搞不大！"

柳天华趿拉着木屐在屋里踱步，"这个人是喜欢钱，还是喜欢色？"

老景眨巴着眼儿望着他回答说："洪明璨喜欢权！此人粗通文墨，在共产党那边属于知识分子，老资格，老是感觉职务低，看那些泥腿子不顺眼，怀才不遇，牢骚满腹。白樱花正在下功夫呢，白樱花隔三岔五地拎两瓶酒，提几盒罐头跟他套近乎。"

"老景，你真是一位难得的将才，俺保举你上校团长干干！"柳天华赞叹道。

老景双手抱拳答谢，他接着说，"湖西跟徐州这边有四条交通线，户秉刚正在沿途布置交通站。老户这人很刁，防范很严，连白子沣都摸不清他的地下组织。只知道一个交通员大梁，以前徐州拉黄包车的，大个子，长腿，跑得快。白樱花判断，上一次炸八里铁路桥，阻断皇军扫荡部队的情报，就是他连夜跑回驻地，给郭、户二人报的信。白樱花想法是，以后有机会在路上截击他，一次破获共产党交通线。还有，徐州铁路有八路得力的暗探。"

柳天华哼哼唧唧地说："岂止是共产党，国民党方面也有探子啊，最近马三麻子跟苏北行动队的铁路爆破，时间、地点选得都很准，没有内应，哪里有'巧妮的爹碰见巧妮的娘'的事啊，滨上太君发火，把新民会、警察局、特高科、铁路局臭骂了好几回。"

老景往前凑凑，小心地问："科长，俺这趟回来，是否要到杨世云会长那儿去点个卯，毕竟俺是新民会的人啊？"

"那个老棺材瓢子，才不要甩他哩，"柳天华撇撇嘴，不以为然地说，"他整天就是琢磨着怎么刮地皮，捞银圆，光是启明路、庆云路，他虚报工程贪污了多少银两？又要在城南海郑路北开辟一个小布市场，市场还是他手把手地攥着。金谷里拢十六家书寓，他小老婆花月红就独占了五家，算了，不提他啦！"

老景像是想起什么，挤眉弄眼地说："哎，科长，俺刚才进门，前边俩人，其中一个好像是苏北行动队大队长！"

柳天华大吃一惊，一把扭住他："司百顺！真的假的？"

"俺从背影看那人的架势很像，拿不准，再说旁边还有皇协军的军官哩，那个人敦实的个头，大红脸，一口丰县话，是个少校。"老景眨巴着麻雀眼回答,"五中队队长虎林结婚,司百顺带去喝喜酒,骑马从俺火烧摊儿前经过,俺瞅了他一眼。咳,八成是俺多心啦,他就算吃了熊心豹子胆也不敢来徐州府老虎嘴边捋胡须!"

马弁把食盒提进来,摆放好四个香气扑鼻的盖碗,四碟凉菜、酒壶、酒杯,虚掩上门,退了出去。

老景一一揭开盖子,垂涎欲滴地说:"嚯,一碟猪杂碎,一碟五香牛肉,一碟拌藕片,一碟芹菜拌河虾;热菜是炒辣子鸡、白菜烧羊肉、糖醋鱼、萝卜丸子、酸辣鳝鱼羹,都是徐州老派菜!"

"斟酒,开吃!"柳天华笑眯眯地说,"算他肖老板识相!"

"咚咚"五下敲门声,林祥晨小声说:"自己人!"

挎筬子的汉子走进来,把几包花生、蚕豆、豆腐干、茶叶蛋放在茶几上。

林祥晨小声问:"外边情况怎么样?"

"来了一个黄脸、瘦高个的乡下人,找特高科柳天华的,肖老板亲自送上楼。俺想过去一探究竟,被老板撵回来啦!"

"闹中取静,特高科科长跟咱想到一坨啦,"司百顺冷笑着说,"柳天华约此人到此处见面,应该是一个重要的密探,请你再打探打探!"

汉子拎起筬子起身,司百顺拦住他:"留下签子!"

汉子说:"自家兄弟,哪能要钱呐,外气喽!"

司百顺说:"一地花生壳、鸡蛋皮,结账没有签子,让人起疑心。"

"好吧,"汉子挑出一支竹签,"我走啦!"

汉子掩上门,走了。

司百顺剥开一个鸡蛋,问:"林兄弟,情况咋样?"

"金谷里那边生意最火的当数'天宝'书寓,桃红是头牌的花魁娘子,咱们的内码跟她当大茶壶,就是打杂的,他打电话给我说,下午马三猴电话预约了桃红,他一般玩到十点左右出来,回大马路的寓所。咱们就在金谷里下坡处击杀他,附近只有一个金谷里派出所,所长是特高科行动队大队长张金彪的兄弟张金豹,所里有七八个值班的警察。咱们打完就跑,你往南越过阻绝壕,就出城了。"

司百顺满意地点点头,问:"还有没有备选方案?"

林祥晨略微思考一下说:"马三猴必走大同街东头,从益智电影院门口斜上坡,经过启明路与大马路交叉口,黄包车到那跑得慢,也是下手的好地点。他一般只带一个保镖。"

"到时候，我干掉马三猴，你负责干掉保镖！"司百顺说，"兄弟，你还得想法给我弄一支左轮枪，那种枪好使，不卡壳。万一哑火、卡壳，不能一枪毙命，会很麻烦，马三猴是个武林高手！"

"好的，我再给你准备一把小攮子，以防万一。"林祥晨把钥匙递给司百顺，"给你订了大马路东首的大金台旅社，105房间，咱们电话联系。"

林祥晨起身离去。

七

冬日的天黑得特别早，东边的白云山顶上，几盏贼亮的探照灯光束在城市上空扫来扫去。天上飘下稀稀拉拉的雪花，车站里的火车汽笛嘶吼声音仿佛近在咫尺。司百顺焦急地在房间里踱步，小火炉吐着红红的火苗，白铁皮的水壶"哧哧"冒着蒸汽，窗户上结上一层晶莹的冰花。

"咚咚"敲门声响了五下，司百顺打开门，林祥晨带着一身寒气闪了进来。

"情况有变！"林祥晨急切地说，"咱们内码打电话，今晚特高科柳天华要包下桃红，马三猴不敢得罪柳阎王，推说'咱得礼让长官'，就要离开'天宝'书寓了！"

"咱们按第二方案咋样？"司百顺问，"枪带来喽呗？"

"带来了，"林祥晨递给司百顺一支左轮手枪、一把匕首，"我有一把撸子，咱们去大马路西头伏击地点，现在还来得及。"

"事不宜迟，说啥也不能让这个汉奸过了这个年！"司百顺恨恨地说。

冬夜的寒风卷着稀疏的雪花迎面扑来，他俩沿着大马路一路西行。一个黑影闪出来，远远尾随着他们。

益智电影院散场了，明晃晃的大灯泡亮如白昼。颜石峰拉着沈钰的手，随着熙熙攘攘的人流出大门，来到大同街。

颜石峰对沈钰说："李香兰扮演的一位美丽的中国姑娘，爱上了英俊善良的日本士兵，一幅多么美好的中日亲善的美好画卷呀！"

"喊，满映杜撰的白雪公主与小矮人的童话故事！"沈钰哂笑道，她穿着一件天蓝色大襟棉袄，头上戴着一顶红色风雪帽。

颜石峰说："小钰，咱们去钟鼓楼吧，哥请你吃'三珍斋'的馄饨。"

"好呀！"沈钰快活地说，突然，她怔住了，死死地盯住迎面过来的一辆黄包车，一个小个子的皇协军军官趾高气扬地端坐上边，左右两个穿黄皮的保镖，斜挎盒子枪，一路小跑紧随其后。

颜石峰感觉到了沈钰急促的呼吸，连忙问道："小妹，怎么啦？"

沈钰撩开黄呢子军大衣，从颜石峰腰间拔出手枪，牙缝里丝丝地发出凶狠的声音："我要杀了他！"

颜石峰攥住她的手腕子，循着沈钰的目光，看见马三猴和两个保镖，他附在沈钰耳畔小声说："小妹，咱们先跟上，摸清楚情况再说。这里不是报仇的地方！"

黄包车叮叮当当响着铜铃，擦身而过，左拐，上坡到了启明路。路灯发出昏黄的光芒。车夫弓下腰吃力地爬坡。突然，一个穿大氅的黑影从侧面扑过去，一手抓车，一手持枪，对准马三猴的头部"砰砰"两枪。后边一个黑影窜上去对准两个保镖"砰砰"连开四枪。穿大氅的拔出一柄匕首，狠狠地刺进马三猴的胸膛。两人分头逃匿。

颜石峰拉起沈钰就跑。

"杀人啦！"有人号叫，散场的人们闻讯四散奔逃。

张金豹拔出手枪，吹响凄厉的警哨。鬼子、汉奸一窝蜂地跑过来。

宪兵队井樱提着王八盒子，气喘吁吁地问："喂，毛胡子的哪里去了？"

"穿大衣的，往东跑了；还有一个，往西跑啦！"张金豹结结巴巴地说。

"你的，带人往东；我的，向西！"井樱比画着说。

十几个黑衣警察咋咋呼呼地跟随张金豹向东追击。

司百顺一路狂奔，迎春桥就在眼前。后边的警察紧追不舍，子弹横飞。

老卞躲在迎春桥东的一棵大树后边举枪射击，"啪啪啪"，张金豹惨叫一声，仆倒在桥头。

司百顺转过脸，赞叹道："好枪法！"

"往东跑！"老卞小声说。

司百顺继续向东狂奔。一个黑影一把拉住他，"义士，请随我来！"

司百顺跟着来人转弯抹角来到一爿酱菜铺，摸黑上了二楼。那人点燃一支蜡烛，小阁楼里亮堂起来。司百顺这才看清来人三十多岁，一副商人模样，穿着长袍马褂，戴黑色狸皮帽子。

他拉上窗帘，笑眯眯地望着司百顺说："现在安全了，义士到徐州有何贵干，为何被军警追杀？"

司百顺鞠躬致谢："感谢先生冒死相救，俺来城里，就是为了结果马三猴性命，替牺牲的烈士报仇，为徐州的百姓除害！"

"敢问义士是哪一部分的？"

"国军游击总队王宇腾将军麾下苏北行动队，先生您是哪一部分的？"

那人作揖回礼，"我是兴隆制粉株式会社副经理华伯诚，本人不在任何帮派，生逢乱世，混口饭吃。这里是原来兴隆面粉厂的后院，厂里住着二十几个日本兵，警察从来不敢骚扰，很安全，天亮之后想办法送你出城。"

"多谢啦！"司百顺深鞠一躬。

"见外喽！"华伯诚说，"我就住在隔壁，有啥动静，我来处理！"

说完，华伯诚下楼，"待一会儿给你弄点吃的！"

"乒乒乓乓"，远处传来砸门声，粗暴的吆喝声。

有人打着手电迎面走来，来人问道："小华子吗？"

"啊，是程老板！"华伯诚连忙迎上前去。

两人站在篮球场上，程金石问道："到处打枪，查户口的，这是咋回事？"

"汉魂铁血团的，把汉奸马三猴击毙了，刚才遇见义士，就把他藏在咱们酱园门市的阁楼上。明天我安排胡把头，出城给日军送面粉，让他扮成装卸工混出去！"

程金石问："哦，是王宇腾的人，我还要过去看看他吗？"

华伯诚回答："不用了，我没有暴露咱们的身份。"

程金石沉吟一下说："你给他弄一身厂里的工作服，再准备棉袄、棉裤、牛筋鞋、现大洋，留给他出城之后用。"

华伯诚回答："程老板考虑周全，我这就去办！"

雪下大了，在墙头外边路灯的映射下，洁白的雪花密密麻麻地飞舞，轻飘飘地落在地上……

第二十三章　救乡亲林祥晨投案　落虎口司百顺脱险

一

　　一个十字路口把新落成的金谷里分成两部分，东边靠近黄河沿，主要是说书、卖艺的书馆、戏园子、澡堂子以及大烟馆；西边有一条东西走向的青石板路，二百多米长，街道两旁挂满了红灯笼，门对门排列着十六座大院子，每个院子里都门挨门排列着十几家青砖小瓦的小四合院。每一家都养着七八个至十几个姑娘。十字路口往北一条下坡小路，通往公安街至大同街。每当夜幕降临，这里每家每户灯红酒绿，轻歌曼舞，彻夜不息。豪门富商一掷千金，包妓女，设赌局，唱堂会。佳人弹唱小曲，狎客放声浪笑，打麻将、推牌九的大呼小叫，一派乌烟瘴气的畸形繁荣景象。

　　一个警察头前引路，柳天华带着老景、保镖，横着膀子走进天宝书寓。

　　老鸨子忙不迭地招呼："哎呀，柳科长来啦，桃红呀，快出来迎接柳科长！"

　　"哎！"一位身材妙曼，鬟乱钗横的姑娘，一边系着旗袍扣子出门相迎。

　　柳天华拥着桃红进屋，回过头对老鸨说："去，整一桌好菜来！"

　　老鸨半蹲作揖："柳科长，早就给您备齐啦！"

　　"柳科长您有啥事支应一声！"警察知趣地离开了。

　　这是一个小套间，外间小客厅摆放着八仙桌、太师椅，里屋卧室挂着锦罗帐子，床褥、被子、床单、枕头一片狼藉。炉火吐着红红的火苗，烘得这个屋子暖意融融。

　　桃红勾着柳天华的脖子撒娇地说："柳科长，您有五天没有来了吧，想死小奴家呔！"

　　柳天华把她抱到腿上，扭一下她粉红的脸蛋，淫笑着说："红儿，你哪疙瘩想我呀？今个红儿衣衫不整的，这是谁头脚刚刚走的啊？”

“还有谁，马三升大团长呀，”桃红的玉指弹了一下柳天华的额头，嗲声嗲气地说，“人家听说您要来，立马走人，得礼让您呀，您是长官么！”

老景涎着脸问：“姑娘，你这每天好几场，吃得消吗？”

“客官，我们花界有一句名言，‘只有累死的牛，没有耕坏的地’，是吧！”桃红的媚眼瞟了他一眼。

老景掉了魂似地点头称赞，“对，对，姑娘说得好！”

柳天华呶呶嘴，“俺答应你的，让给你先去‘耕一回地’，败败火，去吧！”

老景“嗷”的一声，拦腰抱起桃红，走进卧室。

“砰砰”夜空中传来几声枪声，老景一骨碌从床上爬起来，“科长，北边有枪声！”

柳天华喝着茶，漫不经心地说：“有啥奇怪的，‘耕你的地呗’！”

老鸨端来一个托盘，摆放好六个菜肴，三只酒杯，一壶酒，老鸨絮絮叨叨地说：“这还没到年三十，放啥炮仗，还是恁么响的大雷子？”

“啥炮仗，是打枪呢！”柳天华斟了一杯酒，仰脖喝干。

“俺娘吔，八成是土匪进城喽吧？”老鸨大惊失色。

柳天华摆摆手，“放宽心，忙你的去吧！”

北边的枪声愈来愈激烈，爆豆一样响个不停。

柳天华走到门口，吩咐保镖：“二子，打电话去问问，啥情况？”

老景提着裤子走出来，“科长，明显是爆发了枪战，打得怪激烈的。”

“斟酒！”柳天华没有搭理他，“吱儿”喝了一杯，“徐州有句农谚，‘沉住气不少打粮食’，没有匪徒滋扰，还要特高科干吗？”

“科长高明！”老景也“吱儿”干了一杯。

“红儿，出来给俺们唱个小曲儿！”柳天华喊道。

“哎！”桃红答应道，匆忙穿着一件红肚兜，披着一件棉袍跑出来，先给两个人斟满酒，“小奴家敬二位长官！”

柳天华问：“老景，味道咋样？”

老景眨着麻雀眼儿摇头晃脑地说：“癞蛤蟆吃上天鹅肉啦，端的是‘牡丹花下死，做鬼也风流’，不枉来世上走一回！”

“小奴家先给您二位弹一首‘春江花月夜’如何？”

“好呀！”柳天华击掌说道。

桃红凝神屏气，十指抚弄琴弦，指尖飞出舒缓明快的旋律，时而委婉平静，如江风拂面；时而如渔舟击水，波涛拍岸，悠扬激荡。

"咚咚，"保镖敲门，"报告柳科长，特高科值班室回话，匪徒在启明路大上坡处枪杀了皇协军马三升团长以及两名警卫，两名匪徒分成东西两个方向逃窜，宪兵队命令全城戒严，大搜捕！"

"枪声怎么激烈，有伤亡吗？"柳天华耷拉着眼皮问。

"流弹击伤路人两人，派出所所长张金豹等四人阵亡。"

老景凑到柳天华面前问："科长，您分析，这是谁干的？"

柳天华淡定地说："还能有谁，早上洗澡时候，你见到的那俩人呗！"

"果然是司百顺！"老景倒吸一口凉气，"胆子忒大喽！"

"老景，一会儿去宪兵队，皇协军所有的军官档案都在那里，你把校官的照片都辨认一下，那人不是说丰县话嘛，咱们把全城的丰县人都抓到特高科，严加拷问！"

"那个人的特征很明显，方脸，红面皮，五官都大，好辨认，还需要怎么大的动静，把丰县人都抓起来吗？"老景不解地问。

柳天华眉飞色舞地说："你懂啥，这就是抓人的缘由，抓进去一二百人又何妨，里边说不定有同伙哩。人到咱手里，枪毙、判刑、保释还不都是俺们说了算，就等着捞黄鱼吧，案子结束了，在城里你一套宅院也挣来啦。"

"您能让说说，让桃红从良不，俺得有个压寨夫人呀！"老景嬉笑着说。

柳天华扬扬得意地说："今晚咱们先认出那个红脸汉，明天一早，你带人盯住他，顺藤摸瓜破获国共的地下组织，我替你做媒，帮你娶下这小娘子！"

老景抱拳："全仗科长玉成！"

柳天华三人步出天宝书寓，街道上人声嘈杂，乱作一团。

三个警察站在门口，为首的立正敬礼："报告柳科长，听到枪声，俺们几个就赶来了，保护长官安全！"

"唔，很好！"柳天华点点头，"你叫啥名字？"

"报告长官，俺叫刘世贵，金谷里派出所二组警长！"

柳天华趾高气扬地说："我任命你为代理所长，开始执行戒严任务吧！"

刘世贵激动得"啪"一个立正，"谢谢长官栽培！"

斜刺里冲过来一个贵妇人，约莫二十七八的年纪，长相妩媚，她甩掉狐皮大衣，穿着贴身贡缎粉红色小棉袄，勾勒出窈窕的身段。

她上前一把拉住柳天华，说："哎，柳科长，街上已经嚷嚷开了，马团长被人暗杀了是不？"

柳天华见是杨世云的小老婆花月红，又是滨上的座上红人，不敢怠慢，满脸堆笑："呀，是花太太，天华给您拜个早年，改日再去府上拜访！"

花月红嗓门挺高："甭废话，这话到底真的假的？"

柳天华作出悲痛的表情说："半个多小时之前，马三升团长、张金豹所长及其三名警员、两名警卫都阵亡啦！"

"看看，保准是这家小妖精勾引的共产党，合谋暗杀了马团长！"花月红指着天宝书寓的老鸨鼻子骂道。

"花月红，你不要血口喷人，拿出证据来呀？"老鸨也不示弱，跳脚叫唤。

柳天华趁两个老鸨骂街，骑上脚踏车扬长而去。

"想要证据是吧，好呀！"花月红气势汹汹地对刘世贵说，"刘所长，还愣什么呀，赶紧抓共产党的探子桃红呀！"

"这，花老板，不太合适吧！"刘世贵嗫嚅着说。

"让你抓你就抓，"花月红大发雌威，"老娘去派出所，亲自过堂！"

刘世贵示意两个警察："抓人吧！"

二

严冬的早餐寂静无声，冰冷的朝阳透过阴沉沉的雾霾出在白云山头露出半张脸，兴隆东亚制粉株式会社高大的烟囱冒出滚滚浓烟。

林祥晨身穿黄呢子大衣，脚蹬长筒马靴，走出葆初巷的大杂院，他四下观望，巷口往大马路拐弯处，有个卖烤红薯的，戴一顶破毡帽，黑棉袄、棉裤，腰间系着一根红芋藤，面前一个汽油桶改制的烤炉。

"烤红芋来，红瓤的烤红芋！"烤红芋的看见来人，扯开嗓门吆喝道。

他踏着雪，"咯吱咯吱"走到跟前，打量一眼摊主，"掌柜的，咋卖的？"

"论个儿卖的，一个五毛钱，"摊主点头哈腰地说，"先生，您来几块？"

"来一块吧。"林祥晨不住地用余光观察四周。

"好嘞，给您捡一个大的，烤得透的！"摊主用铁架子钳出一个，用干荷叶包好，递给林祥晨。

黄包车"叮叮当当"跑过来，一个戴着狗头帽，穿灰色粗布棉衣的车夫过来搭讪："先生，雪天路滑，请上车吧！"

"好吧，"林祥晨抬腿上车，"去道台衙门！"

"坐稳，走了！"车夫抄起车把，摇摇晃晃地小跑起来。

林祥晨说:"师傅,拉车是个技术活儿,你拉得不大稳当,是刚入行吧?"

"啊,刚入行不久,"车夫支支吾吾地说,"路滑,难走。"

林祥晨回头望,与烤红薯的目光恰好对视,摊主慌忙低下头。不远处又一辆黄包车尾随而来,车上坐着一个捂得严严实实的高个子男人。

林祥晨顿生疑窦,"坏了,这是被特务盯上啦!"

黄包车一路颠簸到了大马路西首,路旁停着一辆土黄色94式军用卡车,马三官押着一串犯人沿着黄河东沿过来。

"停一下,"林祥晨示意车夫,然后下车,打招呼,"马四兄弟,这么早就抓了怎么多人犯,马班长这一回立功啦!"

"是林科长啊,俺哥昨天晚上让丰县口音的土匪给打死啦,"马四哭丧着脸说,"上峰命令,徐州城里的丰县人统统都要抓起来!"

林祥晨笑着问:"马班长,我也是丰县人,你是不是也要抓起来呀?"

"操啥,林科长玩笑不是恁么开的!"马四瞪着猴眼说。

"好啦,马班长节哀!"林祥晨坐上黄包车,回头瞥一眼,那一辆黄包车依然不紧不慢地尾随着。

黄包车一路前行,到了道台衙门苏北行政公署门口,林祥晨下车,掏出一张票子给车夫。尾随的车辆载着一个黄脸的汉子从身旁经过,沿着中枢街一直向西而去。车夫擦擦汗,与附近的小摊贩递了一个眼神。

"今个儿这一劫是躲不过去啦,"林祥晨暗自思量,"反正是豁出去了,就是掉脑袋,也不能再连累丰县的乡亲们!"

进了辕门,远远望见郝鹏举身穿将军服器宇轩昂地走过来,身后紧随着四个全副武装的马弁。

林祥晨咬咬牙,坚定地迎上前,立正敬礼:"郝司令!"

郝鹏举还礼:"林科长,今天来得早呀!"

"郝司令,我是来找您投案的!"林祥晨说着掏出配枪。

一个马弁飞快地扑过去,下掉林祥晨手中的撸子。

"开啥玩笑呢,"郝鹏举惊异地望着林祥晨,"你能犯啥案子哩?"

"昨天晚上大马路马三猴枪杀案,是我一个人作为,好汉做事好汉当,恳求司令发话,不要牵连丰县众乡亲!"

一阵寒风迎面吹过,郝鹏举打了一个冷战,用略带陕西口音问道:"这是为甚哩?"

"马逆认贼作父,作奸犯科,敲诈勒索,奸淫少女,残害抗日将士,死有余辜，我完全是为民除害，只求速死！"

郝鹏举动情地说："古来燕赵多慷慨悲歌之士，徐州亦有刺杀汪精卫、马三猴之类的荆轲，不惜舍生取义、杀身成仁，林祥晨，真英才！"

"恳求司令帮助丰县乡亲渡过劫难！"林祥晨面无惧色，抱拳施礼道。

郝鹏举说："我答应你，找日本人交涉，释放案件无关人员，不过，林先生的性命不可保全，只能说声爱莫能助！"

"马三猴死了，遗臭万年；林祥晨就义，千古流芳，死而无憾。"林祥晨再一次抱拳施礼，"早死早托生，来生有缘再见！"

"我会在云龙山东坡给你选一块墓地，厚重装殓你，"郝鹏举说。

林祥晨惨然一笑："谢郝司，一领净席，一座荒冢足矣！"

郝鹏举长叹一声，吩咐卫兵，"你们两个请林先生去军法处，告诉他们不可手铐、脚镣羁押，一日三餐，好酒好菜。"

"是！"两个卫兵一左一右夹着林祥晨往道台衙门西院走去。

郝鹏举跺跺脚上的雪，走进办公室，抄起电话："喂，要宪兵队犬养大队长！哦，犬养大队长您好，我是鹏举呀，一大早就打扰您，您还在忙着马团长遇害的案子啊，我正要给您报告，案子被我们破获了，是国民党特工林祥晨一人所为。"

听筒里传来生硬的汉语："不是说有两个匪徒吗？"

郝鹏举低声下气地说："根据供述是他一个人作案，张金豹是结巴子，说话磕巴，八成看走眼啦，况且只有他一个目击证人，也在枪战中罹难啦！"

"很好，你们严加审讯，深挖同伙，尽快枪决！"

"是！"郝鹏举下意识地立正，"大队长阁下，特高科抓的一些嫌疑人，是否都可以解除嫌疑啦，建设大东亚共荣圈，还需要良民的支持呀！"

"吆西，我的马上通知柳科长的，迅速放人！"

郝鹏举满脸堆笑地说："哎，犬养太君，我这里有打猎的野味，一品香的胡大厨善于烹制油炼鹌鹑、爆炒斑鸠、胭脂野鸭，今晚请您品尝品尝？"

电话里一句日语："吆西，晚上见！"

放下电话，郝鹏举摇摇头，"啥狗屁上校团长，连一条狗都不如！"

三

整整一夜的拷问，桃红终于没有了声响。花月红披头散发，带着几名打手骂骂咧地走出审讯室,"小妖精,共产婆,今天老娘不打你个满地找牙,腿断胳膊瘸的,你就不知道姑奶奶的厉害,还诈死吓唬我哩!"

刘世贵等几个警察点头哈腰地说:"花太太,您慢走,有事尽管吩咐!"

花月红摸出一根黄灿灿的金条,塞到刘世贵手里,"给兄弟们买酒喝!"

刘世贵心里明白这是封口费,连连推辞:"花太太,俺们无功不受禄!"

"让你拿着,你就拿着,啰唆啥!"花月红趾高气扬地说,"你们所里的兄弟每人都官升一级,只要好好听从杨市长的旨意,你们升官发财大大的!"

"谢谢夫人栽培!"几个警察一齐敬礼。

送走花月红,几个人走进审讯室,桃红赤身裸体吊在梁头上,遍体鳞伤,下体流出一摊鲜血,血泊中有一个几寸长的婴儿。几个警察见状面面相觑。

"快,快点解下来!"刘世贵吩咐道。

几个人七手八脚将桃红解下来,平躺在地上。

刘世贵将手放在鼻翼上试试,摇摇头说:"没有气啦!"

电话铃响,刘世贵跑过去,抓起电话:"喂,我是刘世贵!"

"刘所长呀,我是菅丛茂!"

刘世贵立正,大声说:"菅局长好,您有何指示?"

菅丛茂的声音:"那个桃红咋样啦,杨世云市长打电话关注此事哩!"

刘世贵实言相告:"报告局长,桃红小产一个男婴,已经气绝身亡!"

"哦,是这样啊,"听筒里菅丛茂沉吟一会儿,"这个桃红通共,有证据吗?"

"报告局长,俺们昨天晚上搜查桃红住所,搜到两张《拂晓报》。"

菅丛茂的声音显得很兴奋:"很好嘛,这就是桃红通共的铁证嘛!"

刘世贵额头浸出汗珠,"请局长明示,如何结案?"

"不就是个婊子嘛,死了就算啦,花点钱,摆平完事儿!"菅丛茂拖着长腔说,"哦,任命你为所长,所里组长当副所长,警员提拔组长,任命马上下达!"

刘世贵明白菅丛茂的用意,赶紧表态:"谢谢局长厚爱,属下一定不负局长栽培!"

"唔,好的!"对方挂了电话。

"首先恭喜各位同仁加官晋级,"刘世贵放下电话缓缓抬起头,"其次,金谷里天宝书寓歌女桃红通共,大家听清楚了没?"

几个人异口同声:"听清楚啦!"

"嘴头子都严实点,"刘世贵阴阴的目光扫视一下,把金条放在桌子上,"这根条子咱们不能花,花了就造孽,想办法给她家人。"

四

天阴沉沉的,灰白色云朵笼罩在天空。一辆胶皮马车行驶在茫茫雪原上。老式官道只有两三米,仅能通过一辆马车,车辆上下颠簸,艰难前行。

车把式是一位老汉,古铜色的长方脸,下颌飘着一把花白胡子,他转过身对司百顺说:"前边十几里就到石桥了,天快要黑了,咱们找个小庄子歇一歇。"

"瞿大爷,您看在哪儿歇歇脚?"司百顺竖起大衣领子,双手捂着狗皮帽子的两扇帽檐,"这天寒地冻的,一气跑了五六十里,马也该吃点料豆子了!"

老汉回答:"前边岔路口,有个小庄子,俺有个远房亲戚,咱们去他家歇会儿!"

狂风呼呼地迎面吹过来,撕扯着行路人的衣裳。一望无垠的雪原上,突然出现一溜黄乎乎的队伍,老汉惊呼:"坏了,前头有皇协军!"

司百顺手搭凉棚观望:"有十几个,都骑着马!"

老汉焦急地说:"怕啥来啥,咋办,咱们往回跑吧?"

"咱们跑不过他们。我枪里只有四颗子弹,也打不过他们。不如迎上前,就按照事先说好的口供。"司百顺把左轮枪扔进路沟里,镇定地说,"万一有事,你去大李庄找户老爷!"

伪军越来越近了,为首的一个大声吆喝:"不准乱动,你们先过来一个!"

司百顺拍着手走了过去。没等说话,"嚓"的一声,四五把刺刀逼近了他的胸膛。

伪军一个少校军官,披黄呢子大衣,骑在马上,气势汹汹地问:"从哪里来,干啥去,敢说一句瞎话,就活剥了你!"

一个伪军放下刺刀,近前仔细端详,突然哈哈大笑:"别问啦,这不是杨家班挑班的武生司百顺嘛,俺当年看过你演的爬杆戏,那功夫真不瓤!"

军官闻讯,跳下马来,"哪一个司百顺?"

司百顺大声地说:"老子行不更名坐不改姓,苏北行动队队长司百顺!"

"哈哈,兄弟们,咱们发财啦!"军官兴高采烈地说。

司百顺面无惧色,问道:"阁下可是石桥据点皇协军中队长程茂财?"

"是又咋的，你眼下纵然有天大的本事也逃不出我的手掌心。"程茂财扬扬得意地说。

"我正告你程茂财，你家回门朝哪儿，养几只鸡，我们都一清二楚，你要是胆敢胡来，抗日队伍饶不了你！"

程茂财不屑一顾地说："吓唬我是呗，老子茂财命中注定财源茂盛，俺才舍不得杀你，不然到哪儿弄钱去！"

司百顺拍拍口袋说："程茂财，我布袋里有十块大洋，你拿去给兄弟们买酒喝，只是别为难俺雇的车夫。"

程茂财从司百顺口袋里掏出银洋，"行，让车夫回去报信吧，两千大洋一块不能少，三天之内一手交钱，一手交人。否则，交给日本人问罪！"

瞿老汉甩一个响鞭，向北疾驰而去。

日伪军强令石桥据点周围乡村的农民做苦力，经过大半年的大兴土木，当中用青条石修筑了一座三层的主炮楼、一座二层的辅炮楼，由内到外设置三道防线，第一道是一米厚的城墙，四角各筑一个碉堡；第二道是壕沟，深一丈，宽三丈，敷设一座吊桥；第三道防线是鹿砦栅栏，架设碗口粗的铁丝网。据点内驻扎伪军一个中队百十号人，日军一个小队三十多人。

夜幕降临，据点的日伪军酒酣耳热，猜拳行令，不时传出淫词滥调。

伪军的中队部是一个三间的筒子屋。司百顺被软禁在最西头的里间。一张行军床，一张小饭桌，两个长条凳，梁头上吊着一盏汽灯，墙角放置一只尿罐子。窗户用砖头封死，外边驻有伪军一个班负责看守。

夜半时分，程茂财拎着两瓶酒，两包卤菜，笑嘻嘻地问："咋样，没有委屈老兄呗？"

司百顺坐在长条凳上，翻眼瞅一下程茂财："有白面馍馍蛮好！"

程茂财呲着黄板牙说："司队长有福，皇军抽调去鲁南扫荡，留下几个看家的，把他们伺候睡下，才过来与老兄一叙。不然今天你肯定是宪兵队的客儿！"

司百顺不屑一顾地说："这么说，我还要知你的情啦？"

程茂财打开一包烧鸡、一包猪头肉，"咕嘟咕嘟"斟满两碗酒，"不领情也没啥，程某人今日能与大名鼎鼎的司大队长对饮，也是三生有幸啊！"

司百顺咕咚喝下一大口酒，问："你是想求财，还是求官儿？"

程茂财瞪着被酒精烧红的红眼睛说："求不到财，就求官，像你怎么透精明的人还能看不出来？你们的人不把钱送来，就把你交给日本人。"

司百顺抬头问道："你叔父家大业大，还差几个小钱？"

"切，俺叔是个搜抠子，俺娘儿俩千里迢迢来投奔他，给他当牛做马干杂活，挣得都是辛苦钱，还别再提他啦！"程茂财显得有些愠怒。

司百顺伸出一根指头："一千大洋咋样，放我出去，给你筹款。"

"你当我是三尺童子，耍我玩的？"程茂财傻傻地笑着说。

司百顺拿起酒瓶斟满酒，与程茂财碰一下碗沿，"挑明点说，我要是有个三长两短的，你不仅捞不到任啥，还得搭进一条小命。马三猴知道不？"

"俺的团长，顶头上司，咋啦？"程茂财翻个白眼。

"昨天晚上在徐州大马路口被就地正法，是我干的！"司百顺淡定地说。

司百顺"噗"地吐出口中酒，惊恐地问："咋，马团长被打死啦？"

司百顺举起酒碗，"马三猴这等铁杆汉奸，落得暴尸街头的下场。希望程队长不要步其后尘，起码不要死心塌地当汉奸。咱们交个朋友，你给行个方便，我们今后时常经过你的防区，资助你一些财帛，程队长意下如何？"

程茂财掏出一盒烟，叼了一根，深深地吸一口，说："司兄骁勇善战，在徐州西北部与皇军多次交手，连战连捷，兄弟万分钦佩。但是，像司先生这样的睿智之人，应该看出，以中国的国力，靠着大刀长矛，怎能抵挡皇军的飞机、大炮、坦克车？我等加入皇协军，执行汪精卫先生曲线救国的命令，也是迫不得已而采取的韬光养晦之举。如若司队长不弃，兄弟愿意与兄义结金兰，程某人将倍感荣光啊！"

看到程茂财口气软了下来，司百顺端起酒碗，"既然兄弟相称，咱们不要刀兵相见，如果同意，干了这碗！"

"干喽，"程茂财一饮而尽，带着醉意说，"你的人该带话过来喽？"

"慌得啥，该来的时候，不请自来。"司百顺抹一下嘴巴，冷冷地说。

五更天鸡唱三遍时，远处村子就传来一阵阵辞旧迎新的鞭炮声。司百顺倚靠在冰冷的墙边，侧耳细听。

一个士兵端来一盆素饺子，"司先生，该吃素扁食啦，一年素素静静！"

司百顺苦笑道："大年初一是观音菩萨的生日，但愿菩萨保佑吧！"

士兵向外张望一下，转过脸小声说："司先生，果真有菩萨相助，我是户贞贤的族孙户三儿，有个虎先生捎话给你，今天晚上他们过来搭救你。"

司百顺紧皱眉头说："石桥据点戒备森严，一旦交火，恐怕难以脱身。"

"西北角碉堡里值守的是俺三个仁兄弟，一向敬仰您。你们的人不吱啦声悄悄摸过去，他们假装看不见。程茂财哑巴吃黄连，有苦也不敢说。如果俺们暴露，大不了投八路去，这身黄皮早就不想穿啦！"

司百顺双手抱拳："大恩不言谢，咱们兄弟来日方长！"

五

漆黑的夜晚，西北风飕飕地呼号，一支几十人的队伍悄然行进在田间小道上。

黑暗中传来虎林的声音："大家注意，前边就是石桥据点，宗时荣带领一班二班散开，负责掩护；三班长卢云带领突击队跟我翻墙。"

两个班埋伏在鹿砦后边，宗时荣指挥架起两挺捷克式机枪，对准炮楼。

"上！"虎林率先翻越鹿砦，匍匐至壕沟边。两个巡逻的伪军打着手电筒从城墙顶上走了过来。

"口令！"西北角的碉堡传出一声断喝。

"反共救国！"巡逻士兵回应道，"户三儿，咋呼啥，小心勾来吊死鬼！"

巡逻士兵过去一会儿，虎林用红布蒙住手电，朝碉堡揿了三下，碉堡里红色灯光也闪了三下。

墙垛上放下来一根粗麻绳，队员个个像猿猴一样敏捷地攀登城墙。

"跟我来。"伪军户三儿带领突击队狸猫一样摸下城墙，沿着墙根，扑到队部。

户三儿小声说："里边有五个兵，司先生在最西头！"

虎林小声命令："卢云，你带两个人在外边掩护，其他人跟我来。"

屋里的五个士兵抱着枪昏昏欲睡，突然，冰凉的匕首抵住了他们的咽喉，低沉地喝令："别动！"

士兵惊恐地望着几个杀气腾腾的黑衣人，一个老兵举起手说："好汉，俺们不动，俺们敬佩司先生，就等着你们来搭救啦！"

司百顺小声说："别伤害这些弟兄，他们待我不错。"

虎林上前割断司百顺手臂上的绳索，递给他一支驳壳枪，"快走！"

其他队员七手八脚把五个伪军士兵捆绑得结结实实，嘴里塞上毛巾。

虎林把一只沉甸甸的布袋放在桌子上，"给程队长说，八路军穷，只筹集到这点银两，凑合着花吧！"

伪军点头如捣蒜，眼巴巴地看着一行人消失在夜幕中。

第二十四章　柳天华诡设伏击圈　五中队复仇诛汉奸

一

初夏时节，麦子开始泛黄，广袤的原野上，河水哗哗流淌，河边柳丝低垂，嫩绿的芦苇荡里，青蛙热热闹闹地争鸣，鸟儿们发出悠扬婉转的啼声。

农历四月十三是户寨集逢集的日子，四里八乡的人们成群结队来赶集，选购农具、食品以备三夏大忙时使用，几条街巷人挤人，肩抵肩，人头攒动。

一辆带篷马车停在南门外，三个身穿黑衣，戴墨镜，斜挎盒子枪的人，摇摇摆摆晃进人群里。

晌午时分，程茂财带着三个卫兵由南门进入寨子，他东瞅西逛，街边的摊位一个挨着一个，烧酒、杈把、风箱、铁锅以及布匹、杂品琳琅满目。

君来酒家是一座二层小楼，青砖小瓦，飞檐叠脊，四角高挑，屋檐伸出三尺许，檐下红漆的木柱支撑。门口挑着两只杏黄色酒幌，一个大书黑体字"百年老店"，两侧悬挂四只枣木雕刻的招牌："鱼羊烩""银珠鱼""烧龙骨""羊肉羹"。

酒馆里飘出浓郁的香味，程茂财不由自主地站住脚。

店老板春风满面地迎出来："程队长，里边坐，楼上雅座请！"

"戚掌柜的盛情难却，俺们就小酌几杯！"程茂财眉开眼笑。

一行人鱼贯登上二楼，两个穿黑对襟褂子的人站在楼梯口，笑容满面地说："程队长，俺们老板请你到荷香厅一叙！"

程茂财打量这俩人，挎盒子枪，戴礼帽，体格健壮，感觉来者不善，他警觉地拔出手枪，厉声问："你们老板是谁？"

后边的四个卫兵见状纷纷拔出手枪。

"你马上就知晓，"黑衣人撩开门帘，"程队长请吧！"

程茂财提着枪弯腰钻进去。三个卫兵被拦住，一个黑衣人说："几位兄弟，俺兄弟俩陪你们在对门的梁山厅。"

荷香厅里一张长方桌，摆放好四个凉碟，一壶酒，两只酒瓯，端坐着一位黑衣汉子，黄面皮，薄嘴唇，戴宽边墨镜，咖啡色礼帽的帽檐压得很低。

"程大队长，请坐吧！"黄脸汉子摘下礼帽，阴阳怪气地说。

"你是何人？"程茂财紧攥枪柄，在汉子对面小心翼翼坐下。

黄脸汉子慢条斯理摘下墨镜，浓眉下一双眼睛闪烁着冷峻的凶光，一字一句地说："特高科柳天华，徐州人称的柳阎王！"

"娘哎！"程茂财吓掉了魂儿，一下蹦起来，立正敬礼，"柳科长莅临防区，属下不知，万望恕罪！"

柳天华冷笑着说："程大队长，倒酒！"

程茂财感觉脊梁骨上直冒凉气，端起酒壶道："柳科长抬举，属下是中队长。"

柳天华掏出一张黄纸，丢给程茂财，"滨上大佐签发的委任状，任命你为皇协军保安旅中校大队长。"

程茂财手捧委任状看了几遍，连声道谢："感谢柳科长、滨上太君栽培！"

柳天华举起酒瓯碰一下，"祝贺程大队长荣升，好事成双，听响就俩！"

程茂财心里明白，柳阎王今天是黄鼠狼给鸡拜年没安好心，他战战兢兢地一饮而尽，再给柳天华斟满，又一仰脖子喝干。

戚老板端进来一盆香气扑鼻的鱼羊烩，"这是小店招牌菜，请二位长官品尝。"

柳天华摆摆手说："掌柜的，忙去吧，待一会儿给上一盘烧饼夹狗肉。"

"是！"戚老板小心翼翼地退出去。

程茂财借酒壮胆，拿过一只黑窑瓷碗，咕咚咕咚斟满一大碗，站起来起来："柳科长恩重如山，属下敬您一个大雷子，科长任意抿一口！"

柳天华冷眼看着程茂财一口气喝干，拍手称赞道："素闻西北路上民风剽悍，传承大汉遗风，今日大队长现场演示的弘扬汉魂，果不其然！"

柳天华"汉魂"二字咬字很重，把程茂财惊出一身冷汗。

柳天华犀利的目光盯住他，狠狠地抽了一口烟，"皇军待你不薄吧，表忠心不能光喝酒，酒囊饭袋当不了中校大队长，俺说这话你难道心里没数？"

程茂财额头上渗出汗珠，他掩饰自己的窘境："今个儿天忒热。"

"我再说一句，户寨集这疙瘩地处要冲，不可能不布置固定特情。特情个个眼观六路耳听八方，靠着破案抓人升官发财的。"

柳天华话中有话，让程茂财心惊肉跳，连连点头："是啊，无功不受禄！"

柳天华单刀直入，厉声问道："俺得到情报，你程茂财暗通八路、国军，私放粮食、布匹等战略资源进出匪区，从中抽头获利。特务机关部经济课可不是吃素的，非得活扒了你的皮！"

程茂财惊骇地站直身："属下一时财迷心窍，万望柳科长恕罪！"

柳天华拍案而起，咆哮道："私放司百顺，也能恕罪吗？他打着'汉魂铁血团'的旗号，暗杀了马三升团长，为嘛你抓住又放啦？"

程茂财扑通跪在地上，磕头如捣蒜："科长饶命，俺实在不知道他的真实身份，谁承想又被'汉魂铁血团'劫走啦，属下有罪！"

柳天华拉起他，狞笑着说："你呀，就是一个瞎话篓子，说假话不兴眨眼的，要是柳科长想废了你，只有判决书，哪儿来的委任状呀？"

程茂财被柳天华一会儿火里一会儿水里，完全蒙圈了，"请科长指条活路！"

柳天华神秘兮兮地说："你继续与他们往来，待到有大鱼上钩，哈哈！"

程茂财又惊又怕，他明白自己只有一条道走到黑，于是横下一条心，咬牙切齿地说："科长，属下有一计，国军、八路时常化妆商贩、百姓通过俺们防区，大家彼此都心照不宣，井水不犯河水，您看能不能俺们暗中指点，您派人抓捕，一定能捞到大鱼。"

柳天华笑眯眯地拍拍肩膀："果然是个将才，俺没有看走眼，事成之后，俺在滨上太君那边保举你做团长！"

程茂财立正敬礼："茂财誓死效忠柳科长，上刀山下火海，万死不辞！"

两人碰一下酒瓯，一饮而尽，发出一阵狂笑。

二

没有月亮的夏夜静谧又清爽，下半夜的露水很重，打湿了夜行人的裤脚，一支十几人的小队伍悄然行进在田间羊肠小道上。

虎林与一个身材高大的汉子并肩前行："政委同志，前边就是陇海铁路，敌人的封锁线。明天早上到户寨集，那里有我们的关系，稍事休息。然后，越过石桥据点，再往南几十里地，就到萧县的淮北根据地啦。"

政委说："感谢同志们一路相送，到了我们的根据地，我请大家喝羊肉汤。"

虎林说："政委同志，敌人在陇海路两边各挖有两道封锁沟，宽十几米、深五六米，沟底有水，一两尺深。咱们一会儿要越过这四道封锁沟，进入了户寨集。那里的伪军是脚踩两只船的，咱们可以从石桥上大溜架地通过；也可以往西拐，走河的上游，有只打鱼的小舢板，摆渡咱们过去。"

政委沉吟一下说："我看还是走河上摆渡吧，这样更安全！"

尖兵卢云跑过来："队长，前边就是封锁沟了。"

虎林拔出手枪，"准备战斗！"

一行人匍匐至沟边，卢云小声说："大家挽起裤子，脱掉鞋子插到腰带上哦，随我下哦。"

黑暗中卢云敏捷地溜下路沟，甩上来一根绳子，众人拉着绳子一一溜下去。卢云腰间缠着绳子，蹭蹭又蹿上沟沿，小声说："上来哦。"

众人拉着绳子往上攀爬，荆棘、蒺藜划破了手和脚。突然，日军的轧路铁甲车隆隆地开过来了，大家在沟边趴下，一动不动，日军炮塔上探照灯的光柱四下扫射，"叽哩呱啦"讲话声清晰可闻。待到铁甲车过去，再翻越第二道封锁沟。黑魆魆的两道铁路就在眼前，四条钢轨发出惨白的寒光。

虎林短促有力地命令："快速通过！"

一溜黑影猫腰越过了路基……

越过四道封锁沟，东边泛出一抹鱼肚白，一行人钻进了青纱帐。

天色大亮了，三三两两的行人从户寨集北门进进出出。

一望无际的庄稼棵高过人头，晶莹的露水挂在高粱叶子上，颜色又浓又绿。虎林分开宽大的叶片，盯着户寨集。寨子里传来鸡鸣狗吠，显得非常平静。

虎林命令："卢班长，你带领徐四儿去寨子里侦察一下。"

"好嘞！"卢云应声答道，抽出驳壳枪，子弹上膛，掖在褡裢里，戴好席夹子，与徐四儿两人一前一后，进了寨子。

不逢集的日子，寨子里行人稀少。卢云两人来到君来酒家对面的一个热粥摊，这里是以往经常落脚的一个地方。

一个拾粪的汉子坐在街边的马机上，要了一碗粥，眼睛往这边扫视一下，与卢云的目光正好相对，又挪到别处。

摊主是一位胖乎乎的妇女，她一反往日的热情，冷冷地问："喝热粥吗？"

"大嫂，请盛两碗，两根油条。"卢云说着，机警地四下观察。

一个小男孩捧着碗，步履蹒跚地走到妇女跟前："娘，俺要喝粥！"

"喝个屁，赶紧滚回家去！"妇女扬手一巴掌，孩童哇哇大哭，碗"啪"

摔碎在地上。

摊主异常的举动，引起卢云的警觉。

卢云低声说："有情况！我们往南走，离虎队长他们越远越好。"

"明白！"徐四儿回答。

两人起身沿着石板路往南走。拾粪的汉子也背起粪箕子，跟在后边。

穿过寨子，出了南门。卢云回头观察，三五个挑担子、推土车的黑衣人尾随身后。卢云使个眼色，俩人猛扑过去，徐四左手一把锁住了拾粪人的咽喉，右手从他腰后抽出一把撸子。卢云的驳壳枪对准了身后几个人。黑衣人敏捷地卧倒，顺手用担子、土车做成掩体。

卢云扣动扳机"啪啪啪！"一个点射。

"八嘎！"井樱趴在地上吼叫着，手里的王八盒子发出一串"叭叭"的脆响。

"是鬼子！"徐四儿喊了一声，摇摇晃晃栽倒在血泊中。

卢云纵身跃到一棵大槐树背后，举枪还击。

"嘎嘎嘎"，一挺歪把子机枪城门楼上射过来一梭子，卢云胸前霎时迸出一排殷红的血雾，躯体猛然迎面倒在地上，一双失神的大眼睛仰望着天空的浮云……

听到南门传来的密集枪声，虎林跺脚说道："坏啦，小云南他们中埋伏了！"

宗时荣从后边钻过来说："你带人转移，我带俩人过去接应。"

虎林明白，卢云一定是发现了敌人的埋伏，故意将敌人引到南门才开枪报警的。他抹一把额头上浸出的汗珠，命令道："宗副队长，你带三个人从寨子东边绕过去，接应卢班长；我带领其他同志从西边绕过去，咱们在河边草庵子渡船那里汇合！"

"是，"宗时荣挥舞驳壳枪，"一组，跟我来！"

政委观察四周，沉着地说："虎队长，敌人是企图全歼我们，不可能只在寨子里设伏。从地形上看，前边的那家独立屋和北门城门楼是伏兵的好地点。咱们稍等一会儿，再撤离也不迟。"

话音刚落，北门外西侧一个独立屋里，冲出十几个便衣特务，猫腰尾随追击宗时荣小组。

虎林转过脸说："政委，真让你说着了，敌人这是准备包我们饺子的！"

眼瞅着这伙敌人从眼皮子底下跑过去，虎林小声说："政委，这是徐州特高科的人。"

政委说:"徐州的敌人都出动了,鬼子的动静不小啊!"

"先揍了再说,"虎林举起枪,"预备,放!"

"砰!"八只枪口同时喷出火舌,黑衣人猝不及防,栽倒两三个。

"放!"又是一阵齐射,特务全部趴在地上,一动不动。

城楼上架起了机枪,政委拉着虎林喊:"快撤!"

一行人迅速向青纱帐深处转移,"咯咯"的机枪声鸣叫起来,庄稼叶子、杆儿纷纷刈落。

三

开镰收割的时节到了,田地里到处是忙碌收割的人们,农民们用飞快的镰刀收获着丰收的喜悦。麦子一块地一块地割倒,扎成捆。田间小道上人们赶着牛车、骡车,推着独轮车,挑着担子,运到村边打麦场,把麦垛子一堆一堆垒起来。

户秉刚骑着枣红马带着一位警卫员从谷亭急匆匆赶往大王庄,战马急驰趟起一路烟尘。过了十字河口,古官道上人来车往,路上麦收的人们多了起来,户秉刚勒住缰绳,给老乡打招呼:"王大爷,今年收成好啊?"

老汉放下担子大声说:"好着哩,托共产党的福,减租减息,俺一亩地多得二十多斤分成呐!"

"王大爷,快收割,快打场,防止鬼子来抢粮!"户秉刚笑着说。

"赊等着好吧,俺先把军粮交上去!"老汉乐哈哈地说。

策马走进大王庄,哨兵敬礼:"报告户专员,白书记住在王家大院!"

警卫员小刘赶上来与户秉刚并辔前行:"首长,王家大院好着唻,二进院子,青砖到顶,上苫小瓦,几十间屋哩!"

户秉刚叹口气:"到底还是拗不过大书记,小草屋他是不愿意住喽!"

沿着圩子的主街一路南行,王家大院就在庄子居中偏东南的位置,门口一对石狮子、石鼓,两扇黑漆木门,两个哨兵立正敬礼。

汪绪仁热情地跑出来:"户专员到啦,赶紧泡个澡,歇歇。"

"好家伙,条件不错嘛,还能泡澡!"户秉刚揶揄道。

汪绪仁听出话中有话,对户秉刚的讥讽毫不在乎,脸上依旧挂着愉快的笑容,"哦,老东家是开明士绅,带头减租减息,拥护共产党、八路军。首长们辛苦操劳,有条件时候就改善一点,革命工作需要啊。"

走上五级高的台阶，这家院子坐北朝南，背靠古街。大门是一个过邸，正面堂屋五间，东西各有五间厢房，院子里堆放着扬场木锨、木杈子、耙子、簸篮、量斗、面柜等农具。

白子沣从堂屋里迎出来，"哎哟，老伙计，想死我啦！"

户秉刚立正敬礼："白书记，户秉刚前来报告！"

"操啥蛋，咱们生死兄弟，不兴这一套！"白子沣捶了他一下说。

"白书记升任一把手，这第一个礼还是要敬的！"户秉刚笑着说。

白子沣吩咐："汪科长，赶紧的，把洗澡水烧好，让户专员到那个西洋搪瓷的澡盆子里好好洗一洗。"

"好嘞，这就去。"汪绪仁乐颠儿颠儿地去了。

白子沣拉着户秉刚的手，一起走进堂屋，"自打郭书记调走，咱们分别一个月了吧，真的是一日不见如隔三秋啊，快坐下歇歇，晚上你就住在我隔壁屋，有蚊帐，晚上不用再给蚊子请客了！"

户秉刚听着白子沣兴冲冲的絮叨，一屁股坐在檀木的太师椅上，环顾房间的摆设，乌黑发亮的长条几上，摆放着自鸣钟、景泰蓝等陈设，迎面墙上挂着一块匾"积善堂"，在长条几上供奉着关公铜像，四周墙壁上挂着积善行德的条幅。

白子沣递给他一个蒲扇，"咋样，咱们能嚼得了菜根，也能吃得了海参，有条件的时候就改善一点，工作需要嘛！"

"这话咋跟汪科长是一个腔调，沟通过的吗？"户秉刚露出一丝不愉快。

白子沣摇着芭蕉扇说："老户啊，我知道你对汪绪仁同志有点成见，看人要看主流，这个同志工作能力强，打仗勇敢，团结同志，我正准备在地委委员会议上过一下，上报省委，提拔他担任地委组织部部长呢！"

"我不同意，"户秉刚执着地说，"这个人来历不明，他在鲁南青年抗日义勇队的经历没有佐证，担任要害岗位首长不合适；其次，这个人在同志之间拉拉扯扯，对领导拍马溜须，旧军队的习气严重。"

白子沣脸皮有点挂不住，尴尬地说："队伍被鬼子打散了，只剩下三个人，路上还牺牲了一个，鲁南那一段还有王云鹏给他做证嘛。现在是战争时期，不可能保存那么多的书面档案材料噢。至于跟领导、同志们之间关系融洽，有点好吃还喝的自己不吃独食，更能说明人品高尚嘛！"

"反正我感觉这个人很油滑，不适宜担当重任，我保留意见！"

白子沣拉下脸说："老户呀，你咋怎么犟筋，打仗就是最好的考察！"

户秉刚见他固执己见，继续争论也毫无意义，就挂起免战牌："好啦，按照组织原则，你是地委书记，有权上报；我是委员，有权否决。这个话题咱们不说了，你火急火燎地召我过来，不是说要研究户寨集失利的教训吗？"

白子沣恨恨地说："是的，要总结教训。由于虎林同志的粗心大意，麻痹轻敌，我们牺牲了两位好战士，我准备撸了虎林的五中队队长职务！"

户秉刚猜想，白子沣一门心思要拿掉虎林，极有可能是汪绪仁出的主意，于是据理力争道："虎林咋了，谁能没有失误？咱们开辟地下交通线，都是在斗争中学习斗争嘛，就像是大革命时期的武装暴动，古邳暴动、黄口暴动，我们都失败了，牺牲了多少同志，当时你也是暴动的积极鼓动者、指挥者嘛！"

后半句话说得白子沣脸上火辣辣的，"哎哎，兄弟，'打人不打脸，骂人不揭短'，我承认当时盲目贯彻上级指示，造成革命力量的损失，你不能拿那些陈年旧账跟虎林的错误相提并论嘛！"

看到白子沣火冒三丈，户秉刚也感觉话语伤人，于是说："子沣同志，我们都是血雨腥风里一起战斗过的好同志，说话口无遮拦，刚才的话我收回。"

白子沣暗自思忖，毕竟都是死人堆里爬出来的幸存者，于是也缓和一下对立的情绪说："如果没有你刚当年到微山湖畔的冒死相救，我白子沣早就去见马克思了。既然你再三要求，我看就给虎林一个处分，保留职务，戴罪立功吧？"

门外虎林响亮的声音："报告！"

"说谁谁就到，"户秉刚说，"进来吧！"

虎林身穿灰军装，腰扎武装带，斜挎盒子枪，威风凛凛走进堂屋。

白子沣拎起茶壶倒了碗水，递给他，"怎么样啦，烈士的遗体能要回来吗？"

虎林回答："报告白书记、户专员，我们托关系找到徐州青帮大佬曾海春出面，还托到程茂财的叔父程金石，程茂财一口咬定是日本人发话，让暴尸街头的，现在两具遗骸还在寨子南门的大槐树底下，被野狗啃得只剩下两堆骨头！"

白子沣掏出两根烟，递给虎林，虎林摆摆手："我不吸烟，护送新四军首长我们在户寨集吃亏上当，责任在我。幸亏没有贸然进入寨子，卢云、徐四儿同志用他们的牺牲换来了首长的安全。"

白子沣弹弹烟灰说："这一仗击毙日军宪兵一人、特高科特务两人，击伤宪兵队小队长井樱、特高科行动队队长张金彪，从战术上讲不算败仗。但是，从战略上暴露了我军的交通线，这是败绩。这与之前你虎林未经批准，擅自营救友军司百顺队长有直接关系！"

户秉刚端起搪瓷缸喝了一口茶，说道："白书记批评的完全正确。我们内线传来的情报，敌人是根据户寨集的坐地探，打听到司百顺被捕又逃脱，以此向程茂财威逼利诱，迫使其向我们下毒手。本来这就是一个不可靠的渠道，我们过分相信程茂财，实在是太大意啦，应该深刻检讨！"

白子沣问："下一步你们怎么打算？"

虎林咬牙切齿地说："血债血还，宰了程茂财，为牺牲的兄弟报仇！"

户秉刚紧锁眉头："此仇必报，不然，谁都以为八路军是怎么好出卖的，就是追到天边也得宰了他！"

虎林擦一下眼泪说："上一次失利之后，街巷里打探消息。敌人在南门布置了暗哨，配备机枪，等我们抢尸体时候扫射。特高科的坐地探子是君来酒家的戚老板，沦陷之前从徐州迁来的。"

户秉刚叹道："这么看，这家酒店是徐州沦陷前柳天华布下的一个点，专门在交通要道搜集我军情报的，我这本地人都没有看出异样，真够狡猾的！"

虎林接着说："炮楼里内线传来情报，程茂财看中了寨子里一个姑娘，托媒婆去女方家说媒了。程茂财属马，女孩属牛，媒婆推说'自古白马配青牛，乌猪白羊不到头'，属相大不合，是'断头婚'。那个程茂财色迷心窍，又托媒婆找寨子里'合年命'的高先生掐指推算是否相克。"

户秉刚问："高瞎子咋说的？"

"高先生说他俩一方是金命，一方是木命，虽然说'金克木'婚姻不合，不过程队长是柜中金，陆家姑娘是山上木，不克，也能相合，须在农历五月十三关老爷磨刀之日，传启过启柬，方能破解金木相克。"

户秉刚哈哈大笑，"这就是高瞎子舌巧如簧，坑蒙拐骗的招数，串通媒婆多哄骗程大队长俩钱儿。不过，从情节上来分析，情报来源是可靠的。"

白子沣听得一头雾水："啥叫传启？"

户秉刚解释说："按照徐州的婚嫁风俗，经过占卜相合之后，男方用大红的帖子写'敬求金诺'，送给女方，此为'求启'；女方写'谨遵台命'回送男方，此为'复启'。传启这天，男家备酒席，宴请媒妁，谓之'谢媒'。双方派一个长辈出席，邀请本村村长、贤士作陪媒，酒席只有一桌。宴席结束，互换启柬，男方把茶叶、米粟、金银首饰连同'求启'由媒妁交给女方，女方将'复启'帖子由媒妁转交给男方，整个过程就是传启，俗称为'下聘礼'。"

白子沣笑着说:"等程茂财下传启之日,咱们给他准备一份聘礼呀!"

虎林点头回答:"是的,五月十三逢大集,我们化妆进入集市,携带手枪、匕首,分成三个组,第一组在宴席结束之后,在君来酒家附近干掉他;第二组负责除掉戚老板;第三组趁着炸集纷乱之机,抢回烈士遗骸!"

户秉刚喝口茶说:"还有三天的时间,你们要精心准备,不能再有失误。"

虎林坚定地说:"请首长放心,保证完成任务!内线报告,程茂财很纠结,不传启没有面子,搞了仪式又怕八路报复。所以,他一直秘而不宣地悄悄做准备,到时候他叔程金石从徐州赶过来。"

户秉刚说:"好,你们行动吧,得手之后从北门撤退,我带领一个中队接应你们!"

白子沣拍着桌子说:"虎林,你现在是戴罪立功之身,完成任务之后,撤销对你的处分!"

户秉刚突然想起什么,对白子沣说:"白书记,有关军事行动、地下斗争的情况,按照组织分工,除了集体讨论之外,无关的同志不要涉及这些机密。"

"晓得啦,"白子沣苦笑道,"多一个人知道,就多一个泄密的渠道,老生常谈,俺的耳朵眼都磨出膙子啦!"

户秉刚也笑:"我是不是有点魔怔啦?从大革命开始,血雨腥风,枪不离身,睡觉都得睁一只眼。"

"神经绷紧日子久喽就容易磨叨,看谁都不放心。"白子沣黑着脸说。

"开饭吧,肚子闹革命了。"户秉刚说,"白书记有啥好吃的拿出来吗?"

"警卫员,上饭!"白子沣的大嗓门吆喝一声。

"来喽!"汪绪仁带领三个警卫员端着饭菜走进堂屋。

汪绪仁乐哈哈地说:"白书记吩咐招待好户专员,俺特意安排食堂炒了两只小公鸡,炒豆角,毛白菜炖豆腐,打了一斤高粱烧,焖了一锅小米干饭。"

"酒拿下去吧,"户秉刚环顾桌子上的四样菜蔬说,"这些菜抵得上战士一个月的菜金了,以后不要这么奢侈!"

白子沣愠怒地说:"汪科长操办了一整天,你别好心当成驴肝肺!"

户秉刚举起筷子,"谢谢白书记的盛情款待,咱们今天打牙祭,消灭这些好菜。"

白子沣招呼汪绪仁:"老汪,坐下一块吃吧。"

"不啦,我还要去看看夏收地主减租减息的情况,白书记、户专员,你们慢用。"

汪绪仁很得体地告退，户秉刚却隐隐感觉到他心机很深，是对刚才批评他奢侈的不满。户秉刚开始担忧，如果汪绪仁进了地委领导班子，今后班子的团结统一恐怕很难保证。

四

午饭时分，骄阳似火，户寨集赶集的人们渐渐散去。

君来酒家二楼荷香厅里热热闹闹，传出一阵阵猜拳行令的嬉笑声。六个商旅打扮的人包下对门的梁山厅。

戚老板穿着灰色布长衫，进屋殷勤地招呼："各位客官，来点什么？"

一个大汉操着山东口音豪爽说："掌柜的，四样招牌菜全上，四个凉碟荤素各半，再来三斤高粱烧，四斤烧饼！"

"好嘞，先给各位泡一壶茉莉花，解解暑，"戚老板热情地说，"这大热天的出门在外跑生意，真是不容易，客官这是从哪里来？"

"湖东夏镇，贩点干货，"大汉掏出一包红锡包，抽出一根递给戚老板。

地道的土话、商旅的做派让戚老板打消了疑惑，他双手接过香烟，夹在耳朵上，"好，各位稍候，俺这就安排菜去。"

"宗老板今个咋这么大方，专捡硬菜点？"队员笑着问。

宗时荣诡谲地笑笑："今个不管花多少钱，都是那货儿买单，不吃白不吃！"

一个少年挎着一只竹篮子，上楼梯叫卖："香烟、洋火、酥香糖喽！"

他推开荷香厅，迎面主座上端坐一个干巴老头，瘦长脸，鹰钩鼻子，下颌一撮山羊胡子，头发和胡须已显花白，一双隼一样的眼睛非常犀利。

"小伍六，有'大前门'呗？"老头一张嘴，露出一口黑牙，是抽大烟所熏的那种乌黑色。

"哎哟，麻老爷您老人家好，"少年摸出两包"前门"烟放在餐桌上，借机扫视一下在座的食客。

一个高大气派的老板穿油绸大褂坐在主陪的位子，一个浓妆艳抹的半老徐娘坐在主宾位子，紧挨着是一个农妇模样的中年人，一个俊俏的姑娘坐在妇人身边，对面两个当地绅士，一个汉子穿着玉白色长衫坐在下首。

麻老爷说："好吧，一会儿去柜上支钱去。"

"哎，谢谢麻老爷！"少年鞠躬退出。

两辆独轮车停在茶馆门前，四个赶脚打扮的汉子围坐在一起，抽旱烟袋，喝大碗茶，啃窝窝头、咸菜疙瘩。

虎林往斜对面的酒楼望去，户三还有一个伪军穿便衣，挎盒子枪在门口站岗。户三的眼神与虎林对视一下，点点头。

"香烟、洋火、酥香糖喽！"

"哎，小孩，来包烟。"虎林招呼道。

少年近前，放下篮子，拿出一包"翠鸟"，"五毛钱一包。"

虎林摸出一把小票，小声问："咋样？"

"一共八个，麻仁杏保长，一个胖大的老头，媒婆子，俩姑娘，寨子里的张东家、刘大户，程队长穿玉白色长衫。"

约莫过了一小时，酒场散了，一伙人都喝得醉醺醺的在饭店门口道别。户三和另一个卫兵提着盒子枪，跟在后边护卫。

突然，路边蹿出四个人，一前一后把程茂财夹在当中，程茂财吓得杀猪般的号叫："有刺客！"

虎林一把尖刀插进他的软肋，几乎同时又一把锃亮的匕首穿透了他的后背，程茂财软绵绵地倒在地上。

虎林摘下程茂财的盒子枪，拎着血淋淋的尖刀抱拳道："程先生，我们是八路军，冤有头债有主，您老受惊啦！"

程金石吓得魂飞魄散，眼见四个人向北飞奔而去。

戚老板端着一盆热腾腾的羊肉羹刚走到梁山厅门口，餐厅门猛地被拉开，六个客人杀气腾腾地冲出来。他见势不妙，把热汤用力泼向刺客，转身垫步拧腰蹿上窗台，"哗"地撞碎玻璃，一个燕子掠水，飞了出去。

刚一落地，户三抢上一步，当头"噌噌"两枪，掀开了戚老板的天灵盖，另一个则拔出刺刀对准戚老板肚皮刺了两刀。

宗时荣等人跑下楼，对户三他们两个说："从北门撤退！"

集市上大乱，人们纷纷涌向南门，宗时荣一行人趁乱随着人流撤了出来。

南门到处是慌乱奔跑的人群，四个青年手脚麻利地把两具骨骸装进麻袋，消失在青纱帐里。

血泊中的程茂财脸色蜡黄，蜷曲着身体，作濒临死亡之前的痛苦挣扎。

程金石从血淋淋的凶杀中回过神来，他老泪纵横，仰天长啸："祸福无门，唯人自招，善恶之报，如影随形，报应啊——"

第二十五章　武工队夜袭飞机场　日伪军伏击运输队

一

大同街的霓虹灯闪耀着五彩缤纷的光芒，长达两公里的柏油马路油黑闪亮，那平坦、整洁、还微微带点弹性的路面，对于走惯了坑坑洼洼煤渣路、石子路、泥土路的徐州人来说，具有强烈的新鲜感。沿街饭店、酒楼里煎炸烹调下锅的香味和着辛辣的气息飘荡在空中，在傍晚的西风裹挟下或浓烈或轻微，飞入人们的鼻翼。鞋帽商店、钟表百货店、银楼首饰等都纷纷打出新年大酬宾的广告。美发店门口不断旋转的三色灯柱，也引得人们驻足观望。街道上钟鼓楼上大喇叭里传出软绵绵的异国情歌。

钟鼓楼西侧路北有一爿不起眼的小门脸"三珍斋馄饨店"。前边是一个门面，进门靠左侧一节红木柜台，右边四张方桌；后边一个小院，两间小屋。一西间屋作为操作间，搭建一座灶台，风箱"呼嗒呼嗒"地作响。一间东屋，摆了三张桌子、十几个凳子。

杨益君穿着黑色皮大衣，戴灰色礼帽，围着灰色围巾，走进店里。

老板扎着一领白围裙，热情地打躬作揖招呼道："杨先生您来了，里边请！"

杨益君笑呵呵地说："程老板，俺约了一个朋友特意前来品尝。"

西屋桌案边一个擀面的师傅，用两根擀面杖一上一下卷着面皮来回擀动，擀出的馄饨皮薄如纸，杨益君感叹道："三百六十行行出状元，真是一点都不假。"

程老板介绍说："俺们师傅的绝活，用五斤精面擀出来的面皮要能切出两寸半见方的馄饨皮整整八百张，下到锅里不破不黏，入口有韧性而柔软。"

老板把他引进东屋，一边用抹布擦拭桌面，一边说："徐州失陷之后，躲到乡下，怎么生计呀，还得重操旧业，往后还要仰仗老顾客的惠顾呀！"

颜石峰披着黄呢子军大衣，穿黑色呢子中山装，一副伪军政人员装束，裹着一股寒风走了进来。

杨益君说："程老板，上两碗鸡丝馄饨，两碟小菜。"

"好嘞，稍后就到。"老板一溜小跑往灶台去了。

颜石峰望一眼老板的背影，小声说："看到'三春元'打出'四孔糖醋鲤鱼'的招牌，我就赶来了。这种办法好，经常变换接头地点，不容易引人注意。四眼井的'覃家油条铺'被敌人侦破，内线传来的消息就是因为接头的地点、人员固定，被特高科麻昭祥的坐探发现了，损失惨重！"

"咱们都是半路出家，没有地下工作的经验，只有摸索着干。"杨益君向黑魆魆的院子瞅一眼，狠狠地说，"能不能把那个铁杆汉奸麻昭祥干掉？"

颜石峰摇摇头说："此人是国民党军统和日寇特高科双面特务。早在沦陷之前，麻昭祥的侦缉队就盯住了老覃头。投靠日寇之后，他安排一个特务一直暗中监视油条铺。这是鲁西南党委很早设立的一个联络站。麻昭祥之所以没有急于给日本人邀功请赏，是碍于国共合作的情面。最近国民党反共的气焰甚嚣尘上，他才敢于下此毒手。"

"馄饨来喽！"老板托来两大碗热气腾腾、香气扑鼻的馄饨，上面飘着一层榨菜、鸡丝和芫荽、香葱，一碟豆丝，一碟花生米。

颜石峰充满喜悦地说："先传达一个嘉奖令，你上一次传递的日军板垣师团、长崎师团北上扫荡华北八路军的情报送到根据地，根据地又迅速用电台把这份绝密情报发送军委总部，总部首长对这份情报高度重视，及时向所属部队通告，取得了反扫荡的胜利。敌工部首长口头嘉奖你的情报'及时、准确，是安插在敌人心脏的活电台'，向你祝贺！"

杨益君紧紧握住颜石峰的双手，眼角湿润了，"谢谢首长的肯定，为了战胜敌人，我不惜牺牲生命！"

杨益君又掏出一沓纸张，"这是满铁北支经济调查所一份秘密报告，日本特务机关正在筹划成立以徐州为中心的淮海省，划归南京汪伪政府管辖。"

颜石峰揣进贴身衣袋里，满意地说："这个情报很重要，属于战略性的。"

杨益君又递给他一张纸："鹫津制订了一个清剿计划，主要是针对淮阴韩德勤部的。我找到一个皇协军团长打听，他给我划了一张草图，标明21师团的五路扫荡计划。"

颜石峰展开纸张，几笔勾勒出的简易地图上，五支箭头直指淮阴城，日伪军的番号、攻击出发地，进军路线，一一详尽标注。

颜石峰满意地说："这个情报极其重要，不过，你询问如此机密的消息，会不会暴露自己啊？"

杨益君说："这个人叫刘启滨，抗战前期被地主放狗咬伤到俺家求助。我父亲给他医治疗伤，又送了一些盘缠。他之后投奔了二十九路军，负伤之后，随着长官一起投靠了郝鹏举。是个有良知的人。我正要给你请示，能不能把他发展成为工作关系？"

颜石峰思考片刻，说道："这个人物非常重要，如果争取他反正，将是安插在敌人营垒之中的一把利剑，不过，还要继续考察一下。老家新来的任务，急需电台的零配件，能不能通过他的关系搞一点电子管什么的。"

杨益君点点头说："伪军团一级配备电台，他应该能搞出来。还有，铁路的电台报务员是我师弟，让他多报一点损耗，也能积攒一些。"

颜石峰抬起手腕看一眼手表，"时间不早了，敌人清剿的计划必须尽快送到根据地，通知国民党方面做好准备。"

杨益君有些踌躇地说："国民党巴不得借鬼子的手消灭我们呢，咱们管他做什么？"

颜石峰摇摇头说："你的观点太狭隘，坚持反共的是一小撮顽固派。我们还是要团结绝大多数国民党进步人士一起抗日，我马上联系交通员，明天恰好是交换情报的时间。"

杨益君说："老颜，咱们这种固定地点、时间交接情报的办法比较呆板，遇到紧急情况怎么办？应该在城边设一个交通站，随时接、送紧急情报。"

颜石峰赞同地说："老家也有此意，借机抽调几个精干人员隐蔽在徐州附近，作为紧急情况下使用的武装力量。你有具体方案吗？"

杨益君言简意赅地说："地点选在黄河沿的鸡嘴坝，这里是通往南京的陆路要道；经营烧酒锅，人来人往的容易掩护，老板是我物色的一个火车司机莫振飞，伙计从湖西抽调七八个过来；经费用我积攒的薪水，再向俺爹要一点；我找市警察局三分局的局长审批，他是我父亲的学生，请几桌酒席就能搞定。"

颜石峰说："这个方案可以，那个火车司机可靠吗？"

杨益君回答道："去年秋天国军轰炸火车站，就是他故意压火，制造浓烟，引导飞机过来投弹、扫射。鬼子也怀疑过他，关在黑屋里十几天，审不出个结果，最终开除了事。这个人黑大个，为人行侠仗义，使得一手好拳脚，外号莫老黑。"

颜石峰起身说:"就这么干吧,我的代号是92,你的是94。如果发展他俩成功,莫振飞96,刘启滨98,今后你是他俩的上线,由你单线联系。"

"好的。"杨益君点头说。

颜石峰站起身,握着杨益君的手说:"还有,最近湖西要对日寇大郭庄机场进行一次突袭,破坏敌人向内陆地区空袭的计划,需要的时候,请你配合。"

"听候命令,再见!"杨益君握手道别。

二

灰蒙蒙的天空飘起了雪花,铜山北部一个三面环山的小村落班庄,皑皑白雪覆盖住了附近褐色的山丘。村前一道溪水结上了厚厚的冰层。溪边有一座东岳庙,这是一个不大的院子,赭红色的山门斑驳陆离,大殿里供奉着高大的玉皇大帝,左右两边分列着十几个跟班的诸神。

供桌抬到了大殿正中,湖西地委几个委员围坐在一起,商讨如何应对面临的困境。

地委书记郭一民站起身,由于消瘦,狮子一样的鼻子显得更加高耸、突兀,他嗓音嘶哑地说:"同志们,我们湖西根据地受日、伪、顽的三面夹击,根据地和人口减少一大半,日寇扫荡,顽军封锁,粮食、药品、棉花等物资奇缺。部队战斗频繁,平均每三十个小时就要打一仗,经常一夜转移几处驻地。指战员几个月不解子弹带,不脱衣睡觉,虱子满身,无法洗烫,还有的同志传染上疥疮,战斗、伤病减员每天都在增加。今天利用战斗的间隙,开个短会,请大家集思广益,如何才能渡过难关。"

蒋宝琛抽一口辛辣的烟袋锅,说:"战士们每人每天只能供应四两带皮的谷子,三钱油、二钱盐,营养不良导致许多同志得了夜盲症,晚上行军看不见路,相互之间用背包带子、高粱秆子拉扯着走。地委机关也是靠吃糠咽菜度日。人是铁、饭是钢,长此以往,就是铁打的人也受不了哇,我这个分管后勤的是失职呀!"

后勤科干事户秉纯抱来一捆棉花秸,"天太冷,给首长们烤烤火。"

户秉刚挥挥手说:"户三儿,抱走吧!"

户秉纯不解地说:"首长,棉花秸烤火不冒烟。"

户秉刚严肃地说:"柴火不花钱买吗?节省一个铜板也是好的。"

鹿继澄抽着喇叭卷说:"湖东铁道游击队、微山湖大队,支援我们几篓子豆油、豆饼，还有一些中药、西药，在夏镇，得尽快拉回来救急啊！"

"真是雪中送炭，我这就带人去拖。"蒋宝琛站起身，对站在那里不知所措的户秉纯说，"户干事，套两辆马车！"

"是！"户秉纯抱着柴火转身离开。

鹿继澄咂巴一口烟，说："老蒋，雪停了再走，我安排一个班护送你。"

妇女委员白二妮瞪着水汪汪的大眼睛说："是呀，马上开午饭了，我特意安排伙夫把大棵的雪里蕻切成段，煮上一大锅，多放一把盐，加上一勺猪油，给同志们打牙祭呐。"

郭一民看一眼手表："准备大车还要时间哩，吃饱饭再出发。"

"好，我再等一等吧。"蒋宝琛只好坐下，从荷包里挖出一锅烟叶末，默默地抽了一口。

户秉刚清瘦的脸上布满倦容，他站起来说："同志们，日伪最近制订了'治安肃正计划'，实行以铁路为链、公路为环、据点为锁的'囚笼政策'，封锁、分割、蚕食根据地，为了保存革命力量，我们可以建立一些'白皮红心'的两面政权，只要把广大农村基层政权掌握住，就有了人民战争的基础。我们在游击与运动之中，时分时合，时聚时散；合则聚歼一股，分则袭扰多处，散则藏兵与民，寻找弱敌，击其一部，扰其全局。"

郭一民心情沉重地说："主力部队严重减员，很多战士没有棉衣穿，没有被子盖。老百姓外出逃荒的越来越多。地委决定，再勒紧腰带，节省一些粮食救济贫民，党政军干部把供给的粮食带到贫民家里，掺上野菜、树叶，与老百姓一块吃饭，共同度过春荒。地委号召全体干部战士，'背枪上战场，扛锄下田忙'。开春之后，全体干部、战士都要投入春耕生产中。没有牲畜，我们的专员、县长、区长带头拉犁拖耙；没有种子，干部把节省下来的粮食拨给农民。只要我们咬紧牙关，就一定能克服目前的严重困难！"

鹿继澄点点头说："是啊，我们面临的困难是空前的，就拿疥疮来说吧，初起时是米粒状的疹点，痒起来一百只手挠都不够，抓破了引起脓包。谚语说'疥是一条龙，先从腿上行，四肢走一遍，腔上扎老营'；这种传染病严重影响部队战斗力。有个偏方效果特别好，就是用豆油泡雄黄，抹在患处，用火烤。但是，现在连队里连一滴豆油都没有啦。"

白二妮接着说："地委机关还有大半瓶豆油，先分到部队去。妇救会也在发动妇女们纺线织布，纳鞋底、缝军鞋、做军装，来年开春参加春耕生产。"

"咕咕咕"远处东南方向传来一连串九二式重机枪的声音，"噼里啪啦"

乱枪一阵过后，又是几声手榴弹的爆炸声。

"警卫员，去看看什么情况！"郭一民命令道。

户秉刚笑着对妻子说："把你的雪里蕻端上来吧，别到嘴的牙祭吃不成。"

郭一民紧蹙眉头，喃喃自语道："最近也不知道中了什么邪，鬼子的鼻子特别灵，老是被敌人追着屁股打。"

蒋宝琛磕一下烟袋，问："最近几个月，机关来新人了吗？"

"没有啊，"户秉刚接着说，"只有三个临时帮忙的，包括刚才的户秉纯同志。机关总共就十几个人，还有一个警卫排。"

蒋宝琛望着户秉刚说："我建议临时人员精简，放到地方或者部队去。"

作为敌工部长说出这种意见，户秉刚当然明白他话中的含义，于是点头同意："好，按照老蒋同志的意见，明天就把这三位同志放下去。"

白二妮端着大碗雪里蕻、一只笸篮，"快趁热吃吧！"

蒋宝琛抓起一只黄玉米面饼子，美美地咬了一口，很解馋地说："好香喔！"

户秉纯又送进来一碗红艳艳的辣椒酱。

鹿继澄感叹道："好家伙，你从哪里搞来的辣椒酱？"

户秉纯腼腆地说："我用一双粗布袜子跟蔡东家换的。"

户秉刚歉意地说："户三儿，难为你了！"

"为首长服务，应该的。"户秉纯转身离去。

郭一民蘸上辣椒酱咬了一口饼子津津有味地咀嚼道："'窝窝头就辣椒，越吃越上膘'，要是顿顿都有雪里蕻、辣椒酱下饭，窝窝头管饱，也就差不多是共产主义喽！"

鹿继澄咽下一口饼子，夹起一筷子菜，说："这雪里蕻的盐味儿足，能看见油花，吃起来就是香，谢谢嫂子啊！"

户秉刚笑着说："磕笸了，就这点家底子了，不能让你们笑话咱们搜抠子吧。现在言归正传，交通员刚刚取回的情报，日本特务机关正在策划成立伪淮海省。"

鹿继澄鄙夷地说："多设一个庙，多塑一些菩萨，好封官许愿啊。"

郭一民敲击案头，说："更主要的是敌人在强化以徐州为中心的控制。"

户秉刚接着说："还有一个紧急情报，敌人准备在春节期间对苏北淮阴的国军进行五路清剿。我们要立即电告上级，同时，还要转告国民党方面。我和老郭商量，由我去丰县保安旅黄司令那里，通报敌情，顺便争取一些对我们的支援。"

蒋宝琛瞪起眼说："那不行，王宇腾拿着什么《限制异党活动办法》搞反共摩擦，刚刚离开丰北，他头脚走，你后脚到，会不会有危险啊？"

户秉刚平静地说："蒋部长，我和郭书记分析，丰沛的国共两党还没有撕破脸皮，我们派往保安旅的政工干部也是礼送出来的，黄司令把酒送行，我们党在国军地方部队中是有影响力的。再者说，老黄是一个重感情，讲义气的汉子，我亲往他们驻地传递重要情报，更能团结国民党方面的友好人士。"

警卫排长进门大声报告："伪军一个辎重队雪天迷路，被虎队长他们一个冲锋解决了，缴获大车五辆，车上是粮食、棉被等物品。"

蒋宝琛咧开大嘴："呵呵，想啥来啥，我也该走了！"

郭一民挽留道："老蒋，雪停了，让宗时荣带人去吧，你歇一歇。"

蒋宝琛坚持着说："这条线将来是联系鲁南的通道，我跑一趟，熟悉一下。"

郭一民说："那好吧，让五中队宗时荣带一个班跟你去。"

一个瘦高个的货郎肩上挑着一副担子，右手不停地摇着一只双面牛皮手鼓，深一脚浅一脚地走到村头。他身穿对襟空壳黑棉袄，宽腰大棉裤，腰间系着一条粗布板带，头上戴着一顶破狗头毡帽，地道的当地农民装束。他扯开嗓子喊道："针头线脑木疙瘩，花布手绢绣花针，沿底条子鞋面子，木梳子、瓦拢子、鞋拔子、洋火香烟糖块子——"

悠长的音调伴随着阵阵拨浪鼓的节奏声，在旷野里传播得很远。

不一会儿，雪地里"咯吱咯吱"走过来一个身穿灰军装的人，披着一件伪军的黄大衣，一条绿色围巾把面部捂得严严实实，只露出一双闪光的眼睛。

他走到货郎跟前，问道："你挑子里有五福烟呗？"

货郎站起来回答："五福烟卖完了，有三驮，先生要吗？"

军人问："能散卖吗？"

货郎很兴奋地说："可以拆开卖，一毛钱两支。"

"来两毛钱的！"军人递给货郎一张钞票，"你是老景？"

货郎摸出一只烟盒递给他，"你是老鸹，犬养太君吩咐听从你的指挥。这是太君给你上一次情报的酬劳。"

军人接过沉甸甸的烟盒，瞥了一眼，是一根黄灿灿的金条，他连忙掖进贴身口袋里，"毛票里夹着一份重要的情报，这个人很重要，最好能捉活的。有啥办法尽快通知徐州方面吗？"

老景回答:"我用电台直接跟特务机关部特勤课课长洪明璨联系。"

军人听罢头也不回地走了。

老景挑起担子,步履匆匆赶往一处小山坡。北风打着呼哨狂野地呼号,裹挟着一些残叶从头顶飞过。老景找了一个避风的土坎下,从挑子中间夹缝里搬出一个绿色皮匣子,打开之后是一台日制94式电台。他摘掉棉手套,娴熟地拉开天线,向手上哈口热气,戴上耳机,瞄一眼小纸条,揿动电键,飞出一串"嘀嘀嗒嗒"清脆的声响……

三

1940年2月11日,徐州城里张灯结彩,钟鼓楼上悬挂红色长条幅,黑体字大书"大日本神武天皇纪元两千六百年大庆"。

夜幕降临,启明路与庆云路交叉口新落成的一座占领纪念碑前,颜石峰穿着一件呢子军大衣,戴着一顶黑色狸皮帽子,拉着沈钰的小手,饶有兴味地仰望这座黑暗中高耸的建筑。整个纪念碑用白色大理石砌成,呈方椎体,像一把四棱军刺,20多米高,基座宽阔、厚重,四周立有一圈石柱,用粗大的铁链连接。碑上镌刻"建设大东亚新秩序纪念碑"金色大字,落款是徐州市市长杨世云,基座上刻着"纪元两千六百年纪元节起"。

颜石峰撇撇嘴:"看到嘛,这是日军占领徐州纪念碑,今天落成典礼。

沈钰穿着一件天蓝色大襟棉袍,她朝纪念碑狠狠地啐一口。

颜石峰拍拍她的手背说:"小妹,在人屋檐下,该低头认厌的时候就得厌。"

沈钰仰脸望着他说:"哥哥带我出来轧马路,不会是给日本人捧场子的吧?"

"还真是,"颜石峰坏笑道,"今晚新建成的'公会堂'上演苏北剧社的新作,'怒吼吧,中国',是一部反英美的话剧,日军、皇协军头头脑脑都去。颜教官带着美丽动人的妹妹去捧场架势,他们还不蓬荜生辉呀!"

沈钰扑哧一笑,"哥哥是否另有企图,从实招来!"

颜石峰脱口而出:"今晚还有一场大戏,祝贺纪元节的。"

"啥戏?"沈钰歪着头问。

颜石峰感到自己的失言,一下子张口结舌,无言以对。

沈钰聪慧地说:"不告诉我也行,哥得吻我一下!"

颜石峰张开双臂，滚烫的嘴唇在沈钰冰凉的额头上轻轻吻了一下。

沈钰紧紧依偎在颜石峰怀里，撒娇地说："哥哥还得请我吃致美楼的炒虾仁，另外，再加一串冰糖葫芦！"

一股强烈的暖流涌遍他的周身，颜石峰感到浑身的血在沸腾，他情不自禁地紧紧拥抱着这位可爱的女孩，梦呓般地说："哥哥都依你！"

一对人儿如痴如醉地相拥，久久伫立在寒风凛冽的冬夜里……

三官庙村地处徐州城东南隅，东临黄河故道七里沟，西界津浦铁路，是一个风光秀美的小村子。村头的一个土台子上有座小庙，庙高五尺，宽四尺，金黄色的琉璃瓦，赭红色的墙壁，庙里塑造三尊神像，分别是天官、地官和水官，因此那座庙就叫"三官庙"，这个小村就被人们称为"三官庙村"，逐渐兴旺起来。

一条老街横贯东西，街道只有六米多宽、二百多米长。青石板路面历经数百年岁月的打磨，溜光水滑，像镜子一样能照出行人的影子来。古街两旁杂货铺、铁匠铺、木匠铺、中药铺等一家挨着一家。

街东头有一个四合院。三间石墙小瓦的门面房，拱角翘檐伸出三尺，用四根红色圆柱支撑。门楣上天蓝色四个大字"刘记染坊"。这是一座经典的四合院，坐北朝南，门面三间，东屋三间，堂屋三间，西屋三间。院子里紧靠三面围墙依次埋着十几口大砂缸，砂缸高约两米，外边糊上掺着盐巴的红泥，以耐高温加热，半截卧在地下，半截露出地面，两口缸之间还有烧火用的火道。

傍晚刚刚擦黑，一个壮实的汉子来到"刘记染坊"门口，他身穿黑色棉大衣，戴四折皮帽子，四下观察一番，然后轻轻叩了五下黑漆木门的门鼻儿。

"谁呀？"里边有人小声问。

来人回答："刘掌柜，是我，老卞。"

刘掌柜的开门，小声说："老卞，他们等了一天了，跟我来吧。"

老刘撩开西屋的棉门帘，屋里热气腾腾，香气扑鼻。五个精壮的青年人，围坐在八仙桌旁，桌子上一盆香喷喷的红烧肉和一笸篮白面大包子。

刘掌柜的热情地说："介绍一下，这位是老卞同志，这位是虎林队长、梁同义同志还有班同志、萧同志、殷同志。"

虎林握住老卞的手，"老卞同志，来得早不如来得巧，正好一起开饭！"

梁同义走过来给老卞握手，说："刘掌柜是俺连襟，他一大早套上车去赶集，割了三斤肉，蒸了三笼屉干豆角大包子，说是给咱们拉拉馋。"

老卞坐下来端起碗，拿起筷子夹一块红烧肉，"咱们边吃边说，日寇占领徐州之后,为了向内陆地区发动空袭,需要扩大陆军飞行队规模。原有的骆驼山机场是国民党修建的,跑道只有几百米长、十几米宽,日军飞机经常发生事故,就在大郭庄重新修建一座大型军用机场。这个机场技术人员大多数是日本人,但是实际掌控的是汉奸杨世云,掌管财务大柜是他的大舅子花月光。"

虎林大口咬着菜包子,插了一句:"老卞同志,我们只有五个人,五把短枪,十颗手榴弹,这么大的飞机场,得打它的腰眼子才行。"

老卞展开一张黄纸,"这是内线的同志绘制的草图。机场的要害部位有两处,一个是场部的财务大柜花月光、日军总工程师宫吉,他俩一个掌握钱财,一个掌管技术,把这俩人干掉,敌人一时半会缓不过劲儿来;另一处是敌人的车料场,那里堆放着几百个运料的马车、平车还有木料,只要一把野火,就能燃起冲天大火。日军光是招募木匠打造这些车辆,至少要三五个月。"

"这两个点选得好,"梁同义咬一口大包子,问道:"那个大柜花月光的柜上有钱吗?"

"有啊,"老卞又掏出一张黄纸铺开,"这是机场场部的草图,日伪强占的潘家大院,东西一共两个跨院。西边的跨院是个二进院子,进门是一个过邸,前边的院子三间西屋里驻扎伪军一个班,中间三间堂屋是花月光的住处兼财务室,他住东屋,西屋里边有一个大保险柜;后院三间西屋是机场的储藏室,三间堂屋,宫吉爱干净,有洁癖,一个人住在堂屋东首。堂屋西侧有一个碉楼,里边没有人。我们就从碉楼旁边的一个小边门进去,院子里有一条狼狗,我们晚上十二点准时开始,内线提前一小时下老鼠药,药死那个畜生。"

虎林问:"东院是什么情况,有多少敌人?"

"东院是个三进院,"老卞指着草图说,"一进院两旁有两个碉楼,大门口就在东碉楼的楼下。六间南草屋、六间西草屋是饲养牲畜、存放马车和驭手们住的地方。二进院、三进院都是砖瓦房,还有三个碉楼,主要是日本人、韩国人居住的地方,约有三十人。我们计划晚上十一点从这里出发,半小时就能赶到机场。从西南角剪开铁丝网,顺着这条小河河堰,突到场部,与内线会合,从边门进入,先宰了宫吉、花月光。原路返回时候,顺手烧了停车场、木料场,从西南方向撤退。"

虎林又问:"附近还有敌人吗,距离有多远?"

老卞回答:"北边乔家湖驻扎皇协军二百人左右,距离约五公里。"

虎林咂一下嘴,说:"这个计划很周密,缺陷就是假设每一个环节都确保不失手。倘若行动过程中惊动了敌人,打了起来,就只有仓促撤退。"

老卞问："虎队长有什么意见？"

虎林忽地站起来，"放弃杀掉宫吉的计划，集中力量干掉花月光，劫一些钱饷，同时火烧车料场。具体是分成两个战斗小组，一个小组由梁同义、小萧留在木料场待机而动，准备好洋油、火柴，如果里边打起来，立即放火；第二组是其余的四个同志，负责除掉汉奸，筹集钱物。完成任务原路返回，向南从吕梁山区折向西，走汉王山区，返回湖西。大家看看还有什么意见？"

"同意，没有意见。"几个人纷纷表态。

虎林说："好，抓紧吃饭，稍微睡一会儿，十一点行动！"

漆黑的夜晚，四周白茫茫一片，呼呼的西北风带着哨声刮了起来。一溜黑影深一脚浅一脚，行走在深可没胫的雪地上。大个子梁同义手持扫帚殿后，轻轻地拂去雪地上的脚印。

越过一条结冰的小河，几个人伏在河岸边，向北边观望，偌大的机场死一般的寂静，两道探照灯的光柱不紧不慢地扫来扫去。

"行动！"虎林的声音短促有力。

老卞带着虎林匍匐爬到铁丝网前，用钳子剪短铁丝网，扒开一个豁口，六个人依次爬了进去。

老卞领头，一行人猫腰小跑。前方不远处一堆黑魆魆的圆木，横七竖八地堆放得小山一样高。六个人跑到木柴垛前，躲进一个旮旯里。

老卞气喘吁吁地说："这里是上风口，一会儿从这疙瘩点火最好。"

"马车、平车就在木柴垛的东侧，整整齐齐码放着几百辆呢，待一会儿一把冲天大火烧起来，几十里外的徐州城都能看得清。"

虎林命令道："老梁、小萧负责点火，其他人继续前进！"

四个黑影顺着河堰消失在夜色中。

"咕咕咕"老卞发出一连串猫头鹰的怪叫声。

不远处的一座大院落闪过两下手电筒的光亮。

"好啦，都办妥了！"老卞轻声说。

"上！"虎林命令。

四个黑影像壁虎贴着墙根摸到西北角门，一个身穿伪军制服的端着刺刀在墙角处等候。

"怎么样？"老卞小声问。

"今天大年初四，又是鬼子的啥鸟节，晚上会餐，他们都喝得烂醉，狗也药死了。"

虎林说："带我们直奔花月光的住处。"

"大家把鞋子脱了，别在腰上！"伪军模样的人小声说。

众人赤脚摸进了院子，穿过后院，悄无声息地摸到前院的堂屋门口。

内线同志与虎林握了一下手，提着枪消失在夜幕中。

虎林拔出匕首，插进门缝，一点一点地拨动门闩。

须臾，门闩被拨开了，四个人悄悄进了房间。东屋的卧房里鼾声如雷。

虎林用手帕捂住手电筒，揿亮，床上一男一女睡得正香。

虎林解下脖子上的毛巾，老卞会意地点点头，也解下毛巾。突然，三个人猛扑上去，虎林铁钳一样的大手死死掐住花月光的脖子，小殷迅速将毛巾塞进他的嘴里。老卞也卡住了女人的喉咙，堵上毛巾，绑得结结实实。

一身肥膘的花月光被吓蒙了，小便"哗哗"地顺着大腿流了下去。

虎林一柄利刃横在他的喉咙上，恶狠狠地说："去，把保险箱打开！"

肥胖子"呜呜"地答应着，顺从地带着虎林、小殷来到西屋。虎林松开手，胖子哆哆嗦嗦地找到一串钥匙，转动旋钮，打开了一个硕大保险柜。手电光的照射下，里边红红绿绿的票子、白花花的银圆、黄灿灿的金条琳琅满目。

虎林拔掉肥胖子嘴里的毛巾，狠狠地说："你给我拣贵的装，要滑头就宰了你！"

胖子连连作揖："是，是，好汉饶命！"

小殷从办公桌上拿来两只帆布包，递给他，"快点装！"

胖子忙不迭地将金条、银圆、钞票往包里装。

虎林拿起一沓绿莹莹的钞票问："这是啥洋钱？"

"好汉爷，这是美钞啊，比黄金还金贵呐，不好弄啊，这是日本人准备从美国进口机场设备用的。"

"那种红票子你咋不装？"虎林又问。

胖子回答："那是日本军票，只能在军队、朝鲜银行、日本商店使用的，好汉拿到这钱，一点用处都没有。"

眼看两只大帆布包装得鼓鼓囊囊，小殷挎好一只帆布包，用腰带系结实了，然后右手抽出小攮子，唰的一声捅进了胖子的心窝。花月光一声不吭，软绵绵地倒在地上。

老卞走了过来，小声说："那个女的也结果了，我露相了，不能留活口。"

一个伪军拉开房门，披着大衣，到院子墙角小解，听到动静，慢慢地摸了过来，轻轻推开堂屋的门，伸头问："花大柜，没有啥事儿呗？"

小班从背后用匕首抵住了他的脖子,一声低沉的断喝:"举起手来!"

"操啥蛋,没见我光着腚吗?"这是个老兵油子,他嘴里嘟囔着,慢慢举起手,突然猛地一个下蹲,来了一个"黑狗钻裤裆",把小班掀翻在地。

虎林一个箭步冲上去,对准伪军的胸口就是一记猛刺,"啊——"伪军的惨叫在寂静的夜晚是那么的刺耳。

"咋回事,快点抄家伙!"西厢房里的伪军咋咋呼呼地喊叫。

虎林拔出一颗手榴弹,"哧"的一声拉开弹弦,张开手臂,投到汉奸的门口。"轰"的一声,火光四溅,黑烟升腾。

四个黑影在雪地上狂奔,身后"呜——呜——"凄厉的警报响了起来。

这时西南方向窜起一片殷红的火焰。

"向火光方向撤!"虎林大吼。

熊熊大火伴随着西北风"呲呲"地燃烧,肆无忌惮地吞噬着一切;烈焰腾空而起,火海横流,火浪一个接着一个,赤红的火光携卷着浓黑的烟雾,撕破了宁静的黑夜。

几个人钻过铁丝网,淹没在茫茫夜色之中……

四

冬日的朝霞透过阴沉沉的迷雾照在白雪皑皑的原野上,远处的山岗露出的褐色灌木丛显得分外刺眼,官道两侧的柳树上挂满了雪花,周围没有一丝声响,一丝风声,仿佛一切都在沉睡中没有醒来。

三辆胶皮轱辘双轮马车自东向西疾驶而来,马蹄嘚嘚地敲击着冰冻的地面,溅起阵阵雪雾,积雪在车轮下发出"吱吱呀呀"的声响,打破了清晨旷野的宁静。

蒋宝琛坐在头一辆马车的车帮上,车上坐着一个班荷枪实弹的战士。后边两辆马车满满当当装载着油篓子、药品箱子等物资。宗时荣手持捷克式轻机枪坐在最后一辆车梁上殿后。

领头驾辕的黄骠马打出一个响啼,发出一串悠长的嘶鸣。

车把式转过身说:"老蒋同志,还有二十里地就到班庄啦,咱们跑了一夜,马匹也跑累了,该打尖歇歇脚了。"

蒋宝琛回答:"好吧,前边三岔口休息一会儿,给马匹喂点料豆子。"

马车队停了下来,宗时荣提着机枪前后吆唤着:"同志们下车啦,歇一

318

会儿！"

迎面走过来一个拾粪的老汉，戴着一顶破毡帽，一身黑棉袄、棉裤露着白花花的棉絮，肩上挎一只粪箕子，胳肢窝里斜夹着一只粪耙子。

老汉边走边说："八路同志，前边山岗里有鬼子埋伏，都穿老百姓的衣服，还有军马哩。"

"有多少人？"蒋宝琛问。

"得有二三十个吧，昨儿个傍晚，俺到山上拾柴火，听见林子里叽哩呱啦讲的日本话，也有中国话。俺怕咱们的人吃亏，这不一大早就在这条路上溜达，给咱们的人报信哩。"老汉说完，头也不回地走了。

蒋宝琛举起望远镜，仔细观察一公里处的山岗。太阳升起来了，雾气消散，林子里闪现一束望远镜镜片的反光。

"林子里有敌人！"蒋宝琛放下望远镜，心情沉重地说，"是打咱们伏击的。"

宗时荣接过望远镜向远处观察："敌人伏击地点选得好，山窝转弯处，大路几十米的距离，骑兵一个突袭就能缴了咱们的械，根本来不及反应。"

蒋宝琛果断地说："咱们改道，走这条小路往北，十几里路的汪庄就是微山湖大队活动的地盘。"

"全体上刺刀，准备战斗！"宗时荣大喝一声，"物资大车在前，战斗班殿后掩护，向北汪庄方向转移。"

"驾！"车把手扬起长鞭，甩一个炸响，三辆马车变换队形，沿着向北的小路颠簸着疾驰。

"敌人的骑兵上来啦！"宗时荣惊呼。

二十多匹白色的高头大马嘶吼着，冲下了山岗，呈楔形战斗队形飞奔上公路，"活捉蒋宝琛！"

蒋宝琛大喊："警卫班占领前边的陡坡，阻击敌人！"

弹片横飞，机枪子弹向飞蝗一样地飞过来。宗时荣端起机枪还击，马车上的战士也举起步枪射击。

"大家不要怕，冲上前面的大漫坡，占领阵地，马上会有队伍接应咱们的。"蒋宝琛话音刚落，一颗子弹打穿了他的右胸，血水汩汩地流出来。

"老蒋，你负伤了！"宗时荣放下机枪，大声喊道。

蒋宝琛俯在车帮上，脸色霎时变得蜡黄。

"小鬼子，我操你祖奶奶！"宗时荣手中的机枪怒吼起来。

坡顶"哗"地一阵排子枪齐射，震耳欲聋，追兵倒下五六个。

宗时荣惊喜地望着坡顶上一排灰色军装的人，喊道："蒋部长，是咱们微山湖大队的人！"

蒋宝琛仰卧在马车上，哆哆嗦嗦从腰间拔出一杆旱烟袋，一尺许的罗汉竹烟杆，镶黄铜的烟锅、烟嘴，拴着一只老蓝布烟包，他颤抖着递给宗时荣，声音微弱地说："告诉郭书记、户专员，有内鬼！"

宗时荣的泪水汹涌而出："老蒋哥，你再坚持一会儿！"

"我不行了！"蒋宝琛喃喃自语着，闭上了眼睛……

天色麻麻亮，云龙山东麓的兴化寺的千斤大铁钟发出"咚咚"低沉的钟鸣声，久久回荡在古彭城的上空。

大雄宝殿飞檐斗拱，翘角凌空，气势恢宏。北魏时期依山开凿的佛祖释迦雕像高三丈六尺，坐西朝东，彩绘金饰，高大巍峨。颜石峰双膝跪在蒲团上，双手放在前方虔诚地叩拜。

"当"一声清脆的铜铃声，效法大师口诵："阿弥陀佛！"

颜石峰回顾四下无人，小声说："法师，今有一事相求，不知法师是否方便？"

效法身披黄色袈裟，双手合十："施主为祛除人间邪恶，行百善之事，解民众于倒悬之苦，只要用得着效法，当义不容辞，但说无妨！"

"有一些电子管、电容器，都是违禁品，能否请法师帮忙带出城外？"

效法单手行礼："今日恰逢正月初九，本寺将于寅时末刻启建供佛斋天祈福法会，以此殊胜功德感念三宝加持、诸天护佑及十方善信檀那护持之德。天赐良缘，效法得以此机会报效国家，福佑众生，何乐不为？"

"谢法师，"颜石峰递给他一只小布袋，"请您捎到城南茶棚李记茶馆，交给烧茶炉的李德普即可，外号老八。时间紧迫，越快越好。"

效法和尚小心翼翼将布袋纳入袖子中，"请放心，我将这些宝贝疙瘩捆扎于腰间，外罩青眼袈裟，下午去茶棚一带化缘。日本兵信佛，从来不检查僧人的。"

三三两两的善男信女进殿叩拜，颜石峰单手行礼，匆匆离去。

第二十六章　湖西全面建政权　徐城智运透视机

一

秋风把一阵一阵的凉爽送到了湖西根据地，枣儿红了，梨儿黄了，谷穗沉甸甸的随风摇曳，湖西地区最美好的收获季节已经到来了。

京杭大运河流水潺潺，从张谷山前流过。由于日伪顽的残酷封锁，蔺家坝码头的水道冷清了许多，粮食货栈、布匹商行、大车店大部分歇业了，只有小酒馆、杂货铺还在惨淡经营，偶尔传来几声悠扬的叫卖声。

张家大院院墙上用红泥巴书写着几条抗日标语格外醒目，"团结抗战，反对分裂""不给敌人带路，不给敌人送信，不给敌人物资"。

院子中间的一座腰楼的书房里，两张八仙桌拼成了会议桌，湖西地委书记郭一民神情凝重地坐在上首，六个地委委员围坐在一起。

郭一民掏出蒋宝琛遗留的那杆罗汉竹的烟袋锅，从老蓝布的烟包里剜了一袋烟叶，噙在嘴里，睹物思人，禁不住泪水充盈了双眼："三年前，抗日烽火初起，徐州特委就在这间屋子里开会。那时候我们只有几十条枪。经过三年艰苦卓绝的斗争，我们党和军队在血雨腥风中壮大成长起来，今后我们还有许许多多困难，有党中央、毛主席的领导，我们一定能将日本帝国主义赶出中国，建设一个新中国。"

鹿继澄划一根火柴，为郭一民点烟，"这三年，我们有胜利，也有失败；有成功的经验，也有惨痛的教训。最深痛的教训，就是肃托，牺牲了多少好同志，都是党的精英呀，内讧几乎把根据地杀垮了！"

户秉刚端起茶碗喝一口热茶，他显然不愿揭旧伤疤，岔开这个话题："多亏了老蒋同志舍命运来的豆油、药品，还有虎林同志从徐州大郭庄机场缴获的金银、钞票，帮助根据地渡过了难关。我们要想立住脚，下一步就要在财政、金融上建立自己的体系，大力发展农业、工商业，这样，我们才有实力扩大军队，兴办教育、文化，促进根据地的发展。虎林同志，你负责原来蒋宝琛同志的敌工、后勤工作，你把半年来的情况汇报一下。"

虎林清清嗓子，说道："按照地委点面结合，形成网络的要求，我们在根据地内和边缘地区的重要集镇，铁路、公路沿线的车站、交通要道都建立了情报工作；在敌占区的徐州、兖州、济宁、商丘等城市要地以及敌占的县城，我们的地下情报人员遍布酒楼、旅馆和大部分敌人据点。地委、军分区敌工科设情报总站，县里设分站，分站下边是情报站，形成了一个严密的情报网，到处都有我们的耳目，不论敌人来自何方，咱们都能做到敌动我知。"

鹿继澄接着说："在最近两次的反扫荡中，我们摸清了敌人的作战规律，敌人的出发时间、行军路线、到达地点都是严格按照预先的命令行动的，敌人分进合击的路线、目标，甚至吃饭的地点、返回的路线，都是一成不变的。我们的部队经常在敌人铁壁合围的两三里的缝隙中隐蔽起来，有机会就打击敌人，没有机会就按兵不动，这样就争取了主动。"

郭一民赞同地点点头，"敌工工作一定要严格遵守地下工作纪律，必须由虎林同志一个人掌握，这是一个基本原则。当初白子沣同志对这种做法颇有意见，那个暗害分子汪绪仁更是费尽心机想要得到敌工情报网，正是同志们严守机密，才保全了地下组织，避免了更大的损失啊！"

户秉刚长叹一声："洪明璨投到徐州日酋门下，做了伪军团长，几次扫荡，他在伪军中打仗最卖力气。至于那个汪绪仁是从哪里来的，都被他永久地带入地底下了。"

郭一民问一位年轻的干部说："今年五月，苏鲁豫支队南下，湖西根据地由一一五师教导第四旅接防。韩宗田同志，你负责拥军、宣传和青年工作的，你过来之后有什么想法？"

宣传青年部长韩宗田是一个白白净净的年轻人，学生模样，长着一副稚气未消的娃娃脸，梳小分头，戴着一副圆眼镜，穿着灰色中山装，上衣口袋里插着一支粗大的泰山牌钢笔，脚上蹬着一双锃亮的皮鞋，牛皮腰带上别着一支小巧的勃朗宁手枪，浑身上下显得阔绰、时尚。

他显得有些腼腆，站起来说："我刚来湖西不久，情况还不太熟悉，请老同志多批评指正。"

"小韩一张嘴就是学生腔，"鹿继澄笑着说，"咱们跟工农在一起，首先就要脱掉长袍、皮鞋，挽起袖子，帮助群众下地干活，你这样可不中！"

韩宗田一下子涨红了脸，不知所措地站在那里。

户秉刚赶紧出面替他解围："人家小韩同志是济宁的阔少爷，国立中央大学的大学生，当初骑着高头大马、带着佣人来参军的。省委把这个宝贝疙瘩派到咱们这里，就是要在斗争中经受磨炼、摔打，大家要多帮助他。"

郭一民示意道："韩宗田同志，请你坐下说。"

韩宗田坐下，扶一下眼镜，"毛主席在六届六中全会上提出，'伟大的抗战必须有伟大的抗战教育运动与之相配合'。我建议在根据地各县设立文教科，开办公学、识字班的教育。还有一个提议，筹建湖西中学，让学生们一手拿笔，一手拿枪，一边学习，一边战斗，为抗战乃至胜利之后的建设储备人才。"

"这个提议非常好，"户秉刚拍案叫绝，"教育搞好了，不仅大力提高部队战斗力，更是宣传群众、教育群众、组织群众的强大武器。"

白二妮插话说："我们妇救会把妇女识字班做起来。咱们根据地流传的一些儿童歌谣就非常好，小比方里含着大道理，比方说'一支箭，容易折；一束箭，不易折；四万万同胞能团结，中华民族永不灭'，还有'河里水，黄又黄，日本鬼子太猖狂；昨天烧了王家寨，今天又打李家庄。逼着青年当炮灰，逼着百姓送军粮。这样活着又何用？拿起刀枪干一场'，这些都可以作为教材。"

韩宗田又站起身说："白部长讲的歌谣非常好，我们编入小学国文课本。我还有两个提议，一个是筹建我们自己的兵工厂，我是学化学的，用回收的子弹壳加上半粒白磷火柴头就能当子弹的底火，征集能工巧匠可以造枪、子弹、手榴弹，以后还可以造掷弹筒、迫击炮；还有我们的卫生所太简陋，不能适应战争的需要，可以扩建成为卫生院。我父亲在徐州周边有一些关系，可以搞到药品和器材。"

"天啊，你可真是金不换的宝贝疙瘩啊！"郭一民兴奋地说。

韩宗田接着说："延安新华广播电台从今年五月份开始播音，咱们湖西日报除了及时刊载党中央的声音，还要在部队、机关建立通讯组，收集大量反映根据地军事、群运、建设方面的稿件。军分区剧社还要排演一些新剧本。"

郭一民啧啧称赞道："毛主席在古田会议上就指出，'共产党是左手拿传单，右手拿枪弹，才可以打倒敌人的'，足见宣传工作的极端重要性！"

户秉刚扳着手指头说，"日伪特务机关正在对根据地开展货币战争，徐州陆军特务机关长滨上亲自指挥，特务机关经济课与特高科联手，对我各个根据地进行经济渗透和掠夺。日伪的联银币也越来越多地流入到根据地，与我们抢夺本来就匮乏的各种物资资源。根据地必须严禁伪币流通，但是在游击区、边沿地区要区别对待，鼓励民众到敌占区去购买物资。当前紧迫的任务是尽快发行我们鲁西银行的湖西票，发展生产，保护人民财富，支援抗日战争。"

郭一民赞同地说："鲁西银行隶属八路军115师供给部，湖西分行的工作就由户秉刚同志全面负责。"

鹿继澄插话说："鲁西银行发行的流通券，标明在湖西地区流通。我们不仅要严禁伪银联币，还要逐步把国民党的法币驱逐出根据地。"

郭一民问户秉刚："今年夏粮、秋粮的收成不错，农业税的征收怎么样？"

户秉刚回答："根据地普遍实行了'三三制'民主政府，村村建立了党组织、民兵队，特别是实行减租减息之后，农民缴纳公粮的积极性很高。我们把农户划分为六等，500亩以上的大户作为一等户，每亩每季征收公粮12斤；最低的六等户，土地在5至20亩之间，每亩每季征收公粮2斤。5亩以下的贫农免征，军属减半，烈属免征。各县财粮科组织征粮队，由民兵护送公粮。"

郭一民掏出怀表看了一眼，"同志们抓紧赶赴工作岗位，把今天委员会的任务落实好。咱们打鬼子手里要有枪，同时还要有个'家'。这个'家'就是抗日民主政权，就是抗日根据地。我们今天研究的工作，概括起来就是主要抓两件事：第一扩大武装；第二建立政权。同志们，我们先打实基础，争取年底之前发起讨顽战役，配合主力部队，一举收复被顽固派占领的十字河地区，拔掉这个揳在根据地中心的钉子！"

二

公安街东首，毗邻天主教堂，有一座灰色二层楼，呈丁字形，是一个中西合璧的建筑。是苏北保安司令部皇协军医院。正对大门东西走向的是一排门诊楼，楼下十几个房间，门厅西侧是注册挂号室，东侧是药剂室。后边南北走向的是病房。

夕阳西下，病员稀少，只有两三个伤兵拄着拐杖在院子里溜达来溜达去。

颜石峰身着草绿色呢子军装，把两张单子递进了小窗口，"小姐，拿药！"

穿着土黄色伪军服装，外罩白大褂的姑娘抬起头，脸上露出欣喜的笑容："政训处中校处长颜长官驾到，小女子有失远迎，不知道有何吩咐？"

"沈钰，别贫嘴，"颜石峰四下观望一番说，"一瓶红汞，一包磺胺片。"

沈钰撇撇嘴，"磺胺片是消炎药，一次只能拿六粒，你得数着吃。"

颜石峰抬起手腕看一眼手表，"还有十分钟下班，哥请你吃饭，咋样？"

"好呀，我想吃炒虾仁，就是快哉亭的那一家。"

颜石峰揶揄地笑着说："小妹真会挑地方，前一阵汪精卫、陈璧君两口子视察徐州防务，在那一家饭店一连吃了三大盘。《徐州镜报》发表的一首打油诗'齐眉举案贤夫妇，又到彭城嚼菜根；吃了一盘又一盘，狼吞虎咽不雅观'，嘲讽的就是这件事。"

沈钰噘起嘴，拖着长腔说："要不，咱们再换个地方？"

"不换，汪主席携夫人能吃得，颜处长就不能携妹妹品尝得？"

沈钰将一个小药瓶、一包药片递给他，"那好，我这就去换衣服。"

"我在大门口等你。"颜石峰转身离去。

老飞鹰脚踏车驮着沈钰，一路西行，往南拐到三民街，车子飞快地骑到快哉亭公园大门口，沈钰跳下车，看到原来第一次见面的"快活林茶馆"的门牌换成了"快哉寮"，几个妖冶的年轻女人，嬉皮笑脸地从里边走出来。

"这里是干啥的？"沈钰不解地问。

颜石峰支好脚踏车，几步跨上台阶，指着石柱上的粉红色小广告，"看见没，这上头说得很清楚，'包治杨梅大疮、鱼口便毒、玉淋白浊'。"

"这是啥意思呀？"沈钰歪着脑袋问。

颜石峰说："这里是金谷里妓女检查身体的地方，上面小广告上写的是妓女、嫖客常见的花柳病。"

"呸，真恶心！"沈钰啐了一口说。

颜石峰叹口气，"染上了花柳病，只能找这些野郎中医治。日本人对磺胺药品控制得很严，治疗淋病、梅毒大疮只能用'914''606'等砷剂消炎，副作用极大，草菅人命呀！"

沈钰摇摇头："唉，这么说，她们也是苦命人啊！"

"嫖客都是一些豪门富商、军警宪特、地痞流氓，徐州城里人给嫖客送一个别号叫作'员外'，意思是'有钱烧的'；还有一个顺口溜形容嫖客的，'穷生虱子富长疮，长大疮的是员外'。"

沈钰拉着颜石峰的手说："咱们赶紧往九曲桥那里去，远远地离开这个肮脏的地方。"

两人沿着石板小径，穿过九曲桥，来到荷花池边的一个的院落前，拾级而上，推开朱红色的大门，一座二层青砖亭楼矗立正中，飞檐斗角，古色古香。

老板迎上前，殷勤地招呼道："二位，里边坐，楼上请！"

老板将二人引到二楼的一个小包厢门口，推开一扇雕木花棂的红木门，

"这里临窗，风凉，能欣赏荷花池的夜景哩！"

二人落座，颜石峰对老板说："掌柜的，来一盘荤素拼，一盘菜心炒虾仁，一盘宫保鸡丁，一份素煎包，一份面筋汤。"

老板微笑着说："二位，俺们店里新进的烧酒，是鸡嘴坝新开张的莫家烧酒，是用云龙山顶上饮鹤泉的泉水酿制的，味道香醇，您二位不妨尝尝？"

颜石峰笑盈盈地望着沈钰。

沈钰大方地说："掌柜的，来半斤那个'饮鹤泉'烧酒！"

"好嘞，二位稍候，凉菜、烧酒马上就到。"言毕，老板轻快地下楼去了。

沈钰歪着脑袋问："哥，怎么起名叫快哉亭公园的？"

颜石峰脱去上衣，只穿一件白衬衣，津津乐道地说："这地方最早叫阳春亭，1077年苏轼任徐州知州。他的好友京东提刑使李邦直也持节徐州。李邦直重新修葺阳春亭，请大文豪来吟诗作对，恰好吹来一阵清爽的薰风，苏轼心情大悦，慨叹道：'贤者之乐，快哉此风'，于是阳春亭从此就被人们成为快哉亭了。我在徐州读书时，经常与老师、同学在此学习、讨论……"

颜石峰发觉说漏了嘴，干咳两声，打住了话头。

"是一块学习讨论马克思主义的吧？"沈钰哧哧笑着说，"自从上一次你预言说日本人纪元节晚上有好戏看，夜半果然火烧连营，我就知道你是这个！"

看到沈钰玉笋般的指头比画的一个"八"字，颜石峰哑然失笑，他用中指弹了一下姑娘额头："算你小妹有能耐！"

老板端着一个托盘，麻利地摆放好一盘杯盘碗筷，"送二位客官一份羊角蜜，祝愿生活和和美美，甜甜蜜蜜！"

沈钰羞红了脸，"谢谢掌柜的吉言！"

看到老板掩上门，颜石峰举起酒杯，"小妹，咱们结识两年了，进城之前我就祈愿，这辈子还能见到你，心诚则灵，天赐的缘分，咱们干一杯！"

沈钰百感交集，泪水充盈了姑娘美丽的眼睑，她碰一下酒杯，一饮而尽。

颜石峰感觉自己失言，触痛了姑娘的伤心处，赶紧夹一筷子菜放在她碗里："小妹吃菜。"

沈钰擦干眼泪，给颜石峰斟满酒，"哥，妹妹敬你一杯！"

看到沈钰连喝两大杯，颜石峰又夹起一块猪肚子递给她，"小妹吃口菜压压，别空着肚子喝酒。"

沈钰张口接过颜石峰夹的菜，一边咀嚼，一边说："哥，妹妹从建国中学毕业，听从你的怂恿，去保安司令部医院就职。妹妹的命都是你的，不用拐弯抹角，有啥任务尽管吩咐吧！"

面对如此聪明伶俐的姑娘，颜石峰一时语顿起来，"妹妹，哥就实话实说了，你也知道哥拿药是干啥用的，拿一点是一点吧，总比没有强。眼下湖西急需外科手术器材、药品，伤员因为不能及时手术感染，甚至残疾、牺牲。你们医院里有没有门路搞一点出来。"

"找妹妹算是找对了，哥得敬两个酒，才给你讲。"沈钰故意噘着嘴说。

颜石峰赔着笑脸，给她斟满酒，"敬小妹两杯酒！"

两杯酒下肚，两朵红晕飞上沈钰的脸颊，"医院的外科医生邵晓晴留学德国柏林大学医学院，现在是少校主任，外科一把刀，精通德语、英语。"

望着神采飞扬的沈钰，颜石峰酸溜溜地问："人也是否长得帅气、潇洒？"

"可不是嘛，高个子、国字脸、鼻梁笔挺，眼睛很有神韵，西装革履，风度翩翩，很有棱角的男子汉形象。"说到这里，沈钰凑到颜石峰面前，嬉笑着说，"怎么，哥吃醋啦？"

"我吃哪门子的醋，"颜石峰傻哈哈地说，"就是感觉心里头一个劲地泛酸。"

"他正追求我呢，要不是因为哥哥，我还真想嫁给他了！"沈钰坏笑着说。

颜石峰苦笑道："为了前方的八路军将士，你哥哥赔上一个妹妹也值得。"

沈钰气鼓鼓地说："你坏么，你再瞎说我就恼了，再也不理你了！"

颜石峰挂起免战牌："好啦，好啦，小妹不闹了，言归正传吧。"

老板端上来一盘子菜："苔菜心爆炒虾仁，是小店的特色菜。"

"谢谢掌柜的。"颜石峰敬给他一支"金枪"香烟。

"吆，皇军专供的香烟，啥时候上素煎饺、面筋汤，您就支应一声。"

饶舌的老板下楼的脚步声远了，沈钰神秘兮兮地说："皇协军医院接收日本人缴获的国军战利品，乱七八糟堆放在库房里，没人管，没人问。你猜，老邵从里边掏出啥宝贝啦？"

"小妹，别卖关子啦！"颜石峰着急地问。

"亲我一下，才告诉你！"沈钰嫣然一笑。

"一嘴油，咋亲？"颜石峰愠怒道。

"就要你的油嘴么！"沈钰发起嗲来。

"哎，真拿你没办法，跟做贼的一样！"颜石峰起身，飞快地在沈钰绯红的脸蛋上吻了一口。

沈钰喜上眉梢，眼神里透露出脉脉温情，附在他耳边小声说："我发现了一台野战医院的小型的 X 光机、发电机，崭新的，连封都没有拆！"

"我的天,"颜石峰惊喜地说,"踏破铁鞋无觅处啊!"

"我抽空再去瞅瞅,看看还能捯饬点儿什么宝贝么。"

颜石峰抓住沈钰的手,急切地问:"他开什么价?"

沈钰回答:"老邵不是那种见钱眼开的人,平日里听他讲话有反日思想。"

颜石峰说:"不能大意,我去给他见见面,以谈生意的名义,你帮我约一下。"

沈钰醉眼蒙眬地摇晃一下酒壶,"这酒咋的怎么不经喝,再来一壶吧?"

"小妹别喝醉了,一会儿送你回家。"颜石峰关切地说。

沈钰摇摇晃晃走过去,扑在他的怀里,"回哪个家,我要去少华街的家。"

颜石峰坚定地说:"不行,你哥带一个大姑娘回家过夜,还不让左邻右舍笑掉大牙!"

"那我不管,你就说你是柳下惠呗,坐怀不乱的,都两年了,俺哥哥都是装得跟正人君子一样,从不碰妹妹一下!"沈钰偷笑道。

颜石峰脖子上青筋暴起,跺足道:"你哥也是血肉之躯,七尺的男子汉,不是不食人间烟火的泥菩萨,你这不是存心让我彻夜难眠嘛!"

沈钰伏在他肩头上,佯装发出鼾声。

颜石峰内心激情澎湃,他爱抚地拢一下姑娘的秀发,"好吧,咱们回家,我睡地铺,明天一大早,咱们就趁早出门去喝辣汤。"

沈钰依偎在他怀里,梦呓一样喃喃自语,"咱们回家!"

三

傍晚时分,天空飘起了牛毛细雨,秋风一阵一阵地把树叶吹得簌簌作响,到处都是黏糊糊、湿漉漉的,整个城市笼罩在迷离、凄苦的暮色之中。

一位高高瘦瘦的男子,披着一件深灰色的风衣,戴着一顶灰色鸭舌帽,帽檐低低地扣在宽边眼镜上,快步穿过大巷口,来到"三春元鱼馆"门口。

伍兆勇站在门口,殷勤地招呼:"先生,您请里边坐!"

男子用略带侉音的官腔问:"我姓邵,颜老板约的。"

"颜先生在后院雅座恭候多时了,里边请。"伍兆勇深鞠一躬,将男子带往后院,轻轻敲房门三声:"颜先生,您约的客人邵先生到了。"

沈钰拉开房门,欢天喜地地说:"嘿,老邵,等你半天了,你咋才来?"

男子一步跨进屋,摘下帽子,脱下风衣,里边穿的是笔挺蓝色西服套装。

"从湖西下来一批伤兵，被八路军打得缺胳膊少腿，少皮无毛的，处理了整整一天，连口水都没有来得及喝。"男子回答说。

"介绍一下，这位是医院的外科主任邵晓晴，这一位是颜石峰老板，你们谈吧，我去催一下菜。"言毕，沈钰知趣地借故离开了。

颜石峰身穿藏蓝色长袍，胸前挂着银链怀表，一副商人打扮，他热情地握住邵晓晴的手说："幸会邵先生，石峰略备薄酒一杯，聊表一下心意。"

邵晓晴似乎并不领情，他抽回右手，望着桌子上的两盘凉菜，三只酒杯和一只酒壶，冷冷地说："谢谢你的一番好意，我从来滴酒不沾。"

颜石峰愣了一下，尴尬地笑着说："邵先生请别介意，咱们以茶代酒，如何？"

邵晓晴目光灼灼地盯着他："咱们还是把话讲明白了再喝酒吃菜，不然，我拔腿就走。"

颜石峰掏出一盒"三炮台"，捡出一支递给他，邵晓晴摆摆手："不用。"

颜石峰一连碰了两个软钉子，把香烟叼在嘴角上，"请邵先生指教！"

邵晓晴扶一把眼镜腿，"我是做业务的，说话直来直去。颜先生要做的生意是杀头的买卖，请你诚实地回答我，你是国军方面的还是中共方面的？"

"我是受朋友之托，前来拜会邵先生的。国军吃蒋委员长的皇粮，不稀罕这些物件，不然也不能扔掉。只有穷八路，才当成宝贝疙瘩。我也问一句邵先生，也请你诚实地回答我，先生为啥冒着杀身之祸，做这笔买卖呢？"

邵晓晴显然对对方的回答感到满意，他微笑着说："我不是商人，也不是给你做买卖，我是在洗刷对祖国犯下的罪孽，这么讲，你明白了吗？"

"我也回答邵先生同样的疑惑，八路军战士的伤员跟你收治的皇协军伤兵同样惨烈，他们缺医少药，手术甚至没有麻药，很多人感染，甚至死亡。多一片药，多一瓶红汞，就能挽救一条生命，这也正是我做这笔买卖的原因。"

颜石峰坦诚的表述，显然感染了邵晓晴，他拿起酒壶斟满两杯酒，"颜先生，我敬你一杯！"

颜石峰双手端起酒杯，"好事成双，听响就两，咱们喝两杯！"

邵晓晴一饮而尽，放下酒杯，"自报一下家门，我1933年留学德国，参加了中共旅德支部。抗战爆发之后回国，随部队参加忻口阻击战役，后来部队兵败，被日军围困，受上司胁迫，加入了和平救国军，参加了南京汪精卫的军官团受训。来到徐州驻守之后，一直在想方设法联络党组织，如果颜先生有门路，请带我引荐一下。"

颜石峰在摸不清对方底细的情况，谨慎地说："我给八路的朋友联系一下，应该差不多。当务之急是先把货物运出去。东西在哪里了？"

"国军匆忙撤退，仓库里到处垃圾成堆，日军接收医院之后也没有清理，原封不动地锁在库房里。我发现这批设备之后，利用夜班，偷偷运到公明巷的宿舍里。东西不大，一辆马车就能驮走。你们怎么运出城去？"

颜石峰回答："我给朋友说一下，约定好时间交货即可。"

邵晓晴用力握住颜石峰的手说："物尽其用，我很欣慰，谢谢颜先生！"

"咱们还是兄弟相称吧，你比我年长几岁，称你为兄吧。"颜石峰笑道。

沈钰端上来一大盘子鱼，"尝尝这家的特色菜，糖醋四孔鲤鱼。"

邵晓晴吩咐："沈钰，去拿酒碗来，今天我们兄弟推杯换盏，一醉方休！"

"哇，就这一会儿就结拜兄弟啦，"沈钰喜悦地说，"我就说你们俩人意气相投，一定能成为好朋友的。"

颜石峰也喜上眉梢，"生意谈妥了，又结识了一位好兄弟，要举杯庆贺。"

邵晓晴掏出钱夹子递给沈钰，"沈钰，今天我请客，你捡硬菜再点几个。"

颜石峰站起来阻拦，"哪能让兄长破费，说好的，今天我请客！"

邵晓晴一语双关地说："老弟的负担重，还要照顾老家。不像我，一个人吃饱了全家都不饿，这我懂。"

颜石峰无言以对，只能哑然失笑。

四

道光二十八年（1848），陕西同州府党氏家族在徐州府最繁华的南门大街购置房产，创办了徐州第一家经营中药材的国药商店，取号广济堂，内涵广施恩泽、博济众生之意。店堂外三尺高的莲花座上竖立一块两丈高二尺宽的通天招牌，红底金字大书"地道药材、遵古炮制、药本神农、搜山踢海"，下方醒目金字"黄宝琛、高砚农、宋雨轩、张厚轩、孙金山名医名家坐堂门诊"。

蒙蒙细雨淅淅沥沥下了一整天。傍晚掌灯时分，颜石峰披着雨衣，踱进店门，一股浓烈的药香味儿扑面而来。进门正中悬挂一面黑底红字的《广济堂药店》字号门匾，前厅左右整齐地摆放着柜台、写字台、坐诊的八仙桌、太师椅等家具，都是用檀香木精心打制而成。店内中门上方悬挂《广济堂永记》金底黑字横匾，两侧悬挂黑底金字竖匾，上书"修合虽无人见，纯心只有天知"。一排溜的柜台内，左侧是六个漆黑锃亮的大药橱，摆放着几十只景泰蓝大瓷罐，陈列名贵药材和丸、散、膏、丹自制成药；正面和右侧的药橱上放置三尺高的雕花横橱，抽屉上镶嵌着密密麻麻药材的名称。

"先生，您抓药？"店员小心翼翼地打招呼。

颜石峰敞开怀，露出草绿色的呢子军装，大咧咧地说："小二，给我各来一份你们的四大特效药。"

"是'紫雪丹''赛金化毒丹''牛黄清金散'和'牛黄千金散'吗？"店员赔着小心问。

颜石峰点头说："正是，药名说起来有点拗口，记不住。"

"长官，给您打九折，一共是二百四十块，请您到前边柜台交钱。"店员又递给他两张单据。

颜石峰迈着方步踱到前厅，瞥见杨益君正在找一个老先生号脉。

"杨先生，贵体欠安啊？"颜石峰一边交款，一边回过头给他打招呼。

杨益君转过脸来说，"偶感风寒，感觉头昏眼花，请黄老先生给把把脉。"

颜石峰付完账，凑过来调侃道："你八成是沉迷声色犬马累的吧？"

黄先生捋着花白的长髯说："这位先生的脉象并无大碍，身体康健，可能是劳顿多度所致的不适。只要注意休息、调养即可。"

"谢谢黄先生！"杨益君抱拳施礼道。

颜石峰邀请道："下雨天喝酒的天，咱们附近街坊酒肆弄两杯，我请客！"

杨益君穿上雨衣，"好吧，就近的三珍斋，咋样？"

"走吧。"两人并肩步出药房，一路向东缓行。

雨停了，夜幕降临，四周黑魆魆的，几盏电灯发出昏黄的灯光。

杨益君问："啥急事，把我急吼吼地约出来？"

"有一批物资，能运出城吗？"颜石峰问。

杨益君驻足，问道："啥东西，有多少？"

颜石峰回答："老家急需的，一台小型X光机，还有一台小发电机，两个箱子就能装下，一辆马车就能驮走。"

杨益君挠挠头皮："我找老莫想想办法，老莫的酒坊开张之后，每天都得往城里运两大篓子高粱烧，能不能借机把货夹带出去？"

颜石峰的语气很深沉，"接货地点是公安街的公明一巷，我在那里等候你们；交货的地点是吕梁山的圣人窝，到那里由湖西武工队负责押送。"

"明天早上给阿部请个假，去一趟鸡嘴坝，如果公安街俺家门口有一盆黄菊花，咱们明晚七点就在快哉亭九曲桥见面。如果没有，继续顺延。"

颜石峰急急吼吼地说:"老家刚刚给鬼子汉奸打了一仗,有一批彩号,急需这些物资;还有,这些物件存放在一个爱国的朋友家里,简直就是埋在他家的一枚定时炸弹,明天必须得有一个子丑寅卯的结果!"

杨益君的语气也带着火药味:"老颜,你今天是咋啦,以往你不是强调注重细节、严谨缜密,你怎么火急火燎的贸然行事,很可能会忙中出乱的!"

颜石峰把手里拎的药递给他,"一块带到湖西去吧。"

"哦,阿部告诉我,日军第12军第21师团,最近要调往华北,归属华北方面军司令官冈村宁次直接指挥,日军正在筹划扫荡华北地区的八路军,对'百团大战'实施报复;第13军第17师团接管第21师团的防区,负责苏淮、皖北地区的警备。"

颜石峰问:"这两支部队的装备、配置情报能不能搞到?"

杨益君回答:"日军调防采取次第跟进的方法,现在刚刚开始换防。第17师团司令官平林中将,司令部依然设在徐州东甸子,下辖第17步兵团,步兵第53、54、81联队;还有搜索队、野炮兵第23联队、工兵第17联队、辎重兵第17联队,以及通讯队、兵器勤务队、野战医院、病马场、防疫给水部队,海州特务机关也配属给了第17师团。等拿到配车计划,敌人的兵员数量、地点分布、武器装备,就都能搞清楚了。"

颜石峰紧紧地握住他的手,激动地说:"怪不得首长表扬你是安插在敌人心脏里的活电台,真是一点都不假啊!"

"那咱们就告辞吧。"杨益君转身要走。

颜石峰一把拉住他:"别急呀,说好了一块吃馄饨的。"

杨益君哂笑:"颜长官,腰里没钱喽吧?"

颜石峰也笑:"可不是嘛,抓完药,钱包瘪瘪的,成了彻底的无产阶级啦,要不是遇见你,今晚就得饿肚子喽!"

"活该你吃了上顿没下顿,今晚我就不奉陪了。"杨益君掏出一沓钞票递给他,"拣便宜的丸子汤来一大碗,多加点辣椒油、芫荽,拉馋、压饿!"

颜石峰无奈地说:"整天跟日伪人员、三教九流的打交道,喝酒、泡澡、品茗、打麻将,样样不都得花钱,回回装阔绰。但是,咱们是有任务在身的啊,千方百计省下一点银饷,还得惦记着贴补家里头,他们更困难呀!"

杨益君又掏出一把钞票递给他,"都给你,钱包磕筐了。"

颜石峰也不客气,把票子塞进钱夹,长叹一声,"'马瘦毛长,人穷志短',明明囊中羞涩,还非得充大脸的。这笔账先欠着,等打跑了鬼子,连本带息还给你。"

"咱们的命都是党的，钱又算个毬，"杨益君慨叹道，"赶明儿个我去老莫那里算算账，留下伙计的工钱，利润拿出来接济党的经费。"

颜石峰提醒道："敌占区工作有特殊性，我们的人不能太寒酸。96号莫振飞同志按照大工的工钱拿薪酬，武工队的战士按照小工的酬劳拿津贴。"

"好吧，明天注意看黄菊花！"杨益君说完，消失在夜色中。

五

太阳躲在厚重的阴霾后边，一阵凉风掠过河面，黄河边上的蒿草、芦苇被吹得沙沙作响，成群的鸟雀鸣叫着飞出草窠，在迷离的晨雾中凌空飞翔。

杨益君骑着一辆墨绿色摩托车，沿着坑坑洼洼的黄河沿一路南行，距离城区五公里处，宽阔的黄河河面陡然变窄，在鸡嘴坝那里拐了一个弯儿，河水变得汹涌湍急，喧哗着向东南方向奔去。

莫家烧酒坊就坐落在这段堤坝上，河堤下边是通往南京、淮阴的交通要道，一条灰白色的石渣路被铁丝网、木栅栏阻隔，路旁一个土黄色的铁皮屋，伪军哨卡设置在这里。

听到摩托车的引擎声，身材高大、魁梧的莫振飞出门相迎，老远就抱拳施礼："哎哟，杨先生，您这一大早赶来是打头一道的烧酒吧，快里边请！"

这是一座用黏土掺和着麦草垒砌的院子，迎面三间门面房，屋面是苫一半麦草一半小瓦的西瓜屋顶。大门上方悬挂黑漆红字的一块横匾，大书《莫家酒坊》。走廊左侧是一长溜的柜台，台面上放着几只黑窑瓷酒碗，供喝零酒者使用。橱柜上摆放着坛坛罐罐的烧酒，都贴着"莫家烧酒"的红纸商标。柜台的对面一溜排放六口酒缸，都是黑色釉面，压着梨木盖子，足有半人多高。

杨益君环顾左右，满意地说："莫老黑，让你开火车真亏成色了，这才多咱的功夫，一盘酒坊就让你拾掇得有模有样！"

后院很宽敞，九间土坯墙的堂屋是酿酒作坊，东边西边各一溜草棚，东边住着十几个伙计，西边拴着七八头骡马，院子正中摆放着三个硕大的石头磨盘、两只大青石碾子。

莫振飞指着一溜土坯房说："这里是暖房，做曲、酿酒的地方。咱们是用祖传的秘方，大麦、小麦加上豌豆按比例掺和在一起，用石磨盘碾成粉末，踩成方块，先放到暖房里发酵，制成大曲沫；同时把高粱磨成糁子，放到甑里蒸熟，拌上发酵好的大曲沫，倒进缸里回热发酵，再放回甑里蒸馏，淌出来的就是原干酒了，三斤高粱米能产一斤原干酒。"

杨益君惊诧地问："你从哪里学来的这一套？"

莫振飞憨厚地笑笑，"俺爷爷、俺爹都是南关上街'德茂'酒坊的大工。"

"咱们一个月能赚多少钱？"杨益君问。

莫振飞拉过来一条长凳，请杨益君在堂屋门口坐定，扳着指头说："每天消耗一千斤高粱，生产原干酒三百多斤，一般吃四个水，就是十斤干酒兑四斤水，烧酒在六十多度的叫作花酒，每天产五百斤花酒。咱们每个月生产九千斤左右，刨去粮食、工钱还有保长、二鬼子敲竹杠的成本，算下来还有八九十块大洋的进项哩。"

"好呀！以后咱们开展工作不会再那么拮据了。"杨益君称赞道，他话锋一转，"不过别忘了你的主业，特别要盯住日伪军进出徐州的情况，每周给我报告一次，紧急时随时报告。"

"老杨你放心，我眼睛盯着、耳朵支着，灵通着哩。"

"交给你们一项任务，带两件东西出城，运到吕梁的圣人窝村，有困难吗？"

莫振飞摸出一支烟点燃，"多大的物件？"

杨益君目不转睛地望着他，"两只大柳条篓，是湖西急需的设备器材。"

"没有二话，这是党组织交给我的第一个任务，就算是豁出性命，也得完成！"

杨益君问："你咋个筹划法？"

"俺们原先每天从云龙山的饮鹤泉拉水，现在产量高了，主要从南关三民街莲花井汲水，每天都得拉四五车。我们连夜赶制两只的水车，下边的车板换成活动的木板，能抽开，放下一只大箱子不成问题。明天早上让小班和小殷套上毛驴车进城，装上货，神不知鬼不觉地就运出来了，然后直奔圣人窝。"

杨益君问："还要考虑到任务的复杂性，如果途中出现意外咋办？"

莫振飞狠狠地摁灭烟头，"有我在，货就在！"

杨益君拍拍他宽厚的肩膀，"好，我这就回去了。"

莫振飞抱起一坛子酒，"行，俺就不留你了，昨天晚上伙计们干了一个通宵，一会儿该起床了。这坛子酒你带给老爷子喝吧，算是俺们尽的一点孝心。"

"不年不节的，送啥酒？"杨益君起身，"不用送了，赶紧做准备吧。"

莫振飞低沉的声音回答："保证完成任务！"

太阳出来了，疾风肆意吹打着黄河两岸的草木。杨益君紧绷着嘴唇，眼睛里放射出坚毅的眼神，他加大油门，摩托车发出一阵金属的蜂鸣声，沿着河堤一路向北疾驰而去。

两辆毛驴车出了三民街的石板路，沿着碎石渣路向南行驶。两头小毛驴都是银灰色的毛发，油光水滑的，脖子下方的铜铃发出有节奏的"叮叮当当"清脆的声响。车帮上坐着两位年青驭手，悠闲自得地挥舞着鞭子，哼唱着拉魂腔的小调。

临近晌午，太阳暖暖的，鸡嘴坝卡口的几个伪军懒洋洋地斜挎着步枪，骂骂咧咧地检查着过往的行人。

"张班长辛苦啊！"赶头车的小班扬手给瘦高挑的班长甩过去一只荷叶包，"麻老歪的猪头肉，给老总们加个菜。"

"呦，回回班把头都想着兄弟们，谢谢啦！"瘦高个喜滋滋地接过荷叶包，连连挥手说，"快点开口子！"

两辆驴车叮当叮当通过了哨卡。

身后响起阵阵马蹄声，两匹高头大马旋风一般冲到卡口。马四穿着日军马裤，头戴战斗帽，黑色对襟大褂，斜挎着王八盒子枪，十足的汉奸扮相。

"吁，"他勒住缰绳，用马鞭指着刚刚过去的毛驴车，质问班长，"这两辆驴车，你们咋不检查？"

"呦呀，是马队长驾到，"班长赶紧跑过来敬礼，"这是河堤上莫家酒坊的拉水车，每天往返七八趟，用不着回回都检查的，忒麻烦。"

"放屁，皇军养着你们就是让你们白吃干饭的吗，"瘦猴子勃然大怒。

"是，长官，俺们马上检查就是！"班长再一次敬礼。

"是谁要查我的车呐？"莫振飞骑着一辆脚踏车，后边跟着一个精干的后生，悄然而至。

马四一看这位魁梧的身架，面容漆黑，目露凶光，身穿府绸黑大褂，玉白色灯笼裤，头戴灰色礼帽，两辆崭新的"铁锚"脚踏车，知道这不是一个瓢茬子，赶紧滚下马，抱拳施礼，"好汉怎么称呼？"

"二十二炉香头，念二，通字班，东站一带人称莫老黑的莫振飞！"莫振飞支好脚踏车，作揖回礼。

"久仰久仰，"马四抱拳在左脸颊再拜三下，"师叔在手上，小的念三，悟字班，人称马四的，特高科行动队马三官。"

"马队长，幸会幸会，"莫振飞大踏步走到卡口，指着两辆毛驴车说，"马队长检查可以，要是传扬出去，莫老黑拉水的车每回都得细细盘查，一点面子都没有，俺往后在这徐州城还咋混？"

"师叔言重喽，"马四眨着猴眼说，"一码归一码，皇军指令，逢车必查，人人过关，职责所系，公务在身嘛！"

莫振飞怒吼，"狗屁公务，我看你是狗拿耗子多管闲事！行，你检查吧，咱丑话说在头喽，要是没有啥私货，往后你让西瓜皮滑倒喽，别怨我！"

张班长出来打圆场，"莫掌柜的您别上火，俺检查一下不就齐啦！"

莫振飞示意张班长，"张班长，你去看看吧！"

张班长小跑过去，拔开第一辆驴车水车顶上的木塞子，探身一瞅，心里一惊，偷眼瞟一下小班，一双冷冰冰的眼睛在盯着他。

"一切正常！"张班长说完，盖上木塞子，又去拔开第二辆车上的木塞子，探头瞅瞅，摆摆手，"放行！"

马四抱拳在左脸颊拜三拜："师叔多有得罪，小的改日摆酒场给老头子谢罪，您老人家别往心里去！"

莫振飞黑着脸，一言不发，拱手回礼，一行人转弯向河堤走去。

马四讨个没趣，恼羞成怒地呵斥周围看热闹的老百姓："瞅啥，妈的！"然后，跳上战马，两骑绝尘而去。

"班长，今个儿演的是哪一出？"一个伪军凑过来问。

张班长掏出手绢，擦一把汗涔涔的脑门子，恨恨地说："他妈的，马四儿个狗东西，找老子的茬儿，他今天才是驴驹子赶集——脸长半尺！"

伪军问："班长，那咱以后就人人搜身，每车必查喽？"

"查个毯，是听他的，还是听我的？"张班长惊魂未定，气急败坏地说。

"县官不如现管，当然得听班长的吆喝。"又一个伪军凑过来，讨好地说。

张班长点燃一支烟，狠狠地抽了一口，"给日本人当差，大家伙儿都机灵着点，甭拿根棒槌当针认，为仨瓜俩枣的薪饷，犯不着赔上身家性命。"

驴车停在河堤的酒坊门口，小班跳下车，"东家，咋办？"

莫振飞扔掉烟蒂，"去吕梁山的圣人窝，路太远，说不定还遇到日伪军的流动哨；咱们按照第二套方案吧，沿着黄河沿，走小路，送到三堡火车站东边的文家油坊，那里也有武工队的同志接应咱们。"

"又能见到虎队长他们啦，"小班高兴地说，"东家，我去换下毛驴，用骡子拉车，那牲畜有脚力，跑得快。"

莫振飞吩咐："好，赶紧套车！"

"还带上家伙呗?"小殷问。

莫振飞咬牙切齿地说:"带上吧,咱仨去,万一遇上鬼子汉奸,今个儿不是鱼死,就是网破,咱们跟他拼了!"

小班解着缰绳说:"没承想今天半道上杀出一个马四儿,险些坏了大事,俺都做好战斗准备了,夺枪,干掉那小子!"

小殷附和道:"可不是嘛,张班长拔开塞子的时候,俺的心都提溜到嗓子眼了,多亏了张班长打马虎眼才过关。"

莫振飞点点头,"小班,明天你去把他请过来,塞给他五十块大洋,虽说是师徒如父子,咱们也不能白了人家。"

小班吐一下舌头,"乖乖,五十块现大洋,搁俺老家能买五亩好地呀!"

"你懂啥,花钱如流水,只要用到该用的地方,咱们出发!"

太阳西斜,两辆骡车沿着曲曲弯弯的小道来到一个山坳里,路边一家木栅栏拉起的一个农家院,十几间茅草屋,木门上方用墨汁歪歪扭扭写着"文家油坊"几个大字。

"到了,就是这家。"莫振飞跳下车,走进院子。

一个肌肉隆起的赤膊汉子走过来搭腔,"先生是打油,还是买饼?"

莫振飞回答:"买两车豆饼,多少钱一斤?"

"俺家的豆饼论块卖,每块十斤挂点零,先生一车只能拉十八块。"

莫振飞问:"俺还想买点花生饼,什么价?"

汉子回答:"先进来看货吧,讨价还价争分文,你敬我让论仁义,是吧?"

莫振飞高兴地说:"同志,总算见到你们啦,这道上不好走,所以,就近到你们这里来交货。"

汉子说:"虎队长估计你们可能要先来这里,他们几个恭候多时了。"

三个人猫腰进入一个茅草棚,虎林带着三名队员热情地迎上前,与莫振飞热烈地握手,与小班、小殷捶捶打打,搂搂抱抱,亲热了一番。

虎林激动地说:"谢谢城里的同志们,有了这台机器,咱们伤员再也不用乱翻瞎找子弹头、碎弹片了,我代表根据地的战友们感谢你们!"

莫振飞也动情地说:"两只柳条篓,藏在水车肚子里,我们的任务完成了,请你们完整地带到湖西去。"

虎林拍着胸脯说:"放心吧,少一颗螺丝钉,砍我的脑袋!"

"山高路远,同志们多保重!"三个人与虎林等几个握手道别。

第二十七章　行动队爆炸赛马会　郁柏青被捕入监牢

一

1940年冬至1941年春，八路军115师教导4旅在湖西地方武装的配合下，发动十字河战役，收复了被国民党顽固派占据的金乡、鱼台、丰县、沛县交界的十字河地区，恢复了一度中断的东西交通线，打通了新四军与延安大后方的联系通道。

1941年6月22日，这是一个炎热的夏日，火辣辣的太阳高悬在头顶上方，空气仿佛停滞了一般，一丝风都没有，树叶也被烈日炙烤得打起了卷。

临近中午，大同街钟鼓楼四面的几只大喇叭，响起了一阵挽歌一样的"君之代"，"我皇御统传千代，一直传到八千代……"杨兆麟站在院子里，狠狠地啐了一口，愤愤地骂道："作死作死，不作不死！"

"东京时间中午十二点整，现在播送重要新闻！"一个嗲声嗲气的女声一连播报三遍，"今天柏林时间早上3点30分，德国炮兵对苏联军队发起了轰击，德国空军同时对苏联军用机场、铁路枢纽、海港码头开始轰炸，凌晨4时正，德国、芬兰、罗马尼亚、匈牙利和意大利出动数百个师从波罗的海两千多公里的边界上同时发动攻击……"

杨益君赤膊跑到院子，惊诧万分地说："爹，德国法西斯进攻苏联啦！他们不是刚签订了'互不侵犯条约'吗？"

杨兆麟捋着一把花白的长髯，道："《孙子兵法》里讲'兵以诈立，以利功，以分合为变者也'，跟强盗签协议，哪里有信义可言？苏军首战肯定要吃大亏喽。战火将迅速燃遍全世界，包括美国在内任何国家都不能置之度外，这对孤军抗战的中国军民来说，也未必是件坏事啊！"

杨益君穿好汗衫，"爹，我去阿部家听听他有啥高见。"

杨兆麟疼爱地望着儿子："时局动荡，凡事须谨言慎行，莫招惹事端！"

"爹爹放心，儿子自有分寸。"

"还有，你三姨给说的那门亲，坝子街上鸿发粮行周家二闺女，你娘见过，丫头模样周正，初中毕业。那周老板跟我有一面之交，也是知书达理之人，况且家道殷实。你老大不小了，该成家立业了！"

杨益君深鞠一躬："爹爹，姐姐、姐夫的血海深仇一日没有偿还，儿子一日不考虑儿女情长之事，等赶走了日寇，儿子再考虑婚姻大事，还望双亲大人体谅！"

杨兆麟噙着泪花，"儿啊，你爹年老体衰，不能提刀上阵杀贼了。爹爹明白，你走的是正道，干的是正事，多保重！"

一个老乞丐，头戴小花帽，帽子顶尖是一缕红缨子，穿着一件破长衫，肩上搭着一只褡裢，左手持一副大竹板，右手持一节系着七枚铜板的竹棍，沿着少华街走街串摊而来，竹板左右舞动，竹棍上下翻飞，"哗啦啦""呱嗒嗒"发出一串脆响。

他来到一家杂货店里开口唱道："街东站，街西串，眼前是一座杂货店，糖果罐头和饼干，货品样样都齐全。红蜡烛，小洋烛，初一十五敬菩萨……"

胖乎乎的掌柜的笑着递给他两张小毛票，"老田，给你二毛足了吧？"

叫花子接过钱，顺手搓过去一个小纸卷，鞠躬答谢道："桂花菜，不用刀，调味应放辣胡椒；您发财，俺沾光，手托莲花来拜望。人量大，海量宽，刘邦大量坐江山；好话说得恁么多，您图安生发大财，俺图快点能回家！"

掌柜的目送乞丐走远，用石笔在一块石板上写"大盐到货"几个字，挂在门脸左侧。

夜幕降临，软软的南风迎面吹来，给燥热的老城送来一阵阵的清爽。

颜石峰支好脚踏车，走到杂货铺柜台前，"马掌柜的，称一斤大盐。"

马老板高高地挑起秤杆："好嘞，您瞅瞅，一斤高高的，起码多三钱！"

颜石峰递给他一张钞票，"什么情况？"

"田花子来了，口中说'初一十五敬菩萨'的暗号，是有重要情报，"马老板把纸卷夹在几张毛票之间，递给他，"找你的零钱。"

颜石峰接过零钱，小心翼翼放进钱包里，"还说啥了？"

"街东首的卖洋油的吴老板跟特高科的密探在一起叽叽咕咕，要我们注意。"

"东头的吴老板，"颜石峰沉吟道，突然，他打一个激灵，"四眼井斜对门，一定是麻昭祥在那里设的一个卧底，专门监视油条铺的老覃头的。"

马掌柜的点点头，"老田是丐帮二当家的，手下眼线很多。老吴这个蔫不叽的黄巴脸，还怎么阴毒！"

"掌柜的，再会！"颜石峰提着一包盐，飞身骑上脚踏车，消失在暮色里。

日寇侵占徐州之后，将原铜山师范校更名为"苏北特别行政区徐州建国中学"。

校门是普通的两扇木门，门口有一座石板桥，桥下是一泓池水，又名畔池。时值盛夏，池塘里开满了粉红色、白色的莲花。穿过石桥，有一条笔直的石板路，直通文庙大殿。大殿后边一条小道横贯东西，东边是两排教师宿舍，西边是一座小花园。假期里学校静悄悄的，花园里石榴树上结满了青色的果实，花园正中有一块两米多高的黑色奇石，人称八音石，用木棒敲击，能发出八个音符，声音清脆悦耳。

傍晚时分，霞光满天，凉风习习。颜石峰沿着小路踱到八音石旁边，他抬起手腕看一眼手表，捡起一根木棒，敲击黑石，石头发出一串的舒缓音符。

高瀚不声不响地走过来，"这是李叔同填词的《送别》，曲调是美国歌曲《梦见家和母亲》。颜处长信手就能敲击出这首名曲来！"

颜石峰转过身，一脸惆怅地说："十年前我还是一个少年的时候，经常来铜山师范串联，那会这里号称'小苏维埃'。铜师有个学长，手把手教我敲击八音石，跟他学会了《送别》。这个学长后来被国民党杀掉了。"

"长亭外，古道边，芳草碧连天。晚风拂柳笛声残，夕阳山外山。"高瀚用很有磁性的男中音轻声哼唱。

颜石峰远眺如血一样的残阳，"投身革命十年来，目睹多少好同志在我们身边倒下了，我们终生不会忘记，但愿未来的人们也能永远铭记！"

高瀚动情地说："'此中何处无人世，只恐难酬烈士心'，这是顾炎武的一句诗。后代们享受着和平生活的时候，不会忘记抛头颅洒热血的先辈们的！"

颜石峰环顾四周，小声说："百灵同志启用紧急通道给我送来密令，国民党苏北行动队，号称汉魂铁血团的，准备在日伪秋季赛马会上搞爆炸活动，提醒我们在敌营的同志注意防范。"

高瀚惊叹道："呀，大名鼎鼎的苏北行动队出手，他们有美国最先进的爆破器材、暗杀装备，上一回马三猴就是他们干掉的。"

颜石峰狠狠地抽一口烟，"是啊，他们有美国的烈性炸药，鬼子的火车都能被炸成三截，飞出二十几米开外，我去现场看了，咱们八路军的土炸药，就算两千斤也顶不上怎么大的爆炸力。那玩意儿要是安置在主席台下，尸体还不飞上了天！"

"他们袭击的目标肯定是主席台，"高瀚赞同地说，"赛马会的日子定在9月10号，还有不到半个月，我肯定是主席台上就座的嘉宾，还有其他的同志，怎么通知他们避开危险，还不走漏消息？"

颜石峰将烟蒂用力甩到地上，"是啊，友军出了一个大难题啊，除了战斗在敌营的同志有可能到现场被炸，还有我们的情报人员、群众，也将面临日伪全城大搜捕的威胁。这或许就是百灵同志启用紧急通道的原因吧。"

高瀚接着说："主席台上几十名敌酋一锅报销了，鬼子汉奸还不发疯一样满世界地追捕、抓人，必然会伤及无辜。国军做事有时候就是欠周全，顾头不顾腚。"

颜石峰吩咐："你负责通知手下的人，最好是以公差、探亲的名义出城，避让一下。我负责联络其他几个地下小组。抓紧执行吧。"

二

夕阳西下，过往博爱街检问所的人越来越稀少，几个伪军夹着枪，叼着烟卷凑在一起侃大山。

一辆胶皮轱辘马车从西边段庄方向嘚嘚嘚地跑过来，一匹俊美的枣红马驾辕，车上搭着拱形的席篷，车把式端坐在车前盘，把手中拴着红缨穗的大鞭杆颤悠悠地甩了一个炸响，那牲口撒开四蹄，甩着尾巴直奔哨卡而来。

一个伪军咋咋呼呼地拉开枪栓，吼道"站住，干啥的？"

"嚎你娘个毯！"伪军班长呵斥道，"这是俺舅家的大车，不认得吗？"

"吁！"驭手勒住缰绳，在卡口稳稳地停下来。

一个面容清癯、仪表堂堂的中年人钻出车篷，鼻梁上架着宽边眼镜，一身灰色绸缎裤褂，此人正是司百顺。他麻利地跳下马车，笑容满面地给班长打招呼："三表弟，从家里捎带了一口袋新麦子，给你搁在这里。"

"二哥，谢谢你啊，"班长挥挥手，"你咋才来，再晚一会儿就收吊桥了！"

车上下来一个身穿黑色油绸大褂、咖啡色灯笼裤，青布鞋的精壮汉子，卸下一口袋粮食，然后递上三本良民证。

"三弟，例行检查一下呗？"司百顺说。

班长将良民证翻看了一眼，吩咐那个伪军："你过去瞅瞅吧！"

伪军嘟嘟囔囔地走到车篷前探头看一眼，"啥也没有了，空车。"

司百顺说："三弟，我到晓布市去进点货，明天抽空去家里看看俺姑。"

班长笑嘻嘻地说："明天俺打酒买菜，晚上咱们兄弟好好喝几盅！"

"好嘞，兄弟告辞了！"司百顺抱拳施礼，然后敏捷地钻进车篷。

车把式扬一下手里的大鞭杆，鞭梢在枣红马耳边"啪！"的一声爆响，"嘚嘚"马车一眨眼的工夫就钻进了博爱街。

伪军拍拍鼓囊囊的口袋，咂嘴道："到底是有钱人啊，出手就是百十斤麦子，这可是一亩地的收成啊！"

"眼馋了不是，"班长笑眯眯地说，"每人扒十斤，尝尝鲜！"

奎河自清朝中叶以来就是徐州城唯一的对外水路，海郑公路从袁桥正中东西横穿，这里又是徐州一个重要的陆路出口。水路、陆路在此交汇，从早到晚，船舶川流不息，车马来往如梭。

海郑路北有一条僻静的小道，在这条幽深的巷子尽头，有一座坐北朝南的四合院，清一色的青砖小瓦，自然围成了一个院落。南屋正中是大门，五级条石台阶，左右一对石鼓，黑漆的两扇木门，下置闸板。

院内堂屋有三间，主房迎面摆放一只茶色长条几，条几正中的神龛里供奉着关公神像、八仙桌、太师椅、春凳一应俱全；东侧卧房箱、箧、柜、橱罗列，床帐被褥铺摆整齐；西侧书房里放置古玩玉器、文房四宝，四周悬挂字画。

傍晚，两辆黄包车在门口停下，程金石、华伯诚拾级而上。

程金石昂首阔步步入院子，绕过影壁墙，直奔堂屋。

司百顺从堂屋里忙不迭地迎出来，激动地说："哎呀，华经理，想不到是你呀，上一回大马路锄奸，幸亏您出手相助哇，不然百顺早就杀身成仁喽！"

华伯诚热情地握着他的手，介绍说："这位是程董事长。"

程金石伸手示意："咱们屋里说话。"

四个人进屋，司百顺立正敬礼："报告程站长，奉苏北挺进军游击纵队司令、军统站站长王宇腾少将命令，前来徐城执行任务！"

"自家人不比拘泥于礼数，"程金石不适应军队的礼节，摆摆手说，"我已经接到王司令的手谕，提早安排城里几个得力的人配合你们。"

司百顺坐下说："日军为庆祝苏德战事的胜利，准备在云龙山下的体育场举行秋季赛马会，届时将有众多日伪头目去观看。王司令指示我们潜入徐城，伺机破坏敌人这个活动。"

"具体有什么打算？"程金石问。

"我们来了三个人，车夫是特战小队队长蔺光明，强青元是军统爆破专家。我们带来了美国的TNT烈性炸药，准备以主席台为目标。计划在赛马会前一天晚上行动，分成两个组，一个组在外围掩护，控制住出入口；一个组进入主席台下，埋设炸药，事先调好定时器。程站长，您看咋样？"

程金石对华伯诚说："遵照王司令的指令，城里的情报员做了一些准备，你说说吧。"

华伯诚展开一张草图，铺在桌子上，"这是体育场平面图，东边是云龙山，南边是石狗湖，西边是和尚原沼泽地，日军防卫的重点在北侧。体育场是个方方正正的大操场，主席台搭在北侧两边是临时搭建的看台。届时日伪校、佐级军官在主席台就座，约三十人；两侧是日伪下级军官和伪政府的低级官员，约一百人。明天晚上十二点，你们三个人，由内线带路，从这里出发，越过云龙山，大概一点到达北伐军烈士墓，剪开铁丝网进入体育场，直奔主席台，埋设炸药，原路返回。"

程金石点燃一支雪茄，补充道："徐州人喜欢看热闹，到时候还要避免伤及无辜。"

强青元拿出两块草绿色的炸药，每块半头砖大小，两枚墨绿色的雷管和一只怀表大小的定时器，"这种炸药，爆炸烈度大，冲击力却不大，插好雷管，调好定时器，接通电源，到时候几十米的爆炸半径，应该不会伤及老百姓的。"

华伯诚好奇地把玩炸药、定时器，"这玩意儿要是炸喽，不伤及老百姓是不可能的，咱们的目标是主席台，能不能再减一点量？"

"主席台长宽高是多少，什么材料？"强青元问。

华伯诚回答："主席台由义来春轿行郁柏青的人搭建，用粗大的圆木捆扎，上铺厚木板，离地一米，长十五米、宽五米；两侧看台三阶，长二十米。"

司百顺惊叹："咱们的眼线怎么厉害呀！"

华伯诚说："咱们程董事长跟徐州青帮辈分最长的大字辈的曾海春是结拜兄弟，青帮弟子在徐城无所不在，无孔不入，车站、旅店、窑子、饭店、皇协军，到处都有内码眼线。"

强青元扳着指头说："我算了一下，可以再减去200克。"

"笃笃笃"三声敲门声，停顿一下，又是四声。

门卫开门，那个伪军班长走了进来。他身穿西裤、白色衬衣的下摆束在腰间，是一个精干英俊的青年人。

华伯诚站起身,"介绍一下,这是咱们的谍报员张传营。"

司百顺起身握手,"老熟人,西卡口走过三趟了,回去还得借你的光!"

张传营眼睛里放射出咄咄逼人的寒光;"说外气话喽,打鬼子俺没有二话!"

"正好,人都到齐了,"华伯诚说,"大家看看还有什么疏漏的地方。"

司百顺思考片刻,说道:"日本人做事细致,要是派出工兵探雷,埋在主席台下的爆炸器材被发现了咋办?"

张传营盯着桌子上的炸药、雷管、定时器,"就这么一点东西,怎么不好掖着藏着?俺同参的兄弟就在义来春轿行当木匠,搭台子的活儿就是他干的,让他事先在圆木上做个机关,只要能藏住这些东西,不就妥了!"

"他愿意干吗?"华伯诚问。

张传营回答:"徐州破城的时候,他姐姐正在坐月子,被一群日本兵糟蹋了。"

司百顺摸出几只小玻璃瓶,"这是美国的剧毒氰化钾,王司令特意吩咐,参加行动的人员,倘若被俘,咬破小瓶子即可杀身成仁。"

程金石衔着雪茄,捏起一支,透过光线看了看,火柴棒大小的透明小瓶子,里边少许晶莹的液体,"宪兵队、特高科都是杀人不眨眼的阎王殿,大家还是备上这东西吧。"

张传营把药瓶揣进裤袋里,"我这就去找俺伙计,明天傍晚来此会合。"

程金石起身,"我该回厂里了。日军的一批军粮催得紧,华子,你去整几个菜,弄壶酒,陪几个兄弟喝两杯!"

司百顺、强青元起身:"谢谢董事长,您慢走!"

"不行就再等机会,切不可鲁莽行事。"程金石摇摇摆摆地走了。

三

一轮残边的月亮升上了头顶,朦胧的月色洒在云龙山蜿蜒的山岭上,四周只有蝈蝈、蟋蟀和不知名的虫儿在草窠里不知疲倦地鸣叫。四个黑影借着月光悄无声息地行进在山间的羊肠小道上。他们登上云龙山顶,远望体育场,周围闪烁着十几堆篝火,隐隐传来清脆的敲击梆子声。

"明天就是正日子了,敌人加强了戒备。"张传营说。

司百顺说:"按照计划行动,我和老蔺在外边接应,你带老强进入体育场,怎么样，放置炸药的树洞没有问题吧？"

张传营回答："没有问题，就在台子正中间，两根桁梁接缝的地方，以防万一，老强还带了工兵铲，不行就埋设。"

司百顺命令："检查武器，开始行动！"

四人潜行至体育场东南角。张传营猫腰剪开铁丝网，强青元随即像狸猫一样钻过鹿砦，张传营将铁丝网恢复原状，两人消失得无影无踪。

过了一会儿，一盏马灯像鬼火一样晃晃悠悠飘了过来。司百顺埋伏在半人深的草窠里，轻轻拉开枪栓，屏住呼吸。

"队长，打更的过来了。"蔺光明附在耳边小声说。

"不要开枪，实在不行，动刀子宰了他俩！"司百顺压低嗓子说。

蔺光明从腰间抽出两把铁柄板斧。

不一会儿，两个伪军提着马灯、斜背着大枪，晃晃悠悠地逛了过来。

一个伪军发牢骚，"这三更半夜的，日本人睡大觉，让俺们巡逻放哨，真把咱们当成后娘养的。"

"本来就是后娘养的！不行，俺得尿泡尿。"另一个伪军说着把马灯斜插在鹿砦上，隔着铁丝网向外撒尿。

一股腥臊的液体"哗哗"地淋在司百顺头顶上，他一动不动俯在地上。

伪军凑过来，递给班长一支烟，"班长，抽袋烟提提神。"

"好的，拉一袋烟。"班长用嘴角叼住烟卷，划着一根火柴，突然，他怔住了，指着草丛，"有，有……"

蔺光明扬手"嗖"一柄利斧飞过去，"砰"的一声闷响，斧头深深镶进他的脑门；又是一声闷响，另一个不知所措的伪军也仰面倒下。

两个黑影蹿出草丛，掀开铁丝网，将两具尸首拖进草丛。

马灯熄灭了，四周陷入一片漆黑。

约莫半小时，两个黑影摸过来，掀开铁丝网，钻了出来。

"办妥了，东京时间十点，瞧好吧！"强青元小声说。

张传营兴奋地说："皇协军在台子上铺了的草席睡大觉，俺们爬到台子底下，顺利地摸到了树窟窿，炸药掖好了，没有问题。"

"这还有俩找死的咋办？"司百顺问。

微弱的月光照着两具直挺挺的尸体，张传营捡起地上的三八大盖，"往南二百米就到石狗湖，绑上石头，沉到湖里去。伪军经常有携枪开小差的。"

司百顺当机立断："这样，咱们把这俩货沉湖之后，提前按照原定路线撤退，到茶棚附近听候消息。"

张传营坚定地说："我得留下，不能走。晚上少了俩哨兵，我再没有了人影，引起敌人怀疑。"

"好吧，抬上尸首，撤退！"

一阵窸窸窣窣的蹚草声，四个人抬着两具尸首向石狗湖边走去……

秋日里的一个晴朗的天气，云龙山下的体育场人山人海，日伪军人、日本侨民，还有扶老携幼赶来看西洋景的市民，将偌大的场地塞得水泄不通，一片热闹的景象。

主席台前方，二十多名日本军乐队操着西洋铜管乐器，演奏节奏明快的日本军乐。主席台正中并排悬挂日本裕仁天皇和南京伪政府主席汪精卫的彩色画像，两旁斜插日本太阳旗和南京伪政府的青天白日旗。二十多名日伪军官、伪政府官员正襟危坐，笑容满面地看着如潮水一样的人群。主席台上方悬挂一条红色、金字的横幅，大书"日中提携共建大东亚共荣圈"字样。两侧看台也坐满了伪军官、伪政府职员。

伪市长杨世云坐在主席台正中的位子上，他眉飞色舞地对身旁的公安局长菅从茂说："眼前歌舞升平的盛世景象，都是天皇的恩泽所赐予的福祉呀！"

菅从茂附和道："是呀，今个儿是徐州难得一见的盛况呀。"

"安保措施布置得如何？"杨世云不放心地问。

菅从茂侧身回答："场地提前三天戒严，禁止闲杂人员出入；今天早上，滨上机关长特意安排工兵分队，对场地四周进行了探察；今天入场的国人，都要挨个搜身。万无一失，请市长放心！"

"哦，这就好。"杨世云点点头。

菅从茂不经意地说："不过，昨天下半夜值班的哨兵失踪了两个，八成是开小差跑了。"

杨世云的胖脸抽搐几下，急切地问："怎么失踪的，搞清楚了没有？"

菅从茂不以为然，"保安司令部正在查，小兵蛋子携枪逃跑是常事。"

杨世云掏出手帕擦擦汗，"从茂老弟，你代我打一下发令枪好哇，我的肚子昨天晚上吃坏的啦。"

菅从茂望着跑道上一字排开的十几匹骏马，"马上就要开赛了。"

"不行，吃不消了，你们开始吧，"杨世云捂着肚子，用日语对身旁的市政府日军联络官后滕说，"不好意思，拉肚子，我去去就来。"

杨世云三步并作两步跑下主席台，直奔大门口的一个临时厕所，褪下裤子,蹲在茅坑上,支着耳朵听着麦克风传来菅从茂沙哑的声音。

"徐州市秋季赛马大会现在开始,奏日本国歌、中华民国国歌!"

军乐队演奏完毕,"赛马比赛现在开始,各就位,预备,"菅从茂拖着长腔说,"砰"一声号令,赛场上沸腾了,人喊马嘶,尘土飞扬。

"轰隆"一声巨响,主席台霎时间被一团烈焰推上了半空,顿时血肉乱飞,一片惨叫。赛场上受惊的马匹四散奔逃,肆意践踏人群,到处是悲惨的哭喊声,伤员的哀号声。刚才热闹非凡的场景,瞬间变成了人间地狱。

杨世云一屁股瘫坐在茅坑上,浑身的肥肉不停地哆嗦,口中念念有词:"阿弥陀佛,上帝保佑……"

司百顺三人站在云龙山第九节山头,翘首向北眺望。

"咋还不听到响哩?"司百顺焦急地看着手表。

"队长,别着急,还有三分钟。"强青元紧盯着手表。

"轰"远处传来低沉巨响,像天边的闷雷一样滚了过来。

"成功啦!"三个人欢呼雀跃。

"赶快撤退,"司百顺按捺不住内心的喜悦,"走五老峰,直奔汉王,回到了范庄驻地,请兄弟们喝酒!"

四

徐州城警笛声不断,警车呼啸急驰,街头巷尾布满了日伪军的岗哨,凶神恶煞的哨兵逐一盘查过往行人。

傍晚,伍衡身穿土黄色中尉军服,全副武装,骑着脚踏车来到大巷口一所院落前,他四处观察一番,叩响了木门上的铜环。

一个挽着发髻的中年妇女拉开了门,"呀,是石猴子啊!"

"师母,师父在家吗?"伍衡躬身问道。

妇人回答:"在堂屋里河闷酒呐,一天没句话,跟个闷葫芦一样。"

这是一个不大的院子,门朝东,三间堂屋,三间东屋,西边是两间伙房,都是青砖小瓦,院子里铺设青石板甬道。

"石猴子,知道你要来,杯子摆好了,坐下陪你师父喝两盅。"郁柏青穿着灰色长衫,翻卷起白袖口,脚穿青帮白边的布鞋,端坐在太师椅上首,八仙桌上摆放着四个凉碟。

伍衡搬过来一只春凳,在下首坐定,拎起酒壶给郁柏青斟酒,"师父,体育场爆炸，炸死日军、皇协军军官三十多，炸伤五十多，也有不少老百姓被马踩伤，宪兵队、警察局，满城在抓人呐！"

郁柏青仰脖子喝干一杯酒，"孩子，师父知道脱不了这干系，这不，俺穿戴得衣帽整齐，等着他们上门抓俺哩！"

伍衡依旧赔着小心说："师父，咱们想办法躲一躲嘛，好汉不吃眼前亏。"

门口又响起敲门声，妇人开门的声音。

"师母吉祥！"

"呀，是金彪啊，快点到正房里去坐！"

张金彪身穿咖啡色对襟大褂，日军马裤、马靴，腰扎皮带，斜挎盒子枪，大咧咧地走进堂屋，躬身抱拳行家礼："师父在上，徒儿金彪给老大人请安！"

"金彪呀，坐下吧，陪师父、师弟喝点酒。"郁柏青指着左侧的太师椅说。

张金彪拉过来一只春凳，挨着伍衡身边坐下。

"今个儿你们兄弟俩咋有闲工夫跑来跟老头子喝闲酒啊？"郁柏青捋着花白胡子问。

张金彪"吱儿"一仰脖子干了一杯，夹起一块猪头肉一边咀嚼，一边说："老头子，您还有心思搁这儿大路架地喝酒吃菜，待一会儿特高科就来抓您老人家啦，俺担着风险给师父报个信儿，赶紧出城到乡下去躲一躲，徒儿给您备好了特别通行证。"

郁柏青端起酒杯一饮而尽，神情自若地说："你师父一没杀人，二没放火，干吗吓得跟龟孙子一样躲到乡下去？"

伍衡也劝："瓢把子说得对，咱惹不起还躲不起吗？"

张金彪着急地说："师父有所不知，云龙山体育场一坨炸死市政府日军联络官后滕在内的佐官十一人，俺们局长营从茂被炸成两截，滨上大佐指令柳天华代理市警察局局长，警察局看守所、特高科羁押所、日本宪兵队监牢都关满了人犯。昨天晚上体育场失踪两名哨兵，中午从石狗湖里边打捞出来，俩人脑门子被刀斧所劈杀，爆炸使用的也是美国造的烈性炸药。没有家贼引不来外鬼，凡是沾着刮着一点边儿的，统统都要抓起来审问。"

郁柏青大怒："不做亏心事，不怕鬼敲门，日本人能拿俺咋的？"

张金彪急得跺脚，"师父，您咋怎么犟哩，您还准备去宪兵队跟日本人理论？日本人勘查现场认为，炸药就藏在义来春轿行的圆木里头，你还有理讲吗？"

郁柏青也激愤地站起来，"瓢把子、石猴子，那样师父更不能一个人蹿了，留下轿行里百十个兄弟怎么办？你俩跟日本人做事，师父求你俩一件事，这件事要杀要剐你师父一人扛着，别再连累轿行里的青帮弟子！"

"砰砰砰"，大门被擂的山响，柳天华带着十几个便衣拥了进来。

柳天华依旧戴着咖啡色的礼帽，帽檐压得很低，遮盖住双眼，"吆嗬，张大队长、伍连长，你俩在这旮沓干啥的，是给你师父送行的吧？"

张金彪赶紧立正敬礼："报告柳局长，俺们俩人执行任务，在大同街上碰到一坨，相约来师父家里讨杯酒解解乏，不承想碰巧遇见局长。"

郁柏青整整衣衫，戴好礼帽，"柳科长，俺跟你走，有句话，体育场的事儿跟俺一丁点瓜葛都没有，求你不要再招惹轿行里的伙计，都是出力气养家糊口的穷兄弟！"

柳天华板着脸，"这事儿我说了不算，得日本人定酌。"

郁柏青怒目而视，"俺郁老四一辈子，没有积攒多少钱财，积攒的都是人情、薄面，光是徒子徒孙就有一千多号人，俺张口求您的事儿，您最好还是当回事儿！"

柳天华勃然大怒："哎哟，胆儿不小，敢吓唬俺咋的，把他给我绑喽！"

伍衡上前拱手施礼，"柳科长，俺们兄弟在此，绑缚俺们师父，传扬出去俺们的面子磨不开，请你高抬贵手！"

柳天华看到伍衡出面讲情，也就借坡下驴，气咻咻地说："这是皇军的指令，俺们也是奉命行事，是吧？"

妇人抱着郁柏青撕心裂肺地哭喊："俺家老头子犯啥法了，凭啥抓俺呀？"

郁柏青淡定地说："屋里的，别难过，是福不是祸，是祸躲不过，这是命中注定的劫数，告诉弟子们，不要轻举妄动，你男人是为天地留正气，为民族树人格，死而无憾！"

伍衡泪水滂沱。

大同街东头路南，临街一栋三层的奶黄色水泥柱建筑，这里曾经是徐州盛极一时的天成百货公司，被日军强占为宪兵队。日军霸占此处之后，随即向东强拆南夹墙巷的八户民宅，修建了一栋二层楼房，上下5间，作为刑讯室；左右连接两栋平房，圆木牌子上白漆书写"囚室"字样。监室一溜15间，南边是走廊，走廊尽头有日军值岗。每间囚室外边是一扇沉重的铁门，北山墙高处有一个通气的小铁窗，靠近北墙是一溜木铺板。院子南侧是特别监号，一排小房间，铁棂子门，高不到一米半，仅能容纳一个人，关在里边直不起腰。这里就是一个令徐州人闻之色变的杀人魔窟。

一辆土黄色的卡车行至"日本宪兵队本部"大门口。柳天华摘下礼帽，用日语对哨兵说："这是犬养太君指令抓捕的要犯，请您禀报一声。"

哨兵转身打电话，须臾，出来四个全副武装的宪兵，左右扭住了郁柏青，由一名臂戴"联络"字样白色袖章的宪兵，带到院子二楼的一间刑讯室。

屋子充斥着刺鼻的血腥味。桌子上一盏台灯发出幽幽的光芒，后边端坐着黑胖的犬养大队长，瘦高个子的井樱军曹面前摊开一沓笔录纸，一个穿西服的翻译官坐在外侧。桌子上摆放着两只手枪，刀架上横放着两把长刀、一把短刀。右边一座生铁炉子吐着红红的火苗，炉膛里斜插几根钢钎；左边的柱子上，铁链子拴着一只硕大的大狼狗，吐着猩红的舌头。墙上挂着铁链、手铐、皮鞭等刑具，房间正中摆放着老虎凳，上面结着一层厚厚的血痂。

犬养一脸浓密的毛胡子像猪鬃一样浓黑，他一言不发，瞪着血红的眼睛恶狠狠地盯着郁柏青足足十几分钟，突然张开大口，用半生半熟的中国话号叫道："你知道犯的是什么罪吗？不好好地讲，死啦死啦的！"

郁柏青平静地回答："我给你们搭台子干活，没有埋炸弹，是你们没有把守好，与我有何干系，我啥罪都没有！"

井樱一拍桌子，撕扯着嗓子用日语训斥道："休要胡说八道，老实交待交待，是谁带凶手去的体育场，你们是怎么接头的，后台是谁？"

"俺就是一个杠子头儿，体育场的事儿跟俺八竿子打不着！"

井樱狞笑着走到近前，打着打火机，窜出一团蓝色的火苗，"郁老四，你对日不亲善，这把胡子就是佐证，你们支那人叫作蓄须明志，对吧？"

郁柏青怒视着逼近的火苗，"你们讲不讲理，欲加之罪何患无辞，犬养队长留胡子也是蓄须明志吗？"

一股火苗从郁柏青的长髯下端开始燃烧，青烟、焦糊的气味弥漫了整个房间，皮肉被烧得滋滋响，郁柏青咬紧牙关，一声不吭。

"吆，牙口怪硬啊，得给你点厉害的瞧瞧！"翻译官走到柱子前解开狼狗，用铁棒敲敲郁柏青的腿肚子，那一头畜生上去一口，撕咬下来一块血淋淋的肉。

郁柏青惨叫一声，大吼："肉是你们的，骨头是我的！"

翻译官牵着狗继续嗾叫："说不说？"

郁柏青盘腿闭目，端坐于地，毫无惧色。

"巴嘎！"犬养被激怒了，他拿起一把雪亮的战刀，号叫着将长刀悬于郁柏青头顶，作出劈砍状，"不说死啦死啦的！"

郁柏青怒目圆睁，猛然以头撞刀，刀刃嵌入头颅，血流满面。

郁柏青视死如归的硬骨头气概，大义凛然的英雄壮举，让杀人如麻的日寇深深震撼，一时竟然不知所措。

柳天华不知道啥时候进入的刑讯室，他假惺惺地掏出一块手帕，为躺在地上的郁柏青擦拭脸上的血迹，"郁老四，我知道你有种，徐州城里谁人不知的三番子大佬。胳膊拧不过大腿，早晚都得交代清楚，是吧？"

郁柏青声如游丝地说："这事儿跟俺没关系！"

柳天华凑到他耳边说："老四，看见没，要是皇军把这些刑罚都用一遍，你也就站着进来，横着出去啦。看在咱们多年交情的份儿上，我给太君求个情。"

柳天华走到犬养跟前，用日语说："大队长，这个人很重要，不能让他死掉。我正在调动全城的密探查找线索，很快就会锁定凶手的。"

犬养点点头，用日语说："这个支那人倒是很有血性的，让军医给他包扎一下，你们抓紧破案！"

柳天华走过去扶起郁柏青，"太君说啦，本着中日亲善的原则，先给你包扎伤口，让你回监号好好考虑一下。"

四个宪兵拖着遍体鳞伤的郁柏青来到一个牢房门口，把他扔了进去。

"四爷，您咋进来了？"三个人围拢过来。

郁柏青有气无力地说："说我是爆炸案的后台。"

"俺在体育场大门口卖茶叶蛋，也说是什么探子，给抓进来了，等着过堂哩！"一个年轻人说着就哭了起来。

"俺是经济犯，贩卖棉纱、食糖，"一个中年人搀扶起郁柏青，指着另一个小伙子说，"他是侵侨犯，揍了一个卖大烟的高丽棒子。"

小伙子也搀着他说："前边还有一个更惨的呐，思想犯，培正中学的老师，蹲水缸，活活泡死啦！"

"咋个蹲水缸？"郁柏青不解地问。

中年人愤愤地说："院子里七八个半人多高的大木桶，水灌到齐脖子深，上面盖着嵌着铁钉子的缸盖子，稍一动，就刺得鲜血直淌。人在缸里边蹲不下去，站不起来，都泡溻了。"

这时走廊鬼子兵一声嚎叫："乃木！"

"赶紧躺倒睡觉，"小伙子说，"天亮了，鬼子喊'欧得鲁'，就得麻利地爬起来盘腿坐着，不然，就是一顿皮鞭。"

郁柏青躺在冰冷的木地板上，泪水像溪流一样无声地流了下来。

五

沧浪池二楼南头的包厢，两个便衣特务手握短枪站岗。

柳天华沐浴过后，披着雪白的浴巾，半躺在床榻上，很惬意地嘬一口香浓的茉莉花茶，翻眼皮瞧一眼端坐在床边的徐州商会会长曾海春、东亚制粉兴隆面粉株式会社总经理程金石。

"啥股风把您二位商界大佬吹到这里来啦？"柳天华仰天吐出一口烟圈，"无事不登三宝殿，有啥事就直截了当地说吧。"

"还是为了郁柏青的事儿嘛，听说柳局长在日本人那里替老四百般斡旋，一则表示感谢，二则还请您继续费心！"曾海春说着，将两根金条放到柳天华床头。

"若不是我替郁老四说好话，昨天晚上他就蹬腿了。"柳天华长叹一声，"都说我是柳阎王，其实俺也有一副菩萨心肠啊，自打俺来到徐州地面，跟郁老四也有八九年的交情了，总不能见死不救呐！"

程金石往前拉拉凳子，"柳局长，俺们俩跟他也是插过香、拜过把子的兄弟，您只要能把老四活着捞出来，俺再奉送四根条子！"

柳天华眉开眼笑地说："俺柳天华不是为了钱财才替你们出头的。"

特务敲门，伸头报告："行动队马队长有事禀报。"

柳天华把金条掖进枕头底下，对特务说："让他进来吧。"

小个子的马四兴冲冲地走了进来。

曾、程二人见状，连忙起身，拱手告辞："柳局长，您公务繁忙，俺们告退。"

柳天华斜躺着说："好的，二位慢走，郁老四的事，俺会尽心的。"

二人走后，马四搬一个凳子坐在柳天华跟前，神秘兮兮地说："柳局长，跟您报告，案子破啦！"

柳天华一骨碌爬起来，"谁干的？"

马四扬扬得意地说，"是城西卡口皇协军城防大队班长张传营干的。"

柳天华抽出一根"三炮台"递给他，"你们咋破获的？"

马四深吸一口烟，很享受地从鼻孔喷出两股团烟柱，"大前天夜没黑，打西关过来一辆马车，连车把式一共仨人。俺在博爱街西头的密探就停下手里的活计，注意观察。他们跟班长张传营很熟悉，噢，他们还搬下一口袋麦子。"

"确定是三个人？"柳天华问。

"是仨人，马车从密探鞋摊经过的时候，他还特意张望了一眼。第二天那个兵蛋子到鞋摊砸鞋掌，探子就他套话。你猜那个兵蛋子咋讲？"

柳天华伸长了脖子，"咋讲？"

"兵蛋子说，呸，张传营吹牛皮，说是他舅舅家的大车，他娘家的底细俺还不知道，汉王的佃户，光腚睡凉席的，哪里有怎么阔气的舅舅，十有八九是八路的探子，老张拿十斤麦子就想堵住兄弟们的嘴。"

"后来呢？"柳天华急切地问。

"俺查找到这条线索，把那个兵蛋子密捕到博爱街的酱园子里，他说那仨人声称是来小布市买货的。俺们沿着这条线，满城查访大车，嘿，真宝气，从袁桥的四海客栈找到了这辆马车，说是个买卖人寄养在那里的。从目击者说的相貌上分析，领头的可能是苏北行动队队长司百顺。"

"还等啥，赶紧拿人呀！"柳天华披衣而起。

"这不等您老人家的号令的嘛！"马四谄媚地说。

柳天华吼道："马四儿，立马集合队伍，全城戒严，西关博爱街卡口、袁桥四海客栈，一个都不能跑掉！"

马四立正，大声说："是，立即抓捕，一个都不能跑掉！"

一辆黑色轿车沿着博爱街的青石板路，晃晃悠悠开到城西卡口，车头一边插着太阳旗，另一边插汪伪青天白日旗，旗子上方一条三角形杏黄旗书写"和平反共建国"。后边"咔咔"跟着一队卫兵，骑着高头大马，右边背盒子枪，左边挎东洋刀。

轿车停稳，伍衡跳下战马，跑过去拉开车门。郝鹏举慢条斯理地下车。他一身草绿色呢子将军服，脚蹬长筒马靴，皮带上别着一支小巧的勃朗宁手枪，十几名卫兵纷纷跳下马，手握枪柄分列左右。

张传营赶紧吹哨，"集合，集合！"

哨卡九名伪军持枪列队，张传营小跑上前，立正敬礼："报告郝司令，皇协军城防大队二中队三班正在值岗，请司令训示，班长张传营！"

郝鹏举慢慢褪下白手套，然后挥挥手，"全部拿下！"

卫兵像老鹰捕食一样扑上去，将士兵死死扭住。

郝鹏举慢吞吞地说："张传营，你们的事儿露馅啦，现在要带你们去军法处讯问。大家都是透精明的人，交代清楚下家，免得遭受皮肉之苦！"

突然，街筒子里传来一阵嘈杂声，从博爱街里冲出一群特务，为首的正是柳天华。他身着崭新的草绿色呢子军官服，肩上扛上校军衔。

"郝司令，职下给您敬礼啦！"柳天华皮笑肉不笑地说，抬起了右手。

"嚯，柳局长新官上任三把火，穿上这身军服挺合身的啊，"郝鹏举也不冷不热地回敬道。

柳天华仰脸倨傲地回答："奉犬养大队长之命，捉拿要犯张传营等人。"

郝鹏举轻蔑地俯视着矮个子的柳天华，"奉滨上机关长的指令，张传营等属于皇协军序列，应当由司令部军法处审讯，你们的手别伸那么长！"

柳天华环顾十几名金刚怒目的卫兵，只得后退一步，用商量的语气说："郝司令，这些人是俺们办案的人犯，非常重要，能不能咱们两家一起审讯？"

这时，张传营开口说话："郝司令，案子是俺犯下的，同伙有苏北行动队大队长司百顺、特战队长蔺光明、爆破专家强青元，两个哨兵也是俺们杀的，沉到石狗湖里了。他们三个人10号早晨就撤退了。此事不关别人，请你们不要滥杀无辜！"

"好汉做事好汉当，你倒是一条铁汉子！"郝鹏举流露出怜惜之意，"不过，你这样做是为什么呢？"

张传营大义凛然，滔滔不绝地说："中国是中华民族的家园，岂容异族侵占？日寇侵略我国土，掠夺我资源，奸淫我姐妹，残杀我人民，但凡有点血性的中华儿女都应当拿起武器，去跟东洋鬼子战斗。奉劝司令不要认贼作父，数典忘祖，做国家、民族的罪人！"

一席话呛得郝鹏举面红耳赤，张口结舌，无言以对。

马四窜上去左右开弓两个大嘴巴，"让你娘的胡吊扯！"

鲜血顺着张传营的嘴角流淌下来，他突然抬脚一记兔子蹬腿，踢中马四的下盘，马四当即踉踉跄跄地退出几步开外，一个屁股墩坐地上。

"郝司令，求您不要再连累这些兄弟，他们啥都不知道！"说完，张传营低头咬住了衣领，发出"咯嘣"玻璃破碎的脆响，软绵绵地倒在地上。

伍衡俯下身察看，"司令，他服毒自杀啦！"

柳天华翻看一下衣领，顿足道："氰化钾，美国货，线索掐断啦！"

"小伍子，你留下来，到附近的棺材铺捡上好的棺材，装殓这位兄弟！"郝鹏举说完，钻进了轿车，扬长而去。

"收队！"柳天华恨恨地说。

伍衡挥挥手，"你们几个赶紧过来搭把手，把他抬到前边基督医院太平间里。"

一个伪军哭泣着说："哥哥，俺们弟兄们送你上路！"

郁柏青身受重伤，释放之后不久，积郁万分，含恨去世。徐州商界以及青帮众多门徒，筹集大洋三千余块，在云龙山东麓购置一块墓地，安葬这位传奇式的江湖好汉，并立三块透龙青石碑，碑文镌刻郁柏青先生仗义疏财、乐善好施的生平事迹，以供世人瞻仰铭记。

第二十八章　首长借道微山湖　八路突袭铜山岛

一

严冬锁住了大地,西北风呼呼地刮了一夜。早上,杨兆麟推开房门,地面上铺了一层洁白的雪花。

钟鼓楼顶上的大喇叭响起一阵激扬的《军舰进行曲》,杨兆麟侧耳细听。

西北风中传来情绪激昂的男声:"东京广播电台报道,今天凌晨,大日本海军联合舰队一举摧毁了美国太平洋舰队,夏威夷的珍珠港火光冲天,美国航空母舰、战列舰等悉数沉入海底。胜利的消息传到皇国,举国欢庆,东京洋溢着一片狂欢的气氛……"

杨兆麟跌跌撞撞推开东屋,拉起熟睡之中的杨益君,"儿子,快起来!"

杨益君睡眼蒙眬地说:"爸,我刚睡下几个小时,星期天,让我多睡会儿。"

杨兆麟老泪纵横,"打起来啦,日本偷袭美国珍珠港,终于迎来美国和日本彻底翻脸的这一天,中国有盼头啦!"

杨益君一个鲤鱼打挺坐了起来,"日本军阀发疯了,敢去老虎头上挠痒痒?"

杨兆麟激动得在房间转圈,"儿啊,你不了解日本人,这是个偷袭成性的卑鄙民族。1894年7月,日本偷袭北洋水师,爆发甲午海战,大清被迫签订丧权辱国的《马关条约》;1904年2月,日军偷袭旅顺的俄国舰队,日俄战争爆发,国力弱小的日本最终击败了强大的俄罗斯帝国;眼下的日本国力也明显弱于美利坚合众国,日本又站到以弱击强的十字路口。不过,幸运的天平不会永远向日本倾斜,德、意、日发动的侵略战争,必定败于美苏英中的反法西斯联盟。"

"爸,中国从此以后不再孤军作战了,咱们喝点早酒,庆贺一下?"

"让你娘炒几个鸡子儿,咱们喝两盅庆贺庆贺!"杨兆麟手舞足蹈地说。

夕阳在远方地平线燃烧着红彤彤的晚霞,大王庄家家户户响起了阵阵"呼嗒呼嗒"拉风箱的声音,伴随着有节奏的韵律,白的、灰的、青色的炊烟轻盈地升腾,在村庄上空结成一层灰白色的云雾。

一匹战马在一户农家院子门口停下,虎林纵身跳下马。

喜鹊惊喜地从院子里跑出来,接过缰绳,"呀,真巧,你咋有空回来的?"

虎林解下武装带、驳壳枪,笑眯眯地看着她:"今晚要赶到湖东,执行护送任务,挤点空,回家来会会媳妇。刚才你咋说真巧的,昨晚梦见哥啦?"

"美得你,"喜鹊从筼子里端出一盘窝窝头,一碟咸菜,搁在桌子上,"我说真巧,是因为俺今天去奶奶庙求嗣了,你这不就正好回来了吗!"

"都是农村老娘们唠叨的事儿,你妇女主任也信?"虎林抓起一个大窝窝,就着咸菜狼吞虎咽。

"咋不信的,咱俩结婚都三年了,俺还没有开怀,能不着急吗?"

"那是咱俩成天忙着打鬼子,聚少离多,咋个能怀上?"虎林坏笑着说,"今晚保准让小妹开怀!"

喜鹊嗔怪地捶了他一下,"看你能耐的!咱们房东王大娘给我说,每年的农历七月十一王窝泰山奶奶庙会,只要真心诚意地到泰山老奶奶、碧霞元君神像前磕头许愿,送子娘娘保准给送个一男半女的,很灵验的。"

"你去磕头啦?"虎林端起草绿色搪瓷缸喝了一口水。

喜鹊认真地说:"磕啦,还是磕的大头。王大娘小脚,陪俺走了二十里路,赶到泰山奶奶庙都快晌午了。俺在集上扯了一块红布,恭恭敬敬挂在泰山老奶奶旁边的帷幔上,然后烧香、磕头,往泰山奶奶神像前的笸篮里施舍零钱,唱求子歌,'送子娘娘你听由,今日求子俺磕头。是儿是女跟娘走,莫在庙里闲逗留。不管男娃女娃给一个,俺年年赶会磕大头。唱罢歌,从娃娃洞里摸泥娃娃,只要能摸到,就得用红布包好,用五色线拴在手脖子上带回家。你猜猜,俺摸到的是个啥娃?"

虎林笑着说,"俺小妹想娃娃都想疯了,男娃女娃都中。"

喜鹊从抽屉里捧出一个红布包,"看看,是个没有把的女娃!"

虎林开心地大笑,他推开碗筷,一把抱住喜鹊,"好,哥哥这就给你置一个女娃,跟你一样漂亮、贴心的女娃。"

喜鹊笑着推开他,"干啥呀,门还没有拴,看你猴急猴急的样儿!"

"俩月没有见媳妇了,咋不急,俺还急着当爹哩。"

"俺去舀盆水，你洗一洗，浑身上下跟泥猴子似的，咋上床？"喜鹊起身。

虎林拿起怀表，"呀，还有四十分钟就得出发，你快一点，今晚的任务不同寻常，是大首长过境，耽误了军机要杀头的！"

两扇木门吱呀关上了，屋里传出喜鹊的莺声细语，"哎哟，你慢着点儿……"

天色麻麻亮，东方出现了一抹鱼肚白，芦苇丛里的水禽开始叽叽喳喳喧闹起来。两只木船一前一后驶出了芦苇荡，伴随着"吱吱呀呀"的摇橹声，船儿驶出港汊，来到宽阔的微山湖湖面上。

前头一条小船上是七八个戴斗篷、渔民打扮的人，每个人都机警地扫视着四周。后边大船上覆盖着一只席篷，船头站着一个黝黑精壮的汉子，船舱里坐着一位商人装束的首长，穿绸油大褂、宽腰灯笼裤，戴着礼帽，高鼻子，漫长脸，眼睛炯炯有神，身旁坐着湖西专员户秉刚。虎林手握双枪，俯在船帮警戒。

二

太阳像一团火，火辣辣地暴晒着大地。青纱帐起来了，高粱红了，托举着饱满的穗子；玉米拖着长须，像红缨枪头的缨子一样鲜艳；谷子黄了，沉甸甸的谷穗随风摇曳。湖西大平原成了一望无尽的绿色海洋。

十几匹快马驮着身穿灰军装的八路军，沿着复新河堰奔驰。

郭一民与虎林并辔而行，他心情愉悦地对虎林说："这一次护送首长的任务，武工队、交通站表现得非常好。微山湖是咱们南边的新四军四师向北越过陇海铁路，经过微山湖，从冀鲁豫到延安；东边的山东省委从沂蒙山区越过津浦铁路，经过微山湖，走湖西，冀鲁豫到延安；东南的新四军盐城根据地越过陇海铁路、津浦铁路，到达微山湖，走湖西，经过冀鲁豫到延安；以及东南方向新四军淮阴根据地越过陇海铁路、津浦铁路，到达微山湖，再走湖西去延安，四个要道的交叉点都经过微山湖和湖西，战略大通道，非常重要，我们必须确保通畅。"

虎林笑着说，"一路上有惊无险，两次与敌人擦肩而过。"

郭一民挥了一下马鞭子，"今天带你开开眼界，看看咱们韩宗田同志的宝贝疙瘩，顺便再交给你一项重要任务。"

韩宗田催马赶上来，对虎林说："感谢虎部长搞来的 X 光机，咱们的军区医院终于开手术不用再乱翻乱找了。"

虎林撇撇嘴，"首先得感谢徐州地下党的同志们冒死将机器运出城啊！"

"行，俺晚上打酒买菜，犒劳俺虎子哥，咋样？"韩宗田扭过脖子说。

虎林诡秘地说："老郭、老韩今天拽我来不光是看军区医院的吧，俺听说咱们军区的兵工厂也开张俩月啦。"

郭一民大笑："到底是搞情报的，啥都瞒不住你吆！"

韩宗田指着前边的一个土圩子，"周庄圩子到了。"

周庄圩子是个四四方方的圈子，外围一条月河，宽三丈、深两丈。扒壕取土堆成圩子，上垒砌石墙，高约两丈；每隔二十步筑一个垛口，垛口留有枪眼；四角四座炮台，架设四尊铁炮、四尊铜炮。圩子东南西北四个寨门，仅留南北两个通行，都有哨兵把守。

一行人打马从南寨门进入圩子，往东拐，有一户四合院，这里是乡绅周艾武的家。大门口左右一对石鼓，过邸右侧悬挂一个竖牌子，用墨汁书写"湖西抗日初级小学"。

郭一民勒住马说："户秉刚同志的儿子小虎在这所学校里。"

这时院子里传来稚嫩的童声合唱："工农兵学商，一起来救亡。拿起我们的武器刀枪，走出工厂、田庄、课堂，走上民族解放的战场……"

一行人步入院子，二十多个孩子整齐列队，小的八九岁，大的十五六岁。校长苏老师是一位精干的女干部，留齐耳短发，正在打拍子指挥孩子合唱，见到首长进院，更加有力地挥舞双臂，孩子们的歌声愈加嘹亮。

一曲终了，苏老师跑步上前敬礼："报告各位首长，湖西抗日初小正在准备吃午餐，请首长指示！"

郭一民往前一步，说："孩子们，你们是国家的未来，等打跑了日本鬼子，新的中国需要你们建设、保卫。我们给你们带了十听日本罐头，两盒饼干，还有几十颗糖果，还给同学们带来一只篮球呐，祝你们好好成长！"

"噢！"孩子们欢呼雀跃。

"同学们，现在开饭！"一个戴眼镜的男老师，拎着两只大木桶，喊道。

孩子们自觉地排好队，端着小搪瓷碗，每人打一勺菜，一个窝窝头，然后到庭院阴凉处津津有味地吃起来。

郭一民环顾四周，三间东屋作教室，三间西屋做寝室，两间南屋一间作办公室、一间作伙房。他感慨地说："条件很艰苦啊，既要教学，还要对付日伪军的扫荡，真要谢谢你们几位教师啊！"

苏老师自豪地说："郭书记，别看咱们学校简陋，国文、算术、自然、体育、修身一样都不少。鬼子来了，年龄大的孩子背上小马枪，腰插手榴弹，掩护小同学撤退。每个学生都配备一个马扎、一个书包，走到哪里，树荫下、麦场里，到处都是课堂。木板涂上锅底灰就是黑板，我们每到一地都办妇女识字班、扫盲班，根据地的乡亲们都十分喜爱咱们的学校，拼着性命保护咱们呢！"

"抗日游击小学，只有中国共产党才能开办这样的小学！"虎林感慨道。

一个八九岁的小男孩，捧着碗跑过来，很有礼貌地打招呼："郭大爷好，虎叔叔好，叔叔们好！"

"小虎！"郭一民一把抱起孩子，亲热地说，"来，让伯伯亲一下！"

"这孩子真懂事，喜欢人！"虎林抚摩着孩子的头顶说，"长得随他妈，圆脸、大眼，天庭饱满，肩宽膘好，骨架子大，有福相！"

郭一民开心地笑起来："长得要是随老户，那就成了丑八怪啦，小眼睛，大嘴巴，长大喽连个媳妇都说不上！"

韩宗田摸出两颗水果糖，放到小虎口袋里，"孩子，叔叔给你开小灶，多给你两块糖。"

苏老师说："户小虎是最小的学生，大哥哥、大姐姐都疼着他。"

"苏老师，你们辛苦了！"郭一民给两位老师敬了一个军礼。

出了学校，一行人打马向圩子北门，路西有一座破庙，庙门坐北朝南，山门外有上下马石，旗杆座。

门口两个战士持枪敬礼。进入庙门，眼前是一个大院落，大殿供奉关公、关平、周仓神像，东西厢房供奉十八罗汉。

叮当的打铁声音从大殿里传来，巨大的风箱呼呼拉动，一溜五个铁炉通红的火苗直往上蹿。靠墙根工作台上摆放着铁砧子、台钳、板锉、鱼尾锉、三角锉、刮刀、钢锯、手摇砂轮等工具，大锤、二锤、平锤、手锤等一应俱全。

十几个铁匠师傅腰里围着油光锃亮的水牛皮围裙，光着脊梁，老师傅用铁钳子夹住一块烧红的铁块放在铁砧子上，用手锤敲打两下，年青的后生抡起大锤，砸得铁块火花四溅。

粗壮的周艾武只穿一条大裤衩，浑身油汗，迎上前来。

韩宗田介绍说："这位就是这一带的乡贤周艾武先生。"

周艾武放下手里的活计，滔滔不绝地说："哪里的乡贤，俺就是个铁匠。徐州城里鼓楼街上出铁匠，父亲那一辈挣了点钱回老家置房子买地。鬼子来了，俺避到乡下，又把铁匠铺里的几个伙计带回来，给队伍打大刀片、红缨枪。韩部长找俺们，问问能不能修枪造枪造子弹，俺们爷儿几个摸索着干起来，眼下能造出子弹、单打一、土打五啦！"

"土打五也能搞，不简单呐！"虎林赞叹道。

"啥叫单打一、土打五呀？"一个留分头的青年人问。

韩宗田对他说："张干事，单打一，又叫单抽子、撅把子，一次只能装一粒子弹；土打五是仿三八大盖，一次装五粒子弹。"

周艾武指着正在砧上敲打的钢板说："造枪最难的是枪管和膛线，咱们没有无缝钢管，只能用钢轨、道板之类上好的钢材，先用凿子、大锤劈成小块，再放进炉子里烧红，用铁钳子夹到砧子上，敲打成二指长的薄钢片，再用跟枪膛内径一样的铁钎子，把薄钢片一圈一圈缠在钎子上，使劲敲打，中间还有的小缝隙用铁水黏合，这样一支枪管就造成了。"

韩宗田指着一个巨大的纺车模样的设备说："没有车床做不了膛线，他们就琢磨出了这个土车床，在纺车正中安装四棱钻头，两人摇动纺车，一人用台钳固定住枪管，钻头在枪膛旋切，这样一支带膛线的枪管就造成了。"

周艾武接着说："枪管做好之后，再淬火、打磨，安准星、标尺，上枪托、枪栓，挂背带，试枪，就能战斗了。"

郭一民看得入迷，问道："子弹怎么造？"

韩宗田介绍说："咱们这里只造子弹头，在东厢房里有模版，把铅、锡、铜按比例放进坩埚里熔化，倒进模具里。在村子外边的一个马厩里造火药，把战斗后捡回来的子弹壳撬开屁股门中间的小铜片，装上半粒白磷火柴头，贴上薄铜片，子弹壳里填上火药，安上子弹头，就妥啦。"

虎林咋一下舌头，"怪不得战士们不愿意用这种回炉的子弹，打不远，还没有准头，只能近距离开枪。"

韩宗田辩解道，"老虎，能打几十米就不错了，比大刀片有杀伤力吧？我也想用黄色火药填充，可上哪里弄硝酸、棉花的材料啊，只能用土法子了。"

郭一民拍拍他的肩膀，"老周，部队消耗很大的武器是手榴弹，能造手榴弹地雷吗？"

"用生铁熔化浇铸弹壳，装上火药、木柄、拉火管，拧上螺丝盖，拉火线用胡琴的丝弦就行。地雷的原理也是一样，都能搞出来。"

郭一民兴奋地擂了老周一锤，"老伙计，你们可解决了部队的大问题啦，如果我们的兵工厂一年能生产装备十几个连队的枪支，特别手榴弹、地雷能大量生产，咱们打鬼子、除汉奸、反扫荡，再也不用抠抠搜搜地数着用了！"

韩宗田紧锁眉头说："老郭，眼下最难的是原材料奇缺。日伪顽对咱们根据地封锁极其严格，哪怕是一块棉花、一把食盐、一块生铁、一斤粮食也不准放行，所以开工两个多月，经常停工待料。"

郭一民拍一下虎林，笑着说："最急需的是钢材，想法子弄几十吨，虎林同志你想办法，这就是今天给你的任务。"

虎林挠挠头皮，"中啊，找鬼子打借条呗！"

周艾武说："这过了饭时啦，同志们还饿着肚子，咱们在西厢房准备了一点烧饼，请大家吃午饭吧。"

郭一民拍拍肚子，"好啊，咱们边吃边议。老周，咱们一块吃吧？"

"不啦，俺们轮班休息、吃饭，这个月争取交货四十支枪。"老周憨厚地说。

西厢房里是九尊金刚怒目的神像，缺胳膊少腿，布满了灰尘。破条几上的笸篮里摆着一摞芝麻烧饼，一盆猪肉炖土豆，一把筷子。

虎林抓起烧饼咬了一大口，"好香啊，好久没有吃白面馍啦！"

众人围拢过来，抓起烧饼，就着香喷喷的烧菜，狼吞虎咽吃起来。

郭一民说："老韩，兵工厂的保密工作是头等大事，不能出闪失。"

韩宗田放下筷子，"咱们有一个排负责警卫，还有周圩子的民兵队二十几个，哨位设了三道岗。鬼子、汉奸、顽固派和土匪鼻子尖得很。前几天，湖西的人来取货，问路时候，一个叫周半吊子的眼线听出是丰县口音，报告给厉庄据点的鬼子。半夜鬼子、汉奸二十多人，抄小路过来摸村。警卫排包抄过去，把敌人打跑了。后来，咱们就把那个周半吊子活埋了。"

郭一民掏出烟袋锅，"烧饼、猪肉也吃啦，问题咋解决，虎林同志？"

虎林摸出一张草纸，拧开钢笔帽，一边说一边画，"这里是利国矿，这儿是铜山岛，两者相距七八公里。日寇占领徐州之后，成立了清水株式会社，疯狂掠夺利国的铁矿产。今年春天干旱，微山湖水位下降，铜山岛附近干涸，形成了干湖田，日本鬼子就铺设了一个小铁道，从利国火车站到铜山岛大概四公里，铜矿石就用轱辘马车从小铁轨运到利国火车站，再转运到徐州，从连云港上船运回日本。"

韩宗田目不转睛地看着草图，"虎林同志，你是想扒鬼子的钢轨？"

虎林点点头，"对，就是要扒掉他们几十节钢轨，每条钢轨 12 米，用大船运，一只船上绑四根没有问题。"

"说说你们的方案。"郭一民噙着烟袋嘴,饶有兴味地说。

"利国乡的厉广仁是白皮红瓤的两面乡长。根据他的情报,利国矿驻扎日军一个中队,伪军一个大队,鬼子在利国火车车站据点驻一个小队、伪军一个中队。日本鬼子从东北、山东、河南等地抓了一千多劳工,还有一些战俘,对铁矿进行掠夺式开采。最近,日军又派到铜山岛一个伪军小队三十多人,专门看守铜矿,有五个日本鬼子带班。日本鬼子强令附近的老百姓看守铁路,国民党的耿聋子等部夜里来扒铁轨,鬼子就拿老百姓撒气,活埋了五六个无辜的群众。鬼子还在厉广仁家安装了电话,威胁说,要是再少了铁轨,杀他全家。敌人的残暴,也是咱们扒轨道最忌惮的。"

韩宗田伸长脖子问:"怎么即扒掉钢轨,又不连累老百姓。"

虎林站起身,"鬼子对夜晚防守得很严,五个日本鬼子带领二十几个伪军沿线巡查。在白天却非常松懈,咱们就里应外合,打他们一个冷不防!"

郭一民问:"岛上有几十个伪军、鬼子,内线靠得住吗?"

虎林用胳膊肘顶了一下宗时荣:"宗队长,你去现场侦察的,你来汇报。"

宗时荣清了清嗓子道:"俺们武工队化妆进入铜山岛,混入民伕里挖矿。敌人的炮楼设在岛的顶端,三面干湖地,西边的小码头可以靠船。鬼子在东南西北设四个哨所,都是伪军把守。伪军小队长权启俊跟一号交通站的站长是姑表亲。敌人上岛不久,几个鬼子当众轮奸一名拾柴火的少女,权启俊等十几个伪军,目睹鬼子的暴行,当场就要动手宰了这伙畜生。准备杀掉鬼子,投奔八路军。其他七八个混饭吃的伪军,完全可以控制住。"

郭一民问:"袭击铜山岛,最关键的是不能响枪,还有钢轨如何装船?"

虎林坚定地说:"咱们的老五中队,就是现在的武工队,高手多的是,就是单挑鬼子也跟宰小鸡的一样。咱们先混上去七八个人,再有十几个内应作帮手,用匕首、铁锨尽快结束战斗。得手之后,芦苇荡里隐蔽的船只靠上码头,两人一组拆卸道板,搬到船上,绑结实,半小时结束战斗,撤退。"

郭一民一拍桌子站起来,"好,我们再派主力部队一个连接应你们!"

虎林摩拳擦掌地说:"请郭书记放心,保证完成任务!"

三

天大亮了,夏天的清晨醒得特别早,太阳红艳艳的跃出了地平线,和煦的晨风送来青草的芬芳,不知名的小鸟躲在树荫里、苇子棵里愉快地鸣叫。

铜山岛远远地伫立在微山湖东岸，像是一弯月牙儿，黄褐色的山头斑驳陆离，一派荒凉景象。两条窄轨铁路像两条长蛇，横亘在干涸的湖床上。三五成群的民夫肩扛铁镐、镢头、铁锨，赶着毛驴、骡子，沿着铁轨去上工。

　　铁丝网拉起了栅栏门，几个伪军，正在逐个检查进场的矿工。

　　宗时荣带领十几个精壮的汉子，头上戴着席夹子，身上披着麻袋片，推着两辆独轮车，车上装满工具，说说笑笑走到卡口。

　　"权队长，俺们是厉庄的。"宗时荣将良民证递给一个麻脸的伪军。

　　麻子队长仔细看一眼宗时荣，会意地点一下头，发给每人一个工牌。"

　　一个十四五岁的少年，清癯的面庞，一双机灵的大眼睛闪烁着勃勃英气，手里拎着一只篦子，一边走，一边大声叫卖，"香烟、洋火、酥香糖喽！"

　　麻子队长吹胡子瞪眼地说："小孩，趁啥热乎闹，赶紧回家去！"

　　"卖完就回家，不然俺爹打俺！"少年呲溜从权队长胳肢窝底下钻了过去。

　　临近晌午，毒辣的太阳把大地炙烤得冒烟，便道上焦干、滚烫，一脚踏下去，尘土淹没半个脚脖子，一步一串白烟。苦力们从几丈深的矿坑刨出一筐筐的矿石矿砂，用滑轮吊上坑沿，装上独轮车，推到山脚下。日本人发明了一种"轱辘驴车"，用两米多长，一米多宽的厚木板，安装四只铁轱辘，放在铁道上，矿石一筐筐地码放整齐，用小毛驴拖到利国火车站。

　　矿坑里百余名矿工们叮叮当当，黄褐色的烟尘飞起老高。几株白杨树。宽大的叶片在空中翻起白花花光泽。树荫下，一张小方桌，几只马杌子，坐着三个赤裸上身的日军，一挺歪把子机枪架在脚下，两支三八大盖倚靠在树干上。

　　少年溜达到树荫下，"卖香烟喽，老刀牌香烟！"

　　鬼子循声望去，一齐招手，"小孩，快快地过来！"

　　少年一溜小跑到了跟前，给鬼子每人敬一支烟，笑眯眯地说："太君，请吸烟。"

　　鬼子军曹拍着男孩的肩膀说："小良民，大大地好！"

　　男孩殷勤地给鬼子点烟，"太君，俺给您变把戏的耍耍。"

　　少年把两手摊开给鬼子看，双手在后脑勺一拍，"哗啦"变出两枚铜板。

　　鬼子乐得哈哈大笑。

　　"卖西瓜嘞，红沙瓤的大西瓜喽！"山下传来悠长的吆喝声。麻子队长、两个伪军押着一个西瓜挑子往山上走来。

　　军曹一下子来了精神，哇啦哇啦高声怪叫："西瓜咪西的！"

"小孩，买支烟吸。"卖西瓜的汉子放下担子说。

男孩递给汉子一支烟，小声说："一共五个，都在。"

汉子点点头，"小伍六赶紧去湖边码头，别乱跑。"

"嗯。"伍六点点头跑开了。

权队长几个人走到鬼子们面前，点头哈腰地说："太君，今个儿天太热，俺请客，太君的咪西。"

"西瓜的咪西！"军曹和几个鬼子迫不及待地砸开西瓜，抱起来大啃大嚼。

几个推车的苦力走了过来，权队长使了一个眼色，卖西瓜的汉子操起西瓜刀对准军曹的脖颈劈了下去，不料那肥贼反应极快，一缩脖子，躲过致命的一击，就地十八滚，一骨碌爬起来，顺手抽出了雪亮的指挥刀。宗时荣眼疾手快，抬手一镐头拍在军曹后脑勺上，"噗"鬼子脑浆迸出，一声不吭仆倒地上。

其余四个鬼子手捧西瓜还没有回过神来，铁锨、洋镐、小攮子就劈头盖脸地打上去，三下五除二，几个鬼子攥着西瓜皮倒在血泊中。

权启俊拔掉鬼子的太阳旗，对着西边的芦苇荡使劲摇晃，十几只木船冲了出来，每一只船头都架着机枪。

"杀人啦！"有人惊悚地号叫，矿坑里的民夫躁动起来。

宗时荣操起地上的机枪，站在坑沿用带侉音的山东话大声说："乡亲们，大家不要怕，不要跑，我们是共产党领导的八路军，是咱们老百姓自己的队伍。日本帝国主义侵略中国，铁蹄践踏在咱们身上，烧光、杀光、抢光，犯下多少滔天罪行。日本人骑在咱们头上拉屎撒尿，胡作非为，就在这白杨树下，三个日本兵轮奸了咱们一个十几岁的女孩，稍有血性的中国人都要拿起枪，跟鬼子干，为死难的同胞报仇，为遭受侮辱的妇女姐妹报仇！"

"八路军，有种，好样的！"民夫们嚷嚷道。

"乡亲们，矿警队的兄弟们已经弃暗投明，投奔咱们湖西八路军了。好铁要打钉，好男要当兵，乡亲们去湖西参加八路军吧，打败日本鬼子东洋兵，解放咱们受苦受难的老百姓。"

"俺们愿意参加八路军！"矿坑里有十几个年青人高举洋镐大声回应。

宗时荣扯着嗓子说："欢迎新战士入伍，请你们上来，咱们一起扛铁轨。其余的乡亲们委屈一会儿，等我们撤退之后，你们再回家，好不好？"

木船靠岸，虎林大喊："快，两人一组，搬运铁轨！"

二十多个伪军斜背大枪手脚麻利地拧道钉，拆道板。权启俊手脚并用，嘴里不停地催促："兄弟们，能多拆一点，八路军就能多造一些枪弹！"

虎林目不转睛地紧盯着怀表，对身边的权启俊说，"二十五分钟了，撤！"

权启俊恋恋不舍地说："虎长官，再拆几根吧？"

虎林果断地大声喊道："同志们，赶紧停下手里的活计，向西码头撤退！"

宗时荣拉起权启俊："老权，赶紧撤退，小心鬼子汽艇追击，顽固派路上截击！"

厉广仁站在铁道边翘首企望，看见一股狼烟从岛上窜起，他欣喜地说："好啦，得手了！"然后跌跌撞撞向利国矿部跑去。

厉广仁满头大汗跑到矿部，一头撞进鬼子中队长办公室。鬼子正在拼命地摇电话机，"喂，喂，讲话的？"

看见厉广仁，鬼子上前一把揪住他的前襟，吼叫："怎么回事，电话的不通，马车的停运？"

厉广仁口吐白沫，上气不接下气地说："八，八路大大的，扒铁道，掐电线，俺偷跑出来，给皇军报信来啦！"

"八嘎！"鬼子军官号叫，"集合队伍，向铜山岛攻击！"

"呜哩哇啦"的集合号响起，两辆摩托车开道，一队鬼子、汉奸骑着东洋大马冲出了利国矿，气势汹汹杀向铜山岛……

第二十九章　日寇湖西大扫荡　英烈热血洒疆场

一

圆圆的月亮升起来了，犹如一面明镜，高悬在天空。

街面上行人稀少，冷光扑面，寒气袭人。杨益君骑行至大同街东首，猛听得路南鬼子宪兵队传来一阵瘆人的哀号。杨益君恨恨地咬紧牙关，"小鬼子，血债血还！"

杨益君用力向左蹬上一个漫坡，阿部家就到了。

阿部热情地把杨益君请进院子，拉开房门。

茶几上摆放着两壶清酒，一碟花生米、一碟酱牛肉。

阿部笑着说，"杨先生是个有思想、有品位的人，我很乐意结交你这么一位中国朋友，让我们在皎洁的月光下，'对影成三人'吧！"

"阿部指导官很有雅兴啊！"杨益君脱掉鞋子，把一坛子高粱烧放在茶几上，"徐州有名的饮鹤泉烧酒，请您尝尝。"

"让夫人炸了一盘花生米，切了一盘牛肉，我们也喜欢吃中国菜了。"阿部盘腿坐定，斟一杯酒，"杨益君请便。"

"谢谢阿部先生！"杨益君鞠躬，然后盘腿而坐。

两人碰一下酒杯，一饮而尽。阿部咂一下嘴，"来中国这么多年，感觉清酒味儿太淡，没有中国酒香醇，够味儿。"

"我已经习惯了，习惯成自然，感觉清酒也挺好。"杨益君接着说。

阿部目光灼灼地盯着他说，"占领徐州四年半了，我们是无话不谈的挚友，今天请你来，是想探讨对时局的看法。"

杨益君略作思考说："去年6月份，德国实施了巴巴罗萨计划，对苏联发动突然袭击；日军通过对中国占领区资源的掠夺，实力大增，于同年12月偷袭珍珠港，发动了太平洋战争。徐州有句俗话，'先下手为强，后下手遭殃'，从目前的形势看，德、意、日显然占据上风。"

"杨君有所不知，日本军阀发动太平洋战争后，迅速占领了关岛、新加坡等岛屿，屡屡得手，出奇的顺利，极大地刺激了日军大本营的侵略胃口。今年5月，在中途岛战役中，山本五十六的联合舰队惨遭败绩。从8月份开始，美军开始反攻，围绕瓜达尔卡纳尔群岛，开展了一系列凌厉的攻势。目前战事仍在继续，日本的战略颓势已经毕现。"

看到杨益君听得聚精会神，阿部端起酒杯，"来，我们两人喝一杯。"

杨益君喝干一杯酒，给阿部斟满，"这么说世界大战快要见分晓了？"

阿部夹起一粒花生米，一边咀嚼一边说："我要告诉你的是，最近天皇裕仁召开了御前会议，专门讨论为完成太平洋战争所需要的'对华根本处理方针'。会议决定，加紧扶持占领区的中国地方政权，加快开发资源以取得支持战争必需的物资。为达成上述目标，要求侵华日军彻底整顿占领区治安，特别要剿灭中共的抗日部队，同时继续给国民党军以必要的打击。日军中国派遣军确定，1943年将与作战无关的事务，交与占领区地方政权处理，日军则专心致力于整顿军备，更多的兵力由警备体制转为野战军体制，为战争提供更多的后备兵力和资源。"

杨益君紧盯着他问："日军是否就要开始扫荡了？"

阿部点点头说："是的，这一次的扫荡不同以往第17师团唱主角，而是由济宁的日军第32师团和第17师团联手，主力是济南、徐州、济宁、商丘、菏泽的日军以及皇协军，目标就是中共领导的湖西地区。"

看到杨益君焦躁不安，阿部会意地说，"杨君，你是否不舒服？"

"是不太舒服，我先告辞了，改天我请您和夫人小聚。"杨益君起身告退。

寒风凛冽，杨益君骑着脚踏车一路狂奔。转过几条街巷，确认没有尾巴盯梢，他拐弯抹角骑到少华街西头的一个窄窄的巷口里，大杂院的大门已经闩上门。"咚咚咚"他使劲地摇着木门，一连七下。

"吱呀"木门闪开了一扇，颜石峰探出头，"是你，出啥事啦？"

"鬼子正调兵遣将，要扫荡湖西了！"杨益君急切地说。

颜石峰机警地观察一下四周，"快进来吧。"

二

灰蒙蒙的天上布满阴云，空气中弥漫着焦炭的气味，"呜——"火车汽笛的长鸣声此起彼伏，启明路上人来人往、车辆川流不息。济众桥东侧的马路北边，有一座红砖青瓦的二层小楼，楼下一间小门面，不足二十平方米，西侧紧挨着故黄河，门框上枣木篆刻的横匾"裴记文具店"。

一辆黄包车顺着马路跑过来，停在济众桥西侧。高瀚下车。他身穿皮大氅，戴着鸭舌帽、墨镜，站在桥头眺望一会儿，越过桥头，踅进文具店。

胖墩墩的老板迎上来，"先生，您要买点儿什么？"

"掌柜的，有石板吗？"高瀚俯在柜台上，目光搜寻着货柜上的笔墨纸砚。

"有一尺、二尺的，还有石笔，您要哪一种？"老板问。

高瀚回答："我要二尺的石板一块，泰山牌的石笔一盒，宣纸两刀。"

掌柜的掀开柜台门，"先生请进来吧，楼上看货。"

高瀚踩着咯吱作响的直梯，登上二楼。楼上是一间办公室兼仓库，一张旧桌子，几把板凳，一张行军床，各种货物塞得满满当当。

颜石峰穿着一件黑色厚棉袍，端坐在桌子后。

"这个联络站选址不错，"高瀚摘下帽子说，"闹中有静，方便接头、撤退。"

颜石峰站起身，递过来一杯热茶，"是的，少华街的联络站距离国民党的一个卖洋油的情报站太近，尽量少用。这个点的东山墙与北墙之间有一道很窄的角门，后边就是王大路。这里巷口纵横交错，四通八达，南边的启明路，向东是火车站，西边是黄河。"

高瀚坐定，"你着急约我来，是为了日寇即将进行的扫荡吧？我也正在侦察各方面的情报。"

颜石峰点点头，"是啊，昨天晚上，94号紧急报告这个情况。你在保安司令部，掌握啥情报呀？"

高瀚点燃一支烟，"敌人的扫荡作战计划是日酋师团长石井一郎制订的。徐州第17师团第77联队、独立骑兵大队以及皇协军洪明璨部，调至丰县、沛县地区集结，最先由洪明璨团由南向北发动试探性进攻；济南敌骑兵联队调至金乡地区集结；济宁敌32师团第223联队调至金单公路沿途各据点集结；砀山、马牧集骑兵第四旅团两个大队调至鱼台地区集结；菏泽日军也有大股骑兵、步兵出动，在单县地区集结；另外商丘、成武的日军也在向单县以南集结，加上汉奸的部队，总兵力达到一万余人。"

"老高，还有更确切一点儿的吗？"

高瀚狠抽一口烟，"哦，还有，日军特务机关部、宪兵队配合扫荡作战。敌人七路合击，除了惯用的铁壁合围，反转电击，这一次还增加了捕捉奇袭新战法，要特别引起警惕！"

"好，老高同志，有情况及时发联络信号，此地不要久留。"

高瀚起身，"我再想办法尽快多搞些情报吧。"

颜石峰与他用力握手，"带点货物走。"

"明白。"高瀚转身下楼。

颜石峰看手表，自言自语道："得赶快找老伍，启用微山湖一号交通站。"

临近中午，大同街上空飘荡着李香兰软绵绵的歌曲，大巷口的三春元鱼馆生意清淡，只有三四个零散的客人。

颜石峰身穿伪军军官制服，腰里别着短枪，大大咧咧地走进饭店。

伍兆勇鞠躬作揖，"长官，您来点什么？"

"爆炒腰花，清炖草鱼汤，半斤壮馍，快一点！"

"好嘞，长官，您里边雅座请。"伍兆勇连忙把他请进后院包间。

伍兆勇进门就问："老颜，这时节你匆匆忙忙赶来，有啥要紧事儿？"

"十万火急，交换情报的约定时间是后天，来不及了，必须你跑一趟。"

伍兆勇解下围裙，"我这就去。"

颜石峰递给他一颗蜡封的药丸，"送到微山湖边的褐岩山村，找外号半截楼的胡雨林，黑大个儿，他会立即处理的。"

"以前俺经常去湖边买鱼贩鱼，那一带都熟悉。"

"路上注意安全。"颜石峰叮嘱。

"放心吧，保证按时送到地方。"伍兆勇坚定地说。

一辆毛驴车沿着微山湖岸边的羊肠小道一路西行。夕阳西下，远远望见褐岩山那突兀的山头。

路旁的草窠里稀里哗啦一阵声响，钻出来两个大汉，脸上用锅底灰涂得漆黑。一个手里端着汉阳造，一个手里提着撅把子。

握短枪的首先开口："呔，此山是我开，此树是我栽……"

伍兆勇从车框上跳下来，右手翻三翻，抱拳左脸颊拜三拜："两位好汉，在下徐州城伍兆勇，前往褐岩山访友，烦望借个方便！"

见对方行家礼，握短枪的问道："既是同门，可知上下二十四世？"

伍兆勇镇定地回答："我只报下二十四行辈，'万象皈依，戒律传宝，化渡心回，监持广泰，普门开放，光照乾坤'。还要再盘道吗？"

"果真是安清道友，敢问老大，既然你是打城里来，可知道郁四爷吗？"端长枪的问。

"郁柏青，江湖人称'仁义光棍'，义来春轿行行头，怀抱二十二炉香，念二'通'字辈，俺的同参兄弟。前年被陷害入狱，年底离世，葬于云龙山东坡。"伍兆勇对答如流。

俩人听了放下枪，抱拳施礼："师爷在上，老大人多多包涵！"

伍兆勇抱拳还礼，"既是安清弟子，咋干起劫掠剪径的勾当了？"

汉子收起短枪说："俺们望见您穿长袍、戴礼帽套着驴车，猜心您八成是土匪的探子，就假装劫道，探摸底细。请问师爷到此有何贵干？"

"到前边褐岩山山腰拜访半截楼胡雨林。"伍兆勇只得实话实说。

"你找老胡干啥？"俩人警惕地盯着他。

"买鱼，俺是开饭店的。"

汉子突然又抽出短枪，"要火头、草鱼还是老鳖？"

眼前的人对暗语，伍兆勇心里暗自惊喜："俺只买四孔的大鲤鱼。"

汉子追问："要多大个头的？"

"九斤二两的。"

"哎呀，大水冲了龙王庙，原来是自己的同志呀，"手持短枪的汉子笑着说，"俺们是一号交通站的，老胡进湖里去了，安排俺兄弟俩在这儿望风守候。"

"哎哟，俺有紧急事情要找老胡，必须当面见到他，恁么大的湖，哪里去找呀？"伍兆勇急躁起来。

汉子把步枪扛在肩上，"放心吧同志，能对出九十二的，都是机密中的机密，老胡给俺们交代过。咱们先到前边庄里拴好驴，然后划小舢板去湖里找他。"

"上车吧。"伍兆勇招呼道。

"叮叮当当"毛驴车继续西行。

太阳已经落山了，晚霞像火一样通红，在远方天际线的水面上留下一条耀眼的光波……

三

夜深了，大王庄王家大院堂屋里三张八仙桌拼在一起，两边梁头上各挂一盏马灯，房间里烟雾缭绕，弥漫着呛人的烟草味儿，湖西地委、军分区的领导正在召开紧急军事会议。

郭一民言简意赅地说："半夜把大家召集起来，是有紧急军情，从今天下午开始，湖西周边的各个情报站的报告像雪片一样飞来，根据地周边据点的敌人都出动了，有对我进行合围之势。邓司令，你看看我们如何应对？"

教导第四旅旅长、军分区邓司令是一个沉着坚毅的军人，他嘴里叼着烟斗，神情凝重地说："我们面临的最大困难是敌情不明，敌人发动突然袭击，事先又做了充分准备；而我们是仓促应战，事发突然，在敌强我弱的条件下，遵照毛主席的游击战略战术，你打你的，我打我的。你打到我的根据地来，我就打到你的敌占区去。但是怎么走，还要选择一个方向打一下看看。"

警卫员急匆匆走进会场，递给户秉刚一个蜡封的药丸，"一号交通站刚刚送来的紧急情报。"

户秉刚嗑开药丸，展开纸团，眯眼仔细察看，同时用红蓝铅笔在桌上的地图进行标注，"敌扫荡主力是第32师团，师团长石井一郎统一指挥。徐州第17师团第77联队，独立骑兵大队以及皇协军洪明璨部，在丰、沛地区集结，由洪明璨部发动试探性进攻；济南敌骑兵联队在金乡地区；济宁敌32师团第223联队在金单公路沿途各据点集结；砀山、马牧集第骑兵第四旅团两个大队在鱼台地区集结；菏泽日军骑兵、步兵在单县地区集结；商丘、成武的日军在单县以南集结，日伪总兵力达到一万余人，七路合击。"

邓司令问："老户，情报来源可靠吗？"

户秉刚点点头，"可靠，是徐州的92号情报员启用紧急交通线传递的。"

邓司令把烟斗在手心里敲击着说："现在，情况就明了啦，敌人正在从四面八方分成七路向我们进行合击，企图一举消灭我们。那么，合击的中心点在哪里？"

稍微停顿片刻，邓司令指着地图上的一个点说："就在这里，十字河交叉点，大王庄，地委、军分区所在地！"

郭一民卷起一只喇叭口点燃，"我同意老邓的意见，目前敌人兵力一万多人，装备精良。我们兵力少，主力部队三个团，约3500人，加上县大队、区小队的地方武装，满打满算 5000 人，装备差，与强敌正面硬碰硬肯定吃大亏。我们还是利用老办法，避其锋芒，隐蔽待机，寻找弱敌，击其一部，扰其全局。"

虎林摩拳擦掌地说："我建议先揍洪明璨的伪军团，鬼子本来就是想用他的这个团当作诱饵的，咱们将计就计，快刀斩乱麻，速战速决吃掉他。"

鹿继澄摇摇头说，"洪明璨对八路军的战略战术非常熟，除非咱们再给他抛下一诱饵，引诱他上钩。"

邓司令抽一口烟，"老鹿，你的想法很好，具体一点？"

"咱们地委周围一直有敌特活动，按照原来的计划，咱们搭建了戏台，准备召开湖西地区党政军一元化领导庆祝大会的。咱们明天早上还是照常召开，洪明璨以为有机可乘，很有可能直扑大王庄，正好钻进咱们的口袋里。"

邓司令磕磕烟斗，站起身说："我们手上只有十团，还有军分区一个骑兵营，加上地方部队，一千五六百人，埋伏在敌必经之路，待敌进入伏击圈，突然发起进攻，半小时内解决战斗。然后，我带领十团掩护专署向东北方向突围；唐政委带领旅直、十一团，掩护地委、军分区向北突围；匡参谋长带领独立第三团向西北方向突围，吸引敌人主力追击，掩护大部队撤退。这个方案怎么样？"

"同意！"众人纷纷表态。

虎林说："当下必须立即通知随十一团行动的唐政委、随独立三团行动的匡参谋长，告知敌情和突围方案。"

邓司令拍拍桌子说："我马上把旅部通讯班、侦察班派出去。利用这个间隙，咱们集中手头兵力，干掉叛徒洪明璨，为死难的同志报仇！"

郭一民也站起来，"歼灭伪一团的战斗打响之后，也就是湖西反扫荡的突围时间，大王庄地委、专署、军分区机关，立即按照计划，分散突围。主力跳出敌人包围圈之后，军分区直属部队以连为单位分散活动，与敌人周旋；各县大队、武工队、区中队就地坚持，与敌人打游击。"

户秉刚紧锁眉头，咬住嘴唇，"92 号同志还特别提醒，敌人这次还采取捕捉奇袭的新战法，有陆军特务机关部、特高科等敌特配合作战，我们要加强反特防奸工作，部队每到一地，就要立即封锁村庄，防止汉奸、特务向敌人告密。"

郭一民看一眼手表，"凌晨一点了，大家赶紧分头行动吧。"

远近的雄鸡一声声报晓，大王庄家家户户开始烧火做饭，拉风箱的声音此起彼伏。

一个瘦高个的男子推着一辆独轮车,一个矮胖的女人挑着一副担子,一路吆喝着进了寨子的南大门。

"景掌柜的,起得早啊!"门口的哨兵给他打招呼。

"早起赶早集啊,"老景戴着一顶狗头帽,厚实的黑棉袄棉裤,黑棉鞋,腰里扎着宽布带子,谄媚地给哨兵鞠躬,"同志辛苦,吃个热火烧呗?"

"不啦,老乡,俺们有三大纪律八项注意。"哨兵婉言拒绝。

胖女人插话道:"听说今个儿开大会,还有戏班子哩。"

哨兵说:"咱军分区文艺队演的文明戏,老乡,早点卖完,正赶上看戏。"

老景再鞠一躬,推起小车,"卖火烧嘞,又香又酥的火烧哦——"

一个帽檐压得很低的军人,闻声走过来,"掌柜的,来一个猪头肉的。"

"好嘞,同志您稍等。"老景放稳车子,捅开炉子,铺上鏊子。女人麻利地支好小面板,开始擀面皮。

军人依旧用围巾把面部围得严严实实,只露出两只贼亮的眼睛,"立即电告滨上大佐,大王庄党政军一元化领导庆祝大会照常进行。他们没有任何察觉。"

老景递给军人一只火烧,小声说,"太君来电,晋升你为上校谍报组长,恭喜你,老鸹!"

"好,这是三毛钱的湖西票,收好。"军人转身离去。

四

灰色的天空飞着零零星星的雪花,北风呼啸着,在旷野上奔驰,刮得枯草瑟瑟发抖。在枯黄的草窠里、冰封水沟边,埋伏着身穿灰色军装的八路军指战员。他们上好了刺刀,手榴弹拉出了弦,静候出击的命令。

南边的大路上尘土弥漫,人喊马嘶。邓司令、户秉刚同时举起了望远镜。

大道上一字长蛇阵开来一千多伪军,前头马队开道,后边十几辆汽车,车头上架着机枪,马车驮着大炮,气势汹汹向大王庄方向扑来。

邓司令命令,"迫击炮,瞄准车队最后的日军督战队,开炮!"

"嗵嗵嗵"十几发炮弹准确落到鬼子车辆周围,霎时间黑烟升腾,火光四溅,机枪、步枪、手榴弹、小炮猛烈袭击公路上的敌军,敌军狼奔豕突,阵脚大乱。

听到拖着哨音的炮弹呼啸而来，洪明璨像一头机敏的狐狸立即趴在车底板上。第一轮轰击过后，他推开身上血肉模糊的日军联络官尸体，一个箭步跳下燃烧的汽车，跌跌撞撞钻进路边水沟。子弹尖叫着从头顶飞过，手榴弹不断在身边爆炸，他一动不动趴在地上，点燃一支烟，大口大口地狂吸。

嘹亮的冲锋号响起来了。利用枪弹暂停的瞬间，洪明璨纵身跃起，抓住一匹狂奔的大洋马，飞身上马，头也不回地向县城方向逃去。

"骑兵一连出击！"邓司令发出响亮的命令。

"杀！"一百多名骑兵战士座下清一色的白色骏马，手举机枪、冲锋枪杀入敌阵，子弹狂风暴雨一般泼向四散奔逃的敌人。

"骑兵二连出击！"

"杀！"一百多名骑兵战士座下清一色的黑色骏马，手里高擎寒光闪闪的战刀冲入敌阵，左右肆意劈杀抱头鼠窜的敌人。

"白马团、黑马团上来了！"敌人发出凄凉的惊呼。

虎林跳出战壕，拔出大刀，高喊："同志们，冲啊！"

"杀！"四面八方的八路军战士呐喊着冲上了公路……

大批的马队蜂拥而至，犬养跳下战马，身旁跟着洪明璨。

战场上袅袅黑烟，几百具尸骸横七竖八躺在地上，残肢断臂到处都是。食人肉的乌鸦在上空盘旋、逡巡，"呱呱"鸣叫着。

洪明璨鞠躬，"我辜负了皇军的栽培，深感愧疚！"

犬养环顾四周，"嘿嘿"冷笑几声，他拍拍洪明璨的肩膀："洪团长，不要自责的，你的团跟八路作战吃亏的，没有关系的，皇军会大大的帮助你的。"

"谢谢犬养大队长的厚爱！"洪明璨啪的一个立正，感激涕零地说。

突然，洪明璨发现路边的一棵大槐树树干上有一个土坷垃画的鸟儿，翻开一块半头砖，地上压着一张小纸条，歪歪扭扭两行字："十团邓、户、虎，东北向，跟着记号走，老鸹！"

洪明璨捧着纸条，乐得屁颠屁颠地跑到犬养跟前，"大队长阁下，敌人主力十团向东北方向逃窜了，带队的是八路军军分区邓司令，专员户秉刚，还有敌工部部长虎林，这是老鸹留下的情报，他沿途画记号。"

犬养端详着纸条喜形于色，"吆西，老鸹功劳大大的！"

一个参谋递过来一张军用地图，洪明璨连忙展开。指着弯弯曲曲的线路说："湖西的地形我很熟悉，沿着东北方向必走周庄圩子，复新河南岸，八路军背水作战，我们就在这里聚歼他们。"

犬养眯起眼睛思忖再三，突然"嘿嘿"笑了起来，拍着洪明璨的肩膀头："洪先生，军事才干优秀的，我推举你少将师长的干活！"

"誓死效忠天皇、皇军！"洪明璨鞠躬九十度。

犬养喊道："通讯兵，立即联络滨上大佐，密探老鸹报告，敌军司令、专员等要员正在随同十团向东北方向逃窜，复新河畔周家圩子是必经之地，建议在此歼灭这股敌人主力。我们循着老鸹标明的路线追击。犬养"

乌云低沉，北风呼号，夹杂着雪花漫天飞舞。四下响起零零散散的枪声，东、南两面的村庄燃起了烈焰。茫茫原野上到处都是密密麻麻的敌人，骑兵分散一字排开，步兵在后边跟进。他们扛着膏药旗，端着刺刀，边走边摇旗呐喊，对专署机关和十团一部已经形成了合围之势。

邓司令拍马赶过来说："户专员，我们在这平原上与敌人作战，地形不利，在大白天突围，咱们就是敌人的活靶子。"

户秉刚座下一匹枣红马，他放下望远镜，"是啊，敌人企图把我们压缩在复新河南边消灭我们，现在只有固守周庄圩子几个村子，等到黄昏之后再突围。"

邓司令说："十团主力、分区骑兵营已经突围出去了，我们手上还有三个连的兵力，据守两三个小时，天就黑了，咱们再突围。"

河岸边响起激烈的枪声，户秉刚拔出驳壳枪，"是咱们的人被敌人缠住了，我带警卫连过去看看。"

"好，快去快回，咱们周庄见。"邓司令催马而去。

一支几十人的国军队伍被日伪军轻、重机枪火力死死压制在干涸的河床底下。远处尘土飞扬战马嘶鸣，刀光闪闪，日军骑兵沿着河岸掩杀过来。

户秉刚带领警卫连的战士俯在河堰上，摆开了阻击的阵势。

敌人骑兵越来越近了，户秉刚甩响驳壳枪，"打！"

一阵排子枪横扫过去，撂倒了十几匹战马。敌人的机枪霎时也哑巴了。

"快到这边来！"户秉刚大声吼道。

郑玉敏抬起头，欣喜地喊道："是户校长，兄弟们，八路军接应咱们来了！"

一群人跃上河堰，郑玉敏几步冲到户秉刚跟前，"户老师！"

"快，到南边圩子里去，我们掩护！"户秉刚手举驳壳枪，不停地射击。

"是，"郑玉敏挥舞手枪，"弟兄们，跟我来！"

一颗子弹正中大洋马的脑门，犬养一个狗啃屎栽倒地上。

"大队长，您没伤着吧？"洪明璨献媚地爬过来，俯在犬养身边，递给他望远镜，"您看看，对面拿盒子枪的八路指挥员，就是湖西专员户秉刚！"

犬养拿起望远镜，嚎叫："射击，瞄准八路指挥官射击！"

敌人疯狂的进攻开始了，在六〇炮和机枪的掩护下，日伪军从四面八方包抄过来，炮弹雨点般地落在户秉刚周围，一些战士倒在了血泊中。

麻脸的权启俊身受重伤，户秉刚赶过去，"权排长，你坚持住！"

权启俊浑身上下血人一样，头一歪，在户秉刚怀中咽了气。

"老权！"户秉刚悲愤地解下他腰间的手榴弹袋，挂在脖子上。

一颗炮弹在户秉刚身边爆炸，横飞的弹片划开了他的肚子，一截肠子流了出来，殷红的鲜血浸透了他的棉衣。

警卫员牵着战马跑过来，"首长，您受伤了！"

户秉刚脸色苍白，他把肠子掖进皮带，"不要管我，快向周家圩子撤退。"

枣红马乖巧地匍匐在户秉刚身边，警卫员哀求道："首长，快上马吧！"

在几个战士的搀扶下，户秉刚艰难地爬上马背，声嘶力竭地喊道，"同志们，赶快向周家圩子撤退！"

"呀！"对面的鬼子骑兵号叫着冲下河堤。

"活捉户秉刚！"大股的伪军紧随其后，端着锃亮的刺刀开始冲锋。

户秉刚朝着马屁股猛抽一鞭，火红的战马一声长啸，迎着敌人冲了上去，在黄土地上扬起一溜烟尘。"啪啪啪"驳壳枪在手中炸响，几个鬼子应声栽倒下。

鬼子立即掉转炮口轰击，炮弹呼啸着在他周围爆炸，震耳欲聋的爆炸声震撼着天地，黑色的烟柱裹挟着红色的火焰，像旋风一样在空中飘荡。

骏马像红色的精灵从浓烟的缝隙中冲出，户秉刚瞪着冒火的双眼，高喊："王大娘，俺带您的三儿子一块冲锋啦！"

战马扬起长长的鬃毛，就要冲入敌阵了，户秉刚咬牙拉响三枚手榴弹的弹弦，手榴弹"哧"冒出青烟，枣红马冲入敌群，随着一声惊天动地的巨响，一团血红的烟雾腾空而起……

天黑了下来，敌人停止了进攻，在各个村庄和路口燃起一堆堆的篝火。

邓司令、虎林站在城墙垛后，观察敌情。

郑玉敏攀上城墙，快步走到他们身边，泣不成声地说："两位首长，户老师是为了解救我们萧县抗敌大队，才壮烈牺牲的。俺们的命是八路军给的，就是俺们全部拼光了，也报答不了你们的恩情！"

两行热泪悄无声息地从虎林脸颊滑落，他哽咽地说："户专员是俺的恩人，革命的领路人，他是为人民、为民族的解放牺牲的。"

邓司令强压悲恸，没有搭话，扫视着敌人的阵地："你们看，敌人烧火的目的可能有三个，一是作为他们的联络暗号；二是为了御寒、照明，同时防我袭击；三是威胁和监视我军的突围行动。但是，敌人烧火也便于我们选择突围方向，凡是有火的地方就有敌人，火越多，敌人就越多。"

作战科长带着几名侦察员走了过来，简明扼要地说："报告司令员，我们周边的敌人大概有两千多人，敌人防守的重点是东北方向，西北方向有一至三里的空隙，可以从那里突围。"

邓司令指着一段火堆稀疏的地方问："是那里吗？"

"对，敌人的包围圈纵深不大，士兵很疲惫，大都在火堆边打盹、睡觉。"

虎林说："敌人企图困住我们，等待明天大部队、重武器到来。"

邓司令转过脸问："兵工厂的设备都埋藏好了吗？"

"老乡帮忙，都掩埋好了。"虎林回答。

邓司令看一眼手表，夜光表的指针十点正，"半小时后开始突围，一连打头阵；警卫连居中负责伤员、专署的民主人士，郑大队长所部随同警卫连一起行动；三连殿后。从西北方向，利用抗日沟掩护，向鱼台方向撤退。"

郑玉敏担心地问："要是村庄的狗叫起来，突围不就暴露了吗？"

虎林回答："老百姓为了方便咱们八路军夜间行动，都把家里的狗打掉了。"

郑玉敏由衷地赞叹："共产党、八路军，真得民心！"

天色大亮了，经过一夜的急行军，突围的队伍来到一片古栗子树林。

"嗡"天空传来飞机的引擎声，一架敌机飞临上空。

战士们匍匐在地上，迅速用树叶把自己伪装起来。

敌机盘旋了几周，向西北方向飞去。

作战科长跑过来报告："司令员，我们身后两公里处，发现日军骑兵。"

邓司令命令："大家不要动，敌人没发现我们，就不要开枪！"

虎林自言自语，"敌人这是尾随而来，他们的鼻子咋怎么灵呢？"

淡淡的晨雾中，一队黄乎乎的日军骑兵，呈散兵队形，搜索前进，从树林前边几百米处一直向西北的鱼台方向追踪过去……

　　日军空前规模的大扫荡，使湖西根据地付出了惨重的代价，湖西专员、十团团长、公安局长等40余人壮烈牺牲。日伪占据了湖西中心地带的十字河地区，建设伪政权，挖沟掘壕，安设据点，将湖西中心区分割成网格状，湖西地区的抗日斗争进入异常困难的时期。

第三十章　日特频繁施黑手　八路出击惩凶顽

一

黄河北岸有一片乱坟冈，野草杂树丛生，荒无人烟。日寇在这里拉起铁丝网，建起大木板房，成为一座阴森森的集中营，由陆军特务机关部宣抚班管辖。铁丝网南北各有一座炮楼，由伪军值岗。大门口竖着一块白漆黑字的木牌"徐州特别工人训练所"。铁丝网西侧外边几十米，还有一座焚尸炉。

大板房在东侧，南北走向，中间一条走廊，将一所大筒仓分成12间小监号。监号靠北边一排木板高铺，山墙高处留一个通气的小铁窗，铁门上一个送饭的小窗口，终日不见阳光。西侧一溜是小监号，关押特殊犯人。按照宪兵队的式样，每个小监号两米见方，高不到一米半，一面是铁棂子门，只容纳一个人蜷缩，不能直腰。这里关押的犯人有穿灰军装、黄军装的，也有中式裤褂的，大多伤痕累累，衣衫褴褛。在这里经过强制的法西斯奴化教育后，大多被押往东北、九州、北海道做苦力。

春天来了，黄河故道里春水潺潺，岸边春意弥漫，芦苇钻出了嫩芽，一簇簇不知名的野花正在怒放。

两个伪军从特殊号里拖出一名女犯。她相貌端庄，圆脸、短发，黑里透红的皮肤，一身蓝色中山装，虽然身陷囹圄，眼神里依然透露着一股英气。她仰望天空，灰蒙蒙的没有一丝阳光，东风拂面，随风飘洒着毛毛雨，抚慰着她布满硝烟的脸庞。

"快走！"伪军用刺刀指着她。

女犯蔑视了伪军一眼，拖着受伤的右腿，痛苦地前行。

北边一溜板房是集中营的办公区，挂着所长室、教诲室、图书室以及鬼子警卫室的牌子，旗杆上飘着一面太阳旗。

教诲室外边停着两辆挎斗摩托，女犯人一瘸一拐走了进去。不大的房间摆放着一张办公桌、两把椅子、一只长条凳。墙上挂满了皮鞭、铁链等刑具。

犬养坐在桌子后头，旁边左右站立着特高科科长马三官、翻译官。

犬养上下打量一番，开口审问，翻译官翻译道："久闻郑玉敏大队长是女中豪杰，文武双全，今日相见果不其然。阁下的苏北行动队骨干成员，率领特工屡屡袭击我大日本皇军要地，暗杀、爆炸、投毒，手段之高超、下手之凶狠，令皇军也深感佩服。今日马失前蹄，兵败被俘，成为皇军的阶下囚，不知道有何感想？"

郑玉敏拢一下头发，侃侃而谈，"我本一介教书匠，立志教育救国，做一介教师，为得是从点滴做起，改善中国积贫积弱的困境。可恨日本侵略者，强占我国土，杀害我同胞，侮辱我姐妹，我辈女子虽然柔弱，抵御敌寇的家国情怀与男儿一样刚烈，提刀上阵杀贼，一样痛快淋漓！"

"休要胡说八道，"马四儿一拍桌子吼道，"郑大队长，你是被俺从苇攒子里薅出来的，想咋摆治你，就能咋摆治你。"

"呸，汉奸，日本人的走狗！"郑玉敏轻蔑地啐了一口。

马四嬉皮笑脸走到她跟前，"我就是皇军的看家狗咋啦，皇军给我官做，给我钱花，我吃香的喝辣的，谁有奶，就是娘。像你这等憨熊，硬拿鸡蛋碰石头，跟皇军作对，能有啥好下场，唵？跟你说实话吧，俺的密探报告，你躲在户寨集伍郎中家养伤。抓你的时候，那伍老头还把脖子拍得啪啪响，保证如果私藏抗日分子，愿意以杀头具结。结果咋样，他们老公母俩眼下都在特高科押着哩，是死是活，就看你的了。"

郑玉敏怒叱："无耻！"

犬养皮笑肉不笑地说，"郑玉敏先生对皇军的成见是大大错误的。皇军来到中国，是为了帮助中国建立王道乐土。共产党要把中国奉送给赤色俄国，叫你们做赤俄的亡国奴。大日本的圣战就是帮助你们打垮共产党，赶走英美势力，实现大东亚共荣的。日中两国本来就是一家人，同文同种，历史源远流长。只有中日亲善，相互提携，才能共存共荣。"

"国共两党之间的龃龉是我们自家的事情，'兄弟阋于墙，外御其侮'，用不着你们日本人聒噪！"郑玉敏愤愤地说。

犬养离开座位，走到郑玉敏跟前，淫笑着说："不要发火嘛，只要你和皇军亲善，把队伍带出来，把苏北行动队的联络点供出来，高官厚禄大大的有，何况你又是这么才貌出众，英年早逝，岂不是太可惜了吗？"

犬养说着，毛茸茸的手伸向她丰满的胸部。

"啪"一记耳光重重扇在犬养的胖脸上，郑玉敏怒吼，"狗杂种！"

"巴嘎！"犬养捂着火辣辣的脸颊嚎叫起来。

"熊娘们不识好歹，来人，大刑伺候！"马四叫嚷道。

两个伪军闻讯走了进来。

马四吩咐："把这女人绑实在喽，先灌两壶辣椒水，再吊起来抽她一百鞭子，看看她还嘴硬不！"

"中国人民饶不了你们的，等着遭报应吧！"郑玉敏两眼冒着怒火。

撕心裂肺的惨叫声响彻集中营，囚犯都停下了手里的活计，许多人眼里噙着泪花……

"哐，哐！"李狗爪子敲着一面大铜锣，沿街吆喊，"皇军有令，各家各户，男女老幼，都到南门大槐树下开会喽！"

天放晴了，田垄里的麦子绿油油的，麦苗闪烁着光泽。

户寨集南门的打麦场上，一溜排着十几辆汽车，正中已经挖好了一个大坑。坑沿上站着五花大绑着郑玉敏和伍郎中夫妇。大坑四周站满了上了刺刀的伪军。

郝鹏举一身绿呢子将军服，腰扎武装带，别着小手枪，走到坑沿边，望着围拢过来的老百姓，他心有余悸地问身边的刘启滨："刘团长，日本人将郑玉敏案子交到保安司令部军法处，又指令让我当监斩官，这是啥意思？"

刘启滨狠狠地扔掉烟蒂，"恶人叫咱做，臭头让咱当。这个人犯是国军的重要人物，又在共产党那边吃得开，埋了她，咱们两边都得罪了。"

郝鹏举点点头，"日本人在太平洋战场一败涂地，希特勒的攻势也在受挫，意大利也吃不住劲了，滨上出此狠招儿，是想一石二鸟，断了我们的后路。"

伪保长麻仁杏穿着一身灰色长袍，蓝色的坎肩，戴着瓜皮帽，走到郝鹏举跟前，摘下帽子，鞠一躬，"司令，您先说几句呗？"

"说个毯，埋了吧！"郝鹏举恼怒地说。

"伍大爷、大娘，俺连累了您两个老的，来生再报答您！"郑玉敏说道。

伍老爷子面无惧色，"闺女，可别这么说，俺老两口抗日死了，光宗耀祖，各位老亲舍邻也感到脸上有光！"

郑玉敏环顾乡亲们，高声道："乡亲们，齐心协力打鬼子，日本鬼子快要完蛋啦！"

马四儿穿着一身鬼子的黄军装，斜挎盒子枪，耀武扬威地走过来，扬起手就要打人，"死到临头还嘴硬！"

刘启滨一把攥住他的手腕子，"马科长，人之将死，让人家把话说完嘛！"

马四阴阳怪气地说："郑大队长，我以特高科科长的身份，再给你五分钟的考虑时间，现在跟皇军合作还来得及，降则有生路，不降只有死路！"

郑玉敏冷笑一声，面向众乡亲，慷慨激昂地说："乡亲们，永别了，'吾身归故土，乡亲莫泪流。英雄轻一死，豪气重千秋'！"

说完郑玉敏纵身跳入大坑，伍郎中两口子也被汉奸推入大坑。

"打倒日本帝国主义！""中华民族万岁！"坑口飞出悲壮的口号。

全场一片悲恸声。

"刘团长，此情此景，你作何感想？"郝鹏举脱下白手套，点燃一支烟。

泪水充盈了刘启滨的眼睑，他脱口而出说道："这才是中国人呐！"

郝鹏举叹口气，一言不发，铁青着脸转身离去。

郑玉敏仰望头顶的蓝天，从天边飘来的白云一朵朵轻轻飘滑过眼帘……泥土一块块砸在脸上、身上，四周陷入了黑暗，不知过了多久，耳畔响起了一群女生的合唱，"长亭外，古道边，芳草碧连天，晚风拂柳笛声残，夕阳山外山……"

孙鲁老师依然穿着那一件绿色贡呢子夹袍，带领着一群风华正茂的少女在黄河边春游，一个很有磁性的男声越来越缥缈"天之涯，地之角，知交半零落，问君此去几时还，来时莫徘徊……"

二

大雁排着"人"字形的队伍，"吱儿吱儿"叫唤着从头顶向北飞去。大道两旁是一望无际的麦田，田埂上几条黄牛曳着悠长的鸣叫，放牛娃骑在牛背上，隐隐约约传来充满童稚的梆子腔："西门外放罢了三声炮，伍云召，伍云召我上了马鞍桥……"

梁同义头上戴着席夹子半掩住黝黑的面庞，满脸的络腮胡子，身穿青布破夹袄，肩上扛着一根木棍，棍子上吊着一捆秫秸楂子，快步走在徐丰公路上，一双丹凤眼机警地扫视着四周。

石桥快要到了，从南边过来一个身材魁梧的中年汉子，骂骂咧咧地说：

"狗日的二鬼子，今儿个中了啥邪，专捡高个子的盘查！"

梁同义上前攀谈："二哥，咋的在这里也设卡子呀？"

"谁他娘的知道咋回事，连老子的裤裆都捏了一遍！老哥，就你这个儿头，也少不了麻烦事。"汉子说完，摇着头走了。

梁同义站住脚，想往回走，从北边驶过来三辆挎斗摩托车，七八个人，打头的挎斗里坐着一个小个子，穿鬼子军装，戴着战斗帽。他思索一下，抽身离开已经不可能，只有硬着头皮走上了石桥。他放下秫秸梱，点燃一袋旱烟，敞开怀，撩起衣襟扇着风，俯在石桥栏杆上观察对面情况。

清澈的河水奔流而下，从桥墩的两只石龟中间穿过，不停地打着漩涡。桥南头的大柳树下，垒了两个锅灶，支着两口行军锅，十几个伪军咋咋呼呼地准备吃午饭。这时，身后的摩托车队轰鸣着，一溜青烟驶过青石板桥面。

伪军小头目赶紧迎上来，谄媚地高声喊道："马科长，您还没有吃饭呗，将就着一起吃点罢，烧羊肉，还有大米饭。"

小个子马四骂骂咧咧地迈出挎斗，"你他娘的就是惦记着吃，要是放跑了八路的交通员，砍了你吃饭的家什。"

"马科长，八路的探子来无影去无踪的，咋能摸得清？"

马四迈着方步走到树下，"你这是滨上大佐亲自安排的，最近两天有八路交通员打这里经过，大高个、长腿、漫长脸，都把眼睛给我瞪圆喽，逮住喽升官发财，皇军重赏！"

"哎，桥上的那个，干啥的？"小头目冲着老汉喊道。

梁同义镇定地回答："老百姓，前头庄上的，走亲戚。"

小头目招手叫嚷："快点过来检查。"

梁同义扛起秫秸梱，走到伪军跟前，递上一张卡片，"俺的良民证。"

"个子怪长啊，"小头目接过证件，一摆手，"仔细检查！"

几个伪军七手八脚把衣服细细抖搂了几遍，鞋子也抠摸了一番。

"带秫秸莛子干啥的？"小头目问道。

"走亲戚，给俺妗子穿锅盖用的。"

伪军解开秫秸梱，又扒拉了一阵，小头目挥挥手，"滚吧。"

梁同义压抑住狂跳的心脏，迅速穿好衣服，捆好秫秸。

一个伪军在树下叫唤，"队长，没有筷子。"

小头目眼睛滴溜溜一转，"这不是现成秫秸莛子嘛，哎，给挑到树底下去。"

梁同义佯装不依,"老总,这是俺走亲戚的。"

小头目骂道:"小气鬼,秫秸莛子还是啥好东西,不能让老总们抓饭吃吧!"

躺在行军床上抽烟的马四警觉地坐了起来,上下打量着这个老汉。

梁同义只得把秫秸莛子抱到柳树底下,伪军一窝蜂地过来抽秫秸莛子。

小头目抽出一根长莛子,梁同义赶紧递过去两根短的,"老总,长莛子稀罕,这两根正好使。"

"老子偏偏就要这一根!"马四过来一把抽出了那根长莛子,当中撅断,半截纸卷露了出来。

"咦,这是啥玩意儿?"马四诧异地自语。

梁同义像一头激怒的豹子,抢上一步,劈手夺了回来,把纸卷塞进嘴里。

马四儿恍然大悟,拦腰抱住老汉,大叫:"八路,情报!"

几个伪军一拥齐上,抱腿、拧胳膊、扳脑袋,将梁同义摁倒在地,马四疯狂地抠他的嘴,无奈梁同义牙关紧咬,怎么也掰不开。

小头目从灶台下抽出一根燃烧的劈柴,使劲插入梁同义嘴中,狠狠地叫嚷:"非得撬开你的嘴不可!"

梁同义死死咬住燃烧的劈柴,咯嘣一声啃下一截木炭,使劲地咀嚼,嘴里"哧哧"地冒着白烟,一挺脖子,把纸渣、炭灰一口吞了下去。

敌人被惊得呆若木鸡,马四急得顿足捶胸,"咽啦,都咽到肚子里啦!"

马四走到老汉跟前,蹲下身子,恶狠狠地说:"大个子,漫长脸,丹凤眼,你就是飞毛腿大梁,大号梁同义的呗?不能说话,能写也中,拉回徐州,把你知道的都写下来。"

梁同义双目紧闭,嘴角的鲜血淙淙流出。伪军把他五花大绑,扔进摩托车的挎斗里。

"打道回府。"马四扬扬得意地说。

三辆摩托车依次开上了石桥。青条石的桥面凹凸不平,摩托车上下左右剧烈颠簸。突然,梁同义猛地挣脱后座汉奸的控制,纵身跃起,一个筋斗扎进湍急的河水中。

马四俯在栏杆上,看着水面泛起的一串水泡,语无伦次地嘟囔道:"毁啦,毁啦,咋向皇军领赏呀!"

三

西关和平大街南侧基督医院里有一栋二层楼，这里是最早的西医女子维坤医院。这是一个中西合璧的建筑，方方正正，青砖到顶，屋檐是中式的小瓦、翘檐，门口一方草坪。门厅上方悬挂一面椭圆形浮雕，周边镌刻麦穗，中间耸立着一根拐杖，缠绕着一条吐信子的大蛇。

二楼一间病房里，洁白的墙壁，淡蓝色的百叶窗，白色的柜子上放着一个花瓶，插着一束淡黄色的玫瑰花。

喜鹊躺在病床上，怀中的婴儿发出阵阵啼哭。她爱怜地撩开小包被，"小妮子，嗓子那么响亮！"

伍嫂拎着一个罐子，悄悄推开门，"给你炖的老母鸡汤，难产动手术，得补一补。"

"给大哥、嫂子添麻烦了！"喜鹊歉意地说。

"自家人，客气啥，"伍嫂啧啧称赞道，"这个妮子长得真俊，双眼迭皮的，高鼻梁，长大了随妹子。"

喜鹊嫣然一笑："俺结婚三年都没有开怀，去年赶会，从娃娃坑里摸出一个不带把的，嘿，别说还真生了一个闺女，真神了！"

伍兆勇推门而入，急切地说："喜鹊同志，92号指示，你得马上转移！"

伍嫂瞪了他一眼，"妹妹刚刚搁下包袱，这就着急撵她走。"

"你懂啥，92号领导说了，在这虎穴狼窝里，多待一秒，就多一秒的危险，必须立即出城！"伍兆勇急吼吼地回答。

伍嫂把鸡汤放在床边，"好，俺替妹妹拾掇一下，让她喝完这碗汤。"

伍兆勇果断地说："带到路上喝吧，必须马上撤退。我在博爱街驴市雇了一个脚力，是咱们外围的群众，一头骡子大车，搭席篷的，就在楼下等着了。"

喜鹊点点头，"嫂子，俺们按照领导的指示办吧，回到根据地再好好调养。这一次要不是城里地下党的同志们帮助，俺们娘儿俩的命可能就没了。"

伍兆勇戴上礼帽、墨镜，伍嫂系好方格纸的头勒子，喜鹊戴上一顶宽边帽子，三人快速化妆一番。

"你俩先抱着孩子下楼，上车等我。我打扫一下房间。"

丁字巷特高科二楼东头办公室，柳天华跷着二郎腿，拍着桌子，吹胡子瞪眼地训斥马四，"马副科长，让你带着一干人马截击八路交通员，本来手拿把攥的活儿，就整成这个样子，让俺怎么跟滨上、犬养太君交代？"

马四站得笔挺，"卑职无能，虽然抓获了中共交通员梁同义，却不料他投河自尽了。"

听了这话，柳天华勃然大怒，把桌子拍得啪啪山响，"你还不如逮不到哩，俺们还能说情报有误。老子能给你一顶官帽子戴，也能摘你的乌纱帽，你信不信？"

马四嬉皮笑脸地说："信，咋能不信哩，俺马四的荣华富贵全仰仗柳局长的举荐、恩赐，马四无以回报，只能以业绩报答柳局长的恩情。"

听到马四话里有话，柳天华瞪起眼问："有啥线索啦？"

马四凑到柳天华耳朵边，笑眯眯地说："喜鹊正在西关基督医院生娃子！"

柳天华大惊，"喜鹊，哪个喜鹊，湖西敌工部部长虎林的媳妇？"

马四拍着胸脯说："正是，俺们的密探在医院门口摆烟摊，他看见了喜鹊从手术室里推出来，往维坤病房去了。"

柳天华用激将法问："胡扯，一个市井无赖，怎么认得八路的妇女主任？"

"柳局长，这个喜鹊小名小喜子，民国二十二年在麻昭祥家当丫鬟，小闺女就被麻股长他爹给奸了。她俩哥哥勾引微山湖的大马子报仇，绑了麻老爷的小妞妞。案子被铜山县公安局破获，那一次就杀了七个绑匪。开庭的时候，俺的密探见过这个喜鹊，虽然过去十年了，模样没有大的改变。"

"城里有没有同伙？"柳天华眯着眼问。

"有一男一女去过，男的戴礼帽、墨镜，女的戴头巾，高个子。"

柳天华霍地站起身，"马四，立即秘密封锁基督医院，先派两个女警化妆进去侦查，待那一男一女到了，再一举擒获！"

"是！"马四啪的一个立正，乐颠儿颠儿地跑出去了。

柳天华像嗅到血腥味儿的恶狼，在房间里团团踱步，恶狠狠地说："天赐良机，一举端掉中共地下组织的机会来了！"

柳天华、马四等一群特务气势汹汹闯进维坤病房，望着空荡荡的房间，马四气急败坏地摔砸一通，"他娘的，见鬼了，煮熟的鸭子咋又飞走了？"

一个干瘦的黄把脸在一旁帮衬，"是嘿，光看见那个女的拎着一个罐子进医院，没见他们出去呀！"

柳天华大口大口地吸烟，"搜，一定还在这个医院里！"

一个碧眼金发洋老太太，穿着一身洁白的工装走进来，指责道："你们是什么人，不能在我们医院里撒野！"

"洋婆子，少来找不痛快！"马四瞪着猴眼说。

"不要放肆，这是医院的葛院长！"身旁一个女随从说。

柳天华认得这位就是徐州人敬仰的葛师娘，也不敢造次，赔着笑脸说："葛师娘，俺们得到线报，有个女共党在这生产，不知道跑到哪里去了，您要是知道，请告诉我们。"

葛院长不依不饶地说："我们医院是救死扶伤的地方，不管你们什么党，请你们出去，不要打扰病人！"

"好，那俺们就告辞了。"柳天华带着众特务悻悻离去。

四

临近晌午，天变得黑沉沉的。伍兆勇站在饭店门口，望着阴云密布的天空，突然一道闪电，伴随着低沉的雷声轰鸣，雨点噼里啪啦落了下来。

风雨中，一个戴斗篷、穿蓑衣、赤脚的人，顺着街筒子直奔酒店而来。

来人跨进酒店，摘掉斗篷，褪下蓑衣，是一个英俊的少年，黝黑的皮肤，敦厚而倔强的脸庞，带着农村娃子特有的野性，手里拎着两只甲鱼。

伍兆勇看着有点面熟，就问："你是……"

少年亮出一口白牙，笑着说："兆勇叔，俺是户寨集伍兆祥家的小伍子，大号伍岳。"

伍兆勇恍然大悟，"对，想起来了，论起来你跟俺家石猴子还在五服上呐，快点进屋，烧点热汤热饭，去去寒气。"

伍嫂也走过来，抚摸着少年的额头，"小伍子，几年没见，窜怎么高了！"

"婶娘，俺给您带了两只老鳖，您跟俺叔补补身子。"

三人边唠家常边走进后院包厢。

伍兆勇点燃一支烟，"伍子，你是来走亲戚的吧，赶明儿让伍衡陪你云龙山、快哉亭去逛逛，好好玩几天。"

"俺要买九斤二两的四孔鼻眼的大鲤鱼，五十斤新麦子，四十二斤新玉米。"

听到小五对出接头暗号，伍兆勇惊喜地说："侄儿，你是组织上派来的，有啥任务，快说吧。"

"叔，自打鬼子扫荡，打死俺爹，俺就加入了户秉刚领导的湖西抗日队伍，在户寨集当眼线。跟婶子联络的城外交通员牺牲了，虎林部长派俺进城跟您老接头，交换情报的地点由您老决定。"伍岳一口气说了这么多。

伍兆勇问："听家里来人说，你二叔二婶子被敌人活埋了。"

伍岳悲愤地说："是郝鹏举、马四儿干的。俺叔多好的人！"

"这笔血债，一定要他们偿还！"伍兆勇眼里喷着怒火。

"叔，虎部长让俺带来一个密信，捎一个口信，让92号尽快办。"伍岳掀起衣襟，咬开针线，取出一个小纸卷。

"好，我会尽快联系上级的。"伍兆勇捻一下小纸卷，点点头说，"小伍，你在这住两天再走。"

"不行，叔，俺有任务，待在城里不安全，下午就得返回去。"少年执拗的脾气上来了。

伍嫂拍拍他的肩膀说："等雨住了，明天再走。晚上跟你哥通腿。"

"爹，娘，来客人啦。"一个亭亭玉立的少女推门进来。

伍兆勇拉着少女的手说："伍梅，你来得正好，陪你堂哥在这拉会儿呱。"

伍梅笑眯眯地说："哥，你饿了不，你稍坐一会儿，俺去给你烙个油饼。"

伍岳连声道谢，"麻烦妹妹了。"

黄河水静悄悄地向南流去，太阳从鲜红的云缝里照射出金色的光芒，把河水染成了一片金黄色。软软的南风吹拂着脸面，黄河堤沿上的浓绿的柳丝轻柔地在风中摇曳。

颜石峰穿着大裤衩子，对襟褂子，戴席夹子，坐在岸边的小马扎上，手持一副竹竿，目不转睛地盯着鱼漂。

高瀚穿一身白色长袍，沿着河堤走过来，"颜先生好雅兴啊，收获咋样？"

颜石峰咂咂嘴，"喏，都在桶里了。"

高瀚瞥一眼桶里游弋的几条小草鱼、杂鱼，"这点哪够你跟沈钰吃的。"

"净瞎扯，谈正事儿吧，老家来指示了，要我们干掉特高科的马四儿。"

高瀚蹲下，望着河面，"我让老卞一枪就结果了他，用小攮子也行。"

"没有这么简单，敌工部调查梁同义牺牲的过程，敌人是事先掌握梁同义出行的时间、长相，由特高科半道上截击的。虎林同志认为，咱们内部有敌特。湖西反扫荡，极有可能也是这个日特诱使鬼子骑兵一路追踪，导致户秉刚等几十名同志的牺牲。"

河水波光粼粼，鱼漂上下抖动，高瀚喊道："快拉！"

"哗啦"，一条金黄的大鲶鱼蹦出了水面，颜石峰急忙挑到岸上。

高瀚垫步拧腰蹿过去，摁住了活蹦乱跳的大鱼，"好家伙，足有二斤吧，这回够你俩吃一顿的啦。"

颜石峰没搭理他的调侃，把鱼扔进铁桶里，接着说："咱们的任务是抓到他，抠出敌人情报的来源再宰了他！"

高瀚掏出手帕擦擦手上的黏液，"这个坏东西作孽太多，再有他哥马三猴暴尸街头的教训，他行事诡秘，处处小心，如何才能搞到他的行踪？"

颜石峰又把鱼线扔进水里，"马四有个姘头，金谷里的小桃红，也是日伪的密探。马四在美人巷北头，给她买了一处宅子，马四隔三岔五地去那里鬼混。"

"有规律吗？"高瀚问。

"你们自己去摸，我再派两个武工队的帮手。不过要快一点，苏北行动队也盯着他，丰县保安旅黄司令悬赏两千大洋，要他的脑袋祭奠郑玉敏呢。"

"行，等咱们割下马四的首级，让虎林同志找黄司令领赏吧！"高瀚说完，转身离去。

颜石峰收起鱼竿，自言自语，"还真够跟小妹吃一顿的。"

太阳落下了地平线，河边芦苇丛里蛙声聒噪不息。颜石峰顺着河堤，向北边的镇平街走去。

五

美人巷相传是条悠长的巷子，南起中枢街中段，北抵少华街西头，两侧都是青砖小瓦的明清风格小院落。

美人巷北头有座门朝西的独门独院，翘脊的门楼，两扇铁门，右侧一扇小铁门，安装着时尚的暗锁。一株高大的石榴树伸出一枝树杈，嫩绿的叶子中间点缀着火红的花朵。

老卞身穿一身短衣，弓腰推着独轮车，向南沿街叫卖，扯着嗓门沿街吆喝："卖水嘞，四眼井的甜水嘞！"

"叮当叮当"迎面过来一辆黄包车，车篷拉得很低，与卖水人擦肩而过。

老卞骂咧咧地说："瞎眼啦，硌着你的脚喽呗，咋走的道儿？"

"你他娘的骂谁呢？你的耳朵里塞驴毛啦？"车夫放下车把。

车篷里传出一个丰县口音："你慌张的啥，赶紧地跟人家赔个不是！"

"大哥，对不住，踩着您的脚啦！"车夫鞠了个躬，"叮当叮当"跑走了。

黄包车在铁门前停下,马四一身绸缎裤褂,斜挎着王八盒子,转身告诉车夫,"明个儿八点钟过来接我。"

"好嘞,科长!"车夫点头哈腰答应道。

碧空如洗,艳阳高照,幽长的小巷一片寂静,几只麻雀落在对门的屋脊上,欢快地啁啾。马四观察一番,放心地掩上门。

"瞅啥呢,大白天的怕啥?"一个妖冶的女子悄无声息地站在他身后。

"我的娘哎,你吓俺一大跳!"马四吃了一惊。

"谁还能吃了熊心豹子胆敢惹你特高科的马科长呀?"女人浓妆艳抹,浑身散发出刺鼻的香水味儿。

"仇家太多,不能不防。"马四心有余悸地说。

"四爷,俺给你炖了一锅霸王别姬,一只老公鸡、一只老鳖,整整熬了一上午,煞白的汤,跟奶水一样。"女人嗲声嗲气地说。

"有你的奶水白呗?"马四淫笑着,一把搂住女人,胡乱掏摸起来。

女人浪笑,"看你猴急的样,吃咪咪也得等着解开怀呀!"

"等不迭喽。"马四扛起女人,往屋里一溜小跑。

老卞、小班、小殷三人沿着小巷快走到大铁门口,四下观望一番,老卞掏出小钢片,插开了那扇小门,三人闪身进了小院。

院子不大,三间堂屋,两间东屋,一条青砖甬道,两边种植着一些花草。

三人拔出手枪、匕首,敏捷地冲进堂屋。

堂屋的东边主卧室,一对赤裸裸的男女在床上颠鸾倒凤正纠缠在一起。突然,一支冰凉的枪口抵住了马四的脊梁骨。

"别动!"老卞低沉阴冷的声音。

马四惊得魂飞魄散,举起双手,"好汉,兄弟哪里得罪您了,马四给您赔不是,要钱要女人随您的便。"

女人嗷的一声,吓得浑身筛糠,牙齿不停地打哆嗦。

小殷上前准备捆绑马四,马四从惊愕中清醒过来,反手一记拐肘击中小殷面颊,纵身扑向床头柜上的手枪。

"啪"小班右手甩出一支飞镖,把他的右手掌死死钉在木板上。

"你怎么还不老实,想死啊?"老卞的勃朗宁敲打着他的脑袋。

"兄弟,山没有碰头的时候,人有碰头的时候,咱们交个朋友,咋样?"

"我们是八路军,问你几个问题,你必须老老实实回答!"老卞黑着脸说。

马四一挺脖子,"娘吔,落到八路手里,横竖都是死,俺啥都不会说。"

小班左手捏住他的咽喉，右手拔出床头柜上的小攮子，对准马四的脖颈划了一刀，"小子，还逞能是不？"

老卞点燃一支烟，神情凝重地说："马四，你欠下同胞多少血债，杀你一百回都不解恨。你若是有重大立功，可以考虑保留你的狗命！"

马四双膝下跪，磕头如捣蒜，"俺立功，立功，求八路老爷饶俺一条狗命，俺以后跟八路一条心，不行吗？"

"我问你，你们在石桥截杀八路军通讯员，是从哪里得到的情报？"老卞吐出一团浓烟。

"八路老爷，俺只知道一点皮毛，"马四跪在地上，眨着猴眼说，"柳天华说他的一个密探，从河北带过来的，专门跟一个代号'老鸹'的人联系。这一次的情报，应该是老鸹传递的。"

"他们怎么跟日本特务机关部联系？"老卞问。

"用电报台联络。"

"去年底日军湖西大扫荡，这个老鸹传递过什么情报吗？"老卞接着问。

"柳天华给我说，'老鸹'立大功了，光是赤足的十两厂条就奖赏了四根。"

"这个'老鸹'是什么时候潜入根据地的？"

"真的不知道，滨上太君直接联系的特工，哦，听说以前还有一个'白樱花'，后来就没有音信了。"

"你还知道什么，都讲出来！"老卞威严地说。

"户寨集开茶炉子的唐元朝是俺的密探，是他报告的郑玉敏隐藏地点的。"

老卞给小班使个眼色，小班用麻绳紧紧勒住了马四的脖颈。

看着垂死挣扎的马四，老卞冷冷地说："赏你们一对野鸳鸯个全尸吧！"

报童沿街叫卖，"卖报嘞卖报，《陇海新民报》《彭城时报》，特高科马科长家中被缢杀身亡，看报嘞看报！"

杨兆麟推开门，"小孩，来两份报纸。"

他转身回到卧室，拧开收音机旋钮，一个清脆嘹亮的女声，"延安新华广播电台，进入1943年，全世界反法西斯形势发生全面好转，希特勒在斯大林格勒战役中遭到惨败，伟大的苏联红军已经开始反攻了。为贯彻党中央扩大根据地缩小敌占区的方针，我八路军、新四军已经开始了局部反攻，取得了辉煌的胜利。日前，我新四军邳睢铜军分区、新四军四师一部和地方武装2000余人，采取围城打援的战术，打退了日伪军5次增援，攻克了叶场据点，歼灭敌人 600 多人……"

"爸，收音机的音量调小一点。"杨益君进来说。

"儿啊，特高科的马阎王被正法了，大快人心呐！"杨兆麟捋着长髯说。

杨益君接着说，"抗战的形势越来越好，徐州周边大部分农村已经被八路军、新四军控制，只有小部分在国军手里，日本鬼子蹦跶不了几天了。"

"儿啊，爹可能不该问，你是在为谁做事的呀？"

"儿子是在为老百姓做事。"杨益君右手比画了一个"八"字。

杨兆麟点点头，"小心谨慎，别出差错。"

"爹爹保重！"杨益君跨出门槛，骑上脚踏车，留下一串铃声。

第三十一章　郝鹏举脚踩两只船　八路军捉放伪旅长

一

上午九点钟杨益君准时来到阿部办公室门口，轻轻敲门，传来阿部的声音，"请进。"

杨益君鞠躬，"指导官，您找我？"

"杨先生，请坐。"阿部示意他坐在对面的椅子上。

阿部站起身，递给他一杯热茶，"找你来，是想请你帮忙编制配车计划。驻徐州的第17师团9月11日调往南京集结，开赴太平洋战场。徐州、海州、淮北一带的警备交由第65师团，最近开始接防。"

"谢谢指导官的信任，我会努力的。"杨益君回答。

阿部面无表情地说："让你参与制订配车计划，有两个原因，一是经过特务机关部审批，提拔你为副调度长；另外调度人员人手不足，野藤君等五名日籍调度员应征入伍，就要随同鹫津司令官开拔了。"

"哦，我和野藤君几位朋友相处甚好，明天晚上略备薄酒为他们饯行，请阿部先生赏光作陪。"

阿部的两条浓眉拧成一个疙瘩，刮得锃亮的络腮胡子泛着青光，"好啊，我一定作陪，'风萧萧兮易水寒，壮士一去兮不复还'，东南太平洋上又将增加五个孤魂野鬼。日本国内兵员已经枯竭，占领区能征集的兵员都要应征入伍，包括建国中学的日籍教师、领事馆的职员，大日本帝国气数已尽！"

杨益君啜一口茶，"美英的胜利只是暂时的，德意日有坚固的同盟，具有强大的战争资源，最坏的结局是两败俱伤，双方握手言和。"

阿部阴沉地说："德意志铁三角同盟已经不复存在，因为昨天意大利已经宣布无条件投降了，剩下的德国、日本还能支撑多久？"

楼顶的防空警报凄厉地响起，站台上人们乱纷纷地四散奔逃。

三架美国轰炸机钻出云层，呈"品"字形向北边扑去。四下响起"砰砰"高射炮的射击声，炮弹拖着火焰划过湛蓝的天空，在洁白的云朵下方绽开一串串纷乱的黑色蘑菇云。一架轰炸机从硝烟中趔趔趄趄向东转弯，再向南飞去。

"那一架 B-17 中弹了。"阿部把望远镜递给杨益君。

杨益君接过望远镜，对空观察，"这架飞机将在萧县境内坠毁。"

阿部噙着烟斗，吐出一口青烟，"不仅中国占领区，日本本土甚至东京都在英美盟军的空袭之下，日军在战略上已经完全处于劣势。"

杨益君望着天空残留的烟云，忧心忡忡地说，"飞行员恐怕凶多吉少！"

阿部回到办公桌前坐定，接着说，"日军为了填补军力缺口，将驻屯军中的 6 个独立混成旅扩编为新的师团，这个第 65 师团就是今年 5 月在安徽省庐州地区的独立混成第 13 旅团扩编的。第 65 师团驻防之后，徐海地区日军兵力匮乏、战力下降的窘境将更加凸显，战争的天平将向抗日武装一方倾斜。"

"指导官，什么时候开始工作？"杨益君问。

阿部打开保险柜，取出一摞牛皮袋子递给他，"现在就开始吧！"

二

郝鹏举站在道台衙门的防空洞门口，望着拖着黑烟逃遁的轰炸机，若有所思地对高瀚说："高参议，给我要一旅刘启滨电话。"

"是！"高瀚转身跑进洞内作战室，"喂，给我接一旅刘旅长！"

郝鹏举接过话筒："刘启滨吗？"

"郝司令，有何训示？"

"美军一架轰炸机刚才中弹，正飞往你的防区，我命令你，美国人活要见人，死要见尸，明白吗？"

刘启滨问："逮到活的咋办，见到死的咋办？请司令明示！"

郝鹏举压低嗓子说："你咋恁么笨，不管是死是活，先给我报告！"

高瀚凑过来说："司令，灌云县保安大队张敬荣大队长还有王璞县长都到了，刚才躲空袭，这会应该在您会客室候见呢。"

郝鹏举整整将军服，"好，苦主到了，咱们就三堂会审，这个赵耀雨胆子不小，小小的营长敢辱骂地方长官，殴打保安大队长，眼里还有王法没有？"

郝鹏举带领参谋、警卫一干人，穿过一片竹林，回到办公室。

七八个地方县长、官员在会客室门口脱帽迎接。

郝鹏举指着一个长袍马褂的胖老头和一个鼻青脸肿的伪军少校,"你们俩苦主先进来说话。"

郝鹏举进屋随即摁响了叫人铃。

伍衡跑步进来,"司令,您有什么指示?"

郝鹏举唰唰写下一行手谕:"去军法处,把赵营长押过来!"

二旅旅长牟亦奇是一个黑瘦的小个子,慌慌张张过来报告,"司令,卑职有罪,管教部下不严,影响军政关系,甘愿接受处罚!"

郝鹏举不搭理他,牟亦奇尴尬地站立一旁。

赵耀雨被五花大绑押了进来,这是一个胖大的年轻人,一双虎眼放射出桀骜不驯的眼神。

"赵耀雨,你知罪吗?"郝鹏举拍桌子,厉声问道。

"俺有啥罪,他狗日的王璞在自己辖区内随意抽丁、派款、纳粮,乡间税卡、厘卡多如牛毛,一张税票三五里路就成废纸。那个张敬荣平日里纵容保安队横行乡里,俺亲眼看见他当街抠摸一个小闺女,才动手揍他。郝司令不是经常教诲俺们,要'革新政治,澄清吏治'么,这种官吏该不该骂,该不该揍?"

郝鹏举一时被噎得无言以对。

高瀚训斥道:"放肆,谁让你私设公堂,殴打袍泽,顶撞上司的?"

伪县长王璞见状上前拱手,"郝司令,这保安大队都是县政府招募的兵,一千多号人马的枪弹、粮饷全靠自己筹集……"

王璞的唠叨让郝鹏举听得不耐烦了,他挥挥手:"警卫,把这个胆大包天的赵耀雨拖到道衙门口,就地枪决,以儆效尤!"

"是!"伍衡掏出盒子枪,几个警卫拖起赵耀雨就走。

王璞见状,赶紧跪下,"司令,杀人结大怨,我们苦主撤诉,不告了!"

会客室的五六个伪县长也赶过来跪下,"司令,请您开恩,刀下留人!"

伪县长呼啦啦跪了一片,高瀚明白,这是郝鹏举惯用的拉拢人心的手段,目的是做戏给地方官员看,该他出面打圆场了。

"司令,这赵营长也是一时糊涂,看着这么多县长代为求饶的面子上,不如先寄下他的项上人头,打他五十军棍,交由牟旅长严加管束。"

"五十忒少,再加五十,揍死他才解恨哩!"郝鹏举气咻咻地说。

"司令赏罚分明,执法如山,吾等钦佩之至!"伪县长齐声鞠躬敬礼。

高瀚挥挥手，"伍连长，把赵耀雨拖下去执法！"

"是！"伍衡带着几个警卫架起赵营长，高瀚尾随其后。

伍衡问："高参议，这要一百军棍打下去，赵营长的腚帮子还不稀烂呀？"

高瀚笑着说，"你还拿着棒槌当针认，照着腚膀子比画几下子就得啦。"

赵耀雨扭过头，"高参议，救命之恩，赵某当以死相保！"

高瀚叹口气，"以后做事别莽撞就行了。"

高瀚回到郝鹏举办公室时，地方官员都散去，牟亦奇木偶一般立在那里。

高瀚俯在郝鹏举耳朵边，小声说："司令，第17师团南下，紧急征调了三十万斤军粮，新接防的第65师团，开口就要五十万斤，粮库快要掏空了。"

郝鹏举忿然作色，"他奶奶的，自古'兵马未动，粮草先行'，俺四万多人都要张口吃饭，不能光喝西北风吧？"

"司令，光说气话不顶用，得想法子呀？"高瀚劝解道。

"哎，"郝鹏举看一眼牟亦奇，"牟旅长你去找共产党借一点粮食嘛！"

"司令，共产党怎么善心，把粮食借给咱们？"牟亦奇面带难色。

郝鹏举眼珠子一转，"常言道，'丰沛收，养九州'，今年夏收的麦子正好扬场晒干了，该咋治，你还不亮吗？"

牟亦奇吃惊地瞪大了小眼睛，"到八路的地盘去抢粮，不是太岁头上动土么？要是有个闪失啥的，日本人怪罪下来，您可不能怨我！"

"怨个鸟，不能眼看着几万人马没有饭吃吧？"郝鹏举越发气不打一处来。

"那请高参议做个鉴证，我这就回去集合队伍。"

郝鹏举看到激将法奏效，于是安抚道："牟旅长，你是我一手栽培的爱将，所以才将此重任交付与你。这样，我安排谍报队协助你，制定一个奇袭方案，不可告诉旁人，只有你我掌握即可。"

"是！"牟亦奇立正敬礼，转身离去。

电话铃响，高瀚拿起电话，"喂，哪位？哦，是刘旅长！"

郝鹏举接过话筒，"咋样？"

"报告司令，美国飞机坠毁的凤山附近，找到四具飞行员尸体，现场已经封锁，如何处置，请司令指示！"

郝鹏举满意地点点头，"很好，这样，你找上好的棺材，把美国人擦拭干净，白布包裹好，找个寺庙藏起来，我派人过去，与国军方面接洽。"

放下话筒，郝鹏举说："你去丰南找黄司令，跟国民党方面这根线不能断，这几个美国人的尸体就是最好的由头。"

高瀚倒吸一口凉气,"日本人肯定要察看坠机现场,追究下来,怎么办?"

"咋办,就说让狗吃喽呗,"郝鹏举得意地笑起来,"老弟,日本人眼看就吃不住劲啦,再说,咱们四万多精兵强将,加上保安队伍,十多万人马,日本人又能奈我何?"

"司令高明,职下顿悟了。"高瀚也会心地笑道。

郝鹏举亲昵地拍拍他的肩膀,"麻溜儿地办去吧。"

三

少华街中段,原铜山县署东侧有一个院落,有一栋青砖翘脊的二层楼,这里就是伪苏北公署军政家属院。

傍晚时分,刮起了清凉的西南风。一辆挎斗摩托开进了大院。刘启滨跳下挎斗,疾步登上楼梯,走向二楼西头,在一户门口停住脚步,轻轻叩响门鼻儿。

"启滨弟,进来吧。"牟亦奇的声音。

这是两室的套间,进门的房间摆放八仙桌、椅子等家具,里屋是一张雕花木床,梳妆台、柜子、箱子、柳条篮摆放得整整齐齐,一对布沙发当中的茶几上摆好四碟凉菜,一壶烧酒。

牟亦奇站起身,"启滨老弟请坐,咱们兄弟俩好久没有畅饮几杯了。"

"接到老排长的电话,启滨马不停蹄地赶过来,最近战事吃紧,徐州城也有一个多月没有来了。"

牟亦奇感慨,"是呀,越是世事维艰,越想念兄弟。"

刘启滨抬眼看见墙上的一幅书法,心里一阵热乎乎的,"老排长还把我的涂鸦之作装裱,悬挂于卧室,启滨真是感慨万分。"

牟亦奇端起酒杯,"'行程日暮归何处,茅舍怡然三五杯',老弟诗中的意境,不正是此情此景真实的写照嘛,来,咱们干一杯。"

刘启滨感到气氛有些诡秘,提高了戒心,暗自思忖,虽然俩人是从死人堆里爬出来的兄弟,但是,在战乱年代,人心隔肚皮,什么事情都有可能发生。在没有得到上级的指令之前,他不能贸然行事。

他决定以不变应万变,端起酒杯,"我敬哥哥两杯!"

"启滨兄弟,你哥帮过你,也害过你,千不该万不该,不该把你拎到皇协军里来,这杯酒算是赔不是了!"牟亦奇真诚地说。

刘启滨仰脖喝干,"哥哥言重了,没有兄长关照,启滨早就成孤魂野鬼了。咱们现在不是挺好么,郝司令说成立了淮海省,咱们每人都弄个少将的牌子挂挂。"

牟亦奇的黑脸唬了起来,"你以为跟着日本人死心塌地还有什么前途吗?就连郝鹏举都在暗地里与国民党勾勾搭搭的,咱们死难的二十九路军的兄弟,你都忘了吗?"

刘启滨的脸腾地像一块红布,热辣辣的,"怎么能忘,中秋之夜大名府突围,惨死了多少兄弟!还不是国军嫡系欺压杂牌,咱们被逼无奈,才走的这条道儿!"

牟亦奇目光灼灼地直视着他,"你有路子能搭上共产党、八路军吗?"

刘启滨谨慎地回答:"直接的关系没有,间接的渠道应该能够搭上。"

牟亦奇直视着他:"老弟是本地人,应该有路子,关键是牢靠吗?"

刘启滨感觉到牟亦奇有弃暗投明的念头,于是更进一步地说:"非常可靠,为刎颈之交!"

牟亦奇从皮包里掏出一张军用地图,对刘启滨说:"郝鹏举让我带一个轻装骑兵营突袭八路军湖西粮库。不去,抗命不遵,得罪郝司令;去了,孤军深入险地,就算是侥幸活下来,跟共产党的梁子算是结下了!"

刘启滨附和道:"是呀,徐西的大半个天都是共产党的了,这时节让仁兄去八路的地盘抢粮,是陷吾兄于不仁不义之地也!"

牟亦奇叹口气,铺开地图,"进军路线是从石桥,过户寨集,沿徐丰公路折向北,直捣褚庵子八路军粮库。谍报队的情报显示,八路守军只有一个排,突袭过去,手到擒来,辎重大队随即赶到,半个小时装车,然后撤退,有两个团在户寨集、郑集一线掩护、接应。行进路线你记住了吗?"

"记住了。"刘启滨点点头。

牟亦奇神情黯淡地说:"我希望八路军兑现诺言,不要伤害我的兄弟们。如果我一时半会回不来,你照顾好嫂子!"

刘启滨鼻子一酸,"哥,嫂子是我亲嫂子!"

"'逢人只说三分话,未可全抛一片心;满面春风交朋友,真正知心有几人',这是混世道的明哲保身之术,我今天跟兄弟披肝沥胆,赤诚相见,老弟定不会负我一片诚意!"

刘启滨连忙起身,端起酒杯,"仁兄在上,兄弟愿追随仁兄投奔光明!"

牟亦奇一饮而尽,喃喃自语道:"骑兵营那些东洋马、蒙古马,个个溜光水滑的，跟缎子一样，好马呀！"

早晨起雾了，大雾笼罩着徐州城，周围的山峦和黄河故道都淹没在白茫茫的水蒸气之中。

裴记文具店门口，高瀚叩了两下门鼻，老板拉开门，"先生请进，货已经备好了。"

高瀚"噔噔"走上二楼，昏黄的电灯下，颜石峰起身相迎，"老高，一大早就跑来，辛苦啊！"

两人握手，高瀚笑着说："因为事情紧急，我昨天晚上到少华街的杂货铺，让老板给你发信号，还担心这交秋的浓雾你看不见呢。"

"每天早上看见绿宝胰子到货，我就赶紧过来等你了。"

高瀚点燃一支烟，打趣道："寒舍里就你自己？"

"操啥蛋，就我一个人，诓你就是小狗子。"颜石峰认真地说。

高瀚吐口烟，"哎，俺是没有你的艳福哦，英雄救美，又邂逅重逢，多么美妙的故事，将来胜利了，能写一部动人的小说。"

"行啦，别抒情了，赶紧的言归正传。"颜石峰催促。

高瀚掏出一张纸，递给他，"刘启滨手绘的这张草图，近日郝鹏举要安排牟亦奇率骑兵袭击褚庵子粮库，情报是牟亦奇亲口所述。"

"牟亦奇主动告诉这个重要情报，是想反正吗？"颜石峰紧皱眉头。

高瀚点点头说，"有这个可能。牟亦奇原本就是一个进步的学生，从驻防徐州之后，一直没有干坏事。他想与我们建立联系，我看可以把他发展为我们的关系。"

颜石峰向高瀚要了一支烟，点燃，"这件事要慎重，必须请示地委敌工部，越是接近胜利，越不能大意。"

高瀚往前凑凑，"还有一个情报，前天日军击落一架美国轰炸机，坠落萧县凤山。郝鹏举让一旅刘启滨把尸体装殓，藏在寺庙里。下午，我去黄口，密会丰县保安旅黄司令，商谈移送灵柩的事宜。"

颜石峰鄙夷地说："这说明郝鹏举开始为自己找后路了。这是个'有奶就是娘，见利就上前'的混世魔王。"

颜石峰点点头，"你分析得对，我这就安排交通员出城送信，今天恰好是交换情报的日子。"

高瀚喷一口烟，"最近，日伪准备以苏北、淮阴为班底筹建淮海省，下辖

22 个县,郝鹏举任省长兼省保安司令,所有官佐,每人官升一级。"

颜石峰嗤之以鼻,"鬼子拿不出骨头甜唤这些走狗了,就只能用这种封官许愿的套路,哄着汉奸去卖命!"

高瀚摇摇头,"郝鹏举的实力不容小觑,现在连鬼子都得敬他三分。想当初他刚到徐州,只有五百人枪,整天跟在滨上腚后边,像一条哈巴狗。经过几年的卧薪尝胆,眼下羽翼丰满,已经有四个整师,还有骑兵团、警卫团、特务团、炮兵营、兵工厂等四万多人马,加上各县保安大队、支队五六万人,号称十万虎狼之师。"

颜石峰咂舌感叹,"这个汉奸抓队伍的确有一套办法!"

高瀚掰着两根手指头,"他首先抓住了钱,原先徐州市市长杨世云跟他在贩卖烟土、盐税两个税收大头上是平分秋色的,郝鹏举的腰杆子越来越硬气,仗着手里的枪杆子,由军队派款、征税,杨世云干瞪眼。其二是抓住了人,各县的保安大队、支队都是当地的地主武装,这些地痞无赖要的是个名分,郝鹏举都能旅长、团长的给予满足。

"此人早晚会成为我们的心腹之患!咱们趁着大雾没散,抓紧离开。你还走前门,我走后门。"颜石峰说。

四

云龙山南北走向,恰似一条逶迤的长龙卧于石狗湖畔。山的西侧有一条古驿道,只有两三米宽,坑坑洼洼的土路,自古以来就是南来北往的商旅的必经之地。山花的尽头是一个荒芜的古驿站,一个茅舍,门口四只木桩搭起一个秫秸席棚,棚下摆上三张方桌、长桌、黑窑瓷的大碗,自然而然形成了来往旅客打尖歇脚的去处,人们称之"茶棚"。

一座砖砌的茶炉高至腰际,中间一眼炉灶加炭,坐一把铁皮炊。炉灶周围对称六个炉眼,各有火路相同。中间炉灶上的水炊发出沸腾的哨音,掌柜的拎起沸水,将两旁炉眼的水炊依次递进。

掌柜的钻出草屋,冲着两位挑担子的庄稼汉吆喝道:"喝碗水歇歇吧!"

"茶水咋卖的?"一位年长的放下挑子。

"白开水一毛一碗,大叶子茶叶茶两毛一碗,续水不要钱。"

"来两碗茶吧,三更天就起身,连口馍还没有吃哩。"

掌柜的捏了两小撮茶叶末,放入两只大碗中,冲入滚开的沸水,"老哥,这前边大兵戒严了，过不去，你要进城得绕道走韩山，多走几十里地。"

老汉嘟囔着，"咋治呀，俺早起赶晚集，原本想挑两筐鲜玉米棒子到城里卖个好价钱的，已经赶了几十里路了，累得半死！"

"你的玉米棒子俺磕筐买了，赶紧回家吧。"掌柜的热情地说。

"哎哟，今个儿遇见好人、善人喽！"老汉感激地说。

从南边急匆匆走来一位少年，穿青色对襟粗布褂子，灰色粗布裤子，高高挽起裤腿，戴一顶破席夹子，背着一个小包袱。

掌柜的打招呼，"小青年，坐下歇歇吧，前边戒严了。"

少年礼貌地致谢，"谢谢大叔，俺坐下歇会儿就走。"

伍嫂坐在长凳子上，从筐子里拿出针线包，"小伙子，你的肩膀头露肉了，俺给你撩几针。"

"谢谢大娘。"少年顺从地脱下褂子，捏着衣襟的一角，递给她。

伍嫂会意地点点头，小声说："小伍，有紧急情报，你得赶紧回去。"

"婶子，俺知道了。"

伍嫂迅速挑开他的衣襟，取出一个蜡封的纸卷，塞进脑后的发髻里，又把另一个纸卷缝进衣襟。

伍嫂把褂子还给他，"好啦，快穿上，别晾了汗。"

"谢谢大娘，进不了城，俺这就回去了。"少年背起包袱，急匆匆向南走去。

伍嫂挎上筐子，掏出两张小票压在茶碗底下，"掌柜的，俺走了。"

月亮明净澄澈，挥洒着素洁如水的银辉，静谧的夜空，点缀着几颗熠熠生辉的星辰。一阵急促的马蹄声打破了宁静的夜晚，大股的骑兵潮水一般席卷着夜色朦胧的田野，一路向北狂奔。

前卫连停顿下来，连长催马赶到牟亦奇面前，"报告旅长，前边有一条河流，只有一座木桥，是否过去侦察一番？"

牟亦奇与连长并辔来到河边，河流只有几十米宽，河水"哗哗"流淌着，两岸长满了芦苇、殷柳墩，对面的青纱帐影影绰绰，四周蛙声咯咯，偶尔传来"唧啾、唧啾"的鸟鸣。

牟亦奇放下望远镜，"王连长，远程奔袭，要的就是快，磨磨蹭蹭的天就大亮了，八路必然有所防范，冲过去！"

连长依旧坚持，"如果有埋伏，过桥之后背水作战，必将全军覆没。"

牟亦奇命令，"我带领两个连先冲过去，你负责殿后、掩护。"

"是！"王连长回答。

两百多匹战马呼啦啦冲过了木桥，向北疾进。

突然，"轰隆"一声巨响，木桥在升腾的红色烈焰中飞上了天，"缴枪不杀！"四下里响起一片骇人的喊杀声。

"娘的，中埋伏了！"王连长大吼，"一连，赶紧撤退！"

太阳刚刚升起一竿高，郝鹏举办公室里坐满了十几个幕僚，个个愁眉苦脸，一言不发地抽烟、喝茶。

郝鹏举脸色铁青，"娘个毯，偷鸡不成蚀把米，两个骑兵连瞬间就没啦，还有我的生死兄弟牟旅长，也不知道是死是活？"

众人都耷拉着脑袋，默不作声。

郝鹏举指着鼻青脸肿的王连长，"说说，咋回事？"

王连长磕磕巴巴地说："俺们行进到一条河边，牟旅长留下俺殿后、掩护，自己带二连、三连冲了过去。轰隆一声响，木桥就被炸飞了，四面八方好几千的人马紧接着冲上来，根本来不及反应。牟旅长他们应该是被俘了。"

郝鹏举摆摆手，"好啦，你下去歇着吧。"

高瀚神情凝重地说："先断退路，再四面包抄，八路显然事先有所防备。"

郝鹏举忿然作色，"防备个屁，奇袭方案是我和牟旅长制定的，旁人不知道，八路能掐会算咋的？"

电话铃响，郝鹏举拿起话筒，"是，滨上将军，我派遣牟亦奇旅长星夜奇袭八路粮库，被八路包围，激战三个小时，歼灭敌人四五百人，我部除一部突围外，牟旅长等二百多官兵生死不明。"

滨上的声音，"你部积极作战，勇气可嘉，此次战斗失利，牟旅长个人没有问题吧？"

郝鹏举急切地说："滨上少将，牟亦奇随我征战多年，骁勇善战，忠实可靠，绝无问题。此次深入共区，寡不敌众所至，郝某愿负一切责任！"

"牟旅长毫发未损，与被俘官兵关押在大王庄，你可派人前去营救，免得夜长梦多，被共产党赤化！"滨上说完，撂下了电话。

郝鹏举惊出一身冷汗，滨上最后一句话显然提醒自己知道战斗的过程，故意没有戳破他编造的谎言，他抬起手腕看一眼手表，自言自语道："特务机关部真他妈的厉害！"

"司令，您说啥？"刘启滨问道。

"哦，没说啥，"郝鹏举点燃一支雪茄，掩饰一下自己的窘态，"牟旅长被俘了，大家想想法子咋去救他？"

高瀚剑眉高挑，"武力解救，肯定行不通，只有谈判解决。"

"谈判，好呀，谁愿意主动请缨？"郝鹏举环视四周。

刘启滨站起身说，"司令，派谁去都不妥当，弄不好还有通共之嫌。职下以为，可以请徐州地方的两位尊神出面斡旋，或许还有解救的可能。"

"谁？"郝鹏举苦着脸问。

刘启滨一字一句地回答："徐州商会会长、青帮二十一世香头曾海春，徐州实业家、东亚株式会社兴隆面粉厂经理程金石。"

郝鹏举一拍手，"对呀，曾会长曾经受皇军之托，跟利国驿的土匪马三麻子谈判，交换人质，走马换将的么！"

高瀚接着话茬说："那就得请司令放点血喽。"

"'轻财足以聚人，律己足以服人，量宽足以得人，身先足以率人'，此乃曾国藩的带兵之道。高参议，你马上拿着我的请柬去请二位神仙。"

"是！"高瀚立正敬礼。

五

大王庄的一个农家小院，土坯垒砌的院子，堂屋是三间土墙西瓜顶房子，房顶上一半草一半瓦，长满了青草。东边一间锅屋，烟囱冒出滚滚炊烟，风箱呼嗒呼嗒拉得正欢，烧小鸡的香气充斥了整个院落。

堂屋的方桌上，摆了四个凉菜，油炸花生、白莲藕、炸金蝉、炸小鱼，一个酒壶，五只酒瓯子。虎林坐下首，曾海春、程金石和牟亦奇分坐两边。

虎林笑容满面地说："湖西地委书记郭一民同志，听说程先生、曾先生要来，拿出自己的津贴，请二位喝酒，请牟旅长作陪，根据地条件有限，别嫌寒酸。"

"破费喽，破费喽！"曾海春、程金石连连拱手。

"程先生有所不知，您与郭书记也算是故交，他一直惦记着您的大恩大德哩！"虎林郑重地说。

"不知道虎部长这话从何说起？"程金石疑惑地问。

院子外边传来一阵马蹄声，虎林站起来，"郭一民同志到了。"

郭一民风尘仆仆，军容整齐，迈着大步走进堂屋，径直走到程金石面前，立正敬礼，"程先生，您还记得我吗？"

程金石站起身，端详着这位八路军高级指挥员，方脸、宽下颌、浓眉毛，狮子一般的大鼻子，"看着有点面善，金石实在想不起来了。"

郭一民激动地说："您忘了，十一年前，有个学生被两个特务从东车站押到您门口，学生冒充您表外甥，到您府上求助的！"

程金石恍然大悟，"哦，当初的小青年，现在是雄踞一方的大长官了！"

曾海春笑眯眯地说："程先生一生做得善事无数，积善行德，必得善报。"

"是呀，如果没有程先生仗义相救，说不定我就牺牲了。"

"别光站着说话啦，赶紧坐席吧。"虎林招呼道。

"来，请坐吧，咱们边喝边聊。"郭一民过去上首坐定。

牟亦奇显得局促不安，"郭政委、虎部长，俺乃败军之将，与二位长官同桌共饮，不太合适吧？"

虎林走过去把他摁在座位上，"哎呀，哪有恁么多的讲究，放下武器，咱们就是朋友。你也参观了解放区，官兵一致、军民一家，没有你们的规矩。"

郭一民端起小酒碗，"欢迎曾会长、程经理光临解放区，备薄酒一杯，为二位洗尘！"

曾海春端起酒碗一饮而尽，"郭书记盛情款待，曾海春今个面子挣足了！"

郭一民笑道："我哪有这么多钱置办这些酒菜，一个月一块钱的湖西票，刚好够买一只小公鸡；这藕、小鱼都是警卫战士从复新河里摸的，知了猴也是他们从树下抠出来的，蔬菜是我们利用地角边子种的。"

虎林接着说，"老郭找我商量，徐州的贵客来了，还有他的救命恩人，咋说也得置点酒啊，动员我把俩月的津贴都共产了。"

房东大娘端上来一盆热腾腾的南瓜炖小鸡，"各位同志，请尝尝俺的手艺，烧不好，别笑话！"

"谢谢大娘！"郭一民起身致谢。

"来，咱们别作假，尝尝这新鲜的乡野菜蔬。"虎林举起筷子。

程金石品尝一块，赞美道，"真是难得的美味，没加任何佐料，原汁原味的农家菜，徐州的大馆子做不出来的！"

"这第二碗，感谢程先生救命之恩，大恩大德，我郭一民终生不忘！"郭一民喝干一小碗酒，眼睛湿润了。

"共产党重情重义，金石深感不安！"程金石双手捧起酒碗，一口喝干。

曾海春抹一下嘴巴，"两位长官，你们也知道，俺俩是受人之托前来当说客的。郝司令说了，有啥条件他都应承，长官们不要客气，尽管说。"

郭一民直视着曾海春说:"请您转告郝鹏举,八路军不是打家劫舍的绿林好汉,只有一个条件,就是不要他再与人民为敌!"

程金石感动得热泪盈眶,"八路军仁义之师,共产党正义的组织,得天下者,必定的共产党、八路军!"

"炒豆角来喽!"房东大娘端着一碟炒菜,后边跟着一个孩童,手里托着一盏棉焾子豆油灯,火苗跳跃着,形如萤火虫。

"不知不觉黑天了,灯焾子小一点,凑合着照个亮吧,反正不能吃到鼻子里去。"郭一民幽默地说。

众人开心大笑。

六

黏糊糊的细雨飘了好几天,伪苏北公署军政家属院里的青砖甬道长满了滑腻腻的青苔,空气中弥漫着潮湿的霉烂味儿。傍晚,两辆挎斗摩托车吼叫着穿过少华街,停在了大门口。刘启滨披着风衣,拎着一兜东西,急匆匆跳下车,直奔二楼牟亦奇的家。

牟亦奇开门,平静地说:"知道你要来,请进来吧。"

刘启滨举起手中的网兜,"买了些刁肴,带了两瓶好酒,给俺哥压压惊。"

牟亦奇把刘启滨请进里屋,刘启滨把几包干荷叶打开,摆在茶几上,咬开酒瓶塞,咕咚咕咚将酒倒进两只搪瓷缸子。看到牟亦奇神态自若,丝毫没有垂头丧气的表情,纳闷地问:"哥哥好像对此次兵败被俘并不以为意?"

"'祸兮福所倚,福兮祸所伏',就像关公土山被围与曹操约三誓一样,兵败被俘未尝不是一件幸事。"牟亦奇扯下一块鸡腿,大口地咀嚼着,"在解放区,我参观了八路军的兵工厂、医院、被服厂,湖西的小学、中学,民兵、儿童团的操练,观看了抗日的演出,感慨良多!"

刘启滨聚精会神,听得津津有味。

"咱们抿一口,"牟亦奇端起茶缸子,呷一口酒,"抗日民主政府在如此艰难的境地下,竟然发展壮大,羽翼丰满,让我震撼!尤其是他们官兵之间、军民之间亲密无间的关系,高级干部穿草鞋、穿打补丁的军装,没有一点架子,从这里我看到了中国未来的希望!"

刘启滨笑着问:"老排长怎么快就被赤化了,赶明儿俺也去体会体会。"

牟亦奇正色训斥道:"甭嬉皮笑脸的,说正事呢!"

"你加入他们的组织了吗?"刘启滨问。

"你说呢?"牟亦奇反问,"小王庄深夜被围,八路干得干净利落,我当时就猜想你把信儿捎到了。人家也很仁义,枪口对天射击,没有伤害兄弟们。"

刘启滨感到脸上火辣辣的,端起茶缸子,"敬哥哥一个,俺干喽,您随意!有啥对不住哥哥的地方,就算弟弟赔罪了!"

牟亦奇掰开半只猪蹄子,递给他,"兄弟,为兄没有怪罪你的意思。"

刘启滨长吁一口气,岔开话题,"下午到郝司令官邸,他正在与滨上交涉,你官复原职,老长官还是很照应属下的。"

牟亦奇鄙夷地撇撇嘴,"喊,你以为郝鹏举是个讲义气的人,忒天真,他是个地地道道的老江湖!咱们俩每人带领一个旅,每个旅将近一万人马,兵权交给谁他才放心呀,咱们算是子弟兵吧。这一次兵败被俘,他不予追究,施以小恩小惠的把戏,目的无非是更好地拢住咱们替他卖命呗。至于日本人也不是发什么善心,他们现实得很,这就应验了郝司令经常讲的那句话,'凭实力说话!'"

刘启滨长叹一声,"还是哥哥目光高远,今天咱们兄弟把话说到这个份儿上了,只差一层窗户纸,就别捅破了。"

牟亦奇也端起茶缸子,"咱们俩掌握郝鹏举将近一半的家底子,今后要减少来往,人场上要故意制造一些嫌隙,咱们不和睦,郝鹏举才能减少疑虑。"

刘启滨眼睛里闪烁着泪花,"哥哥,到此打住,咱们心里有数就行了。"

牟亦奇突然捂住茶缸子,"启滨,别喝了,到此为止,你赶紧回队伍吧。"

"哥哥保重!"刘启滨立正敬礼,转身噔噔下楼。

外面的小雨下紧了。刘启滨跨上摩托车,引擎发出轰鸣声,雨丝一缕一缕地迎面密密飘落,他仰起头,让秋雨淅沥沥地冷却他滚烫的脸颊。

第三十二章　日伪途穷生异心　伪军秘密受改编

一

　　灰白色的浓云慢慢升了起来，渐渐遮满了天空。云龙山体育场四周军警林立，广播喇叭里播放着日军的进行曲。操场上身穿草绿色军装的皇协军、土黄色军服的保安队还有黑色制服的伪警察，整齐列队，五万多人乌泱泱地挤满了整个体育场。

　　体育场北侧的两根旗杆分别飘扬着青天白日旗和血红的太阳旗，看台正中悬挂南京伪政府主席汪精卫和日本裕仁天皇的彩色画像，上方悬挂蓝底白字的会标"淮海省成立暨阅兵庆典大会"。郝鹏举率领伪省政府文武高级官员一排溜站立主席台上。

　　郝鹏举今天心情特别好，标致的国字脸挂着得意的微笑，面颊上的肌肉又透出一股凶狠的杀气；挺拔魁梧的身材，配上崭新的绿呢子将军服，右边腰带上别着一只小巧的手枪，左边腰带上挂着一把东洋指挥刀。

　　天色愈加阴暗，风呜呜地吼了起来，裹挟着米粒一样的雪霰打在脸上生疼生疼的，陡然间灰色的幕布掀开，鹅毛般的雪片漫天飞舞，密密麻麻地飘洒着，仿佛在天地之间编织成了一面白茫茫的巨网。

　　曾海春带领一帮身穿裘皮大衣的富商巨贾，走上台来，他双手作揖，笑容满面，"恭喜呀，郝省长暨诸位官长！"

　　"感谢各位老板、乡绅前来捧场架势，"郝鹏举抱拳施礼。

　　曾海春笑呵呵地回答："哪里哪里，俺们受邀参加阅兵盛况，实乃司令对徐州商界的垂爱，吾等三生有幸啊。司令兵强马壮，保境安民才有保障，此亦是淮海省二十二县民众的福祉呀！"

　　程金石打躬作揖，"瑞雪兆丰年，大雪纷飞，此乃风调雨顺、国泰民安的吉祥之兆，徐州商界同仁，略备薄酒，今日中午在启明路新西菜馆宴请诸位官长，祈望赏光！"

"万分感谢诸位老板，请嘉宾席上观看阅兵仪式。"郝鹏举再一次拱手。

高瀚走过来，小声说："郝省长，雪下紧了，咱们抓紧开始吧，等一会儿积雪深了，不能武装游行了。"

"好，咱们就开始，大雪天，那些啰哩吧嗦的客套就免了，直奔主题，宣读文告、任命，列队游行！"

高瀚压低嗓子，"司令，按照您的指示，四个师各留两个团战备执勤，牟亦奇、刘启滨师长留在部队待命，毕副司令和刘参谋长各带直属特务团、警卫团实弹待命。"

郝鹏举抖抖身上的积雪，"唔，高参议，你做得很好，人心隔肚皮，凡事留一手，若是咱们被人一勺子烩了咋办？"

高瀚问："游行计划是绕城一周，雪大路滑，是否减少一点路程？"

郝鹏举扬扬得意地说："一米的距离都不能减少，老子就是要亮亮咱们队伍的实力，给徐州老百姓还有日本人瞧瞧，风水轮流转，今天该到俺家啦！"

高瀚点点头，走到麦克风前，"淮海省各位地方长官，保安部队官兵兄弟们，淮海省成立大会暨阅兵庆典现在开始，全体立正，鸣炮奏乐！"

五尊山炮发出震耳欲聋的轰鸣，军乐队吹奏《中华民国国歌》。

郝鹏举走到麦克风前，清清嗓子，操着一口河南话，"民国三十三年一月十三日，南京中国国民党中央政治委员会第131次会议决定成立中华民国淮海省，辖徐州市及铜山县、东海县、砀山县、萧县、睢宁县、宿县、涟水等二十二个县市，任命郝鹏举为淮海省省长兼保安司令，任命毕和敬为少将副司令、刘伯芹少将参谋长、高瀚少将参议，任命刘启滨保安第一师少将师长、牟亦奇保安第二师少将师长、李仁保安第三师少将师长、洪明璨保安第四师少将师长，任命柳天华淮海省警察厅少将厅长兼中央政治部政治保卫局淮海直属分局局长。"

台下响起一片掌声。

郝鹏举接着说："各位兄弟们，淮海省成立了，大家每人官升一级，每人加增一个月的薪水。今后跟着郝省长好好干，只要忠心耿耿，俺亏待不了兄弟们，咱们共同建设和平运动的模范省，到时候再把酒庆贺，论功行赏！"

台下嘈杂的号叫声响成一片。

"游行开始！"高瀚大声宣布，军乐队吹奏起日军《军舰进行曲》，郝鹏举率领众武官全副武装,骑上战马,在马队的簇拥下,行进在队伍的最前列。

漫天飞雪把徐州城变成了一个混沌的世界,凛冽的寒风吹着软软的雪花迎面扑来,湿漉漉的雪水顺着脸颊流进外套里。这丝毫没有降低郝鹏举的兴致,他骑着红色高头大马,不住地给路旁看热闹的市民挥手致意。

大同街东首特务机关部黄色的三层楼,日本兵悄悄在窗户里架起了三挺歪把子机枪,黑洞洞的枪口对着开进的队伍。

黑瘦的滨上穿着略显肥大的将军服,背着双手默默望着蜂拥而来的人流。

肥壮的犬养走过来,"将军,您为什么不去参加他们的庆典啊?"

"要我给他敬礼吗?"滨上呶呶嘴,"这个人是后脑勺上长反骨的,现在羽翼丰满,跟我们平起平坐了。真后悔,让他搞鸦片,在税收上又插一脚,眼看着他一天天做大,已经奈何不了他了。"

犬养一对猪眼放出凶光,"湖西的老鸹发来电报,牟亦奇有叛变的可能,是不是郝鹏举也有勾结八路之嫌,是否用非常手段解决了他?"

滨上摇摇头,"目前皇军、国军、共军三方谁都不占上风,他不会只倚靠一方的,脚踩三只船是他最好的选项。"

犬养点点头,"洪明璨的谍报小组报告,郝鹏举把美国飞行员的尸体装殓之后,交给国军方面了。将军,我们下一步如何制约他的野蛮生长?"

滨上狠狠地说:"祛除杂草,要连根拔掉。杨世云虽然是个贪婪之徒,但是对天皇也是忠诚的。推举他担任省长职务时,郝鹏举竭力反对,甚至省府其他职位,也不让杨世云染指,就是中国人说的奴大欺主!"

犬养问:"您安排杨世云的侄子杨尼清担任淮海省税务局局长,能否对郝鹏举有所制约?"

滨上一脸无奈,"以华治华,试试看吧!"

黑脸汉子跪地求饶,"长官,俺家小相公彭啸林,在城里多少有点情面,俺们在他门下混口饭吃,还请官长不要扯破了面皮,大家都不好看!"

"咋,你他娘的还抬出来东霸天彭啸林来压我,不就是个街头的冷霸子么,老子是特高科的麻阎王,惹恼了老子,治他一个通共通匪死罪!"

黑脸汉子这才明白过来,眼前这个气势汹汹的高个子,就是刚刚上任的特高科科长麻昭祥,用青帮对付伪警察敲竹杠的手法已经无济于事。

他叹口气,自报家门:"俺是'彭城四少'之一的文少峰,有眼不识泰山,冒犯了麻科长的虎威,今个儿认栽,要杀要剐悉听尊便。"

麻昭祥得意扬扬地发号施令道，"唐股长，把这一干人犯都绑喽，再派一哨人马去四道街，把他的老掌柜彭海生、小相公彭啸林一并绑了，押到特高科羁押室！"

"是！"一个龇牙的黄巴脸大声答应道。

众特务一起涌上前，抹肩头拢二臂，将六人捆得个结结实实。

"人赃俱获，收队！"麻昭祥乐滋滋地说。

临近傍晚，阴沉沉的天空"扑嗒扑嗒"下起了小雨。

丁字巷里特高科院子西头的审讯室，梁头上吊着一老一少爷儿俩，几个特务没头没脑地一顿皮鞭，爷儿俩皮开肉绽，哀号震天。

"咋样，招，还是不招？"麻昭祥坐在太师椅上，跷起二郎腿。

唐股长呲着大板牙吼道："再不招，活活把你爷儿俩揍死在这里！"

年少的彭啸林带着哭腔求饶，"麻科长、唐股长，俺都招了还不行吗？求求您们开恩，把俺参放下来，一把老骨头哪儿能受得了怎么样子折腾！"

麻昭祥呷一口茶水，"嘿，小子还挺孝顺，得嘞，把彭老掌柜的放下来，搬一把椅子请他坐下，再倒一碗茶水。"

几个特务把彭海生放下来，唐股长搬过来一把椅子。老头子抚摸着失去知觉的双臂，"呜呜"地哭了起来。

麻昭祥走到彭啸林跟前，揪着他的长发问："你先回答，你们爷儿俩跟我们拧巴了大半天，为啥不交代？"

"麻科长，俺们主要是怕得罪杨世云市长。"彭啸林喘息着说。

麻昭祥把嘴里的大半截烟头塞进彭啸林嘴里，"抽口烟，慢慢说。"

彭啸林咂一口烟，断断续续地说："淮海税务局局长杨尼清是杨世云的亲侄儿，税务局最有权的第三课课长杨尼春是他的本家侄儿。讨巧是个当儿，都怨俺糊涂，杨尼春跟俺商量，他说给俺们的香烟加盖'验讫'税戳，不开税票，没有人知晓的，省下税款对半分。俺寻思有了大树好乘凉，反正有他叔当后盾，就答应他了。"

麻昭祥逼问："第三课课长杨尼春串通你们舞弊偷税，局长杨尼清还有他叔杨世云是否也从中间分一杯羹？"

"这个俺不敢瞎胡扯，猜想应该有分红的吧，还有，徐州的大商号很多都是走杨尼春的关系，偷税对半分成。俺知道的还有新民百纺号的棉织品，公会堂的戏剧印花税只收了一半税款13万元，也没有开税票……"

麻昭祥拍拍他的肩头,"以后谁给你找麻烦,麻科长给你撑腰!"

彭啸林泪水婆娑,"往后全仗麻科长照应,赶明儿俺再重重酬谢您!"

麻昭祥吩咐,"录完口供,给他爷儿俩弄点好吃的,喝点酒压压惊。咱们不打不相识,今后就是朋友啦,嗯?"

"谢谢麻科长大恩大德,您啥时候放俺们回家呀?"老头彭海生抽泣着问。

"慌得啥,回家早了不怕杨世云他们给你们找麻烦,待在这里好吃好喝好招待的,等风平浪静喽,自然放你们回家。"麻昭祥说完,扬长而去。

夜深人静,道台衙门郝鹏举的办公室里灯火通明,郝鹏举端坐在宽大的办公桌后边,对面坐着柳天华、麻昭祥。

麻昭祥掏出一沓笔录纸,摆放在郝鹏举案头,"长话短说,淮海省税务局第三课课长杨尼春串通商人彭啸林等舞弊偷税,以肥己中饱,证据确凿,局长杨尼清也有共犯之嫌疑,特高科拟于今晚拘捕杨尼春,待拿下口供,明天早上查封税务局所有账册,逮捕杨尼清,深挖细查杨氏爷们儿贪赃枉法的罪证。"

"唔,干得不错呀,"郝鹏举满意地点点头,转过脸对柳天华说,"柳厅长,你的建议很好哟,把案子交给特高科麻科长侦办,很快就破案喽!"

柳天华扬扬得意地说:"淮海省政保分局的探员多为外地人,搞侦察欠火候,还是特高科眼线众多,办案专业。我建议连夜逮捕杨尼春,突击审讯,先抓到杨氏爷儿仨的把柄,咱们就掌握主动权了。"

郝鹏举眼珠子转了几圈,"好吧,同意你们抓人,查封账目。但是记住喽,别把事情闹得忒大,收不了场就不好喽。那个杨尼清是他亲侄儿,暂时不要抓。毕竟杨世云和日本人走得很近,跟周佛海、陈公博也是莫逆之交,咱们点到为止,给他上点眼药即可,往后甭想在税收上拿俺们一把。咱们始终收放自如,明白吗?"

"知道了!"两人异口同声。

郝鹏举寻思片刻,"这出戏应该这样唱,淮海政保分局是督察机关,职能是督察淮海省及其所辖各市县政府施政,监察职员的日常行为,案子以政保分局的名义侦办才能是师出有名,省得给人家留下话柄。"

柳天华心领神会,"好,天亮之后,我安排淮海政保分局调查科林霄科长带领行动股查封账册,传唤局长杨尼清到局里问讯。"

郝鹏举又转向麻昭祥,"你这就去抓杨尼春,记住,杨家人的小辫子揪得越多,老家伙越不敢反弹。你们俩唱白脸,我唱红脸。"

"明白！"柳天华、麻昭祥起身离去。

天色麻麻亮，黑皮警车拐进了丁字巷，径直开进了特高科院子，十几个特务推推搡搡押下来一个矮墩墩的白胖子。

胖子操着一口上海官腔不停地骂骂咧咧，"阿拉犯什么罪哦，你们特高科吃了熊心豹子胆哦，你们他妈的拎拎清爽，我叔叔是徐州市市长杨世云噢！"

麻昭祥站在二楼走廊，嘴里叼着烟卷，冷冷地看着胖子的叫骂。

唐股长跑上楼，"科长，这小子在家里搂着小妾睡大觉哩，被俺们从被窝里薅出来，一路上一直骂不绝口，咋办？"

麻昭祥阴阴地说："咋办，先给他长长记性。"

"科长，用刑吗？"唐股长再一次确认。

"唐子稻股长，话还不够明白嘛，留口气死不了就中，八点钟上班之前把他拿下！"麻昭祥狠狠地扔掉烟蒂，转身走回办公室。

徐州古城河清门外原本是一片荒凉的黄河河滩地，日军占领徐州之后，为了提高向火车北站的运兵能力，在这里开辟了一条南北走向的白云路。路的两侧陆陆续续建起了商铺、楼房。白云路51号大院坐落在中段，门朝东，高大的青砖围墙，院子里两排白墙青瓦的日式平房，一扇大铁门，右侧悬挂"淮海省税务局"白底黑字的大牌子。

杨尼清带着一夜的宿醉，踉踉跄跄走进局长室，一屁股坐在太师椅上。这是一个面目凶狠的大汉，脸皮非常粗糙，蒜头鼻子，浓密的眉毛，恶狠狠的圆眼睛，与杨世云活脱脱一个模子浇出来的。

电话铃响，"喂，哪里？哦，是叔叔，什么，小三子让特高科抓走了？"

话筒里杨世云的声音，"凌晨四点从家里抓走的，他的家人刚刚跑到我这里，侬要先躲一躲，看看风头哦！"

杨尼清惊出一身冷汗，"叔叔，我晓得了，他们哪里来的这么大的胆子，敢太岁头上动土咯？"

"还有谁，郝鹏举这会正等着我去求情呢！小毛子，他们可能要搞到侬的头上，先避避锋芒好啦！"

门口响起一阵嘈杂声，"乒乒乓乓"的砸门声撼人心魄。

一个穿西装的课长慌慌张张跑进来，"杨局长，政保局的人打上门来了！"

"我先到你房间躲一会儿，李课长你先出面应付他们一下好啦。"杨尼清脑门子上的汗珠子往下滚。

大门口停着一辆铁皮警车，十几个身穿便衣的人正在叫骂，一个小个子吼道："里边的人听着，我是淮海政保分局的刘自强科长，奉命执行公务，再不开门，就是抗拒公务，老子就要开枪啦！"

"别开枪，别开枪，我是二课李课长，"李课长忙不迭地拉开门栓。

"哐当"，特高科的唐子稻一脚踹开铁门，冲进院子，朝天"当当"鸣了两枪，"都不要动，谁动打死谁！"

李课长看到这个架势，赔着笑脸，"各位官长，有话好好说。"

"叫你们杨尼清局长出来说话！"刘科长板着脸，挥舞着手枪说。

李课长点头哈腰地说，"杨局长不在，请各位官长来会客室稍等。"

院子里的税务职员吓得个个噤若寒蝉，李课长挥手说，"各位同仁回屋去吧，听候官长们发落。"

刘科长转身吩咐，"把好大门，休要跑了一个！"

李课长把一干特务领进会客室，女秘书扭着屁股，张罗着倒茶、敬烟。

"你们局里的账册在哪里？"唐子稻问。

李课长低声下气地说："账本凭证的钥匙在杨局长手里，打不开呀！"

刘科长火冒三丈，一只脚"啪"地踏在椅子上，手枪往桌子上狠狠地一摔，怒吼："再不交出账册，休怪兄弟们的家伙什不认人！"

"好好，俺这就给您清点账本、凭证。"李课长掏出一串钥匙，哆哆嗦嗦地说，"都在这里了，在库房了。"

杨尼清躲在隔壁房间，咬牙切齿地骂道："这帮土匪，太嚣张了！"

一个年轻的职员说，"杨局长，趁着他们在隔壁屋闹腾，咱们跳窗户出去，您踩着俺的肩膀头，翻墙头逃出去。"

"好的好的，事情过后，阿拉会重重奖赏你的。"杨尼清点头答应。

"咕咚"，墙头外一声沉闷的声响，有个特务喊道："有人跳墙跑了啦！"

刘科长抓起手枪，"赶紧去追！"

唐子稻一把拉住他，使个眼色，"抓紧清点账本，尽快撤退。"

三辆三轮挎斗摩托车开道，后边十几匹骏马护卫着中间一辆黑色的轿车，在中枢街凹凸不平的青石板路面一路颠簸着，径直开进了道台衙门大门，穿过大堂、二堂，停在一座二层楼下。

这是个琉璃瓦、青砖墙的明代建筑，满墙绿藤将小楼遮掩得严严实实。

杨世云身穿一身黑色的和服，拎着一只精致的皮包，急匆匆直奔二楼。

二楼东首两个持枪卫兵大声禀报，"杨世云市长到！"

柳天华走出房间，满面笑容地打招呼："杨市长大驾光临，天华有失远迎！"

杨世云抱拳施礼："一直想来拜访天华贤弟，今日姗姗来迟，多多包涵呀！"

两人热情地相拥一同进入办公室。这是一个大房间，当中一堵罗汉墙将房间一分为二，外边是一个客厅，摆放沙发，茶几，陈设十分简洁。透过木雕花棂，可以看见里屋正面墙上并排悬挂着汪精卫和裕仁的彩色画像。

"贤弟高就，世云一直想置酒庆贺，不知道老弟明天晚上有没有空暇，我在致美楼置办一场？"杨世云一脸谦恭。

"哪里哪里，老长官待我恩重如山，自打河北新民会时候，天华就在老长官麾下效力，如今官职晋升少将，全仗老长官的一路提携，应该是属下答谢老长官才是！"

柳天华一番感人肺腑的话，勾起杨世云的回忆，"自从满洲事变，我们就在一起为皇军效力，一晃就是十三年了，得益于天皇的恩泽所赐，我们才能有今天的荣华富贵呀！"

一个白面俊俏的警官进门报告："厅长，车马已经备好，何时启程？"

"稍等片刻，没看见俺正在跟老长官说话哩！"柳天华吐出一个烟圈。

杨世云明白这是下逐客令，于是往前凑一凑，"天华呀，你公务繁忙，为兄有一事相求，不知道肯不肯给个薄面？"

"老长官的事就是我的事，您尽管吩咐。"柳天华很爽快地说。

"徐州警察局特高科抓了省税务局的课长杨尼春，今天一大早，淮海政保局的人又把税务局的账都扣押了。"

柳天华仰靠在沙发上，"不错，有这事，特高科抓到一个走私烟草的不法商人，咬出税务职员里外勾结，舞弊漏税。案子已经移送淮海政保分局立案侦查了，我正准备让秘书科整理材料上报南京政治部政保局哩。"

"莫忙报哟，"杨世云拉着柳天华的手说，"局长杨尼清是我亲侄子，课长杨尼春是我世侄，大水冲了龙王庙咯！"

柳天华嗫嚅嘴，"老长官，这事真难办。杨尼春已经撂牌子了，供述自打省局成立以来，收受徐州各个商号的贿赂、罚款数百万元，由杨尼清和杨尼春二人自行支配，还说市长夫人花月红购买珠宝首饰也是从中开支的。"

杨世云连忙矢口否认，"我对内人管束甚严，绝无此事，一定是讹传。"

柳天华长叹一声，"杨尼清负案在逃，刘自强科长拟好文告，准备全城通缉哩。老长官要是早一点明说就好啦！"

"这会也不晚，老弟有办法摆平的，对哦？"杨世云的胖脸上一层油汗。

柳天华仰望天花板，"老长官，您还得找郝司令出面，这么大的事情俺们谁都做不了主，案子我可以帮你改小。"

"有贤弟这句话就好的啦！"杨世云从包里掏出一个沉甸甸的红绸子包，里边金条发出叮当叮当清脆的响声。

柳天华见到黄白之物，满脸堆笑，"老长官，咱们没有这个必要嘛！"

"补贴点生活，郝司令、麻科长那里我另有酬谢。世云告辞，告辞！"杨世云起身，行了一个日式的鞠躬礼。

柳天华亲热地拉着杨世云的手，送到门口，"请老长官放心，职下对您忠心耿耿，一定把大事化小，让您满意！"

离开柳天华办公室，杨世云直奔东院郝鹏举办公室。

"吆嗬，哪一股风把你老兄吹来了？"郝鹏举笑呵呵地给杨世云打招呼。

"借郝司令的春风啊，'好风凭借力，送我上青云'咯！"

"杨市长快快请坐，勤务兵，上茶！"郝鹏举吩咐道。

杨世云心里清楚，郝鹏举这个老狐狸做好的圈套，他咬牙也得钻，从包里掏出沉甸甸的一包金条，放在桌子上，"给郝司令添置些枪弹，更好地保境安民！"

"杨市长慷慨解囊，鹏举却之不恭呀！"郝鹏举依旧笑眯眯地打哈哈。

杨世云直勾勾地看着他，"世云还有一事相求，万望司令关照！"

"啥事儿，尽管说。"郝鹏举摆摆手。

杨世云擦擦汗珠，"世侄儿杨尼春担任省税务局课长，交友不慎，偶犯小错，被特高科羁押，案子移交到政保分局了。"

"哦，还有这事儿，俺咋没有听说，俺给问问看。"郝鹏举操起电话，"喂，给我接柳天华厅长。"

"喂，天华吗，问个事儿，政保局是不是正在办税务局的一个案子，啥情况？哦，就是一个商号的烟草几百条盖了'验讫'税戳，没有开税票，让他们补开不就结啦？"

话筒里柳天华的声音听得真真切切，"那个课长杨尼春咋处理？"

"撸了他个鸟课长,不就齐啦。"郝鹏举不以为然地说。

"司令,我这就通知放人。"

郝鹏举放下电话,双手一摊,"满意喽呗?"

"世云告辞,改日宴请司令小酌,还望赏光。"杨世云起身鞠躬。

"莫客气,俺请你老兄喝酒,咋样?"郝鹏举乐哈哈地说。

二

徐州城西北二十里,有一片群山环抱的山坳,最高山峰团山海拔134米,依次为象山、宝峰山,壮若一条蜿蜒的虬龙横亘东西,延绵九里,人们称之为九里山。九里山的支麓有大孤山、小孤山、沙孤山、虎山、小龟山、看花山、杨家山、江家山和琵琶山,大大小小十二座丘陵构成了方圆几十里的九里山古战场。楚汉鏖战时,韩信在此摆下十面埋伏,围困楚霸王项羽的大军。

团山东侧有一所军营,是在此挖壕筑垒修建的。两丈高的城墙,城墙上下布满明碉暗堡。

雪后初晴,碧空如洗,车队沿着弯弯曲曲的山路向九里山军营开进。前头的是三辆挎斗摩托车,一辆卡车,当中是两辆黑色轿车,殿后的是一辆卡车。车头上架着机枪,士兵头戴钢盔,荷枪实弹。

郝鹏举望着车外白皑皑的田野,对身边的高瀚说:"高参议,如果不是军队口粮告罄,真的不愿意放纵部队强征粮秣。"

高瀚揶揄道,"啥叫强征粮秣,说白了就是抢呗!洪师长这回一路扫荡过去,猪马牛羊一头不剩,麦子一粒不留,老百姓喝西北风去呀,造孽哟!"

郝鹏举岔开话题,"刚刚下过雪,土壤墒情好,今年的麦子有个好收成!"

军营门口扎起三座彩色的大拱门,上边红色的大幅标语"欢迎郝司令长官莅临四师""建设和平运动模范省""庆祝我部徐北扫荡大捷"。

洪明璨身穿草绿色将军服,带领一班军官列队迎迓。

"报告郝司令,保安第四师师长洪明璨率领下属热烈欢迎诸位长官大驾光临!"

"洪师长请上车吧!"郝鹏举隔着车窗对他说。

"是,"洪明璨躬身钻进前排副驾,"卑职为您带路!"

车队缓缓开进军营,道路两侧官兵身着土黄色战斗服夹道欢迎,口号声、掌声、欢呼声此起彼伏,"永远忠于郝省长!""做郝司令的好学生!"

车队行进到一个大操场边停下，操场中央堆放着鼓囊囊的麻袋、杂七杂八的口袋，旁边坐着一群身穿灰色军装的士兵，还有横七竖八放置的枪支。

洪明璨得意扬扬地说："此次扫荡，抓到的共军俘虏122人，毙伤数百人；缴获粮食两万余斤、猪羊等辎重无数。"

郝鹏举点燃一支雪茄，长叹一声，"八路有彩号吗？"

看见郝鹏举面色沉重，洪明璨赔着小心回答，"轻伤员已经包扎治疗，重伤号留在原地了。"

高瀚故意竖起大拇指，"洪师长这一仗真露脸，直接端了八路马桥的军供站，还捉了这么多俘虏，战功卓著呀！"

洪明璨兴奋地说："根据准确情报，八路军在马桥的军供站仅有一个排的兵力守卫，附近没有主力部队，沿途兵力空虚。我们就瞅个空当，直捣八路的腹地，我们夺了一万多斤粮食，顺路返回时又扫荡了沿途的村庄，征收了一万多斤粮食、牲畜等。"

柳天华酸溜溜地接上话茬，"是呀，郝司令的谍报队、特高科的眼线，都不及洪师长的情报准确，赶明儿有啥敌情，甭忘了给俺们通告一声！"

洪明璨清楚，这是特高科吃味儿呢，于是就搬出日本人来压他们："情报信息互通有无，皇军特务机关部自有安排。"

高瀚据此判断，洪明璨在八路军高层机关安插了特情，特务应该是掌握后勤保障和主力部队动向的中层领导。

郝鹏举拿起一支土打五步枪，使劲拉开枪栓，感叹道："这是湖西兵工厂制造的，就凭这些土枪，他们也敢阻击我们大部队，勇气可嘉呀！"

洪明璨黑着脸说，"我方伤七十多，阵亡三十四。"

郝鹏举摘下白手套，"这些俘虏你们准备咋处理？"

洪明璨往前凑一凑，"都是年轻的后生，先送到庆云桥北的训练所，运到东北当苦力，皇军正缺劳动力呢！"

郝鹏举嗤之以鼻，"你懂什么，以往我们跟共产党的八路军、新四军那是井水不犯河水，互不侵犯，各守防地。去年二旅牟亦奇去抢粮，八路军释放了咱们被俘的人员。这一回又是咱们主动进犯，这跟共产党的梁子就结下了，冤家宜解不宜结，每人发一块大洋，军官、彩号发两块，中午管他们吃一顿白面馒头就猪肉，下午放人。"

"皇军联络部要是追查怎么办？"洪明璨显然不情愿。

郝鹏举怒火中烧，"狗屁联络部，小小的少佐就整天价指手画脚当太上皇，老子早就烦透了！"

"是，职下明白了。"洪明璨紧绷着黑魆魆的脸皮，他心里寻思，日本人已经奈何不了这个土皇帝了，今后小心翼翼贴上这位新的靠山。

"洪师长，中午有啥好吃的，老子肚子正饥哩。"

洪明璨立正回答："报告郝司令，新鲜的鸡鸭鹅兔猪羊一大早就炖上了，请各位长官移步食堂，品尝一下我们的战利品吧。"

"头前带路，俺们品尝一下洪师长厨子的手艺。"郝鹏举要放松一下气氛，笑呵呵地说。

"献丑，献丑！"洪明璨带领一群伪军政人员说说笑笑走向一座灰色的礼堂。

三

杨益君快步走到阿部办公室门口轻轻叩门，阿部嘶哑的声音，"杨君，请进来吧！"

杨益君进屋，鞠躬四十五度，"刚接您的电话，我就赶过来了。"

阿部拧大收音机音量，"你听一下重庆中央社的报道。"

杨益君坐在沙发上，仔细聆听一个女声柔美的播音。

"据悉，1945年3月9日至10日晚，美国空军334架B-29轰炸机袭击东京，2000吨燃烧弹从天上倾泻，霎时间水池沸腾了，8万多人死亡，至少100万人无家可归……"

阿部"啪"地关上旋钮，两行清泪沿着他消瘦的脸颊，无声地滑落下来，"东京多么美丽的城市，瞬间化为火海！"

"昨天我偷听苏联塔斯社的广播，苏联红军与美军在易北河会师，红军已经兵临柏林城下了。"杨益君接着说。

阿部擦一下眼泪，"希特勒快要完蛋了，但是日本军国主义分子还在做最后的顽抗，企图把日本人民和中国占领区的民众绑上他们的战车，一同殉葬。"

杨益君问："听说第65师团参谋长由滨上担任了？"

阿部点点头，"是的，森茂中将接任师团长，第13军所辖的第60、61、65师团，将于今年夏初完成在长江中下游地区对盟军决战的准备。日军从现在起将缩小占领区的作战、警备范围，各地的警备部队统统编入野战部队序列。"

杨益君扬起一双修长的剑眉,"您的意思是说日军在华的部队正在收缩范围,准备对盟军的作战,地方的警备任务都交由皇协军、保安部队担任。"

阿部神情凝重,"由日本军国主义狂热分子发动的侵略战争,自满洲事变以来,十三年半了,快要见到分晓了。"

"天下本无事,庸人自扰之。"杨益君回应一句谚语。

阿部慨叹道,"还有一事,杨君,上午你如果有时间,请代我去买两帖膏药。我夫人的肩膀摔伤了数周不见好,听说徐州一家膏药有特效药。"

杨益君回答:"您说的是高家膏药店,这家炮制的狗皮、桑皮纸膏药,治疗跌打损伤、半身不遂、四肢麻木有奇效。"

阿部一语双关,"快去快回吧,早点抓药,早点见效。"

杨益君明白这是让他尽快把情报传递出去,于是起身告辞。

道台衙门院子里十几株杏树含苞怒放,火红的花朵缀满了枝头,花下成群的蜜蜂嗡嗡地喧闹着,空气带着一股淡淡的苦杏仁味儿的花香。

柳天华无心欣赏春光,他像一头凶狠的饿狼在二楼走廊上来回踱步。日本宪兵队密探逮捕了一名苏北行动队的队员,寄押在特高科,却不料被特高科科长麻昭祥私自释放了。井樱小队长刚刚打电话,八格牙路骂了他一通。

一辆摩托车"突突突"驶进院子,麻昭祥急匆匆迈出挎斗,直奔二楼。

柳天华脸色铁青,把手枪往桌子上一摔,"麻昭祥,狗胆包天,是你自我了断,还是我动手枪毙了你?"

"咋回事,老长官,谁惹您生怎么大的气?"麻昭祥明知故问。

"那个在小布市买违禁品的人,被宪兵队的密探逮捕,寄在你们羁押室。眼下井樱问我要人,我找你要,人在哪儿,活要见人死要见尸,咋办吧?"

麻昭祥笑嘻嘻地回答:"嗨,我觉得是多大的事儿,审查清楚了,这个人就是一个投机商人,我就作主放走了。"

柳天华被他噎得一时语顿,麻昭祥赶紧给他递上一支烟,"啪嗒"点燃。

麻昭祥打哈哈,说:"老上司,自打被日本人招安,麻某人就在您的麾下。眼见希特勒就要玩完了,这日本人也撑不住劲了,自古'良禽择木而栖,良臣择主而事',到了这个时节,凡事不能太较真儿!"

柳天华瞪起眼睛,"干吗,你要叛变吗?"

麻昭祥皮笑肉不笑地掏出两根黄灿灿的金条,放在案头,"眼下银联券毛得跟废纸一样,'三千五千买包烟,一万两万喝稀饭',还是这黄鱼吃得开。"

柳天华哗啦一声,把金条搂进抽屉里。

麻昭祥接着说:"抓一个捎饬违禁品的商贩领赏钱,那不过是'烟袋锅里轧芝麻,油水不大'。只要有了黄金白银美元大钞,甭管到哪里,照样吃香的喝辣的。职下特意有条大鱼,敬献给老长官,赏金可是大大的呀!"

麻昭祥故弄玄虚,惹得柳天华喉头火辣辣的,"讲!"

麻昭祥竖起大拇指,"老长官,还记得四年前,您马四儿盯梢高参议和一个瘸子商人么,当时您布下的一枚棋子,高明呀!"

"啥棋子?"柳天华一头雾水。

麻昭祥接着吹捧道,"瘸子没有打针防疫证,马四从东站带到宪兵队外勤部,半道被高瀚接走了,说是他亲戚。"

"对呀,全程监控,晚上派人去查户口,没有疑点啊?"

麻昭祥掏出两张照片,摊在他面前,"您让马四加洗的一张合影,我也多洗了一张;您再看看这一张,新四军第七师战斗英雄表彰大会,瞅瞅坐在中间的这位。"

柳天华惊叫:"我的天,果真是大鱼呀!"

麻昭祥扬扬得意地说:"我的特工从阵亡的敌军尸体中掏出来的照片。俺拿放大镜瞅着这个伙计眼熟,拿出来几年前他俩的合影比对,嘿,巧妮的爹碰见巧妮她娘,一点不差,正是此人。当然喽,功劳归功于老长官。"

柳天华两眼放绿光,两腮的肌肉不住地颤抖,"盯住他,放长线,钓大鱼,一举破获共产党的徐州地下组织!"

四

夕阳红艳艳地烧着西边的晚霞,耕作一天的黄牛不时地曳着悠长的腔调,慢慢腾腾跟随主人回家。大王庄四下里飘起了炊烟。忙碌了一天的农民们纷纷在自家院子里支起小桌子,准备吃晚饭。

王家大院里,一群小鸡扑棱着翅膀觅食,"叽叽"叫个不停。几个妇女坐在石磨盘旁边的小板凳上纳鞋底,做军鞋。

堂屋的东屋支着一张方桌,地委书记郭一民、专员鹿继澄和敌工部长虎林坐在一起开会。

郭一民磕磕烟袋锅,"明天动身去延安参加党的七大,临行之前,我们三人专题研究一下敌工部工作。抗战胜利的曙光就要到来了,越是接近胜利的时刻,隐蔽斗争越要谨慎小心。狡猾的对手正是利用我们忽略的细节,找到破绽的。"

鹿继澄叼着烟袋，"反扫荡户秉刚同志英勇牺牲，在突围途中我们始终被敌人追着屁股打，咱们当时就怀疑有内鬼作祟。叛徒洪明璨带队突袭马桥军供站，更是证明了这个判断。"

虎林点点头，"对，92号同志传回来的情报，这个敌特是受洪明璨和日军特务机关部直接指挥的，而且，传递情报非常迅速，说明这个敌特装备有电台。"

"洪明璨亲近的人，都甄别过了，没有发现疑点；搞后勤的人，没有与他有瓜葛的？"郭一民眉头紧锁。

鹿继澄咂吧几下烟袋，"老郭，我们思路应该更宽一些，敌特潜伏在我们军分区、地委机关内部，他必定有专门的联络员，跟咱们地下工作一样的套路。咱们就围绕机关附近，老是围着咱们兜圈子的人，挖出可疑的人。"

虎林拍手赞同，"同意老鹿同志的分析，我安排保卫科宗时荣负责排查，细致观察周围环境，必定能找到线索。"

郭一民端起茶缸子，"国际、国内形势发展很快，在我去延安开会期间，鹿专员主持地委工作，要及时跟主力部队配合，相机收复丰县、沛县县城，必要时向徐州近郊进攻。"

鹿继澄挖一锅烟叶点燃，"日伪顽与共产党的军队之间，郝鹏举的态度非常关键，咱们在伪军高层的同志传递的情报，郝鹏举更偏向国民党一方，他的态度决定日本战败后，徐州地区的力量对比。"

郭一民喝口茶，"郝鹏举虽然号称十万大军，真正的嫡系只有四个师四万多人马，他正在把主力部署在徐州一带，以不变应万变。92号同志的情报证明，日军各地的警备部队正在准备撤往徐州，这是我们攻占中小县城的好时机。"

虎林端起茶缸子，咕嘟咕嘟一口气喝干，"军统特务已经跟郝鹏举开始勾勾搭搭的了，联系人就是我的师兄弟，苏北行动队大队长司百顺。"

鹿继澄忧虑地说："这个情报很重要，我们要做好郝鹏举投靠顽军，枪口对准八路军、新四军的准备。"

郭一民桀骜的眼神里透露出刚毅，"不管风云如何变幻，我们首要的任务就是放手发展扩大人民武装，坚决贯彻党中央、毛主席'扩大解放区，缩小沦陷区'的指示，支持主力部队开展大反攻。为此，我们要在湖西解放区全面开展扩军参军的热潮，号召青壮年参军抗日保家乡！"

鹿继澄面带喜色,"宣传工作白二妮同志做得很好,最近还有新的梆子戏,'小二哥参军'上演,就是缺少演员。军工生产也加倍增长了,韩宗田天天泡在兵工厂里,现在一个月生产一个连的枪支弹药,还能造小钢炮、炮弹哩!"

房东王大娘端来一盏豆油灯,"天黑下来了,给同志们照个亮。"

郭一民问:"大娘,您给俺们置得啥好吃的呀?"

"听说郭书记要出远门,俺家老头子在麦地里套了一只肥兔子,豆角烧野兔,炖了一大锅;俺刚刚熥的龟打饼子,带煳锅巴,香脆着哩!"

虎林笑逐颜开,"王大娘把俺们的馋虫都勾出来啦,那咱们就开饭吧!"

鹿继澄端起茶缸子,"咱们以茶代酒,祝愿老郭一路顺风,早一点带回来党中央、毛主席的声音!"

"干!"三只茶缸响亮地碰在一起。

五

黑色的日产轿车穿行在人头攒动的中枢街,行驶到中段停下。高瀚身穿草绿色将军服,钻出轿车,机警地扫视一下四周。路口多了一个鞋匠摊,鞋匠戴一顶破草帽,目光与他对视了一下,连忙低下头,忙乎手里的活计。

老卞穿着黑色大褂、灰色灯笼裤,戴墨镜,斜挎驳壳枪,右手握住枪柄,寸步不离高瀚左右。

两人一前一后走进巷子,一个学生模样的年轻人骑着脚踏车,贴着身子从后边驶过。

对面走过来一个卖菜的,吆喝着"哎卖啦青菜、白菜、辣萝卜——",挑着担子擦身而过。

走到虎座门头,老卞掏出钥匙打开门锁,推开两扇黑漆的木门,翠绿的石榴丛中,石榴花开放正艳,血红的花朵儿像喷吐的火焰;葡萄藤蔓枝繁叶茂,爬满支架,一只黑鸟"嘎"地惊飞了。

高瀚和老卞环顾四周,甬道上依稀可见凌乱的青苔印痕,两人不约而同地拔出手枪,搜索着走进房间。高瀚轻轻打开抽屉锁,仔细观察物品放置,然后把食指放在嘴唇上,示意老卞到院子里去。

"有情况,家里进来人了。"老卞小声说。

高瀚忧心忡忡,"抽屉被打开过了,开锁的人很专业。"

"突围吧，我掩护你！"老卞饱经沧桑的脸上充满刚毅。

高瀚果断地说："不如我先打电话给郝鹏举，敌人肯定在监听，看看敌人的反应再说。他们是想顺藤摸瓜，把咱们一网打尽。老卞，咱们都要做好牺牲的准备！"

"老高，从参加革命那一天，我就准备好了随时牺牲，够本了。"

高瀚走进卧室，操起床头的电话，"要郝司令，哦郝司令，我是高瀚呀。"

"大中午的，有啥急事儿呗？"郝鹏举显得不耐烦。

高瀚平静地说："郝司令，职下的房舍也被人秘密搜查过，要是没有猜错，咱们的通话有人这会正在监听，您是否知道？"

"他妈了个巴子，谁狗胆保天，敢密查俺的少将参议，老子非崩了他！"话筒里郝鹏举破口大骂。

"还能有谁，柳天华、特高科呗，"高瀚提高了嗓门叫骂，"狗娘养的柳天华你听着，甭躲在黑窟窿里装孬熊，有种出来咱俩单挑，老子的空手道、枪法都不输给你！"

郝鹏举感到事关重大，他决定自己掌握主动权，"高参议，你等着，俺让警卫连接应你，有啥话到司令部来说。"

特高科的密侦室，桌子上摆放着侦听设备，红红绿绿的信号灯不停闪烁。

柳天华摘下耳机，摔在桌子上，恼羞成怒地骂道："一帮子饭桶，咋这么快就叫人家识破了呢？"

麻昭祥阴沉着脸问，"咋，干活的人穿帮啦？"

柳天华恨得咬牙切齿，"高瀚刚才打电话给郝鹏举，指名道姓把我臭骂一通！"

麻昭祥点燃一支烟，眯起鹰眼，稍作思考，"郝鹏举一贯护窝子，他从中插一这杠子会很棘手。职下建议，一不做二不休，先抓了高瀚、老卞再说！"

柳天华听完，猛摇电话手把，"喂，接中枢街派出所。"

"是谁现场指挥的？"麻昭祥吐出一口烟。

"瓢把子！"柳天华恨恨地操起话筒，"喂，张金彪大队长，我命令你立即逮捕高瀚、老卞，如遇抵抗，就地击毙！"

"柳厅长，职下有事，就失陪了。"麻昭祥抱拳。

柳天华明白麻昭祥既想借自己的刀把子剿灭共产党的势力，又不想沾惹麻烦。

柳天华叹口气，提着王八盒子，冲出了房间。

"咚咚"敲门声,"主人家,俺是过路的行人,讨口水喝,行行好吧!"

老卞手握驳壳枪,隔着门缝看见一张年轻的脸,厉声问道:"你是特高科的人吧!"

年轻人倏地一闪,不见了。

老卞隐蔽在门垛后边,墙头上伸出一个人头,鞋匠探出半个身子,他抬手"啪"的一枪,打飞了鞋匠头上的破草帽。

"外边的兄弟听着,俺是高参议的警卫,刚才手下留情,打掉的是草帽,下一枪就直接开瓢了,不怕死的上来吧!"

墙外一阵嘈杂声,张金彪扯着破锣嗓子喊道:"高参议,俺们奉命行事,您配合一下,甭动刀动枪的,伤了和气,大家都没面子!"

大街上轰隆隆开来两辆土黄色军用卡车,跳下来一连荷枪实弹的士兵,伍衡带队,呼啦啦冲进巷子里。

伍衡挥舞驳壳枪,"奉郝司令命令,闲杂人员一律离开!"

精壮的士兵开始推搡现场的特务,"都滚一边去!"

伍衡敲门,"高参议,我是伍衡,奉郝司令命令,请您去一趟司令部!"

"开门吧!"高瀚军容整齐,站在屋檐下说。

老卞拉开门栓,伍衡带领三个警卫走进院子。

高瀚整整军装,"好,咱们走。"

"慢着!"柳天华带着张金彪和派出所所长刘世贵走进院子。

伍衡走过去立正敬礼:"柳厅长,俺们在执行郝司令的命令!"

柳天华的浓眉上挑,打着官腔说:"高瀚是共党要犯,人我先带走,待一会儿我给郝省长说一声。"

伍衡后退一步,拔出驳壳枪,"咔"地张开机头,"俺只服从郝司令的命令,厅长要抓人,请找郝司令要人!"

三个警卫"哗啦"一声拉开冲锋枪的枪栓,摆开架势。

"嘿嘿,"柳天华干笑两声,"行啊,俺就找郝司令讨要。"

高瀚啐了他一口,大步流星走过去。

柳天华一言不发,迅速掏出手枪,老卞像一头狸猫敏捷地纵身一跃,张开双臂护住了高瀚。

"砰"枪响了,老卞胸膛溅起一朵血花。

伍衡飞起一脚踢掉柳天华手中的王八盒子,驳壳枪抵住了他的太阳穴,怒目圆睁:"有敢违抗司令命令者,见人杀人,见神杀神!"

"不准动！"院子外边响起一阵稀里哗啦拉枪栓的声音。

"把这仨人给我绑喽！"伍衡吼道。

士兵把柳天华、张金彪、刘世贵捆得结结实实。

柳天华啐一口嘴里的泥土，"石猴子，咱们这是第二次交手，行，老子记着哩！"

"记着又怎样？"伍衡拉起柳天华，左右开弓两记露风掌重重扇在他的腮帮子上，"你娘个皮，老子现在就崩了你！"

血水顺着柳天华的嘴角流淌下来，"行，算你狠！"

高瀚跪在地上，揽起老卞的头，泣不成声，泪如雨下。

"高参议，咱们走吧！"伍衡催促。

老卞失神的眼睛看着蓝天，高瀚心如刀割，轻轻为他合上双目。

汽车停在竹林旁边，士兵跳下汽车拉开警戒线，伍衡把一干人押解到郝鹏举办公室。

"你这孩子真是愣种，咋把柳长官给绑起来喽呢？快快松绑！"郝鹏举站在门口打着哈哈说。

柳天华鼻青脸肿，"司令，你的兵连老子也敢抓，也敢揍，反天了！"

"柳厅长，俺只服从郝司令的命令，谁叫你背后朝高参议打黑枪的！"伍衡脸色铁青。

郝鹏举摆手说，"好啦，都是奉命行事。趁着今个儿都在，咱们三堂会审，把事情说道说道，疙瘩就解开喽！都往屋里坐，站客难打发。"

众人落座，郝鹏举拉下脸，首先发问："柳厅长，凭啥怀疑高参议通共，为啥事先不给我报告？"

柳天华诡辩称，"这个嘛，由于情况紧急，还没有来得及给省长报告。"

郝鹏举一脸不悦，"说瞎话喽呗，你就是想瞒着我，直接跟皇军表功，对不？别忘了高瀚是郝某人的部下，打狗还得看主人哩。"

柳天华把两张照片铺在桌子上，"司令请看，这是高瀚跟新四军高级指挥官的合影，这张照片是我们特工缴获的。"

高瀚叫苦不迭，"郝司令，那是俺家表哥路过徐州，哥儿俩在大同街日本照相馆的合影。他是个瘸子，残疾人呢！"

郝鹏举拿起放大镜煞有介事地端详半天，"新四军的照片模模糊糊的，不大清楚。俺咋看也不像，再说世上模样长得像的人多着哩，不能就凭两张照片，就一口咬定高参议通共吧？"

柳天华退一步说："长得像，起码也是嫌疑吧，司令您把人交给俺们审查一番，弄清楚了，再放人，行不行？"

郝鹏举哧哧地笑，"谁人不知道你们特高科的手段，'大风吹到特高科，没事也得三年多'，不假吧？"

柳天华嘟囔着问，"司令，您说咋处置？"

"你说他有通共的嫌疑，我看就押到军法处审查清楚再说。"

"日本人要是怪罪下来咋办？"柳天华仍然不依不饶。

郝鹏举背着手，来回踱步，"日本人都火上房啦，谁还有这份闲心，赶明儿郝某人给你摆个场，一则给你压惊，二则让伍衡个浑小子跟你负荆请罪，就这样吧！"

六

夜阑人静，一轮明月高高地悬在钟鼓楼的上方。郝鹏举、伍衡踏着月光，拐过禀事厅，走到签押房，门口两个哨兵持枪敬礼。

伍衡掏出钥匙打开房门，"司令请进！"

这间羁押室密不透风，高高的房梁上挂着一盏昏黄的灯泡，一张小桌子、一条长条凳，靠西墙根铺着一块日式铺板，东墙角放着一只木马桶。

高瀚头发乱蓬蓬的，俯在小桌子上，抬起头平静地望着二人，一言不发。

郝鹏举叉腰站在屋子中央，威严地捋一下毛蓬蓬的八字胡，面有愠色，问道："老高，眼下就咱兄弟俩，你给我实话实说，为啥背着我通共？"

高瀚平静地回答，"郝司令，你不是自诩在苏联基辅炮兵学校的时候加入过共产党吗？道理都一样，不必赘言，就看有没有定力、信念！"

"说的是这个理儿，"郝鹏举咂巴一下嘴，"老高，你觉得俺会咋处置你？"

"革命不怕死，怕死不革命，别让我穿着这身狗皮上路！"高瀚站起来，整整衣服说。

郝鹏举咴咴嘴，"石猴子，把衣服给他换上。"

"是！"伍衡递给他一个小包袱。

高瀚扒下将军服，扔在墙角旮旯，换上靛蓝色大裉、灰色灯笼裤。

高瀚毫无惧色，"是要秘密处决我吗？请下手利落点。"

郝鹏举点燃一支烟,"这是我签发的特别通行证,石猴子护送你到西北的郑集,请给八路军捎个话,他们释放俺的一员大将,俺释放八路一个大官儿,两家之间两清了,互不欠账!"

高瀚举手敬礼:"郝司令,高瀚欠你一条命!"

郝鹏举皮笑肉不笑,"欠啥,保不准哪天又还给俺了。"

七

仲夏到了最酷热的日子,太阳升起一竿高,地面上已经被炙烤得像是下了火。干热的风掠过头顶,刮起一片片灰尘。

道台衙门三步一岗五步一哨,警卫林立。郝鹏举办公室摇头电风扇呼呼吹着,副司令毕和敬、参谋长刘伯芹和一师师长刘启滨、二师师长牟亦奇几个将官坐在太师椅上,都褪去上衣,解开衬衣扣子,敞开了怀。

伍衡带着两个卫兵端来两盆西瓜,"各位长官先吃西瓜解解暑。"

郝鹏举夸奖道:"这孩子真有眼色,各位兄弟怼吧!"

几个人吃完西瓜,伍衡打来冰凉的井水,递上崭新的毛巾,"各位长官洗把脸。"

几个人洗漱完毕,伍衡带着警卫退出办公室。

郝鹏举吩咐伍衡,"门口守着,没我的命令,谁也不准进来!"

几双眼睛都齐刷刷地盯着总司令。

郝鹏举清清嗓子,开口说:"苏联红军已经对日宣战,三路大军攻入东北;美国人在广岛、长崎投下两颗原子弹,原子弹一颗炸起来,一座城市连个渣都不剩。各位都是我的心腹兄弟,咱们研究一下如何应对现状的办法,有话直说,不要遮遮掩掩。"

副司令毕和敬三十出头,方面大耳,一对牛眼瞪得滴溜溜圆,"日本目前仍然主战,主战必败无疑;如果主和,我们该怎么办?再有南京的陈公博有什么打算,至今尚无表示,我们也应该考虑。"

参谋长刘伯芹是一位精瘦干练的中年人,他鄙夷地说:"南京方面的陈公博他们,一帮子酒囊饭袋,能拿出什么章程?依我之愚见,日本大本营只有一条路,接受《波茨坦公告》,投降认输。"

郝鹏举点头称赞,"刘参谋长分析得对,我对苏联红军的战斗力是知道的，希特勒横扫大半个欧洲，还不是败在老毛子手下吗？刚才，第 65 师团参谋长滨上还打电话，希望我军确保徐州陇海、津浦铁路安全，确保淮海省内的交通安全。呸，咱们才不尿他那一壶哩！"

牟亦奇接着说，"司令说得对，咱们这大半年部队调动、补给都不经过日军联络部批准盖章了，凭啥听他们的使唤。我建议当下最重要的是应当把可用的部队集中起来，预备今后可能出现的情况。"

毕和敬提出反对意见，"7月3日，丰县日军前脚撤离，湖西八路军后脚趁机占领了丰县城。目前，八路主力又运动到沛县周围，有攻取县城的企图。共产党步步紧逼，我们不能把地盘拱手相让，应该固守城池，以待国军接收。"

刘启滨站起身，"毕副司令，我赞同牟师长收缩兵力的建议。各县的保安部队号称六七万人枪，咱们心里都有数，真的要是有个风吹草动，一个个逃得比兔子还要快。真正效忠郝司令的还是咱们四万五千子弟兵，这才是咱们看家的本钱。"

"启滨说得有理，"郝鹏举颔首称道，"你说说具体想法。"

刘启滨走到军用地图前，操起指挥棒，"徐州是战略要地，陇海、津浦铁路交会点，保住了徐州，我们就保住战略的优势。职下建议，将四个主力师沿徐州四周布防，占据周边山头要地，构筑坚固工事阵地；直属团营加强城区城防，各部固守阵地，互为掎角，进可攻，退可守，以不变应万变！"

郝鹏举击掌，"好计策，刘参谋长你负责四周防务工事，即日必须动工！"

刘伯芹站起来应声回答："是，职下马上就去安排部署。不过，毕副司令的意见也有道理，我们不能眼睁睁地看着八路军、新四军跟咱们争夺地盘吧，不如严饬各地驻军与皇军加强配合，遇到共军袭扰，坚决回击，予以击溃。"

郝鹏举赞同，"好，刘参谋长说得也很好，咱们还没有到跟日本人撕破面皮的时候，让日本人跟地方部队打头阵，挡子弹，是个一举两得的好法子！"

毕和敬悠然地抽了一口烟，"诸位，我们原本就是为了曲线救国才投到日本人门下的，现在回归中央政府，接受改编，也不失为万全之策呀！"

郝鹏举环视一周，"毕副司令提出改编问题，诸位有什么意见？"

刘伯芹拧着眉头说："既然是招安，就要谈妥条件，不妨把部队统统打包，编为九个师，好给老蒋讨价还价。"

牟亦奇连连摇摇头，"我对蒋介石并无信心，这是个言而无信的人，接受改编之后，又会耍削藩、排除异己的老手段。目前只是重庆单方面的广播，命令各地皇协军原地待命，接受改编，我们还是看看形势再做决断。"

毕和敬瞪着牛眼吼道："不接受中央的改编，难道要投到共产党怀里去？日本战败指日可待，只有接受改编，才能安定军心民心，我们别无办法！"

看到两人顶牛，刘启滨出来打圆场，"即便是接受重庆方面改编，咱们也得明媒正娶，不能热脸贴冷屁股，对吧？"

郝鹏举揿一下电铃，伍衡跑过来，"司令，有何吩咐？"

郝鹏举扬扬手，"去，请一下俺的座上宾！"

"讹传司令在跟重庆方面联系，莫不是蒋方派来的代表？"刘伯芹皱着眉头，试探着问。

郝鹏举仰靠在太师椅说："对头，这些日子我一直在跟阜阳国军方面王宇腾中将的特派员司百顺洽谈，初步达成意见，以实有的、可用的部队，改编为四个师，三个直属团营，各位军衔、军阶一概不变。"

牟亦奇叹口气，"蒋介石决不会用我们这些杂牌军的，改编我们也只是他的权宜之计，我把话撂在这儿，早晚还要使出他的老手段！"

伍衡带进来一位精干的年轻军官，此人个子不高，身体精壮，双目炯炯有神。来人身穿伪军少校军服，立正报告："郝司令，司百顺奉命来到，请司令训示！"

"莫敬礼，司先生是钦差大臣哟。"郝鹏举起身相迎，与司百顺握手。

"嚯，汉魂铁血团首领，果然是冷峻杀手，威风八面！"刘启滨赞叹道。

"有个问题讨教一下司先生，"刘伯芹慢条斯理地说，"贵方代表的是阜阳的小政府、还是重庆的中央政府？"

"关于贵部改编事宜，由坐镇阜阳的王宇腾长官直接给重庆蒋委员长汇报，本人受命携带电台传达命令。"司百顺回答圆中带方，不卑不亢。

刘伯芹慢吞吞地说："哦，那就是司先生的意见就代表重庆中央方面喽。"

司百顺看看袒胸敞怀的在座各位，威严地说："请各位将军穿好军装，听候本人宣读命令！"

各位军官穿好军装，抖擞精神，一字排开，立正站好。

司百顺掏出一张黄纸，清清嗓子，"兹任命郝鹏举为第六路军中将总司令，毕和敬为少将副总司令，任命刘启滨第一师少将师长、牟亦奇第二师少将师长、李仁第三师少将师长、洪明璨第四师少将师长。除委任状另发外，希即遵照，并于原地待命。蒋中正"

郝鹏举敬礼："第六路军遵命办理，即令所属各师集结于徐州附近待命！"

司百顺放下电报，笑着说："各位长官，往后咱们就是一家人了，百顺还有一件要事，负责捉拿汉奸，请长官们大力协助，甭让汉奸逃脱喽。"

郝鹏举沉吟片刻，"司大队长尽管放心，我会安排精干的人盯住他们的。日本不降，就不能抓人，还不能与日军翻脸打起来。"

毕和敬哈哈大笑，"司特派员，咱们几万人马把徐州围得铁桶似的，连只鸟儿都飞不出去，你尽管放心好啦。郝总司令，今天咱们好好喝两杯，庆祝回归中央方面，咋样啊？"

"别从外边订菜了，世上没有不透风的墙，小心日本人下毒药，一窝害死咱们！"郝鹏举心有余悸地说。

刘启滨迎合地说："郝总司令考虑周全，我再调两个主力团进城吧，就驻扎在附近学校里，以备不测！"

"好的，刘参谋长，你打个电话，跟日军联络部回复一下，"郝鹏举搔几下头，"就说根据各地密报，蒋军、共军准备反攻，确实与否尚待侦察，我部调防徐州要冲，如果敌人敢于进攻，我部配合皇军击败他们。"

"是，我马上去办！"刘伯芹转身出去。

郝鹏举笑呵呵地说："好啦，咱们好好犒劳一下司特派员，放松一下喽！"

司百顺敬礼，"谢谢总司令、各位长官，还望以后多多提携！"

"一家人莫说两家话喽！"郝鹏举揽着司百顺的腰，亲热地说。

第三十三章 美蒋军机炸晓市 国军蜂拥大接收

一

徐州城南两公里有一片长满苇子乱草的沼泽地，海郑公路穿行其间而过。每天早晨就有小商贩到处买卖家织的粗布，徐州人称为小布市。徐州沦陷之后，那些跑单帮、做小生意的开始在这里搭棚摆摊，逐渐聚集了六七百家棚摊，在方圆几里的范围内由北至南形成了一道街、二道街和三道街。跑单帮的买卖人冒着生命危险，从全国各地倒腾来林林总总的各式各样的商品，贩卖到千家万户。由于这里一大早就开市，久而久之，人们称之为"晓市"。

鲜红的太阳冲破云霞，冉冉上升，耀眼的光芒炫人眼目，整个城郭沉浸在一片血红的光彩之中。

晓市开始了一天的忙碌。各家铺都上满了货物，跑单帮的、小商贩、老百姓人头攒动，熙熙攘攘，人声鼎沸。

沈钰穿着天蓝色的衬衣，下摆束在灰色卡其布西装背带裤子里，扎着两只羊角辫，像一只快活的小鸽子，拉着颜石峰的手穿行在人流之中。

"棉布嘞，上海的'龙头牌''花鸟牌'，苏州的'神鹰牌'还有青岛的'双龙牌'，先看后买喽！"一个店主站在棚子前扯着喉咙招徕顾客。

颜石峰穿着时尚的苹果绿衬衫，蓝色西装短裤，白色的球鞋，"小妹，知道不，这一溜的白布就是整个市场的龙头，每天一开市，大家都盯着一道街白布的行市，白布涨价，其他的商品也跟风涨钱。"

沈钰的一双大眼睛忽闪忽闪的，"哥哥，你说的带我来看戏的，咱们去二道街吧，你听听那边锣鼓震天响，快要开演了吧？"

"沉住气，那是拉场子造势的，起码还得半小时。"颜石峰被她拽着跑。

沈钰调皮的眼神望着他，"听说这家班子演的《天仙配》，董永牵着一头真黄牛上场呢。咱们俩也演一出吧,我演仙女,你就扮演那个傻乎乎的特有艳福的牛郎,怎么样?"

"等你过了门,看我好好收拾你!"颜石峰在她脑门上弹一个锛儿。

沈钰笑嘻嘻地贴着他的耳朵根子说:"哥哥不是收拾过小妹了么,人家已经是你媳妇喽么,不过,哥哥让小妹欲仙欲死,小妹喜欢你收拾!"

颜石峰面色酡红,火辣辣地滚烫。

看到颜石峰一脸的窘态,沈钰畅快地哈哈大笑。

一位年轻人招呼道:"先生、小姐,上海'五和牌'搪瓷脸盆、暖水壶,七折血本销售喽。"

"咱们进来看看吧?"颜石峰掩饰一下自己的失态。

隔壁戏院里锣鼓喧天,依稀传来演员"咿咿呀呀"吊嗓子的声音。

"快开演了,咱们看戏去吧!"沈钰摇着颜石峰的手臂。

忽然,从西南方向传来引擎的轰鸣,一架体型庞大的飞机从云龙山顶钻出云层,双机编队飞临晓市上空,轰鸣声掩盖住了市场的嘈杂声。

颜石峰仰望天空,"这是美国B-29轰炸机。"

轰炸机在市场上空盘旋,机翼下方蓝底白徽的青天白日国徽清晰可见。

市民们仰望天空欢呼雀跃,"看啊,咱们的飞机来啦!"

年轻的掌柜的眼里流出了喜悦的泪水,"这些年恨透了小日本的膏药旗,终于看到咱们的国徽了!"

飞机一圈一圈地下降高度,刺耳的轰鸣声震耳欲聋。

颜石峰机警地观察飞机,轰炸机掉头从云龙山顶,迎着飞机俯冲的方向,向市场俯冲过来。

"不好,快跑!"颜石峰拉起沈钰,向南狂奔。

轰炸机肚子下投出两个绿色的亮点,直奔晓市一道街、二道街上空而来,亮点越来越大,发出"咻—咻—"令人恐怖的凄厉声。

两枚美制子母炸弹在距离地面约二十米的空中爆炸,两声闷雷一样的炸响过后,弹体里又飞出数百个小炸弹,像黑乎乎的乌鸦一样,撒向四面八方,伴随着一连串的爆炸,黑烟、火焰腾空而起,弹片撕咬着人们的躯体,欢呼声瞬间变成惨叫声,整个晓市顷刻变成了人间地狱。

轰炸机投弹之后,迅速拉升,一溜烟地向西南溜走了。

当颜石峰、沈钰转过身,被眼前的惨象惊呆了,地上躺满了尸体和哀号的伤员,断胳膊断腿的断头的遍地都是,屋顶上、树杈上挂满了残肢断臂,草棚房舍熊熊燃烧，火药、血腥味儿夹杂在一起，散发出呛人气味儿。

"快去救人！"颜石峰拉起沈钰往回跑，刚才那位年轻的掌柜的被弹片拦腰斩断，只剩下半个躯体。身旁卧着一头黄牛"哞哞"地哀嚎，肚肠流了一地。

沈钰捂住嘴，双肩剧烈地颤抖，突然号啕大哭起来。

凄厉的防空警报响了起来，救援的民众从四面八方涌了过来……

"卖报了卖报，《淮海日报》独家报道，美国飞机昨天轰炸晓市，伤亡市民两千三百多人！"一大早，报童大声叫卖声响彻大街小巷。

杨兆麟闻讯打开家门，"小朋友，给我一份报纸！"

报童把报纸递给他，"老先生，您拿着。"

杨兆麟急迫地戴上老花眼镜，打开报纸，禁不住老泪纵横，失声痛哭，"我的徐州乡亲，一千多条人命啊，说没就没啦！"

杨益君从东屋里走出来，"爹，您别难过了，我听了重庆的广播，说是美国飞行员投弹偏离目标的一次误炸。"

"咋叫误炸，地面上的中国老百姓他看不见嘛，能往人堆里丢炸弹吗？简直就是蓄意屠杀！"杨兆麟愤懑地说。

杨益君说："昨天晚上我值班，听铁路的日本人讲，盟军原本是来轰炸三民街南头日军秘密军火库的，炸弹投偏了，都扔到了晓市人群里。"

杨兆麟的长髯气得颤抖，"那更荒唐，日本军火库跟晓市仅仅一墙之隔，倘若击中了目标，军火库爆炸起来，三民街及整个南关都要夷为平地，伤亡岂不更加惨重？"

"父亲说得极是，这些美国人光知道按照坐标投弹，根本就没有考虑到中国老百姓的死活。"

"美国人是浑球，那国府的参谋人员不知道么利害关系么，瞎眼啦？"杨兆麟越发怒不可遏。

"爹爹息怒，我这就去值班室，调度车皮，把伤员外运，徐州大小医院都满满当当的，根本救不过来！"

杨兆麟叮嘱，"日本人快要完蛋了，儿子，你一定要注意安全。"

杨益君推起脚踏车，"爹，美国人放狠话还要继续往日本扔原子弹哩。"

杨兆麟点点头，"是啊，昨天晚上听延安新华广播电台，北边的苏联红军已经攻到哈尔滨、牡丹江，关东军被歼灭一大半了，胜利的曙光就在眼前了。"

杨益君推着车子跨出大门，又扭头说："爹，眼下世道纷乱，我没回家之前，您和俺娘哪儿也别去！"

二

太阳刚刚露脸，淡淡的晨曦笼罩在原野上，复新河哗哗地欢唱着向东流去。

河岸北侧的一个小村庄，坍塌的土圩子上爬满了丝瓜、豆荚，绿油油的叶子构成了一道绿色的屏障，黄色的、淡蓝色的喇叭花顶着露珠开放。土墙豁口处伫立着两名持枪的哨兵，雪亮的刺刀在晨辉中闪着寒光。

一匹黑色的骏马载着年轻的八路军战士，扬鞭策马飞奔而来。

刘家大院是一个苏北地区典型的四合院，五间堂屋、三间东屋、三间西屋，两间南屋中间是一个过邸。

院子里，一个中年汉子噙着烟袋，给一头银灰色的小毛驴刚刚套上磨子，毛驴"咴咴"地叫个不停，灰色的炊烟从南屋的烟囱慢慢飘起。

年轻的战士急匆匆跑进院子，直奔堂屋，高喊："报告！"

郭一民拧干毛巾，擦一把脸，"进来。"

"首长，"战士喜气洋洋地从挎包里掏出一张电文大声说，"机要科刚刚接收到的，裕仁天皇发表《终战诏书》，宣布无条件投降了！"

郭一民"哗"的一声把毛巾掷到铜盆里，接过电文快速浏览一遍，"警卫员，快去通知驻地的地委委员速来开会！"

"不用喊，都来了！"鹿继澄、虎林、白二妮和韩宗田都兴冲冲地从房间走过来。

郭一民兴奋地说："快请坐下，咱们议一议怎么应对这个大好局面。"

堂屋还算明亮，正中放着一张黄檀木八仙桌，一把豁嘴的青花瓷大茶壶，几只茶碗。

几个人兴高采烈地围坐在一起，鹿继澄长吁一口气："抗战终于熬出头了！"

外边马蹄声声，又一个通讯兵进门报告："各位首长，这是刚刚接收到的重庆国民党方面给侵华日军的广播。"

郭一民接过电文，紧锁眉头读道："蒋介石命令所有侵华日军，可暂时保留武器及装备，保持现有态势，并维持所在地之秩序及交通。何应钦的饬令，'承本委员长之命，处理在中国战区内之全部敌军投降事宜，如对非指定之部队擅自投降，由陆军总司令下令以武力制裁之'。"

鹿继澄咂巴一下烟袋,"老蒋这是要把我们人民抗日武装排除在外,自己独享胜利果实呀!"

韩宗田没有来得及梳洗,分头显得有些凌乱,"岂止这些,老蒋分明是包藏祸心,为日后发动内战,实行独裁统治做准备呢。"

郭一民卷起一支喇叭口,"老蒋的流氓手段,咱们大革命的时候都领教过。我们坚决按照毛主席、朱总司令的指示,对一切不愿意投降的侵略者及其走狗实行广泛的进攻,歼灭这些敌人的力量,扩大解放区,壮大人民的力量!"

韩宗田担忧地问,"党中央还提出全国人民必须注意制止内战危险,努力促进民主联合政府的建立。我们进攻敌占区,会不会刺激国民党方面的神经,触动内战爆发呢?"

鹿继澄狠狠地抽一口烟,"人民的进步的力量弱小才更容易引发内战呢。我和老郭都是从大革命的血泊里幸存下来的,对蒋介石的反动本质看得很透彻。"

虎林点点头,"其实日伪顽三方早就有勾连,徐州内线的同志传来的情报,郝鹏举已经改旗易帜,由汉奸摇身一变成了国军,正在徐州周边掘壕筑堡,准备抗击我军的进攻。另外,日军第12军骑兵第四旅团已经从湖北老河口开始撤往徐州,担负津浦、陇海铁路的警备,在为日后的撤退,留好后路。"

郭一民的眼神透出坚毅的光芒,"从六月份我们开始局部反攻以来,徐州周边八路军、新四军的根据地已经连成一片,对徐州近郊以及津浦、陇海铁路形成威逼的态势。湖西主力部队已经挺近开封地区,准备与冀鲁豫的野战部队,消灭日伪军,夺取开封城。留在湖西根据地的地方武装要统一调配,伺机攻占敌人据点,截击回撤徐州的日伪军。"

虎林喝口水,"眼下周边只有沛县日军一个中队百十号人仍然驻扎在县城,这股敌人肯定要向徐州撤退。铜沛路是必经之路,我们在崔寨设下埋伏,伏击撤退的日军,大部队趁机夺取县城,消灭顽抗的伪军。"

郭一民狠狠地撅灭烟头,"好,咱们抓紧调动手上的部队,首先掐死沛城日军东撤的道路,再相机夺取县城。"

鹿继澄问道:"白部长,你们的歌剧《白毛女》准备得咋样了,那是郭书记从延安七大给解放区带回来的礼物啊!"

白二妮拢一下头发,"正在对着剧本排练,演员太少,我找来俺杨家班老师父还有几个师兄弟串场,他们是唱梆子戏的,对演文明戏还不适应。"

郭一民称赞，"我看过你们排练了，很好呀，特别是杨老师，天生的杨白劳啊！还有二妮同志，那个扮相、身段、唱腔，天生的喜儿呀！特别是那一副银铃般的嗓子，跟延安的扮演喜儿的王昆同志唱得一模一样，排练时候旁边看戏的老百姓都哭得稀里哗啦，鼻涕一把泪一把的。"

鹿继澄磕磕烟袋锅，别在腰带上，"二妮同志责任重大啊，我跟郭书记商量过，我们要扎牢根据地的群众根基，目前的减租减息是远远不够的，必须开展惩奸反霸清算斗争，没收罪大恶极的汉奸、恶霸地主的土地，平均分给农民。你们的这出戏恰逢其时，动员农民起来清算斗争汉奸恶霸，演出队的战斗力赶得上一个主力团！"

郭一民笑呵呵地说："一个主力团说少了，动员千千万万人民群众投入革命阵营中来，力量不可估量啊！"

警卫员端上来一筐篮豆腐卷子，"首长们开早饭了。"

"呀，白面豆腐大花卷，打牙祭啦！"白二妮眉开眼笑。

警卫员笑眯眯地说："房东大娘刚刚听说小日本投降了，把早晨买的豆腐合上白面，蒸了一笼屉豆腐卷，犒劳咱们首长们哩。"

郭一民端起茶碗，"同志们，咱们以茶代酒，就着白面豆腐卷，庆祝抗战胜利。吃完饭之后，咱们马上出发，夺取更大的胜利！"

三

淡蓝色的东南天际高悬着一颗启明星，在广漠的天幕熠熠生辉，东方的白云山顶弥漫着青色的微光，一条白纱般的晨曦是山头缓缓摆动。

杨益君深吸一口黎明前十分清新的空气，铁道上只有闪烁的灯光，昔日南来北往的火车嘶鸣忽然变得寂静无声，死—铁路线上停满了长蛇一样的军列。

"咔咔咔"走廊里传来马靴声，一个日军大佐带着一名翻译、两名士兵怒气冲冲走了进来。

杨益君已经不再像以往那样躬身相迎，只是平淡地摆手示意请坐。

日军大佐是个精干的小个子，留着仁丹胡，全副武装，挂着战刀，叽哩呱啦说了一通，翻译说："站长先生，适逢战乱之时，您不顾个人安危，坚守岗位，为皇军服务，皇军第12军骑兵第四旅团参谋长吉野向您表示敬意！"

杨益君用日语回答："不客气，我是代行站长职务，责任在肩，不敢疏忽。"

大佐把战刀挎在腰际，"先生是皇军的好朋友。我部昨天晚上十点到达徐州站，奉命东进至新浦担负警备，为什么迟迟不给绿灯发车？"

杨益君给大佐倒了一杯水，"大佐阁下，前天晚上鲁南的八路军、苏北的新四军武力接管了东陇海线新浦至邳县八义集之间的路段。"

"目前西边、北边、南边的铁路都能保证通畅吗？"大佐脸色铁青。

杨益君皱着眉头，"不能畅通，只能是时断时续。皇协军已接受国军的改编，不愿意与共军交火，所以，很难保障行车安全。昨天下午，陇海西线商丘至徐州段，美国军事顾问坐手压车在铁道上巡视观光，在黄口附近被游击队一顿乱枪打死。郝鹏举司令亲自前往迎接灵柩。第六路军司令部为此事专门电话通知，今后任何人不得擅自在铁路上行驶。"

"如果我军武力向东突围，会不会陷入土八路的包围？"大佐的仁丹胡不停地抖动。

杨益君翻开编车计划，"大佐阁下，铁路两侧的护路河、护路堤相距七八十米，当中是铁道，正好处在土八路步枪、手榴弹的有效攻击范围之内。现在两侧河堤大多被共军占据，一旦遭遇伏击，必定是腹背受敌。况且东线桥梁、涵洞众多，如果前后桥梁、涵洞被炸，进退两难，即便是精兵强将，也难于支撑多久，请阁下三思。"

"先生所言极是，您是有战略思维的人，非常敬佩！"大佐说着，走到窗前，举起望远镜向东观望。

天色已经大亮，东部群山连绵，山林之中影影绰绰有人影晃动。

"眼下最稳妥的办法就是等国军到来之后，由国民党、共产党双方洽谈。谈不拢，你们走不了。"杨益君做出无奈的神情。

"杨君说得对，现在不能再发生武装冲突，必须静待国军出面与共军谈判。"阿部不知道什么时候进了办公室。

阿部穿着白衬衣，罩一件半旧的缎子马甲，显得更黑更瘦了，眼窝深陷，下颌的硬茬胡子毛茸茸的。

日军大佐听了，一言不发，鞠躬致谢，带着随从急匆匆地走了。

朝阳从东方冉冉上升，火一般的鲜红，火一般的炽烈，光芒四射，五彩缤纷。一股清凉的晨风迎面吹来，十分的惬意。

"太阳升起来了，太阳旗落下去了，你们胜利了！"阿部触景生情。

"是我们胜利了！"杨益君一语双关地说。

阿部满含热泪握着杨益君的手,"祝贺中国人民的胜利,向中国共产党致敬!"

四

1945年8月29日,一场夜雨过后,太阳被低垂乌云遮挡得严严实实,风中夹带着潮热的空气,吹在人们身上黏糊糊的。这些都丝毫没有影响徐州民众欢迎国军光复的兴致,一大早北站铁道向西延伸几公里,两侧站满了欢迎的人群,人们扶老携幼,翘首以待国军的到来。

西洋城堡式的车站,大门口搭起了台子,上方是红绸缎扎制的拱形胜利门,拉着蓝底白字的横幅"光复河山,青天重见"。

郝鹏举率领众将领,身着崭新的国军军服,将星闪烁,正襟危坐。曾海春、程金石等绅商教学各界领袖,在附近张罗着鸡蛋、水果等慰问品。

车站钟楼的时针指向十点,郝鹏举焦躁地看着表,"临泉到这里要不了两个时辰,说好的第十九集团军陈司令九点半准时到达的,连个影儿也不见?"

刘伯芹参谋长蹙着眉头说:"八成铁路又让共军扒了。"

牟亦奇走过来,"参谋长净是胡诌八扯,坏事都往八路军那里赖。美国顾问死亡不是查清了嘛,是一小绺大马子干的。你从开始就一口咬定是共产党的游击队干的。再说,咱们的部队占据了西陇海沿线,跟八路军联络过的,保障国军通行的。"

毕和敬凑过来,"打电报问问前头的刘启滨,中央军现在到哪里了,咱们在这里憨狗等羊蛋,还不知等到啥时候。"

一个参谋急匆匆跑到主席台,"刘师长的电报!"

"来得真巧,"郝鹏举嘟囔着展开电文,"郝司令,陈部今晨七时到达沛县崔寨驻足不前,我前往联络,陈司令称待补充粮秣,即可启程,时间不详。"

"他妈的,啥意思?"郝鹏举把电报纸交给刘伯芹。

又一个参谋跑过来敬礼,"报告司令,刘师长第二封电报。"

"念!"郝鹏举挥挥手。

"徐州绥靖公署政治部主任王宇腾中将率警卫营已经从崔寨启程,第十九集团军侦察连随车前往。陈司令长官明日上午抵徐,发车时间待报。刘启滨"

牟亦奇勃然大怒,"中央军逡巡不前,派侦察部队打前站,明显是对我第六路军心存芥蒂!"

毕和敬破口大骂，"都到城边了，一袋烟的工夫抬腿就到，弄啥补充粮秣！老子们把道台衙门腾出来让给接收大员，搬到袁桥的都天庙，他妈的不来城里歇着，非得待在漫山野地里小憩？"

"他妈的，此处不留爷，自有留爷处，老子长着腿，手里握着枪，咋啦，谁怕谁？"牟亦奇附和道。

"诸位息怒，陈司令长官或许有要事缠身，多盘桓一日。王将军不是马上就要莅临了嘛，精诚团结，大局为重啊！"刘伯芹打圆场。

郝鹏举阴沉着脸，恨恨地说："人不防虎，虎防人，我们应该加意小心，今后心里有数就是了。"

"呜"一声长鸣，远远看见火车喷出的黑烟，站台上、铁道边，数万民众沸腾起来。

火车"哐当哐当"向东行驶，一个国军上尉倚靠在车窗前，远远地眺望蜿蜒的九里山，嘴里喃喃自语，"快到家了。"

"韩书志，想家了吧？"王宇腾不声不响走到身后，他身穿美式军装，腰扎武装带，别着精致的勃朗宁手枪，皮鞋锃亮，肩上的金星熠熠生辉。

韩书志立正敬礼，说一口地道的徐州话，"离开家乡七年半了，当初抗敌青年军团就是从这条线开拔前往潢川的。"

这是一个其貌不扬的青年军官，中等身材，五官端正，四肢匀称，国字脸，皮肤黝黑，眼神深邃，显得老成、精干。

"百战幸不死，故乡空转首。"王宇腾吟了一句诗，"跟我在阜阳好几年，也没空拉拉家常，家里还有什么人？"

"直系亲属都没啦，日寇轰炸徐州，全都炸没了！"韩书志眼里喷着怒火。

王宇腾长叹一声，"没有任何牵挂了，全身心投入新的工作吧！"

韩书志一脸诚恳地望着王宇腾，"王主任，俺正琢磨着打报告复员。妗子给我说了一门亲，俺想退出行伍，回家娶妻生子，舒舒心心过日子了。"

王宇腾直视着韩书志的眼睛，忽然笑着说："男大当婚女大当嫁，人伦之情，韩书志尽管可以享受床笫之欢、儿女之情，不过，退伍的请求我不会批准的。鬼子打跑了天下就能太平吗，共产党能让咱们消停吗？"

"还要接着打内战吗？"韩书志问。

王宇腾的腮帮子微微颤抖，显然是在咬牙，"打不打要看共产党的态度，一个领袖，一个主义，一个政党，一个国家，这条底线是坚定不移的！"

"陈司令长官为啥不愿意跟王主任一道同行啊？"韩书志换个话题问。

"用人不疑，疑人不用，老头子授权我招抚郝鹏举，人家也接受国军改编，一家人了，没有必要疑神疑鬼的。胡乱猜忌的结果就是制造嫌隙，影响党国的团结。今天如果我们不来救场，几万父老乡亲眼巴巴等不到国军，该多么寒心。"

火车开始减速，王宇腾摇下车窗，向铁道边的民众频频挥手致意。

北车站成了欢乐的海洋，人们挥舞着彩旗，很多人脸上挂着泪水，欢呼声、锣鼓声、鞭炮声响彻云霄。

站台上，军乐队吹奏《三民主义歌》，郝鹏举带领文武官员列队迎接。

郝鹏举一溜小跑迎上前去，立正敬礼："国民革命军第六路军司令郝鹏举，欢迎中央政府暨王宇腾主任光复徐州！"

王宇腾举手回敬，"久仰郝司令大名，今日幸会，我们当在青天白日旗下共同奋斗，建设一个三民主义的新中国。"

突然，人群中有人用日语喊着"万岁！"

众人循声望去，司百顺带领几个便衣警卫，死死摁住了一个身穿中式小褂、灯笼裤的男子，一支王八盒子甩出老远。

"哦，这是日本浪人，战败了还不服气，城里每天都有日夷跳河、剖腹自杀的。"郝鹏举尴尬地笑笑，接着介绍，"这位是副司令毕和敬。"

毕和敬跨前一步，立正敬礼。

这时候，又一个年轻人从背后饿虎扑食般的扑了过来，右手握着一柄寒光闪闪的日本短刀，直刺王宇腾腰部。

斜刺里冲出一个便衣警卫，闪电般地扭住刺客的手腕子，一个顺手牵羊把刺客拉到怀里，接着一记大背胯把他从头顶摔了过去。

"啪"的一声闷响，刺客重重摔在青石板地面上，脑浆溅迸，气绝身亡。

"兄弟，好身手！"司百顺拍拍警卫的肩膀。

郝鹏举望望四周的群众，担心刺客未能肃清，建议："庆祝光复大会改日举行，请王主任移步车站后边，乘坐吉普车前往南门安乐饭店下榻。"

王宇腾没有搭腔，径直走到警卫跟前，"你叫什么名字，跟谁学的武艺？"

"报告长官，我是第六路军司令部警卫营连长伍衡，自幼师从彭城摔跤手郭大师习练摔跤，师从八卦神掌钱大师习练形意拳、八卦掌。"伍衡回答声音洪亮，底气十足。

王宇腾握着他的手，"郭大师是四品带刀侍卫，钱大师是八卦掌董海川高足的嫡传，怪不得你有这么一身好功夫，名师出高徒呀，谢谢你！"

程金石身穿白衬衣、背带裤，摘下巴拿马帽子，"王司令长官好！"

王宇腾面带笑容："程站长，潜伏敌穴七载，辛苦啦！"

"哇，原来程老板是咱们的地下军，差一点当成汉奸抓捕呢！"郝鹏举恍然大悟。

程金石躬身，"如果王主任不嫌弃，先在兴隆面粉厂小住几日，待各方面拾掇妥当了，再移居官邸。"

王宇腾点头应允，"好吧，那就叨扰数日，顺便调研一下徐海地区民族资本家的情况。天下初定，恢复经济，解决民生乃是国家长治久安的根本之策呀！"

郝鹏举谄笑道："王主任目光高远，不愧是国民党六大新科中央委员，有经国济世之才，我等望尘莫及，兄弟佩服！"

"过奖了，兄弟自幼追随先总理参加黄埔革命军，受蒋校长教诲，已二十余载矣，三民主义信念始终不渝，坚如磐石！"王宇腾不冷不热地说。

郝鹏举自己讨个没趣，悻悻地说："敬佩，兄弟军务繁忙，下午视察徐州防务，改日置办薄酒一杯为王主任接风洗尘，失陪了！"

"郝兄自便，改日兄弟登门讨教！"王宇腾点头示意。

郝鹏举立正敬礼，两人握手道别。

王宇腾昂首挺胸，神气活现地向周围欢迎的民众招手致意，然后钻进了美式吉普车，韩书志躬身坐进前排副驾。

五辆三轮摩托头前开道，车队转弯驶过庆云桥，两侧挤满了徐州民众，一路上欢呼声、鞭炮声不断。

车队行至启明路口转弯向东。王宇腾指着路旁"建设东亚新秩序纪念碑"，怒斥道："此等丧权辱国的耻辱柱，给我改成'抗战胜利纪念塔'！"

"是，王主任，下午我就带领工兵用洋灰抹平喽，再镌刻'抗战胜利纪念碑'。"韩书志转身回答。

王宇腾余怒未消，"凡是日寇篡改的徐州地名一律恢复原名，伪徐州市撤销，恢复铜山县行政管辖，是否保留，待国府行政院裁决定酌。"

韩书志一边在本子上记录，一边说，"职下即刻就去安排恢复，另有日寇新开辟的几条路，如何命名，请长官明示。"

王宇腾身体随着车辆上下左右颠簸，"庆云路就改成中山路，启明路改成中正路，至于那条白云路嘛，就叫作民主路吧！待铜山县国民政府确认。"

"长官，庆云桥是否更名中山桥，济众桥更名中正桥？"韩书志再问。

王宇腾沉吟片刻，"留点殖民侵略的记忆吧，别让后人都遗忘了。"

车队浩浩荡荡行进到镇平路，远远望见兴隆面粉厂大门口一块枣红色的木牌子，黑漆的大字"第五战区接收总队徐州兴隆面粉厂"格外醒目。

王宇腾钻出吉普车，程金石、华伯诚迎上前来。

程金石拍拍华伯诚的肩膀，介绍说："王主任，这位是华伯诚襄理。"

王宇腾握着他的手亲热地说："在阜阳就知道华襄理的大名呀，精明强干，难得的将才，不知道是否有意在国民政府里任职，为桑梓百姓服务啊？"

华伯诚一身浅蓝色泰西缎长袍，圆口青布鞋，大背头梳理得纹丝不乱，他鞠躬致谢，"伯诚不才，受王主任厚爱。抗战胜利，百业待兴，伯诚愿做好实业，报效国家、民众。"

王宇腾环顾四周，"实业救国是真理，国家之间的竞争，最终还是实力决定胜负，这是'二战'的结果证明了的。"

程金石小心翼翼地看着王宇腾的脸色，"王主任所言极是，我等矢志实业报国，工厂二十多年屡遭军阀、日寇的骚扰、敲诈、欺凌，苦不堪言。日寇刚刚投降，就有人要以汉奸罪捉拿我，还以敌伪资产的名义把工厂查封了。"

王宇腾显出高深莫测的微笑，"你请我下榻厂里，恐怕就是要借钟馗打鬼吧？那好，咱们先到车间、仓库转一转。"

程金石慌忙说："金石为您带路，车间停产了，先看看库存吧。"

"厂子不能停产，十数万大军就要云集徐州，没有军粮怎么行？"王宇腾板起脸。

"吱呀"沉重的两扇铁门被推开了，华伯诚打开大灯，地面上只有一堆破麻袋、面袋、木棒、残缺不全的平车、推车等杂物。

王宇腾信手捡起一根短木棒，"你们要擀面杖干啥？"

华伯诚也捡起一根，指给王宇腾看，"哪里是擀面杖，原来是抬货物的杠子，被人锯了一大半，您看看这新茬口。"

王宇腾阴沉着脸，"留下一小截是凑数的，对吧？谁干的？"

程金石不敢正面回答："鬼子投降第二天，中统的人就过来把厂子的牌子给换了。鬼子的董事长坏得很，除了搬不动的厂房、设备造册，其余的都放在账外。"

"麻昭祥带人来干的，是吧，你们给了他多少好处？"王宇腾背着手问。

华伯诚隐隐地回答："好在机器设备都在，损失的只是库存的麦子、面粉还有耗材。"

"这些败家子，党国早晚得毁在他们手里！"王宇腾恨恨地说。

程金石往前凑一步，"王主任，中午给您准备了几个菜，咱们就在食堂将就着吃一点，我还有上好的'口子窖'。"

王宇腾摆摆手，"我不喝酒，也不吸烟。无丝有线，咱们还是避嫌，我去南门安乐饭店住，别给人家留话柄。"

华伯诚问："王主任住节徐州，封疆大吏，谁还敢跟王主任作梗？"

王宇腾步出仓库，长吁一口气，"华襄理有所不知，党国内部派系林立，盘根错节，谁都摸不透。麻昭祥敢打着军政部的旗号查封、变卖敌伪资产，显然得到上峰的指令。军政部敌伪资产接收组负责甄别、发还涉嫌的资产，我插不上话，你们自己想办法；军政部和司法部审判汉奸、战犯，他们以涉嫌汉奸罪可以拘捕你。我可以给你做证，但是不能干预审判，给你的委任状妥善放好，作为呈堂公证。下边该怎么办，你自己掂量。"

程金石打躬作揖，"自打沦陷之前，敝号就深得王主任关照；今日王主任一番掏心掏肺的话，程某更是感激不尽。"

"抓紧开工，不要延误军情。"王宇腾说完，头也不回地走了。

程金石、华伯诚带领七八个职工站在大门口，点头哈腰，目送车队走远。

程金石喊着华伯诚的小名，"华子，你下午带重金去金谷里，把头牌'盖徐州'小翠包半年，吃住在厂里。我出去躲一躲风头。军政部徐州的、蚌埠和开封的特派员，申请报告跟着金条一起送，别心疼钱，舍不得孩子套不住狼！"

华伯诚抱拳回答，"老掌柜的尽管放心，小华子一如既往，全力支撑兴隆面粉厂再渡难关！还望掌柜的尽快脱身，这里一切由我应对。"

程金石撸起袖子，"说得有理，我这就拾掇一下，马上就走。"

"胡把头，你一路护送程董事长，不得有任何闪失！"华伯诚吩咐。

胡把头抱拳，"襄理放心，有我的命，就有三爷的安全！"

五

天色蔚蓝耀眼，酷热的阳光下，空气发出灼人的热浪。兴隆面粉厂大门口，一群红蜻蜓抖动着的翅膀随着热气流在空中闪闪地盘旋。两名门卫头戴柳条帽，手持齐眉棍站岗。

一辆美国道奇卡车呼啸而来，到大门口一个急刹车，稀里呼噜跳下一个排的大兵。一个上尉军官，獐头鼠目，一脸雀斑，歪戴着帽子，敞着怀，嘴里叼着烟卷，指着门口的牌子，"他妈的，什么鸟第五战区接收总队，老子抗战八年，怎么也轮不到这帮王八蛋接收胜利果实，兄弟们，给我砸！"

"砸他个狗日的！"大兵解下武装带、抡起枪托，砸烂木牌，推翻岗棚。

"各位长官，我是厂里的襄理，咱们有话好说！"华伯诚带着几名职工急匆匆跑过来，忙不迭地打躬作揖。

上尉狞笑，"叫你们的伪厂长程金石出来搭话！"

"长官，俺们程掌柜的身体欠安，去海州瞧病了，有话请给鄙人指教。"

上尉骂骂咧咧地说，"老子是国军第十战区第十九集团军敌伪资产接收特派员黄仔郎，奉命缉拿汉奸程金石，查封日伪资产！"

华伯诚忙分辩，"黄特派员，工厂是被日寇强占的呀。前几日徐州绥靖公署王宇腾将军视察工厂，还指令我们恢复生产，支援国军哩。再有俺们程掌柜的，原本就是国军潜伏谍报组长，有官防大印委任状，汉奸之说更是无稽之谈！"

黄上尉大怒，"放屁，程金石觍颜事敌，捐献战机资敌，铁杆的汉奸！"

几十号人"稀里哗啦"子弹上膛，对准了华伯诚等。

华伯诚镇定地拨开胸前的刺刀，往前挎一步站到黄仔郎面前，"程董事长已经前往北平李司令长官行辕就查封工厂进行交涉，请黄特派员回去禀报一下，待查清事实，查封、没收，悉听尊便！"

华伯诚抬出北平行辕主任李宗仁，显然唬住了黄特派员，他嘴里依旧不干不净骂："老子浴血抗战八年，最先收复徐州，凭什么五战区窃夺胜利果实？他妈的！"

华伯诚打定主意，先稳住这帮丘八再寻找对策。

"各位军爷，你们是抗战有功之臣，既然来到敝号门前，来的都是客，请会客室休息，中午略备薄酒小菜酬劳。"

看见华伯诚放出软话，黄特派员也借坡下驴，"弟兄们，华襄理盛情相邀，留下两个把门的，其余的随我进厂接收。"

华伯诚吩咐随从："小陈，请把长官们带往二楼会议室，每人一听'三炮台'，水果、香茶一起上，中午安排食堂准备几个硬菜。"

小陈招呼道："老总们请随我到二楼休息，中午俺们襄理款待各位！"

华伯诚把黄仔郎让进一楼小卧室。这里陈设依旧，客厅里地毯，水晶灯、玻璃瓶、油画，充满欧式风情，只不过卧室的红木大床换成了榻榻米。

"黄特派员稍坐，这里原本是俺们厂长的卧室，被鬼子的董事长霸占七年，刚刚撵走。"华伯诚递给他一支"三炮台"，殷勤地用打火机点燃。

黄仔郎美美地吸一口烟，很惬意地喷出一团烟雾，皮笑肉不笑地说："嚯，你家掌柜的不愧是大财主，真有钱，看了您家的房子，我都想去死！"

华伯诚拍拍手，"小翠，给黄特派员上茶！"

"哎！"随着银铃一般的声音，卧室门推开了，走出一位姑娘。她身穿一件色泽鲜艳的玫瑰红绸缎旗袍，乌黑惺松的秀发瀑布一样披在肩上，瓜子脸，皮肤白皙而细腻，一对细眉新月一样又长又弯，一双秋波荡漾的大眼睛里发出摄人心魄的光芒，鼻梁挺秀，面颊丰腴，红润的嘴唇微微上翘，隐约挂着一丝笑意，身段窈窕，胸部丰满，鬓角斜插着一朵小红花。

"哎哟俺地个娘啊，仙女下凡哦！"姑娘的美貌惊得黄特派员目瞪口呆。

小翠款款走到黄仔郎跟前，声音圆润，"黄特派员喜欢喝什么茶呀？"

"姑娘随意，随意！"黄特派员点头哈腰，魂不守舍。

华伯诚见状，虚掩上房门，快步向账房室走去。

"王主任，不好意思打扰您，我是兴隆面粉厂襄理华伯诚，程董事长去北平了，我冒昧给您打电话！"华伯诚话语谦恭。

"不客气，华襄理有啥事，但说不妨。"话筒里传来王宇腾的声音。

华伯诚言简意赅，"一个小时前，来了一排士兵，领头的是上尉黄仔郎，砸烂了门口的牌子，声称应该由第十战区接收敌伪资产，还要抓捕程金石董事长。"

道台衙门宽敞的办公室，王宇腾坐在太师椅上手握话筒，眉毛蹙成一团，"胡闹，第五战区长官部目前是徐州最高军事领导机关，凡一切军事机构及设施均归长官部接收掌管，任何单位部门不得私自越权接管！你们不要跟他们发生冲突，我马上安排宪兵去驱逐他们！"

王宇腾卡上电话，思忖片刻，他又拿起电话："喂，要顾司令长官。顾司令长官，是我，光复徐州群情激奋呀，目前徐州地区驻军较多，人员混杂，有人擅自接收强占敌伪资产。对，职下建议，把先入城的第十九军调出城区，免得他们惹是生非。好，您即刻建议委员长发布命令，调十九军北上，担负津浦铁路护路任务。"

韩书志进门，"报告，第六路军四师师长洪明璨求见。"

"他来干什么，"王宇腾眉头紧锁，沉吟片刻，"还是让他进来吧！"

"王主任好，洪明璨前来报告！"洪明璨一身黄呢子军服，进门立正敬礼。

王宇腾起身还礼，"洪师长，请坐吧！"

王宇腾打量着对面的来客，黑瘦的面庞棱角分明，圆眼、鹰钩鼻子，观其面相"羊眼鹰鼻子"，是民间所述的大奸之相。

洪明璨被王宇腾上上下下盯得不自在，喝一口热茶。

王宇腾决定敲打一下他，"素闻洪师长原为共党悍将，惹下祸端，只身匹马跑到徐州，投奔滨上，几番清剿，丢盔弃甲，好像没有什么建树啊！"

"明璨走投无路才投奔的日本人，恰似'林冲雪夜上梁山'。今天洪某拜会王长官不是前来倒苦水，而是为了党国利益，给您送一份大礼。"

看到王宇腾直勾勾地盯着自己，洪明璨说出两个字："老鸹！"

王宇腾不动声色，"湖西共党专员户秉刚战殁沙场，后来湖西情报系统几次失手，莫非就是这只老鸹作怪？"

"确切地说，是老鸹谍报小组的成效！"洪明璨扬扬得意地说。

王宇腾走到洪明璨跟前，紧挨着他的沙发坐下，"这么说，老鸹已经进入中共地委的上层了，有谁知道他的底细？"

洪明璨小声回答："我，滨上，犬养。"

王宇腾仰靠在沙发上，"滨上作为战俘要遣返回国，只是这个宪兵队长犬养杀人太多，手段凶残，要接受徐州绥靖公署军事法庭的审判，执行枪决的。"

洪明璨凑到他耳边，"反正都得死，早死早托生，只要您一句话。"

王宇腾没有正面回答，"说说你们的联络方式，我保证只有你我跟他单线联系，为你在情报系统留一个职位。"

"王主任，这是多年来最成功的打入中共内部的谍报人员，我给您和盘托出……"洪明璨的嗓音越来越低。

云龙山地九节山的西坡，一座小坟茔前摆放着四碟果子菜蔬，伫立着伍兆勇、伍宁氏、伍衡还有伍梅。

伍梅已经出落成一个亭亭玉立的少女了，穿着一件碎花对襟褂子。

伍兆勇眼里噙着泪水，"孙鲁老师，鬼子投降了，闺女也长大了，俺们一家人来给您烧把纸。伍梅，上香！"

伍梅恭恭敬敬点燃香烛，"爹，这里埋的不是俺叔吗？"

伍嫂抚摸着孩子的头，心疼地说："闺女，这里埋的是你亲爹，省立女子第三师范的孙鲁老师！"

伍兆勇深情地说："妮子，你应该叫孙梅。你爹是个英勇的共产党员，在监狱里把你托付给我。我和你娘把你从育婴堂里找出来,那会儿你才刚满月。"

伍衡一声不吭,打开包袱皮,拿出一件绿色贡呢夹袄。

伍兆勇展开夹袄,"这件衣服是你爹在赴刑场之前,脱给了一个叔叔,这个叔叔亲手交给了我。"

伍梅手捧夹袄,泪如雨下,跪在坟茔前,撕心裂肺地呼喊一声"爹爹!"

夕阳慢慢就隐去了,晚霞像火焰一样燃烧,映红了西边半个天空,翠玉般的石狗湖水平如镜,山风微微吹拂,带来荷花、芦苇和青草的芳香……

第三十四章　联秘处特务大整合　杨兆麟纵论止内战

一

1945年8月21日，侵华日军副总参谋长今井武夫一行8人，飞抵湖南芷江县中国战区总部，中国陆军总司令部参谋长萧毅肃接受日军洽谈投降事宜。根据芷江洽降方案，将中国战区划为16个受降区，安徽、苏北为第9受降区。

清晨的田野，像是一望无际的青翠的海洋。秋风一起，透明的薄云如一条条涓涓细流在苍穹上缓缓飘动。

通往东甸子的马路上，一大队骑兵正在行进，青天白日国旗引领，骑兵头戴美式钢盔，斜挎战刀，打头的一百多匹枣红色战马，骑兵胸前挎着清一色的汤普森冲锋枪；居中的是雪白的高头大马，骑兵个个斜挎加兰德步枪；殿后的是黝黑的骏马，骑兵每人后背三八大盖枪。

王宇腾骑着枣红色的战马，行进在最前列。他身着黄呢子军服，腰间别着精致的勃朗宁手枪，容光焕发，军容整齐。司百顺、伍衡挎着驳壳枪，分列左右护卫，活脱脱两尊怒目金刚。

战马奔腾、跳跃、嘶鸣，强劲的铁蹄踏出"嗒嗒"的巨大混响，像狂飙一般席卷而来，发出惊心动魄的力量。

东甸子军营大门口，滨上带领十几个官佐毕恭毕敬列队敬礼。

王宇腾骑在马上举手还礼，大声呵斥："依据《中华民国第十战区司令长官部令子第一号训令》，我命令你们放下武器，缴械投降！"

滨上跨前一步，立正敬礼："徐海地区日本官兵善后联络部滨上报告，日军陆军第65师团及其安徽、苏北地区部队服从投降命令，遵照规定缴械投降，师团司令部全体官兵列队完毕，听候王将军训令！"

"前头带路！"王宇腾紧绷着脸。

"是！"滨上带领官佐一行在前边带路，马队踏着碎步进入军营。

操场上，两千多日军肃立列队，操场四周大炮、小炮、枪械码放整齐。

王宇腾策马到队伍正前方，声如洪钟地宣布："我命令你们立即解除武装，摘下帽徽、领章、肩章，接受遣返！"

翻译完毕，日军齐刷刷地摘下军徽，放在地上，许多人泪流满面。

滨上向王宇腾鞠躬，双手呈上一把战刀，"这把战刀是我传家之宝，已经有四百多年的历史了，我们战败了，我把它献给胜利者！"

王宇腾纵身下马，双手接过军刀，拉出刀鞘，锋利的刀刃寒光闪闪，刀的双面布满细密的波纹，显示出战刀主人的不凡历史。

"你们总算能活着回家啦！"王宇腾望着他，慢吞吞地说。

滨上泪光闪烁，"请王将军巡视库房！"

滨上陪同王宇腾一行来到一座仓库，高大的库房阴森森的，二十多名日军俘虏列队敬礼，官兵依然昂首挺胸，并无战败的颓废、气馁形象。

库房里武器、弹药、物品分门别类摆放得整整齐齐，标签标注品名、数量。王宇腾信手拿起一支三八大盖，拉开枪栓，里里外外擦拭得干干净净，一尘不染，不由得点点头。

滨上触景生情，泪如泉涌。

离开仓库，滨上带领王宇腾一行前往作战指挥室。沿途日军官兵忙碌着打扫卫生，刷洗汽车，还有一些士兵在挖掘野菜。

"韩书志，战俘的粮食配给不够吗？"王宇腾转身问。

韩书志赶上一步回答："报告王主任，粮食配给都是按时发放，他们还有结余呢。按照战俘管理条例，日俘必须停止一起军事训练，他们这是找点活干，来锻炼身体的。"

王宇腾心灵感到巨大的震撼，日军战俘战败不馁，忍辱负重，目的还是卧薪尝胆，以待东山再起，他暗暗思忖，大和民族是个坚忍的民族！

指挥室排放了几张餐桌，铺设雪白的餐桌布，摆满了菜肴、清酒和红酒。

滨上敬礼，"徐州话说'饭好做，客难请'，准备一些日本菜肴，不成敬意，请王将军赏光！"

"中国的主人是我们中国人，你们也不是客人，是侵略者，我们是不会跟敌人同桌对饮的！"王宇腾冷冰冰地说。

滨上尴尬地鞠躬致歉："王将军请饶恕我的失言，还有一件事求您帮助！"

"请讲！"王宇腾面带怒气。

滨上眼巴巴地望着王宇腾,"徐海苏皖地区投降的日军七万多人,都要到徐州集中,再从海州、南京遣返回国。我部军用卡车83台以及骡马,能否暂时不缴械,留给我们运送人员、行李物品?"

王宇腾直视着他说:"军车必须全部上缴,骡马可以给你们留用。俘虏集中完毕之后,必须接受我们的检查,凡属军事用品、非法攫取的财物、文物等一律没收。检查完毕,方能上路。"

滨上再一次敬礼。

楼下,日军军官列队,敬礼。王宇腾跨上战马,率领骑兵绝尘而去。

二

中枢街中段路沿街的北侧有座石牌坊,向北一条二十多米的石板甬道,东西两侧有水泥墩连接的粗大铁链,赭红色的大院子,围墙已经斑驳陆离,门前三级石台阶,左右蹲踞着两只石狮子。这里是西关的关帝庙,庙内正中一座大殿,东西各三间瓦房,大殿已经破败,屋顶上长满了荒草,屋檐下鸟儿啁啾着飞来飞去。大殿里的神位早已清空,摆放着一张长条桌,十几把藤椅。

上午八点,徐州绥靖公署政治部、徐州军统站、中统徐州室、铜山县党部、县政府、公安局、三青团铜山县分团等军警宪特的头头脑脑准时到达大殿,与以往不同的是与会人员均着便装,大家围坐在桌子旁边,没有人交头接耳,静静地等待主角出场。

两辆草绿色吉普车轰鸣着开进院子。伍衡带领三名卫士持枪站立左右,王宇腾身穿灰色中山装,左上衣兜插着两支钢笔,脚穿锃亮的皮鞋,三七分头,胳肢窝里夹着皮夹子,派头十足。韩书志端着搪瓷茶缸子,拎着皮包,屁颠儿屁颠儿地跟在后边。

王宇腾走进大殿,众人起立鼓掌。

王宇腾环视左右,挥挥手,"同志们请坐下吧,我们今后对上司不要搞这些繁文缛节的俗套。"

"是!"众人齐刷刷地坐下,打开笔记本。

"今天的会议不要记录,都记在脑子里。"王宇腾指指自己的脑袋。

会议刚开始,就蒙上一层诡秘的色彩,大家都正襟危坐,表情严肃,活像庙里的泥菩萨一般。

看到众人拘谨的神态,王宇腾从皮夹子里摸出一盒"骆驼"牌香烟,笑着说:"韩副官,给各位每人敬一支烟,美国顾问送给我的,我先带头抽一支。"

众人发出轻松的微笑。

韩书志开始散发香烟,顺便给每个人递上一张小纸条。

王宇腾抽了一口烟,"我这人从来不吸烟,偶尔点一支,也是呛得要命。有人说我态度太严肃,不好接近,看来抽烟是亲近人的好办法,一面喷云吐雾,一面商谈事情,显得轻松、和谐。以前你们来向我请示汇报工作,我总是用极其简单的方式,很少说客套话,也不给人家拿烟倒茶,即使招呼人家坐下,也是战战兢兢,紧张得很,我却察觉不到。这种工作方式,今后得改正。"

中统徐州室主任麻昭祥恭维道:"王主任体恤下属,尤其是青年才俊升迁提拔快,大家有口皆碑。"

"麻主任的一席话,倒是提醒了我,韩副官是不是也该提拔了!"王宇腾调侃。

众人大笑。

"只要忠心对领袖、对党国,晋升的机遇有得是!"王宇腾摁灭烟蒂。

"仰仗王主任提携!"铜山县警察局局长司百顺说。

王宇腾盯着他,"你司百顺是抗日英雄,做一个县警察局局长官儿小了点,委屈是暂时的,我已经报请行政院,审批徐州市建制,到时候你就是徐州市警察局局长,肩上再加两个豆,回军界弄个上校也行。"

司百顺起身微微鞠躬,"感谢党国的栽培、主任的厚爱!"

会场气氛开始活跃起来,王宇腾清清嗓子,"今天大家很纳闷,开会为什么不准穿制服,不准记录,那我就告诉同志们,今天的会议名称就是'党、政、军、团首长联席会报',下设联络秘书处,简称联秘处,负责处理日常事务。成立这个机构的目的是整合各部的情报系统,任务是交换敌对党派活动情况并研究对策。联席会报的首长是绥靖公署主任顾祝同上将,本人充任联秘处主任。联秘处下设四个组:一组负责训练,二组主管督导,三组主管侦察、行动,四组负责情报。各位分别担任组长、秘书、联络员,刚才韩副官传递的小纸条就是每个人的职务,会后发放派司。"

韩书志拿出一本黑色对折的硬卡片,封面印有蓝底白色的国民党党徽,竖排"派令"二字,"这是样本,内侧右上角是姓名、性别、年龄、职业,左上角贴照片,压钢印。"

王宇腾阴沉沉地说:"联秘处是秘密机构,不挂牌子,不对外行文,上下级使用化名，以书信密写方式联络，大本营就是这里。决定处理的案件，由参加'会报'的机关出名，比如警备司令部、法院等。主要业务人员由军统、中统、军队政工干部，以及各地党部、三青团的骨干组成。"

众人屏住呼吸，全神贯注，生怕漏掉一个字。

王宇腾扬扬得意地说："我们的情报系统的最大特色是以组织对组织，人人皆在组织之中，人人皆在监视之中，建成强有力的情报网，确保我们治下的每个角落都有特情布置，无论在任何恶化的形势下都可以确保治安。蒋委员长对我们独创的做法非常赞赏，手谕在全国推广徐州的经验。"

麻昭祥显得兴奋异常，"这么说，联秘处可以执行逮捕、羁押、审讯、行刑的任务了？"

王宇腾的回答简单明了，"第三组侦察的案件以及各警察、宪兵逮捕的案件，一律在统一北街童氏酱园店审讯，定案后上报联秘处批准执行，需要关押的人犯集中羁押在河清路8号青年训练队，死刑犯交由绥靖公署警备司令部执行。大家对程序还有什么疑问吗？"

众口一词，"都清楚了。"

王宇腾拿出一个小本子，"我把最近的工作安排一下，第一组两项任务，一是国军与共军几次交火，被共军俘虏释放回来的军官集中在河清路青年招待所，要好生慰问、安抚，消毒半年，好的留用，差的遣返原籍；二是举办工运干部训练班、农村干部讲习班，扩大三民主义的影响力。这一点我们要拜共产党为师。"

王宇腾接着说，"第二组把情报网建立起来，被俘的共军军官、地方干部由你们集训。对共产党要采取'打进去，拉出来'，安插特情打入共产党内部，这一项工作由我直接抓。"

王宇腾环视一下在座的各位，"大家都要齐心协力支持第三组工作，你们把在手的线索梳理一下，统统交由三组办理，力争尽快破获一批案件。"

"是！"众人齐声回答。

王宇腾啜一口茶，"共产党正在解放区进行惩奸反霸斗争，周边的地主携家带口纷纷逃亡徐州，这些人都是党国最忠实的信徒，要好好善待。第四组的任务就是从他们中招募初中以上文化的年轻人加入中央训练团受训，主要就是射击、刺杀、密写、跟踪、反跟踪，三个月之后分配到作战部队担任政工干部，或者担任还乡团干部。给还乡团两个番号，编入101团、102团，作为联秘处的直属部队，由我直接指挥。四组还有一项重要工作，召开逃亡地主座谈会、诉苦会，整理编撰稿件，在绥靖公署的《正义日报》连载，题目嘛，就叫作《苏北匪患记》。对付共党，也要讲'三分军事，七分政治'！"

王宇腾阴鸷的眼神在众人脸上扫视一遍，"国共两党刚刚签订'双十协定'，不要以为可以刀枪入库、万事大吉了，徐州周边天天打得吭咔二五的，火药味还不够浓吗？"

说到这里，王宇腾又板起脸，"会议结束之前，再出一道考试题，凡是得满分的，表明用心、努力，马上提拔。"

众人都齐刷刷地望着他，不知道会祭出什么法宝。

王宇腾慢慢站起身，眼睛盯着屋顶粗大的橡子，抑扬顿挫地说："国军接受徐州一个半月了，请回答日伪时期徐州城区有几个区，多少个保，住家户有多少，人口数量？"

看到众人面面相觑，王宇腾转向身后的韩书志，"韩副官，你知道吗？"

韩书志立正回答："报告，日寇将城区24平方公里划分为四个区，138个保，市区户籍住家户82866户，人口407457人，其中男223037人，女184420人。"

王宇腾带头鼓掌，"恭喜你，可以晋升少校了！"

"谢谢长官栽培！"韩书志敬礼。

王宇腾拍拍他的肩膀对众人说，"看到没，这就是敬业精神，防范匪谍，首要就是从保甲制度开始。"

麻昭祥呷一口茶，自鸣得意地说："严防共谍渗入，职下有一计，城区八万多户每家照一个全家福，方便军警查验户口，这样共军探子就无处遁藏了。"

"此计甚好，照准执行，现在散会。"王宇腾点头称赞。

众人离开之后，王宇腾问韩书志："哎，你妗子给你说的媳妇，说好了吗？"

韩书志腼腆地笑笑，"谢谢长官还挂念着这些小事，女孩是四道街粮行周家姑娘，老泰山正忙着打嫁妆哩，西关最有名的庄木匠给打制红木的一套'巧十三'。"

王宇腾边走边说，"嚯，你老丈人家够殷实的，一般人家'八大件'就很壮面子了，红木打制的'巧十三'，等过嫁妆的时候，走在大街上风光得很啊！我还不知道'巧十三'都有哪十三件？"

"实际上是十四件，一张八仙桌，两把太师椅，一张梳妆台，一个大衣柜，两只箱子，一张矮饭桌，配四个马杌子，两把矮凳子，号称'巧十三'。"

王宇腾站在大殿门口停住脚，"听说徐州城里的风俗，新婚之夜要光腚睡凉席，可有此事？"

"那是俗话说的睡凉席，其实新婚之夜新床上铺的是秫秸，象征'贫困夫妻恩爱多'！"韩书志笑着回答。

"噢，你们城里的规矩真多，"王宇腾突然话锋一转，"韩书志，顾司令长官就要驻节徐州了，你去绥靖公署军务处当少校科长吧。"

韩书志感到愕然，"谢谢长官提携，只是担心辜负了主任的厚爱。"

"你是个没有奢望的人，聪明、单纯、敬业，在政治部天天抄抄写写，难有作为。党国正在用人之际，需要你这样有才干、无野心的青年才俊。到任之后，秘联处的工作依然兼顾，绥靖公署一共八个处、一个部，是核心机要部门，你要严密监视，如有可疑人员、可疑的言行，及时给我报告。"

"是，王主任，咱们回司令部吗？"韩书志问。

王宇腾钻进吉普车，"去泰康买点点心，然后到公安街探望我的老校长杨兆麟先生，光复徐州一个多月，一直没有去看他老人家，该挨骂了！"

两辆美式吉普车发出震耳的轰鸣，屁股后冒着青烟，一下子蹿了出去。

三

王宇腾站在铁壳门楼前，门前的一对石鼓，被炸弹崩得斑斑点点，赭红色的大门斑驳陆离。他心头一酸，轻叩门鼻，小声问："杨老师在家吗？"

一扇门拉开了，杨夫人探出头，"呀，是宇腾啊，快进家坐坐！"

王宇腾搀扶着杨夫人，"师母身体可好？"

"没有大碍，就是上了年纪，腿脚不利落。"杨妇人颤颤巍巍。

"王宇腾，你来了！"杨兆麟站在堂屋门口，按照老师的习惯直呼其名。

王宇腾微微鞠躬，"先生您好，学生军务繁忙，姗姗来迟，请老师恕罪。"

"客厅里坐吧。"杨兆麟花白的长髯显得非常苍老。

王宇腾把一包点心放在红檀木的八仙桌上，"老师一向可好？"

"劫后余生，苟延残喘而已！"杨兆麟慨叹，"'老来常恨年华速，岁岁偏希春早来'，日寇投降，国军光复，期待中华民族的春天到来！"

杨夫人提着青花瓷茶壶倒茶，"你老师在沦陷时候蓄发明志，眼见得鬼子投降了，他还舍不得剃掉那一把胡子。"

杨兆麟捋着长须，"宇腾呀，你是党国栋梁，我听过延安新华广播电台的《论联合政府》，也听过重庆的《对于中共问题之决议》，共产党七大与国民党六大两家唱对台戏，你是如何看待的？"

王宇腾谨慎地回答："天下初定，人心向往和平。我觉得当务之急就是按照先总理中山先生的遗愿，确立三民主义的立国之基，建立民主共和的体制，实现政府温和、精神包容、言论自由的政治环境，不要再有兵燹战火，血雨腥风。当然，是否如愿，取决于共产党方面的态度。"

杨兆麟摇摇头，"宇腾啊，纵观一百年的历史，晚晴最后六十年政治羸弱，国运衰败。辛亥革命在中国诞生了共和制。然而，对于一个古老的封建专制国家来说，改国号易，建共和难，辛亥革命之后，中国就进入动荡的乱世，军阀混战，强敌入侵，人民遭受苦难。日寇投降之后，值此国家未来的关口，国民党执掌权柄，俯视一切，拒绝中共提出的联合政府主张，污蔑中共'颠覆国家，危害政权'，以取消异己为快。共产党朝气蓬勃，深得民心，必不退让，更不会放下武器，重蹈1927年清党惨败之覆辙。目前，双方剑拔弩张，弯弓盘马，内战一触即发。战则狂飙疾雨，生灵涂炭；和则甘露祥云，民享太平。个中至理应该是蒋中正先生首先摒弃'一山不能容二虎，一国不能容二君'的封建思维，与中共以各个民主党派共同协商建国大计，组建共和体制的联合政府。"

王宇腾一时语顿，"先生所言极是，不过共产党正在搞农民运动，煽动农民对抗政府。中国农民历来就是一个野心家的渊薮，'皇上轮流坐，明天到我家''王侯将相宁有种乎'，这些都是农民揭竿而起的由头，世界上也只有中国的农民喊出了'苍天已死，黄天当立'的口号。农民一旦造起反来，犹如冲天而起的野火，势必造成社会的巨大动荡和危害。所以，党国不会允许一个国中之国的畸形社会存在的。"

杨兆麟端起茶杯呷一口茶，"中国的农民几千年被封建势力压榨，中山先生不也提出'平均地权'的主张么，共产党惩治汉奸恶霸，没收土地分给农民，我看没有什么不好！目前国共两党摩擦加剧，内战烽烟笼罩中华大地。国民党如果联共建国，仍可以主宰中华，坐中国第一大党的位次；如果蒋先生执意剿共，挑起内战，必定会失道寡助，民心尽失。共产党貌似弱小，实则深得民心，得道多助，与国民党二十多年的较量中，屡屡绝处逢生，发展壮大，生命力极其顽强。老朽可以断言，倘若国民党自恃强大而发动内战，必定会一败涂地，得天下的必定会是共产党。"

王宇腾暗暗思忖，先生思想左倾，不宜顶牛，于是就接着他的话说："学生等七人受先生的推荐，投身黄埔，追随中山先生、蒋校长十余载，如今抗战胜利，百废待兴，有党国和蒋委员长的统领，国富民强，希望在即。"

杨兆麟听了这话，怒气冲冲地拍着桌子，吼道："王宇腾，你看到了吗，日本人走了，美国人来了，吉普车、骆驼烟、尼龙袜、原子笔、口香糖，大量的美国货物充斥徐州市场，民族工业又遭厄运；美国大兵横冲直撞，光天化日酗酒闹事，调戏妇女；国府官员争先恐后抢夺、鲸吞敌伪资产，国军官兵吃饭、购物不给钱，张口闭口'老子抗战八年'；金谷里的妓寮、烟馆犹在，大马路、大同街一派畸形的繁荣，而黄河滩上难民形如哀鸿遍野。国民党再这么折腾下去，自取灭亡是早晚的事儿！你们七个我最钟爱的学生从军，五人或死或残，换来的却是这么一个结局，我真的很后悔啊！"

王宇腾掏出手帕擦汗，他换一个话题，"我和王玖铭官至中将，一将功成万骨枯，也是革命必须付出的代价。师弟师妹怎么样啊？"

杨兆麟悲愤地说："徐州破城，你师妹和夫君逃难途中，你师妹被日军先奸后杀，夫妻双双被刺刀挑死。你师弟在铁路局供职。"

杨夫人摘来几枚石榴，"王宇腾，尝尝咱们自家院子里的石榴。"

王宇腾掰开石榴，慢慢咀嚼着酸甜的石榴籽，"日寇欠下的血债太多，绥靖公署军事法庭就要对日本战犯、汉奸进行审判，以雪国仇家恨！"

杨夫人说："宇腾，中午在家吃饭吧，给你炸素丸子吃。"

王宇腾站起身，"不了，学生还有一些事务处理，改日专门宴请老师一家，益君弟成家了吧？"

杨兆麟也起身，"还没有，兵荒马乱的，无牵无挂最好。"

王宇腾若有所思，"该成家立业了，师母也好早一点抱孙子，是吧？"

杨夫人直言快语，"是呀，亲戚朋友张罗了好几个，他都没有看中。"

"我留意着国军中的女军官，挑好的介绍一下。"王宇腾鞠躬，"老师、师母保重，学生告辞！"

听着院子外边吉普车的引擎声越来越远，杨兆麟忧郁地说："看起来蒋介石是铁了心要打内战喽，同胞厮杀，手足相残，人民遭难，真是造孽哟！"

吉普车向东拐到大马路，一直开到镇平街兴隆面粉厂。车间大楼顶端的大风口"呜呜"地轰鸣，推着独轮车的脚力喊着号子，一队队地进进出出。南货场堆满了蒙古包一样的麦垛子，一座座用芦席围圈得严严实实。

吉普车经过篮球场旁边，篮球架的柱子上绑着一个兵，由四个荷枪实弹的士兵看守。

"停车，"王宇腾钻出吉普车，径直走过去。"

一个兵跑过来敬礼，"报告长官，这是一个逃兵，团长吩咐，下午枪毙！"

看货场的老汉，穿黑色对襟夹衣、灯笼裤，凑过来说："是昨天夜约莫黑儿从北站逮回来的，绑在这里用皮带揍，起先还哭喊，下半夜就不吱声了。早晨俺给他喂了一碗稀饭，这会还有口气儿。"

伍衡走到他跟前，拨弄一下他的脑袋，逃兵抬起头，看年纪不过二十多岁，中等个头，消瘦、黑黄的脸庞，眼角、额头刻上了深深的皱纹，显得十分老相；额头右侧一道紫红色的疤痕，赤裸着上身，被皮带抽打得血肉模糊；下身穿一条黄色的军裤，脚上胶底松紧口黑布鞋。

"王主任，瞧瞧他的身架、筋骨，一看就是个练家子！"伍衡心生怜悯。

"为啥逃跑？"王宇腾冷冷地问。

"俺娘欠债，被东家逼死了？"逃兵喑哑的声音回答。

"叫啥名字，哪里人，为啥当兵？"王宇腾接着问。

"刘劲松，河南登封县人，为了打鬼子才当的兵。"

王宇腾鼻子发酸，用手帕擦拭他脸上的血痕，"额头的伤疤是咋回事？"

"跟鬼子抢大刀时，被鬼子军官砍的，那个鬼子少尉被俺削掉了脑袋。"逃兵抬起头，眼神里放出一丝光彩。

华伯诚和一个军官急匆匆跑过来，华伯诚一身花格子呢西服，戴黑色礼帽，老远就摘下帽子吆喝："不知道王主任大驾光临，失敬失敬！"

军官气喘吁吁地跑到跟前，"啪"地立正敬礼，"报告长官，警备司令部三团二营二连正在执行守卫面粉厂的任务，连长卜世贵！"

王宇腾还礼，"卜连长，刘劲松离队为什么不请假？"

"请假了，未准许。"连长嗫嚅着回答。

王宇腾动情地说："卜连长，不体贴兵，怎么能带兵？"

"快，把绳子解开喽！"连长连忙吩咐几个兵。

刘劲松活动一下麻木的手臂，向王宇腾敬礼："谢长官不杀之恩！"

王宇腾掏出几张钞票递给他，"一定要按时回营。"

刘劲松也不推辞，接过票子揣进裤兜，立正敬礼，然后一瘸一拐地走了。

"卜连长，回家的时候给他准备一套新军装。"王宇腾叮嘱。

"是！"连长敬礼回答。

华伯诚这时候接上话，"王主任，咱们中午就在职工食堂吃饭吧。"

"好啊，我们是不请自来的客人，"王宇腾笑眯眯地说，"主要是来看看你们复工复产的情况，大军马上要云集四周，军粮供应绝对不能出差错。"

"王主任，我们现在日产2000袋面粉，产量不到一半，主要是头上戴着一顶'敌伪资产'的帽子，很多老职工不愿意回厂上工。"华伯诚不失时机地提出这个问题。

王宇腾驻足仰望机声隆隆的车间，说："兴隆面粉厂是被日寇强行占据的中国民营企业，应该如数发还。顾祝同司令长官即将驻节徐州，北伐时期就与程金石交谊深厚，他非常了解兴隆厂，请让你们的员工放宽心。"

华伯诚喜形于色，"谢谢顾司令、王主任关照！"

伍衡上前一步，"报告王主任，那个刘劲松是个好兵，受那么重的外伤，要是个瓢碴子，不死也得抬着走，他一点事儿都没有，可见内功惊人！"

王宇腾转脸盯着他，"你是想把他招到自己门下？好吧，如果他不开小差，按时归队，就让他到你的警卫一连，安排一个上士班长！"

"谢谢长官！"伍衡敬礼。

第三十五章　联秘处特务肆虐　太子军痛打顾新

一

军列行驶在苏北大地上，初冬的田野显得特别辽阔、空旷，寒风吹拂着落叶像一群群飞鸟从车窗外边飘过，汽笛声声，牵动着归乡游子的心绪。

两名国军军官站在车厢走廊上，贪婪地望着疾驰而过的隐隐群山，一个圆脸庞女军官突然激动地喊道："曹文甫你看，那是奎山塔，到家了！"

曹文甫戴着大檐帽，上身军服佩戴横直式的武装带，腰间挂着驳壳枪，下身穿马裤、长筒马靴，也激动得大呼小叫："拾玉瑾，看见奎山塔，就算到家了，阔别故乡整整七年，徐州，我们回家了！"

"啥事儿这么高兴？"一个年轻英俊的国军少校走过来，他身穿美军呢子军服，腰间皮带挂一把崭新的手枪，国字脸，剑眉，高挺的鼻梁，一双眼睛炯炯有神，显得英气勃勃。

曹文甫回答："前边就是三堡站，火车到了三堡就能看见奎山塔，徐州人就有到家的感觉了。"

"你们是徐州人啊，怪不得这么高兴，"少校掏出望远镜凝视十公里之外的七层宝塔，"目测这座塔是砖木结构，这座古塔有啥来历呀？"

拾玉瑾身穿绿色卡其布军装，中尉军衔，戴美式船形帽，神采奕奕，英姿飒爽，她声音清脆地回答："徐州民间传说，天上二十八宿周游天下，奎星看到彭城南郊山河带砺，灵光闪烁，便降落于此，化作一座山，名为奎山。奎星是主宰文运、功名的神仙，明代万历三十四年，徐州人万崇德在奎山建塔，后来，他果然中了举人，四年后又中了进士，徐州人都说正是应验了奎星高照之相。"

"哈哈，一口地道的徐州话，乡音未改啊！"刘启滨从包厢里走出来。

"长官好！"三人齐刷刷敬礼。

刘启滨一眼就盯住了少校腰间的配枪，"喔，美国M1手枪，从哪里弄到的？"

"我父亲送给我的。"少校说着拔出手枪递给他。

"一枪二马三花口，四蛇五狗张口蹬，都不及美国的这款名枪，火力足，射程远，精确度高！"刘启滨反复把玩，爱不释手。

"长官要是喜欢，咱们俩换一换！"少校说着，解下腰间的子弹带，递给他。

刘启滨眉开眼笑地拔出手枪，"怎么能夺人所爱呀，俺这张口蹬虽然八成新，可是经历战火的啊。"

少校接过枪别在腰间，"德国毛瑟1934，国人俗称张口蹬，打光最后一颗子弹，重新装填弹匣，枪筒自动复位。我在德国留学时，就喜欢这款枪。"

"少校你贵姓？"刘启滨问。

"蒋纬国，战车团营长。"

"自古英雄出少年，蒋营长青年才俊，必成党国大器！"刘启滨由衷地夸赞。

蒋纬国彬彬有礼地微微鞠躬，"谢谢长官夸奖！"

火车喘着粗气开始刹车，南货场上七八列军列长蛇一样卧在铁轨上。

一个身穿深蓝色铁路服的年轻人，脖子上系着一条鲜红的围巾，手持信号灯，顺着轨道走过来。

拾玉瑾摇下车窗，"哎，铁路的，火车怎么不进站呀？"

年轻人仰起脸，两人目光对视，拾玉瑾瞬间怔住了，一种心意相通的幸福感让她眩晕，她脱口而出："杨益君！"

杨益君仍然系着她临别时相送的红围巾，微笑着看着她的脸，"拾玉瑾，终于把你等来了！"

火车"哐当"启动，缓缓进站，拾玉瑾脸颊上挂着泪水，将身子探出窗外，"我在绥靖公署机要处，你呢？"

杨益君挥舞着红围巾，"火车站调度室，回头联系我！"

曹文甫笑眯眯地说："历经战乱，情人车站重逢，这是宿命之中的缘分！"

拾玉瑾脸色绯红，喃喃自语："他还是那个样，老成了！"

火车喷吐着雾气，在刺耳的刹车声中停稳，军人纷纷整顿行装下车。两名上尉军官迫不及待地蹿上车，走到包厢门口，向少校敬礼："报告蒋营长，奉绥靖公署王宇腾主任的命令，迎接您下榻花园饭店！"

少校立正回礼："谢谢你们！"

刘启滨拎着皮箱擦身而过，"少校，你还真不是个凡人，绥署专车来迎接！"

"少将，有机会去拜访您！"少校颔首致意。

刘启滨随着人流步出车站，看见郝鹏举笑嘻嘻地站在出站口，过去敬礼："郝司令，大冷的天，您还来接我！"

郝鹏举向车站张望，"别自作多情，俺是来接蒋二公子的。"

"哪个蒋二公子？"刘启滨一头雾水。

"蒋委员长的二公子蒋纬国呀！"郝鹏举笑眯眯地说。

刘启滨吓得一吐舌头，"天啊，刚才在火车上，我跟他换了配枪，他说M1手枪是他父亲送给他的，原来他父亲是蒋委员长！郝司令，您别等了，人让绥署的车从站台接走了。"

郝鹏举脸色一下子变得非常难看，"他妈的，热脸贴了冷屁股，走吧，上车，正好有事和你商量。"

吉普车颠簸着沿着启明路西行，指示牌已经换成了"中正路"。

郝鹏举压低嗓子问："最近跟高瀚还有联系吗？"

"找他干啥？"刘启滨警觉地望着他。

郝鹏举愤愤地说："绥署要调我们去贾汪、韩庄、台儿庄一线布防，那里是与共军对峙的最前沿，明摆着让咱们去当炮灰。老弟，你在南京中央政校洗脑两个月，部队划走了将近一半，弟兄们连饭都吃不饱，老蒋这是往死里整咱们呀！"

刘启滨直勾勾地盯着他："司令要投共？"

郝鹏举目光灼灼地跟他对视，"你与高瀚交情深厚，他现在是新四军的联络部部长，我想调你的一师先占领贾汪火车站，主要的是千方百计跟他们挂上钩。"

"此时干系重大，我想办法跟他们联络。"刘启滨回答。

吉普车拐进三民街一路向南，袁桥的天都庙到了。

"司令，司令部到了。"刘启滨小声说。

郝鹏举望着破败的院落，恨恨地说："老蒋，你不仁，别怪我不义！"

二

大同街东首的日本宪兵队门口的牌子换成了"徐州战犯拘留所"，门口两名哨兵持枪肃立，这里关押着四十多名日本战犯。

天亮了，两名看守挎着盒子枪走到103号监室，哐当打开铁门，喊道："11号、12号，你俩今天值班处理粪尿。"

犬养与井樱相视一眼，在守卫的押送下，挨个监号收集马桶里的粪便，抬到大门口。一个看守打开大铁门的一扇小侧门，一辆木桶粪便清运驴车停在门外。

另一个守卫小声对两人说："军事法庭马上要开审，要判你们死刑，麻昭祥主任救你们出去。出门往东跑，老东门有一辆席篷马车接你们。"

两人默不吭声地抬起木桶出了侧门，大街上行人稀少，两人放下粪桶，突然站起身，撒开脚丫子往东狂奔。

井樱一头栽倒在地。岗楼机枪"咯咯"响！犬养跑着之字形躲避着飞蝗一样从身边掠过的子弹，一口气跑到老东门。

"犬养队长，快上车！"一辆马车停在路边，张金彪从席篷底下探出头。

犬养气喘吁吁蹿上马车，车把式炸一个响鞭，马车沿着黄河沿向南疾驶。

"谢谢张队长搭救！"犬养颔首鞠躬。

张金彪递给他一个小包袱，"换上便装，一会儿到鸡嘴坝有吉普车，送你到三堡，乘火车去南京浦口，你随侨民一起乘船回国。侨民证件在口袋里。"

"你们为什么救我，讲义气，还是我知道的太多了？"犬养瞪着猪眼问。

"我们是朋友嘛，占领期间得到大队长的诸多惠顾，咱们是讲义气的，受人滴水之恩，当以涌泉相报。"张金彪盘腿而坐。

犬养换好中式棉袄、棉裤，马车在一片荒芜的河滩上停下来，一辆墨绿色的美式吉普车停在河堤上，西北风吹过，岸边枯黄的芦苇随风摇曳。

"犬养君，过去吧。"张金彪示意。

犬养抱拳施礼，用生硬的中国话说："后会有期！"然后钻出席篷。

就在这一刹那，张金彪抽出一柄榔头，狠狠地敲在犬养的后脑勺上，一声闷响，矮胖肥壮的犬养像一口沉重的麻袋，"咕咚"栽倒地上。

吉普车上下来四个汉子，把犬养捆得结结实实，绑上磨盘，"扑通"一声扔进河里。

几个人相视一笑，各自上车，扬长而去。

芦苇稞里，小班机警地监视着这里发生的凶杀，他悄悄走到河边……

三

早晨的北风刮起来了,冰冷刺骨。灰蒙蒙的云层笼罩在徐州城,天上飘起了雪霰,米粒一样的冰粒密密地落下来。

上午九点,统一南街的沧浪池悬挂起了红色的玻璃罩灯。顾客三三两两走进门厅,茶房点头哈腰,笑脸迎客,碰到一位老顾客,就打趣道:"呦嗬,马掌柜的今个惠顾啦,耍猴的刚过去……"

"怎么讲?"胖乎乎的马掌柜瞪大了眼睛。

"装熊的来了!"

"你这个熊孩子,看我脱了鞋底毁你一顿!"马老板也笑。

"马老板楼下二等客座老地方,等您上座了,给您送一份谷堆的青萝卜。"茶房笑呵呵地说。

马老板接着话茬往下说,"哎,青萝卜还是咱们谷堆村的,'烟台的苹果莱阳的梨,不如谷堆的萝卜皮'嘛!"

一位披着黄呢子军大衣,身穿藏青色纯毛呢子中山装的年轻人推开弹簧门,走了进来。

"哟,这位长官,您有何吩咐?"茶房赶紧招呼。

"有雅座吗?"

"二楼所有四榻一等雅座,都被客人包下了,只有一间也上客了,您能否包涵着点,俩人一间?"茶房低眉顺眼地问。

"好吧。"来人点头。

茶房拖着长腔,"六蛋,头前带路,二楼雅座。"

一个机灵的青年走过来,殷勤地说:"客官,请随我来。"

青年引着客人拐上二楼,走到南头一个包间门口停下。

客人四下打量一番,隔壁门上钉了一张红纸条,楷书"绥署"二字,问:"这是谁人的包厢?"

青年小声说:"哦,这是绥靖公署顾祝同长官的弟弟顾新的包厢,在中山堂附近开亿中银行的。"

年轻人推门,床榻上躺着一个年龄稍长的人,点头致意:"您好,打扰了!"

床上的人起身,拿起香烟:"抽烟不,'百灵'牌的,味道不错。"

"谢谢，我只抽'白吉士'，"年轻人对面床榻坐下，摸出一包烟，"美国货，还剩十一颗，送给你两棵尝尝。"

接过香烟，年龄稍长的人吟诵一句："百灵随意展歌喉。"

年轻人马上对出下一句："三清山下流水酬，你是92号同志吧，我是韩书志，绥署军务处的，代号青山。"

两双大手紧紧握在一起，"欢迎你韩书志同志，我是颜石峰，中央训练团教官，按照百灵同志的意见，以后咱们两人建立关系。"

韩书志笑着说："我是抗日青年军团的，当初也是根据百灵同志的意见，安排到国军阵营里的七十个同志之一，只是与他一直未曾谋面。"

颜石峰点燃香烟，"我也只是听老同志说，百灵是大革命时期潜伏下来的老地下工作者，你们都是百灵同志七年前播下的革命火种，将来就是火烧反动派的冲天火焰。"

韩书志小声说，"颜石峰同志，我奉命在敌营组建战略侦察支部，目前已有五名同志，我们的主要任务就是搜集绥靖公署的军事情报、战略情报。"

颜石峰喝口茶，"我们城区现有关系55人，其中党员42人，老家想充实一批精干力量，但是进不来，敌人推行的保甲制度，户口清查，我们的人甚至在城郊都站不住脚。湖西老家为了配合你们，专门在徐州附近成立一个通讯站，配备一部电台，两名参谋、三名政治交通员，天天猫在坟地里、山芋窖里，生活、工作很艰苦。"

楼下传来嘈杂声，韩书志蹑手蹑脚走到门边侧耳细听。

"隔壁是顾祝同胞弟的包厢，敌人眼皮子底下最安全。"颜石峰说。

韩书志愤愤地说："这个顾新早就随着接受大员来徐州了，先在中山堂西侧的文学巷，没收了汉奸市长杨世云的一座二层楼，开了一家亿中银行，仗着他哥哥的权势，营业税、利得税、房产税、户铺捐、摊贩捐等等苛捐杂税，均指定到亿中银行缴纳。蒋介石为了确保首都的北大门，在徐州麋集几十万大军，各军、师、团的军款都要存放这家银行。更可气的是军需官为了克扣军饷，除了吃空饷，还拖延官兵的饷银一两个月，从银行牟取回扣。作死作死，不作不死，国民党的垮台从中就可以略见一斑。"

颜石峰赞同道："解放区的老百姓喊'共产党万岁！'，蒋管区的人民喊'国民党万税！'，得道多助失道寡助，内战未起，国民党的颓势已经出现。"

韩书志拎起茶壶，续了两杯水，"最近敌人成立的联秘处这个特务组织，头子就是王宇腾，整合了军统、中统、绥靖总队第五大队、苏鲁特高组以及徐州党政军各部所属特工，还网罗了大批地痞流氓，我们要高度警惕！"

"这个王宇腾是个老狐狸，难缠的角色！"颜石峰"咕咚"喝了一大口茶。

"是啊，颜石峰同志，王宇腾头脑清晰，目光长远，拥有过人的胆略和思维；意志坚定，敢作敢为，勇于力排众议。在个人生活上也像是一个自律极强的清教徒，遵循着日复一日雷打不动的刻板的日程，每天长时间地工作，早晨依然坚持出操，身体强健，腿上的战伤基本上恢复了功能，部下对他又敬又怕。对这样一个聪明绝顶的人，我采取的是以退为进的策略，故意作出无欲则刚的姿态，要求解甲归田，他果然放心地安排我到军务处。"

颜石峰点头称赞："王宇腾是国民党中的精英才俊，不过，国民党六大他没有当选中央委员，竞争对手邓文迪如愿以偿，听说他来徐州很郁闷的。"

"是的，他在政治上也不得志。但是，这个人是天才的特工，他精心编织了一张特务网络，他就是大网中心的蜘蛛，哪里有一点风吹草动，他都知晓。特别是联秘处的行动大队，队长是日伪特高科的张金彪，绰号瓢把子。"

颜石峰眉头紧锁，神情严峻，"最近大同街日本战犯拘留所跑出两个战犯，一个小队长被当场击毙，逃出的宪兵队长犬养在鸡嘴坝被暗杀。我们的人看见是那个'瓢把子'指挥干的。我们分析，敌人是为了杀人灭口，目的是掩护敌伪在湖西根据地安插的特务'老鸹'。"

韩书志掏出两个香烟盒，"这是绥靖公署各兵团整编师行军驻地表、布防图，团长以上军官花名册；还有，蒋介石准备把郝鹏举的第六路军调往贾汪、台儿庄一线，顾祝同策划兵分三路向鲁南解放区进攻。"

颜石峰接过情报，激动地说："这些情报太及时了，明年一月十号《停战协议》生效，各民主党派召开政治协商会议，国民党准备抢在这之前进攻解放区，以获得更多谈判筹码。我马上安排交通员送出城，用电报发往老家。"

门外吵吵嚷嚷的传来高嗓门的东北口音："什么鸟绥署，先来后到！"茶房辩解的声音："这是绥靖公署顾长官胞弟的包厢，他天天上午来泡澡，万万不可占用！""妈了巴子，信不信老子削你！"

韩书志探头一看，赶紧缩回头，做个鬼脸，"全副美式军装，一看就是天下第一团蒋二公子的兵，我得赶紧撤。"

"有紧急情况，到大巷口'三春元'鱼馆联络。如果看到鱼馆门口挂出'四孔糖醋鲤鱼'招牌菜，就是我有紧急情况找你。"颜石峰开始穿衣。

韩书志匆匆下楼，迎面碰上一个小个子，穿银灰色西装，披着一件黄色裘皮大氅，戴着一顶黑色狐皮礼帽，身边跟着两个身穿黑呢子大衣的大汉。

小个子走到最南头的包厢门口，推门看见三个国军军官正在宽衣解带，怒气冲冲地质问茶房："谁让他们进来的？"

"顾行长，不然临时给您调一个房间，再赠送一套点心！"茶房点头哈腰。

小个子抬手"啪"的一个嘴巴子抽在茶房腮帮子上，吩咐两个保镖，"你们两个把他们给我轰出去！"

"他妈了个巴子的，老子们出生入死，小日本都憷俺们，你们躲在后方吃香喝辣的，洗个澡还要受人的气！"一个大汉指着小个子的鼻子骂道。

"不得放肆，这是俺们行长，顾司令的胞弟！"一个保镖训斥道。

三个军官更是气不打一处来，一个少校骂道："老子们的薪饷都存在你疙瘩的银行，一块儿洗个澡，丢你人咋的？"

一个胖大的保镖二话不说上去就是一记冲拳，打得那个少校一个趔趄。

少校大怒，"是你狗日的先动手的，弟兄们，俺们仨对仨地跟他们干，谁趴下谁是孬种！"

三人冲出来一顿拳头脚尖，打得小个子满地乱爬，两个保镖被锁喉、踢裆、"黑虎掏心"几招打趴在地，当即昏死过去。

茶房连连抱拳劝架，"三位爷，手下留情，甭出人命！"

小个子爬起来，啐出两颗血淋淋的牙齿，一溜烟地跑了。

为首的少校拍拍肩膀，"掌柜的，好汉做事好汉当，狗日的去他哥那疙瘩搬救兵去了，俺们不走，就在这儿等着，看他们能咋的。你们有电话吗？"

"有，有，包厢里就有。"茶房打躬作揖。

少校拿起床头柜上的电话，"喂，给我接战车团，喂，找蒋参谋长！"

道台衙门里三辆草绿色的道奇卡车拉着警笛急驰而来，二十多名头戴钢盔的宪兵涌上楼来。

宪兵端着冲锋枪对准三个军官，宪兵队长大声呵斥："我们是绥靖公署执法队，你们寻衅肇事，扰乱地方，交出武器，接受处罚！"

三人毫无惧色，拔枪对峙，少校骂咧咧地回敬道："老子们先到洗澡，来了个什么鸟人，出言不逊，先动手打人，俺们才还手的！"

宪兵队长挥挥手，"抓人！"

三名军官拉开枪栓，少校枪指着队长的头颅吼道："老子杀人无数，不在乎再多添几个，谁敢造次，老子先让你开瓢！"

花园饭店204房间，古色古香的装饰，配上西洋家具的陈设，显得不伦不类，显然是根据主人的要求进行了摆布。

蒋纬国坐在沙发上，操起电话，"喂，给我要绥靖公署顾司令长官。哦，顾司令长官您好，我是纬国呀，刚才接到下属电话，三个干部星期天到沧浪池洗澡，跟顾新兄弟发生口角，还动手了。"

话筒里顾祝同火气冲天，"太野蛮了，听二弟电话里讲，你的兵一言不合，上来就是拳打脚踢，招招要命，二弟的牙齿打掉两枚，两个保镖生死未卜！"

蒋纬国非常谦恭地说："他们都是沙场上的幸存者，老是以功臣自居，是我管束不严，我给您和顾新道歉。我这就派人把肇事军官带回来关禁闭，严厉处分。改天再给二哥赔不是，请您作陪。"

电话里顾祝同的火气也消了一大半，"纬国老弟呀，你来徐州一段时间了，老哥一直未及给你接风洗尘。今天晚上你要是没有急事，我们就在二弟的餐厅小聚一下，请你携夫人一起光临！"

"好的，届时纬国再当面赔罪！"

顾祝同彻底没有了脾气，"老弟，言重喽，大水冲了龙王庙，本来就是小事一桩，我这就通知宪兵收队。"

蒋纬国笑眯眯地说："还有一事向顾长官汇报，体育和音乐对于军队是极为重要的，官兵不仅要有健康的身体，还要有健康的精神，我想倡议徐州的部队与地方民众搞一个迎新年篮球比赛，您看是否可以？"

"好呀，军民共同举办篮球比赛，完全符合蒋委员长倡导的'新生活运动'精神，当然要大力支持哦。"顾祝同乐哈哈地说。

"谢谢司令长官，我们晚上见！"蒋纬国笑容满面。

一辆摩托车急匆匆停到沧浪池门口，传令兵一口气跑上二楼，立正报告："报告胡队长，长官部有令，执法队收队！"

宪兵队长悻悻地收起枪，摆摆手，"撤！"

一群兵唏里呼噜跑下楼，手脚麻利地爬上汽车，道奇车一溜烟地开走了。

肖老板穿着长袍马褂，慌里慌张跑上楼，连连打躬作揖："三位长官，肖某闯荡江湖几十年，三教九流无所不通，今个才算是开了眼啦，三位还有啥吩咐？"

"说啥呀，放水洗澡呗！"少校笑嘻嘻地收起手枪。

肖老板挥手吩咐，"快，六蛋，赶紧给小池子放水；茶房，快去拿点心、果品，都上一遍；把捏脚的、搓澡的叫上来，今个儿长官的澡费全免！"

"谢谢掌柜的啦。"三个人脱去上衣，露出累累伤痕。

"看到没有，这都是小鬼子打的，俺们兄弟谁的身上没有几处伤，他小样的还想欺负俺。"少校指着肩胛骨一枚铜钱大小的紫红色伤疤说。

肖老板看得目瞪口呆，"六蛋，去订一套'四盘六'，请三位英雄喝几杯。"

"咋叫'四盘六'？"一个上尉问。

"就是四盘凉菜，一个烧菜，三个洪碗，两盘炒菜，一个汤"茶房回答。

"老板如此敬重俺们兄弟，客套话不说了，惊扰你们生意了，在此赔罪！"三人一起抱拳施礼。

四

丁字巷的大铁门里不时传出瘆人的惨叫声，小巷里行人绝迹，阴气缭绕。

二楼东头的办公室，张金彪把腿跷在桌子上，很惬意地仰靠在太师椅，一口接一口地抽着"骆驼"烟。

电话铃响，他漫不经心地拿起话筒，"谁呀？"

"是我，挠子，刚才看见那个女共党了，挎个篓子，出东门的卡子，往贺村那边去了。"

张金彪打一个激灵，"谁，哪一个女共党？"

"就是基督医院送饭的那个女的，还戴着那个头巾，错不了！"

"盯住喽，别让她再跑喽，我这就带人过去增援你。"

"放心吧，四脉儿已经跟上去了，俺赶紧给您报个信儿。"

张金彪扔下电话，冲着楼下大声吼道，"一中队集合！"

伍嫂身穿靛蓝色细布对襟棉袄、黑色宽腰大棉裤、头上顶着一个方格头巾，手臂里挎着一个篓子，里边装满馓子、烙馍，完全是一副农村妇女的装束。她出了老东门的哨卡，步履匆匆地沿着复兴路一直向南。她感到隐隐约约有人尾随，就佯装弯腰系携带，向后边观察，一高一矮两个身穿黑色撅腚小袄的汉子，不紧不慢地跟在几十米处。伍嫂心里一惊，她下意识地捏了一把袖口里缝着的密信，想起颜石峰的叮嘱"伍嫂，这份情报极其重要，解放区反顽斗争急需掌握的敌人动向，务必及时、安全地送到接头地点！"

她若无其事地瞟一眼身后的两个特务，远远望见贺村客栈门前的一排老柳树和石桌子、石凳子，她加快了脚步。

五辆草绿色三轮挎斗摩托车远远跟在后边，张金彪举着望远镜，就在伍嫂回眸的一瞬间，他惊呼："是师娘，这个挠子不会搞错吧？"

伍嫂走到石桌子前坐下，"掌柜的，来一碗大叶子茶。"

"好嘞！"一个粗壮的老汉拎着一把白铁皮的大茶壶，给伍嫂倒了一碗水。

"后边有人跟着我！"伍嫂小声说，掏出一张毛票放在石桌子上。

老汉收起毛票，"稍等一下，我安排人来接应你。"

两个特务也在隔壁的石桌旁边坐定，要了两碗茶，眼神贼溜溜地往伍嫂这边瞄。

过了一会儿，从东边过来三辆独轮车，前头两人边走边争吵，后边的不住地在劝架。

三人推到石桌前，支好车子，两人依然争吵不休。

一个身材魁梧的年轻人嘴里不干不净地咒骂着："谁要是做了亏心事，咱操谁家小亲娘的，中不？"

另一个身材单薄的年轻人也不甘示弱，"管，咱就骂这个誓，操谁家的小亲娘！"

"你们兄弟俩这是干啥哩，打断骨头连着筋，骂着毒誓不是打你们爹的脸么？"另一个人站在他俩中间劝解。

两个特务看得津津有味，"喂，掌柜的，这是啥情况？"

老汉提着白铁皮茶壶给他俩续水，"咳，前庄上的兄弟俩，同父异母的，老是咯气，骂起架来啥话鲜就捡啥话喷，等着吧，一会儿急眼喽就得动手剐架。"

"卖——糖球嘞"一个青年肩上扛着一根木棍，上头绑着一圈麦草，麦草上插满了糖葫芦。那红艳艳的山楂果外边裹着一层黄澄澄的地瓜糖，用竹签串起来十分诱人。

伍嫂看见伍岳，心中暗喜，"来一串糖葫芦。"

几年过去，伍岳已经成长为一个英俊的小青年，他戴着一顶破毡帽，身穿黑棉袄、黑夹裤，腰间扎着一条蓝布腰带，脚上穿着一双力士牌球鞋。

他拔下一串糖葫芦递给伍嫂，"五毛钱一串。"

伍嫂悄悄撕开袖口，把小纸条卷在钞票里，递给他，使个眼色，"快走！"

那边两兄弟高声叫骂，面红耳赤，推推搡搡动起手来。

老汉捧起湿漉漉的柴草塞满了炉灶，使劲地拉风箱，浓烟从灶房里涌出，四周很快充斥了滚滚的青烟。

瓢把子张金彪举着望远镜大惊失色："坏啦，八路传递情报了，那俩憨货还呆着脸看二刑哩！"

"队长，咋办？"一个大金牙的特务问。

张金彪心里盘算，如果抓错了人，师弟伍衡还有一帮子青帮弟子不会饶了自己，于是，吩咐："翟队副，你带人过去抓了那个卖糖葫芦还有那个女的，带到乡公所审问，注意，那个女的可别打死喽！"

"是！"大金牙带领四辆摩托车一溜烟开了过去。

十几个特务手持短枪，咋咋呼呼冲进烟雾之中，一高一矮两个特务已经用枪逼住了伍嫂，高个子的一边捂着嘴咳嗽，一边得意扬扬地说："共产婆，上一回让你从基督医院跑了，这回你还得犯到老子手心里！"

大金牙当胸揪住客栈的老汉，厉声问道："那个卖糖葫芦的八路呐？"

老汉很倔强，"俺在这里开客栈二十几年，南来北往的客人多得像牛毛，谁知道哪个是八路、哪个是九路的！"

大金牙威胁，"老头，牙口还怪硬，你敢私藏八路，铡你的头！"

老汉挺着脖子说："老总，甭吓唬人，你要抓人，我跟你去；要说我藏八路嘛，没有，要有我敢杀头具结！"

大金牙用枪抵着老汉的胸脯，"你烧恁么多的烟干啥，掩护八路逃跑的吧？"

老汉哧啦一声撕开棉袍，拍着胸膛说，"柴火湿就得淌烟，你怨谁？小子，有种你就往这里打，俺死了，三老四少也能在徐州府查访到你！"

大金牙悻悻收起匣子枪，狠狠地说："逮到那小子再跟你老棺材瓢子算账！"

"有本事你逮去，拿俺老百姓撒什么气！"老汉气呼呼地说。

大金牙气急败坏，"先把女共产党押到乡公所，再把乡丁都调过来，给我封锁村口，挨家挨户地搜！"

区公所是一处地主的宅院，明三暗五的堂屋，东西各三间厢房，门口的过邸两边东边是锅屋，西边是一间磨坊。

大金牙带领一帮特务气势汹汹押着伍嫂进院，把伍嫂吊在磨坊的梁头上，皮带、棍棒没头没脑地一顿乱打。

"说，你把情报送给那个卖糖球的小子喽吧，是谁让你传送的情报？"大金牙手握一根槐木棒子，指着伍嫂的脑门吼叫。

"俺走亲戚，犯了谁家的王法，凭啥抓俺？不信你们去前庄打听打听，俺妗子家还有七八里地，开羊肉馆的老孙家。"伍嫂有气无力地申辩道。

"他妈的，不怕真憨，就怕装憨，你给那个卖糖球送的啥情报？"一个胖

· 471 ·

大的特务抡起牛皮武装带狠狠地抽在伍嫂脸颊上。

伍嫂抬起血淋淋的脸,"俺买一串糖球吃咋啦,你们找那个卖糖球的问问不就结了,欺负俺一个老婆子算啥能耐?告诉你们,俺儿子是国军绥署的警卫连长,俺要是有个三长两短的,他非剥了你们的皮!"

门外站岗的特务吆喝道:"和尚,别趁热火闹,一边去。"

效文和尚手托一只钵,身穿蓝靛色的粗布袈裟,"出家人以慈悲为怀,四处云游,吃百家饭,穿百衲衣,施主不愿施舍罢了,不必呵斥、驱赶。"

一个特务推开房门,抓起一个窝窝头,"好啦,施舍给你了,赶紧走吧。"

效文和尚探头看一眼被吊打的伍嫂,双手合十,"阿弥陀佛,罪过罪过!"

看到效文和尚转身离去,伍嫂紧闭双目,不再言语。

一个穿着绸缎长袍、坎肩的胖子,急匆匆跑进来,顿足道:"哎哟,各位长官,手下留情,你们要是在俺这里把人打死了,俺可怎么交代呀!"

大金牙不耐烦地说:"谁让你交待啦?"

胖子连连拱手,"午饭弄好了,杀了一只羊。俺专门请贺村的老厨师掌勺烹制的全羊席,还有高粱烧,兄弟们喝点暖和暖和!"

听说有酒有肉,特务们闹哄哄地离去。

大金牙说:"纪保长,看好人,别让她跑喽。"

"哎呀长官,您就放宽心,这高墙大院的,门口还有两杆枪站岗,她一个受伤的女人,能飞了不成?"胖乎乎的纪保长说。

"都说贺村的羊肉烧得够味儿,今个正好打牙祭。"大金牙眉开眼笑地说。

胖子抱着一捆麦草拐回磨坊,铺在地上,然后把伍嫂从梁头上放下来,解开绳子,"大姐,躺在草上歇歇吧。你是哪里人,咋让他们抓到的?"

伍嫂瘫坐在草地上,由于摸不清来人的底细,就用模棱两可的话回答:"前庄老孙家的当家人就是俺舅,俺一大早去走亲戚,半道上就被他们抓来了,赖俺私通八路。"

胖子摇着头说,"鬼子投降了,中央军来了,'想中央盼中央,中央来了更遭殃',这帮坏种,比汉奸还孬。大姐,俺派人去老孙头家捎个信儿,看这个架势,不破费点儿,你是走不了啦。"

胖子转身出去,一会儿拎着一只暖水瓶、一只铜盆进来,倒了一碗热水,"大姐,起来喝点热茶吧。"

伍嫂取下头上的格子头巾,倒点热水浸透、拧干,轻轻擦拭脸上的血痕,神情坚定地说:"麻烦二哥给俺舅捎个话,就说俺是冤枉的,打死还是没有!"

· 472 ·

胖子点头说："我是七区五保的保长纪奎运，城东闹共产党的时候，俺表舅蒋宝琛就是这一带共产党的头头。说实话，俺是打心眼里敬佩共产党的，不管你是不是，这个忙俺帮定了。我马上给你拿块壮馍，夹上羊肉，你先打点底子，看样子，他们还得变着法地折磨你。"

大金牙开着摩托车一路狂奔，迎面碰见张金彪的摩托车驶过来。两辆车面对面一个急刹车。

张金彪坐在挎斗里，披着一件灰色军大衣，"咋样？"

"报告，娘们儿抓到了，卖糖球的那小子跑了。"大金牙结结巴巴地说。

张金彪慢吞吞地站起来，突然左右开弓两记嘴巴子，吼道："蠢货，到嘴边的鸭子又飞了，要是那个娘们儿死不承认，咋办，石猴子是好惹的瓢茬子吗？"

大金牙捂着脸，"大队长，乡丁正在挨家挨户地搜，那个娘们儿俺们再加紧审讯。请您到区公所吃全羊席吧！"

张金彪大骂："吃个熊蛋，要是伍衡知道是我操办的这件事，能跟我拉倒吗，青帮的码里咋看待我'瓢把子'？这个臭头还得你小子兜着。"

"那，那现在咋办？"大金牙嘴角流出了一道血。

张金彪递给他一支烟，用缓和的语气说："这件事对上边先压着不报。你尽快拿下口供，咱们还有翻盘的机会。"

大金牙咬牙切齿地说："管，交给我了！"

张金彪吐出一口青烟，"二十四小时之内，务必突破。记住喽，会打人的打内伤，只要留一口气就行。"

"行，弟兄们吃饱喝足了，正式摆弄这个老娘们儿！"大金牙恶狠狠地说。

冬日的朝阳照在白霜覆盖的原野上，远远近近的炊烟升了起来，鸡犬之声相闻，村庄开始了一天的活力。

"翟队长，打海郑路过来一辆道奇，一车兵，都带着家伙呐！"一个小特务站在屋顶，举着望远镜说。

"坏了，八成是石猴子来了，兄弟们，赶紧撤！"大金牙慌张地说。

七八个特务蹿出磨坊，跳上挎斗摩托车，引擎轰鸣，一溜烟地逃走了。

美国道奇卡车在区公所门口停下，伍衡与司百顺钻出驾驶室。

车上呼啦啦跳下十几个精壮的士兵，黑脸的刘劲松端着汤姆森冲锋枪，"弟兄们，把院子给围上，胆敢反抗的，就地枪决！"

伍衡一脚踹开磨坊的门，看见母亲浑身泥土躺在地上，双目紧闭。他几步跑过去跪在地上,抱起母亲,泪如雨下,"娘,孩儿来晚了!"

司百顺脱下黄大衣,披在伍嫂身上,转脸问跟随进来的纪奎运,"纪保长,是谁在这里私设公堂的?"

"领头的是一个大金牙,喽啰们喊他翟队长。这帮狗杂碎真的坏呀,整整一晚上,就用电话机摇把反反复复地折磨大姐,大姐嚎得没有人腔,愣是没应奓,真够硬的!"纪奎运竖起大拇指。

司百顺心里清楚,肯定是联秘处行动队干的,"赶紧送老人家去医院吧。"

伍衡面目狰狞,"那个姓翟的等着,不撅断他的狗腿,誓不为人!"

第三十六章　国军球赛逞豪横　新区土改斗恶霸

一

云龙山西坡，有一处陡峭的山崖，由青石条砌成五十三参蹬，登上五十三级台阶，是观音寺的山门，三间过邸飞檐翘角，黄色的琉璃瓦和赭红色的墙壁，红漆的木柱，显得庄重大气。

北风料峭，寒气逼人，颜石峰为沈钰裹紧了围巾。

"咱俩的婚事怎么说呀，俺干爸、干妈催了好几回了。"沈钰噘着小嘴说。

颜石峰赔着笑脸，"小妹，你知道我是组织里的人，眼下内战的阴云密布，咱们怎么能惦记着儿女情长呐？"

"除了像我这样的傻妞，才一往情深地给你投怀送抱，你要是再拿劲儿，我就嫁给邵晓晴啦。他说了，我一天不嫁，他就一天不死心。"

"小妹这么说，哥哥还真的有危机感了，俺得给上级报告，赶紧的迎娶沈钰回家，不然颜石峰同志就要打一辈子光棍了。"颜石峰涎着脸说。

沈钰面带愠怒，"太容易得到的都是不珍贵的是吧，送上门的和氏璧，在你眼里也是块顽石，对吧？"

颜石峰拥着沈钰，"小钰妹妹，你是最美的美玉，哥哥一直喜欢你，还不知道吗？实在是重任在肩，不然就是对党和人民的犯罪呀！"

"就会诓人！"沈钰弹了他一个锛儿。

颜石峰看四下无人，迅速在沈钰脸颊上吻了一下，"言归正传，你刚才说到邵晓晴，今天我正要给你谈这件事。"

"看你神秘兮兮的，有啥重要任务？"沈钰水汪汪的大眼睛望着他。

"国民党接受徐州之后，淮海省医院大部分人转隶到徐州陆军总医院。最近，根据老家的指示，我跟徐州民盟建立了关系，没有想到，民盟的主委就是邵晓晴。"

"啊，闹了半天，他是自己人！"沈钰惊喜地说。

颜石峰神情凝重地说："上级指示你加入民盟，参加邵晓晴领导的民盟支部，搜集敌人的情报，为解放区筹集药品、器材。以后你就是我的政治交通员，专门联系民盟支部。"

"医院里天天就是打针吃药，能有什么情报？"沈钰扑闪着大眼睛问。

颜石峰一口气地说："陆军总医院是日军在东甸子建设的一所大型医院，可以收治一千多伤病员，军医、医护、官兵六百多人。邵晓晴担任外科主任，你们还要在内科、门诊部、注册股、药库等要害岗位发展思想进步的人，搜集敌军番号、驻地、指挥官的特点、新老兵的比例、官兵士气及其战斗力等等。"

"哇，情报工作这么重要！"沈钰惊叹。

颜石峰激情满怀，"是呀，今天是元月十号，重庆政治协商会议开幕的日子。国民党为了在政协会议之前抢占胜利果实，纠集郝鹏举、陈大庆等部20个整编师，兵分三路向我们鲁南解放区大举进攻。就在昨天，郝鹏举宣布拒绝执行蒋介石的'剿匪'命令，率领所属两万多人在台儿庄前线起义了。取得这个战果，徐州地下党的同志功不可没，我们的交通员冒死送出的情报，为分化瓦解敌军，起到了重要作用。"

沈钰高兴地跳起来，"太好啦！"

颜石峰担忧地说："不过，依据我对郝鹏举部的感觉，此人是个墙头草，投机分子，他的死党毕副司令、刘参谋长都是很反动的家伙，部队成分复杂。这一次洪明璨带领一个团拒绝起义，逃回了徐州。这样一支部队要改造成为人民军队，需要下大功夫。"

沈钰扬起一双秀眉，"你担心郝鹏举可能再反水，反咬我们一口？"

"内线传递的情报，新四军派去谈判的军代表是高瀚，如果时局突变，郝鹏举完全有可能再倒戈的。"颜石峰说完，掏出一支烟。

沈钰一把夺过他手里的香烟，嗔怪地说："吸烟危害健康，咱们下山，去体育场看蒋纬国的军民篮球联赛吧。"

颜石峰搀着沈钰下五十三参蹬，"今天冠亚军决赛是蒋纬国战车团的火牛队对阵徐焕升空军三大队的雄鹰队。战车团是蒋二公子的嫡系，连顾祝同的胞弟都敢揍得满地找牙；这个空军第三大队大队长徐焕升也是一个牛皮哄哄的角儿，驾机飞临日本本土以及东京播撒传单的，名噪一时的天之骄子。这俩主儿碰到一块，有好戏看喽！"

沈钰小心翼翼地下台阶,"这帮丘八真野蛮,昨天上午兴隆队跟雄鹰队半决赛。开始咱们兴隆队一路领先,接着当兵的就只打人不打球了,五个主力队员全部摔伤。干爹无奈搬了两箱汽水送给对手,咱们的队员眼睁睁地看着当兵的上篮,不敢阻拦。"

颜石峰眺望体育场,"九点开始,你看体育场人山人海,咱们抓点紧。"

体育场西侧的球场周围停满了大卡车、吉普车、小轿车,赛场被几十辆美式"谢尔曼"坦克团团包围,烟雾弥漫,刺耳的轰鸣中轧得地面颤动。看热闹的老百姓站在远处观望。

颜石峰拉着沈钰的手,"看那些当兵的瞅俺小妹的眼神,好像要生吞了你似的!"

沈钰调皮地笑着说:"天天都被他们色眯眯地瞅惯了,哥哥吃醋了吧?"

"你哥想喝酱油!"颜石峰赌气地说。

"哈哈!"沈钰开心地笑了,"哥,场边那个英俊的中校,就是二公子吧!"

颜石峰点点头,"看他的神气劲儿,保准就是蒋纬国。"

哨声响,双方队员入场,个个都是身穿军装,腰扎皮带,别着手枪。

场上三个裁判面面相觑,主裁判硬着头皮跑到蒋纬国面前,鞠躬致礼,"报告蒋参谋长,这场比赛旁人吹不了哨,请您代劳吧!"

蒋纬国也不推辞,微笑着走进场内,向场外观众致意,引起一阵掌声。

蒋纬国拍拍手,几个兵抬着十箱子"可口可乐"放到场边,他操着一口京腔说:"犒劳雄鹰队、火牛队的美国'可口可乐'汽水。"

双方队员一齐敬礼。

蒋纬国对火牛队大声命令:"火牛队全体解下武装带,收起武器!"

一个空军上校也大声命令:"雄鹰队收起武器,解下皮带!"

蒋纬国一声长哨,比赛开始了。

这时,三架美式 P-51 野马战斗机顺着云龙山山麓飞过来,围着球场超低空盘旋、俯冲,强大的气流和刺耳的噪声。

颜石峰仰望天空,机舱里的飞行员清晰看见,机翼下方的青天白日军徽在阳光下熠熠生辉,他大声对沈钰说:"今天的篮球赛值得一看,可以载入徐州史册!"

蒋公子吹哨,大兵们在场上没有过分的举止,在热热闹闹的气氛中终场哨声响起,双方队员笑眯眯地互相挽着手,与蒋纬国一起合影。

颜石峰看得惊心动魄,慨叹:"这场比赛如果不是蒋二公子吹哨,还不知道要闹多大的乱子哩!"

二

腊月二十三是户寨集"逢三"的大集,一大早四邻的人群涌进了寨子,赶年前最后一个集,集上还要上演白二妮主演的文明戏《白毛女》,斗争汉奸恶霸地主麻仁杏。

天上灰色的棉絮一样的云朵越聚越多,料峭的西北风飕飕地刮起来。

寨圩西北角的布匹市、骡马市,集头的土戏台子下密密麻麻聚集了几千名群众,树杈上也坐着顽皮的孩子。戏台子上方搭了一个席篷门楼,张贴白纸黑字的大幅标语"斗争汉奸恶霸地主麻仁杏大会",左右的楹联是"打倒汉奸恶霸,贫雇农坐江山"。当中支着一个麦克风,台子两侧挂上两只大喇叭,一张小桌子上放着一架手摇发电机,四周几十个民兵持枪站岗。

戏台下一排桌子,土改工作队身穿灰军装,全副武装坐在后边。

宗时荣披着一件军大衣,神情严肃地对身边的户秉纯说:"户副科长,户寨集是新解放区,共产党能不能站住脚,关键在于是否彻底打倒汉奸恶霸的统治势力,解决农民的土地问题。郭书记认为你苦大仇深,熟悉本地情况,才让你担任土改工作队队长的。但是,你们开展的说理、揭发、斗争浮皮蹭痒,导致第一次斗争会不了了之,麻仁杏等地主恶霸更加猖狂。地委领导很不满意,所以,让我担任工作队的指导员,让白二妮同志带领军区演出队,一起帮助你们开展斗争工作。"

望着面带怒气的宗时荣,户秉纯辩解道:"宗指导员,上级不是一再强调说理斗争嘛,得让苦主先把苦诉出来,才能启发农民的觉悟么!"

"光说理就不斗争啦,农村老娘们吵架还连抓带挠的,你们这样挠痒痒的斗争能起啥作用?是不是麻老爷喊你的乳名户三,你就放不开了?"

宗时荣尖刻的话语,弄得户秉纯面红耳赤,争辩道:"吵起来,火起来,动手动脚咋办,违反土改政策咋办?"

宗时荣火气更大,一拍木板,"老实巴交的农民能说多少理,到了台上就跟没有嘴的葫芦,一个个的说不出来话。就算是动手掐一把,扭一把,扇俩耳刮子,民兵拉开不就完了,有啥了不得?"

户秉纯满脸不服气,"丑话说到前头,要是上级追究责任,反正我提醒你了！"

　　一个英姿飒爽的八路军女战士走到麦克风前，用清脆悦耳的声音说："乡亲们，《白毛女》讲的是贫苦农民杨白劳常年给恶霸地主黄世仁扛长工，被黄世仁逼死，女儿喜儿被黄世仁霸占。喜儿怀着身孕逃出黄家，躲进深山破庙里，长年累月头发全白，成为白毛仙姑。后来，在八路军和乡亲们的营救下，喜儿与八路军战士大春重逢，地主恶霸黄世仁被民主政府枪毙。故事真实反映了农民群众遭受的地主封建势力压迫，只有共产党、八路军才能让人民当家作主，过上好日子！请看军分区战士剧社演出的歌剧《白毛女》。"

　　伴随着一阵悠扬的笛声，二胡、笙箫一齐奏响优美的曲调。

　　白二妮出场，她身穿一件蓝花粗布袄，扎着一根齐腰的大辫子，一双水汪汪善于传神的大眼睛依旧充满神韵。她双手捏着一对儿红纸剪的喜鹊，迈着轻盈的步伐，双目回眸顾盼，接着开腔唱道：

　　"北风儿那个吹，雪花儿那个飘，风天那个雪地，两只鸟儿！"

　　"好！"清亮高亢的唱腔引得全场齐声喝彩。

　　杨白劳出场，身穿破破烂烂的百衲衣，拄着木棍，步履蹒跚，唱腔悲怆："人家的闺女有花儿戴，你爹我钱少不能买，扯上了二尺红头绳，我给喜儿扎起来。"

　　"杨班主，你好！"观众里许多人欢呼。

　　天上零零星星飘落下花瓣儿一样的雪花，越下越大，一团团一簇簇地飞舞，悄无声息地落在人们身上，沾在睫毛上、眉毛上，观众全然不顾，都沉浸在摄人心魄的剧情里。

　　当演到黄世仁抢走喜儿，杨白劳悲愤地喝卤水自杀的时候，全场人哭声一片。

　　演出终了，宗时荣跳到土台子上，对着麦克风振臂高呼："打倒封建恶霸地主！""实现耕者有其田！""共产党万岁！"

　　全体老百姓跟着一齐呐喊，声浪一浪高过一浪。

　　"把汉奸、恶霸麻仁杏押上来！"宗时荣吼道。

　　四个年轻人斜背着三八大盖枪，将麻仁杏拖到台子前面，麻仁杏耷拉着脑袋，干瘦黑黄的脸上布满晦气，全然没有了昔日的凶狠、残忍和威风。

　　"乡亲们，这个麻仁杏就是长期骑在咱们户寨集老百姓头上拉屎撒尿的黄世仁，多少年来，他勾结土匪、日伪军胡作非为，逼得咱们多少人家妻离子散。今天，咱们要彻底清算这个汉奸、恶霸的罪行，大伙有苦诉苦，有冤诉冤，共产党、八路军给老少爷们、姊妹们撑腰！"

宗时荣大嗓门的山东话，真得四周嗡嗡响，"哪一个苦主先来诉苦？"

话音刚落，一个中年汉子大步跳到台上，摘掉破毡帽，指着额头上一块印痕，悲愤地说："麻老爷，这是俺小时候拾粪，粪箕子搁在马的粪门子下等拉屎，被你家拉辕子的大马踢的，你跟二奶奶还喜得前仰后合的。俺家两代给你家扛长工，出的是牛马力，吃的是秕糠、野菜，睡的是秫秸席，没有一天吃饱饭的日子。你家的牛死了，赖俺爹给喂死的，非得让俺家赔偿，逼得俺爹在牛圈里上吊死亡。"

汉子泣不成声，会场上躁动起来，群众高喊，"打死他！""剥了他！"

一个妇女猛地冲上台，手里扬着一只鞋底，对着麻仁杏没头没脑地狂扇，声泪俱下地哭喊："你这老畜生，八辈子都得让狗啃！小闺女才八九岁，就被你毁坏了！"

一个青年农民走上台，用手指头敲打着麻仁杏的额头，"麻仁杏当保长，养了几十条枪，仗着日本鬼子的势力，整天欺男霸女，无恶不作。去年麦收，俺在割过的麦地里捡了一把麦穗，麻老爷带着李狗爪子溜达到地头。这个老狗嘿嘿冷笑着说，'小崽子的胆儿也忒大了吧，竟敢到麻老爷的地里捡麦穗。'俺苦苦求饶也不依，非得让俺仰面八叉躺在地上，他往俺嘴里呲了一泡尿，才算拉倒。麻仁杏，欺负人有你怎么万恶的嘛？"

愤怒的群众挥舞刀子冲上台子，"今天非得零刀子碎剐了他！"

十几名民兵、工作队员团团围住麻仁杏，才避免了被群众揪走。

户秉纯张开双臂护着麻仁杏，大声问："宗指导员，这个场面咋收场？"

宗时荣怒目圆睁，"咋个收场，咱们要保护、鼓励人民群众的革命热情，马上把麻仁杏拖出去枪毙，以平息民愤，鼓舞革命斗志！"

"是不是要跟上级请示一下？"户秉纯提出异议。

宗时荣的大嗓门吼道："这个麻仁杏，十颗脑袋都不够杀的，再磨磨叽叽地请示报告，就是右倾，先斩后奏，有事俺顶着！"

麻仁杏双膝跪地，磕头如捣蒜，"我认罪，我该死，求政府别砍头，给我留个全尸；求政府给俺两个妻妾还有小女麻昭倩留一条生路！"

宗时荣挥挥手，"麻仁杏，你的请求照准！"

"谢谢政府开恩！"麻仁杏额头上磕出了鲜血。

宗时荣扯开大嗓门喊道："把汉奸恶霸麻仁杏拖下去，就地正法！"

工作队员和民兵将麻仁杏拖到土台子后边，"砰"的一声枪响，麻仁杏的天灵盖被掀开，像摔烂的红瓤西瓜，殷红的污血和白花花的脑浆流淌了一地。

全场欢声雷动。

宗时荣激情满怀，"我宣布，人民政府没收汉奸恶霸地主麻仁杏全部的土地、浮财，分给无地、少地的农民！"

"共产党万岁！""打倒恶霸地主！"口号声震天动地。

三

大雪飘飘洒洒下了一夜，破晓时分，雪停了。

宗时荣拉开一扇房门，清冷的空气扑面而来，刺痒了他的鼻腔，凛冽的寒风像针扎一样刺痛他的脸颊。他摆个架势，呼呼生风地打出几记直拳。

户秉纯"咯吱咯吱"踏着积雪急匆匆走来，老远就吆唤："老宗，麻家出事了！"

宗时荣的眉毛凝成一个疙瘩，"咋回事？"

户秉纯哈着雾气，"昨天后半夜，有七八个蒙面人翻墙进入麻家大院，糟蹋了大婆子、小老婆，还起走了炕底下的浮财，整整一砂缸的大洋啊！"

"麻家大院值岗的民兵呐，干啥吃的？"宗时荣质问。

户秉纯喘着粗气，"雪大天冷，十几个人都躲到耳房里挺尸去了，没有听见动静。我五点钟过去查哨，老嬷嬷上吊了。我就带着民兵跟踪追击，雪还未停，追出寨子外，就没有了目标。"

宗时荣拽出一支烟，狠狠地抽一口，"什么人干的？"

户秉纯扳着手指头，"有两种可能，一是受害的苦主寻仇，麻老头糟蹋的大闺女、小媳妇无数，小婆子说，那伙人都戴着狗头帽子，拉下护耳，看不清嘴脸，一个奸污她的人说'这叫老驴蹭痒，一来一往，一报还一报'；另外一种可能是湖里的大马子来劫财，小婆子说，歹徒上来就要糟蹋她的小女儿麻昭倩，小婆子被逼无奈，交出砂缸里满满当当两千块现大洋。不过，从这伙人手段怎么老道来看，我更倾向于是大马子来趁火打劫，顺带劫色，奸了两个老娘们，小闺女没有动一指头，这也符合土匪的江湖规矩。"

宗时荣对他的分析很满意，点头称赞，"你分析得很透彻，我认为，还有第三种可能性，就是里应外合，内外勾结，不然大马子咋摸怎么准，悄无声息地踅摸进去，大溜架地撤出去。敌人这么干目的是什么呢，破坏新解放区的土改，还是图别的啥？"

· 481 ·

"土匪差不多折腾了个把小时才走，"户秉纯脸色苍白，"老宗，你让我坐下歇歇，喘口气，一大早累坏了。"

宗时荣甩掉烟蒂，挎上盒子枪、公文包，"老户，你先歇会儿，喝点茶，我带着警卫员过去看看。"

宗时荣和警卫员小胡踩着积雪登上麻家土台子的五级台阶。

高个民兵迎上前，敬了一个生硬的军礼，"宗指导员！"

宗时荣回敬军礼："带我去一下现场。"

"是！"民兵带着宗时荣和警卫员穿过二进院和三进院的过邸，径直来到四进院的堂屋。

一个披头散发的妇女扑通跪倒，"宗长官，您大恩大德，救救俺们可怜的娘儿俩吧！"

宗时荣站在门口，进退两难，"你起来吧，坐下说话。"

民兵上前拉起她，"三表婶，宗指导员让你站起来么。"

这是一位半老徐娘，三十多岁，面容姣好，风韵犹存，她哭哭啼啼地絮叨："请宗长官给俺们作主，天杀的进门就糟蹋人……"

一个女孩儿过来，啜泣着给宗时荣深深地鞠躬，"长官，救救我们娘儿俩吧！"

宗时荣回过身，眼前豁然一亮，面前是一个清纯婉约、美丽娇俏的少女，身穿玫瑰红的对襟小棉袄，黑色的西装裤子，粉红色的绣花鞋，一张完美的鹅蛋脸，弯月一样的眉毛又细又长，一对泛波秋水的大眼睛里充满了哀怨，云鬓一样的秀发从前额拢到脑后，一条油亮亮的大辫子低低的垂到腰际。

宗时荣突然感到心头涌起有一种从未有过的热流，强烈地冲击着自己的心房，他小声说："你是麻昭倩吧，请相信，我们会严格执行政策的。"

麻昭倩涕泪涟涟，再鞠一躬，"长官如果救我们出去，小倩愿意当牛做马，衔环结草，报答恩人！"

宗时荣不再大嗓门，温柔地问："你们想奔啥人去？"

"小倩想跟俺娘去徐州完成中学学业。"

宗时荣没吭声，转身到了西屋。地下躺着一具女尸，身上盖着一条锦缎棉被，只露出赤裸的小腿。炕面被掀开，当中掘开了一个半米深的大坑，一口黑洞洞的砂缸嵌入地下。

宗时荣铁青着脸，对警卫员说，"小胡，你到门口等我。"

"是！"警卫员转身出去了。

482

宗时荣问麻昭倩："到徐州不好走，你们准备咋走？"

麻昭倩泪水婆娑地说："往北十几里路汪庄，是李狗爪子二姨家，从那里转官道，就能去徐州。不过没有路条，寸步难行呀！"

"有了路条，出了庄咋办？"宗时荣目光灼灼地看着她。

"让俺四表哥，刚才的民兵班长带俺们出去。"麻昭倩声音清脆。

"我枪毙了你爹，不怨恨我吗？"话一出口，宗时荣自己也感觉奇怪。

"俺爹结怨忒多，政府枪毙了活该，总比仇家把他绑在树桩子上零刀子割了他来得痛快。"

一个小姑娘讲话这么成熟、有条理，宗时荣暗暗吃惊，他从皮包里掏出一沓黄纸，咬开自来水钢笔，在油印的《湖西根据地路条》上唰唰写上一行字，然后又掏出一枚印章，哈口热气盖上印，再从当中裁开，一半递给麻昭倩。

他小声说："傍晚的时候大家都在吃晚饭，从后门走。"

麻昭倩双手接过，快速瞄了一眼，"兹有户寨集村民汪李氏母女，前往徐州探亲，请沿途各哨卡予以放行。民国三十五年元月"，落款是"湖西民主政府户寨区公所"。

麻昭倩热泪盈眶，扑上去双手勾住了宗时荣的脖子，"恩人，谢谢您，您要啥我都给您！"

一个身影闪在堂屋门旁一侧，贼亮的眼睛窥视着西屋里的这一幕。

少女身上带着奶气的芳香躁动着宗时荣的心，他感到天旋地转。

宗时荣费力地推开紧紧缠绕在脖子上的双手，大口大口地喘着粗气，"小倩，俺不是乘人之危的小人，是可怜你们娘儿俩，才担着风险开具路条的，再说，你们娘儿俩是无辜的，放你们走也不违反政策。"

望着夺门而出的宗时荣，麻昭倩喃喃自语："但愿此生有缘再相见。"

天黑了下来，西北风呼呼地刮了起来，路上空无一人。一辆席篷马车悄悄停在麻家大院后门，两个女人背着大包袱小行李，相互搀扶着上了马车。

高个的马夫牵着骡子疾走，不一会儿就到了北门。

一个站岗的民兵倒背着大枪，冻得跺脚，"班长，怎么晚了，干啥去？"

高个子回答："俺老婆生病了，得去汪庄找大夫。你喝罢汤喽呗？"

"麻蛋儿先去队部吃饭了，一会儿来替我。你给队长请假喽呗？"

"说罢啦。"高个子一边应答着，牵着骡子出了城门洞，马车向北飞奔而去。

四

春天来到了徐海大地,蔚蓝色的天空皎洁无比,几片薄薄的白云轻轻飘荡。大雁"嘎嘎"相互呼唤着,从空中掠过,消失在北方的天际。

两辆美式道奇大卡车满载荷枪实弹的士兵在头前开路,后头一溜七辆美式吉普车,浩浩荡荡行进在徐丰公路上。

王宇腾坐在打头的第一辆吉普车上,若有所思地望着远去的雁群,突然他问前排的韩书志:"对中共军调代表的监控,发现了什么可疑的吗?"

韩书志转过脸,"按照您的指示,联秘处组织情治部门统一行动,对花园饭店中共代表全方位监控。"

"哦,"王宇腾拖着长腔用食指敲着脑门,猛不丁地又问一句,"韩副处长,你如何比较国共双方的官员?"

韩书志心头一紧,脑海里飞速旋转,"跟在军调组的这几日,我看国军的将领架子大,派头足,说话满口的之乎者也,净弄一些生僻难懂的句子装腔作势;共军的高级官员待人随和,说话坦诚,做事认真。"

王宇腾夸赞:"你是个诚实人,说的是实话!"

韩书志凝视前方,"王主任,前边就进入共区了,按照事先联络,湖西军分区政委郭一民在此迎候。"

有条小河挡住了去路,岸边枯萎的芦苇在风中摇曳。桥上的两个哨兵搬开鹿砦,车队驶过小石桥,停了下来。王宇腾率先钻出汽车。

从路边一个茅草屋,钻出来几个身穿灰色军装的人。一个身材魁梧的军人,长着狮子一般的鼻子,棱角分明,目光炯炯有神,上前敬礼:"欢迎军调部第四小组,我是中共湖西地委书记、军分区政委郭一民!"

王宇腾望着这个朴实的中年汉子,不由得心生敬意,连忙举手回敬:"本人是徐州绥靖公署王宇腾,久仰郭先生大名,抗日战场上的一员悍将,今日相见,果然是仪表堂堂,八面威风!"

郭一民不卑不亢,"素闻王将军领导对日的特工作战,战果辉煌,今日相见,非常荣幸!"

吉普车里陆陆续续钻出来一群身着将校服的军官,一个英气勃勃的少将走上前,与郭一民热烈握手,"郭一民同志,我是军委总部王少英!"

郭一民激动地说:"坚持敌后这么多年,终于见到党中央派来的娘家人了!"

一个碧眼金发的高个子美国军官走过来。

王宇腾介绍:"这位是美国代表哈瑞士上校,这位是中共地方官员郭一民将军。"

哈瑞士上校倨傲地行一个美式军礼,操着英语说:"郭将军你好,我们军调小组本着公正的原则,今天专程来视察柴庄煤矿。"

郭一民指着隐隐约约的几座矸石山,"那里就是柴庄煤矿,自西向东一共三口矿井,我方控制西边的两口,国民党控制东大井。自从《停战协定》生效以后,国军方面几乎天天都向我方控制的两口矿井发动进攻,切断了矿井的电源,致使煤矿无法生产,矿工的生活难以维持。"

王宇腾慢吞吞地说:"明明是中共方面首先破坏停战协定,向东大井发射宣传弹,切断了东大井的水源,扒掉了运输的铁路,才导致双方都不能出煤的。"

哈瑞士绷着脸说:"你们要和平,不要战争。"

王宇腾用挖苦的腔调说:"哈瑞士先生,您沿途都看到了,铁路线被挖的千疮百孔,共产党动员老百姓真有办法,一夜就能挖掉一大截,搞得无法通车。这就是共产党遵守《停战协定》的真实情况。"

王少英反驳道:"共产党代表老百姓的利益,真心实意为人民服务;不像你们国民党,代表大地主、大资本家的利益,为的是少数人升官发财。你看看徐州黄河滩两岸的席篷密如蜂巢,都是从豫东黄泛区逃难来的老百姓;再看看大同街、金谷里你们的官员们花天酒地,醉生梦死,摸摸心口窝,你们管过老百姓的死活吗?"

王少英一顿夹枪带棒的抢白,呛得王宇腾面红耳赤,他争辩说:"日本鬼子已经投降了,你们不应该让老百姓破坏国家铁路运输嘛!"

郭一民正色道:"拆铁轨,扒路基,过去是为了不让鬼子运输粮食、弹药、兵员,现在解放区的老百姓仍然担心,有人会利用铁路进攻他们。"

王宇腾龇牙讪笑,"纯属无稽之谈!"

王少英跨前一步,"王宇腾将军,看看你们沿着铁路、公路修筑了多少碉堡、工事。你再瞧瞧解放区,有一丁点儿防御设施吗,到底是谁在睁眼说瞎话!"

哈瑞士双手一摊,"争吵没有用处,我们还是实地勘察一下再做结论吧。"

突然,西北方向枪声大作,炮声隆隆,隐约传来冲杀呐喊声。

一群将校军官纷纷举起望远镜，惊恐地观望。

郭一民放下望远镜，愤怒地说："这是与我军对峙的国军第八十八军进攻我华山县大队，国军至少出动了一个团。"

王少英愤愤地指着远处的战场，"哈瑞士先生，你听听这是美制 M1 式 75 毫米山炮正在炮击我解放区的村庄，贵国援助国军抗战的枪炮，现在国民党将炮口、枪口对准了八路军和解放区的人民，正在进行血腥的屠杀！"

哈瑞士深陷的眼窝里蓝眼珠转了几圈，嘿嘿干笑着说："我们现在不正是在调解国共双方的冲突嘛！"

王少英激愤地说："那好，请哈瑞士先生前往冲突现场，实地勘查一下到底是谁挑起的武装冲突。"

王宇腾做贼心虚，举手反对，"我反对，请哈瑞士先生按照既定勘查计划，前往柴庄煤矿。"

郭一民走到王宇腾跟前，哂笑道："王主任是不是觉得国军突然袭击占便宜了，要知道湖西军分区黑马团、白马团也不是吃素的，不信，一会抓几百个俘虏，押到柴庄煤矿去亮亮相！"

"杀！"远处传来骇人的喊杀声，大股的骑兵呈钳形从国军背后发起了攻击。

军官们从望远镜里清晰地看到身穿灰色军装的骑兵高举战刀，扬起漫天烟尘，几百匹黑马组成一队、几百匹白马组成另一队，冲进黄军装的国军队形内，砍瓜切菜一样肆意砍杀，国军溃不成军。

"蠢货！"王宇腾恼怒地放下望远镜。

哈瑞士摇着头，苦笑着说："我建议，可以临时增加这一项勘查内容。"

车队继续前行，枪炮声渐渐稀疏下来。村外的旷野上，密密麻麻躺着一大片尸体和伤兵，灰色的八路军军装和黄色的国军军服泾渭分明。村庄里火光冲天，八路军战士和老百姓正在救火，卫生兵和担架队忙着救护伤员。

在一所小学前，车队停下来。学校被几枚炮弹击中，茅草屋卷起火舌，十几个儿童断肢残臂地倒在血泊中。

一队身着黄军装的俘虏从村里经过，老百姓拿着鞋底冲上去抽打、咒骂："刮民党！""遭殃军！"

郭一民指着残垣断壁，含着眼泪说："国民党中央社污蔑'共区赤地千里，十室九空'，各位今天看到的真相是国民党一手造成了这样的结果，事实雄辩地揭露正是国民党假停战真内战，把中华民族推向手足相残的内战边缘！"

王宇腾面色窘迫，一言不发。

哈瑞士阴沉着脸，"我们大家都看到了，这是国军一方率先发动进攻，导致的伤亡，悲剧不应该发生。下面，我们去柴庄煤矿，继续勘查。"

车队继续前行，道路两旁八路军骑兵持刀列队，王宇腾看着车窗外金刚怒目的战士，突然打了一个寒战。

韩书志转脸问："主任，您不舒服？"

王宇腾裹紧风衣，"共军的士气高昂，国军相比，就差一点这股劲儿！"

五

大同街东首的战犯拘留所，两名狱警打开牢房，"103号，出来！"

曾海春拖着沉重的脚镣手铐，"哗啦哗啦"步出了牢房。狱警麻利地打开手铐，去掉脚镣。

"这是要去刑场吗？"曾海春苦着脸问。

"有贵人管你酒菜，上路吧！"一个胖狱警诡异地说。

正午的春光照在曾海春苍白的脸上，他扬起浮肿的脸，享受着春光的拂煦，两行浊泪不由自主地流下来。

二楼东头的白木牌上印着黑体的"所长室"，胖大的所长迎出来，笑容可掬地说："老曾，屋里坐吧，老朋友正在等你，我就失陪了。"

曾海春心里嘀嘀咕咕走进办公室，这是一个套间，外边三面墙转圈沙发，三张茶几。两名狱警推他一把，"到里间去吧。"

曾海春低头走进里屋，垂手而立，不敢正眼相看。

里屋不大，宽大的红木桌子上摆着四碟卤菜，一壶酒，太师椅上端坐一人，穿着一身深蓝色毛哔叽中山装。那人上前一把抱住曾海春，"哥哥，想死我了！"

曾海春抬头一瞧，禁不住老泪纵横，"金石贤弟，你来给我送行了？！"

程金石端起酒壶，斟满两杯酒，"哪里话，弟弟这是来捞仁兄出狱了。"

"贤弟，别宽哥哥的心了，大同街拘留所里押的都是重刑犯、死囚，杨世云、柳天华跟我一个监号的，前几日都被拖出去枪毙了。老哥要是能得一个囫囵全尸，就万分感谢贤弟了！"

程金石为他夹一筷子狗肉，"还是徐州的老四样，哥哥熬坏了吧，多吃点。昨天从中午到下午，徐州城里万人空巷，都在争相观看日本恶魔的死刑。

从中山堂公审结束，囚车沿着中正路、中山路到云龙山体育场，十几里路开了三个小时。枪毙他们大快人心。"

曾海春抚摸着手腕上手铐的磨痕，长叹道："唉，贤弟还是你聪明，脚踩两只船，国府光复，你是国军的潜伏特工，抗日的地下英雄！你哥哥就惨喽，'通谋敌国罪'，这顶汉奸的帽子戴上，死了都不能入老陵。"

两人对饮了一杯酒，程金石说："哥哥你跟他们不一样，没有血债，还暗地里保护了徐州的许多老百姓。"

曾海春大恸，抽泣道："贤弟，你说我冤不冤，说我'投敌献城'，国军都跑得没有影儿了，留下一城老百姓，我悬挂膏药旗是宣示徐州不设防，不献城有啥办法，非得要鬼子打进城来，烧杀抢掠不是更甚吗？"

程金石撅一根烧鸡腿递给他，"仁兄也有不冤的地方，你的确是真心实意跟日本人干事的，想在日本人的大东亚共荣里分一杯羹，对吧？"

曾海春一边大口嚼着，一边说，"这话不假，不过说句掏心掏肺的话，俺没有祸害过老百姓。军法处有人想往死里整我，就是看中了俺家大宅院。你嫂子天天哭哭啼啼以泪洗面，青帮弟子到处钻窟窿打洞，托关系，拜门子，银子流水一样淌出去，都打了水漂儿！"

程金石长叹一声，"古话说'万事莫诉讼'，沾上官司就是个无底洞；还有就是'阎王好见小鬼难缠'，你的案子，绥靖公署长官部的长官发话了，对你从轻发落，三年徒刑，明天宣判，给你办一个保外就医。"

曾海春听罢双膝跪地，"咕咚"磕一个响头，"金石贤弟，重生父母，再造爹娘！"

程金石双手搀起曾海春，"哥哥折煞老弟。常言道'最重莫过人情债'，当初要不是哥哥鼎力相救，老弟早就成为张宗昌的枪下之鬼了！明天下午哥哥出狱，咱们先去沧浪池洗个澡，去去晦气，晚上在致美楼办两桌筵席，招呼城里'通'字班的弟子为二十一炉香头、彭城老头子，把酒洗尘！"

两只麻雀落到窗台上，"吱吱啾啾"叫几声，瞪着圆圆的小眼睛，好奇地瞅着俩老头儿，张开翅膀，用尖尖的黑喙认真地去整理肚皮下的羽毛，忽然，扑棱一声又飞走了。

"出了这牢狱，立马关闭山门，不再抛头露面。从今往后就做个闲云野鹤，清心寡欲了却残生！"曾海春触景伤情，有感而发。

第三十七章　国民党全面进攻　解放区战略撤退

一

夜幕已经落下，西边的天际燃烧的晚霞渐渐变暗，大同街上的路灯一下子全都亮了起来，沿街商铺的霓虹灯闪烁着迷人的光彩。金门舞厅、空军俱乐部里传出起软绵绵的靡靡之音。大光明美发厅里顾客盈门，门前硕大的三色球形灯柱不停地旋转。敞篷美式吉普车载着兜风、猎艳的美国大兵招摇过市。开化的女郎暴露出雪白的大腿，惊得少见多怪的市民头晕目眩。踯躅在街头的乞丐，伸出肮脏的双手，不住地向路人乞讨。

杨益君与拾玉瑾挽着手逛马路，杨益君穿着一件白衬衣、蓝色工装背带裤，咖啡色的尖头皮鞋显得时尚、帅气。拾玉瑾穿着一件朴素的天蓝色阴丹士林的布旗袍，脚上是黑色的圆口布鞋，圆圆的脸上一双大眼睛显得深邃成熟。

拾玉瑾蹙着眉头说："我不喜欢这种氛围，难道说，我们浴血奋战抗战，就是为了过这样醉生梦死的生活，'朱门酒肉臭，路有冻死骨'？"

杨益君侧脸看她一眼，"那是因为你远离了城市生活。说实话，光复之后老百姓的生活与日本统治没有多大区别。要说繁荣那也是畸形的繁荣，党政军机关挤满了中正路、统一街、中枢街，接收大员们拖家带口，长官们的眷属个个花钱大方，出手阔绰，金店银楼、钟表眼镜、绸缎庄、饭店娱乐业都带动起来了，大光明美发厅里烫头的都是小姐太太们。"

装甲兵之社门厅上方红霓虹灯不停地变幻着英文、中文的"哈莱姆切分音"，打扮得花枝招展的女人挽着西装革履商人或者一身戎装的军官，相互调笑着推开旋转门，刺耳的小号、爵士鼓、萨克斯发出震撼心灵的节奏。

杨益君侧目而视，"听说蒋二公子经常携夫人来这里跳舞，这里也是徐州党政军商界名流会聚的地方。"

拾玉瑾驻足观望，"'醉卧沙场君莫笑，古来征战几人回'，欢娱不了多久就该上战场了！"

"小玉，你是说国共两党要开仗？"杨益君拧着眉头问。

拾玉瑾歪着头调皮地反问："铁路线上火车天天调兵遣将，运送弹药粮秣，国军忙活啥，能瞒得住你这大调度？"

杨益君叹息道："小玉，我只是好奇心，求证一下。如果国民党挑起内战，全民族又要卷入一场兵燹战祸当中，实属民族之大不幸！"

"国府认为，今天的中国不是内战，而是内乱，政府就是要戡乱救国。"拾玉瑾转换一个话题，"这是啥音乐，怎么闹腾，心里感觉慌慌的？"

"这是起源于美国南部新奥尔良的爵士乐，糅合了非洲裔和欧洲音乐元素，节奏鲜明、强烈，从三十年代风靡全球。这家乐队的小号手、吉他手、爵士鼓手都是黑人，来自上海最红火的扬子江饭店，登陆徐州之后，达官贵人们纷纷趋之若鹜，生意空前火爆。再看看金谷里、大同街、统一街、中枢街，天天彻夜纵酒狂欢，徐州已经彻底沦落为一个享乐之城、饕餮之城，物欲横流的城市！"

"听你愤愤不平，口若悬河的，思想有一些'左'倾，不怕耳朵尖的把你当成赤色分子？"拾玉瑾侧过脸，笑容可掬。

"咋啦，有本事做，没有胆量让人家说？"杨益君双手拢一下她的短发。

拾玉瑾一双大眼睛望着他，"哎，问你一个问题，姐姐和姐夫都死在鬼子的手里，你咋还去为这些畜生做事呢？"

杨益君一时无言以对，"哦，为稻粱所谋吧。"

拾玉瑾神秘地抿嘴一笑，"你我都不是为了混口饭吃才出来当差的。"

热乎乎的南风迎面吹拂，满天的星辰熠熠生辉。俩人肩并肩拐到三民街，沿街的居民家家户户都在大门口的空地上支好小竹床、小橡床，也有的用芦席直接铺在地上，摇着芭蕉扇，三三两两地凑在一起喝茶、聊天、纳凉。

拾玉瑾把头倚靠在杨益君的肩上，姑娘健康、丰满的身体以及散发的气息撩拨得他心神飘荡。

"上个礼拜天去你家，拜见伯父伯母，老人家对我意下如何呀？"

"老人家巴不得立马拜天地、入洞房呐，他们说原来王宇腾介绍的优秀女军官，正是儿子朝思暮想的情人呀，真的是天赐良缘！"杨益君笑道。

"是呀，在你的小屋里看到你为我们拍的合影，心头热乎乎的。像你这样有情有义的好男人真是打着灯笼都难找！"拾玉瑾笑如莲花。

"是呀，要不是抗战，咱俩的孩子都会打酱油了。"杨益君诙谐地说。

拾玉瑾咯咯笑着说："好哇，等着我给你生一大堆娃娃，天天帮你打酱油、买醋、陪你念书、下棋！"

风中吹来荷花的清香，杨益君使劲吸一吸鼻子，"快哉，此风！不如咱们夜游快哉亭公园吧。"

拾玉瑾很善解人意，"好啊，今个儿天气闷热，咱们就在湖边遛遛吧。"

杨益君搂紧她的腰肢，"离别七年，每每夜阑人静的时候，总是想起你，杳无音信，不知道是死是活还是残了，内心非常纠结、苦楚。这一次重逢，谁都不能把我们再分开！"

拾玉瑾仰起脸，"知道我是怎么想你的么，战斗间隙，遥望夜空，我想象杨益君说不定这会儿正搂着一个美女享受床笫之欢呢？真的是曲解你了。"

杨益君颤抖的声音说，"快一点嫁给我吧？！"

拾玉瑾贴在他耳畔，万般温情地说："随你！"

一钩月牙儿升起来了，清凉温柔的月光轻轻洒在林荫中。南风风习习，带着花香和无尽的温存，轻柔地吹拂着恋人的脸庞……

二

浓重的黑暗笼罩着苍茫的原野，漆黑的夜幕被一道道猛烈的霹雳划破，闪电像一条条携着烈焰的赤链蛇蜷曲着飞过天空，照亮了海潮般汹涌澎湃的云朵；震耳欲聋的雷声滚过天际，一个接着一个地炸响，瓢泼大雨似脱缰的野马肆意奔驰，狂风、暴雨凶狠地鞭挞着土围墙里的大王庄，把大自然释放出来的威力，尽情地向风雨飘摇之中的小村庄发泄。

王家大院的堂屋里摆着两张八仙桌和两张方桌拼成的会议桌，桌上放着四只黑碗，点着八根棉绳捻子的豆油灯。灯光闪烁，烟雾缭绕，满屋通亮。湖西地委委员和部分机关干部十几个人围坐在一起，召开地委扩大会议。

郭一民双眼布满了血丝，他神情凝重，声音喑哑，"同志们，6月26日，蒋介石、国民党悍然发动对我中原部队的围攻，挑起了全面内战，我军被迫进行自卫战争。紧接着，国民党军队以徐州为中心，向周边的各个解放区发动进攻。鲁南、湖西和邳睢铜地区是进攻的重点。按照上级部署，军分区野战部队跳到外线去作战，地委、专署机关撤退到黄河以北地区以避开敌军进攻锋芒，地方部队和民兵要在原地开展游击战争。请大家发表意见，时间紧迫，长话短说。"

虎林端起搪瓷茶缸子，咕咚喝了一大口水，"七月中旬一来，敌军沿着津浦、陇海铁路，以及徐丰、铜萧公路向我解放区大举进攻，我军分区主力部队、地方武装和民兵提出'保田反蒋'口号，进行英勇的抗击，阻滞了敌人的攻势，也付出了巨大牺牲。由反动地主、恶霸组成的101团、102团、103团三个还乡团，跟随敌军主力每占领一地，就立即建立县、区、乡反动政权，推行残酷的'保甲制'和'连保连坐制'。大量逃亡还乡的恶霸地主、流氓地痞盘踞于各个乡镇，建立起'还乡团''黑杀队'，疯狂搜捕、屠杀我留下坚持斗争的干部、民兵以及军属。这些反动地方武装熟悉本地情况，比正规军危害更大。在这种情况下，留下地方部队和民兵原地打游击，几乎不可能站住脚，牺牲太大。因此，我建议，地方部队和军烈属一并撤退，等到野战部队外线作战取得胜利，局势好转，再相机组织部队打回来。"

专员鹿继澄从荷包里挖一锅烟叶，划一根火柴点燃，"虎林同志对敌情的判断是实事求是的。自卫战争开始以来，湖西的新区全部被敌人占领，老区还有一大半在我们手上。眼下对我们威胁最大的就是还乡团，徐西一带打头阵的急先锋就是国民党徐州区中统室主任、101团的团长麻昭祥。他回到户寨集之后，大肆进行反攻倒算，贫苦农民分得的土地、粮食都要连本带息偿还。斗争过麻仁杏的农民，被一根麻绳拴了几十口子，残忍地用铡刀铡下头颅，挂在树上祭奠那个老恶棍。在这种白色恐怖下，军事斗争应该转入地下。以武工队作战的样式，应该是更有效果的。"

韩宗田推推眼睛架，语气坚定地说："敌人一来，我们就撒丫子跑路，撒下父老乡亲，眼睁睁地看着被敌人屠杀、蹂躏，于情于理咱们都说不过去。要说困难，还能难过红军爬雪山、过草地么？我报名留下来坚持斗争，一腔热血愿意洒给湖西人民！"

"二妮同志有什么意见？"郭一民问。

白二妮站起来，情绪激动地说："自从抗战爆发，郭一民、户秉刚、蒋宝琛、鹿继澄等同志一手创建了湖西根据地，现在要撤离，大家内心都十分难过。我提两点建议，第一，湖西人民重情重义，撤退的时候做好群众工作，不要拍拍屁股就走人，能带走的骨干尽量带走；第二，留下部分干部、战士坚持武装斗争，无论多么困难，都要让人民群众看到，共产党就在他们身边。"

"青年部李达同志还有什么意见？"郭一民又问。

李达长着一副娃娃脸，稚气未消的学生模样，正在用子弹壳绑在半根筷子上做的蘸水笔，认真地在小本子上做记录，他仰起脸说："补充一点，解放区的青壮年农民积极分子，必然是还乡团迫害的重点，应该动员他们参军入伍，到部队里去，为将来的反攻做准备。"

郭一民抽出一支"大鸡"牌香烟点燃，"总结同志们的意见，地委形成一下决议。第一，湖西武装斗争暂时转入地下，建立地下武工队、联络站；第二，各县县委保留部分干部、武装，人员在三十人左右，坚持原地游击斗争。每个干部配备长、短枪、手榴弹，挎包里装着民主政府的印章，随时随地开展群众工作；第三，组织武工队打回敌占区，配合地下武装，以杀对杀，以牙还牙，对反动地主、恶霸、还乡团头目实行坚决镇压；第四，全员轻装前进，老弱妇女先走，行动不便的生病、伤残人员就地隐蔽。明天中午十二点开始战略撤退，集结地点巨野以北黄河北岸。大家还有什么意见？"

"没有了！"众人异口同声。

郭一民动情地说："李达同志，请你发电报给各县委，对自愿留下来坚持斗争的同志们表达崇高的革命敬意！地委要求他们坚持四个月，生存下来，坚持下去，取得胜利！"

"是！"李达响亮地回答。

郭一民站起身，"外边还下着大雨，事不宜迟，同志们抓紧去完成各自的任务吧，我们在黄河北岸会师！"

众人戴上斗笠，穿好蓑衣，冲进雨幕之中。

大雨停了，天空布满了阴沉沉的黑色云朵，蒙蒙细雨黏糊糊地飘着。空旷的淮海大平原像一望无际的绿色海洋，长长的队伍穿行在其中。道路泥泞，很多人把鞋子挂在脖子上赤着脚艰难跋涉。背后敌军的大炮轰鸣，炮弹"嘶嘶"呼啸着从头顶掠过，在原野上不时炸起一团团黑色的烟柱，"咯咯咯"的机枪射击声隐约可闻。

虎林望着天空的乌云，与户秉纯并辔而行，"得感谢老天爷庇佑，不然，国民党的飞机又要来'屙粑粑'了。"

户秉纯披着一件草绿色的雨衣，仰望天空，"国民党推进的速度真快，占领了丰县、沛县，又在向鱼台县攻击前进，意图包抄我军的退路。虎部长，你看我们的队伍慢得像乌龟爬，这样下去会误大事的。"

通讯员骑着一匹满是泥浆的黄骠马，稀里哗啦地过来敬礼："报告虎部长，敌军的前锋已经占领鱼台县城，郭书记率领前卫部队正在与敌军骑兵进行战斗。郭书记命令你们按照第二方案，取道金乡县方向撤退。"

虎林从皮挎包里掏出地图，户秉纯歪着头走过来看。

虎林指着地图上的曲线，"我们距离金乡县城还有二十多里路，咱们从城东边十里地的刘集插过去,这条路最近。"

户秉纯点头称道:"可以,这样咱们就能避开南面、西面压过来的敌人。"

虎林转脸对他说:"老户,你先带着队伍前进。我去后队看看喜鹊娘儿俩。喜鹊正在打摆子,抬在担架上影响行军速度。附近俺有个表亲,把她娘儿俩安置在那里。"

户秉纯抽一鞭子,"好,我全权负责,你赶紧去吧。"

队尾一副担架上抬着喜鹊,一个高个文工队员背着小妞妞。

"爸爸!"小妞妞像一只快乐的小鸟,离老远就嚷着张开双臂。

虎林跳下马,迎上前,抱起小妞妞,亲了一口,"乖女儿,想爸爸了吧?"

小妞妞一双水灵灵的大眼睛,扎着两只羊角辫,穿粗布对襟小褂子,戴着一个红兜兜,奶声奶气地说:"想啦!"

虎林摸出两颗克宁奶糖放到她的小布兜里,"妞妞尝尝咱们的战利品。"

"谢谢爸爸!"妞妞拍手笑着说。

"妞妞下来,爸爸累了。"喜鹊从担架上支起身子。

虎林把手掌搁在她的额头上,"呀,你还在发高烧!"

随队郑医生是个瘦高挑的男子,"虎部长,喜鹊同志正在发疟疾,打过一针奎宁了,需要静养,结合喝一些汤药。"

虎林环顾四周,"喜鹊,前边不远就是王沟,我送你去表哥家休养一阵,等形势好转再来接你娘儿俩。队伍得赶在敌人之前,从东北方向突围出去。"

喜鹊脸色烧得通红,有气无力地说:"行,把俺娘儿俩搁那儿,你赶紧带着队伍突围,我没有事,你放心。"

"虎林同志,我去送喜主任,回头再去追赶部队。"郑医生主动请缨。

虎林把枣红马的缰绳递给他,"谢谢你,快去快回。"

"是!"郑医生接过缰绳,立正敬礼。

虎林站在泥泞的道路边,目送担架越走越远,小妞妞俯在郑医生后背上,转过脸向他招手,"爸爸再见!"

稚嫩的童声触动了虎林最温柔的内心深处,他突然鼻子一酸,热泪充盈了眼帘,一种不祥的预感涌上心头,远方的视线变得模糊起来……

三

正午的太阳热辣辣照在大同街上,大巷口的三春元鱼馆门前挂起了"糖醋四孔鲤鱼"的招牌，伍兆勇照例站在门口打躬作揖，笑脸迎客。

"嘀嘀嗒嘀"道台衙门里传出了午饭号声，韩书志骑上脚踏车出了营门。

大门口横卧着一个邋里邋遢的瘦高个，面前放着一本黑色的派司，卷起裤管露出两只扭曲的下肢，左手像鸡爪子一样变形。他用右手端着一个破瓢叫嚷，"长官，可怜可怜俺残废人吧！"

韩书志诧异这个乞丐怎么如此大胆，敢在剿总司令部门口乞讨，于是下车，扔进瓢里两张钞票，"你是咋回事？"

"谢谢长官！"乞丐俯首致谢，"俺原来是麻昭祥中统局的密查员，兼任王宇腾联密处行动队副队长。因为跟着张金彪抓错了人，跟青帮结下梁子，被人暗算，用铁棍打断了两条腿和左胳膊。中统局改成了党通局，要裁人，麻昭祥、张金彪两个孬屌操的，就把俺给开除了。俺来找王宇腾主任讨个说法，党国有怎么不仗义的吗？"

韩书志心里咯噔一下，想起地下交通员伍嫂被敌人抓捕，竟然是眼前这个跛子所为，于是他决定先稳住对方，防止事端闹大，节外生枝。

韩书志俯下身，"你待在这里不成体统，我是剿总军务处韩副科长，这件事归我管。你住在哪里呀？"

"户北巷72号。"乞丐流下两行浊泪。

"回家吧，我会尽快派人找你，办理一个伤残军人抚恤咋样？"

"好人呐！"乞丐激动地叩首。

韩书志支好脚踏车，伍兆勇热情地打招呼："哎哟，长官来了，里边请！"

"烧条鲤鱼，汆一个鱼丸汤。"韩书志吩咐道。

伍兆勇带着韩书志来到后院雅间，"噔噔"敲五下门，韩书志推门进入。

颜石峰看一眼手表，"你迟到了十分钟。"

韩书志端起茶碗喝一口，"剿总大门口一个找王宇腾的中统特务，就是抓捕伍嫂的那个家伙，为了稳住他，跟他交谈了一会儿。与其把他揍成那个样，还不如直接做掉他？"

"我认为如果忍气吞声，显得我们心虚，容易引起敌特的怀疑；如果杀了他，敌人更加怀疑是灭口。按照三番子寻仇的套路，废了他的三个手足，只留一个手吃饭。以此震慑瓢把子张金彪还有那个阴险狡诈的麻昭祥，他们哑巴吃黄连，不敢声张。"

"我也是这么考虑的，不能让他捅到王宇腾那里去。王宇腾真的是天才的特务头子，他总能从风马牛不相及的事情中嗅到蛛丝马迹，找到必然联系。平日里他闲聊的话,看似东扯葫芦西扯瓢的家常呱,实则都是暗藏杀机,从中揭穿你的破绽。每天在这个魔王身边,我时刻都绷紧了神经,生怕一不留神酿成祸端。早晚有一天,我得神经崩溃了!"

伍兆勇敲门,托进来一盆红烧鱼、一盆鱼丸汤、一碟四季豆,"先吃着,一会儿再上一盘熘猪肝儿。"

"伍嫂身体康复了吗?"颜石峰问。

"出大力的人,没有怎么娇贵,早就能下厨房干活了。"伍兆勇回答。

"后来没有发现敌人的异常情况吧?"颜石峰又问。

伍兆勇说:"没有,那个'瓢把子'乖着哩,找中间人说和,摆了一场酒席,都是石猴子他们'悟'字辈的一起。'瓢把子'单膝跪地端酒赔礼,石猴子作仨揖,这件事就算了结啦,冤家宜解不宜结,江湖的规矩。"

颜石峰点起一支烟,"伍嫂还有新任务,需要她出城,身体行吗?"

"没有问题,保证完成任务!"伍兆勇转身出门。

颜石峰掏出一支烟:"抽烟不?"

韩书志摆摆手,"王宇腾非常讨厌下属身上的烟油子味儿!"

"约我过来,有什么重要情况吗?"颜石峰端起酒杯一饮而尽。

韩书志微微抿一口酒,"上班不能有酒气,王宇腾很反感的。"

颜石峰哂笑,"你有恐王症了!"

"早晚都要患上恐惧症,"韩书志苦笑,从枪套里摸出一卷纸,"徐州绥署改成剿总之后,以徐州为中心,苏北、鲁南、皖北、豫西地区的最新军事部署表。我连夜偷偷誊写了一份,原稿一大早就放回呈送司令长官的红卷宗里了。"

颜石峰望着他布满血丝的双眼,激动地说:"这份情报太及时了,对于我们粉碎敌人的围攻将起到重要作用。"

韩书志双手搓一把脸,祛除一下疲惫的神态,"从办公室到辕门要经过三道岗哨检查,我的心都提到嗓子眼儿了。"

颜石峰夹一口菜,"我们的情报员发现他隔壁的茶叶店最近来了四个客人。老板是河南阌乡县人,郝鹏举的老乡。老板私下说,四个人当中有一个少将军衔,是郝鹏举派来秘密商谈投诚的。郝鹏举又耍两面派的流氓手段,暗中跟国民党进行勾连了。你发现什么了吗?"

韩书志夹一筷子鱼,"郝鹏举部现在驻扎在赣榆县,国民党军整编第 26 师是印缅战场回来的快速纵队,已经接近了郝鹏举部。如果郝鹏举要反水,必定首先进攻东海县,向敌军靠拢。"

"这个情况很重要，必须马上跟上级报告。"颜石峰吃惊地说。

韩书志点点头，"是的，最近几天王宇腾行踪诡秘，出去就是大半天，分析可能是会晤叛变分子了。请通知家里，要防止郝鹏举反咬一口。"

伍兆勇端了一盘熘猪肝进来，韩书志起身，"我该走了。"

"兄弟，多保重！"颜石峰紧紧握住他的手说。

韩书志戴好军帽，抖擞一下精神，推门走了。

颜石峰歉意地说："老伍，请嫂子去走一趟亲戚，急件！"

伍兆勇撩起围裙擦擦汗，"说啥外气话，俺叫她马上出发。"

"好，请嫂子过来我交代一下。"颜石峰点点头。

伍兆勇问："伍衡想在连队里发展几个关系，又担心暴露身份，咋办？"

颜石峰笑道："我刚开始的时候也是只顾着保密，活动圈子很小，不敢大胆地接触一些关系。现在，只要是身份能够到哪一层，就大胆地去靠上去开展工作。我们在城里不是享清闲的，不能害怕暴露，就缩头缩尾。不管是请客送礼，还是拜把兄弟，只要是工作需要，都可以搞。"

"颜先生您一点拨，我就明白了。"伍兆勇笑着出去了。

四

晚霞映红了西边的天际，贺村客栈的大柳树下三三两两的过往客人，喝茶、打尖、歇脚，燕子啁啾鸣叫着在门前空地上逡巡穿梭，树梢上的一窝喜鹊"喳喳"地叫个不停。

从西边海郑公路上过来一辆驴车，银褐色的小叫驴"咴咴"地叫个不停。

车篷里一个妇人说："还有五六里地就到前庄了，下来喝碗凉茶再走。"

"好嘞，"赶脚的车把"吁"的一声，勒住了缰绳。

车篷里钻出来伍嫂，灰色对襟细布大褂，黑色的宽腰裤子，头上戴着一个黑色的方巾，右手挎着一只筅子。

胖乎乎的老板笑眯眯地走上前，"大嫂，您来碗茶？"

"两碗绿豆凉茶，多放点冰糖。"伍嫂微笑着回答。

"伍子，两碗绿豆凉茶，多加冰糖哦。"掌柜大声吆喝。

"来喽，"伍岳端着两碗茶来到跟前，"大婶，您慢用。"

伍嫂从筅子里翻出一方手绢包，捡出一张钞票，用眼睛的余光四周打探一下，迅速从衣襟底下抽出小纸卷夹在钞票里，低低地说了两个字："急件！"

伍岳收起钞票,"要添水您支应一声。"

车把手撩起衣襟扇着风走过来,"东家,'燕子低飞蛇过道,鸡不回笼喜鹊叫',这是下雨的征兆,咱们抓紧赶路吧。"

伍嫂如释重负地站起来,"老胡,你喝完这碗茶就走。"

"谢谢东家!"车把式端起大碗茶咕咚咕咚一饮而尽。

伍岳目送驴车远去,转身对老板说:"掌柜的,我去湖里一趟。"

"去吧,"老板会意地点点头,"骑我的洋车子去。"

月亮又圆又亮,一层银色的薄雾轻纱一样飘在原野上。竹山村外的大草甸里,密密麻麻长满了芦苇,青蛙、蛤蟆的叫声或者粗声大气,或者清脆响亮,笼罩着一种神秘的色彩。

月光下一个人影沿着湖滩悄悄来到一座大坟头前,捡起一块石头,在石碑上敲三下,然后从坟头背面搬开秫秸,双手扒去泥土,露出一块木板,小心翼翼地揭开盖板。

"聂参谋,出来吧。"黑影说。

一个瘦小身材的人从洞里钻出来,长长地伸懒腰,吁一口长气,"小伍,你咋才来,尸臭味熏死我了,鼻子一直贴在通气管上,他妈的还乡团,快把老子憋疯了!"

伍岳递给他一只葫芦,一个包袱皮,"还乡团跟疯狗似的,挨家挨户,翻箱倒柜,梳篦清剿,逮住咱们的人,十户连保的人家都得跟着倒霉。现在生存是第一的任务。"

聂参谋调侃,"下回你千万别忘了敲石碑,不然我就拉响德国造的香瓜,四十八瓣的,咱俩同去见'马克思老人家'!"

"想拉垫背的,还是拉还乡团吧,抓紧吃饭,有急件。"

聂参谋放下水葫芦,钻进坟墓里,拖出一个铁匣子,"开始工作吧,国民党大军压境,老家很困难,早一分钟传送出去,就早一分钟获得战场的主动。"

两人钻进芦苇荡,聂参谋把铁匣子放在一个树墩子上,打开发报机,娴熟地架设天线。

伍岳用布蒙住手电筒揿亮,"从外边看不到,咱们开始工作吧。"

聂参谋戴好耳机,拿起铅笔,揿动按钮,响起一串"嘀嘀嘀"清脆的电报声,电波携着情报飞过皎洁的夜空。

第三十八章　地下党全力滞敌军　九里山军火大爆炸

一

从1946年底至1947年2月，由山东野战军和华中野战军组成的华东野战军，连续取得了宿北战役、鲁南战役和莱芜战役的胜利，粉碎了徐州剿总对我解放区的全面进攻。同时，在全国战场上，国民党军队的全面进攻也连遭败绩。从3月份起，国民党、蒋介石被迫放弃全面进攻的战略，改为向我陕北、山东根据地的重点进攻。

国民党陆军总司令兼徐州剿总司令顾祝同坐镇徐州，集中了24个整编师，组成3个机动兵团，由南及北，向我鲁中山区推进。

太阳一竿子高了，东车站站台上挤满了全副武装的军人。

徐州铁路局局长刘明德倒背着双手踱进调度室主任办公室。

杨益君拿着红蓝铅笔俯在墙上，对铁路调度图圈圈点点，进行标记。

刘明德身材开始发福，穿着笔挺的西装，挺着凸起的小肚腩，"老杨，74师的长官到我那里，质问军情火急，为什么不给编制配车计划？"

杨益君回答："局长，刚才来了一个上校带着俩兵闯进调度室，口口声声说他们是王牌部队，命令我们马上安排车皮，立即运送部队。我看他那副圣人蛋的劲儿，就没有搭理他。铁路线上军车整天运输兵员、大炮、坦克车，哪一列不都是军情火急？甭管他是哪家的鸡，都得按照章程来。"

刘明德摆摆手，"他们可不是草鸡，是党国的雄鹰，整编第74师，王牌中的王牌呀，从师长张灵甫到马夫都牛皮哄哄！"

杨益君撇撇嘴："怪不得那个上校怎么能屌苔，不过王牌军也得公事公办啊，不能拉上几列火车就开拔吧？"

刘明德沉吟片刻，"这件事还得抓紧办，误了军机大事是要杀头的。""老弟，甭给他们怄气，有话好好说，党国的大局为重啊！"

走廊稀里哗啦的皮靴响，房门被哐地撞开，牛高马大的上校穿着美式军装，腰间别着手枪，两个卫兵端着美制卡宾枪，气势汹汹闯进来。

上校拔出手枪嚎叫："刘局长在这儿，看看这个鸟调度员，眼皮子都不夹俺们一下，惹毛了老子，一枪崩了你！"

刘明德赔着笑脸，连连打躬作揖，"高处长，误会，都是话赶话，话噎人，说开了，都没事儿啦。立马给贵部安排军列，其他部队一律让道。"

上校悻悻收起枪，掏出一盒美国"红吉士"香烟，叼一支，又摸出一只精致的打火机，"吧嗒"蹿出一股蓝色的火苗，很潇洒地吐一个烟圈，"兄弟刚才多有冒犯，多见谅！"

杨益君摆摆手，"长官，甭管你是什么部队，都得按手续办，请你填写配车计划单申请单，写清楚兵员数量、武器装备以及到达地点，我们马上编排配车计划，最快中午就能发出两列。"

上校狐疑的眼神看一眼刘明德，"刘局长，这合适吗？"

刘明德瞅着他说；"高处长，这些信息不写清楚，我们没有办法编排计划呀。我明白这些都是军事机密，我们这些人天天跟军事机密打交道的。放心吧，这些调度员都是区党部甄别过的，党国完全信赖的人。"

上校从皮包里掏出一沓材料，俯在桌子对面，填写配车计划单申请单。

杨益君操起电话，"喂机务段，中午十一点两列闷罐车运输兵员准时发车，地点是滕县，再准备好平板专列备用，运输大炮、坦克重装备啊。"

刘明德拍拍上校的肩膀，"高处长，杨主任给预留车皮了。你们虽说是一个整编师，其实是一个齐装满员的集团军，至少十五个专列，上车、运走最快也得二十四小时。中午我请客，约几个兄弟喝两盅。"

上校抬起头，"谢谢刘局长啊，咱们中午见！"

上校填写好申请单，递给杨益君，"老弟，抱歉啊！"

杨益君连连摆手，"高处长，话都挑开了，我也要赔不是。晚上我请客，咱们为你们喝出征酒，预祝74师旗开得胜，马到成功！"

高处长踌躇满志地说："山东的那些蟊贼还不够给俺们塞牙缝的！"

杨益君操起电话："喂，夜来香樊记狗肉店吗，晚上留个房间，订四个拿手菜肴，哦，烤犬脯、砂钵狗肉、坛子狗肉、红烧狗腿，再配四个素菜。我是铁路局杨主任，好的，谢谢！"

高处长眉开眼笑，"素闻汉高祖刘邦好食狗肉，兄弟到此一直军务缠身，未及品尝，幸得杨主任款待。"

杨益君笑着说："这家狗肉店开了六百多年了，就在火车站边上，是沛县卖狗肉出身的汉朝开国功臣樊哙的后裔。元朝大德五年冬，书法家鲜于枢自杭州返京，下榻徐州驿舍，夜里闻到阵阵奇香扑鼻，披衣起身寻访，原来是附近樊家狗肉出锅时散发的香味。鲜于枢喝酒吃肉，挥毫写下'夜来香'三个大字，成为樊家六百多年以来的招牌。"

高处长咧开大嘴，"嚯，俺中午留点肚子，晚上好好尝一尝。"

"等到贵军班师回朝途经徐州，俺再给你摆一场庆功酒！"杨益君竖起大拇指。

"好，一言为定，兄弟军务在身，咱们晚上见！"

杨益君伸头向周围打探一番，迅速铺开配车计划单申请单，拣主要的部分抄写在几张纸上，然后掩上门，快步走到站台北侧的茅厕里。

胖胖的裴老板蹲在青石磴上，手里拿着一张报纸。

杨益君褪下裤子，紧挨着他蹲下。

"接到你的电话，我放下手里的活计就跑过来了？"裴老板小声问。

杨益君掏出一叠纸，"迅速交给92号、74师兵力、装备、到达地点。"

裴老板惊叹："天啊，你太了不起了，92号让我到小舅子的狗肉店里帮忙打理生意，还是很高明的！"

"最近敌人频繁调兵，有情况随时联系，紧急时，我去店里找你。"杨益君说完，提起裤子就走了。

二

早晨起雾了，徐州城笼罩在白蒙蒙的雾气之中，街上行人稀少，偶尔几辆牲畜车、人力车经过，发出一连串清脆悦耳的铜铃声。

伍兆勇卸下门板，打开店门，店里的摆钟时针指向九点钟，他自言自语道："春雾日当头，今个儿是个大晴天。"

茫茫雾气中，一个小青年提着一只土瓮，快步走来，他的眉毛上、帽子上结满了一层白色的雾霜。

"掌柜的，昨个晚上逮到的老鳖，足有二斤多哩，您要呗？"小青年问。

伍兆勇细看，原来是伍岳，连忙说："要啊，咱们到屋里约一下秤。"

伍岳随着伍兆勇来到后院，从鞋后跟取出一个小纸条："叔，上级紧急任务，交给92号同志的。"

伍兆勇为他拍打身上的雾霜，"你吃点饭，抓紧回去吧。"

伍六子把老鳖倒进鱼池里，"不啦，城里敌特众多，俺这就赶回去。"

伍梅身穿红色碎花棉袍，悄无声息地走过来。

"伍子哥，你来了，俺这就去给你烙个糖饼去。"伍梅红扑扑的脸蛋洋溢着青春的气息。

伍兆勇也相留："让伍梅捅炉子生火，一会儿就好，吃罢饭再走。"

"那行，俺去灶房跟妹妹一块做饼。"伍岳欣然同意。

伍兆勇挑出红木招牌"糖醋四孔鲤鱼"，挂在大门右侧，又挂上"红烧瓦罐鱼""清炖霸王别姬""泥鳅钻豆腐"三副招牌菜。

临近中午，漫天的雾气忽然像帷幕一样拉开了，明亮的太阳当空照耀，徐州城瞬间沐浴在灿烂的阳光里。

颜石峰骑着一辆脚踏车，到"三春元"鱼馆面前，瞥一眼悬挂的招牌，一个急刹车停下来。

伍兆勇跑过来，"哟，颜先生，好久不见，进来吃点吧。"

"有啥新菜吗？"颜石峰支好脚踏车。

"砂锅小鱼炖豆腐，好吃着哩！"伍兆勇笑呵呵地说。

颜石峰进了店，"那就来一份，再来一块壮馍，汤汤水水都有了。"

两人走进后院的雅间，伍兆勇把一张小纸条交给颜石峰，"分区敌工部通讯站送来的。"

颜石峰看完之后，神情凝重，划一根火柴将情报点燃，看着纸张化为袅袅青烟。

"什么情况？"伍兆勇问。

"华野敌工部的情报，国民党新近从美国购买了4万余支枪支，卡车80辆，还有大量的汽油、弹药等，目前存放在九里山陆军总部军械库，装备向我根据地进攻的一线部队。上级要求我们炸掉这批武器，配合粉碎敌人的进攻。"

伍兆勇掏出烟袋锅，咂巴几口，"4万多支美国枪，都是自动火器，一扫一大片，那会造成咱们部队多大的伤亡呀！美国佬真造孽，借刀杀人，比小日本还坏种！"

颜石峰忧心忡忡地说："是呀，没有美国人的援助、支持，蒋介石哪里来的底气敢发动全面内战？不过，九里山军火库防守森严，高墙、电网还有壕沟，外人进入几乎不可能，只有从内部进行工作，没有可靠的关系，是完不成这项艰巨任务的。"

伍梅端来一钵砂锅小鱼豆腐，"爹，那个少尉马夫来了，在前厅问你呐。"

伍兆勇一拍大腿，"有了，想啥来啥！妮子，去给他打三两酒，炒俩菜，爹一会儿就过去。"

"哎！"伍梅甜甜地对颜石峰一笑，转身出去了。

颜石峰抽出一支美国白吉士点燃，"是个什么人？"

伍兆勇凑到他耳朵跟前说："国民党联勤总部第一补给区辎重连的老兵，叫荣美族，是个赶马车的少尉排长，他就驻扎在九里山军火库附近，经常出入军火库运输辎重。"

颜石峰剑眉高挑，"噢，这倒是条捷径，咱们的关系吗？"

伍兆勇摇摇头，"还不是，我一直在暗中试探他。此人的老家是咱们晋察冀解放区的，抗战出来八九年了，解放区分田分地，他家也分得了九亩地。他只要来城里送货，就到鱼馆里要一个菜、二两酒，每一回都多给他打一两酒，送一盘子菜，一来二往成了无话不谈的好朋友。他是青帮'通'字辈的，跟我称兄道弟的，流露不愿打内战，想回家伺候爹娘，耕田种地，过老婆孩子热炕头的日子。"

"如果跟他摊牌，他能否同意接受任务，万一他反悔，向敌人告密了怎么办？"颜石峰眉头蹙成一个疙瘩。

伍兆勇磕磕烟袋锅，掖进腰带里，"大不了就是一死呗，死了我一个，如果能换回千万条生命，冒点险也值得！"

望着伍兆勇坚毅的国字脸，颜石峰思忖片刻，点点头，"好吧，我同意你试一试，不过，老伍同志，请你见机行事，不行咱们再想别的法子。"

伍兆勇站起身，"老颜，时间不等人，敌人的武器等到装备了部队，就没有机会下手了。我向上级保证，我老伍如果被捕，绝对不会出卖组织，出卖同志。只是有一件事，请组织上把伍梅撤离，这是孙鲁同志唯一的骨血。"

颜石峰紧紧握着伍兆勇的大手，"明天一早，让伍梅通过地下交通线撤退。郭一民同志之前也发来指示，希望伍梅到解放区的鲁中南公安干校去学习，为新中国储备干部。"

伍兆勇如释重负的长吁一口气，"傍晚，要是挂上暗号招牌，就是摊牌成功了。"

颜石峰目光如炬，激动地说："如果策反成功，你就是为党和人民立下大功一件，那个少尉要是愿意到解放区，我们热烈欢迎；要是愿意回家种地，我们启用地下交通线，把他安全送回家。我安排地下武装去九里山西麓的白云洞隐蔽待命，支援荣美族的行动。

两人紧紧握手道别，颜石峰噙着泪花："老伍，多保重！"

伍兆勇转身出门，走到前厅。墙角坐着三十多岁的国军军官，穿着皱巴巴的黄军装，身材消瘦，五官生得很端正，细眉细眼，皮肤黝黑，显得很老相，微微眯着的双目透露出带着男子汉的一种内在的气概。

"吆喝，荣排长，有些日子没来了？"伍兆勇笑呵呵地打招呼。

"这几日天天忙着给东站、北站发货，前方吃紧呀，汽车都运兵去了，净拿着俺们赶马车的踹！"荣美族发着牢骚。

伍兆勇吩咐伍梅："妮子，让你娘再烧俩硬菜，今个儿客人少，爹陪俺兄弟喝两盅。"

"哎！"伍梅应声到后院灶房去了。

"前方战事如何，国军大获全胜了吧？"伍兆勇斟满两瓯酒，端起来跟荣美族碰一下。

荣美族"吱儿"一饮而尽，抹一下嘴巴，"胜个毬，听说74师在山东孟良崮被十几万共军给围住了，剿总天天催着让提货，往前线送枪送炮呐！"

伍兆勇咋舌道："你那仓库里净是这些杀人的玩意儿，要是到了火线，得杀死多少中国人啊！"

伍梅端来一盆红烧杂鱼，把一瓶高粱大曲放在桌子上。

荣美族瞟一眼说："这小妮子出落得越来越漂亮了，跟俺家的小妞子长得像，自打出来当兵九年了，她娘给俺寄过照片，一直没有见过面。"

伍兆勇为他夹一筷子烧鸡，"唉，都是打内战造的孽，不然打完鬼子，早就该解甲归田了！"

荣美族面色酡红，压低嗓音说："接着老哥刚才的话头说，你知道仓库里满满当当存着美国造的机枪、冲锋枪、火焰喷射器、大炮，国军手里都是好家伙什儿，天上还有飞机，但是跟八路的破枪、手榴弹对阵，回回都是国军败下阵来。你说怪不怪？"

伍兆勇小声回答："依我看，见怪不怪，主要就是国民党不得人心，军官喝兵血，政府官员搜刮民脂民膏，老百姓都叫你们刮民党。再看看共产党，处处为了老百姓着想，人心向背，才是胜败的关键呀！"

荣美族右手比画一个八，小声问："老哥是这个吗？"

伍兆勇摇摇头，"人家才看不上俺一个烧火做饭的伙夫哩，不过，俺同参的师兄弟在那边是管事的，一直关系很好。"

荣美族的小眼睛里闪烁着光芒，"老哥能帮我脱了这身黄皮吗？宪兵在车站、码头盘查甚严，逮住逃兵就地枪毙！"

伍兆勇摆摆手，"俺没有那能耐，得请那边的朋友帮忙。不过你得立点功什么的，才好说话，是吧？"

荣美族长叹一口粗气，"俺一个赶马车的能给那边的朋友帮啥忙？"

伍兆勇目光灼灼地盯着他，"你不是天天进出军火库嘛，瞅机会把那些害人的玩意儿一把火烧了，就是功德无量啊！"

荣美族一惊，酒瓯子洒了一半，他的腮帮子急剧地抽搐，沉默半响，端起酒瓯子一口喝干，嘴里蹦出一个字："干！"

伍兆勇机警地环视四周，问："你有啥条件？"

荣美族瞪着血红的小眼睛，"送俺安全回到家乡，给那边说清楚，俺是他们的有功之臣！"

"不考虑在那边谋个一官半职啥的？"伍兆勇掏出两支骆驼牌香烟，递给他一支，划着火柴点燃。

荣美族狠狠地抽一口烟，"我自幼读过几年书，后来家道中落。当初投身抗战，是尽匹夫之责，不是为任何党派效力。如今鬼子投降，内战又起，眼看同胞兄弟手足相残，我只想脱离战争，当一介乡野农夫，孝敬七旬老母，养活妻儿老小。在国军效力九年，目睹国民党军队的腐败，像我这样无依无靠的只配赶马车、当火头军，没有死在战场已经是万分侥幸，不想再让家人终日担惊受怕了。希望将来共产党得了天下，记得老荣的好处就行！"

伍兆勇机警地观察四周，"你准备咋弄？"

荣美族的嗓音更低了，"库里有八十多桶汽油码放在露天，就从那里搞，老荣行伍多年，知道该怎么办。"

伍兆勇端起酒瓯，"事成之后到九里山西麓的白云洞，有人在那里接应你；或者到店里来找我！"

"干！"两人一仰脖子喝干。

荣美族起身抱拳三拜，"我该回营啦，酒多误事，咱们兄弟后会有期！"

伍兆勇抱拳拜三拜，"兄弟山高路远，一路保重，咱们后会有期！"

湿漉漉的太阳升起来了，走街串巷挑菜的小贩早早地亮开喉咙吆喝，

"哎，来买芹菜辣萝卜，辣椒韭菜毛白菜——"

一辆胶皮轱辘马车停在三春元鱼馆门口。

伍梅穿着一身朴素的细布对襟褂子、宽腰裤子，装扮得像个土里土气的村姑，她双跪在伍兆勇夫妇面前，泪珠断了线似的往下掉，"爹、娘，女儿出远门了，您二老多保重！"

"孩儿，起来吧！"伍嫂扶起伍梅，拍打她膝盖的泥土。

伍兆勇酸楚地说："孩子，你总不能永远待在爹娘身边，去吧，奔个好前程，你亲爹亲娘九泉之下也安心了！"

伍衡把一个小包袱递给她，"妹妹，这是烙馍、馓子，带着路上吃。"

伍梅张开双臂，扑进伍衡怀里，俯在他胸前，抽泣着说："哥，你要好好的，等我回来，好吗？"

姑娘柔软的胸脯急骤起伏，抵在伍衡的胸口上，少女洋溢着青春的气息强烈地冲击着他的心房。他屏住呼吸，闭拢眼睛，清凉的晨风飕飕地扑面而来，他情不自禁搂住了小妹。

"好，哥哥等妹妹回家团聚！"伍衡梦呓一样地回答。

"走吧，别误了时辰。"伍兆勇催促。

马车沿着大巷口，叮叮当当向北驶去，拐出巷口不见了踪影。伍嫂双手掩面，泫然泪下。

三

夕阳的余晖映照着连绵起伏的九里山，在缥缈的云烟里，远处的山峰变得影影绰绰，飘忽不定。

山坳里一座青石砖瓦的军营，方方正正的院落，坐西朝东，四周挖掘壕沟、防弹坡，围墙四角筑有炮楼，高墙上密密麻麻布设了电网。大门口拉上铁丝网鹿砦，一个班的哨兵头戴钢盔，荷枪实弹站立两侧。

十几辆马车停在一个露天货场里，一群士兵忙碌地搬卸粗大的汽油桶，墨绿色的油桶上都印着"美孚"商标。货场西边有三座青砖小瓦的大仓库，呈品字形分布，每扇厚重的大铁门前都有两个哨兵守卫。

"嘀嘀嗒嗒"，军营里响起了晚饭号。

一个矮个子的兵发牢骚，"荣排长，一大早到晚上往北站拉了七八趟汽油了，咱们也该吃点饭，歇会儿了，就算咱们是牲口，也不带这么使唤的！"

荣美族光着膀子，"咋办，前线的汽车、大炮、坦克车都是喝油的家伙，要不你们先去吃饭，我码放好喽就去食堂找你们。"

"好吧，俺们先去，给你留着饭。"一个高个子的兵跳上马车，十几辆马车咣当咣当响着铜铃走了。

四周黑暗下来，荣美族俯下身，从胶底鞋里抽出几根火柴，一片擦火纸。

"咔咔"整齐的脚步声由远及近，一个带队的小军官揿亮手电筒，咋呼道："哎，你咋还不走？"

"码放好喽就走。"荣美族头也不抬。

"小心火种啊！"小军官说完，带着队伍走远了。

荣美族从马车座板底下拿出一个军用挎包，然后推倒一个空油桶，用螺丝刀撬开盖，蹲在地上划着火柴，点燃半截香烟，从挎包里抓出一大团棉花，把烟头裹进棉花里，又从挎包里掏出一个小纸包，在棉花包的外边撒上一层枪药，塞进油桶里，摁上桶盖，跳上马车，慢悠悠地出了营门，然后扬鞭"啪"地一记炸响，"驾！"马车向西狂奔而去。

一钩弯月升起来了，凉爽的山风吹来阵阵槐花的清香。

莫振飞站在半山腰，眺望远处军火库里鬼火似的灯光，自言自语道："都待在这里两天了，咋一点动静都没有？"

小班从洞里钻出来，嘴里嚼着烙馍，"今天肯定有戏，不信打赌？"

"赌啥吧，赌你的小攮子？"小殷也凑过来打趣。

"中，你赌啥，腰里的二十响？"小班话音刚落，忽然远方军火库里升腾起一团血红的火焰，十几秒后传来一连串的爆炸，几个巨大的火球冲上了夜空。

"炸了，炸了！"三个人欢呼雀跃。

火海里又是几声剧烈的爆炸，脚下的大地在颤抖，弹片撕裂空气尖叫着从头顶上方飞过，火场里细小的闪光亮点像爆豆一样"噼里啪啦"炸响。

"嘿，比俺老家过年放鞭炮还热闹！"小班拍手叫道。

莫振飞拉着他俩大声说："别光顾着看热闹，注意防护，你俩进洞里去！"

小殷依依不舍地说："这场面，一辈子也见不到一回呀，死了也值得！"

莫振飞训斥，"别胡扯，牺牲了，谁去完成任务？"

一个黑影悄悄靠近，小殷抽出驳壳枪，厉声问："谁？"

黑夜中传来一个怯生生的声音，"二哥，吃红烧肉吗？"

莫振飞大声回答："不，俺只吃烧鸡！"

"是冯家的吗？"黑影又问。

"不，是麻老歪的！"莫振飞回答。

黑影快步走上前，"我是荣美族，老伍让我来找你们的。"

莫振飞紧紧握着荣美族的手，激动地说："谢谢你，为人民立下了大功！"

荣美族由于过度紧张，双手冰凉，他上气不接下气地说："这，就算作投名状吧，您们得兑现承诺！"

小班递过来一身便装，"此地不可久留，赶紧换上衣服，咱们撤退。"

荣美族迅速换好衣服。四个人遁入茫茫夜色之中。

爆炸震撼了徐州城，轰隆隆的炸响在空中回荡。

程金石推开二楼窗户，眺望远处五彩缤纷的夜空，转身问旁边的华伯诚："是九里山军火库炸了，你看是何人所为？"

闪烁的火光映红了华伯诚的面庞，他抑制住内心的兴奋，故作轻松地回答："只有两种可能，或者是意外，或者是共党地工人员所为。"

一连串剧烈的爆炸，震得窗棂子"咯咯"响，程金石下意识地后退了几步，"听新华电台广播，共军在孟良崮包围了整编第74师，国民党五大王牌之首的张灵甫已成瓮中捉鳖。前一阵子，中央社还大吹大擂国军占领华东共匪首府临沂、收复共军老巢延安，牛皮还热乎乎的，就在山东、陕北连吃败仗，党国真的是朽木不可雕矣。对下一步，华襄理，你有何良策？"

华伯诚点燃一支烟，"打仗的事儿咱们管不了，您看九里山上空热闹得跟放焰火似的，都是花花绿绿的美钞在满天飞，国府得花多少钱才从美国买回来的这些枪炮弹药？下一步，国库亏空，国府必定寅吃卯粮，滥发钞票，导致法币贬值。因此，咱们第一，尽量把手中的法币兑换成美钞、黄金这些硬通货；第二，麦收临近，向各银行大量贷款，敞开收购夏粮，囤积现货，以待粮价飙升；第三，棉布、棉花、药品也应尽量储备，多多益善。"

"国府不会治我投机奸商之罪吧？"程金石心有余悸。

红红的烟头闪烁了两下，华伯诚说："物价上涨，咱们抛售面粉、布匹，本来就是平抑物价之举，何来投机奸商之说？再者说，咱们拉上官员一块儿干，有钱大家赚，何乐不为，他们还巴不得有这等好机会呢！"

程金石使劲拍一下他的肩膀，赞叹道："你真是我的好伙计，明天你就去操办这些业务，党政军的头头脑脑、银行的行长们，只要愿意入伙，都吸收进来。事成之后，红利给你分二成，咋样？"

"谢谢老东家厚爱！"华伯诚打躬作揖。

程金石望望远方火光映红的半边天，"看这架势今天晚上都不能消停，咱俩去小食堂，炒俩鸡蛋，喝酒聊天吧？"

"好，我去安排一下，回头来请您。"华伯诚转身下楼。

程金石仰天长叹："卫天兄弟，你举荐的小伙计已到中年，出师喽，青出于蓝而胜于蓝了，你哥也老啦，指不定哪一天就去阴间找你做伴去了！"

四

天放亮了，道台衙门院子里几株梧桐树上白色的花骨朵一簇簇缀满了枝头，清风徐来，夹杂着丝丝甜甜的花香。

拾玉瑾放下手里的铅笔，摘下耳机，推开二楼的窗户，望着窗外的梧桐树，舒展一下身体，几只老鸹飞过来，绕着树杈"呀呀呀"地鸣叫。

突然，一只毛茸茸的手臂从背后伸过来，大手紧紧捂住了姑娘丰满的右胸。

拾玉瑾猛地转身，看见中校台长一脸淫笑地站在身后，她甩手一记响亮的耳刮子，"郜台长，你干什么？"

郜台长捂着热辣辣的脸颊讪笑，"开个玩笑，至于嘛！"

拾玉瑾怒目圆睁，"流氓，无耻！"

郜台长满不在乎地搓搓腮帮子，"玉锦，你的手劲不小啊，知道当兵九年，你为啥还是译电室的中尉班长吗？"

郜台长停顿一下，龇牙笑道："是因为你的裤腰带子太紧啦！"

拾玉瑾被愤怒涨红了脸，吼道："滚！"

台长正色道："哎，我是找你办正事的，74师的4A特急电报回复了吗？"

"还没有。"拾玉瑾气呼呼地回答。

郜台长看一眼手表，"两个小时了，别耽误了军机大事。"

"郜台长，耽误啥军机大事啦？"王宇腾不声不响带着一个参谋走了进来。

两人立正，台长报告："王主任，74师五点十分的电报，来电有误，不能译出，令其校对后重发，一直没有回复。"

王宇腾搬只椅子坐下，"说说你们译电室是怎么工作的，我也长长见识。"

拾玉瑾报告："王主任，译电室目前负责接收鲁南方面的电报。对方发报先把电文用密码本的数字代替汉字进行加密，然后再用加密本进行第二次加密。我们接受电报，用密码本和加密本进行解密、还原，译出电文，对重要的时间、地点等要复译，确保不出错。电文经过班长审阅，再报送到台长审阅，才能报送到长官那里。报告完毕，班长拾玉瑾！"

郜台长补充说："如果对方的电文不能译出，或者意思表达不明，译电班长可以发回，要求对方核对后重发。"

"重发的情况多吗？"王宇腾伸手要烟，参谋赶紧递上。

郜台长立正回答："平常不多，最近鲁南战事吃紧，对方发电报时候可能慌乱，加密失误的情况比以往多了。"

"哦，是这样的，"王宇腾慢条斯理地说，"你们辛苦啦，等一会儿让军务处送一筐樱桃来，慰问你们机要人员。"

"谢谢长官！"郜台长敬礼。

"不打扰你们了。"王宇腾起身离开。

台长送到楼下，王宇腾支走参谋，小声说："这个拾玉瑾我记得好像是徐州人，平日里显得文静、干练，我对她印象挺好的，还为她穿针引线介绍婆家，听说开始谈婚论嫁了。你觉得她怎么样啊？"

台长拘谨地回答："挺好的。"

王宇腾板起脸严厉地说："郜台长，我问你的是，作为联秘处的密查员，你对拾玉瑾的看法？"

台长思忖片刻，"这个人很老成，做事滴水不漏，跟别的女兵不太一样，生活节俭，不和男人调情，大家背地里都说她的裤腰带子勒得最紧。"

王宇腾眯起眼睛问："从3月份开始重点进攻山东，她经手的退回复核的电报多不多？"

"十之五六吧。"王宇腾的问话让台长也警觉起来。

"74师的特急电报是什么内容？"王宇腾依然用慢吞吞的声调问。

"是张灵甫给剿总发来的求援电，iMD标号，就是'限即到'特加急电报，"郜台长说到这里，猛然一拍脑门，"主任，您是说她在故意拖延！"

王宇腾把食指放在嘴上，示意不要往下说，"这个人有嫌疑，要密切监视，岗位嘛暂且不要动，具体由行动队张金彪和你联系，全方位布控。"

"明白啦！"郜台长立正回答。

韩书志急匆匆从旁边经过，王宇腾喊住他："韩副科长，过来一下。"

看到韩书志跑步前来，王宇腾挥挥手示意台长离开。

"忙啥呢？"王宇腾问。

"九里山军火库的事件初查情况已经拟好电文，准备上报国防部，路过这里，正好送您审阅。"韩书志哧地拉开皮夹，取出一份报告，双手呈上。

王宇腾眯起眼睛，快速地扫了几眼，"你是如何看待这次爆炸的？"

"毫无疑问，是共党特工进行的破坏！"韩书志气咻咻地回答。

"损失情况呐？"王宇腾阴鸷的眼神盯着他。

韩书志口齿伶俐地报告："军火库损坏殆尽，存库的4万余支美制机枪、冲锋枪以及200桶油料、大量药品等物资均化为灰烬，死亡、失踪、伤者逾百人。"

"你说共党破坏，依据呢？现场的痕迹全无，没有丝毫线索，咋破案？呈报上去之后，咱们不都是饭桶啦，咋交差？嗯？"王宇腾厉声责问。

一连串严词犀利的问话，韩书志张口结舌，无言以对。

"你们动脑筋想一想，是不是军火库管理上存在疏漏，明火导致火灾，引发了爆炸？"王宇腾阴阳怪气地说。

韩书志恍然大悟，"哦，职下明白了，初步核查，疑似执勤官兵违规使用马灯照明，马灯爆燃引发火情，肇事人员已经在事故中殒亡。"

王宇腾拍拍他的肩膀，"咱们不能替补给区的富胖子背黑锅，但是，案件还要追查，重点从失踪人员的社会关系之中找线索。你来牵头通知一下，明天上午八时整，联秘处核心人员到中枢街总部研究案情。"

望着韩书志的背影，王宇腾又习惯性地眯起双眼，露出狐疑的神情……

五

日寇占领徐州之后，在牌楼市场西侧扒开河堤，建起了纵贯南北的庆云路、横跨黄河的庆云桥。光复之后，国民政府更名为中山路。道路联通了徐州城里与铁路北站、铜沛公路的货运、人流，庆云桥一带原本荒凉的黄河滩地也繁荣起来。桥北西南角各类小吃摊，摆地摊卖杂品百货、旧货、药品等生意人，还有打拳卖艺的、阴阳八卦算命的，各类人物纷至沓来，会聚于此。

这里最著名的当数"利民书场"，黄河沿底下八根木桩打地基，牛毛毡、秫秸苫顶，搭起一座大棚子。前头三尺高的土台子，摆着一张黑漆条几，上边放着一把豁嘴的大茶壶，两只茶碗，台下清一色的长条凳。从早到晚说书的、唱扬琴戏的一场接着一场，成为徐州人津津乐道的娱乐场所。

红日西沉，东风拂面，黄河水波光粼粼，河边芦苇钻出了嫩芽，青蛙热热闹闹地叫个不停。

颜石峰穿着一件长衫、西装裤子，脚穿布鞋，教书先生打扮，站在河边，抬起手腕看一眼手表，推着脚踏车向"利民书场"走去。

临近晚饭时间，书场里观众稀稀拉拉剩下几十人，颜石峰捡后排的位子坐下。

一个黑瘦的瞎子艺人，穿长衫，戴礼帽、墨镜，端坐在一把特制的椅子上，椅子上装有踏板、引绳、木杆、梆子等器械，又叫脚踩梆。

瞎子艺人冲台下抱拳："拧拧弦子定准声，老少宾朋请您听；闲言碎语不多表，咱今天给您来一段《打蛮船》！"

瞎子满口的徐州话，边拉胡琴边歌唱，唱中夹杂道白，唱词押韵，朗朗上口，颜石峰渐渐听得入戏。

韩书志悄悄坐到他身边，他穿灰色卡其布中山装，脚蹬皮鞋，官员装束，"这位是徐州有名的坠子演说家崔瞎子，拿手戏就是《打蛮船》。"

颜石峰点燃一支烟，"在徐州待了多年，还没有听过坠子。"

"坠子又称'唱丝弦'，发轫于铜山东部。《打蛮船》讲得是徐州青帮弟子刘武举漕运粮草，带领众兄弟跟罗蛮子谈判不成，进行决斗的故事。里边的唱词唱腔，徐州大人小孩都会哼哼几句。"韩书志边说边观察四周。

艺人这时候唱到高潮处，道白："刘武举一看恼怒了，'龟孙蛮子要打架，兄弟们，咱们也得操家伙！'"

一阵疾风骤雨般的胡琴伴奏夹杂着梆子的敲击声，瞎子接着唱："但只见，铁权、绳镖、梢子棍，大刀、流星九节鞭，众兄弟拉开架势就动手，刘武举大步冲上前，一棍打他一个脸开花！"

瞎子停下来喝几口茶，抽上一袋烟。有人端着水瓢绕场起钱，嘴里不住地念叨，"无君子不养艺人，多少随意！"

稍候片刻，瞎子接着唱："蛮子见血不敢打，侉子见血大得欢！"

瞎子停下胡琴，猛地一拍大腿，道白："咱们徐州人打架有种那是了出名的！"

台下噢地一片叫好。

"约我听书，还有啥事？"颜石峰小声问。

"鲁南战事开始以后，根据你的指示，凡是前线的电报能拖延一分钟，就尽量拖延一分钟。战略侦察支部的大海同志经常责令对方校对后重发，大大拖延了敌军的行动。"

"你们任务完成得很好呀！"颜石峰赞许道。

"问题就出在这儿，"韩书志显得神色紧张，"昨天早上我从电台室附近过，望见王宇腾跟台长两个人嘀嘀咕咕，神情诡秘，就借故绕个弯儿过去。"

颜石峰不解，"有啥可疑的吗？"

韩书志忧心忡忡地说："王宇腾鬼叽得很，他到电台去肯定是嗅到什么气味了，倘若调出大海同志两个月的来往电文底稿，就能发现一些疑点。"

颜石峰感到事态的严重，"你有什么想法？"

韩书志语气坚定，"暂停大海同志的一切行动，三个月内不安排任何任务，必要时迅速撤离！"

颜石峰点头答应，"好，我同意，发现异常情况，及时撤离。"

"王宇腾部署还乡团的部队，在徐州周边地区疯狂捕杀军属、民兵、地方干部，麻昭祥的101团负责徐州西北片、湖西地区，这个家伙最反动，最凶恶，组织上做好应对措施。"

颜石峰侧过脸问："知道了，问一件事，郝鹏举叛变之后，高瀚同志有消息吗？"

"国民党的内部资料，元月27日郝鹏举公开叛变，首先将一师师长刘启滨、二师师长牟亦奇软禁，杀害了我们军代表高瀚等三十多政工干部。高瀚牺牲得很英勇，刑场上留下绝命诗'一颗为民心，万古终不眠。壮士非无泪，不为断头流'。仅仅过了十天，我军就彻底歼灭了郝鹏举部。郝鹏举被俘，逃跑时被击毙。"

两行热泪夺眶而出，颜石峰悲痛地说："高瀚同志曾经给郝鹏举说欠他一条命，郝鹏举回答说不定哪一天又得还给他，没有想到竟然一语成谶，死在他手里！"

颜石峰起身离去，背影消失在夜色中。

第三十九章　鬼魅遭至大破坏　国军愤然举义旗

一

灰蒙蒙的天空一片阴晦，秋风裹挟着细雨在旷野上奔驰，刮弯了树梢树干，吹落的树叶漫天飞舞。

金乡县城西北的赵家"大瓦屋院"坐落在一座小山包上，依山而建，分成上下两个院子，二十多间房舍都是一色的青条石到顶，上苫合瓦。大门朝南，厚重的木门用铁叶子包裹，钉满了拳头大的铜钉子，门枕两侧卧有一对石狮子。湖西地委、专署的临时办公地点设在这里。上院堂屋里，郭一民、虎林分坐八仙桌两侧。

郭一民卷起一支喇叭口，"虎林同志，你跟喜鹊分别一年多了吧，目前战局正在向有利于我们的方向发展，派人将她娘儿俩接过来吧。"

虎林笑笑，"谢谢老郭关心，当中喜鹊也捎过信，在那里挺好的，还帮助当地开展群众工作。"

郭一民依然坚持，"我给后勤的户秉纯同志说过了，让他准备车马，你快去快回。那里靠近丰北敌占区，时间久了会有危险。"

宗时荣站在门口，一身戎装，声音响亮，"报告！"

"宗时荣同志，请进来吧。"郭一民笑着站起身，递给他一茶缸水。

宗时荣接过茶水，在两人的对面坐下，"首长有什么任务，请指示！"

郭一民掏出一支"大鸡"香烟递给这位爱将，"根据地生产的香烟，平常舍不得吸，你来了，咱俩一起分享。"

宗时荣点燃香烟，很惬意地抽了一口，等待郭书记讲话。

郭一民神情凝重地说："10月10日，党中央发布《中国人民解放军宣言》，提出'打倒蒋介石，解放全中国'的口号，革命形势蓬勃发展。徐州的地位、作用我就不必赘述了，你清楚，这座军事重镇在人民解放战争中的作用。你是老党员、老战士，是组织最信任的同志。按照华东局城工部和华野敌工部的要求，我们派一个得力的干部打入徐州敌军内部，开展工作。我和虎林部长一致认为，你是最合适的人选，怎么样，有困难吗？"

宗时荣站起身，"没有困难，保证完成任务！"

虎林端起草绿色搪瓷缸子喝口茶，"你去了之后，跟代号大海的同志接头，担任战略侦察支部副书记，受书记青山同志的直接领导。这是一个潜伏在敌营核心岗位的情报小组，工作出色，受到过中央军委的嘉奖。"

宗时荣全神贯注，目不转睛，听着领导的讲话。

虎林接着说："我们在徐州开展工作的关系目前有一百四十多位同志，分成三个部分：一个是情报系统，组长是92号同志；一个是敌军系统，就是你要去的地方，组长是青山同志；还有一个是党群系统，组长是百灵同志。按照上级的要求，由百灵同志统一领导这三条线的隐蔽斗争。"

郭一民接上话茬，"从事地下斗争的同志，时刻都面临被捕、牺牲，敌人的特务系统也是很强大的，你们最强劲的对手就是剿总政治部主任王宇腾。他把徐州城里国民党八大情报系统整合成为'党政军团首长联席会报'，除了军统、中统，还有国防部代号6585的第三大队、国防部二厅直属情报站、驻徐正规部队参谋处的谍报队、敌人的政工室、敌党政警系统的部门，都被他通过这个特务系统牢牢抓在手里，真的是法力无边！"

看到宗时荣听得神情紧张，虎林舒缓一下气氛，笑着说："只要我们严格按照地下工作纪律行事，也不必过分担心。敌情紧急，你尽快动身。"

墙外传来"扑棱棱"的拨浪鼓声，一个悠长的声音顺风飘来，"针头线脑、木疙瘩、花布手绢、绣花针、沿底条子、鞋面子、木梳子、瓦拢子、鞋拔子、洋火、香烟、糖块子——"

宗时荣忽然警觉地说："哎，这个货郎咋跟到这里来了？他以往常在咱们驻地附近转悠的。"

虎林也瞪起眼睛，"你是说他有可能是敌特的交通员？"

郭一民拍拍手，"宗时荣同志，你是保卫科长，暗中盯住这个货郎。"

"是！"宗时荣立正敬礼，转身出门。

风势小了许多，细雨黏黏糊糊地飘飘洒洒。宗时荣出了大门，撑起油纸伞。

一个军人披着白布刷桐油做的雨披，急匆匆迎面相遇。

"吆喝，宗科长，来机关汇报工作的？"来人是后勤科副科长户秉纯。

宗时荣一把拉着他，"老户，俺正要找你呐，你那有喝茶的衣裳没？"

户秉纯眨着亮晶晶的双眼，诡秘地笑着问："有啊，你是去相亲，还是去执行任务？凭咱们兄弟俩的关系，缴获的西装、皮鞋、绸缎衣裳随便你挑。"

宗时荣嬉笑道："相个鸟亲，有任务，一时半会回不来，置办点行头备着。"

"明白了，任务保密，不要多嘴。"户秉纯掏出一盒"大鸡"烟也掖到他手里，"下雨天，喝酒的天，晚上咱们兄弟喝几盅，也算给你饯个行？"

"不啦，任务在身。"宗时荣把香烟揣进口袋，摆摆手，走了。

高个子的货郎摇着拨浪鼓，一路吆喝着走到一家屋檐地下，放下担子，摘下斗篷，脱去蓑衣，坐在马扎上抽烟歇息。

一个披着桐油雨披的军人慢悠悠地走过来，他的帽檐压得很低，眼睛贼亮贼亮的，"掌柜的，买盒'翠鸟'烟。"

货郎接过钞票，递过去一盒绿色的香烟，"老鸹，八路北逃之后，你让俺老景一路好找，转悠了几个月，才看见你画的小鸟！"

"少废话，赶紧发报，敌工部部长虎林的老婆住在城南的王沟村，很快就要转移了，抓紧行动；还有，保卫科长宗时荣可能要进徐州城，执行绝密任务，布置拦截！"

老景的黄巴脸上露出欣喜的笑容："好嘞，瞧好吧！"

军人匆匆离开。货郎担子扛上肩，吆喝着往北山走去。

两个扛镢头的黑衣农民不紧不慢地跟在货郎后边。

北山东西横亘七八里，高三百多米，两头翘，中间凹，恰似一头俯牛，也叫俯牛山。山前一条小河，河上横卧着一棵大树，当作独木桥。

货郎挑着担子上了独木桥，过河往回看一眼，蹿进山坳里，不见了踪影。

"宗科长，怎么办？"一个小伙子问。

宗时荣拔出驳壳枪，"咔"地张开机头，"跟上去，准备战斗！"

货郎东瞅瞅，西看看，攀上一个土坎，放下担子，从抽屉最底层搬出一只木匣子，手脚麻利地打开，拉出天线，扭开旋钮，戴好耳机，展开一个小纸团，揿动按键，"嘀嘀嘀"一串清脆的声音从土坎下飞出。

宗时荣两人持枪搜索前进，山风呼啸，飘来一阵时隐时现的发电报的声音。

"特务在发报！"宗时荣小声说，"咱们摸上去，逮活的！"

· 516 ·

灌木丛里布满蒺藜，两人小心翼翼向着土坎方向包抄过去。

老景俯在土坎背后，看着逼近的两个人，从怀里掏出一支勃朗宁手枪，嘴里"吧唧吧唧"咀嚼着小纸团，"就凭这俩货，还不够俺塞牙缝的！"

"砰"一声清脆的枪响，小伙子晃了晃，应声栽倒。

"嘡嘡"驳壳枪几乎同时响起，老景的左脸颊被钻了一个血窟窿，露出白茬的牙根，一骨碌滚到土坎下。

"缴枪不杀，解放军优待俘虏！"土坎下传来略带侉音的叫喊。

鲜血霎时染红了半边脸，老景含糊不清地自言自语道："落到共党手里，就没有个好！"

"不许动，缴枪！"宗时荣冲上土坎，用枪逼住了货郎。

老景惨然一笑，举枪对准了太阳穴，扣动了扳机……

二

王沟是一个依山傍水的小山村，只有几十户人家，都是挑坯泥墙、麦草苫顶的土屋。村后是一座小山包，只有百十米高。村前一条王沟河，有一座青条石砌成的小桥，桥头蹲踞石狮子一对，清澈的流水哗哗地从村前流过。

"捏面人嘞，捏面人，捏个唐僧骑大马，捏个猪八戒扛着耙，你要捏啥就捏啥！"一个挑担子的中年汉子吆喝着进了庄，担子上插满了大大小小的彩色面人，很快屁股后头引来一群孩子。

汉子放下挑子，"孩儿们，一枚鸡蛋换一个，麻溜地回家拿去哦！"

一家庄户人家的木门"吱呀"开了，一个四五岁的小女孩拉着一个老农妇的衣襟，"舅姥姥，我要面人！"

老妇人低下头说："乖妞妞，舅姥姥这就给你拿鸡蛋去。"

"妗子，别乱花钱，鸡蛋留着给叔叔吃。"出来一个年轻的女子，三十岁左右，留短发，面容姣好，一把抱起孩子进了院子里。

汉子探头往院子瞧一眼，院子里三间堂屋，两间东屋，正中有一盘石磨。一个少年弓腰推磨盘，有个老汉正在把磨碎的麦子用箩子筛。

"大娘，讨口水喝！"汉子伸头说。

老妇人端来一瓢水，汉子喝了几口，就跟她攀谈起来："大娘，您家人口真多，刚才那位是您儿媳妇吧？"

"俺哪里有怎么好的福气，是俺远房亲戚，来走亲戚的。"老妇人也喜欢饶舌。

汉子又摸出几只石榴递给老妇人,"大娘您尝尝,俺家树上结的。您这亲戚不外气,看着跟您家里的人一样。"

"可不,在俺家住了小一年喽!"老妇人坐在门槛上,开始拉家常了。

年轻女人过来搡,"捏面人的,喝完水,你该走了吧?"

"这就走,别耽误您家干活计。"汉子挑着担子走了。

望着汉子的背影,年轻女人责备道:"妗子,您跟他瞎扯啥哩?"

老妇人撩起衣襟上兜着的石榴,"喜鹊,他给了俺几个石榴,也没有说啥,就是问你是俺儿媳妇不?俺说俺哪有恁么好的儿媳妇,是来走亲戚的。"

喜鹊大惊失色,"坏啦,八成是敌人的探子!"

老汉走过来扇了老妇人一巴掌,"就你多嘴多舌的!"

喜鹊制止道:"舅舅,别怨俺妗子了,我得马上撤离!"

老汉急切地说:"好,你带着妞妞从山后撤退,让小三子给你带路。"

"哗哗"的马队声从村前石桥上传来,喜鹊抱起孩子:"敌人上来了,赶紧撤!"

小三子拉起喜鹊向山上一溜小跑。

麻昭祥带领几十个骑兵冲进了村子,捏面人的汉子来到老汉家门口跳下马,挥舞着马鞭,吼叫:"哎,老婆子,让共产党的喜鹊主任出来一下!"

"你这人咋翻脸不认人,怎么恶的来!"老妇人坐在门槛上哭了。

"少废话,冲进去,抓人!"麻昭祥骑在马上,耀武扬威地说。

李狗爪子带着十几个还乡团,端着上了刺刀的美国加兰德步枪闯了进去,翻箱倒柜折腾一通。

"报告,没有人!"李狗爪子气咻咻地说。

"她跑不远,留下几个人,把他家的房子点了,其他人跟我往山上追!"麻昭祥的鹰眼里闪烁着阴鸷的寒光。

"姐,俺家淌烟了!"少年惊呼。

"三子,快跑,不然就来不及啦!"喜鹊上气不接下气。

"姐,敌人上来啦!"少年尖叫。

几十匹战马扬起满天的烟尘,向着半山腰冲来。

喜鹊拢一下头发,"这回咱们走不了啦,可能要牺牲,三子,怕不怕?"

三子带着哭腔,"姐,我怕!"

麻昭祥拍马冲到跟前,饶有兴味地看着他的猎物,"喜主任,中统徐州室主任、101团团长麻昭祥这厢有礼啦，今天用八抬大轿请你，面子够足的吧？"

喜鹊怀中抱着小妞妞怒视着他，小三子依偎在她身边瑟瑟发抖。

牛高马大的李狗爪子，呲着两颗金牙，淫笑道："素闻虎林同志的娇妻美貌赛仙女，毛丫头时就被咱老爷开了苞，见到真人，嚯，长得真跟年画里的人儿似的！麻主任，真要白白地活埋了，岂不可惜？"

麻昭祥手中的马鞭指着他训斥道："不可造次，喜鹊跟俺是乡亲，一时糊涂，误入共党的歧途，只要是能够幡然悔悟，弃暗投明，咱们一切都好商量。"

"呸，做梦！"喜鹊啐了一口。

麻昭祥扬扬得意地挥舞一下马鞭，"狗爪子，把人带回县衙监狱，你这一排兄弟好生看押，没有我的命令，任何人不准提审。"

一辆马车上坐着喜鹊，怀中抱着妞妞，少年被五花大绑，四周簇拥着凶神恶煞一样的还乡团，马队稀里哗啦向丰县城方向疾驶。王沟村里浓烟滚滚，老百姓哭天抢地，哀声震天。

三

天大亮了，西关博爱街哨卡的木栅栏拉开了一道豁口，三三两两的老百姓开始进进出出，四个挎枪的士兵查验"身份证"，搜查随身携带的物品。

街西头有个鞋匠铺，麻脸的鞋匠早在门口铺上一张脏兮兮的水牛皮，摆上铁鞋掌、锤子、锥子等家伙什儿，身后的两间瓦屋房门紧闭，几双眼睛透过窗棂紧盯着哨卡的过往行人。

"王主任，您说那个重要人物能来吗？""瓢把子"张金彪揉揉发酸的眼睛。

王宇腾瞅一眼身边的麻昭倩，"最关键的是麻小姐，你别看走了眼。"

麻昭倩穿着时尚，天蓝色的西服上衣，黑色套裙，高跟鞋，大波浪烫发头，略施粉黛，高雅、端庄妩媚。

"不会错的，要不是恩人出手相救，小倩早就被泥腿子乱棍打死了！"麻昭倩掏出手绢擦一下眼角。

"麻小姐也算是为党国奋勇捐躯吧？"张金彪调笑。

"不，这是命中注定的姻缘，我是心甘情愿的！"麻昭倩认真地回答。

王宇腾眯缝着眼睛，对张金彪阴阴地说："等一会儿你先跟上去，把他带到崇文路十七号，我和麻小姐半小时之后到。记住喽，这一次咱们用'短促突击'审讯，身上不许有伤痕。"

一个国字脸、红脸膛的年轻人，留着分头，穿着西式裤子，灰色长袍，黑色皮鞋，一副教师装扮。他跳下马车，给车夫付了钱，不慌不忙走到哨卡，放下手里的柳条箧，递上身份证件，顺从地张开双臂，接受检查。

"他来啦！"麻昭倩小声说。

王宇腾举起望远镜，看着士兵一件件地掏摸柳条箧里的衣物，嘴里得意地念叨："绸缎大褂、面筐帽子、白衬衣，嘿，注重细节，老鸹真是把好手！"

"老鸹是谁？"张金彪凑过来问。

王宇腾意识到自己说漏了嘴，"甭问了，瓢把子，开始行动吧，咱们这一次是密捕，千万别闹出什么动静！"

"瞧好吧！"张金彪掩上门出去了。

一辆黄包车停到年轻人身边，车夫招徕生意："掌柜的，坐车不，便宜啊！"

"到东站的大金台旅社，得几个钱？"年轻人问。

"二百块，咋样？"车夫伸出两根指头。

年轻人把柳条箧拎上车，撩起长衫，一步迈上去。

"坐稳当喽，走起哦！"车夫操起洋车把一路小跑。

黄包车穿过博爱街，拐到中枢街，年轻人只顾着东张西望欣赏街景，没注意到一辆黄包车不紧不慢跟在后边；还有几个学生、职员打扮的男青年，骑着脚踏车左右相伴。

身材高大的车夫脚力很好，眨眼的工夫跑出了中枢街，往北拐上中正路，车铃叮叮当当发出脆响，跑过了中山堂，一口气冲上大坡，脚步不停地向东奔跑，突然向南急转弯，停在了崇文路北口一座土黄色的楼下。

这是一座日式的三层抹角楼，钢筋水泥结构，楼的基石用大块的青条石垒砌，楼顶筑有半人高的女墙，留有射击垛口，这是一座军事堡垒，曾经是日本海军部特务机构"玉儿机关"的办公场所。抗战胜利之后，这里又成为特务机关中统徐海办事处的办公场所，也是个秘密关押地下党员和进步青年的魔窟。

"你跑错地方喽吧？"年轻人大惊失色。

"不错，就是这嗬！"车夫阴森森地回答。

张金彪从后边绕过来，锁住年轻人的手臂，"朋友，借步地说说话。"

车夫上前不由分说架起年轻人就走。

抹角楼坐东朝西，大门是个青石地基、水泥墙壁的凸出部，出口两侧有两间带铁棍子的小屋，门口挂着一块红木牌匾，镌刻黑体字号"裕华盐栈"。

年轻人被几个人挟持着推进一楼长长的走廊，黑咕隆咚的走廊里充满了血腥味儿，走到最南头，他被推进一个凹陷的半地下室，四周抹着水泥，像是一个大浴池，地上摆满了皮鞭、铁链、烙铁等刑具，七八个彪形大汉光着膀子分列左右。

"你们是什么人，凭什么无故抓人？"年轻人大声抗议。

张金彪悠闲地点燃一支烟，吐一口烟圈，"知道这是啥地方不，阎王殿！这间屋就是鬼子修建的水牢。俺先自报家门，中统局徐州室行动大队大队长张金彪，江湖人称瓢把子。咋样，是你自己说，还是俺们兄弟动手，给你半小时考虑。"

年轻人闷不吭声，一言不发。

"行，你小子牙口怪硬！"装扮的车夫揪住他的头发，恶狠狠地说。

房间里静了下来，墙上挂的自鸣钟的钟摆"嘀嗒嘀嗒"发出骇人的声响，不知道过了多久，"当当当"，时钟清脆地敲了十下。

"时辰到了，兄弟们，叉起来！"张金彪甩掉烟蒂。

七八个打手发出狼嚎一样的怪叫，抹肩头拢二臂把年轻人捆绑得结结实实，脚不沾地吊在铁链子上。

一个身穿藏青色呢子中山装的小个子不声不响走了进来，戴着黑色呢子礼帽，上衣口袋插着一支粗大的别克钢笔。

打手们都肃然起敬，齐声问候："长官好！"

小个子挥挥手，"你们都出去吧！"

"是！"七八个打手出去了。

小个子顺手拿起桌上的身份证，音调平和地说："赵东平，男，二十七岁，铜山县五区人，职业，教员。"

小个子的大眼睛里幽幽地放射出寒光，紧盯着年轻人，"哎，你们的敌工部也太不专业了，这样的身份证件糊弄谁，一眼就戳穿，派你来不是害人嘛！"

"不明白你的意思。"年轻人开口。

小个子咂一下嘴，"这样我来说，要是错了你来纠正。"

年轻人惊悚地望着这个阴阳怪气的小个子。

小个子倒背双手，踱到年轻人跟前，仰脸望着他，"你叫宗时荣，二十六岁，山东荣城县人，民国二十六年参加八路军，任湖西军分区保卫科科长。"

"既然你们都知道了，杀了俺吧！"宗时荣怒吼。

小个子连连咂嘴，"啧啧啧，年纪轻轻，美好的年华，人生才刚刚开始，死啦岂不可惜，就没有其他的路径吗，非得走绝路？"

"让俺当叛徒，没有门！有啥招数都使出来，冲俺来呀！"

"咋呼啥，让你见个人，开导开导你。"小个子拍拍手。

麻昭倩推门进屋，看到宗时荣，扑上去，抱住他的大腿放声大哭。

小个子示意："放下来吧。"

张金彪轻轻放下铁链子，宗时荣瘫坐在地上。

麻昭倩扑进他怀里，一边号啕大哭，一边手忙脚乱地解绳索，"恩人，咱们别遭这罪了，带着妹妹远走高飞吧！"

宗时荣禁不住潸然泪下。

小个子递给他一支烟，"吧嗒"用打火机点燃，"宗科长，现在就我们四个人，你只有两条路，一是告诉我，你来干什么的，说完，就能带着小倩去上海、香港、美国，我保证兑现诺言；第二嘛，晚上把你装进麻袋里，沉到黄河里。"

"你是什么人？"宗时荣泪眼婆娑地仰起脸。

小个子一字一句蹦出仨字："王宇腾！"

宗时荣一下子像泄了气的皮球软了下来。

麻昭倩把他揽在怀里，"恩人，说了吧，妹妹今晚就嫁给你，明天咱们就离开这个鬼地方！"

宗时荣有气无力地说："我奉命潜入徐州，给代号大海的接头。"

"接头地点？"王宇腾阴鸷地盯着他。

"今天下午三点钟快哉亭公园九曲桥的凉亭，第二接头地点是明天上午十点大同街西首的老同昌茶庄二楼茶社。"

"东车站的大金台旅社是你们的窝点吗？"王宇腾的眼神鹰隼一样犀利。

宗时荣摇摇头："不知道，上级就是这样安排的。"

王宇腾笑眯眯地拍拍宗时荣的肩膀，"宗先生，你获得自由了，不过还得请你到大金台旅社小住几日，等大海和同志们都现身，你就可以带上麻小姐出去过快活日子了，君子一言，驷马难追。"

宗时荣抹一把汗津津的额头，"共产党处决叛徒从来都是毫不手软的。"

王宇腾看一眼手表，"放心吧，我们会保护好朋友的，现在送你下榻大金台，下午如约去九曲桥接头。"

大马路东头过往旅客步履匆匆，火车汽笛声此起彼伏，空气中弥漫着浓重的焦炭气味。

一个身穿百衲衣的叫花子，戴着小花帽，手里摇晃着一根莲花落，短棍上下飞舞，铜钱哗哗作响，"东瞅瞅，西逛逛，车站的生意特别强，叫大娘，您别藏，您的生意火上旺！"

老太太施舍两张钞票，"要饭的，赶紧走吧！"

瘦高个的乞丐深鞠一躬，从大金台旅社门口唱着歌谣过去了。

下午两点多钟，宗时荣身穿一件玉白色长袍，头戴咖啡色礼帽，鼻梁上架着墨镜，提着皮包走出旅社。他拍拍手，一个身材高大的车夫快步迎上前来，宗时荣撩起长衫上车，黄包车叮叮当当沿着大马路向西急驰。

天空阴沉沉的，荷花池里的荷叶已经开始颓败，一条弯弯曲曲的木质小桥横亘南北，小桥的中央有一座古色古香的凉亭，红漆抱柱、琉璃瓦、飞檐挑角。宗时荣慢悠悠地踱到亭子里，掏出一份报纸，坐在石凳上悠闲地翻阅。

过了一会儿，他抬起手腕看一眼手表，时针指向三点钟，不由自主地环顾四周，一个身材丰满的姑娘身穿阴丹士林布旗袍，从南头姗姗走来。

公园的亭楼上，王宇腾举着望远镜，惊呼："拾玉瑾，她就是'大海'！"

张金彪凑过来，"王主任，按照您的指示，对她严格监控，除了每周跟铁路调度杨益君约会一次，没有发现异常。还有，对姓杨的是否也要监控？"

王宇腾紧紧盯着桥头，"不用了，杨益君是我恩师的儿子，他俩谈恋爱是我给他俩牵线搭桥的，咳，这事办得真腌臜，怎么给老师交代？"

"主任，等一会儿还是密捕吗？"张金彪兴奋地问。

"不，放长线钓大鱼，隐藏深的才能是大鱼。要让宗时荣打入他们内部，摸清楚情况，再一网打尽！"王宇腾狠狠地说。

拾玉瑾走上凉亭，从布包里拿出一本书倚靠在抱柱上。

年轻人旁若无人地看着手中的报纸，用略带侉音的嗓门赞叹一句："'春江潮水连海平，海上明月共潮生'，好诗！"

附近有三三两两的闲人游逛，一个老妪扯着嗓子吆喝："卖茶叶蛋喽！"

一对儿情侣依偎着从凉亭中间穿过，拾玉瑾与俩人的眼神对视，俩人不约而同地将目光转向别处。她从表面的平静中嗅到一种肃杀之气，合上书本，准备离去。

那个年轻人放下手里报纸过来搭讪："小姐，敢问您读的是什么书？"

"张爱玲的《倾城之恋》。"拾玉瑾收好书籍起身。

"有爱尔兰女作家写的《牛虻》吗？"年轻人摘掉墨镜。

对方两次主动对出接头暗语，拾玉瑾上下打量这个年轻人，就在他摘下墨镜的一瞬间，拾玉瑾突然瞥见年轻人手腕里有紫红的伤痕，她大吃一惊，于是决定试探一下对方。

"《牛虻》是禁书，国府禁止阅读的，先生还是别自找苦吃。"她拢一下短发，机警地扫视周围环境。

看到拾玉瑾不温不火的回答，年轻人显得有些着急，"小姐，俺是从西北路老家来城里的，人生地不熟的，您能给俺找个落脚的地方吗？"

"报纸上有招聘，第四版。"拾玉瑾趁着对方翻看报纸的瞬间，突然撸起他的袖子，一道青紫的勒痕赫然在目。

"小姐，初次见面，您拉拉扯扯的，这是干啥哩？"年轻人大惊失色。

左轮枪从报纸底下硬邦邦地抵住了他的腰眼子，拾玉瑾平静地问："绳索的勒痕是咋回事，你是不是被捕叛变了？"

年轻人举起双手，"姑娘，别冲动，你是大海吧？既然被你识破，实话实说。俺叫宗时荣，湖西军分区保卫科科长，奉命前来跟你接头，刚一进城就被王宇腾抓获。你要不然就给俺一个痛快的；要不然跟俺一起投奔党国！"

拾玉瑾的语气里透露着威严，"为什么背叛信仰？你不知道这样做会给组织造成多么大的损失吗？"

宗时荣哀求道："他们软硬兼施，俺受不了啦！姑娘，奉劝你放下枪吧，四周都是军统、中统的人。"

"你还有什么话要说的？"拾玉瑾厉声问道。

"反正是难逃一死，户三你个狗日的，老子十年革命，毁于一旦，老子到了阴曹地府也饶不了你！"宗时荣闭上眼，引颈受戮。

"砰"一声沉闷的枪声，宗时荣一个趔趄栽倒地上，拾玉瑾紧跟着又连开四枪，枪枪击中要害。

四周的闲人挥舞手枪，呐喊着冲过来。拾玉瑾轻蔑地一笑，举枪自尽，却不料枪膛里一颗子弹哑火。那一对情侣一个饿虎扑食将拾玉瑾死死摁在地上。

王宇腾远远望见，顿足道："多好的案子，枪一响，咋不都露馅了呢？"

张金彪龇牙笑道："还好，留下一个活口，交给俺审讯，您就没心烦啦！"

王宇腾长叹，"瓢把子，这个拾玉瑾敢饮弹自尽，一看就是个狠角色。女人的耐受力极强，看在恩师没有过门的儿媳妇的面子上，还是恩威并施吧！"

"知道了，人羁押在哪里？"张金彪问。

王宇腾没有正面回答，反问道："你对军法处副处长司百顺看法如何？"

"司副处长是您老部属，职下不好评头论足。"

"甭跟我弯弯绕，有话直说。"王宇腾显得不耐烦。

张金彪点燃一支烟，深吸一口，"司百顺在铜山县当警察局长时候，就有同情共产党的倾向，曾经私自释放共产党的嫌疑犯；到了剿总之后，经常流露出赞同共产党土改的思想，似乎有通共之嫌。"

王宇腾紧锁眉头，"司百顺为人仗义，战功卓著，通共绝不可能。这样吧，别放在军法处了，把拾玉瑾羁押到崇文路裕华盐栈，秘密审讯。"

"是，职下这就去办！"张金彪立正回答。

夜空乌云低垂，没有一颗星星。一股旋风打着转儿哗哗地从河面掠过，树叶纷纷坠落下来。黄河岸边的铁牛旁边，两只红红的火头在黑暗中闪烁。

"韩书志同志，你必须立即撤离。"颜石峰说。

韩书志急切地说："老颜，你不了解拾玉瑾，我坚信，她是绝对不会叛变革命的。如果这时候我当逃兵，王宇腾就会顺藤摸瓜，找到许多蛛丝马迹的，我们辛辛苦苦经营的隐蔽战线就会彻底暴露！"

颜石峰的语气也不容置喙，"老韩，我们不能靠打包票、赌运气来干革命，地下斗争有铁的纪律，你面临暴露的危险，必须撤退，没有二话。"

韩书志上前握住他的手，"颜石峰同志，即便是拾玉瑾叛变了，她也只跟我一个人联系，我宁愿死也不会出卖你的，你还信不过我吗？"

颜石峰叹口气，"好吧，你做好随时撤退的准备，知道拾玉瑾关在哪里了吗？"

韩书志剧烈地咳嗽几声，"军法处、河清路8号、庆云桥的模范监狱都托内码打听了，目前极有可能关在崇文路中统的秘密监狱里。怎么，你打算劫狱？"

"我想动用城边的地下武装解救她，你看是否可行？"火头一闪，映出颜石峰刚毅的脸膛。

"放弃这个念头吧，只会造成更大的损失。"韩书志无奈地回答。

颜石峰狠狠地说："老家发来紧急电报，击毙一个正在拍发电报的敌特交通员，提请我们注意。现在谜底找到了，一定是敌特察觉到了老家派人打入徐州的准确情报，王宇腾就来了一个张网以待。"

韩书志推起脚踏车，"王宇腾这个人鬼精鬼精的，我晚上还要值班，该回去了，别引起他的怀疑。"

颜石峰上前握住他的手，"老韩，多保重！"

"保重！"韩书志用力握一下，转身消失在夜幕中。

四

丰县城西一座青色城墙大砖垒砌的大院子，坐北朝南，大门是一座门楼子，楼上左右两间阁楼，拱形的门圈，两扇厚重的木门，门口蹲踞两只石狮子。大院西侧是一座方方正正的明代监狱，也是城墙大砖到顶，上边拉着几道铁丝网，院子周围是三排监舍，正中是一个岗楼。监狱北侧一座二层楼，是狱卒的营房。

两辆美式吉普车轰鸣着开进院子，停在楼下。司百顺身穿上校军服，带着几个随从走上二楼，径直走到典狱长室。

"呦呀，司长官大驾光临，有失远迎！"干瘦的典狱长起身笑脸相迎。

司百顺大咧咧地说："我来看俺弟妹，给行个方便吧？"

典狱长点头哈腰："司长官发话了，谁敢不从，不知道您弟妹是哪一位？"

司百顺甩过去一支烟，"喜鹊，她家外头跟俺是插香磕头拜把子的生死兄弟，捎信托俺帮忙，没二话，这个忙一定得帮到底！"

典狱长脸色大变，抱拳施礼："司副处长，此人是共产党的首领虎林的妻子，麻兆祥主任吩咐不经他的允许，任何人不得提押，还派李狗爪子带着一个排看守着，旁人不准接近。"

司百顺大怒："他麻昭祥有枪有炮，有本事自己找去，抓人家妻儿当人质，算什么英雄好汉？"

典狱长双手一摊，"司长官，眼下监狱里羁押的都是共产党的家属、地方干部、民兵啥的，每天都得抓进来几十口子，晚上拉出去几十口子，不是活埋，就是铡头。负责执行的都是101团的人，女匪属都是先奸后杀。俺们说话不算数，监狱被他们接管了。"

司百顺一拍桌子，"你头前带路，俺看看麻昭祥是怎么胡作非为的！"

典狱长拎起一长串钥匙，"中，俺带您去，丑话说前头，您可别舞刀弄枪的，这帮龟孙子可六亲不认！"

典狱大门朝东，厚重的黑漆铁门紧闭，门口七八个哨兵站立左右。

典狱长带着一行人走到近前，"弟兄们辛苦，徐州剿总军法处司副处长前来视察监狱，请开门吧。"

一个矮胖的小头目敬礼："司长官，请您出示公函，方可进入！"

司百顺一记耳刮子扇过去，"这就是公函，老子打鬼子、杀汉奸，怎么没有捎带着宰了这个孬种麻昭祥？"

矮胖子一骨碌爬起来，啐一口血沫子，顺手掏出盒子枪。

司百顺见状一个箭步窜上去，勃朗宁手枪抵住了矮胖子的脑门，"反天了，敢给老子亮家伙，老子一枪崩了你！"

"是谁在这嘀撒野呐？"有人在身后拖着长腔说。

司百顺转身一看，李狗爪子带着十几个兵站到了身后。

"李狗爪子，你个小小的中尉见到上司为什么不立正敬礼？"司百顺质问。

李狗爪子勉勉强强抬一下右手，呲着两枚金灿灿的大金牙，"长官，俺们只听命中统徐州室主任、101团团长麻昭祥的差遣，这地界不是你的一亩三分地，你不得擅闯监狱重地，更不该掌掴执勤军士！"

司百顺怒火万丈，手枪指着李狗爪子破口大骂："你他妈的狗仗人势，狗日的忘了你的两颗门牙是咋揍掉的吗？谁给你们中统杀人、奸淫、绑票的权力，老子身为军法官，有权检查监狱，赶快把牢门打开，不然，老子以违抗军令罪枪毙了你！"

李狗爪子不气不恼，嬉皮笑脸地说："司长官，你开枪试试，吓唬谁呀！"

二十多个还乡团抄起美国加兰德步枪、卡宾枪，稀里哗啦子弹上膛。

随行几个人也拉开了枪栓，围拢到司百顺身边，眼看一场火拼在所难免。

典狱长见状，大声呵斥："李排长，不得对长官无理，赶紧把枪收起来！"

李狗爪子借坡下驴，悻悻地说："弟兄们，收家伙吧。"

典狱长对司百顺小声说："司长官，您德高望重，西北路上提到您的大名，谁不竖大拇指，强龙不压地头蛇，好汉不吃眼前亏，对吧？"

司百顺愤愤地收起枪，"喜鹊娘俩少一根毫毛，老子非宰了你们！"

李狗爪子哂笑着说："司长官的训导，俺们都记下了，你吃罢饭再走呗？"

司百顺怒气冲冲，一行人转身离去。

李狗爪子钻进岗楼，抄起电话："喂，麻主任呗，是我，狗爪子。刚才徐州剿总军法处副处长司百顺来捞喜鹊，让俺给轰走啦，差一点动枪火拼喽！"

麻昭祥的声音："狗爪子，赶紧执行，别让姓司的再充大脸来说情啦。司百顺跟湖西共党首领虎林是仁兄弟，从小一起耍把式卖艺的。"

"少东家，俺们不要再跟那个娘们假屄丝喽吧，弟兄们可都猴急猴急的。

嘻嘻，夜摸黑的时候执行，好的，还有几小时的时间，谢谢少东家！"

李狗爪子放下电话，满脸淫笑，"弟兄们，晚上那个喜鹊娘子就要入土为安了，东家开恩，咱们一个一个地来，从俺先开始！"

"嗷！"匪兵们发出一阵嗥叫……

太阳已经落山了，天边还凝聚着一团团火红的晚霞，一只孤傲的鹞子在丰城上空上下翻飞，舒展双翅，轻盈地向着渐渐暗淡的晚霞飞去。

西关监狱里开出三辆美国道奇大卡车，车头架着机枪，全副武装的士兵押送三十多人向着城东南飞驰。沿途"打倒国民党！""中国共产党万岁！"口号声不绝于耳。

城南门的官道上，一队国军马队迎面驰来，国军83师特务营少校营长赵耀雨勒住马，"吁！"

一个精干的参谋催马过来，"赵营长，有啥事儿？"

赵耀雨用马鞭子指着擦肩而过的道奇大卡车，"张参谋，这是咋回事？"

"赵营长，我营移防丰城半月有余，听驻地的老百姓说，还乡团天天杀人，从国军收复丰县一年多了，被杀的共军家属、地方干部、民兵等不下三千人，光是城东南的凤鸣塔附近就活埋了一千多。这三辆车就是奔那里去的。"

"走，看看去！"赵耀雨一提缰绳，大洋马撒开四蹄向车队的扬尘追去。

夜色暗了下来，车队在长满了芦苇、野草、墩柳的荒野上停了下来，不远处高耸着一座黑魆魆的六面砖塔。一口长方形的大坑事先挖掘完毕，匪兵们持枪站立四周，推推搡搡把几十人押到坑边。

麻昭祥身穿呢子军服，戴着白手套，笑眯眯地走到喜鹊跟前，"咋样，喜主任，要是你亲笔给你男人写封劝降信，我还可以让你娘俩多活几日。"

远处传来急促的马蹄声，马队像一阵旋风，霎时间冲到跟前。赵耀雨跳下马，穿着呢子军服，马靴，腰间别着手枪，高大的身躯像一尊金刚，他踏着荒草走到麻昭祥身边。

麻昭祥根本不正眼相看，依旧嬉笑着问喜鹊："咋样，想妥当喽吗？"

一口唾沫啐在他脸上，喜鹊怒骂："呸，土匪，恶霸，你们不得好死！"

麻昭祥抹一把脸，淫笑道："骚娘们，不知好歹，下午兄弟们把你伺弄得怪恣儿吧，死了也做快活鬼！"

李狗爪子觍着脸笑："再多留几天就好啦。"

"操你妈的国民党！"三子像一头怒狮，一记兔子蹬腿踹到矮胖子的裆部。矮胖子一声惨叫，仰面八叉倒地。

"嗵！"李狗爪子的驳壳枪响了，三子一头栽到坑里。

李狗爪子扯开破锣嗓子嚎叫："老实地自个跳下去，谁不老实，再敢瞎咋呼，动手动脚的，老子零刀子碎剐了他！"

赵耀雨怒目圆睁，"慢着，你们中统只负责调查共产党，没有杀人的权力。国有国法，死刑应该由法院判决执行，你们必须停止滥捕滥杀的行为！"

"你算哪家的鸡，跑到这儿多管闲事？"麻昭祥昂起长脸，轻蔑地说。

"我是83师特务营营长赵耀雨，奉命驻防丰城。"赵耀雨强压怒火，行了一个军礼。

麻昭祥傲慢地摘下白手套，"我老早就知道你的大名，日据时期郝鹏举的营长，殴打地方官兵的不就是你嘛，你还想抱打不平，替共产党出头咋的？"

"国家有法度，你们这样随意杀人，是违法的！"赵耀雨据理力争。

李狗爪子过来插话，"共产党都是红眼绿鼻子，坑国家，害民家，这样的东西就该杀！"

麻昭祥紧绷着脸，"共产党杀俺爹的时候，有国家法度吗？维护地方法治是我们的事情，我杀人我负责，你们不要狗拿耗子，干预地方行政！"

赵耀雨指着人群里的老人、孩子，"这些妇孺老人有何罪过？"

"铲草除根你懂不懂，斗地主的时候，这些老头老嬷嬷一个个都凶着哩！"麻昭祥挥挥手，"开始执行吧，天黑之后他们正好赶到了酆都城啦！"

"是！"匪兵们把人们往下推，凄惨的哭泣从坑里传出。

最后剩下喜鹊和一个小女孩，天真烂漫的小孩拉着她的衣襟问："娘，我睡在哪里？"

喜鹊掀起衣襟把孩子紧紧抱在怀里，"跟娘一起睡！"

喜鹊说完，跳进坑里，四周的匪兵扬起铁锨、镐头，泥土纷纷填入坑中。

"娘，迷眼！"泥土里传来小女孩的哭声。

"妞妞不哭，一会儿就好啦！"喜鹊哄孩子的沉闷声音从泥土里传出。

目睹惨绝人寰的暴行，赵耀雨不由自主地握住了枪柄。

张参谋见状，紧紧攥住他的手腕子，小声说："营长，他们人多！"

热泪悄无声息地顺着脸颊滑落，赵耀雨恨恨地说："走！"

五

城隍庙坐落在丰城西北角，坐北朝南，山门是一个过邸，门外左右两只石狮子，门口的隔路照壁墙已经坍塌，红漆的山门也腐朽不堪。

赵耀雨一行下马，一个哨兵提着一盏马灯，引着营长走进院子。

过邸两侧矗立哼哈二将彩色塑像，一手持剑、一手握锤，倚墙站立，怒目而视。

张参谋宽慰道："营长，还生气呐，咱犯不上，烫一壶酒，给你解解闷。"

赵耀雨默默沿着青砖甬道信步往里走，士兵们正在熙熙攘攘地吃晚饭。

"单县战斗俘获的共军连长押在哪里？"赵耀雨问。

张参谋回答："一共九个，都关在后殿里，一个班的兄弟看押着哩，师部催了好几次要解往徐州，我都以审问没有结束，道上不太平为由，挡回去了。"

"好的，咱们过去看看。"赵耀雨接过马灯，吩咐哨兵，"你回去吧。"

穿过拱圈门进入主院，登上五级台阶，进入主殿。明亮的马灯映照下，大殿正中台子上，城隍爷端坐大龛之内，四功曹左右站立，两旁立柱上镌刻对联"善者昌，善者不昌，祖上必有余殃，殃尽必昌；恶者殃，恶者不殃，祖上必有余德，德尽必殃"，神龛上方横额"你来了吗"。

赵耀雨端详片刻，转身对张参谋说："善有善报恶有恶报，因果报应，他们这样为非作歹，是要遭到天谴的。"

张参谋很健谈，"赵营长，俺家就是城东张五楼的，先前这里香火旺盛，每年的六月二十八，县官都要在城隍庙里设醮坛五座，请道士礼忏九天九夜，县衙大小官吏每天早上醮坛拈香膜拜两次。等到七月初六，一干官员带领民众浩浩荡荡地抬着城隍老爷和城隍奶奶，押着纸糊的瘟神游街，最后抬到东南隅的凤鸣塔，点上一把火，将瘟神照天烧。"

张参谋接过马灯，提灯前行，两人走过甬道进入后殿。

"长官好！"站岗的哨兵持枪敬礼。

赵耀雨举手还礼，吩咐："把门打开！"

"是！"哨兵打开大铁锁，"吱呀"推开双扇木棂子门。

昏暗的豆油灯下，殿内神龛内供奉城隍奶奶彩色雕像，十二位美女各捧笙管竽龠分列左右。神龛前的台子上铺着几张草席，九个身穿灰色军服的解放军战士一言不发，抱着膀子乜眼看着他俩。

"吃过饭了吗？"张参谋打招呼。

"吃罢啦，稀饭、馒头，大油炒咸菜。"一个方脸的汉子回答。

"许连长，这是俺们赵营长，他请你过去叙话。"张参谋语气和蔼地说。

许连长腾地站起身，"去就去！"

三人步出后殿，折返往南走进正殿的东厢房。勤务兵打来一盆热水，赵耀雨胡噜一把脸，"许先生，请坐。"

许连长坐定，仔细打量这间营部兼卧房。房子正中摆放一个方桌，上边放着一部墨绿色的电话，周边四把椅子，靠南墙支着一张行军床。一溜东墙塑十殿阎王像，阎王座下塑地狱、轮回，几寸的彩色泥人形态各异，栩栩如生。每尊像前牛头马面、男女阴鸷、黑白无常等鬼卒塑像分立，表情恐怖、阴鸷。

"赵营长整天忙着打内战，手上欠下多少条人命？你有胆住在阎王殿里，也不怕无常鬼找你来索命？"

听到许连长的戏谑之言，赵耀雨没有搭话，从行军床下的铁皮箱子里摸出一瓶酒、两只罐头，答非所问地说："今晚没有事，找你喝酒、聊天。"

张参谋用刺刀挑开墨绿色的军用罐头，拿来三只草绿色的茶缸子，把酒咕咕分别倒进茶缸里，又摆好三副筷子。

"抽袋烟吧！"赵耀雨递过去一支"白吉士"。

许连长深吸一口，"美国枪好使，烟也好抽，你们从头到脚都是美国货！"

许连长的奚落，赵耀雨并没有气恼，端起茶缸子，"敬许先生一个！"

许连长咕咚喝下一大口，抹一下嘴，"吃饱喝足之后，你们把我拖出去活埋了吧，想让我背叛革命，门儿都没有！"

赵耀雨瞪着一双圆眼紧盯着他，"不是动员你背叛革命，是俺们要脱离国民党，投奔共产党，咋样？"

许连长哈哈大笑，"又给我下套儿是不？"

赵耀雨喝一口酒，眼睛血红，"不，许连长，俺是认真的，绝不诓你！俺抗战之前卖身当了壮丁，后来跟随长官投降了日寇。国军光复之后，部队大部分被肢解，俺们营划归83师。打了一年多内战，俺们都看透了国民党的腐败。特别是进驻丰城之后，整天目睹这乡团胡作非为，真是气炸了肺。就在刚才，俺亲眼看见他们把妇女儿童老人推进大坑活埋，小女孩还问她娘睡在哪里？那么美丽善良的女人被他们先奸后杀，连刚会走路的孩子都不放过，国民党不亡，天理难容！"

许连长听了，脸上急剧地抽搐，突然掩面痛哭："那是喜鹊嫂子还有小妞妞啊，国民党伤天害理呀！"

一个硬汉子悲痛欲绝的哭泣极具感染力，赵耀雨、张参谋也暗自垂泪。

赵耀雨递给他一条毛巾，"知道喽吧，这就是俺为啥率部起义的缘由。"

许连长咬牙切齿地说："此仇不报，誓不为人！赵营长，你说咋干？"

赵耀雨为他夹一筷子牛肉,"城内军统、中统特务众多,夜长梦多,事不宜迟,越快越好。俺想派张参谋带一个参谋随你到解放区面见首长,留下一人做人质,你们派人来商谈起义事项。"

许连长问:"你们有啥要求呗?"

"只求一视同仁,起义部队不要编遣。"赵耀雨回答。

"我们军区首长一定会答应你们的,你们有电台吗?咱们电台联系更快。"

"有,美国15瓦的莫尔斯电台。"赵耀雨回答。

许连长一拍大腿,"好,我先提一个初步方案,定下起义时间之后,我军在城西程家营子接应你们。为了稳妥起见,再准备一个地下联络的通道,敌工部可以联系丰城里的地下党。"

"俺们相信共产党,铁了心跟共产党走,今晚你就带着张参谋星夜赶往解放区!"赵耀雨激动地说。

"欢迎赵营长率部加入革命队伍,咱们在解放区会师!"许连长端起茶缸子。

"为了投奔光明,干杯!"张参谋举起茶缸子。

"干!"三人的缸子"当"地碰在了一起。

六

抹角楼前停着一辆铁皮囚车,一辆道奇大卡车、一辆中卡车,车上站满了荷枪实弹的士兵。四个女兵押着拾玉瑾走过长长的走廊,铁镣锁住了她的双手和双脚,粗大的铁链在水泥地上发出"哗啦哗啦"刺耳的声响。

司百顺站在传达室门口,对她说:"拾玉瑾,遵照上峰的命令,你的案子移交国防部军事法庭,军法处押解你前往南京受审。王宇腾主任特批十分钟,准许你会见亲人。"

拾玉瑾听了,惨白的脸上浮现出一丝笑容。两名女兵搀扶着她走进门口的传达室。

"玉锦!"杨益君迎上来,握住她的双手,泪如雨下。

"亲爱的,对不住你,不能与你厮守一辈子了!"拾玉瑾艰难地坐在凳子上。

司百顺挥挥手,示意女兵出来。狭小的房间里只剩下他们两个人。

"玉锦,你这是为什么呀?"杨益君哽咽着说。

拾玉瑾深情地望着他，"为了信仰，心中怀着一轮朝阳，奔走在黎明前的中国，不惜以我锦绣年华纵身跃入锻造新中国的熊熊炉火之中，这种自豪感，你可能永远不会理解！"

二楼的一个房间里，王宇腾和张金彪戴着耳机，仔细监听着他们的对话。

拾玉瑾激情澎湃的言语引起王宇腾共鸣，"她是一个殉道者，党国怎么就是缺少如此坚定的三民主义信徒呐？"

张金彪摇摇头，"这个女人软硬不吃，油盐不进，拿她一点招儿都没有！"

王宇腾喟然长叹，"当初我们投身黄埔，矢志革命，那时候我们的精神极度丰饶，产生的信念坚如磐石，今天看来难道就是个幻觉？"

"长官，您说的太深奥，俺听不明白！"

王宇腾又眯起眼，"这种带有机锋的见识，你当然不能领会，但是拾玉瑾能领悟，都是同道中人，可惜了一位烈女、才女！"

杨益君比画一个"八"字，会意地说："母亲怕你冷，为你缝制了三面新的棉袄、棉裤，你带着路上穿。"

拾玉瑾看到这个手势，明白了自己心爱的人竟然也是自己的同志，激动得热泪奔涌，咬破食指在桌子上写下"户三"两个血迹斑斑的字。

杨益君仔细端详，点点头，然后抹去血迹，紧紧攥住拾玉瑾滴血的手，将她揽在怀里，为她梳理凌乱的秀发。

晶莹的泪水沿着她饱满的脸颊无声地流淌下来，"告诉爸妈，求你们一件事，等我死后，把我的遗骸迁回徐州埋葬，让我魂归故里！"

杨益君解下脖子上的红围巾，为她擦拭泪水，"记住了。"

拾玉瑾昂起脸接受他的亲吻，"谢谢你，我亲爱的丈夫，给了我一个完美的人生，此生最大的遗憾是没有给你留下一男半女的，来生再见吧！"

"拾玉瑾，时间到，火车快要开车了。"司百顺站在门口催促。

四双颤抖的手，紧紧地握着对方的臂腕，两人泣不成声。

两个女兵过来架起拾玉瑾，她回头对着杨益君粲然一笑，"珍重！"

拾玉瑾拖着沉重的脚镣"哗啦哗啦"地走了，凄凉的警笛响起来了。

杨益君冲出大门，拾玉瑾把脸贴在小铁窗上，深情地望着心爱的人，留下一张笑靥如花的圆圆的脸庞……

七

西北风飕飕地刮起来了，道台衙门院子里的老鸹一大早就开始"呱呱"地鼓噪不停。

"报告！"门外响起炸雷一般的声音。

王宇腾下意识站起来，"进来吧。"

司百顺一身军装进来，他脸色铁青，两眼冒火。

王宇腾上下打量一番，平和地问："什么事儿？"

司百顺立正回答："王主任，职下跟随您打鬼子，杀汉奸，上刀山下火海，没有皱过眉头。如今鬼子投降一年多了，我想解甲归田，请老长官恩准！"

王宇腾离开座位，走到他跟前，"看看你跟怒目金刚似的，谁惹你啦？"

司百顺气咻咻地说："麻昭祥杀人杀红了眼，连老人、妇女、孩子都不放过，打鬼子的时候他干啥啦，抗战胜利了从汉奸摇身一变成了地下英雄，现在杀自己的同胞怪有种！"

王宇腾拍拍他的肩膀，"鬼子是投降了，可是共党又开始作乱，国家尚处在危难之中，我们要精诚团结，戡乱救国。麻昭祥忠诚党国，方式方法上急躁了一些。我也听到一些风言风语，说司副处长私放共党嫌犯，为共党要犯说情，我都只当是耳旁风，不往心里去。"

"是，我当铜山县警察局长时候，放过十几个人，都是中统县室凑数抓来的老百姓，也有俺本家的亲戚。前几日我去丰县检查中统把控的监狱，他们每天都抓人杀人、杀红了眼！妇女几乎都被101团的家伙轮奸，这当中就有俺弟妹喜鹊。俺毫不避讳，虎林是俺仁兄弟，是他捎信托我想法营救。当天晚上，俺弟妹还有三岁的闺女就被这帮龟孙子活埋了，麻昭祥在现场差一点跟83师特务营的营长火拼起来。"

听司百顺一口气说了这么多，王宇腾马上抄起电话，"要军务处，喂，你是谁，哦，韩书志，报告一下83师特务营营长的情况！"

"报告王主任，该部豫东作战后撤回丰城休整，全营五百人齐装满员，营长赵耀雨，33岁，徐州砀山人，原为郝鹏举旧部，整编时转隶到83师，报告完毕！"

"立即通知该部移防铜山！"王宇腾的语气不容置喙。

韩书志的声音，"是，我马上布置。"

王宇腾面色阴沉地卡上电话，埋怨道："这么重要的情报你咋才报告？这个部队本来就不纯洁，又靠近匪区，受到这些刺激，很有可能反水。"

"就算是反水，也是他麻昭祥把人家逼上梁山的！"

桌子上的电话铃响，王宇腾抓起电话，"喂，是麻主任，什么，83师特务营叛变了！"

听筒里麻昭祥气急败坏的声音，"早上四点钟，全营在城隍庙集合，走丰城西城门外出打野训练。五点钟我发现营房空无一人，轻重武器、马匹等全部带出，感觉不对劲，集合县保安团、101团的一个连，坐上汽车去追赶，在程家营子被共军主力部队伏击，一通枪炮，我部死伤过半！"

王宇腾一反常态，破口大骂："你他妈的中统是白吃干饭的，杀人放火、奸淫妇人、绑票勒索很在行，搞情报就死挺啦，嗯？你部跟特务营发生冲突，为什么不报告，为什么不严密监控？"

"是，职下有罪，听凭长官发落！"麻昭祥诺诺为是。

王宇腾放下电话，余怒未消，司百顺为他点燃一支烟。

王宇腾抽了一口烟，"哦，刚才你说的要离开军界，人各有志，看在老部下的情面上，我也不强留。批给你一笔安家费，最好到上海、香港去谋生，江北不要待。世上没有不散的筵席，但愿以后还能相见！"

"谢谢老长官，您多保重！"

"你去吧！"王宇腾摆摆手。

司百顺敬礼，垂泪离去。

司百顺前脚走，张金彪随后就到，"报告！"

王宇腾说："进来吧。"

张金彪穿着一身灰色的长袍马褂，戴着顶瓜皮帽，急匆匆地走进来。

"瓢把子，你辛苦啦，说说情况吧。"王宇腾和蔼地说。

张金彪欠着半边屁股，神秘兮兮地说："根据长官的安排，特侦小组密查郭儒桂两个月，发现这个人不爱财，不好色。他拖家带口来徐州，租了四道街粮行的周老板家的两间东屋。密查员化妆成卖菜的，看到他家沙发都是补丁摞补丁的。"

"他平常都跟哪些人接触？"王宇腾阴阴地问。

"他的社交圈不多，除了刚来那会兴隆面粉厂程金石老板和商会的阔佬给他接风洗尘，平日里都是跟剿总的处长、副处长联系。"

王宇腾仰靠在沙发上，盯着天花板，"这件事你们要绝对守口如瓶。我的学兄杜司令长官一直认为郭小鬼是共党，苦于没有真凭实据。顾司令长官把他要到徐州剿总委以重任，实在是一招臭棋，疑人不用嘛！"

"那咋办，需要继续监控吗？"张金彪问。

王宇腾哼哼冷笑两声，"两个月不露丝毫蛛丝马迹，这个人不同凡响啊。这样吧，麻昭祥马上撤回徐州，他接替你的工作。你去贾汪，张克侠是老西北军冯玉祥的连襟，何基沣也有赤色的嫌疑，丰县特务营的叛变，就是一个警示信号，我们不得不防啊！"

"明白啦！"张金彪起身回答。

王宇腾从抽屉里拿出一张委任状，笑眯眯地读道："兹任命张金彪为保密局徐州区上校组长。瓢把子，咋样？"

张金彪双手接过委任状，立正回答："谢谢长官栽培！"

王宇腾拍拍他的肩膀，"还有，告诉特侦小组的成员，每人官升一级！"

"愿为党国赴汤蹈火，肝脑涂地！"

几只老鸹缓慢地扇动翅膀落在大树上，一群老鸹上下追逐打闹，"呱呱"叫得更起劲儿了。

八

单县城东有一条山梁，东西走向，垄岗之上密密地生满了榆树、柳树、杨树，中间一个山坳，依山而建的院落零星散落在山坡上。山脚下一座奶奶庙，赭红黄色的大殿，琉璃瓦四角高挑，山门前是一个土戏台，台子下方有一片空地，一条官道从庙前穿过，上方横跨着一座气派的石头牌坊，横梁上镌刻着"圣旨"两个蓝底金色的竖字，二龙戏珠的图案点缀两侧，下方是斗大的御赐横额"贞节牌坊"，两边的镂花石柱上雕刻一副对联"好马不备双鞍，烈女不侍二夫"。

夜色下沉，余晖消退。奶奶庙前的戏台上扎起了红红绿绿的彩门，上方红纸黑字的横幅标语"欢迎83师特务营全体官兵起义联欢会"，两侧的标语分别是"打倒蒋介石""解放全中国"。两盏明晃晃的汽灯将会场照得亮如白昼。台下黑压压坐满了起义官兵，看热闹的老百姓将四周围得水泄不通。

湖西地委书记、军分区政委郭一民和营长赵耀雨健步走上主席台。

赵耀雨首先走到麦克风前，全场官兵齐刷刷起立。

"全体起义的官兵兄弟们，我们今天脱离了蒋介石的黑暗统治，来到解放区。我之所以带领大家投奔光明，是因为内战一年多来，大家看透了国民党的腐败，认清了国家的前途、民族的未来在于中国共产党，我们愿意在共产党的领导下，为人民服务，为国家、民族效力。下面，请郭政委训话！"

全场掌声雷动，郭一民立正，向起义官兵敬礼。

郭一民声若洪钟，"同志们，首先我代表湖西地区人民、湖西军分区、地委、专署，热烈欢迎你们弃暗投明，回到人民的怀抱，加入革命队伍的行列之中。你们部队的番号是中国人民解放军湖西独立一师特务营，人员、装备一律原封不动。共产党说话算数，你们部队不遣散，政治上与解放军官兵一视同仁；生活上解放区的条件艰苦一些，军分区、地委决定给予特务营的津贴加一倍，尽量让同志们吃好、穿暖！今后，咱们就是一家人，解放军官兵平等，与人民群众是一家人。最近一段时间，不安排你们战斗任务，请同志们在解放区多走走看看，看看土地改革给咱们解放区人民群众生活带来的变化，看看民主政府是怎么样为人民服务的，咱们齐心协力打老蒋，建设一个人民当家作主的新中国！"

赵耀雨带头高呼："打倒蒋介石，解放全中国！"

"请同志们观看义工队演出的歌剧《白毛女》。"郭一民再一次敬礼。

郭一民与赵耀雨回到前排坐定。

虎林过来与赵耀雨热烈握手，"欢迎你，好兄弟！"

"虎部长，久仰大名，今日相见，万分荣幸！"赵耀雨谦逊地说。

郭一民笑着打趣道："明天徐州地下党的同志就能把赵营长的家眷送到解放区，听说你们新婚宴尔，还没有睡热了炕头就撵出去打仗去了，咱们再给你们补办一个婚礼吧！"

虎林接着话茬说："这个提议好，咱们把津贴都贡献出来，打酒买菜，好好热闹热闹！"

"虎林部长，我没有保护好您的亲人，非常惭愧！"赵耀雨致歉道。

虎林咬牙切齿地说："俺们提着脑袋干革命，早就做好牺牲的准备，只是没有想到他们连三岁的孩子都不放过，国民党的残暴你都亲眼看到了！"

悠扬的民乐响起，白二妮穿着粗布红棉袄，围着一件蓝色的肚兜，手里拿着两只喜鹊剪纸迈着轻盈的步伐上场。

"北风那个吹，雪花那个飘，风天那个雪地，两只鸟儿……"

机要员急匆匆赶来，递给虎林一个牛皮纸信封，小声报告："92号急电！"

虎林在文件夹上唰唰签字，然后撕开信封，借着台上的灯光扫了一眼，一言不发递给了身边的郭一民。

郭一民看罢，擦一根火柴，点燃纸条，看着纸头化为灰烬，"果然是他，终于暴露了，这是多少同志的鲜血换来的！"

"我带人去逮捕他。"虎林阴沉着脸。

一条羊肠小道弯弯曲曲的通往山梁上，黑魆魆的夜空伸手不见五指，虎林带领一个班悄悄包围了一座院子。碎石块垒砌的院墙，两间石墙草顶的房子，外间住着后勤科长户秉纯，里间是库房，窗棂子上映出黄昏的灯光。

"汪汪"院子里的狗突然狂吠起来。

窗户上有个黑影一闪，一扇木门拉开，一枚手榴弹"咻咻"冒着火花扔出了院墙。

"卧倒！"虎林大喊。

"轰"的一声，手榴弹在院子门口爆炸，火光四溅，弹片横飞，一个黑影借着火光蹿出房子，他像狸猫一样矫健，一步蹦到院子东墙的水缸上，再一个鹞子翻身攀上墙头。

"哒哒哒"虎林手中的卡宾枪怒吼了，黑影一个倒栽葱摔到墙外。

明亮的火把映照下，户秉纯后背的棉袄被打开了花，七八个血窟窿汩汩地冒血。虎林解开他胸前的小包袱，"当啷啷"金灿灿的十几根金条呈现在众人眼前。

"你就为了这些，出卖自己的同志？"虎林拎起他的前襟吼叫。

户秉纯面无血色，头一歪，断了气。

"王八蛋，狗杂种！"虎林像一头愤怒的雄狮，拔出驳壳枪，"喳喳喳"一串发子弹打在户秉纯的尸体上……

第四十章　盟友冒死购药品　国府通胀烧法币

一

南风挟着春天气息吹拂着黄河岸边的杨柳，树枝钻出了嫩绿的芽儿。报春的燕子在河面上往来逡巡，空中充满了它们快乐的呢喃声。中午的太阳暖洋洋地照着河滩，妇女们提着篮子在河边洗衣裳，棒槌飞舞，到处是"梆梆"的捣衣声。

一个年轻人披着黑呢子大氅，骑着军用两轮摩托车"突突"行驶在河堤上，径直来到迎春桥畔，停下车，大摇大摆地走进快活林茶楼。

"先生，您里边坐，楼上请！"堂倌儿热情地招呼。

年轻人沿着木梯走上二楼，颜石峰临窗而坐，笑着招呼他："邵先生，打老远就看见您的电驴子了。"

邵晓晴脱下大氅，露出里边藏蓝色的西服，"颜先生，您好！"

堂倌儿端上来一个托盘，摆好一碟水煮干丝、一碟炒青菜、一碟肴肉、一碟三刀点心，两笼屉水晶蒸包，泡上两杯香气扑鼻的三窨茉莉花茶，"二位先生慢用，需要就吩咐一声！"

邵晓晴拍拍手，"颜先生今天这么破费呀！"

"难得请邵先生一回，喝过洋墨水的口味刁，生怕怠慢了你哦，"颜石峰端起茶杯，"以茶代酒，敬你！"

邵晓晴端起茶杯呷一口，"眼下物价飙升，米珠薪桂，法币连擦腚纸都不如，你捯饬这些菜肴，起码一个大洋，省下点钱给前方的战士们多买一点药多好！"

"接受你的批评，下不为例！说吧，你托沈钰约我见面，有啥急事？"

"驻扎在贺村的一个军医在邳县阵亡，团长想倒卖一批药品，资助军医的家眷回老家谋生。我打听了一下，有盘尼西林、麻醉药、消炎药、磺胺、碘片、绷带等外伤药，都是咱们部队急需的。"

颜石峰环顾四周，小声说："消息可靠吗？我不想让你冒任何风险，否则，对不起民盟的同志们！"

邵晓晴夹一口干丝，"国民党早就宣布'民盟是非法组织，民盟分子破坏戡乱救国，参加叛乱，反对政府，是中共之附庸'，所以，我们两党、盟都是同志，你不要多虑。"

颜石峰叹口气，"李公朴、闻一多在昆明被特务暗杀，各地的民盟机构都被特务捣毁，咱们党、盟是并肩作战的盟友了。"

邵晓晴笑道："所以跟我们就不要外气喽！我们在陆军总医院发展了几十个军医、护士、看护兵和警卫官兵，河里无鱼市上找，他们掌握这批药品的情况。晓市那里特务眼线多，这个团长不敢拿去卖，只想找一个稳妥的买家，急于出手，报价很低，两根金条。资金我们想办法筹集，关键是如何冲破关卡运到解放区。"

颜石峰眉头紧锁，"我们有地下武装护送，也有地下交通线，就是你们担风险太大，人多嘴杂，只要一个链条出问题，就能酿成大错。"

邵晓晴递给他一笼屉包子，"老颜，我是外科医生，国军使用的大多是美国的卡宾枪，这种枪弹穿透力差，打进我们战士体内大多卡在骨头上、内脏里，需要及时手术取出，否则就有生命危险。但是，解放军缺医少药，大量的伤号需要医治，他们太需要这批药品了，我们就算冒点险，甚至付出生命也值得。"

"老邵，你说服我了，同意做这笔买卖，但是要考虑万一败露了，有退路吗？"

邵晓晴坚定地回答："大不了就说我倒卖药品牟利，国民党视察组已经到徐州了，抓军队的贪腐，我即便是上军事法庭也不至于是死罪吧？"

颜石峰摇摇头，"你还不了解，这个战地视察组归蒋介石侍从室直接管辖，是一手遮天的特务机构，情报直接报告到老头子那里。眼下国民党败局已定，军心不稳，贪污、盗窃成风。蒋介石非常震怒，又把撒手锏视察组派到各个战区，名义上抓贪腐，实际上是监督各地部队长官，秘密调查军统、中统的违法行为，以特务制衡特务。这个视察组到徐州之后，达官贵人不敢惹，却逮捕了十几个中下级军官、士兵，都是盗卖汽油、柴油这些紧俏物资的，案犯一律格杀勿论。你千万不要碰到枪口上。"

邵晓晴苦笑道："要是那样，就应验了徐州的俚语，'偷牛逮个拔橛的'！"

"交货地点在哪里？"颜石峰问。

"药品藏在葆初巷的一家小医院里，我想明天一大早就提货，你看来得及吗？"邵晓晴急切地问。

颜石峰思忖片刻，"那家小医院我去过，有个后院，比较僻静，明天上午八点有两辆马车到那里接货。"

邵晓晴递给他一小卷纸，"我和沈钰利用探视归队伤兵的机会，对东部的广山、骆驼山、狮子山、小坝山、子房山的军事布防进行了现场侦查，这是绘制的草图。"

颜石峰接过来，高兴地说："太好了，我们正在绘制《徐州敌军防御工事图》，城区周边和黄河沿岸的都标注了，正缺少东部这一部分。"

"好吧，咱们抓紧吃饭，饭钱我付。"邵晓晴掏出皮夹子，摸出一枚银圆。

颜石峰也不推辞，两个人狼吞虎咽，不一会儿风卷残云，吃得精光。

葆初巷南北走向，北通镇平街，南接大马路，宽不过三四米，长不过三十多米。巷子南头有家葆初医院，沿街七间平房，水泥敷面的西式建筑，大门口两个穿黄军服的士兵持枪站岗。

邵晓晴和沈钰在库房里忙活了一个早上，把全部药品清点完毕，分门别类装入纸盒里。

团长是个魁梧的山东汉子，操着一口浓重的济南口音，"邵先生，俺们一手交钱，一手交货吧。"

邵晓晴从军服口袋摸出一个红布包，递给他，"请验货！"

一个参谋从公文包里拿出小戥子秤，把两根金条放在秤盘上称一下，又"当当"敲几声，用牙齿咬咬成色，冲团长点点头，"不错，足金的厂条。"

团长与邵晓晴握握手，"咱们成交，丑话说在前头，俺的这条命是鲁军医从阎王爷那里捡回来的，俺山东人是讲义气的，得对得起他的老婆孩子，是不？出了这个门，咱们各人自扫门前雪，不兴再找回头账的！"

邵晓晴明白他的意思，回答道："您放心，老邵也是义气人，就算刀架脖子上，绝不出卖朋友！"

两辆胶皮轱辘马车沿着大马路"嘚嘚"地跑来，车上支着半圆形的黑色篷布，前边挂着布帘子。精壮的车把式端坐在前车板上，"啪"的一个炸鞭，枣红色的高头大马鼻腔喷着雾气，撒开四蹄跑得更欢。

马车到了葆初医院门口，"吁"，年轻的车把式勒住缰绳，身材高大魁梧的莫振飞从车里钻出来。

"干啥的?"两个哨兵平端刺刀吼叫。

莫振飞点头哈腰地说:"兄弟,俺们是马车档子的,东家雇来的脚力。"

"快点进去吧!"一个麻脸的上士挥挥手放行。

听到门外铜铃声,邵晓晴看一眼手表,他示意沈钰出去看看。

沈钰穿着时尚的米黄色双面卡夹克衫、黑色呢子西裤,烫大波浪卷发,高跟鞋"噔噔"走到莫振飞跟前。

"你们是兴盛马车行的吗?"沈钰问。

"不,俺们是宝成马车档子的,颜先生雇来拉货的。"莫振飞回答。

对上暗号,沈钰招招手,"进来搬货吧。"

"上货喽!"莫振飞吆喝一声,马车里又钻出两个青年,连同车把式一起进屋,手脚麻利地把纸箱子装进六个大柳条篓子里,七手八脚抬上马车,钻进马车,放下帘子。车把式扬鞭,"驾!"马车出了大门,向西驶去。

沈钰望着他们走远,对邵晓晴说:"走吧,去我家,给你做葱油饼。"

邵晓晴推辞,"去东站'夜来香'喝热粥,吃烧饼夹狗肉吧。"

沈钰愉快地答应道:"好呀,这会儿还真饿坏了,感觉能吞下一只狗!"

邵晓晴大笑,"像你这样的母狮子大开口,早晚非把你颜哥吃穷了!"

马车拐到中山路,向云龙山疾驰。

小班转过身小声说:"掌柜的,今天街上巡逻的摩托车好像多了!"

莫振飞挑开帘子,一队摩托车迎面驶过,"这是剿总警卫团的人,负责守卫黄茅岗到这条线的是警卫一营,老板让走这条路,自然有他的道理。"

小班机警地观察前方,"行,万一有事,俺怀里的二十响也不是吃素的!"

"听我的命令,不到万不得已,不要动武!"莫振飞压低声音严厉地说。

小班倚靠在车辕子上,"驾哦哦"地吆喝一声,红缨鞭子噼啪响,马车碾轧着泥泞的石渣路,晃晃荡荡地向南行驶。

黄茅岗在云龙山西侧,是一个漫长坡道,木马、铁丝网、栅栏组成一个哨卡,一个班的士兵正在检查过往行人。

莫振飞跳下车,走到一个黑瘦的上士走到跟前,摘下礼帽,点头哈腰地打招呼:"班长辛苦。"

班长掀开帘子,操着一口河南话问:"车里装的啥?"

"杂品、百货。"莫振飞紧张得心脏怦怦跳。

"到哪儿去?"班长放下帘子。

"城南高家营子。"莫振飞按照事先编好的话回答。

班长挥挥手,"放行!"

"班长,后边的那一辆还检查不?"一个兵问。

"少啰唆,放行!"班长显得不耐烦。

"是!"两个兵搬开了木马、栅栏。

这时候从南边"突突突"开过来一辆挎斗摩托车,一个急刹车停在卡口。下来一个中等个头,身穿黄绿呢子军官服的少校,他的国字脸棱角分明,宽肩膀细腰身,头戴有国民党青天白日十二角星帽徽的大檐帽,脚穿锃亮的黑两节头皮鞋,腰间牛皮武装带挂手枪,威风凛凛地走过来。

班长上前敬礼,"报告营长,二连三班正在执勤,班长刘劲松!"

营长还礼,没有吱声,与莫振飞擦肩而过。

莫振飞悬着的心终于放进肚子里,吩咐道:"快走,东家等着交货哩!"

两辆马车一前一后沿着官道向南行驶。

天上飘起了毛毛细雨,云龙山漫山遍野的杏花竞相开放,朦朦胧胧的红色雾气一眼望不到边际,带着苦杏仁味儿的花香潮乎乎的扑面而来。

"掌柜的,咱们奔哪儿去?"小班又问。

"去汉王,山区有部队接应咱们。"

二

滂沱的大雨倾泻了十几个小时,午后终于放晴了,大片铅黑色的浓云横亘在远处的天边,轰隆隆的雷声依旧不绝于耳,不时有巨大的闪电弯刀似的将浓重的乌云撕裂开来,浑浊的雨水从中正路的大上坡奔腾而下。

两辆美式吉普车涉水吼叫着冲上大坡,道路两旁坐满了士兵,一眼望不到边,都赤裸着上身,忙着晾晒衣被,有的躺在地上呻吟。

王宇腾问坐副驾的韩书志,"闹事的军官抓起来了吗?"

韩书志转过身,"按照您的指示,扣押了五个接兵的营连级干部。不过他们也情有可原,十三趟军列都是敞篷的,三万多新兵没有配备雨衣,在大雨里浇了十几小时,新兵们粒米未进,连病带饿加上淋雨,死掉了好几十。第一趟车进站之后,为首的营长带着二十多名官兵,抬着两具尸体闯进调度室,几千人把调度室包围得水泄不通。我和警卫营长伍衡带兵过去解围,不然那些调度员非得被当兵的活活打死不可!"

"这么说，车站调度室有问题？"王宇腾眯眼盯着他。

韩书志思忖一下回答："调度室也有他们的难处，军运处事先不通知，临到跟前才打电话让抓紧安排股道接车，南货场二十多个股道都占得满满当当，都是军用物资，又加上瓢泼大雨，调车作业困难，所以军列无法进站，都一字长蛇阵停在三堡、桃山集到曹村一线。要不是您及时派出执勤部队维持秩序，他们现在还进不了站呢！"

王宇腾皱着眉头，"你看看，一个个的病秧子，枪都扛不动，能打仗吗？"

"长官，按照民国颁布的《兵役法》，抗战时期抽壮丁按照三抽一、五抽二签，独子不当兵；戡乱救国之后，各地普遍三抽二，五抽三，独子也不免兵役了，现在18至35周岁的甲级壮丁基本枯竭，主要征集36至45周岁的乙级壮丁。而且，买卖壮丁的现象普遍存在，三亩地买一个壮丁，这样导致兵员质量下降，淋一场雨就丧命也就不足为奇了。徐州城里天天晚上保长、派出所抓壮丁，跟《石壕吏》一样，逮住就送到快哉亭公园的商会，大人小孩跟着哭天抢地的，这样的兵能打仗么，党国要出问题呀！"

王宇腾拍拍他的肩膀，赞许地说："讲真话是优秀的品质，你还没有被世俗侵蚀。知道咱们是民众躲兵役为啥像躲瘟疫一样、共产党统治地区的民众踊跃参军、作战勇敢吗？"

韩书志摇摇头，"职下愚钝！"

"'驭将之道，最贵推诚，不贵权术'，玩弄权术会引发猜忌，坦诚相见是最聪明的做法。任人唯亲，裙带关系，则是杀伤力最重的蠢招！"王宇腾讲了几句深奥的话。

韩书志听出王宇腾弦外之音是发牢骚，指着前边土黄色的四层楼说："长官，中央银行到了。"

中正路向南一条大道直通公安街，这是日伪时期开辟的。崇文路北段一栋三层抹角楼是日本海军特务机关，抗战胜利后作为中统的办公地点兼秘密监狱；南段一栋土黄色的四层楼，是徐州最高的建筑，原为汪伪中央储备银行，光复后国民党的中央银行设在这里。

朱行长率领众官员早早在楼下迎候。王宇腾身穿草绿色美式夏常服，显得气宇轩昂、威风凛凛，众人鼓掌欢迎。

朱行长是一位瘦小的南方人，他西装革履，汗流浃背地迎上前，"欢迎王主任一行莅临中央银行训导！"

王宇腾摆摆手，"不必兴师动众，宇腾今天来贵行，主要是视察《金圆券发行办法》实施的情况，你留下几个熟悉情况的就可以了。"

朱行长操着一口南方官腔，"余副行长、王襄理和会计科刘科长到二楼会议室，其他人忙自己的事情去。"

二楼一间小会议室里，摇头电风扇"呼呼"地吹拂着暑热，椭圆形的会议桌摆放好了青花瓷茶杯。

王宇腾带着三个随从落座，朱行长几个坐在对面。

"朱行长，天气太热，你把西装脱了吧！"王宇腾含颔笑道。

朱行长褪去上衣，"王长官，我汇报近期金融情况。1935年11月14日，国民政府实行新货币政策，规定以中央、中国、交通三家银行发行的纸币为法定货币，废止银本位币，禁止银圆流通，这就是法币的由来。当时300法币可以购买一头牛，最近买一斤青菜也要8万法币，货币的贬值一亿倍。今年以来，物价狂飙，一日数涨。市民包括公职人员拿到法币立马跑到街上购买实物以保值，棉布、面纱、面粉、西药，见啥买啥，需要物品的时候再到南关晓市兑换。这就是废止法币改换金圆券的原因，恕我口无遮拦，新币制维持不了数月，还要崩溃！"

王宇腾喝口茶，"知无不言，言无不尽，我就是来听取金融运行真实情况的。戡乱两年多，打仗不单单靠军事，更是要打政治仗、经济仗。"

朱行长示意一个中年汉子，"王襄理，你报告一下上半年物价监测的情况。"

王襄理清清嗓子，文绉绉地开腔："近年来内战烽烟四起，时局艰难，工商业萎靡，农业凋敝，交通梗阻，军费浩大，导致物价飙升，根据我们对六大类21种主要商品价格监测，今年六月底与去年年底对比，面粉上涨6倍，大米上涨9倍，豆油上涨26倍，士林布上涨24倍，而今年上半年军费款项支付法币1500万亿，如此庞大的货币出笼，物价上涨的原因，不言自明。"

"金圆券的发行情况怎么样啊？"王宇腾额头汗涔涔。

"8月19日开始发行金圆券，规定法币300万元兑换一元金圆券，金圆券200元收购黄金一市两，2元金圆券兑换一枚银圆，按照这个比价，三天内中央银行徐州分行一共兑换黄金358两，白银1700两。目前民众对金圆券有抵触情绪，地下黄金、白银交易泛滥，情况就是这样。"王襄理站起身微微鞠躬。

王宇腾转脸问韩书志："经济管制办法执行得怎么样？"

韩书志立正报告："商贾普遍囤货惜售，只有兴隆面粉厂每天拿出一千袋面粉投放市场，销售门市部二十四小时市民排长龙。"

王宇腾一拍桌子,忿然作色道:"凡是囤积居奇者,倒买倒卖者,见一个抓一个,该开杀戒的杀无赦!"

韩书志看到王宇腾发怒,接着建议说:"监狱、看守所都关满了银圆贩子,还是刹不住倒卖之风。职下建议,立即成立经济纠察大队,封锁交通要道、车站、码头,禁止粮食等大宗货物外运;城区所有商店一律登记存货,市民凭户籍本限购,每家每次限购米3斗即36斤或者面粉一袋即50斤、菜油1斤、白糖4两、香烟1包、火柴2盒、布料3尺。或许能够保证金圆券的发行。"

王宇腾点头称赞,"这个方案可行,就由你来担任大队长,党国危难之际,需要有勇有谋的干将出来挽救危局。"

朱行长摇头叹息,"恕我直言,存货总有售罄的时候,物资奇缺的痼疾不解决,也只能是把破木桶暂时箍一下,早晚还得漏。"

王宇腾神情黯淡地说:"能箍一天就算一天吧!还有,收回的法币是怎么销毁的?"

"我们正在为这件事发愁呐,后院钞票堆积如山,由宪兵把守着,谁敢保证不会遗失。"余副行长回答。

王宇腾吩咐,"统统拉到兴隆面粉厂锅炉房里烧毁,韩大队长,你负责监督,由警卫团来执行。"

"是!"韩书志立正回答。

"谢谢中央银行的兄弟,期待你们稳定金融,为戡乱救国,再作贡献!"王宇腾汗水淋漓,抱拳施礼,起身告退。

三

程金石推开二楼的窗户,仰望繁星满天的夜空,长叹一声:"几天前法币还是世上人人所趋争缘所爱之物,如今沦为累世之废物、不洁之脏物,不得不付之一炬烧锅炉,令人叹为观止呀!"

华伯诚走过来,戏谑道:"8月19日发行之日起,所有商铺货柜空空荡荡,老百姓都说八一九加起来正好是个'光'字,国民政府择日不吉也!"

警车开道,警笛凄厉地呼啸,十几辆大道奇卡车由南大门鱼贯驶入篮球场停下,灯光球场大灯全开,明晃晃的亮如白昼大批警察、宪兵荷枪实弹站立四周警戒。胡把头指挥着搬运工从卡车上卸下一只只大麻袋,肩扛至后院的锅炉房,整捆地投入熊熊燃烧的锅炉之中,黑烟蹿起,一股难闻的油漆味儿充斥了整个厂区。

程金石神情凄然，"战事失利，经济崩溃，孙科政府倒台，换上文人翁文灏接任行政院长，又能维系几日？"

"国民党拿着美国援助的武器打内战，根本无暇顾及民众的死活，钱不够了就拼命印钞票，导致银根枯竭，恶性通胀，废止法币改换金圆券也是无奈之举，也是四大家族对民众最后一次大掠夺，国民党的彻底垮台为期不远了！"华伯诚一反往日谦逊低调的风格，滔滔不绝说了这么多。

程金石目光灼灼地盯着他："小华子，告诉我，你是共产党吗？"

"我不是共产党，但是，我赞同共产党的主张。"华伯诚掏出香烟，递给他一支。

"我隐隐约约感觉你就是，从十几年前，你带着共党学生郭一民找我求救，还有后来你操办的一些事情，都感到你跟他们有勾连，对吧？"

"您经常说，'乱世谋生，先求现世安稳'，咱多个朋友多条路，指不定啥时候就能用得到。"华伯诚圆滑地回答。

程金石深吸一口烟，"我的路走绝了，打算到上海去避避风头，你随我一块去吧？"

"我留下来看守咱们这摊子家业吧。"华伯诚婉言谢绝。

程金石喟然长叹，"徐州周边共军麋集，破城是早晚的事儿。想想看，厂里有国军高官的股份，共产党来了还得以敌产没收。唉，我这辈子凡是改朝换代，都免不了这一出，命中注定的劫数，跑不掉的！"

华伯诚挽留，"我偷听共军的新华广播，他们保护民族资本家，保护工商业，您不妨留下来观察一下。"

"看到今晚的颓败之相，更坚定了我急流勇退的决心。'千里搭长棚，世上没有不散的筵席'，感谢华子多少年以来对兴隆厂殚思竭虑，作出的贡献。走，咱们去小餐厅喝几杯，就此作别吧！"程金石言毕，挽起华伯诚的手腕。

一阵凄凉袭上心头，华伯诚啜泣道："柜上还有几十根厂条，都是十六两的赤金，您带上作为盘缠吧。厂子里您放心，一颗螺丝钉都不会少的，等您回来！"

程金石老泪纵横，泣不成声，"厂子是我的命根子呀！"

后院的炉火发出噼啪的声响，高高的烟囱散发出无数的火星，像璀璨的焰火在空中飞舞……

四

晴朗的秋日清晨，天空澄净似水，一望无际的湖西原野呈现出斑斓的色彩，玉米吐出红红的须子，高粱穗子变红了，一派丰收的景象。

一队彪悍的骑兵威武雄壮地开进大王庄寨门，来到王家大院门口。郭一民和虎林跳下战马，直奔堂屋。

白二妮端着铜盆出门泼水，望着风尘仆仆的两位，一下怔住了，"呀，老郭、虎林，这一大早的有啥急事吗？"

两人走进屋坐定，郭一民先开口："白部长，最近全国解放战争的形势发展很快，继解放开封之后，华东野战军攻克了济南，蒋介石以大城市为重点的防御体系开始崩溃，徐州外围的国民党军队开始向徐州收缩。湖西军分区决定向徐州穿插靠拢，造成威逼徐州的态势，相机夺回丰县、沛县县城。"

"你有什么任务，就赶快布置吧！"白二妮快言快语。

郭一民望着她，神情凝重地说："徐州的92号同志发来急电，需要一个机智勇敢的少年打入国军内部担任政治交通员，我和虎林同志商议，决定从湖西中学选派一个同学，去完成这个紧急任务。"

白二妮拢一下头发，"什么时候动身？"

虎林回答："今天下午就出发，明天中午之前赶到徐州四道街接头地点。"

"让虎子去吧，他十五岁，机灵、勇敢，有斗争经验！"白二妮坚定地说。

郭一民连连摆手，"不行，你和户秉刚同志就这一个骨血，不能让孩子再去冒风险，万一有点闪失，对不起九泉之下的老户！"

白二妮斩钉截铁地说："我的孩儿咋样，当娘的心里最清楚！别人的孩儿去执行任务不也冒风险吗？党的事业是大事，耽误了就是犯罪！"

郭一民与虎林对视一眼，"好吧，我们同意派户小虎同志去执行这次任务。"

虎林接着说："小虎这次去是给代号'灰八爷'的地下党同志担任交通员。我们会安排城里的同志，照顾好小虎子，直至他完成任务回到你身边。"

白二妮瞪他一眼，"一听这名字怪里怪气的，就是你起的代号。"

虎林笑道："咱们在戏班子那会儿，我最喜欢'五仙坛'里的老鼠，经常从牙缝里抠一点粮食喂破庙里的老鼠，不敢让师傅知道。"

郭一民起身，"好啦，我先行一步，虎林同志留下来给孩子交代任务。这次深入敌后，全凭他的机灵劲儿啦！"

白二妮起身相送，"虎子就在庄子后边的庙堂里，俺这就去把他叫来。"

郭一民出门，转身对虎林说："派一个老成的交通员护送虎子，他一直在乡村长大，刚刚进城摸不到东西南北。"

郭一民跳上战马，双腿催马，"驾！"枣红马蹄了出去，一队骑兵跟随着他远去了。

一老一少背着包袱步行在徐丰公路，路上坑坑洼洼，尘土深及脚踝，两人深一脚浅一脚，远远有大卡车驶过来，老者招手拦车。

卡车急刹车停下，司机是个满脸胡茬子的老兵，"到哪里去？"

老者上前打躬作揖，"老总，俺们爷儿俩到徐州府，搭您个便车，中不？"

"一块大洋捎上你俩吧，不过到了城边就得下车。"司机歪着头说。

"中，给您一块袁大头，恁么贵！"老者哆哆嗦嗦摸出一枚银圆递给他。

老兵捏着银圆吹口气，放在耳边听听音儿，"上车吧。"

老少二人爬上汽车，汽车"呜呜"地启动起来。

"莫大爷，徐州远吗？"少年身穿蓝靛色的粗布褂子，黑色的粗布裤子，土里土气的农村少年打扮。

老莫回答，"虎子，徐州远着哩，坐上四个轱辘的汽车，半天就能到。"

"徐州大么，人多呗？"虎子好奇地问。

老莫笑着说："徐州府大着呐，街上比咱赶大集的人还多，那些女人呀，旗袍都露出整根的大腿，头发烫得打卷，洋乎着哩，保管你看迷了眼！"

老少二人坐在车板上你一言我一语地聊着天，汽车一路颠簸着，扬起满天尘土，向徐州开去。

掌灯时分，老少二人摸到四道街一座四合院门口，漆黑的双扇木门，门口一对石鼓，三级台阶，两尺高的门槛。老莫借着路灯仔细端详，"四道街23号，'鸿发粮行'就是这里了。"

老莫轻叩门鼻，一个胖大的老者狐疑地看着二人，"你们是……"

老莫抢先回答："俺从丰县华山来，请问府上是周长瑛家吗？"

"噢，是文甫家的亲戚，快进来吧！"胖老头恍然大悟。

老莫把小虎往前推一把，"他叫曹小虎，没有出过远门，家里托俺给带过来,交给您俺就回了。"

"赶上饭时啦,吃罢饭再走呗?"胖老头挽留。

"不啦,俺还有事,不打扰啦,"老莫抚摸一下虎子的头顶,"听你叔叔的话啊,经常给家里写信,省得惦念。"

"莫大爷,俺记住啦,您老慢走!"虎子很懂事地说。

老莫拽开大步,消失在夜幕中。

胖老头亲热地拉着小虎的手,"孩子,这都啥光景啦,还来投国军!"

小虎仰着脸说:"您是周爷爷吧,家里活不下去,找俺叔讨口饭吃。"

老头感叹,"这兵荒马乱的年月,谁愿意当兵吃粮呀?俺的粮行停业了,不然就留你做个小伙计,学门手艺,'家有千贯,不如一技在身'呀!"

"爹,是曹文甫的侄儿来了么?"一个身材妙曼的青年妇女从东屋走出来。

胖老头拉着小虎的手,"孩子,你喊婶子。"

小虎深鞠一个躬,"婶子好!"

周长瑛一口徐州话,快言快语地说:"快点进屋,爹您去给孩子弄点好吃的,看看这孩子浑身上下脏得,跟从泥土里刨出来似的!"

灯光下,小虎上下打量这位年轻的婶子,二十岁左右,高挑的个头,瓜子脸,一双柳叶眉,水灵灵的大眼睛,白白的皮肤,涂着红红的嘴唇,披散着大波浪的头发,身穿桃红色旗袍,脖子上挂着一串金灿灿的项链,耳朵上坠着一副金耳环,白生生的大腿,脚上穿着木屐,脚指甲涂得通红。

看到小虎发愣,婶子笑着问:"傻孩子,瞅啥哩,赶紧洗把脸。"

"俺觉得该喊您姐!"小虎傻呵呵地说。

婶子咯咯地笑了弯腰,"你有十五六岁吧,俺二十岁,长不了几岁,要是不论辈分,可不得喊姐姐么?"

小虎趴在铜盆里洗脸,婶子递给他一个毛巾,小虎接过来擦擦脸。

婶子看到洗过脸的小虎惊叹道:"呦,这孩子怎么俊,浓眉大眼、鼻直口方的,咋跟曹文甫一点都不像?"

"俺长得随俺娘。"小虎机智地回答。

"先去吃饭,等一会儿让俺爹带你去洗个澡,明天婶子带你逛街,买两身新衣裳。'人在衣裳,马在鞍',俺小虎拾掇拾掇就是个挺英俊的小青年,隔壁马掌柜的小丫头跟你年龄相仿,高小文化,大眼睛,双眼叠皮的透俊的,赶明儿给你撮合撮合,咋样?"周长瑛说起话来滔滔不绝。

"婶子！"小虎忸怩起来。

"哟，脸都羞红啦，还不好意思哩！"婶子哈哈大笑。

"婶子，给您和爷爷添麻烦了！"小虎再一次鞠躬。

"虎子，咱们家不兴这个，甭外气，以后就是自己的家。"婶子拉着小虎的手，向堂屋走去。

第四十一章　地下党火急送军情　黄百韬碾庄被歼灭

一

正午的阳光格外灿烂,一个老兵背着一个包袱来到周家堂屋,笑眯眯地打招呼:"嫂子好!"

周长瑛热情地招呼道:"冯班长来啦,锅里现成的热馍馍,凑合着吃一点。"

"不啦,俺带干粮了。奉曹连长的命令,接小虎去部队。"冯班长是个敦实的山东汉子,黑脸膛,大嘴、大鼻子、大眼,一副憨厚相。

小虎穿着崭新的白衬衣,外套一件棕黄色的夹克衫,蓝色的西裤,白色的"回力"鞋,身材挺拔,英俊帅气。

"呦呵,这小伙子面容俊俏,玉树临风,跟燕山公少保、冷面寒枪俏罗成一样!"冯班长啧啧称赞道。

周长瑛系好一个小包袱递给小虎,又往他口袋了塞了两枚银圆,"冯班长,到了队伍上你多关照着点儿!"

"嫂子放心,自打民国二十七年俺当兵扛枪,经过战阵不下一百回,毫毛都没有损过一根。小虎,到了战场,跟定俺,保管你逢凶化吉,遇难成祥!"

"你们都得多小心着点,平平安安回来!"周长瑛说着就抹起眼泪。

冯班长见状,赶紧告辞:"嫂子放宽心,吉人自有天相。下午两点东站有一趟闷罐子,俺们得抓紧赶车去。"

小虎给周长瑛鞠一个躬,"等跟俺叔回来看您。"

闷罐车里边黑咕隆咚的,只有两扇小铁窗。十几个当兵的,盘腿坐在地板上,抱着枪打盹。小虎将脸蛋紧紧贴在窗户上,贪婪地望着窗外的风景。

闷罐车"哐当哐当"向东行驶,柔和的阳光照在铁路沿线的山峦上,弯弯曲曲的河流泛着白光。田野里农民开始挥镰刀收割玉米、大豆，马车、独轮车、挑担子的人们来往穿梭。

"班长，咱们这是到哪里去呀？"小虎问。

冯班长咂吧一口烟，"徐州城东五十里，碾庄圩，司令部在那里。小虎，记住喽，到那里别乱跑，到处都是当官的。咱们是通讯连，给司令部收发电报、拉电话线的。"

小虎转过脸，"俺头一回出门，还得请您多担待点！"

"晚上部队有电影，外国的，好看着哩；过几天还有剧团来演出京戏，只要不打仗，咱们部队的日子滋润着哩！"

火车喘着粗气在一个小站的月台上停下，铁道北侧是一栋绿墙红瓦的西洋建筑，木牌子白底黑字写着"碾庄站"。冯班长拉着小虎随着吵吵嚷嚷的军人出了车站。

"冯班长，上车吧！"一个车把式向他俩招手。

"哎，老苗！"冯班长招手大声回应，"嘿，连长派大车班接咱们来啦！"

马车一路颠簸，来到一座土圩子前边。这个土圩子东西长约几百米，外边的壕沟宽约三十多米。圩子高约一丈，厚厚的土墙，四角建有两层的炮楼。门楼朝南，是一座砖石建筑，上方插着一面青天白日旗，门洞下方正中间镌刻"碾庄圩"三个大字。

马车驶过木桥，穿过门洞，进入寨圩。街道两旁店铺林立，有旅社、豆腐坊、煎饼铺、羊肉馆、铁匠铺等，多数是石头地基、青砖小瓦的四合院，异常坚固。

马车穿过市井一直行进到圩子北头，拐过一个弯，在一个院落前边停下。院子坐东朝西，门前有一片汪塘，成群的鸭子在汪塘里戏水、觅食。

"下车吧！"冯班长笑眯眯地帮着小虎拎着包袱。

过邸门口有一个兵持枪站岗，向冯班长敬礼："冯班长回来啦！"

"兄弟辛苦！"冯班长回礼。

这是一个两进院子，都是条石砌墙、小瓦苫顶，一看就是大户人家的宅院。头进院子北侧是一溜马厩，拴着十几只骡马。其他七八间房子里都住满了兵。几棵柿子树上缀满了黄灿灿的果实。

"我去看看连长这会儿得空不？"冯班长说完，跳起脚来摘下两只柿子递给他。

"老百姓家的东西不能吃！"小虎连连摆手。

冯班长诧异地看着他："你年纪不大，懂得规矩挺多，吃俩柿子解解渴咋啦？"

冯班长不由分说，把柿子塞进他的衣兜里，大步向后院走去。

"咳咳"一匹骡子前蹄刨地，向小虎友善地嘶鸣。它乌黑的皮毛丝绸一样闪着光泽，两只尖尖的耳朵耸立，一双水灵灵的俊眼闪闪发光，尤其是脑门中间长着一撮白毛，越发显得俏皮、可爱。

小虎解开包袱皮，拿出两张烙馍喂它，抚摸着它脑门的那一撮白毛："以后我就喊你小黑，好不？"

骡子扬起头，"咳儿咳儿"地又叫两声。

冯班长带着曹文甫急匆匆从后院赶过来。

曹文甫头戴大檐帽，身穿草绿色的呢子军官服，腰扎武装带，别着小手枪，老远就招呼："小虎来啦！"

"二叔好！"小虎很有礼貌地鞠躬。

曹文甫走到跟前，拍着肩膀说："当初离开家的时候，你还穿开裆裤，一眨眼，成了半大孩子啦。冯班长，你去文书那里在花名册上给曹小虎点个卯，领两身军服。"

"好，俺这就去，您爷儿俩好好唠家常吧！"冯班长敬个礼，就走了。

曹文甫领着小虎的手走进后院，手摇马达"哗啦哗啦"地发出有节奏的声响，"嘀嘀嗒嗒"拍发电报的声音、接打电话的声音构成了一片忙碌的景象。

曹文甫把小虎领进西厢房，两间屋的外间摆放着一张破桌子，四把椅子，桌子上一部墨绿色的电话，墙上挂着一块草绿色的文件袋，里间是一个雕花木床，铺着美国绿军毯，中间是一床草绿色军被。

"小虎，这是连部，你以后就跟我当勤务兵，住在外间。"

"叔，冯班长是自己人吗？"小虎仰脸问。

曹文甫摇摇头，"他不是，他是老兵油子，表面上挺憨厚，其实心里贼精，徐州人说的憨脸刁。眼下战事吃紧，老家派你过来，紧急情况下的交通员。"

"知道了，叔！"小虎回答。

曹文甫接着说，"最近没有任务，你好好休息一下，除了冯班长，其他人不要瞎罗乎，言多必有失，军统特务的耳朵长着哩。"

"嗯，俺记住啦！"小虎点点头。

二

崇文路西侧 23 号，黄色的一栋日式二层小楼，门口悬挂着一块牌匾"徐州新生日报社"。

临近傍晚，颜石峰身穿中山装，披着一件美式风衣，悠闲地步出大门。

"颜副总编好！"一个高个子青年礼貌地跟他打招呼。

"该下班了吧？"颜石峰问。

"俺今晚夜班，校对排字。"年轻人回答。

颜石峰抄着手，游逛到黄河岸边。太阳已经落山了，晚霞映在河面上，发出耀眼的光波。一条捕鱼的小船荡悠悠地从眼前荡过。

韩书志坐在一块石头上，出神地盯着波光粼粼的河水。

"有啥情况？"颜石峰在他身边蹲下。

"顾祝同升任参谋总长，刘峙继任，抓'戡乱建国'很带劲儿，对王宇腾言听计从，下达了紧急戒严令，突击检查户口，大肆拘捕嫌疑分子，并且在郊区和市内主要干道、制高点等地，构筑钢筋水泥工事，摆出一副与我军血战到底的架势。"

颜石峰不屑一顾地说："老百姓嘲笑国民党，连修工事都偷工减料，徐州的城防能比得过济南城么？"

韩书志摇摇头说，"这个王宇腾是个阴狠的家伙，他这么乱抓误碰，还真的破获了几起案件，有十几个同志被捕。我通过联密处的一个密查员得知，王宇腾成立了一个特侦小组，专门对高级将领进行监控，王宇腾眼里没有不怀疑的人，对此，我们不得不防啊！"

"约你出来，想征询你的意见，如果在敌人的心脏发动警卫部队起义，占领徐州剿总，刺杀刘峙、王宇腾这些高级将领，你觉得怎么样？"颜石峰说。

韩书志连连摆手，"这个计划太过冒险，只有在大军压境、兵临城下的时候，方可实施；再者说，刘峙是个无能的将领，杀了这头蠢猪，换来一个强悍的将领，对我们更不利！"

颜石峰狠抽一口烟，"你说得有道理，我们立即终止这项计划。"

韩书志递给他一个铁烟盒，"这是敌人最新的部队番号、驻地，防御工事情况；王牌部队的装备情况，新老兵比例。另外，蒋介石刚刚从东北战场调来救火大队长杜聿明，担任徐州剿总副司令长官，目前正在制订'徐州会战计划'，意图集中兵力，在徐州周边的开阔地带与我军决战，收复津浦、陇海两线的失地，确保南京的安全。"

颜石峰抽出一支烟点燃："我马上报告老家。自从调任剿总新闻处，担任'新生日报社'副主编，整天接触到的都是国民党粉饰太平的消息，一溜的瞎话篓子，后来就把新闻倒过来看。国民党吹牛皮向来不报税。"

"哗"远处小渔船上黝黑的汉子扬手撒开一张渔网。

韩书志看着那个汉子牵引网绳收网，若有所思地说："开封、济南被解放军占领，陇海西线、津浦北线被拦腰截断，下一步我军必定要斩断陇海东线、津浦西线，徐州敌军就是瓮中捉鳖。眼下司令部已经乱作一团，趁着津浦铁路南线通车，军官家眷纷纷南逃，党政军的头头脑脑都想着法子往南京、上海跑，就连那个'长跑将军'刘峙也装神弄鬼地向蒋介石请假看病呐。"

天色已经擦黑，周围渐渐黯淡下来，颜石峰警觉地扫视一下四周，"越是在临近胜利的时刻，越要谨慎小心，拾玉瑾有消息吗？"

"拾玉瑾与被捕的朱建国、谢士言等六名同志一道，在南京雨花台被敌人杀害了！"韩书志声音有些喑哑。

颜石峰一言不发，起身离去。

三

秋雨过后，雷声还在低沉地轰鸣着，一道弯弯的彩虹横跨西方天际。

两辆美式吉普车轰鸣着开进大同街，在一座古色古香的饭店门前停下，两个参谋跑下来分别拉开车门，走下来王宇腾和一个身穿高大、满脸横肉的中年汉子，两人身着中山装，披着美式短风衣，携手走进致美楼。

韩书志在门口迎候，"报告王主任、黄司令，二楼彭城厅，都准备好了。"

王宇腾吩咐，"黄司令只有一个小时的过境时间，热菜让店家抓紧上。"

"是！"韩书志将二人引上二楼一间临街的包厢。

房间里陈设雕花的红木茶几、八仙桌、太师椅，墙壁四周悬挂名人字画，桌上铺着洁白的餐布，摆放着六个凉碟，瓷瓶里插着一束玫瑰花，淡淡的幽香扑面而来。

"戡乱救国时期，还有如此雅道的布置，韩科长用心喽！"黄司令操一口官腔，带着浓重的天津味儿。

"谢谢长官夸赞，"韩书志打开一瓶"口子窖"，麻利地为二人斟上酒，知趣地告退,"长官慢用,我去灶台催菜。"

王宇腾端起酒杯,"整条大同街上,就数这致美楼的菜品好,品位高,天津的名厨掌勺。焕然兄即将奔赴战场,小弟特意置办薄酒,为兄壮行!"

黄司令面色阴沉,端起酒杯一饮而尽,"宇腾弟,你我都是率兵打仗的将领,对目前的危局都是心知肚明,受命于危难之际,此行必定是凶多吉少!"

王宇腾叹口气,"老头子刚愎自用又狐疑多变,'用兵之害,犹豫最大,三军之灾,生于狐疑'!唉,不管怎样,以我军装备美式武器的强大兵团,与几股装备低劣的共军决战,总会有一拼吧!"

黄司令摇摇头,叹息道:"早在八月初,我即向老头子报告,共军三个纵队正在悄悄筹措粮秣,有大举进攻新浦、海州、连云港的态势,报请缩短防线,向徐州集结兵力。但是老头子固执地认为'青岛、连云港两个登陆点不能放弃,以利于美国盟军登陆作战'。就在前天,杜司令长官准备乘刘邓与陈粟两军分离之机,集中三个兵团,先发制人,消灭陈毅、粟裕的主力,乘势收复济南,谁料想出征之时,总裁又变卦了,通知部队原地待命。我军三个兵团一字长蛇阵摆在陇海线上,东西长三百里,一旦共军抢先下手,后果不堪设想。如此一再错失良机,纵然有飞机大炮,胜负也难料!"

韩书志敲敲门,端进来一个托盘,一一摆放好,茄汁鱼片、果木烤鸭、冰糖肘子,还有一个冬菇卷儿。

王宇腾举箸,"点的小菜,不知道是否符合兄长口味?"

黄司令端起酒杯,"非常好,谢谢兄弟的一番情义!"

王宇腾目光灼灼地盯着他问:"眼下刘邓共军已夺取郑州、开封,陈粟大军进逼台儿庄、郯城一带,此时总裁下令放弃新浦、海州、连云港,你部第七兵团由房山、阿湖、新安镇撤到碾庄集结,如此侧敌行军三百里,犯兵家之大忌呀,为什么不从海上撤退呢?"

黄司令回答:"我何尝不想走海上运兵?只因东北战事吃紧,凡是可以征集的舰船都开倒葫芦岛转运部队去了。老头子命令派有力的部队掩护我部转移,李弥兵团驻扎在碾庄、曹八集一带接应我军,北边贾汪、大许家一线有第三绥靖区何基沣、张克侠两个军策应,足以保障我部侧翼、后背无虞。"

王宇腾冷笑道:"战事不利,人心叵测,以前我总认为共军带兵长官多为草莽之徒,戡乱救国两年来,我才弄明白共军不仅深谙攻城伐兵之道,而且更擅长'用间'的诡计,收到'胜敌而益强'的效果。"

黄司令大惊,"你是说第三绥靖区有通共的嫌疑?"

王宇腾眯缝着眼睛说,"大敌当前,多个心眼,没有坏处。"

黄司令心烦意乱地扔下筷子,"不吃了,我得赶回部队!"

王宇腾掏出一盒"骆驼"牌香烟,两人凑在一起点燃。

"老弟也抽上烟了?"黄司令诧异地问。

王宇腾推开酒杯,"'停杯投箸不能食,拔剑四顾心茫然!'既然无心喝酒吃菜,还有一点时间,陪学兄在街上走走。"

"好吧!"黄司令起身,披上风衣。

两人步出酒楼,天阴暗了下来,一股阴冷的西风卷着落叶飕飕地刮过去,两人不约而同地裹紧了风衣。

"风起时,却是将行的时刻!"黄司令仰天长叹。

"秋风起,天地之杀气来矣,黄兄你嗅到空气中弥漫的血腥气了么?"王宇腾触景生情附和道。

迎面走来一位占卦老者,长髯飘飘,鹤发童颜,相貌清奇,手里提着一竿幌子,黄色的绸缎刺绣黑色的大字,横额"行将道",两侧对联"算吉凶祸福、知富贵前程"。

两人对视一眼,站住脚。王宇腾笑着说:"算卦的,请给俺们俩算算,要是瞎胡扯,折了你的幌旗儿!"

老者打量他们一番,颇为不满地说:"先生,谚云'有千里的朋友,无千里的威风',不管你俩多大的官儿,掉了毛的凤凰还不如鸡,欲知二位吉凶祸福,且请骑着毛驴看唱本,走着瞧!"

王宇腾愠怒,"老人家说话咋怎么不中听?"

老者又打量了一眼俩人身后的马弁,"俺不用黄雀叼卦,不用铜钱占卜,只用一双慧眼就能洞察玄机。两位先生绝非平庸之辈,正值春风得意、八面威风之时,人走时运马走膘,谁都保不准也有背时运的时候。算了,君子报喜不报忧,休怪老夫多嘴!"

老者转身要走,被黄司令一把拉住,"老先生,有话直说,但说不妨!"

老者捋着长髯,指着王宇腾说:"说到功名二位已经到顶了,不过这位先生五岳隆明,面色俊秀,财运亨通,大富之相也!"

王宇腾听了不禁哑然失笑,"先生说的'富'字与俺相差甚远,本人为官清廉,靠薪资养家,何来飞来的横财?"

"天上掉馅饼,绊倒捡一块狗头金,信不信由你。"老者又仔细打量黄百韬,沉吟道,"至于这位先生嘛,印堂黯淡,山岳之上形云密布,怕是有血光之灾。"

"净是胡诌八扯！"王宇腾怒叱。

老者不搭理他，继续说："先生五行之中缺土，然命中有禾，禾生于土，故稼穑不旺，忌碌碡、碾子等金石之器也。"

老者说完就走，韩书志拉住他，递给他一卷钞票。

老者转身双手抱拳，"无君子不养艺人，谢谢啦！恕老夫口无遮拦，所言之事，不出一个月定见分晓，如果不应验，到时候来钟鼓楼前折俺的幌子！"

黄司令怔怔地望着老者走远，王宇腾上前拉着他的手，"老兄，别坏了心情，这也就是一介神棍，靠着故弄玄虚骗俩钱的。"

黄司令摇摇头，"老叟还真不是瞎蒙，我命中缺土，小名叫豆豆，都让他说着了。看起来此战凶多吉少啊！你我受老头子恩泽，这一步走出去，就听其自然吧，我如有不测，内子及家人就拜托贤弟及弟妹代为照料吧！"

一股凄凉的心绪涌上心头，王宇腾动情地说："仁兄，你我是黄埔的同窗好友、袍泽，亲如兄弟，都有义务照料其他兄弟的家人。"

黄司令黯然伤神："党国气数已尽，恐怕是再无力回天了！"

王宇腾伤感道："我们为三民主义奋战，已经拼尽全力了，唯有鞠躬尽瘁死而后已！"

"事已至此，何谈主义？你我兄弟就此作别吧！"黄司令伸出右手。

王宇腾紧握着他的手，"兄弟，多多保重！"

吉普车吼叫着停在了路旁，两人互敬军礼。

眼看着吉普车一溜青烟开走了，一阵惊悚的情绪涌上王宇腾心头，几颗泪珠不知不觉滚了下来。

北方的寒流伴随着强劲的西北风呼啸着掠过碾庄圩，一团团的阴云在空中缓缓移动，远处不时传来隆隆的炮声，军中的气氛紧张起来。

曹文甫披着军大衣，急匆匆回到连部，"小虎，有任务。"

"叔，啥任务？"小虎穿着一件过膝盖的士兵大棉袄，腰里扎着武装带，一双大眼睛闪烁着机智的光芒。

曹文甫把小虎拉进里屋，小声说："咱们华野的13个纵队分兵南下，从四面八方向徐州逼近。徐州剿总司令刘峙认为解放军首先攻取徐州，电令咱们驻防曹八集、碾庄圩的第十三兵团回撤徐州，兵团原本是在这里策应黄百韬兵团的，十三兵团撤回，就留下一大块空白地段。这个情报必须马上送进城去，用最快的速度报告给老家。"

"好的，叔，俺这就动身。"

曹文甫递给小虎一张金圆券，"情报写在这张票子上，交给大巷口'三春元鱼馆'的伍掌柜，接头暗号你知道吗？"

小虎点点头，"三套暗语都背得滚瓜烂熟。"

曹文甫神情凝重，"下午有一趟军列往徐州撤退首批部队，你路也不熟，让冯班长陪你去，他是兵滑子，做事老成。明天中午之前务必送到！"

"是，保证完成任务！"小虎坚定地说。

"报告！"门口传来浓重的山东口音。

"冯班长，进来吧。"曹文甫从里间走出来。

"连长有何吩咐？"冯班长立正敬礼。

曹文甫拍拍他的肩膀说："咱们的部队明天就要开拔，撤往徐州东郊一带布防。俺三姨家的堂妹得了痨病，天天咯血，快不行啦。我给弄了几支美国的盘尼西林，得赶紧送去救人。你陪小虎先进城，完事之后，到建国中学等我们。第九军的一个团下午开拔，你们搭个顺风车。路上不太平，老冯带上盒子枪。"

"是，俺这就带着小虎出发！"冯班长声如洪钟。

风一阵阵地裹着牛毛细雨迎面吹来，冯班长为小虎披上一件包袱皮，两人盘腿坐在平板上，四周坐满了黄乎乎的国军士兵，还有几门蒙着帆布炮衣的大炮。

火车哐当哐当开动，铁道两旁逃难的老百姓牵着牲口的，推着土车的，扶老携幼，乱糟糟地向徐州方向涌去。

"冯班长，这些老百姓是干啥的？"小虎好奇地问。

冯班长从嘴里拔出烟嘴子，"都是从山东、新浦那边逃难来的富裕户。"

"为啥要逃难呀？"小虎打破砂锅问到底。

"长官整天说，共产党共产共妻，有俩老婆的得匀一个给人家，老财们谁不是三妻四妾的，舍得把老婆匀给别人么？"冯班长抽一口烟，坏笑道。

火车不停地长鸣，缓慢地前行。

小虎站起身，焦躁地说："火车咋像牛爬的一样慢？"

身旁一个老兵说："小兄弟，铁道上净是逃难的，咋能开得快，又不能轧过去！"

"老哥，借问咱们部队开到哪里？"冯班长问。

"徐州东边的大湖。"胡子拉碴的老兵回答。

冯班长咂舌,"俺娘吔,那里离城里还有二十多里地,照这个速度爬到大湖站,黑灯瞎火、满山野地的咋办呀?"

"老兄,咱们当兵吃粮的,手里拿的又不是烧火棍,到哪里不能打食吃?"老兵不以为然地说。

小雨依旧淅沥沥地下个不停,远方的炮声在潮湿的夜间愈加清晰。

火车终于在一座小站停了下来,几盏汽灯明晃晃地悬挂在月台上方。当兵的咋咋呼呼起身,下车集合,哨子声、口令声此起彼伏。

冯班长拉着小虎说:"火车到站了,咱们就沿着铁路往西走,看到村子就找个人家借宿,打尖,明天天亮咱就走,晌午之前赶到你亲戚家。"

小虎又乏又饿,"行,听班长的。"

两人踩着铁轨和枕木,深一脚浅一脚地步行,来到一座铁路桥前,黑魆魆的钢架下边是奔流的河水。

冯班长说,"小虎跟在俺后边,双手抓牢前边的钢轨,俩脚踩实了后边的枕木,咱们一点一点地挪过去。腿肚子不能转筋,掉下去可就没命啦。"

"行,冯叔您放心,俺灵活着哩!"小虎亲热地回答。

两人摸索着爬上铁桥,桥下河水泛着白光,"哗哗"地发出恐怖的声响。两人趴在铁轨上,闷不吭声地向前挪动。

过了桥,冯班长拍拍小虎的肩膀,"好小子,有胆量,身手不错,像是经过阵仗的老兵!"

"俺叔夸奖啦,其实俺吓得够呛,只怕掉下去呢。"小虎掩饰道。

"哎,小虎你看,再前边几里路就有村子了。"冯班长指着远处几点星光似的灯火说。

两人来了精神,加快了脚步。

黑乎乎的一片村庄传来几声狗吠,房舍和树木掩映在夜色中。

两人沿着灰白色的小路摸进村子,两旁净是低矮的土墙茅草房,没有院子,都是树枝木棒叉成的篱笆墙。

冯班长拉着小虎的手,"这些穷人家,吃了上顿没下顿,连窝窝头都不能管饱。咱们得找个大户,吃白面馍的。"

路东有个大门,冯班长划了一根火柴,黑漆的双扇木头,门上贴着门神。

"哎,咱们就吃定这一家啦!"冯班长上前推门,大门上闩,冯班长兴起,把木门捶得"咚咚"山响,"开门啦!"

里边无人应声，冯班长大怒，用脚"哐哐"猛踹，"里面的人死绝了么，再不开门，老子扔手榴弹了！"

有人拉开了门闩，一位老年人提着马灯照探出头，忙不迭地说，"哦，是老总光临，快请家里坐。"

两人进院，老人赶紧插上门，顶上顶门杠，"老总，快请堂屋里坐。"

借着马灯的光亮，小虎看见这是一家四合院，东屋、西屋、南屋各两间，都是石头墙、麦草苫顶。南屋里拴着牲口，挂着一盏马灯，堂屋是三间瓦屋，房门大敞，八仙桌上放着一盏罩子灯。

冯班长大剌剌地坐到太师椅上，粗声大气地说，"老头，俺们执行军务，到此借宿一晚，明早就走，给俺们弄点好吃好喝的。"

这是一位慈眉善目的老人，穿一身黑棉袍，腰扎蓝色的布袋，垂手而立，"长官，俺家筻子里现成的白面馍馍，将就一顿，咋样？"

冯班长咆哮道："您家的人口呐，莫不是都藏起来啦，俺们是国军，又不是土匪，啥意思，嗯？"

老人听了这话，慌忙说："老总，您一路风尘、鞍马劳顿，俺再给二位炒个大葱鸡蛋，烧两碗热粥，还有半瓶老白干，给您解解乏。"

冯班长露出笑意，"这还差不多，等俺们吃饱喝足了，再烧一锅热水，给俺们烫烫脚。"

老人颠颠地跑出去，小虎内疚地说："叔，这样不好吧？"

"咋不好的，赶明儿还得让他套车送咱们进城哩！"冯班长牛眼一瞪。

东屋灶房里传来嗞嗞的炒鸡蛋的声音，柴火的气息充斥了整个院落。

不一会，老人端上来一大盘子黄澄澄的炒鸡蛋，一笸篮白面馒头，又从条几下橱柜里摸出一瓶酒，"老总，就这条件，不成敬意，喝点酒暖暖身子。"

冯班长眉开眼笑，"老人家，明天一早还得借您家的牲口跑一趟徐州。"

"好说，好说，明天早上老夫套车送二位长官进城。"老人点头哈腰地退出。

冯班长斟了半碗酒，给小虎倒了一小瓯，"咱们爷儿俩第一回出公差，缘分不浅呀，喝点酒庆祝一下。"

小虎抿了一口，辣得直咳嗽。

冯班长夹一筷子鸡蛋，"吃口菜压压，这猪油炒大葱鸡蛋，味道最好吃。"

小虎抓起一块馍，"叔，您慢慢喝吧，俺先吃馍馍了。"

冯班长吱儿哑地品着烧酒，"唔，你累了先吃点睡觉吧。"

冯班长把小虎摇醒，天已经大亮了。

"哟，耽误事儿了！"小虎一骨碌爬起来。

"不误事，老头擀好面条了，湿衣服也烤干了，咱们吃完早饭再走。"冯班长说。

"不了，趁着路上人少，咱们赶路吧。"小虎坚持道。

院子里毛驴"咴咴"地欢叫，冯班长只得点头说："车套好了，咱们走。"

冯班长跨出房门，小虎悄悄在茶碗底下压上一枚银圆。

驴车"叮叮当当"跑在徐海公路上，全副武装的国军成两路纵队从身边经过，还有骡马拖着的大炮，潮水一样向徐州撤退。

越近城区越拥挤不堪，老人勒住缰绳，"老总，前边就是袁桥啦，就送到这儿吧？"

"行，就到这儿吧，谢谢啦！"冯班长跳下车。

老人摸出一枚银圆递给他，"老总，这钱还给您。"

冯班长瞪着牛眼诧异地问："咋回事？"

小虎赶紧接上话茬，"是俺放在碗底下的，老大爷，请您收下！"

老人倔强地把银圆塞进小虎的手里，"俺说啥不能收。驾！"老人赶着驴车走了。

冯班长用异样的眼神盯着小虎嘿嘿笑，"小子，行啊！"

钟鼓楼上的西洋钟"咚咚"地敲响了十下，小虎和冯班长来到大同街。

"小虎，前边就是你亲戚家了，俺在街上转悠一会儿，咱们在钟鼓楼这儿碰头。"冯班长叼着烟袋说。

"叔，过会儿俺来找你。"小虎拽开大步拐进巷口。

三春元门口，伍兆勇带着俩人正在忙着卸门板、挂幌子。

小虎近前打招呼："请问伍掌柜的在呗？"

伍兆勇停下手里的伙计，"我就是，小兄弟有啥事吗？"

"俺八叔带点药，说给三姨奶奶治病的。"小虎回答。

"噢，都是自家亲戚，快请屋里坐。"伍兆勇把小虎让进后院雅座。

"三姨奶奶得的是啥病？"小虎问。

"痨病，咯血了，吃中药是不行了。"伍兆勇摇头叹息。

小虎说："八叔让俺带了三支盘尼西林，他说这是美国货，特效药。"

伍兆勇惊喜地说："同志，你是灰八爷派来的！"

小虎摸出一个小手绢递给他,"三支药,一张钞票。敌人要从碾庄、曹八集撤退,八叔让火速报告老家。"

"我马上通知上级。"伍兆勇点点头,"小同志,我给你烧碗汤,吃了饭再走。"

"不了,还有人等着我,待长了生疑心。"小虎说完,头也不回地走了。

伍兆勇将钞票揣进贴身的衣袋里,推起脚踏车出门,飞身上车,拐出巷口,沿着大同街向崇文路飞快地驶去。

四

天色麻麻亮,庆云桥西侧利民市场,小摊贩们早早撑好了黑篷布,摆好桌子、板凳,开始了一天的忙碌。

颜石峰披一件黄大衣,走到"侯记油茶"摊子前,要了一碗油茶、两只炸菜角,坐在马杌子上慢条斯理地吃起来。

过了一会,韩书志穿着棉军装,骑着脚踏车过来。他支好脚踏车,"掌柜的,来一碗玛糊,俩油旋子。"

"好嘞,刚刚出锅的油旋子,又香又脆噢。"胖乎乎的摊主乐呵呵地说。

韩书志端着碗,挨着颜石峰坐下。

颜石峰机警地察看四周,只有零零星星几个食客,小声说:"华野在碾庄围住了黄百韬十几万大军,敌人做梦也没有想到就在李弥兵团撤退徐州的这个空当,贾汪的何基沣、张克侠率部起义了,咱们的解放军山东纵队斜插过来,在碾庄圩堵住了黄百韬的退路。你们的情报太及时了!"

韩书志啜一口汤,"目前战事发展很快,战机稍纵即逝。最近几天道台衙门里跟办丧事的一样,从早到晚,战死的、被俘的国军家眷成群结队跑去哭哭啼啼地闹个不停,王宇腾忙得不亦乐乎,将官的家属他得出面一一安抚,其他的交给后勤处洪明璨处理。为了安定军心,昨天晚上刘峙还请来京戏班子,在中山堂唱大戏,今天一早他就开溜了,剿总的指挥权全部交给杜聿明了。"

"宿县的城防部署搞到了吗?"颜石峰小声问。

韩书志递给他一只烟盒,"这是我晚上帮助机要员誊写的底稿,城防图只是粗线条的,怎么,要打宿县,这可是一着狠棋呀!"

颜石峰点点头,"宿县又称'南徐州',北距徐州75公里,南距蚌埠90

· 564 ·

公里，是津浦铁路徐州、蚌埠之间的重镇，也是徐州剿总重要的后勤补给基地。'蛇打七寸虎打腰'，占领了宿县，切断津浦铁路南段，即可置徐州杜聿明粮弹两缺，欲退无路的绝境。"

韩书志表情凝重地说："宿县是块硬骨头，据守宿县之敌是国军第25军第148师以及交警第16总队、第二总队第3大队、陆军第6支队、装甲第7营，还有还乡团的杂牌部队，共计一万三千多人。敌军建制混乱，但是装备精良，交警和还乡团受军统指挥，其成员非常反动、顽固。攻打宿县，将是一场血战！"

"'要奋斗，就会有牺牲，死人的事是经常发生的'，希望我们能活到新中国成立的那一天。"颜石峰起身离去。

一大早，徐州东部的枪炮声忽然寂静下来，寒鸦在树杈上"呱呱"鼓噪的声音特别刺耳。

王宇腾心情坏到了极点，他气急败坏地走进办公室，一脚踢翻了茶几，杯子、盘子"哗啦"摔得粉碎。

韩书志进来，悄悄拿起扫把打扫一地的狼藉。

王宇腾像一头困兽不停地在屋里来回踱步，"蠢货，一群饭桶！"

"长官息怒，战局不利，国军也拼尽全力了！"韩书志劝解道。

王宇腾擂着桌子咆哮："拼个屁呀，共军刘邓攻占宿县，截断徐蚌交通，老头子急令黄维兵团东进、李延年兵团北上、邱清泉兵团南下，会师宿县。结果呢，各部被共军阻击，寸步难行！东进的黄维兵团从河南确山沿着一条直线，经正阳、蒙城、阜阳驰援宿县，一路上走的净是黄泛区，十几万机械化部队慢得像蜗牛爬，在双堆集又被共军围住。眼看黄百韬兵团覆灭，共军势必腾出手来解决黄维兵团了，党国真的要断送在这帮蠢猪手里了！"

"碾庄圩的黄司令十几万精良的国军劲旅，怎么说没就没了呢？"韩书志眉头紧锁。

"从昨天晚上电台就失去了联系，如今枪炮声也停息了。唉，我那学兄生死未卜，黄豆被碾子碾碎，那个算卦的老头子竟然一言成谶，天灭黄兄矣！"王宇腾涕泗两行。

韩书志摇头叹息，"共军实在太顽强了，我随李司令到前线视察。咱们攻击麻谷子阵地，天上飞机投掷大量燃烧弹，地上野炮、山炮猛烈轰击，眼看着共军阵地成了火海，满以为不可能再有活人了。坦克车掩护步兵靠近阵地时，共军又从地下钻出来，举着手榴弹把国军打下来。李司令看了感叹道，'共军是神，不是人，就是钢铁都要熔化了，为什么他们还能这样顽强战斗呢？'"

"这就是信仰的力量，这样的军队往往爆发出超常的战斗力。大厦将倾，非一木能支！完了，彻底完了！"王宇腾颓然躺倒在沙发上。

"王主任，咱们还有江南的半壁江山呢，只要卧薪尝胆，党国的事业还有东山再起的希望！"韩书志倒了一杯水放在茶几上。

王宇腾长叹，"韩书志，对你的才华、人品，我一直都是很赏识的，党国要振兴，离不开人才，你跟我撤往南京去吧，徐州已经是一座危城了，杜司令长官如果能把部队完整地带出去，就是万幸了。"

"愿随长官牵马坠镫！"韩书志立正回答。

电话铃响，王宇腾抄起话筒，"王主任，我是瓢把子，有要事给您报告。"

"说吧！"王宇腾又恢复了阴阴的口吻。

"咱们火车站的密查员报告，调度室主任杨益君有通共的重大嫌疑。"

"有具体线索吗？"王宇腾冷冷地问。

"从西陇海线撤过来一百多台机车。军运处让调度室调配机车把这些火车头编组，全部挂运到南方去。这个杨益君煽动大车们罢工，拒不值乘。等到宪兵到场弹压，司机们慢慢腾腾开始作业，共军已经掐断了南线铁路，这些车头没有一辆运走的。"

"抛家舍业地撤往南方，司机们闹情绪，情有可原，能有啥问题？"王宇腾慢吞吞地说。

"长官，您还记得兵车被阻在南线上，新兵们被大雨淋了十几个小时么，就是他故意操蛋的！"张金彪气咻咻地说。

王宇腾沉默半响，"算了吧，瓢把子，眼下准备好撤离工作，潜伏的地下军才是重中之重。"

王宇腾挂上电话，参谋进来报告："主任，后勤处洪处长求见。"

"让他进来吧。"王宇腾说。

韩书志见状，知趣地告辞，"司令，我过去了？"

"去吧，准备一下，撤离的时间不会很久了。"王宇腾摆摆手。

洪明璨立正敬礼，把一只沉甸甸的小皮箱放在案头，"报告王主任，这是一点小意思，请您笑纳！"

"啥玩意儿？"王宇腾狐疑地打开皮箱，十根黄灿灿的金条赫然在目。

洪明璨皮笑肉不笑地回答："这是飞南京的机票红利，相关的兄弟都有，您是长官，拿大头。"

"荒唐，我为党国清廉为官二十余载，非分之财分文未取，你这是陷我于不仁不义之地，懂吗？"王宇腾的声调降了许多。

洪明璨不慌不忙地说："王主任一生清廉，可是清廉又管啥用，那些达官贵人谁不挣得盆满钵满的，咱们从他们身上薅一把，还不是天经地义的？等撤退到南方，如果退出军界，您总得养家糊口吧，就算是做点小生意，也还得有本钱吧？"

看到王宇腾沉默不语，洪明璨接着摇唇鼓舌："您为党国奋斗半生，这是您应该得到的报酬。我把那些零散的港条、锞子都统统换成厂条，足金十六两的，南线的铁路断了，飞机是唯一的通道。"

"机票卖到多少钱一张？"王宇腾问。

洪明璨扬扬得意，"这得看人下菜，按质论价，您就甭操心了！您只管签字，我负责发机票，什么主义都是瞎扯淡，到了这份上，黄白之物才是真理、信仰！"

"说吧，有啥要求？"王宇腾仰靠在椅子背上。

洪明璨目光灼灼地盯着他，"您带我去南京吧，那里的留守处也需要人手。"

"可以，你出去吧！"王宇腾有气无力地说。

"谢谢主任恩典！"洪明璨立正敬礼，乐颠颠地走了。

王宇腾从抽屉里摸出一瓶白兰地，"咕咚"灌了一大口，喃喃自语道："没酒学佛，有酒学仙，这世道随波逐流罢，他妈的，算命的说我有财运，真是高人！"

第四十二章　古城黎明迎解放　国军覆灭陈官庄

一

呼啸的西北风吹光了树上的叶子，灰色的乌云布满了天空，盐粒一样的小冰珠子密密麻麻地飘落下来，打在脸上麻沙沙的生疼。

旁边看热闹的几个人七嘴八舌地说风凉话，"八成回鄠都城休息去了！""吹牛皮不用报税！"

兴隆面粉厂南大门前布设了铁丝网、鹿砦，麻包垒砌的工事里，七八名工人头戴柳条帽，手持中正步枪，左臂缠白布黑字"护厂队"三个大字，警惕地躲在工事后边。

一个身穿灰布棉袍，戴着礼帽、墨镜的年轻人骑着脚踏车来到厂门口。

"干啥的？"胡把头拎着驳壳枪探出头。

"华襄理请我过来的！"年轻人摘下礼帽，点头致意。

"请进来吧。"胡把头笑着说，"这几天天天都有国民党的兵拉着板车，扛着大棍，来厂里抢面粉，都被护厂队打跑了。"

颜石峰跟着说："市面上乱得很，三五成群的士兵拿着手榴弹敲门打户抢东西，宪兵队也镇不住，国民党这是王八搬家，滚的滚，爬的爬。"

走上二楼，华伯诚笑容满面在楼梯口，"92号颜石峰同志，我们会师了！"

两人热烈握手，颜石峰诙谐地说："百灵同志，你终于现出真身了！"

两人相拥走进经理室，分坐沙发两侧。胡把头端来两杯茶水，躬身退出。

华伯诚掏出两支"三炮台"，两人凑在打火机上点燃。

华伯诚很惬意地吐出一口烟，"今天我让老田通知你来，主要就是迎接解放的事宜商讨一下。老田是大革命时期的老交通员，丏帮二当家的，为革命作出很大贡献，最近就由他直接联系你。"

颜石峰喝口茶，"敌人准备在逃跑之前进行大破坏，在火车站偷偷准备了十八箱烈性炸药，要炸掉机车和厂房。杨益君同志组织纠察队严密警戒，并且找到站长刘明德，晓以利害，迫使他放弃执行爆炸破坏的任务。"

华伯诚点点头，"目前我们的首要任务就是'坚守岗位，看好家当，保护厂矿，迎接解放'。你们的任务就是负责铁路、学校，还有就是迎接解放军入城的'军管会约法七章'等文告的印刷、张贴。"

颜石峰深抽一口烟，"潜伏敌营的青山同志获得情报，王宇腾组织的地下军是由瓢把子张金彪拟定的名单，这些潜伏的敌特危害极大，能不能抓获瓢把子，获得敌人潜伏名单？"

"可以，这件事就交给胡把头吧，乘着敌人混乱之机，浑水摸鱼，抓了这个瓢把子，镇压了他！"华伯诚狠狠地说。

颜石峰接着说，"叛徒洪明璨最近几天要随王宇腾撤往南京。湖西多次派人惩治这个叛徒都没有得手。血债要用血来还，这项任务就交给湖西同志执行吧，在去机场的路上截杀他！"

"好吧，同意你们实施锄奸计划，不过要相机行事，不要造成我方不必要的伤亡。"华伯诚点点头。

颜石峰兴奋地说："老华，我们还有一个大胆的计划，敌剿总警卫团的一个营掌握在我们手里，该营布置在徐州西南防地，从黄茅岗到博爱街是城防的主要阵地，从那里发起攻击，直捣黄龙府，十几分钟就能占领道台衙门，一窝端了杜聿明的剿总司令部！"

华伯诚一拍手，"好计策，如果能够实施，可以最大限度地减少战争伤亡，我立即电报请示华野敌工部。另外，对杜聿明的突围方向，有什么动向么？"

"青山同志认为敌人突围的方向只有两条，一条是从睢宁、双沟、五河南撤，敌人已经在这个方向进行侦察进攻，似乎有走这条线的可能。还有一条路向西，经过萧县、永城、阜阳向武汉白崇禧的剿总靠拢，这也是抗战时期李宗仁徐州突围的线路。青山同志认为，敌人有可能声东击西，从这里向西突围。"

华伯诚赞许道："我知道这个青山，当年我们潜入李宗仁抗敌青年军团的青年俊才之一，他们中拾玉瑾等同志已经牺牲了，但是，绝大多数同志已经成长为人民解放的中坚力量！"

颜石峰端起茶杯，"为我们即将到来的胜利，咱们以茶代酒，祝贺一下！"

华伯诚也端起茶杯,"上级决定成立中共与民盟组成的'徐州地下组织迎接解放指挥部',我担任总指挥,你和邵晓睛担任副总指挥,为了新中国的黎明,干杯!"

两只茶杯"当"地碰在了一起……

"哗啦啦",田乞丐摇着莲花落边走边唱,"从北关,到南关,生意就数三春元……"

伍兆勇呵斥道:"要饭的,你咋又来啦,没看见俺这小店歇业了么?"

老田伸出手,"既然来到您府前,多少都得给点钱儿!"

"真拿你没有治!"伍兆勇将一卷钞票塞进他手里。

老田搓给他一个小纸头,然后唱着跳着走远了。

伍兆勇快步走进后院雅间,把纸条递给颜石峰,"田乞丐刚刚送来的。"

颜石峰小心地展开纸头,沈钰递给他一个碘酒棉球。

"华野同意里应外合,打进徐州。由三纵从城西南突入,攻击时,夜间手电筒揿三下,白天机枪点射三次,以取得火线联络。百灵"

"伍衡现在哪儿?"颜石峰问。

"黄茅岗哨所里。"伍兆勇回答。

颜石峰转过脸,"沈钰,你身穿军服,直接到阵地找伍衡,传达上级的联络信号,随时准备捣毁敌军指挥中枢!"

"是,我马上就去!"沈钰清脆地回答。

二

临近晌午,从道台衙门里冲出一辆中吉普,两边车帮上坐着全副武装的七八个士兵。洪明璨裹着一件黄大衣,竖起领子,戴着一顶黑色呢子礼帽,帽檐压得很低,手里紧紧提着一只皮箱,缩着脑袋坐在副驾的位子上。

东南方向冒起了黑烟,爆炸声此起彼伏。

"快点,直奔郭庄机场!"洪明璨不停地催促。

司机挂挡,猛踩油门,中吉普吼叫着冲出文亭街,拐上中山路,向南一路狂奔。

风和日丽的初冬,淡蓝色的天空蒙上一层灰白色的云朵。一望无际的原野,绿油油的麦苗探出了头儿,一条弯弯曲曲的河流自西向东静静地流淌。

一辆马车停靠在桥头南侧，驾辕的枣红马膘肥体壮，车上载着几只麻袋。五个身穿深灰色棉军装国军装束的人，手持卡宾枪、驳壳枪严阵以待。

小班问："掌柜的，你说那个叛徒能来么？"

黑金刚一样的莫振飞咧着嘴说："咱们内线的同志传递情报，说这个叛徒中午之前坐吉普去机场，这是必经之路。"

"哎，中吉普来啦！"小殷举着望远镜喊道。

"班孝仁，你认得准那个叛徒么？"莫振飞问。

"放心吧，就是把他烧成灰，俺也认得他。"小班狠狠地拉开了枪栓。

"准备战斗！"莫振飞张开了驳壳枪的机头。

小殷赶着枣红马上了桥，四个人呈扇子面跟在后边。

吉普车拖着一溜烟尘一个急刹车，"吱儿"停在桥头，司机探出头破口大骂："他妈的，瞎眼啦，赶紧让开道儿！"

小殷叉腿站在桥中央，"骂谁呢，你他娘的嘴里干净点！"

洪明璨摆摆对司机说："算啦，先让他们过，这些王八兵！"

小班向莫振飞点头示意，五个人同时举枪，黑洞洞的枪口对准了吉普车。

洪明璨大惊，号叫："快倒车！"

莫振飞抢上一步，举起驳壳枪率先搂火，"当当"两枪击毙了司机。四支卡宾枪"哗"地喷出火舌，车上官兵血肉横飞，吉普车瞬间被打成了筛子。

小班拉开车门，洪明璨耷拉着脑袋，肩胛、前胸的血水汩汩地流淌，他用微弱的声音问："你们是什么人？"

小班大声呵斥，"洪明璨，睁开你的狗眼瞧瞧，老子是湖西五中队的，替死难的战友找你索命来了！"

小殷咬牙切齿，"俺的老连长就死在你们的镢头下，眼珠子都迸出来了，狗叛徒，拿命来！"

莫振飞捡起血泊之中的皮箱，"跟他啰唆啥，赶紧宰了！"

"到底还是没有逃过这一劫，来个痛快的！"洪明璨闭上眼睛，引颈受戮。

小殷拔出小攮子，"唰"地插入他的胸膛。

"驾"一声炸鞭响，马车载着五个人，沿着河堤向西边绝尘而去。

飞机的螺旋桨"呜呜"地转动起来，王宇腾站在机舱门口，眺望远方徐州的城郭，神情凄然，喃喃自语，"今日一别，不知道何时才能回到故土？"

"洪明璨处长还没有到。"韩书志站在他身后说。

"不等了，按时起飞。"王宇腾拿出一把日本武士刀，从刀鞘之中抽出一柄青光闪闪的战刀，奋力扔往远处。

"这是日军投降时候，滨上参谋长送给您的家传宝刀吧！"韩书志咂舌。

王宇腾苦笑，摇首叹息，"党国满盘皆输，留它何用？'从崇高到可笑仅一步之遥'，这是1812年拿破仑与俄军交战惨败，丢盔弃甲时候说的一句名言。"

"长官，您已经竭尽全力了，无愧于党国！"韩书志说。

"雪崩的时候，没有一片雪花是无辜的！"王宇腾说完，掩上了飞机舱门。

银灰色的飞机轰鸣着飞上天空，兜了一个圈，向南飞去。

三

1948年11月30日凌晨五点，天色黑蒙蒙的，"嘟嘟"建国中学院子里响起急促的哨声。有人用短促的声音大声叫唤，"集合啦，集合！"

曹文甫摇醒小虎："小虎，赶紧拾掇一下，紧急撤退！"

小虎一骨碌爬起来，他揉着迷迷瞪瞪的眼睛问："叔，往哪儿撤？"

曹文甫手忙脚乱地收拾着东西："命令下来了，从西关撤退，往萧县、永城方向，与黄维兵团会师，一齐退往淮河以南。"

"咱们咋办？"小虎一脸迷茫。

曹文甫面色冷峻，"跟随敌人一起撤退，以便随时掌握敌人的动向。"

"还要给婶子说一声呗？"小虎仰脸问。

曹文甫递给小虎一件土黄色棉大衣，"来不及了，把大衣穿上，野地行军，又挡风又遮寒，你就跟定冯班长，别乱跑！"

"知道了，叔。"小虎已经麻利地穿好衣服，打好背包，扎好皮带、水壶。

操场上挂着几盏汽灯，上百号人正在慌慌张张地搬运机器设备。

曹文甫叉腰站在张桌子上大声喊道："上峰有令，城南海郑公路往萧县的道路已经完全堵塞，命令我们走西关撤退。电话设备统统放在汽车上，电台设备由骡马驮着，六点之前必须赶到道台衙门，跟随司令部一起行动。"

冯班长嘴里衔着烟袋锅，牵来黑骡子，"小虎，上来吧。"

汽灯的照射下，黑骡子温顺地低下头，舔舔小虎的手心，亮晶晶的眼睛在夜色里像是黑色的玛瑙闪闪发光。

小虎亲昵地搂住它的脖子，"好伙计，咱们俩在一块了！"

长长的队伍出发了，出了校门沿着彭城路向南，来到道台衙门前边的广场上。这里已经聚集了黑压压的人群、车马，大家都静静地伫立等候。

天色大亮了，道台衙门门口停放的几辆道奇大卡车开始发动起来。一群头戴大檐帽的军官与身穿丝绸旗袍身披裘皮大氅的官太太们争先恐后地攀爬车帮，车上的人骂骂咧咧把他们的行李物品扔到地面上，有的被脚踹、枪托捣下汽车。在一片哭喊叫骂声中，汽车轰鸣着开走了。

远处传来隆隆的爆炸声，空气中弥漫着硝烟味儿。大队人马沿中枢街出了西门瓮城进入博爱街，出了博爱街街口一路西行。军队呈四路纵队夹杂着炮车、卡车、吉普车、骡马车和老百姓的牛车混杂在一起，人喊马嘶，沿着狭窄的官道狼奔豕突，竞相逃命。

黑骡子被挤得昂起了头，小虎紧紧搂住它的脖子，生怕坠落。冯班长牵着缰绳不停地推搡着前头的人们。

傍晚队伍来到一个小山村，村头停着一溜小轿车、吉普车、大卡车，树上拴着骡马，几百名身穿草绿色军服的士兵席地而坐，几口行军锅正在烧火做饭。

冯班长牵着骡子进了村，两人循着路标找到村边一户老百姓家门口，两个哨兵持枪敬礼："冯班长！"

冯班长把小虎抱下来，笑着说："虎子，宿营地到了。"

这是一家石头墙、麦草苫顶的小四合院，身穿绿呢子大衣、戴大檐帽的军官出出进进，还有珠光宝气的太太站在院子里争吵着什么，屋子里"嘀嘀嗒嗒"的电台发报声、咋咋呼呼的电话声浑浊不堪。

曹文甫迎出来，"长官住在这里，你俩到旁边的马厩里对付一晚上吧。"

"从早到晚跑得屁呲狼烟的，滴水未进，累散了架！"冯班长抱怨。

曹文甫从口袋里掏出一个红红绿绿的纸袋，"这是长官赏给的一份美国牛肉干、巧克力，你俩先垫垫，伙夫正在烧猪肉、焖米饭。"

马厩在院子后头，冯班长把骡子拴在马槽里，倒了一些草料，拍拍它的脑门，"小黑，赶了一天路，出大力了。"

小虎在一张木架子床铺上稻草，把背包打开，手脚麻利地整顿好床铺，龇牙笑着说："冯叔，今晚咱爷儿俩就在这里睡？"

"小子，看你这个架把式，就是一个老行伍，还能识文断字，不简单啊！"冯班长挑起大拇指，半真半假地说。

外边乱哄哄地来了一大股兵，吵吵嚷嚷的都是本地口音。小虎警觉地走出马厩，来到庄后的空地。五六百口子男男女女，兵民混杂在一起，村后头燃起熊熊篝火，正忙着杀鸡宰鹅，准备晚餐。

几个兵捆住一只黑狗四腿，一刀斩断狗头，刺拉一声扒去狗皮，割下血淋淋的狗肉，直接扔进锅里煮；有的兵把老百姓家的红薯倒进篝火里烧烤；火堆里"噼噼啪啪"炸响的是花生、毛豆……一片乌烟瘴气。

一个仪态端庄的妇女，披着黑色狸皮大衣，抱怨道："麻昭祥，你好歹也是国军上校团长，不会让我睡荒郊野外吧？"

"他妈的，老子来迟了一步，连个睡囫囵觉的地方都没有！"高个子军官盯着小虎，"哎，新兵蛋子，你们哪部分的？"

望着这个盛气凌人的上校，小虎没有搭理他，从兜里掏出那个纸袋，捏出几粒牛肉干扔进嘴里，津津有味地咀嚼起来。

"嚯，美国的牛肉干，嫡系的标配啊！"鹰钩鼻子的上校羡慕地说。

妇女耍嗲，"麻昭祥，我要吃牛肉干、巧克力。"

"刘萍，俺的姑奶奶，这满山野湖的，有钱也没有地方买去呀！"麻昭祥直跺脚。

小虎看到这一招唬住了这帮还乡团武装，就递给那个妇女两颗巧克力糖，"长官，您是哪部分的？"

麻昭祥满脸堆笑："小兄弟，俺们是剿总政治部苏鲁豫皖剿共第101团的，我是团长麻昭祥，刚在九里山完成阻击共军任务。"

小虎立刻明白，眼前这个阴鸷的小眼、鹰钩鼻子的凶狠的男人，就是杀人不眨眼的魔王麻昭祥，于是他平静地说："长官，隔壁就是兵团司令部。"

"哦，谢谢小兄弟！"麻昭祥抱拳，然后转过身，"集合，开拔！"

"团长，饭还没有熟咋办？"一个军官问。

麻昭祥训斥，"憨得不开窍，咱们换个地方宿营，惊扰了司令官，咱们可都吃不了兜着走。"

"嘟嘟"的哨子声一声紧似一声，队伍乱七八糟开走了。

漆黑的夜幕中，一支部队沿着海郑公路向徐州方向急行军，走在队伍最前列的是伍梅和一位牛高马大的汉子。眺望西北方向，火光冲天，"砰砰"的爆炸声密集得像爆豆。

"伍排长，这儿离徐州城还有多远？"汉子一口胶东腔。

"这是徐州东南的耶庄，距离城里还有二十多里地。"伍梅气喘吁吁。

汉子回过身大吼一声："跑步前进！"

"跑步前进!"口令一个接一个传递,队伍"哗哗"跑动起来,与枪械的碰撞的声响构成有韵律的行军节奏。

队伍行进至黄山坳,伍梅对团长说:"魏营长,前边不远就到东车站了,咱们发信号与地下党联络一下吧?"

"司号员,打信号弹!"营长扯着嗓子喊道。

"砰砰砰"三颗红色的信号弹划破夜空,像三朵艳丽的红玫瑰绽放在夜空中。

济众桥头灯火通明,华伯诚、颜石峰、杨益君、邵晓晴等集合了二十余人,都手持步枪、手枪,左臂缠红色袖标"军管会纠察队"字样,翘首期待。

突然,沈钰兴奋地喊道:"信号弹,咱们的信号弹!"

"快,回信号弹,咱们的队伍来啦!"华伯诚激动地说。

"嗵嗵嗵"三颗红色的信号弹从济众桥头冉冉升起,颜石峰仰望着绚丽的光彩,泪水夺眶而出,"徐州,解放了!"

华伯诚吩咐,"老颜,你和伍兆勇同志坐厂子里的轿车去黄山坳方向迎接解放军。我们组织骨干在此集合,等大军一到,立即作为向导,迅速占领国民党的党政军机关、军事要塞、物资仓库,控制城市制高点、交通要道!"

"是!"颜石峰回答。

一辆黑色小轿车的车前插着一面猎猎飘扬的红旗,驶入茫茫夜色之中。

车灯划破黑暗的夜幕,小轿车加大油门冲上天桥。

迎面一支身穿黄色军装的队伍"哗"地散开,一个高亢的山东腔大声喊道:"我们是中国人民解放军渤海纵队,你们是哪部分的?"

颜石峰大喊:"同志,我们是徐州地下党,前来迎接解放军的!"

魏营长与伍梅快步迎上前来,与颜石峰热烈握手。

"俺是侦察营营长魏大勇!"魏营长立正敬礼。

"欢迎解放大军,我是徐州地下党负责人颜石峰。"

"颜叔叔好,我是伍梅,小梅子!"女兵欢喜地。

"呀,你是伍梅吗?"颜石峰上下打量着说。

明亮的车灯照射下,伍兆勇认出面前这位英姿飒爽的女战士就是自己日夜想念的伍梅,不禁饱含深情喊道:"妮子!"

"爹!"伍梅一头扑进伍兆勇怀里,"俺娘、哥都好吗?"

"你娘很好,你哥跟着国民党西撤了。"

"哥,你可要平平安安回来啊!"伍梅对着黑魆魆的西方自言自语。

四

太阳落山了,行军队伍在一个依山傍水的小山村停下来。后边"轰隆隆"跟来了一长溜汽车、大炮、坦克车,占满了庄里的大小道路和场院。

小虎随着冯班长到村边小河挑水。

"班长,咱们出城三天了,这是要往哪里去呀?"小虎撩着水问。

冯班长把两只帆布水桶打满水,"跟着长官走呗,别让共军撑上就中。"

话音刚落,"咻——"撕裂空气的凄厉声响从头顶掠过。

"小虎,卧倒!"冯班长一把他摁在地上。

炮弹雨点般地落在四周,刹那间,山村周围响彻着密集的枪声、爆炸声。

"嘀嘀嗒嗒"激扬的冲锋号响起来了,喊杀声、马蹄声响成一片。

听着熟悉的军号、喊杀和军马嘶鸣,小虎激动地爬起来,小声喊:"是黑马团、白马团!"

"咋呼啥,不要命啦?"冯班长再一次把他摁在地上。

"轰隆隆",坦克车开炮了,国军呐喊着冲锋,一阵厮杀过后,马蹄声渐渐远去了,四周又恢复了平静……

阴沉沉的早天空蒙上一层灰色的迷雾,西北风把冬日的严寒肆意抽打着旷野里的人们,山岗前边的洼地里并排躺着几十具血肉模糊的尸体,一群身穿黄呢子军大衣的高官伫立、脱帽,然后登上汽车,长长的队伍继续向西挺近。

"嗡"一架草绿色的小飞机自南边飞过来,机翼上拖着两条长长的红色绸带。飞机越飞越低,绕着队伍兜圈子。

小虎俯在骡子身上,"叔,这是啥飞机,咋没有见过?"

曹文甫回答:"这是通讯机,蒋介石专门给大官送信的。"

飞机发射了三枚红色信号弹,一顶白色的小降落伞缓缓飘下。

"催命符来了,我得赶紧去取邮筒。"曹文甫骑上战马,带着几个士兵向降落伞方向跑去。

午后,队伍折向南开进。

"叔,咋不向西走了呢?"小虎骑着骡子小声问。

曹文甫骑着一匹高头大马,小声回答:"杜聿明想向西从永城迂回包抄中野解放军,蒋介石要他立即南下濉溪口,去双堆集解黄维兵团之围。"

"那是好,还是不好呢?"小虎歪着头问。

"好不好看结果。"曹文甫说完，一提缰绳，白马往前蹿了出去。

冯班长提着裤子气喘吁吁地追过来，"解个大手，你怎跑那么远。"

"冯叔，今个儿是离开徐州第四天喽吧？"小虎搂着黑骡子的脖子。

"是呀，四天半了，听说共军从四面八方围了上来，唉，咱们还在这里磨磨蹭蹭地打转转，小心叫人家包了饺子！"冯班长长吁短叹。

"咱们这是往哪里撤呀？"小虎问。

"跟着长官走吧，车到山前必有路，船到桥头自然直。"冯班长掏出了烟袋锅。

一条河流横亘在眼前，几十米宽的河面上只剩下几个木墩子，河水湍急地哗哗流淌，河面上破碎的桥板、横梁顺流而漂。工兵正在紧张地用门板、树桩搭建桥面。

远方的炮声一阵紧似一阵，大地都在颤抖。

冯班长抽一口旱烟，"小子，听到没，共军越来越近了。"

"好端端的桥咋给拆了呢？"小虎天真地问。

"阻挡国军撤退呗，这儿的老百姓真坏，都被赤化了！"冯班长愤愤地说。

"加快进度！"一个身材魁梧的军官嘴里衔着哨子，站在桥头指挥。

几百名士兵抱着门板、树桩、秫秸冲上桥头，搭桥面，打树桩，固定木船，一个多小时后，一座简易浮桥搭好了。

桥头的军官不停的"嘟嘟"吹着哨子，指挥着车辆、人马通过浮桥。

桥面很窄，桥墩还很虚，车马人流拥挤上去，整个桥面不停地摇摆，有人被挤到河里，大呼救命，没有人理会，人们只顾夺路逃命。

"通讯连集合！"曹文甫站在河堤上大声喊道。

"轮到咱们过河了。"冯班长拉起小虎。

"咻——"炮弹从头顶掠过，"轰哐"美式榴弹炮特有的爆炸声响强烈地震撼着旷野。

"俺娘吔，美国榴弹炮，这是共军的主力上来啦！"冯班长扯起骡子缰绳就往桥上跑。

炮弹不停地在四周落下，掀起高高的水柱、黑红的烟柱。

桥头的军官忽然一头栽倒在地上，不停地抽搐。小虎揪着骡子尾巴从他身边跑过。军官头部中弹，鲜红的血液、白色的脑浆流了一地。

跑过了桥头，对岸的路边横七竖八躺满了国军尸体，没有咽气的伤员在死人堆里凄厉地呼号："兄弟们，你们不能扔下我不管呀，我是为党国立过战功的呀！"

没有人搭理他，只有呼啸的北风在呜咽地悲鸣。

奔逃的队伍向南一口气跑出二十多里地，来到一个村庄附近。天色渐渐黑了下来，前方响起激烈的大炮、机枪的射击声，炮火映红了半个天空。

冯班长顿足道："毁啦，前方被共军阻击了，听这动静，是跟真正的共军主力干上啦，这一回恐怕是凶多吉少喽！"

曹文甫跑过来，"长官有令，占领这个村庄，就地扎营。"

"连长，这是啥地方？"冯班长问。

"陈官庄，"曹文甫狠狠地说，"挖掘战壕，准备迎敌！"

夜漆黑一片，天上洋洋洒洒飘下大团大团的雪花。

田野里到处都是挥锹挖掘战壕的声响。冯班长带领七八人挖好了一条壕沟，五六米长，两米深，上口两米宽，沟底一米宽，沟口用降落伞覆盖在沟沿上，边沿用泥土压实。

曹文甫走过来，撩开手电照看一下，"天太冷，薄薄的降落伞根本不挡寒。小虎你跟我到旁边的独立屋去看看，能不能找个地方对付一晚上。明天再往下挖个防炮洞。"

"哎！"小虎跃身爬上沟沿。

曹文甫打着手电来到一个小院门口，挑土的院墙已经坍塌一半，两间泥巴砌墙、麦草苫顶的小屋，纸糊的窗户透出昏黄的烛光。

曹文甫拍拍破烂的木门，"请问，哪位长官住在这里？"

"干啥的？"走出来一个凶巴巴的高个子军官。

"我是兵团司令部的，这个小孩子能不能这里住一宿，下雪天，太冷了，行个方便。"曹文甫低声下气地说。

"不行，这里是101团的团部，凡事都得先来后到。"高个子一口回绝。

屋里走出来一位烫发头、穿裘皮大衣的妇女，她认出了小虎，"嗨，这不就是给咱巧克力的小兵嘛，老麻，让他在外屋住一宿吧？"

"不管，这里是团部，俺们马上要商议军机要事，闲杂人员住在这里不方便，你们另找地方吧！"麻昭祥"哐当"关上了那扇破门。

"他妈的，什么东西！"曹文甫小声骂道。

"叔，咱甭跟他置气，俺就在战壕里睡，野地里俺不是没有住过，俺啥苦都能吃。"小虎宽慰他说。

西北风呜呜地吼起来，手电筒的光柱贼亮，雪片密密麻麻铺天盖地，编织成了一张白茫茫的网，几步之外什么都看不见，只有飞舞的鹅毛般的雪花。

曹文甫拉着小虎的手，"明天准是一个天寒地冻的气候，你就在战壕里待着，恶战就要开始了，死在自己人的炮火下，那才叫冤枉。"

五

大雪纷纷扬扬下了一夜，四周的枪炮声也响了一夜。

天亮了，小虎钻出战壕。大雪覆盖住了茫茫原野，严寒冰冻了大地，凛冽的空气清爽寒冷，搔痒着他的鼻腔，钢针一样刺得双颊生疼。他张开双臂，在鹅毛褥子般的雪地上蹦蹦跳跳地尽情撒欢。

"日"一声刺耳的尖叫从头顶上方掠过，"轰"的一声巨响，不远处的独立屋的小院子命中一枚炮弹，火光卷着黑烟升腾，弹片崩裂开来，呼啸着飞向四面八方。

一个披头散发的女人从残垣断壁里跌跌撞撞跑出来，她赤身裸体，浑身是血，左臂仅仅连着一点皮肉，跑了几步，一头栽倒在地上。紧接着一个高个子的男人血头血脸地从坍塌的屋里跑出来，抱着女人号啕大哭："刘萍，你醒醒！"

曹文甫弓着腰一溜小跑，一头扎进战壕里，拉起小虎上下打量，"虎子，没伤着你吧？"

小虎惊魂未定，结结巴巴地说："团长的媳妇被炸死了。"

冯班长接过话茬，"独立屋中弹了，昨天晚上小虎多亏没有在那里避寒！"

曹文甫惊叹："你这小子命真大！"

"连长，俺去伙夫那里搞点吃的，您爷儿俩聊着。"冯班长钻出了战壕。

"叔，解放军是不是把敌人围住了？"小虎问。

曹文甫点点头，"咱们华野的部队从四面八方围得跟铁桶似的，最近几天会有恶战，得想办法跟剿总的'猴子'取得联系。剿总就在庄子里的陈家大院里。徐州突围之前，92号同志特意交给我的任务，在关键时刻，发挥潜伏同志的重要作用。"

"叔，把任务交给我吧，我目标小，人家不注意。"小虎目光灼灼地说。

"等过了这几天，再派你出去联络，今天的任务就是先把工事做好。"

冯班长钻了进来，手里拿着两张黑乎乎的饼子，嘴里骂咧咧的，"他妈的，这是俺们一天的口粮，饼子还是掺麸皮的，连口热乎的稀饭都没有！"

曹文甫撇撇嘴，"凑合着吃吧，三十多万人的吃喝不是小数目。等放晴了，南京、蚌埠会来飞机空投的，到时候就能吃上大米、罐头、饼干了。"

"俺去外头舀点雪，用铁帽子烧点开水喝。"冯班长说。

"荒郊野地的，你到哪儿弄柴火呀？"曹文甫递给他一支"骆驼"烟。

冯班长嘿嘿笑，"连长，俺瞅了，附近不少坟头，现成的棺材板儿，再者说，修工事也得用木板。"

"掘人家的祖坟，造孽吧？"曹文甫吐出一口烟。

冯班长点燃香烟，很惬意地深吸一口，"看这架势咱们十天八天走不了啦，俺正琢磨着挖得个像模像样的工事，从壕沟里向下斜挖一米五，再向左右各挖一米，再掏两个洞，躺下两个人就中，上边用木棍、木板顶住，只要不是大口径榴弹炮直接命中，应该是安全的。"

"挖的土敷在上边，一层层浇水冻结实喽，跟水泥碉堡一样。"曹文甫点头称赞道。

呜呜呜……头上响起炮弹刺耳的尖叫声，"轰隆轰隆"的爆炸声震天动地；嗒嗒嗒……机枪疯狂地扫射，密集得像刮狂风。

曹文甫、冯班长探出头，远处爆炸开的黑色烟柱打着旋向空中卷去，庄子里开出一队坦克，屁股后头尾随着大股的步兵，嗷嗷呐喊着向着硝烟弥漫的战场冲锋。

曹文甫举着望远镜，"共军开始进攻了，北边是剿总准备作为临时机场的，杜司令长官肯定不会让共军的刺刀抵到眼皮子底下的。"

"连长，你赶紧回连部吧，小虎这边俺来照应。"冯班长催促道。

曹文甫不再言语，猫腰弓身压低身姿，向着陈官庄跑去。

大炮、机枪像刮狂风一样响个不停，到晌午十分枪炮声渐渐稀疏下来。

天放晴了，暖暖的太阳照在白雪皑皑的平原上，在天地相接的地方燃起一片红色的火焰，浓黑的狼烟翻腾着卷向半空，舔舐着洁净的天空。

小虎坐在沟沿，享受着暖暖的冬日阳光。北边二百米处机声隆隆，几十辆坦克车、推土机、大卡车并排来回碾轧，三十米宽、七八百米长的简易机场不一会就见到雏形了。

一位操着徐州口音的少校，指挥士兵用白布、红布在跑道上铺设空头标识，七手八脚刚刚摆设完毕，从东南方向就传来嗡嗡的飞机轰鸣声，六架大肚子的飞机围着陈官庄上空飞行两周，天上纷纷扬扬飘下五颜六色的降落伞。

"嗵嗵嗵"天空绽开一朵朵黑红色的烟雾，解放军的高射炮开火了。

降落伞渐渐临近了，小虎看清每朵降落伞下吊着两袋墨绿色的口袋。

少校大声喊道："警卫营控住飞机场，凡是抢掠空投物品者，杀无赦！"

"晚上有美国牛肉罐头吃了。"冯班长喜滋滋地说。

"这点东西哪够怎么多人塞牙缝的？"小虎望着空荡荡的天空。

冯班长推了小虎一把，"你懂啥，再少也不能少司令部的，你没有看见警卫团的伍衡营长在那边警戒么？麻溜地钻进洞里去，一会共军又要打炮啦。"

"冯叔，您看国军能守得住么？"小虎弯腰钻进漆黑的防炮洞。

"大侄子，守住守不住那是当官的事儿，咱们只要能在这场大战中留下一条小命，就是菩萨保佑喽！你是俺的小菩萨，照顾好你，就是功德无量哦，老冯下半辈子还得仰仗你们爷儿俩的照应哩。"烟袋锅火光一闪，红红的火头照亮了冯班长憨厚的脸。

"轰轰"炮弹在飞机场附近爆炸，脚下的大地在颤抖，一股呛人的硫黄味儿飘进了洞子里。

"阿弥陀佛，菩萨保佑！"冯班长不住地祷告。

天黑透了，四周只有零零星星的枪炮声，炮弹、曳光弹、信号弹在夜空划过红色、蓝色、绿色的弧线，向远处飞去。

曹文甫气喘吁吁地钻进战壕里。冯班长点燃半支蜡烛头，昏黄的火苗在降落伞下跳跃。

曹文甫从挎包里摸出一个棕色的酒瓶子，又掏出三盒罐头，三张大饼。

"嚯，美国的白兰地、牛肉罐头、午餐肉、葱油大饼，虎子，俺说的不假吧？"冯班长感到自鸣得意。

曹文甫拧开酒瓶盖，"司令部连长以上的军官分的，咱们一起享用吧，特别是老冯，一路上关照俺家小虎子。"

冯班长随手拿起三只搪瓷碗，把酒"咕咚咕咚"斟满，"连长别说客气话了，要不是您把俺从战场上背下来，俺这条命早就成缅甸的孤魂野鬼了。"

曹文甫端起酒碗，"来，为了咱们能活下去，干杯！"

"干喽！"冯班长一饮而尽。

小虎很懂事地把酒碗递给他，"叔，俺不胜酒力，您替俺喝了吧。"

"中。"冯班长就着牛肉，大口嚼着白面饼子。

"共军从四面八方向里进攻，咱们占领的阵地只剩下十几平方公里了，今朝有酒今朝醉，老冯，多喝点！"曹文甫劝酒道。

冯班长又端起小虎的酒碗一口气喝干，"行啦，俺去电话班老魏那里去拉会呱，您爷儿俩聊聊吧。"

曹文甫递给他两盒"红吉士"，"还剩大半瓶子酒，一盒罐头，给你留着晚上加餐啊！"

"谢谢啦！"冯班长钻了出去，沙沙的脚步声远去了。

"叔，冯班长是不是识破咱们啦？"小虎问。

"虎子，你有啥感觉？"曹文甫抿一口酒。

"上回从碾庄圩回徐州送信，俺们借宿一个老乡家，他给人家吹胡子瞪眼的，问人家要好吃好喝的，俺早上留下一个银圆，老头又退还给俺了。他看我的眼神就不一样。"

曹文甫哧哧笑，"共产党、解放军，到哪里都是人民的队伍，想装成国民党都装不像。"

"叔，有啥任务吗？"小虎咬一口饼子。

曹文甫神情凝重地说："你要想办法给代号'猴子'的同志接上关系。"

外边"哗啦哗啦"传来雪地里爬行的声音，曹文甫掏出手枪。

一张肮脏的脸出现在壕沟口，伸进来一只缠着绷带的手，"长官，给口馍吃呗，俺快要饿死啦！"

听到伤兵一口的丰县话，曹文甫掰给他半个饼子，"俺们也不富裕，分给你一块饼子吧，你们是哪部分的？"

"苏鲁豫皖剿共101团的，地方部队，后娘养的，没人管没人疼。"伤兵嗅着战壕里的酒香，愤愤不平。

"哗啦哗啦"伤兵骂咧咧地爬走了。

夜空中传来断断续续的喊话，"蒋军兄弟们，你们都是被国民党抓来当兵的穷苦人，不要再给蒋介石卖命了，放下武器，解放军优待俘虏。我们这里有大肉包子，大米饭就猪肉，管吃管够，吃饱了你们可以再回去，想回家的发路费，愿意参加人民解放军的，我们热烈欢迎！"

两人屏气聆听，顺风又吹来一阵悦耳的女声独唱，"北风那个吹，雪花那个飘，风天那个雪地，两只鸟儿……"

"楚汉相争，项羽被刘邦围困垓下，深夜里四面楚歌，瓦解了项羽军队的斗志。小虎，你知道吗，垓下距离陈官庄不到百里……"曹文甫话音未落，小虎已经泪流满面。

"娘，是俺娘唱的！"小虎爬出战壕，向着北方的夜空喊道。

六

飞机场北侧停放着几排辎重汽车,沿着这道屏障,军用帐篷、降落伞搭起的棚子绵延几百米,形成了一个黑市交易的场所。官兵在此摆摊设点,面包、大饼、罐头、饼干等食物琳琅满目,都是军官利用职权强取豪夺来的空投物资,拿来高价贩卖。

"卖香烟嘞,美国'骆驼''红吉士',国货'老刀''金鼠'喽!"小虎挎着布包,穿着黄棉大衣,脖子上围着一条灰色围巾,不停地叫卖。

从一顶半地下的军用帐篷里传来阵阵淫笑,一个女声在唱《贵妃醉酒》。门帘挑开,一个穿藏蓝色棉袍的女学生半掩着怀,含着眼泪从里边跑出来。

"班长,这里是干啥的呢?"小虎问。

冯班长嘴里叼着抽着烟卷,摇着头说:"窑子呗,都是从徐州跑出来的年轻女人,长相孬的还不中。金银首饰卖完了,只有卖身体啦!"

一个用席篷子搭建的小屋里咋咋呼呼很热闹,冯班长探头一看,十几个人围着两张破桌正在"哗啦哗啦"推牌九、掷骰子,赌得正在兴头上,个个面红耳赤,吹胡子瞪眼,桌子上摆放着手表、金首饰等贵重物品。

冯班长看着手痒,摸出口袋里的牛肉罐头,"俺这盒罐头能值俩金戒指,俺去试试运气,虎子,你去前边转转。"

小虎沿着五彩缤纷的棚子来回兜售,一个黑瘦的上士迎面走来。

"小兄弟,香烟咋卖的?"上士操一口河南话。

"美国'骆驼''红吉士'一个袁大头卖一根,国货一个袁大头卖两根,不还价。"小虎回答。

"俺买八根'金鼠',三块钱中不?"黑瘦子目光灼灼地盯着他。

"行,卖给你啦!"小虎心里一阵激动。

"小兄弟,借步地儿说话。"上士凑过来说。

"好吧。"小虎右手伸进挎包,攥住了左轮枪的枪柄。

两人来到一辆道奇大卡车的后边,黑瘦的上士扬手一记飞镖深深插进车帮上,笑着说:"小兄弟,不用恁么紧张,手里偷偷握着家伙干啥?"

"你到底买烟不,不买,俺走啦!"小虎转身要走。

上士袖出一枚黄色的玉猴,在眼前晃晃说,"小兄弟,这只玉猴子从民国二十九年就跟着我,走南闯北,正宗的老玉,换你八根烟,值不值?"

小虎决定再试探一下他,"老兵,俺不识货,你还是掏现钱吧。"

"你是灰八爷派来的吧,知道俺是谁吗?"上士笑着说。

"你是'猴子'哥吧?"小虎警惕地问。

"答对一半,俺是'猴子'派来的联络员,警卫团上士班长刘劲松。"刘劲松向小虎伸出右手。

小虎笑着握住他的手说:"通信连曹小虎!我奉命给首长建立关系,今后咱们怎么联系?"

"平日里你就到草棚的赌场里找我,还有就是飞机场南头的堑壕里,俺们那个班,都是共产党的人!"刘劲松使劲握住他的手说。

小虎指着二百米外凸出的土堆,"你要是有紧急情况,就到那个土包子下边的洞子里找我买东西。"

刘劲松眯眼观察了一番,"好记住了。"

大雪不紧不慢下了十几天,积雪深达半米厚,空投停止了。包围圈内二十多万国军、十多万逃难的徐州民众,粮草断绝,饥馑的人们吃完了包围圈里的牛、羊、猪、狗、猫,吃光了一切可吃的生物,啃树皮、扒麦苗、嚼草根,眼巴巴地盼望着艳阳高照的晴朗天气快一点到来。

寂静的夜晚,解放军阵地上反复播放的《告杜聿明等投降书》格外清晰。

"杜聿明将军、邱清泉将军、李弥将军和邱李两兵团诸位军长师长团长,你们现在已经到了山穷水尽的地步。黄维兵团已在十五日晚全军覆没……"

曹文甫钻进了战壕:"这鬼天气,能把人冻死!"

"叔,有啥任务?"小虎从草铺上爬起来。

曹文甫递给他一块肉,"小虎,饿坏了吧?"

"叔,断炊好几天啦,哪里来的肉啊,他们不会是把小黑宰了吧?"黄昏的烛光下,小虎转着黑眼珠问。

"冯班长外出查线还没有回来呀?"曹文甫答非所问。

小虎捧着肉,眼泪扑簌簌地落下来,"他们把我的小黑杀喽吃啦?"

"是我命令把黑骡子杀掉的,没有粮食,人得饿死!"

"我不吃!"小虎赌气地把肉扔到一边。

曹文甫捡起地上的肉,严厉地说:"你是革命战士,我命令你立即吃下去!"

小虎接过来,含着眼泪,大口咀嚼起来。

闪烁的烛光里,曹文甫的神情格外严峻,"敌人正在筹划一个惊天的阴谋，准备使用毒气弹突围！"

"日本鬼子在湖西扫荡时候就用过，熏死好多人呐！"小虎吃惊地长大嘴巴。

曹文甫对着烛火点燃一支烟，"必须要把这个情报送出去，不然，解放军将造成巨大伤亡，杜聿明这二十多万人的大鱼也将要脱钩。"

小虎主动请缨，"叔，把任务交给俺吧，俺趁着夜晚摸过去。"

曹文甫眉头紧锁，连连摇头，"不行，穿越敌人层层设防的火线，危险太大，你是烈士的后代，不能让你再去冒险。明天早上你去找刘劲松，通知他安排'猴子'与我尽快见面。"

"唔，俺知道了。"小虎点点头。

曹文甫戴好棉帽子，弓腰钻出了战壕。

天气放晴，瓦蓝的天空，一轮血红的朝阳喷薄而出。

"嗡嗡"飞机的马达轰鸣声越来越响，死寂沉沉的陈官庄阵地上忽然来了生气，几十万人齐声欢呼"空投来啦！"

五颜六色的降落伞飘满天空，天女散花一样缓缓从天而降，也有将整麻袋、整箱子直接从飞机上推下来，扑通扑通摔在地面上，白花花的大米、面饼、罐头等溅落一地。

刘劲松仰望天空，对伍衡说："营长，这回共军咋没有对空射击？"

伍衡叼着烟站在土坎上，望着从四面八方蜂拥而至的黄色人流，"不用共军射击，咱们这里马上要炸营啦！"

成千上万的军人涌进飞机场，疯狂争抢食物，簇拥一团相互争夺、厮打。一个弱小的士兵挤不进去，操起冲锋枪对准人群"嗒嗒嗒"一通扫射，但是更多的人依然一窝蜂地冲上去，从地上捡起血淋淋的大饼拼命往嘴里塞。

"把那个开枪的士兵抓起来！"伍衡吼道。

刘劲松带领几个士兵老鹰捉小鸡一样把那个瘦小的士兵拖到伍衡跟前。

"你是哪部分的？"伍衡质问。

士兵操一口徐州话，歪着头，"苏鲁豫皖剿共101团的。"

"为啥向自己人开枪？"伍衡拔出腰间的手枪顶上火。

"抢不到也是死，俺活不了，他们也别想囫囵活着！"士兵目露凶光。

"拖到沟里，毙了！"伍衡冷冷地说。

"咋回事，你凭啥枪毙我的兵？"麻昭祥带着几个人，"咯吱咯吱"走过来。

"一梭子撂倒几十口子,不该就地正法吗?"伍衡乜了他一眼。

"石猴子,你们有司令部的特供,大米、白面、罐头俺们兄弟分到过你们一块馍馍吗?兄弟们不抢就得饿死,咋让俺们防守要地?"麻昭祥两手一摊,阴阳怪气地说。

"你就是有一万个理由,也不能对自己人下手,必须杀一儆百!"伍衡抬手"啪啪"两枪,那个士兵摇摇晃晃一个嘴啃泥栽倒地上,四肢不停地抽搐。

"石猴子,当着我的面敢杀我的兵!"麻昭祥大怒,嗖地拔出手枪。

"造反了么?"刘劲松大吼一声,十几支枪口对准了麻昭祥一行人。

"团长,算啦,俺们走,这一局咱们认输了!"李狗爪子出来打圆场。

望着麻昭祥等人走远,小虎挎着布包走到近前,"刘班长,还要烟卷么?"

"要,还是老价钱。"刘劲松拉着小虎的手,对伍衡说,"这个小兵卖东西挺仗义的。"

伍衡会意地点头,向着周围的士兵挥挥手,"你们继续警戒,凡是动刀动枪的,一律拘捕;伤人的,就地枪毙!"

"是!"士兵们散去了。

"我是'猴子',什么事?"伍衡小声问。

"灰八爷让俺给你带个话,敌人准备用毒气弹突围,他约你见面。中午十二点,在北大沟土坎下见面。"伍衡小声说。

小虎转身离去,一路吆喝着:"卖香烟嘞,美国'骆驼''红吉士'喽!"

正午的阳光温暖、刺眼,荒芜的干涸河沟里抛弃了几千具冻僵的尸体,都是被打死、冻死、饿死的国军士兵和被裹挟出逃的老百姓。尸体的姿态千奇百怪,有的缺胳膊少腿,有的龇牙咧嘴面目狰狞。沟边有一具女尸,赤身裸体,一头扎进土里,屁股撅得老高……弥漫着浓烈的血腥味儿。

小虎恶心地背过脸,"叔,他们咋还没有到?"

"还有五分钟。"曹文甫看一眼手表。

"呜"一辆吉普车碾轧着厚厚的积雪,吃力地开过来,停在土坎下边。

刘劲松跳下车,冲小虎招招手。

曹文甫快步走到车前,与伍衡热烈握手。

"警卫营长伍衡,代号'猴子'!"伍衡笑容满面。

"司令部通讯连连长曹文甫,代号'灰八爷'!"曹文甫笑着跳上车。

伍衡机警地环视四周,"咱们长话短说,警卫团最近几天开始准备防毒面具，我就预感敌人要采取非常的手段突围，果不其然，从你那里得到印证。"

曹文甫拧紧眉头说："我监听到敌人突围时准备用一百架战斗机，首先临空发射红色信号弹，同时沿着突围路线狂轰滥炸，投掷甲种弹，也就是毒气弹。敌军准备防毒面具，等飞机发射绿色信号弹就开始突围，坦克打头阵，杀出一条血路，向西南方向武汉剿总白崇禧部靠拢。"

伍衡拍一下方向盘，"敌人这一招果然毒辣，陆空协同，飞机轰炸，毒气开道，咱们的部队如果不提前应对，非得遭受重大伤亡不可！"

曹文甫说："必须尽快把这个情报送出去，让解放军做好准备，同时向全世界揭露国民党丧心病狂的阴谋。"

"敌人大概什么时间突围？"伍衡拧着眉头问。

曹文甫扳着手指头，"蒋军下达作战命令，为防止泄密，日期用X日加减几日作为代码，X究竟是哪一天，直到作战行动开始前才用绝密电码或电话口头通知。敌军这一次的时间代码是X加2，如果行动之前确定X是6，加2就是8号突围。我分析，敌人突围的时间应该是6号至9号之间。"

伍衡手指着大沟的正北方，"送信的任务交给我吧，我带领一个班，从这里穿越火线。沟的北边不到一千米就是湖西独立旅的防区，这一段防守的是还乡团101团，战斗力不强，又饿得半死不活的，从这里冲过去，不成问题。"

"警卫营长找不到，会不会引起敌人怀疑？"曹文甫问。

伍衡回答："解放军又一颗炮弹下去，人死一大堆，没有人在乎谁死谁活的了。"

"好吧，相会在胜利的时候！"曹文甫伸出右手。

伍衡紧紧握住他的手，"胜利之后再相见！"

一个鬼头鬼脑的身影趴在坟包后，贼亮的眼睛窥视着这里……

夕阳西沉，落日的余晖照耀着布满烟和火的原野。

一支精干的小部队沿着沟渠，疾速跃进。

李狗爪子趴在战壕里，手握望远镜，大呼小叫："团长，您看看，石猴子带人出水啦，俺中午给您说的是不？"

麻昭祥举起望远镜，身穿草绿色军装、戴钢盔的一小队士兵出现在眼帘里，领头的就是伍衡。

"狗爪子，带人，跟着我截住他们！"麻昭祥脸上铁青。

"是，一排，跟着团长截击！"李狗爪子扯开嗓门吆喝。

伍衡带领小分队突到一道田埂下，"刘班长，前边就是101团的堑壕，你带俩人过去侦察一下。"

突然，散兵战壕里"哗"伸出几十支枪，李狗爪子扯着破锣嗓子叫喊道："什么人，干啥去？"

"司令部警卫团的，奉命执行侦察任务！"刘劲松回应。

"八成是要反水吧？让石猴子出来说话！"麻昭祥阴阳怪气地说。

伍衡心里一惊，他决定先稳住对手，于是抬起头，"麻团长，奉司令长官的命令，前往共军前沿侦察，借你一方阵地过往，请让开一条道路。"

麻昭祥探出半个脑袋，"诓谁呢，早就知道你是共党的探子，死到临头还嘴硬！"

"嗒嗒嗒"伍衡手中的冲锋枪开火了，麻昭祥尖叫一声趴在战壕底下。

刘劲松三人一扬手，三颗美制鸭嘴手榴弹扔进战壕里，"轰轰轰"三声巨响，三人乘着烟雾，冲进战壕，一通扫射。

"冲！"伍衡一摆手，小分队冲过了第一道堑壕。

"咯咯咯"敌人第二道战壕的机枪喷射出火舌，封锁住前进的道路。

"杀呀！"麻昭祥带人从背后追击过来。

小分队被压制在一个小沟里，腹背受敌，接连几个战士中弹倒下。

伍衡瞪着血红的眼睛，吼道："干掉机枪，占领前边的战壕！"

"老苗，掷弹筒！"刘劲松喊道。

一个老兵跪姿瞄准，"嗵"一发炮弹划着弧线，准确地命中机枪阵地，一团火光闪过，机枪手被炸飞。

"冲！"伍衡大吼，剩下的六名战士飞身跃上第二道战壕胸墙，凶猛的自动火器左右扫射四散逃命的敌人。

"轰轰"两颗迫击炮弹在周围爆炸，伍衡倒在烟雾里。

"营长，你受伤了！"刘劲松跑过来，掏出急救包。

伍衡裤管被血水浸透，他脸色苍白，"刘班长，再有几百米就到咱们的阵地了，你带领三人越过封锁线，我们四人掩护你们！"

"你们两个跟我来，留下的保护好营长！"刘劲松说完，带领两名战士跃出战壕，豹子一样向对面阵地跃进。

"嗒嗒嗒"几支冲锋枪，扫射着蜂拥而来的敌人。

解放军前沿阵地，湖西独立旅政委郭一民和参谋长虎林举着望远镜观察敌军阵地上激烈的交火。

"有人在穿越火线，一定是有重要情况。"郭一民目不转睛地望着对面。

"是的，派人去接应他们一下。"虎林放下望远镜。

身材魁梧的赵耀雨营长使劲拍一下战壕说："首长，让俺带人出击一下！"

"好，要快！"郭一民咬着牙说。

"一排、二排火力掩护，许连长带领三排跟我冲锋！"营长赵耀雨大吼一声，操起加兰德步枪，带头跳出战壕。

"哗"解放军阵地上轻重火器一齐开火。

突如其来的猛烈火力，打得敌军猝不及防，纷纷四散逃命。

赵耀雨认出那个大个子就是活埋民兵、军属的敌军排长，举枪瞄准，一个点射，把李狗爪子的后脑勺打开了瓢。

麻昭祥像一条泥鳅，一溜"之"字形小跑，躲避着四周"噗噗"落下的枪弹，纵身跳进一个小沟里，消失在暮霭之中。

伍衡仰面躺在战壕里，眼帘出现了两张戴着土黄色棉帽子的脸，一个是胖胖的黑脸膛，一个是红面皮的四方脸。

伍衡吃力地掏出被鲜血渍透的一个信封，递到黑脸的手上，又看到一张笑脸，仿佛在云端之上，那是母亲年轻时秀美的面庞……耳畔传来飘忽的声音，好像是从天外传来的。

"这个同志昏迷了，快送野战医院"，影影绰绰又听见刘劲松在哭喊……

夜深了，朔风呼啸，天寒地冻。曹文甫与小虎蜷缩在漆黑的地洞里。

"傍晚北线有一阵子打得很激烈，不知道他们冲出去了么？"曹文甫忧心忡忡。

小虎说："叔，不然明天一大早，俺装扮成老百姓混出去。"

突然，解放军阵地全线喊话筒响了："杜聿明，邱清泉，你们胆敢施放毒气，人民解放军拿你们当作战犯惩办！"

两人爬出洞穴，把身体伸出战壕外，侧耳倾听夜空中的喊话，小虎兴奋地说："叔，他们送到了！"

曹文甫仰望星光灿烂的夜空，如释重负，"虎子，解放军快要总攻了，咱们也该回家了。"

小虎声音颤抖，"回家真好，想俺娘了！"

七

1949年1月6日下午三时半，人民解放军向杜聿明、邱清泉核心阵地陈官庄、陈庄、王庄发起总攻，九个纵队上千门大炮齐声怒吼，炮弹狂风暴雨般地倾泻到敌军阵地上，一时间硝烟弥漫，火光冲天，大地在震颤。

枪炮声整整响了一个通宵，喊杀声越来越近，无数枪弹拖着红的、蓝的、绿的弧线从空中飞过，远处的炮声像怒吼的雷霆，近处的枪声像新年鞭炮，脚下的大地在战争的风暴中战栗、颤抖。

黎明时分，陈官庄一所四合院里，一百多名官兵整齐列队，几颗照明弹飞上夜空，惨白的光芒把大地照得亮如白昼，也映照着官兵们惊恐的脸色。

曹文甫站在一个板凳上，神情激扬地说："弟兄们，长官部已经撤退到陈庄，继续抵抗毫无意义了，对于我们来说，战争已经结束。你们都是我的好兄弟，能在这么惨烈的战争中活下来，我作为连长，对得起你们，对得起你们的家人。现在我宣布，通讯连解散，弟兄们各奔前程吧，老天保佑你们！"

队伍里传来一阵抽泣声，曹文甫接着说："遇到解放军不要抵抗，解放军优待俘虏。大家散了吧，有缘今生再相见！"

曹文甫强忍眼泪，拉起小虎头也不回就地消失在夜幕之中。

东方亮出一抹鱼肚白，飞机场附近聚集了一千多散兵，来来回回打转转。

一群身穿土黄色棉军装的士兵冲了过来，他们手里端着上刺刀的三八大盖，头上的钢盔结满了厚厚的白霜，七嘴八舌喊道，"交枪不杀，优待俘虏！"

"叔，听口音是咱湖西独立旅的！"小虎高兴地说。

"连长，虎子，你俩别忘了带上我。"冯班长不知道啥时候跟了过来。

曹文甫笑着说，"好呀，带着老冯，咱们一起回家！"

一个宽下颌、狮子一般的鼻子、留着一撮八字胡的方脸大汉，跳到一个土坎上，挥舞着臂膀，对着黑压压一片俘虏高声训话："我们是人民解放军，是咱们穷人自己的队伍。淮海战役即将取得全面胜利啦，大半个中国已经掌握在人民手里。解放军还要打过长江去，解放全中国。"

小虎激动地说："是俺郭大爷！"

曹文甫一把拉住他，小声说："别慌，等一等！"

郭一民接着说："你们愿意参加解放军的，我们欢迎；愿意回家的，我们发路费、开路条。解放军对俘虏不打不骂，不搜腰包，个人的手表、金银首饰绝对秋毫无犯，但是，枪支弹药必须立即交出来，否则，严惩不贷！"

"报告，这位军官私藏一支手枪！"冯班长指着一个鹰钩鼻子的高个子喊道。

两个士兵端着刺刀过来。

"是麻团长！"小虎认出了前边穿棉袍的高个子。

"他是剿共101团的团长！"又有一个兵起身附和。

刺刀逼住了麻昭祥，腰里的勃朗宁手枪被搜了出来。

"杀人如麻的麻昭祥，你手上沾满了多少人的血，你也有今天，拖出去毙了！"郭一民怒吼道。

两个士兵把麻昭祥拖出队伍，虎林接过士兵的步枪，一个突刺，利刃深深攮进麻昭祥的心口窝。

天大亮了，炊事班抬来几大筐馒头，每人发给一个夹咸菜的大馒头，同时发给一张纸。

郭一民大声说："大家这一个月没有吃一顿饱饭，现在开饭，吃罢饭，每个人都要在纸上如实填写姓名、年龄、籍贯、部队编号、职务，不准隐瞒！"

曹文甫从解放军手里接过花老虎大卷子，小声对士兵说："请你马上报告郭政委、虎参谋长，就说小虎在这里！"

郭一民、虎林带着全副武装的一个班，分开熙熙攘攘的人群，向着曹文甫、户小虎跑来……

嘹亮的军号响起来了，血红的旭日跳出地平线冉冉升起，灿烂的朝霞映照着硝烟弥漫的战场。